신춘문예의 문단사적 연구

―소설 작품을 중심으로―

임원식

국학자료원

책을 내면서

입춘(立春)이 지나자 봄기운이 완연하다. 대기(大氣)에도 봄 기운이 묻어나면서 새로운 활기를 불어넣어 준다. 이처럼 좋은 계절에 「신춘문예의 문단사적 연구」라는 책을 펴내게 돼 참으로 감회가 깊다.

문학에의 열정으로 소설을 쓰면서 낭만 속에 대학생활을 보냈던 그 젊은 시절의 자화상(自畵像)을 떠올리면 지금도 뿌듯함이 저 마음 속 깊은 곳에서부터 차오르고 있음을 느끼게 되니 역시 나는 어쩔 수 없는 문학도인가 보다. 그 시절 몇 편의 단편소설을 쓰면서 신문사의 신춘문예에 작품을 내곤 했지만 번번이 낙선의 쓴잔을 마셔야 했다. 그리고 사회인이 돼 공직생활 30여 년 동안 문학은 내게서 멀어져 갔다. 물론 깊어가는 가을밤, 풀벌레의 합주(合奏)가 심금을 울릴 때, 그리고 함박눈이 윤무(輪舞)를 추며 내 주위를 맴돌 때 난 불현듯 문학이란 고향에 대한 애절한 향수로 가슴을 저미는 외로움을 느끼곤 했다. 하여, 나는 마치 에뜨랑제나 된 양 일손을 놓아야 됐고, 내 영혼은 허공을 유영(遊泳)하는 환상(幻想)여행을 떠나기 일쑤였다.

몇 년의 휴지(休止)기간을 거친 다음 지금의 직장인 언론사 경영자로 생활을 하면서 다시 글을 대하기 시작했다. 신문에 컬럼을 쓰는 한편, 수필과 단편을 몇 작품 발표하고 내친 김에 평론 분야에도 얼굴을 내밀게 되었다. 젊은 시절 못다 이룬 꿈을 현실화시킨 것이다.

이즈음 본격적인 문학수업을 하고 싶은 욕망이 일었다. 대학원 박사과정에 등록하고 나자 만학(晚學)에 대한 두려움이 살포시이 고개를 들었지만 완벽한 문학인이 되고 말겠다는 의지가 모든 고통과 두려움을 잊게 했다.

젊은 시절 몇 차례 내게 쓴잔을 마시게 했던 신문사의 신춘문예에 대해 좀더 체계적이고도 깊이 있게 들여다보고 싶었다. 따라서 박사학위 논문으로 '신춘문예의 문단사적 연구'라는 주제를 선택했다. 신춘문예 장르는 시·소설·평론·희곡 등이지만 범위를 소설분야로 축소했고, 지난 1930년대부터 1990년대까지의 신춘문예 소설 당선작을 대상으로 통계적인 접근을 통해 내용을 분석하는 과정을 밟았다. 이와 함께 등단작가들의 활동상을 살펴본 후 문학관련 전문가 및 일반인들을 대상으로 해당 이슈에 대한 설문조사를 통해 경험적인 분석에 기반함으로써 보다 현실적인 대안을 모색하려 했다.

이처럼 통계적인 접근방법을 도입·적용한 것은 다분히 사변적이고 관념적인 수준에 머무를 수 있는 논의를 현실화하기 위함이었다. 신춘문예는 하나의 제도로서 존재하는 바, 경험실증적 분석 기법이 구체적인 실상을 제시해주기 때문이다.

이 연구를 통해 나는 한국문학의 등단 제도로서의 신춘문예 위상과 역할, 작품의 문학적 흐름의 변화, 신춘문예 제도 개선론 및 폐지론의 제기 이유, 작가·교수 등 문학관련 전문가 및 일반인들의 신춘문예에 대한 인식, 사회환경 변화에 따른 신춘문예 제도 개선방안 등에 대해 나름대로 심혈을 기울여 조사·연구·집필을 했다.

나는 이 연구논문을 완성함으로써 오랜 세월 나를 짓누르고 있던 커다란 짐을 벗어버린, 홀가분한 느낌을 맛볼 수 있었다. 그것은 신춘문예 등단의 실패라는 멍에로부터 해방됐음을 뜻하는 것이기도 하다.

물론 이 연구가 완벽하며, 이로써 신춘문예에 대한 연구에 마침표를 찍어야 된다고는 여기지 않는다. 그동안 우리 문학계에서 등단 제도의 문학사회적 연구는 매우 드물었다. 참고문헌과 자료들이 매우 한정적이어서 이 논문을 작성하는 데 애를 먹기도 했다. 이는 근대 문학의 한 세대를 넘어 현대 문학, 그리고 앞으로의 우리 문학을 평가하고 바라보는 작업들이 여전히 미진함을 보여주고 있는 것이다. 이 논문에서 신춘문예에 중점을 두고 현재의 문학적 인식에 대해 집중적으로 연구했지만 문헌적 고찰과 역사적, 사회적 고찰에 미진한 것은 한계라 할 수 있겠다. 앞으로 계속적인 연구를 통해 이를 보충하여 1950년대 이후 문예지의 시대가 시작되고 현대문학의 기치를 내걸던 시기에 우리의 등단 제도는 사회적으로, 역사적으로 어떤 의미가 있었는지에 대한 연구가 요망된다 하겠다. 다만 이 연구를 통해 신춘문예의 문단사에 관심이 있는 동도(同道)들에게 조금이나마 보탬이 됐으면 하는 게 나의 바람이다.

이 책자가 나오기까지 많은 가르침을 주신 문학계의 원로 최승범 전북대 명예교수, 중앙대학교 이명재 교수, 조선대학교의 한옥근 교수, 임영천 교수, 그리고 백수인 교수께 마음에서 우러나는 감사의 말씀을 전한다. 또, 이 책을 펴내는 데 도움을 준 국학자료원 정찬용 대표와 관계자 여러분께 감사드린다. 이와 함께 만학의 용기를 북돋아 준 아내 박복례에게도 뜨거운 애정을 보내고 싶다.

2003년 2월 입춘 하루 뒤
함박눈이 내리는 날 사무실에서
지은이 삼가 씀

책을 통한 만남의 보람

이명재
문학평론가 · 중앙대 교수

일찍이 공자님께서도 멀리서 벗이 찾아오면 기쁘기 그지없다고 말씀했지만 '인생은 만남'이라고 설파한 노벨상 수상작가 한스 카롯사의 말이 생각난다. 인간 사회에서 서로의 만남이란 종교적인 인연 못지않게 소중한 것이 아닐 수 없다. 물론 밝고 좋은 만남인 경우는 더욱 값지고 아름답게 마련이다.

필자는 몇 해 전에 이 책의 지은이와 처음으로 글을 통해 만났다. 학위 논문을 위한 앙케이트 문답과 습작 비평문의 교열관계 때문이었다. 지은이 역시 평소에 생면부지인 필자의 몇 권 책과 평론을 통해서 나를 접했으리라. 사실 내 딴은 오래 전부터 신춘문예 작품 등에 적지 않은 관심을 지닌 채 서너 편의 글도 발표한 바 있던 처지였다.

결국 필자와 임원식 박사의 첫 대면은 지난 겨울에 참석한 학위논문 발표회장에서 이루어졌다. 생각보다 훨씬 나이 든 모습인데도 발표자는 건실하고 믿음직스러웠다. 실제 내용에서도 한국 특유의 문단 등용문인 신춘문예 제도의 연혁과 역대 소설 당선작을 통한 문단의 변모 양상 및 남은 과제에 대한 조사, 접근이 더 없이 성실하다. 여러 신문사의 70여 년에 걸친 당선 작가와 작품 성향은 물론 심사위원 분포 등을 포함한 문단의 변천 양상을 구체적인 통계표 40여 개로 적시하고 있다. 문학에 대한 꾸준한 사랑과 열정의 산물인 것이다.

　독자 여러분 또한 이 책을 통해서 평론가인 임원식 박사와 좋은 만남의 기회를 갖길 바란다. 실로 이 논저는 한국문단 제도의 상징인 신춘문예의 여러 문제점을 총체적으로 분석, 해부한 결정판이다. 여기에서는 으레 문단이나 언론사 기자들이 언급하지 않는 일부 숨은 자랑과 함께 문단에 폐해를 끼친 해당 인사의 실명도 확인하게 된다. 그리하여 여러분이 전통스런 신춘문예 제도의 허실과 한국 문학의 흐름을 바로잡고 거듭난 21세기 문화의 주민으로 거듭나길 기대한다.

　　　　　　　　　　　　　　　　　2003년 새봄을 맞으면서

차 례

표 차 례

제1장

서 론

제1절 연구 배경 및 연구 목적

우리나라에서 문학을 하고자 하는 사람들은 특정한 제도[1]를 통과해야
만 한다. 일종의 통과의례인 셈이다. 중앙과 지방 일간지에서 실시하고
있는 신춘문예나, 각 문예지의 신인 추천제도를 통과하지 않으면 문단
내에서 활동이 자유롭지 못했다고 해도 과언이 아니다. 즉 개인의 글쓰기
의 욕망은 등단이라는 사회적 제도 앞에 멈칫하게 된다.

작가가 되리라는 욕망은 곧 작가로 인정받고 싶다는 욕망으로 전화하는
데, 이러한 전화가 없는 욕망은 현실 속의 문학 행위와는 거리가 먼 몽상에
그치고 만다.[2] 사회적으로 부추겨진 욕망은 역으로 다시 그 욕망을 제한하
고 통제하게 되는데, 글쓰기에 대한 욕망 역시, 신인 등단을 통해 특권층으

---

[1] "지도는 행위주체들로 하여금 움직일 수 있는 공간과 방향을 제시해 주는 것이지
만, 동시에 그 주체의 행위에 의해 존재근거를 획득하며 변화를 일으키기도 한다.
모든 제도는 변화 가능성을 갖고 있는 것과 마찬가지로 보수적이기도 하다" (박철
화, 「변화하는 시대의 문학과 장르의 확산」, 『월간 문화예술』, 한국문화예술진흥원,
2000. 9.)

[2] 김이구, 「작가적 욕망의 사회적 다스림」, 《오늘의 문예비평》, pp. 118~119.

로 진입케하는 배제의 장치로 기능한다. 그러나 이러한 경쟁적 장치를 통해 얻어진 문인이라는 신분(身分)은 영예와 성취감을 줄 뿐만 아니라, 문단 등용의 제도적 장치들 간에는 일종의 위계질서가 성립한다.[3]

그러한 위계질서 속에 신춘문예는 우리 문단사에서 가장 권위 있고 오래된 등단 제도로 군림하고 있다. 반드시 문인의 길을 고집하지 않더라도 한번쯤 그 기회를 활용해 자신의 문학적 관심을 실천에 옮기게 되는 문학 애호가들의 '축제'로 기능해왔다. 이 축제는 대단히 고상하고 우아한, 그리고 화려한 정신의 축제로서 젊은 문학 지망생들에게 '신춘문예병'을 앓게 한다.[4]

신춘문예는 중앙일간지와 지방지에서 매년 연말에 문학작품을 공모, 신년 초에 당선 작품을 지면에 발표하여 신인의 등단을 알리는 제도이다. 1925년 동아일보에 의해 시작된 신춘문예는 일제시대, 억압된 우리의 말과 글을 지키고 우리의 사상과 감정을 표출하는 창구의 역할을 해왔고, 해방 이후 문학을 동경하는 많은 이들의 열망과 함께 한국문학의 중심축으로 자리잡아왔다. 신춘문예는 70여 년간 신진 문인들의 등용문으로서 현대 한국문학의 발전에 이바지해 왔으며, 현재 문단 인구 3분의 1에 가까운 숫자의 문인들을 배출해 냈다. 새해 첫 대규모 문학행사라는 자체의 축제성, 문학 지망생에 대한 창작의욕 고취, 문학교육적 성격과 신인등용문으로서, 국내 문학작가들의 중요한 등단 제도로서 정착했다.

그런데 최근 사회 환경의 변화는 문화예술 전반에서 형질 변화를 요구하

---

3) 현길언은 영예와 성취감으로 가득찬 위계질서 속에 안주하며 문학권력을 지향하는 사람들에게 '나는 작가가 아니다'라는 점을 깨달으라고 충고한다. 우리 문학계의 위기는 뛰어난 재질을 갖고 있는 작가들이 일찍 문학권력의 제도권에 진입해 안주해 버렸기 때문이라고 비판하고 있다.(현길언, 「리얼리즘의 확대와 그 심화를 위하여」, ≪한국학평론≫, 2000, 겨울, 16호, p. 23.

4) 우한용, 「신춘문예를 향한 열병과 그 이후의 축제」, ≪문학사상≫, 2001. 2. p. 256.

고 있다. 뉴미디어의 발전과 다매체 시대의 도래, 동구권의 몰락과 환경문제의 대두, 생명공학의 발달은 인문학이 더 이상 세상을 통찰할 수 없고 세상을 이끌어갈 보편적 원리를 제기할 수 없다는 한탄과 함께 문학의 위기가 본격적으로 거론되었다.[5]

이와 같은 외부적 요인에 변화를 강요받는 우리 문학은 이 위기를 더욱 공고하게 하는 내부적 요인에 의해 신음하고 있다. 그것은 문단의 권력화와 그것을 유지시켜 주는 신인 등단 제도로서 이에 대한 전면적인 개혁의 목소리가 1990년대 이후 꾸준히 있어 왔다.

각종 문학상의 남발과 심사제도에 대한 비판[6]이 이어지면서 언론과 문단간의 권력 유착이 제기되었고, 특히 언론사가 주관하는 신춘문예의 개선론과 폐지론도 다시 요구되었다. 신춘문예에 대한 구체적인 비판은 다음과 같다.

첫째, 제도적 차원의 문제이다. 심사위원에 관한 비판이 가장 많은데, 심사위원의 중복 선정, 심사위원의 긴 재임 기간, 짧은 심사 일정, 당선자에 대한 배려가 없는 일회성 행사라는 점 등이 지적된다. 심사위원은 당선자와 당선작품에 결정적 영향을 끼치기 때문에, 심사위원 선정에 있어 다양한 스펙트럼이 보장되어야 함에도 불구하고 비슷한 경향의 위원들이 선정되어 당선작의 참신성이 보장되지 않고 있다. 또한 여러 언론사에

---

5) 조혜실, 「문학의 길 찾기 또는 자리 넓히기」, ≪한국문학평론≫14호, 2000년 여름, p. 16.

6) 홍성식은 문학상 제도의 여러 가지 난맥상의 배경은 무엇보다 기성작가나 작가 지망생들에게 지면발표의 기회가 적다는 데 있고, 특히 신인들에게 발표 지면이 적어 '문학상에 목매는 현상'이 생기고, 이에 따라 문학상의 상업성, 심사위원 청탁과 중복심사 등 심사과정의 불투명성 문제가 발생한다고 비판하고 있다.(홍성식,「문학상 제도, 무엇이 문제인가: 문학상이여, 권력의 가면을 벗고 인간의 모습을 보여라」, ≪민족예술≫, 2000, 3월호, p. 26).

중복 선정되어 신문사 간에 당선작의 차별성이 없다. 또한 당선자에 대해 향후 활동이 보장되지 않아 등단 이후의 활동이 거의 어려운 실정이며 이에 대한 신문사의 제도적 보완이 요구되고 있다.

둘째, 문학적 차원의 문제로 작품의 수준에 관한 것이다. 신춘문예에 당선된 작품이 심사위원의 작품 경향과 비슷하여, 보수적이고 획일화되는 문제점이 지적된다. 따라서 문학적 창조력이 제한되고, 부정적인 학습 효과를 일으키고 있다. 또한 끊이지 않고 발생하는 표절 문제와 너무 많은 중앙과 지방일간지들이 신춘문예를 공모함으로써 때로 자격 미달의 신인을 무분별하게 양산하게 되어 신춘문예의 권위와 수준을 스스로 떨어뜨리고 있다.

셋째, 문학의 제도화 차원의 문제로 신춘문예를 통한 문단권력의 재생산과 언론사와 심사위원 간의 유착, 신춘문예에 대한 언론사의 무정체성 등을 지적하지 않을 수 없다. 심사위원과 언론은 신춘문예를 통해 자신의 경향에 맞는 신인을 등용시킴으로써 문단권력을 이루고 재생산시킨다는 비판이다. 또한 신춘문예에 대한 언론사의 정체성이 부족해 언론사 간 당선작에 있어 차별성이 없을 뿐 아니라 발전적인 자세를 갖지 못하고 있다는 것이다.

이러한 비판을 바탕으로 신춘문예의 완전한 폐지를 통해 등단 제도를 혁신하자는 의견과 신춘문예가 오랜 역사성과 높은 지명도, 축제성을 가진 한국만의 독특한 등단 제도이므로 시대에 맞게 제도적 보완을 통해 바꾸어 가자는 주장이 전개되고 있다.

물론, 많은 비판이 있을지라도 신춘문예가 잇고 있는 우리 문학의 '전통'은 부인될 수 없다. 그러나 전통은 유산으로 상속되는 것이 아니라, 역경과 고난 끝에 구성원들이 얻어야만 하는 것이며, 이를 위해 역사적 감각이 우선적으로 필요하다. 지성이 없는 전통은 지닐 가치가 없는 것이며, 전통

은 변화에 적의를 가지는 정적인 것이 아닌 역동적인 것이다. 즉 전통은 시대의 감수성인 것이다.[7)]

　신춘문예의 개선론과 폐지론의 주장은 '정보통신 기술'이라는 테크놀로지와 문학의 만남 속에서의 논의가 불가피하며, 이에 기반하여 급속도로 변화하고 있는 매체 환경에서의 등단 제도 전체의 변화와 관련된다. 물적 도구인 컴퓨터가 의식적인 산물인 문학의 형질을 변화시키고 있기 때문이다.[8)]

　오래 전부터 PC통신과 인터넷을 통한 온라인 소설이 인기를 끌며 아마추어 양은 제도화된 등단 양식에 따라 등단하지 않을 경우 작가로서 인정하지 않는 분위기이다.

　창작이건 비평이건 수용이건 문학이라는 행위가 어쩔 수 없이 '매체'를 통해 소통된다고 할 때 매체 환경의 변화는 문학을 또는 문학의 지형을 변화시키는 핵심적인 동인이 되고 있다. 인류문학사의 초창기였던 구비문학 시대에는 시와 극문학이 주요 장르였으나 활자매체의 등장과 함께 문학은 읽는 문학의 시대로 변화하였으며, 근대 소설의 출현은 인쇄술의 발전에 기반한 출판 시장의 형성이라는 조건을 떠나서는 생각할 수 없는 일이다.[9)] 따라서 매체 환경의 변화와 사회의 다양성 증가는 그 동안 문학이 스스로 제도화했던 등단의 틀을 깨도록 요구하고 있는 것이다.

　글쓰기의 행위와 방식이 기초하는 작품 창작에서의 변화로부터 그것의 상품적 제작과 유통, 작가와 독자와의 관계에 이르는 전반적인 변모는

---

7) 허만하, 「두 개의 힘과 하나의 화살표」, ≪한국문학평론≫15호, 2000년 가을, pp. 32~36.

8) 이용욱, 「새로운 매체와 문학」, ≪한국문학평론≫14호, 2000년 여름, p. 37.

9) 임헌영, 「21세기 사이버 문학」, 『국제펜클럽 2000 가을 세미나』 '21세기와 사이버문학', p. 7.

문학에 대한 관념의 변화를 필연적으로 동반할 것이다. 더구나 이 변화는 전자 문명으로의 급속한 진전, 산업 사회로부터의 탈피, 문화산업의 발전, 멀티미디어의 개발과 보급, 영상문화의 중심화로 더욱 촉진되고 있다.[10)]

현재 우리 사회는 다양성이 매우 증가하고 있고, 그 다양성을 문학이 담아내어야 한다는 요구가 일고 있다. 여기에 다양한 장르에 다양한 이념을 가진 작가의 배출은 앞으로의 한국문학에 중요한 과제라고 할 수 있다.

이에 본 연구는 현재 한국문학이 처한 현실을 인식하고 대표적인 등단 제도인 신춘문예의 문제점을 분석하여 그 개선안을 마련하고자 한다.

제2절 연구 범위 및 연구 방법

연구자의 기본 관점은 기본적으로 신춘문예의 개선론을 지향한다. 신춘문예가 여러 가지 한계 및 폐단을 노정하여 폐지론까지 제기되고 있으나, 한국문학에 기여한 바가 크고 이를 효율적으로 개선·활용할 경우 보다 긍정적인 효과를 발휘할 수 있다고 믿기 때문이다. 따라서 이 연구의 궁극적인 목표는 현재 신춘문예가 부작용을 낳는 원인을 찾아내 그에 따른 처방을 제시함으로써 신춘문예 제도의 발전 방안을 모색하는데 있다.

이상의 연구 목적을 달성하기 위해 연구자는 다음과 같은 연구 문제를 설정한다.

첫째, 한국문학의 등단 제도로서 신춘문예의 위상은 어떠하며, 그 역할

---

10) 김병익, 「디지털 시대와 문학의 변화」, 『2000년 인터넷문학 세미나』, pp. 18~23.

은 무엇인가?

둘째, 신춘문예 당선작들의 문학적 흐름은 어떠한가?

셋째, 신춘문예 제도에 대한 개선론과 폐지론이 제기되는 이유는 무엇이며, 논쟁은 어떻게 전개되고 있는가?

넷째, 문학관련 전문가 및 일반인들은 신춘문예(제도)에 대해 어떻게 인식하고 있는가?

다섯째, 사회 환경 변화에 따른 신춘문예 제도의 개선 방안은 무엇인가?

이상의 연구 문제를 해결하는데 있어, 1930년대부터 현재까지의 신춘문예 소설 당선작들을 대상으로 통계적인 접근을 통해 내용분석을 행한다. 그리고 동시에 등단 작가들의 활동상을 살펴본 후, 문학관련 전문가 및 일반인들을 대상으로 해당 이슈에 대한 설문조사를 통해 경험적인 분석에 기반함으로써, 보다 현실적인 대안을 모색하고자 한다.

연구자가 통계적인 접근 방법을 도입 · 적용하는 이유는 다분히 사변적이고 관념적인 수준에 머무를 수 있는 논의를 현실화하기 위함이다. 신춘문예는 하나의 제도로서 존재하는 바, 경험실증적 분석 기법이 구체적인 실상을 제시해주기 때문이다. 따라서 이 연구는 신춘문예 소설 당선작들을 분석유목별로 분류, 통계 처리하여 그 특성을 분석하고, 신춘문예 관련 인식조사를 실시, 통계 처리하여 그 문제점 및 대안을 도출하고자 하였다. 이러한 과정을 통해 그간 신춘문예 관련 논의들에 대한 검증이 될 것으로 기대한다.

제2장

등단 제도에 대한 고찰

제1절 등단의 개념 및 의의

1. 문학과 제도

현대문학은 여타 현대적 삶의 제 영역이 그러하듯 제도의 규정력을 벗어날 수 없다. 문학은 다른 사회적 행위와 마찬가지로 사회적 생산이며, 그 생산 과정은 등장과 인정, 경쟁과 지위 확보의 전략, 권력 관계 등을 포함하는 것으로서 상징적 재산의 생산·분배와 관련된 제도의 과정이라 할 수 있다.

구모룡[11]은 문학의 제도화를 두 가지 측면에서 살피고 있다. 첫째, 문학이 국가에 의해 관리되는 산업의 일종이라는 문제, 둘째, 문학이 자본주의 시장경제 체제의 제도적 과정의 일부라는 점이다.

문학이 국가에 의해 관리된다는 것은 국가가 이데올로기적 기구들을 동원하여 문학적 이데올로기들을 규제하고 그것에 간섭하는 것을 말한다. 이것은 정부기관으로서 문화관광부, 문예진흥원, 문학인 단체로 문인협회,

---

11) 구모룡, 「뿌리깊은 고질적 병폐-문단의 획일성과 매너리즘의 극복을 위한 제언」, ≪문학사상≫, 1992, 6, pp. 78~85.

국제펜클럽, 민족문학작가회의, 그리고 교육과 언론 제도 등을 통하여 특정의 문학 개념을 유포하고 확산시키는 것을 의미한다.

한때 문학권을 제도권과 비제도권으로 나누어 보는 시각이 있었는데, 이것은 특정의 문학 개념을 획일적으로 유포하는 지배 이데올로기에 대한 부정의 차원에서 제기된 것으로 볼 수 있다. 이 경우 제도의 의미는 특정 권력에 의해 공인된 것과 그렇지 않은 것의 이분법에 의한 것으로서 정치적 함의를 표면에 내세운 관점이다. 이러한 이분법은 이데올로기적 국가 기구의 간섭이라는 제도적 과정에 대항함으로써 지배 이데올로기에 대한 대항 이데올로기 차원에서의 문학 이념의 공세를 의미하는데 이러한 문제는 어제 오늘만의 문제가 아니라 지속적으로 제기될 수 있는 문제라고 할 수 있을 것이다. 왜냐하면 문학 개념의 범주는 근본적으로 가변적인 것이기 때문이다.

한국 문학, 특히 소설은 봉건왕조시대 이후 지배 이데올로기로부터 자유롭지 못했다.[12] 인간의 존재성이나 사회 역사성의 실체를 밝히고 탐색하는 데 있어서 다른 학문의 영역이나 예술 양식으로 감당할 수 없는 고유한 몫을 지닌 문학이 현실과 타협해 정신적 자유를 누리지 못하고 지배 이데올로기를 강화하는데 기여해 온 것이다. 이러한 작가와 한국 문학의 성향은 한국문학의 길을 상당히 좁게 만들어 버린 것이다.

또한 오늘날 자본주의 시장 경제 체제하에서 모든 인간 활동이 제도화의 과정 속에 흡수되는 점을 상기하면, 문학도 이러한 자본주의적 유통의 제도화 과정을 떠날 수 없다고 볼 수 있다. 정보사회는 상품의 신격화와 소비의 대중화를 그 특징으로 한다. 자본주의는 인간과 자연을 비롯하여 모든 존재하는 것을 상품 이미지로 포장한다.[13] 1990년대 한국문학을 지

---

12) 현길언, 앞의 글, pp. 21~23.
13) 문흥술, 「문학의 운명과 탈대중화」, 《한국문학평론》, 2000년 여름, 14호, pp. 56~63.

배해 온 것은 두말할 것도 없이 바로 방만한 상품 소비 풍속이다.[14] 대중 소비와 일상의 획일화에 더불어 사실 현대의 문학은 문학 영역의 독립된 시장을 형성하고 있고, 그 속에서의 생산, 유통, 소비의 활동은 문학 종사자 집단의 고유한 일이 되고 있다. 이러한 점에서 문학 제도의 문제는 거시적인 안목과 함께 미시적인 안목이 요청된다고 할 수 있다.

그러나 이러한 접근은 현재 문학계에서 일어나고 있는 문학 또는 문단의 권력 문제, 언론과의 관계, 문학의 위기를 본질적으로 설명해내는 데 한계가 있다. 간략하게 말해서 현재 우리 문학의 제도는 문학 작품이 소통되는 통로, 즉 발표 매체가 복잡하게 얽혀 있는 제도적 문제를 표출하면서 제도로 부상해 있기 때문이다.

근대문학의 형성 과정에서도 근대적 문단의 출발은 동인지와 문예지 등을 통해 형성되었고 근·현대문학의 제도적 기틀 또한 이를 통해 마련됐다. 그리고 그 속에서 문학과 관련된 모든 참여자들은 문학적 행위의 제한을 받기도 하고 서로 다른 참여자들에게 제한을 가하기도 하였다.

모든 문인들은 자신의 문학 행위 속에 가장 강력한 정부를 만들기를 꿈꾼다.[15] 문학 작품을 읽는 독자들은 작가들의 백성이 되고 자신의 작품을 읽는 독자들이 많을수록 그들의 의사 결정에 큰 영향력을 행사할 수 있고 그것에 의해 그는 또 다른 권력을 행사할 수 있다. 즉 작가는 문학작품을 자신의 권력을 행사할 수 있는 매체로 활용하게 된다.

사실 문학 제도는 문학자들이 세운 정부의 권력 행사를 통해 유지되며 제도란 그 단위가 제정한 법규이다. 법규에는 그것을 행사할 때 생기는 권력과 의무가 따르고 그것들이 유지되기 위해 일정한 세금을 바쳐야 하

---

14) 현기영, 「21세기와 작가와 운명」, 『99민족문학 대토론회 21세기와 한국문학의 전망』, 민족문학작가회의, 1999, p. 11.

15) 정현기, 「문학제도와 문학시장」, 한국평론가협회 심포지움, 2001, 9., p. 2.

고, 제도권을 장악한 문인들은 그것을 징수하는데 전력을 기울인다. 문인들이 그들의 문학 제도로 이용하는 매체는 다양하다.

문학 제도로서의 매체 가운데 첫째는 일간 신문을 들 수 있다. 1900년대 초부터 일간 신문 매체는 독자를 확보하는 중요한 발판이었다. 이인직(李人稙)이 한국 최초의 개화기 소설을 썼다고 평가한 학자들은 그들의 눈에 일간신문이 차지하는 비중이 얼마나 컸던가를 여실하게 증명해 보여 주었다.[16] 1898년 ≪제국신문≫이 발간되어 이인직의 『혈의 누』 하편이 이 신문에 연재되었으며, ≪황성신문≫(1898년 창간)은 1906년에 신문소설을 연재하기 시작하였고, 동시대에 ≪만세보≫(1906년 창간), ≪대한매일신보≫(1904년 창간) 등의 신문들이 창간되어 하나의 커다란 의견몰이로서의 문학 제도가 형성되었다. 둘째는 문학동인지 형태의 문학 잡지이다. 그리고 셋째가 출판사이다. 넷째, 문학단체나 문학인들이 만들어낸 협의체 같은 것들도 문학 제도의 또 한 주류이다. 1930년대에 큰 세력을 떨쳤던 KAPF나 1950년대의 청년작가동맹, 한국문인협회 등의 문학 단체들이 이에 속한다고 할 수 있다.

특정한 문학 그룹과 매체의 형성은 자연스러운 현상이라고 할 수 있다. 문학 유파는 문학적 경향이나 방향에 따라서 나누어지게 마련이고, 다양한 문학 그룹의 경쟁이야말로 바람직한 현상이라고 할 수 있을 것이다. 새로운 유파는 나름의 변별성의 원칙을 내세워 기존의 주류 문학 그룹에 도전하게 되고 이러한 과정 속에서 문학의 발전이 있는 것이기 때문이다. 그러나 어떠한 특정 집단이 문학 권력의 유지를 위해서 자기 갱신의 노력 없이 권위와 지위를 유지하려고 한다든가, 문학 유파가 지녀야 할 문학적 경향과 이념의 동질성에 상관 없이 특정인이나 집단이 문학 매체를 문단 권력 획득의 도구로 활용하는 경우가 있을 수 있다. 이러한 경우 문학 제도는

---

16) 이재선 역주, 『한말의 신문소설』, 한국일보사, 1957, pp. 8~84.

문학의 모순을 내포할 수밖에 없고 문학 영역은 문학 외적인 파벌들의 권력 다툼의 장으로 변질되고 만다.

다양한 매체의 출현이 매체의 다원화에 기여하는 바는 인정하지만 이러한 매체들이 뚜렷한 특징 없이 문학 외적인 순수하지 못한 동기를 가지고 있다면 문학의 발전을 저해할 요인도 많이 내포하고 있는 것으로 비춰지고 있다.

이런 개체들이 무원칙하게 대량으로 시인·작가들을 양산하여, 그들을 그 매체의 하부 구조로 삼아 파벌화된 문단 세력을 형성하는 데 이용함으로써 우리 문학계를 오염시키고 있다.[17] 문단의 파벌화 경향은 정전(正典)개념의 파괴라는 좀더 심각한 현상으로 가시화된다. 어느 시대건 당대의 특성을 가장 잘 반영하는 대표적인 문학 장르가 있게 마련이다. 현재의 문단에는 파벌화로 인해 어느 한 편에 극단적으로 치우치는 문학관이 등장하게 되었다.

문예지가 하나의 강력한 문학 제도이지만, 이 제도는 다른 제도와 맞물려 때에 따라 크게 신장하기도 하고 쇠퇴하기도 한다.[18] 예를 들어 서울을 중심으로 한 6~7개의 일간 신문들이 해마다 신춘문예라는 신인 발굴 제도를 통해 작가를 배출 양성한다. 일간지라는 문학 제도는 그들의 상업적인 목적을 위해 이 문학잡지 제도를 십분 활용하는 일이 허다하다. 이 두 문학 제도는 나무와 아교처럼 긴밀하게 엉키는 관계로 존속한다. 뿐만 아니라 이 아교와 나무는 출판업이라는 또 다른 제도적 장치에 의해 본격적으로 뒤엉켜 한 시대의 문학적 법령을 만든다. 이들 출판업과 관련된 일간지, 월간, 계간지들의 제도적 장치는 문학 시장 개척을 위한 필수적인 관계일 수밖에 없다. 이들은 독서 시장 개척을 위해 일정한 글쓰기와 읽기를 위한 법령을 만든다.

---

17) 김준오, 「한국문단의 병폐- 무책임한 문학지의 난립과 파벌의식」, 《문학사상》, 1994, 4., p. 59.
18) 정현기, 앞의 글. p. 17.

이 법령에 따라서 문학 시장은 그 크기와 다양성, 예술의 질적 함량을 조절하며 흥망을 반복한다. 2000년대로 넘어오면서 한국 사회는 문학 시장의 커다란 변혁을 경험하게 된다. 다른 매체에 독자들을 빼앗기는 수난에 처하게 된 것이다. 영상 매체를 통한 문학적 변조가 지금까지 익숙해 있던 인쇄 매체를 통한 문학 시장을 상당히 빠른 속도로 잠식해가고 있기 때문이다. 이는 문학 제도의 변화를 예고하는 하나의 징후다.

2. 문학 제도로서의 등단

어느 사회든 욕망을 부추겨서 또다른 욕망을 길러내고 좌절시키고 통제하는 기제를 마련치 않을 수 없게 되어 있다. 문단 사회도 마찬가지다. 새로운 작가를 길러내고 좌절시키고 통제한다. 사회적으로 공인된 모든 제도적 장치들은 소수만을 특권층으로 진입케하는 배제의 장치이다. 그리고 그 관문을 통과하려는 경쟁자가 많을수록 최종 통과자는 적고, 영예와 성취감은 그에 비례하여 커지게 되어 등용의 제도적 장치들 간에는 일종의 위계질서가 성립한다.[19]

신인의 등단이 가지고 있는 의미는 문학 자체의 실현이라고 할 수 있다. 문학은 어느 누구도 그것을 창조로, 예술로 부르지 않을 사람은 없다. 기성 작품의 모방이나 고정관념과 지배적인 의식, 통속적인 정서를 표현하는 것을 참다운 문학으로 치부할 사람은 없다는 것이다. 즉 신인의 등단은 문학이 가지고 있는 창조와 예술적 속성을 얼마나 잘 실현하느냐에 따라서 이뤄질 수 있는 것이다.

문단의 등용 제도는 우수한 신인 발굴과 문단의 저변 확대를 위해 중요

---

19) 김이구, 앞의 글, p. 2.

한 요소로 작용한다. 현재 문단에 데뷔하여 공식적인 시인, 작가로 활동할 수 있는 길은 주로 각종 신문의 신춘문예에 당선되거나, 원로 문인들의 추천을 받거나 신문, 잡지의 현상공모를 통하는 경우 등 세 가지가 있다.

등단 제도의 초기적 모습은 1910년대 이전에 보이는 각종 신문, 잡지의 문예란인 독자투고란에서 확인된다. 이 사실을 통하여 처음부터 현상문예가 나타났던 것은 아니라는 것을 알게 된다. 이후 1910년대에 들어서면서 현상문예가 나타나게 되는데, 아직은 시행단계로서 그 역할이 미비했다. 그러다가 1920년대부터 활발히 시행된 현상문예제는 당시 간행되었던 수많은 잡지와 신문의 역할이 문학의 발전에 큰 도움이 되었다는 사실을 입증해 준다.

이와 같이 새로운 문학의 탄생을 관장하는 등용 제도에서 문학 작품에 대한 평가는 가장 지배적인 위치에 있는 문인, 특히 그들이 지니고 있는 문학관과 현실의식에 의해 이루어진다. 즉 기존의 관념을 가지고 새로운 문학을 평가한다는 점에서 예술의 창조성과 예술의 심사 사이에 원천적으로 상충하는 모순이 드러나게 된다.

심사 제도는 넓은 의미에서 일종의 작품여과 제도이기에, 근대문학 시기 이래로 90년대 중반에도 변함없이 엄연한 현실로 자리 잡고 있었다. 문학작품 심사의 경우 군부정권 이후 각종 금기 사항이 생기면서 신춘문예나 각종 공모에서 작품성 이외의 요인 때문에 원천적으로 배제되는 작품들이 다수였다.

창작자에게는 자신이 추구하는 구체적인 소재나 주제에 대한 제한이 아니더라도, 검열이 존재하고 억압이 존재한다는 것 자체로부터 이미 그 창조정신이 영향을 받고 때로는 심각하게 굴절되는 현상이 일어난다. 물론 그에 저항하여 싸워서 사상·표현의 자유를 확보하는 것이 진정한 창작자의 임무이다. 그러한 싸움은 그 자체가 예술 창조의 귀한 자양분이 되기도 하지만, 그것은 피할 수만 있다면 피해야 하는 역설적 상황에 불과하다.

결국 문학 제도로서 등단 제도가 가지고 있는 의미는 문학 발전을 위한 신인의 등용문으로서 값진 역할을 해왔다는 것이다. 하지만 한편으로는 문단 권력과 문학 권력의 하부 조직의 충원을 위해 오용되기도 하였고 창조와 예술이라는 문학의 본질적 목적을 오히려 제한하는 요소도 없지 않았다. 즉 글쓰기의 욕망은 북돋웠지만 글쓰기의 상상력과 신선함은 제한하지 않았는가 하는 문제가 제기된다.

제2절 외국의 등단 제도

외국에는 한국과 같은 신춘문예나 문예지의 신인상 제도가 전무한 실정이다. 미국 및 유럽에서는 주로 출판사에 원고를 투고하여 단행본으로 출간되면 작가로서 인정을 받게 되며, 일본의 경우에는 아쿠다가와(芥川)상과 같은 권위 있는 문학상이 존재하기는 하지만 주로 동인지 활동이 작가의 역량을 키우는 방편으로 활성화되어 있다.[20]

1. 일본

일본에서는 작가가 되기 위해서 동인지를 많이 활용하고 있다. 회원이 적게는 두세 명에서 많게는 몇 백 명에 달하는 동인들이 모여 자비로 동인지를 내는 것이 일반화되어 있다.

동인지는 대부분 500부에서 1,000부 정도를 만드는 것이 일반적인 추세인데 중앙지나 문학관련 단체에 무료로 기증하게 된다. 문예지나 단체에서는 기증된 동인지를 검토하고 능력이 있다고 판단이 된 작가는 지면을

---

20) 신승철, 「문단진출의 길, 집중분석」, ≪문학사상≫, 2001, 12월, pp. 45~55.

할애하거나 초빙한다.

시의 경우, ≪시와 사상≫이라는 잡지에서는 1년 동안 동인지에 발표된 시 중에서 베스트컬렉션 100편을 선정하여 게재하는데 이 잡지에 작품이 실리면 정식 등단한 것으로 인정한다. 아울러 일본에서 최고의 권위있는 문예지로 평가받는 ≪문예춘추≫에서도 동인지에 게재된 우수작품이나 작가를 선별하여 지속적으로 작품을 발표할 기회를 줌으로써 작가의 길을 걷게 한다.

특히, 일본에서는 <아쿠다가와상> <가와데문예상> 등의 문학상 후보에 오르거나, 수상을 하면 능력 있는 작가로 평가를 받는다.

2. 미국

미국에서는 출판사에 작품을 투고하여 단행본을 내거나 잡지에 작품이 실리면 등단 절차를 거친 것으로 인정한다. 미국의 출판계는 개방적이어서 성인잡지인 ≪플레이보이≫에 순수 문예물을 게재하는 경우도 있다.

이태동의 설명에 따르면, 미국 문단계는 동인지가 전혀 없는 것은 아니지만 거의 유명무실하고, 특정 대학 출신이 출판사의 주축이 되는 국내의 현실과는 다르게 패거리주의는 결코 찾아볼 수 없다고 강조한다. 아울러 주로 출판사에 평론가들이 모여 있기 때문에 검증의 절차를 밟게 된다. 특히 단행본으로 책을 발행하여 독자에게 작품에 대한 평가를 직접 묻는 등 철저하게 시장원리가 적용되고 있는 셈이다.

3. 독일

독일에서는 문예지를 통한 등단도 가능하지만 대개는 출판사들이 작가를 발굴하고 관리하는 시스템이 적용되고 있다. 아울러 작가의 자비 출판과 후원회의 뒷받침이 일반화되어 있는 것이 큰 특징이다.

예를 들어 작가가 되고 싶고 자기가 쓴 소설을 출판하길 원한다면 일단 출판사를 찾아가야 한다. 출판사에서 작품을 검토하여 출간이 결정되면 책을 낼 수 있게 되고 동시에 작가가 된다. 그러나 신인의 경우에는 언제나 자비출판을 해야 한다.

지방 문화가 잘 발달되어 있는 독일에서는 신인들은 해당 지역 출판사를 통한 출간부터 시작한다. 그러다가 그 지방에서 이름이 알려지면 유명한 출판사를 찾아가기도 하고, 유명한 출판사에서 섭외가 들어오기도 한다.

차후에 문학상을 받게 되면 다양한 재단들의 후원금을 받기도 한다. 그러나 아주 유명한 몇몇 작가 외에는 출판된 저작물의 인세로 생계를 해결하는 일은 거의 불가능하다.

4. 프랑스

프랑스에서도 자비로 책을 내면서 작가로 등단하는 것이 일반화되어 있고, 출판사에서 책을 내면 작가로 인정하는 풍토가 정착되어 있다. 예를 들어 시 부문의 경우, 시 잡지에 발표의 기회를 가졌다 하더라도 이후 시집을 묶어 출판했을 때 비로소 시인으로서 인정받는다

1999년 재불 한국인 문영훈이 한국인 최초로 프랑스 문단에 데뷔하게 된 방식도 시집『수련을 위한 노래(Chants pour le Nymphea)』를 펴낸 것이며 프랑스 시인 두 명의 추천을 받는 절차를 통해 프랑스 시인협회에 등록하였다.[21]

프랑스에는 문학상이 모두 1,150개인 것으로 알려지고 있다. 가장 권위

---

21) ≪세계일보≫, 1999. 12. 19.

있는 <공쿠르 문학상>을 비롯하여 <아카데미 프랑세즈상> <페미나상> <메디치상> <르노도상> 등이 있는데, 매년 10월 말에서 11월 초에 집중적으로 수상자를 발표한다.

한편 '고등학생들의 공쿠르상'은 전국의 고교생 2,000명이 심사위원으로 참가하고, 수상 후보작을 골라 합평회를 가진 뒤 지역 대표가 다시 모여 수상자를 결정함으로써 미래의 작가를 제도적으로 길러내고 있다.

제3절 한국의 등단 제도

1. 등단 제도의 역사

1) 개화기의 등단 제도

등단 제도의 초기적 모습은 1910년대 이전에 보이는 각종 신문, 잡지의 문예란인 독자투고란에서 확인할 수 있다. 이는 후에 본격적인 등단 제도로 정착되는 현상문예제의 초기 모습이라고 할 수 있다.

1899년 1월에 발간된 ≪시사총보(時事叢報)≫라는 학회지에서는 "구행개화호접래(狗杏開花虎蝶來)"라는 한싯귀를 내놓고 그 대구를 모집하였다.[22] 당시 신문들은 대부분 '사조란'이나 '잡보란' 또는 아무런 명칭이 없는 '믄예란'을 만들어 독자 투고 작품들을 게재하였다. 아무런 투서 항목이나 세부 사항 없이 기한만을 명시한다거나 '논설, 사조'들을 송문하라는 간단한 내용이었다.

이후 최초의 잡지인 ≪소년≫에서는 창간호에 '독저자의 문예를 권장하

---

22) 김영철, 「한국개화기장르의 형성 과정 연구」, 서울대 박사학위논문, 1987.

기 위해' <소년문단>이란 고정란을 두었으며, '신체시가대모집'을 광고하기도 했다. 현상문예제라고는 할 수 없지만 양식과 규정에서 기존의 학회지나 잡지보다 훨씬 구체적이며 독자들을 위해 상세한 설명을 들고 있다는 점에서 발전적인 모습을 보이고 있다. 그러나 <소년문단>은 몇 편의 감상문으로 막을 내렸다. 이와 함께 ≪소년≫은 <소년문단>과 별개로 또 다른 문예응모를 시도하기도 하는데 '신체시가 대모집'을 실시하여 당선자에 한해 상으로 ≪소년≫지를 발송하기도 했다.

≪소년≫에 이어 1910년대에 현상문예제를 실행한 잡지로는 ≪조선문예≫가 대표적인데, "文藝諸家의 文稿를 募集하야 大方家의 高評을 가하고 賞品을 進呈하야 文藝發展의 競爭하난 步驟을 前進케 함이니 此는 朝鮮文藝의 大目的이라."(조선문예, 1917. 4)라는 취지로 현상문예제를 실시하였다. 그러나 이 역시 당선작을 한시 문장으로 국한시킨 한계를 남기고 있다.

등단 제도로서 본격적인 현상공모는 1918년 춘원 이광수의 주관하에 공모한 문예지 ≪청춘≫ 3월호부터라는 것이 정설이다.[23] ≪청춘≫의 현상공모는 시조, 한시, 잡가, 신체시가, 보통문, 단편소설 등 다양한 장르에 걸쳐 실시되었다. 이러한 ≪청춘≫의 현상모집은 기존의 잡지들이 단순히 광고효과만 올리고 중단한 것과는 달리 종간호까지 지속되었다는 점에서 더욱 중요하다. 게다가 계속되는 응모로 인해 많은 당선자를 배출하였으며, 특히 기존의 잡지 중에서 최초의 소설등단인[24]이 나왔다는 점은 더욱 중요하다. 또한 심사위원이 이광수라는 전문적인 작가였다는 점은 현상문예의 가치를 한층 더 높이는 요소로 작용했다. 선후평 역시 기존의 잡지에서 보이는 간단한 독후감 형식이 아닌 등단인들의 지침서 역할을 담당할 만큼 체계적인 설명이 뒷받침되었다.

---

23) 신승철, 앞의 글, p. 36.

24) 『靑春』, 10호(1917.9) 당선자-이상춘, 양주영, 유종석, 노문희, 배재황 등.

개화기의 등단 제도로서 초기 현상문예 제도의 모습은 한시(漢詩) 위주의 작품을 선정해 근대적인 등단 제도로서 부족한 면이 없지 않았다. 그러나 이 제도는 소설, 신체시가와 함께 한시, 시조, 잡가 등 비교적 다양한 장르에서 당선작을 뽑았던 것으로 미루어보아 근대적 등단 제도의 과도기적 현상임을 짐작케 한다.

2) 근대적 문단 형성과 등단 제도 확립

개화기와 함께 근대사회로의 시대적 전환이 시작되면서 우리의 문학도 근대로 이행되기 시작했다.[25] 주변 열강에 맞선 민족주의적인 계몽운동들이 전개되면서 근대적인 언론들이 증가하였고, 문학은 이러한 사회적 요구를 담당하는 정론적 담론으로 존재하고 있었다.[26] 이것은 곧 글 쓰는 행위가 사회적으로 공인되기 시작되는 것을 의미했고, 문인 의식을 갖는 '근대적인 작가'의 출발임을 시사했다.

사실 이 시기에 사용된 '문단'의 의미는 지금과는 다르게 일반독자들이 자신이 창작한 문학작품을 자유롭게 투고하는 난을 의미하였다.

≪소년≫지에서는 <소년문단>을 통해 "독자의 글을 권장도 하고 구경도"하는 독자 투고란을 만들었고, ≪매일신보≫도 역시 <매신문단>을 설치해 독자들의 문예공간으로 이용하는 등 '문단'을 독자 중심으로 이해하고

---

25) 문학사에서 근대문학의 출발을 정확히 정의하는 것은 쉽지 않다. 일반적으로 개화기를 본격적인 근대성의 출발로 보고 이를 근대문학의 시작으로 보고있지만, 외세에 의한 타율적 출발이기에, 실학사상을 배경으로 한 영정조시대를 주제적 근대의 출발로 보아야 한다는 입장이 공존하고 있다. (구창환, 「韓國現代小說의 史的 省察」, ≪조선대 인문과학연구≫, 제18집, pp.1~2).

26) 독립신문의 애국가류 또는 독립가류와 대한매일신보의 사회등가사란에 실린 가사류 등은 일반인의 투고를 통해 당시 주요 논점들에 대한 정론적인 내용들을 문학적 형식으로 자신들의 견해를 자유롭게 개진했다.

있었다.27) 이와 같은 문단의 의미가 문인들의 사회로서 자리잡게 된 것은 본격적인 근대적 문단의 형성기인 1920년대 전반기라고 할 수 있다.28)

1919년, 3·1 운동이 발발하기 직전에 한국 최초의 순문예동인지인 ≪창조≫의 창간은 한국의 본격적인 신문학 운동의 효시가 되었으며, 이후 ≪폐허≫, ≪백조≫ 등 동인지들의 출현은 근대적인 문단 골격과 제도가 형태를 잡아가는 시작이라고 할 수 있다. 즉 개화기 육당(六堂), 춘원(春園) 중심의 문단의 의미가 '문인의 문단'으로 완전히 탈바꿈했다.

주로 신문 매체를 통해 개별적이며 독자적으로 창작 활동을 하던 개화기 문인들과는 달리 동인지를 통해 문인들만을 위한 영역을 확보하기 시작했고, 사회 계몽보다 문학 자체에 관심을 두면서 비슷한 경향을 가진 문인들의 모임으로 그룹 활동을 하기 시작했다.

김기진29)은 ≪창조≫이전의 문단은 존재하지 않았으며 문학 활동의 무대 역시 '육당의 宅 사랑방' 정도에 지나지 않았다고 여겼다. ≪창조≫의 발간 이후 시와 소설 등 분야별로 나뉜 전문 문인들이 등장하였고, 이들은 '각각의 역량을 충분히 발휘'할 수 있는 넓은 무대를 스스로 개척하였다는 것이다.30)

이러한 동인지는 문학 사회에서 영향력을 발휘하기 시작했고, 문인 사회의 제도로 인정되면서 권위가 세워지자 '문인을 규정하는 하나의 힘'으로 작용하기 시작했다. 자신의 동인 그룹에 속하는가가 기준이 되어 폐쇄성을 띠어가기 시작했다. 그러나 문학적인 차원에서 당시 동인 그룹은 문학에

---

27) 김춘희, 「한국근대문단의 형성과 등단 제도 연구」, 동국대학교, 2000, p.15.

28) 김병익, 「근대문단의 형성과 그 이후」, ≪문학과 사회≫43, 1998, 가을, pp. 895~896.

29) 김기진, 「한국문단측면사」, ≪사상계≫, 38호, 1969. pp.158~167.

30) 실제로 ≪창조≫이전의 잡지에서 활동한 문인들은 시와 소설을 병행하고 있어서 어느 한 분야에 대한 깊이 있는 이해보다는 문학 전반적인 것에 대한 포괄적인 이해를 필요로 했다.

대한 생각과 이념이 일치했다기보다는 지역성 중심으로 뭉쳤으며 희망하면 누구나 동인이 되었고 동인이 되면 자동으로 문단인이 되었다. 이처럼 동인의 자격이 까다롭지 않았다는 점은 작가의 질적 수준에 대한 평가를 인정할 만한 절차가 따로 마련되지 않았다는 것을 의미한다.

동인의 결성은 근대적 문단의 발전에 중요한 역할을 담당하였으나 그리 길게 가지 못하고, 곧 문학관련 종합지를 중심으로 모여들었다. 특히 ≪개벽≫과 ≪조선문단≫등 문학관련 종합지는 동인지의 비정기적인 발간에서 훨씬 발전되어 거의 매달 정기적으로 발간되었으며, 본격적인 문학작품을 대중들에게까지 알리는 데에도 큰 역할을 담당했다. 또한 문단 등용문의 강력한 매체로 활동하면서 등단 제도의 본격화에 기여하였다. 최초의 순수 문예지인 ≪조선문단≫은 창간 당시 문단 전체의 지면을 개방하여 당시 바람을 일으켰던 계급주의 문학에 맞서 순수 문학을 표방한 잡지로 초판 발행 1주일이 되기 전에 매진될 정도로 독자들의 호응이 대단했다.[31]

이처럼 동인이라는 협소한 그늘에서 벗어나 문학종합지라는 보다 넓은 공간으로 다시 헤쳐 모여들면서 문인에 대한 자격 요건을 좀 더 객관적이고 까다롭게 제시하게 된다. 이러한 현상은 동인의 해체 이후 문단이 왜소해지고, 문인이 급격히 증가한 반면 제 역량을 갖춘 문학인은 적어지면서 문인들 사이에서 문단의 권위가 재정립될 필요성이 제기되었기 때문이다.[32] 특히 작품을 언론이나 동인지 등에 싣기만 해도 작가로 인정되었던 이전과는 비교할 수 없을 만큼 까다로운 절차와 문인의 전문성을 내세우면서 문단의 자체 시스템을 구축하고자 노력하였다.

이러한 노력이 제도적으로 정착된 계기는 '추천제'와 '신춘문예'였다.

---

31) 이혜원 외, 「해외문예지의 특징과 흐름」, ≪문학사상≫, 2002. 3. p.84.

32) 김동인은 ≪창조≫ 5호에서 "별것이 다 소설을 쓰려한다"고 못마땅해 한다.(김병익, 앞의 글, p. 900).

≪조선문단≫은 창간호부터 동인지가 가지고 있던 폐쇄성을 벗어나기 위해 문학적 이념과 예술적 가능성, 수련 자세 등에 근거하여 신인을 등단시키는 '추천제'를 본격적으로 실시하였다. 이를 통해 최서해, 채만식, 박화성, 한설야 등의 작가를 배출하게 되었고, 일제 말엽 ≪문장≫과, 그 이후 ≪현대문학≫에서 추천제를 신인 등단의 제도로 활용하였다.[33]

1920년대 문단과 등단 제도의 확립에 결정적인 역할을 한 것은 '신춘문예제'라고 할 수 있다. ≪동아일보≫는 1925년 '신춘문예'라는 이름으로 현상문예를 모집하면서 신춘문예 정착의 일익을 담당한다. 1928년에는 ≪조선일보≫에서 실시하기 시작하였고, 1930년대에 이르러서는 현재의 신춘문예와 비교적 유사한 형태로 운영되기 시작했다. 이후 동아·조선의 폐간으로 사라졌다가 1950년대 한국일보를 비롯한 신문들이 이를 부활시키고, 신생 신문들마다 같은 방식의 제도를 채택하여 현재는 거의 모든 신문들이 시행하는 신인작가들의 가장 비중 큰 등용문이 되었다.

이상과 같이 근대적 문단 형성기인 1920년대는 발표 매체의 구성과 창작자의 배출이나 문단의 제도적 요소가 다양하게 이루어지면서 등단 제도가 발전하여 왔다. 이러한 제도적 절차 없이 신문이나 잡지에 투고함으로써 작가나 시인·비평가가 될 수 있는 길은 식민지 시대로부터 60년대에 이르기까지 신춘문예와 추천제의 무게에 줄곧 눌려 쇠퇴해 왔다. 이런 새 제도는 1967년의 ≪창작과 비평≫, 1970년의 ≪문학과 지성≫ 등 계간지를 통해 새로이 부활되었고, 80년대의 무크지와 노동문학의 시절에 다시 활발하게 번졌다. 결국 현재의 등단 제도는 초기 문단의 유형을 그대로 답습하고 있는 것이며 외국에서는 그 유례를 찾아 볼 수 없는 신춘문예-추천제의 두 제도가 그대로 시행되고 있는 것이다.

---

33) 이명재, 「문인등단의 길목과 문턱」, 한국문학평론가협회, 2001. 9. p. 3.

2. 다양한 등단 제도의 현황

현재 우리 문학계에서 신인이 등단하는 유형은 다양하며, 그에 대한 분류는 일반적으로 동인지, 신춘문예, 추천제, 자비출판, 신인상 등으로 이루어지고 있다. 이명재[34]는 신인 발굴을 겸한 등단의 유형과 변천상을 연차순으로 분석하고 있는데, 동인지 등에 작품 발표를 하여 문단인으로 인정받는 경우, 문예잡지의 추천을 거치는 경우, 신문사 주최의 신춘문예에 당선되는 경우, 창작자 스스로 작품집을 내서 인정받는 경우, 잡지사 주최의 신인상 모집에 당선되는 경우 등으로 나누었다. 후에 대현상공모제와 잡지사의 신인상 모집 경우를 신인작품제와 신인상제로 다시 분류하여 추가하였다. 대현상공모제는 언론사들이 큰 상금을 걸고 장편소설을 공모하는 경우이며, 신인작품제는 일부 문예지와 종합지에서 정선하여 싣고 그대로 기성작가의 관문을 통과한 것으로 간주하는 경우를 지칭한다.

≪문학사상≫은 2001년 12월호, '문단진출의 길, 집중분석'을 통해 국내외 작가의 등단 제도를 분석하고 있는데, 현대에 문인이 되는 길을 '신춘문예, 문예지 신인상, 동인지, 단행본 등단, 문학상'으로 분류하고 있으며, 인터넷 시대에 사이버공간을 통한 신인 등단 기회에 대해서도 언급하고 있다.

본 연구에서는 등단 제도에 대한 최근의 분석인 ≪문학사상≫의 글을 중심으로 현재 우리 문학의 등단 제도에 대해 고찰해 보고자 한다.

1) 신춘문예

신춘문예는 중앙 일간지와 지방지에서 매년 연말에 문학 작품을 공모하

---

34) 이덩재, 앞의 글. pp. 2~7.

여 신년초에 당선 작품들을 지면에 발표하여 신인의 등단을 알리는 제도이다. 일본에서도 실시된 적이 없고 한국에서만 유일하게 통용되는 신인등용문이다.

신춘문예 당선은 화려하고 권위가 있는 등단 절차로 공인된 지 오래이며, 이 관문을 통과하기 위해 매년 많은 문학 지망생들이 각 신문사에 응모한다.

1925년 ≪동아일보≫가 1월말까지 원고를 모집하여 3월 초에 당선작을 발표하는 형식으로 신춘문예를 최초로 실시했으며 모집장르는 소설, 시, 동요, 동화극, 가정소설의 5개 분야였다. 상금은 각 분야 1등 1인에 50원, 2등 2인에 각 25원, 3등 5인에 각 10원으로 총 750원이었다. 이 해에 부문별로 1등과 2등의 당선작을 거의 뽑지 않았다. 시 분야에 3등만 2편 있었는데, 그 중 하나가 김창술의 시 「봄」이었다. 다음 해엔 시행되지 않았고, 1927년에 김해강, 박아지 등 4명의 시인이 등단했다. ≪조선일보≫는 좀 늦게 1928년에 시행했다. 첫 해, '시가' 분야에 7명의 입선작과 8명의 가작이 뽑혔다.

시행 초기에 당선작을 거의 뽑지 않은 이유는 정확히 밝혀지지 않았으나, 그 원인은 작품의 수준 미달보다 재정적인 것으로 추측된다. 이렇게 모집 광고의 화려함에 비해 당선 편수는 빈약했다.

그러나 이 제도는 1930년대에 유능한 시인, 작가들을 많이 배출했다. 대표적인 시인으로 황순원(「우리의 새 날은 피바다에 떠서」, 동아, 1933)과 조명암(「동방의 태양을 쏘라」, 동아, 1934)과 서정주(「벽」, 동아, 1936)와 김광균(「설야」, 조선, 1938)과 함형수(「마음」, 동아, 1939) 등이다.

이 제도는 일제 말기 동아·조선의 폐간으로 시행이 중단되었다가 1955년부터 다시 이어졌다. 두 신문사와 함께 50년대에 한국·서울·경향신문사가 가담했다. 이어 1960년대 중앙과 대한이 합세했고, 뒤에 세계와 문화 그리고 지방신문으로까지 확대돼, 이 제도는 20세기 한국 문인 등단의 중요한 무대가 되었다.

신춘문예를 신인의 등단 뿐만 아니라 기성 작가들의 작품 발표의 장으로 활용하는 언론매체도 있다. ≪국민일보≫에서는 1억원이라는 높은 상금의 현상모집으로 신인 및 기성 모두를 대상으로 공모하였으나 현재는 중단되었으며, ≪한겨레신문≫에서도 <한겨레문학상>을 제정하여 신인 및 기성을 가리지 않고 작품을 공모하고 있다. 지방지인 <국제신문>은 '국제문학상'을 제정하여 1억원이라는 국내 최고의 상금을 내걸고 매년 공모를 하고 있다. ≪문화일보≫는 1991년 창간하면서 <문예사계>라 하여 계절별로 신인공모를 하다가 현재는 신춘문예로 통합한 상태다. 반면 ≪중앙일보≫는 2000년도부터 신춘문예 등단 제도를 폐지하고 <중앙신인문학상>으로 전환하였는데 매년 8월 말까지 작품을 공모하여 신인을 등용하고 있다.

등단 제도로 가장 권위 있는 신춘문예는 현재 여러 지방 신문에서도 채택하여 계속 증가하는 추세이다. 장르별로는 시·소설·희곡·평론·시나리오·동화·시조·수필 등 각 분야에서 공모를 하고 있으며, 많은 문인이 매년 신춘문예를 통해 등단하여 활동하고 있다.

<표 2-1>은 2002년에 실시된 주요 일간지의 신춘문예 공모 장르와 상금현황이다.

신춘문예를 시행하는 모든 신문이 공모하는 공통된 장르는 단편소설과 시이며, 대부분 단편소설, 시, 시조, 아동문학(동시, 동화) 등 4가지 장르로 구성하고 있다. 특이한 장르로 ≪조선일보≫의 경우 미술평론을, 동아일보의 경우 중편소설을 포함하여 실시하고 있다. 중앙 일간지와 지방 및 기타 신문과의 공모 장르의 차이를 보면 중앙 일간지에 비해 지방지들이 문학평론을 거의 포함시키지 않고 있다는 것이다.

당선작에 대한 원고료(상금)는 대체로 비슷하나 ≪조선일보≫와 ≪동아일보≫가 단편소설과 시 부분에서는 다른 신문사보다 상금이 두 배이며, 다른 장르는 비슷하다. 특히 ≪동아일보≫는 중편소설 부분에 1,000만원이라는 가장 높은 상금을 책정해 다른 신문과 차이를 보이고 있다.

〈표 2-1〉 주요 일간지의 신춘문예 공모 장르 및 상금

(단위: 만원)

장르별 \ 신문사	단편 소설	중편 소설	시	시조	문학 평론	수필	동시	동화	희곡	시나 리오	영화 평론	미술 평론
경향신문	300	·	200	200	200	·	·	·	·	·	·	·
대한매일	300	·	200	200	200	·	·	150	250	·	·	·
동아일보	700	1000	500	300	300	·	아동문학 300		300	300	300	·
문화일보	300	·	200	·	200	·	·	150	·	·	·	·
세계일보	300	·	200			·	·	·	·	·	·	·
조선일보	700	·	500	300	300	·	·	300	300	300	·	300
한국일보	300	·	200	·	·	·	·	150	200	·	·	·
강원일보	200	·	100	·	·	·	아동문학 80		·	·	·	·
경남신문	300	·	100	100	·	100	·	100	·	·	·	·
경인일보	200	·	100	·	·	·	·	·	·	·	·	·
광주일보	200	·	100	·	·	·	·	100	·	·	·	·
국제신문	300	·	200	200	·	·	·	200	·	·	·	·
농민신문	300	·	200	200	·	200	70	80	·	·	·	·
대전일보	150	·	100	·	·	·	·	·	·	·	·	·
매일신문	300	·	200	150	·	·	120	150	·	·	·	·
부산일보	300	·	200	200	·	·	200	200	200	·	200	·
전남일보	200	·	100	·	·	·	·	·	100	·	·	·
전북일보	250	150	·	·	·	100	·	·	·	·	·	·
전주일보	250	·	100	100	·	100	·	·	·	·	·	·
평화신문	300	·	200	·	·	·	창작동극 200		·	·	·	·
한라일보	200	·	100	·	·	·	·	·	·	·	·	·

신춘문예 제도는 우리나라 문단의 신인 등용의 여러 방법 중 가장 공인되고 권위 있는 등용문의 하나임에는 틀림이 없다. 우리나라 특유의 방법인 신춘문예는 그 객관성이나 인정받는 권위면에 있어서 추천제나 기타 신인상, 단행본 출간보다 훨씬 우위에 있음이 사실이다.

그러나 식민지 시대 이후 근 80년을 이어오면서 우리 문학의 발전에 기여한 부분도 있지만 한편으론 존폐의 문제가 계속적으로 제기되어 신춘문예가 가지는 문학적 의미, 더 나아가 사회적 의미의 새로운 정립이 요구되고 있는 형편이다.

2) 문예지 신인상

신인상 또는 신인작품상이란 이름으로 된 이 제도는 우리 문단에서는 비교적 최근에 속하는 문단 등단 코스의 하나이지만 우리 문단에서 가장 많이 활용하는 신인발굴 장치라고 할 수 있다. 신인작품상은 기존의 문단 등용 장치인 여러 제도들이 지니고 있는 폐단과 한계점을 탈피하기 위한 개선책으로 생겨나기 시작한 것이다. 아직 문단에 등단 절차를 밟지 않은 사람이 매체에 몇 번 글을 게재하여 문인으로 인정받는 기고제 형식으로 출발하여, 이후 신인 발굴을 위한 정례적인 행사로서 신인상 제도를 만들어 시행하고 있다.

우리 현대 문학사에 있어 본격적인 문예지의 시대가 시작된 것은 1960년대를 전후로 한 시기라고 할 수 있다. ≪문예≫[35]와 그 후에 출간된 ≪문학예술≫[36]이 휴간되면서 침체기를 걷던 우리 문학은 1955년 ≪현대

---

[35] 1949년 8월에 창간된 월간 종합문예지로 매호 국판 200면 내외를 발행했으며, 민족 진영의 문인이 총 망라되었다. 6·25가 일어나기까지는 계속 간행되었으며, 그 이후에 간간히 발행되다가 통권 21호로 종간되었다.
[36] 1945년 4월에 ≪문학과 예술≫이라는 이름으로 창간되었다가 3호부터 ≪문학예술

문학≫의 창간과 함께 새로운 문예지 시대를 맞이하게 되었다.

≪현대문학≫은 1955년 1월에 창간된 월간 순문예지로 현존하는 우리 나라 문학지 중에 가장 지령이 오래된 문예지이다. ≪현대문학≫은 창간사 에서 "전통의 주체성을 근간으로 한 '현대'의 개념을 인식하고 한국의 현 대문학을 건설하는 것"을 그 목표와 사명으로 삼고 있다. ≪현대문학≫ 창간 직후, ≪문학예술≫이 재창간되었으며, 그 다음해인 1956년에 ≪자 유문학≫이 창간되었다. ≪자유문학≫은 자유문학가협회의 기관지로서 1956년 6월에 창간되었으나 1963년 4월 종간되었다. 또한 한국시인협회, 한국문인협회, 자유문학가협회를 망라한 편집위원을 구성하여 범문단지 의 모색을 꾀했던 ≪문학춘추≫가 1964년 4월 창간되었으나 1965년 6월 통권 15호로 종간되었다.[37]

이들 문예지는 각기 다른 특성을 가지고 있었는데, ≪문학예술≫은 해외 문학에 각별한 관심을 가지고 있었던 반면에 ≪현대문학≫은 국내의 창작 에 더 중심을 두었다. ≪자유문학≫은 자유문협의 기관지였던 만큼 자유문 협의 회원들이 그 중심 필자였다. 이로써 우리나라는 역사상 전례를 볼 수 없었던 순문예지의 다양한 활동을 맞이하게 되었다. 그러나 ≪현대문학 ≫을 제외하고는 단명하였으며, ≪현대문학≫은 수적으로 월등히 많은 문 협회원들의 발표지면을 감당하기엔 역부족이었다. 이 때 ≪월간문학≫의 창간이 이루어졌다. ≪월간문학≫은 문공부의 재정지원 속에 편집위원은 문협 간부진이라는 안정된 체제아래 문학적으로 모든 장르를 포괄하며, 분기마다 신인문학상을 공모, 한국문학상·윤동주 문학상·동포문학상을 제정, 시행하여 문협의 결속력을 확보하는 데 주력하였다.

≫로 이름을 바꾸어 1957년 12월에 통권 32호로 종간되었다.

37) 이혜원 외, 앞의 글, p. 89.

현재 종합월간지로 주도적으로 문단을 이끌고 있는 ≪문학사상≫은 1972년 10월에 창간되었다. 각 문학 장르의 작품을 게재하고 세계 17개 지역에 특파원을 두고 세계문학사상의 흐름을 소개하며 이른바 '문단의 문학'이라 불리던 당시의 문단 관행을 탈피하는 데 노력하였다. 특히, 창작품 위주의 구성방침에서 벗어나 '문예지도 잡지'라는 편집 방침을 내세워 다양한 교양을 쌓을 수 있도록 꾸며 당시 문단의 화제를 불러 일으켰다.

계간지로서는 1966년 ≪창작과 비평≫, 1970년 ≪문학과 지성≫이 창간되면서 우리 문학의 양대 계간지 시대가 시작되었다. ≪창작과 비평≫은 1980년 6월 56호로 폐간되었다가 1988년 3월에 복간되었다. ≪창작과 비평≫은 정치·사회적 관심에 많은 비중을 두며, 60년대의 혼란스러운 정치 상황에서 전통적 서정에만 머물러 있던 문인들의 현실 참여를 주장해, 문학이 사회적·윤리적 측면의 역할을 확대하는데 노력하였다. ≪문학과 지성≫은 1980년 5월에 종간되었다가 1988년 2월 ≪문학과 사회≫라는 이름으로 재창간되었고 창작·예술 중심의 내용에 많은 비중을 두었다. 문학에 대한 지적 접근과 형식미학을 강조하며 이와 관련된 인문과학 전반에 대한 관심을 나타내 지식인들에게 좋은 반응을 얻었다. 이 두 계간지는 1970년대 문단에서 가장 큰 영향력을 행사하며 문단 권력의 논란에 중심이 되기도 했다.

이외에도 1970년대에 창간된 문예지로는 ≪동서문화≫[38], 1976년 민음사가 창간한 ≪세계의 문학≫, 1978년 봄에 중앙일보사에서 계간 문예지로 창간한 ≪문예중앙≫ 등이 있으며 이 잡지들은 지속적으로 발간돼 현재 문단의 한 축을 이루고 있다.

문예진흥원의 통계자료에 따르면 2000년 12월 말 현재 국내의 문예지는

---

38) 1985년 11월에 ≪동서문학≫으로 제호를 바꾸어 창간되었다.

205종인 것으로 나타났다. 이 중에서 월간지는 34종, 격월간지는 11종, 계간지는 130종, 반년간지는 16종 등으로 집계됐다.

〈표 2-2〉 문학잡지 장르별·간별 분포

(2000년 12월 31일 현재)

구 분 \ 장르별	종합	시	시조	소설	수필	아동	희곡	평론	계
월간	22	6	1		2	3			34
격월간	6	2		2	1				11
계간	78	23	6	3	7	5	1	7	130
반년간	9	2	1	2				2	16
연간	4								4
부정기	4	2		1				1	8
미상	1	1							2
계	124	36	8	8	10	8	1	10	205

자료: <2001문예연감>

국내 문예지의 경우, 문학적인 수준을 유지하면서 비교적 규모가 있는 잡지는 40여 종에 이르고 있으며, 이들 잡지의 대부분은 장르별로 신인상을 공모하여 작가를 배출하고 있다.

문예지의 신인상 제도는 일부 문예지와 종합지에서 정선하여 싣고 그대로 기성작가의 관문을 통과한 것으로 간주하는 경우를 지칭한다.[39] ≪창작과 비평≫은 <신인작품> 제도를 활용하여 <투고작품>으로 호응을 얻은 바 있으며, 송영, 방영웅, 최창학 등이 초기에 신인 작품으로 문단의 관심을 끌기 시작했다. ≪문학예술≫과 ≪한국문학≫등도 <신인작품>에

---

39) 이명재, 앞의 글, p. 6.

서 신인상으로 그 모습을 바꾸어 여러 종합 문예지나 시 전문 문예지 및 종합 교양지에서까지 거의 신인상제가 시행되기에 이르렀다.

거의 모든 문예지가 신인상 제도를 실시하며 다른 등단 제도의 폐쇄성이나 문제점을 극복하려 했지만 무분별한 신인의 양산이라는 비판을 받게 되었다. 대개의 신인상 관장 문예지에서는 미처 문인이 될만한 문장 수련 과정을 거치지 않은 아마추어를 등단시키면서 질 저하의 문제를 발생시켰다.

이에 대해 이명재는 문예지들의 과도한 신인 배출의 문제를 지적하고 있다. 한 월간지의 경우 매월 15명의 신인을 등단시킴으로써 일년에 180명이 넘는 신인들을 배출한다고 지적하였다. 그는 문예지의 무분별한 신인 배출의 심각성에 대해 동아일보의 기사를 인용하면서 문학의 저질화와 국민문화의 병폐를 키우고 있다고 지적하고 있다.[40]

3) 동인지 등단

앞서 근대문단의 형성과 함께 등단 제도의 역사를 살펴본 바와 같이 동인지를 통한 등단은 우리 문단 역사를 이루는 중요한 과정이었다고 할 수 있다. 국내 최초의 종합 문예동인지≪창조≫를 시작으로 동인지들은 신인 작가들의 발굴에 일익을 담당했고, 한국 현대문학사에서 가장 중추적인 역할을 해왔다. 초창기 문예 동인지의 리더격이었던 김동인, 염상섭, 홍사용, 박종화, 박영희 등과 1930년대 문단의 총아였던 박용철, 정지용, 서정주 등의 문단사적 위상은 이를 말해준다.[41]

통계자료에 따르면 1996년 말 현재 국내에서 발행되고 있는 동인지는

---

40) 2001년 7월 24일자 ≪동아일보≫ 기사는 일부 문학강좌 강사와 문예지의 커넥션을 지적하면서 '순진한 문학도'를 겨냥하여, 등단과 작품게재에 따른 금전 거래 및 문인단체의 선거시 표거래가 이루어지고 있다는 것이다.

41) 이명재, 앞의 글, p. 2.

704종인 것으로 나타났다. 종합 동인지는 305종, 시 동인지가 219종, 수필 및 아동 동인지가 각각 44종, 시조 동인지가 42종, 소설 동인지가 10종 등인 것으로 파악되었다.[42]

〈표 2-3〉주요 문학동인지 장르별 분포

구분	시	시조	소설	수필	아동	종합	기타	계
동인지수	219	42	10	44	44	305	40	704
%	31.1	6.0	1.4	6.2	6.2	43.3	5.7	100.0

현재 동인지 활동은 괄목할 만한 성과를 보이고 있다. 20년 이상 활동하고 있는 동인지로는 시의 경우 《죽순》(대구, 1945), 《시와 시론》(서울, 1955), 《동국시집》(서울, 1960), 《흑조》(목포, 1966), 《원탁시》(광주, 1967), 《글밭》(경북, 1969), 《표현시》(강릉, 1970) 등이 주목할 만하다.

시조에서는 《낙강》(대구, 1965), 《시조문예》(광주, 1974) 등의 동인지가 있고, 소설에서는 《예맥문학》(춘천, 1975), 《소설문학》(광주, 1976) 등이 발간되었다. 종합문예동인지로는 《호서문학》(대전, 1952), 《한글문학》(경기, 1956), 《백수문학》(조치원, 1956), 《부산문학》(부산, 1964), 《창》(청주, 1966) 등이 의욕적으로 활동하면서 동인들의 작가적 역량을 키우고 있다.

이명재는 이러한 동인지에 대해 초창기에는 소박한 학연, 지연으로 구성되던 성향이 점차 다양한 문예 성향 위주로 바뀌면서 다소 바람직한 진전을 보여온 바 있다고 지적한다. 하지만 그는 80년대 후반 이후 동인지들이 다분히 문단 권력의 중심으로 자리잡고 비대해져 폐쇄적인 문단 집단으로 변모했다고 비판하고 있다. 특히 《창작과 비평》과 《문학과 지성》을

---

42) 신승철, 앞의 글, p. 42.

예로 들면서 이 두 문예지가 현대판 동인제 문단의 실체로서 권력 지향적인 1위세로 군림하고 있다는 것이다. 이들이 1970, 80년대 어려운 상황에서 문단사에서 이루어온 업적은 인정받을 만하나, 배타적 엘리트 의식과 경직성이 이러한 비판의 대상이 되고 있다는 것이다.

또한 일본의 동인제를 예로 들면서 문예 동인지가 일본의 주요 등단 통로이긴 하지만 정식회원 자격으로 작품 발표 기회를 얻는 기간이 여러 해의 수련과 기성인들의 엄정한 작품 검정을 거친다는 절차상 차이가 우리 문단과의 다른 것임을 그는 지적하고 있다.

4) 문학상

국내의 문학상은 기성과 신인을 가리지 않고 수상자를 뽑는 경우가 많아 신인에게는 등단의 영광을, 기성작가에게는 재조명의 기회를 제공하고 있다. 또한 문학상의 경우 신문사나 대형 출판사들이 거액의 상금을 내걸고 수상자를 가리기 때문에 매년 관심이 집중되고 있다.

한국문예진흥원이 매년 발간하는 문예연감에 따르면 2000년 말 현재 운영되고 있는 문학상은 295개에 이르며, 1999년과 비교해, 약 25개의 문학상이 새로 만들어졌다.

문학상 시상분야별 분포는 <표 2-4>와 같다.

〈표 2-4〉 문학상 시상분야별 분포

구분	종합	시	시조	소설	수필	아동	희곡	평론	번역	미상	계
문학상수	113	57	25	32	13	33	1	9	5	7	295
비율(%)	38.3,	19.3	8.5	10.8	4.4	11.2	0.3	3.1	1.7	2.4	100.0

자료: <2001 문예연감>

문학상은 시상분야별로 종합상이 113개로 38.3%를 차지한다. 개별문학상으로는 시가 57개, 소설이 32개, 아동문학이 33개, 시조가 25개, 수필이 13개, 평론이 9개, 번역이 5개, 희곡이 1개 등이다.

<2001 문예연감>에서는 문학상의 성격에 따라 다음과 같이 나누고 있다. 첫째, 이상 문학상이나 김수영 문학상과 같이 문학적 업적이 현저한 문인을 기리며 그의 문학을 계승 발전시키자는 취지에서 정해진 상, 둘째, 한국문학협회상이나 한국시인협회상과 같이 특정한 문학단체에서 소속회원을 격려하고 문학적 성과를 치하하는 상, 셋째, 현대문학상이나 동서문학상과 같이 특정 잡지사(출판사)에서 주관하는 상, 넷째, 대산문학상이나 삼성문예상과 같이 기업이미지 제고를 위한 상 등으로 나누어 볼 수 있다.

문학상을 통한 신인 발굴 제도는 다른 등단 제도와 차이를 보이고 있다. 우선 기성과 신인을 가리지 않고 있어 기성문인이 당선될 확률이 많으며 이 또한 신인으로서 문단에 재등단하는 장치로 받아들여지고 있다. 또한 신춘문예나 다른 문예지 신인상이 단편소설에 치우친 단점을 문학상의 경우 장편소설을 중심으로 공모하기 때문에 이에 대한 긍정적인 의견이 있다.[43]

그러나 국민일보사의 경우, 해마다 억대의 장편소설을 모집하는 등 거액의 상금을 수상자에게 준 대신 그 장편소설을 베스트셀러로 만들어 더 많은 수익을 꾀하는 면이 있어 상업적인 흥행에 더 관심이 있다는 비판을 받게되자 지금은 중단하고 있다. 또한 2000년에는 조선일보사에서 운영하는 <동인문학상>에 대해 작가 황석영이 후보작이 되는 것 자체를 거부하고 성명을 발표하면서 문학계 뿐만 아니라 언론 권력과 연계되면서 사회적으로 문학상에 대해 일대 비판과 개선의 목소리가 터져나왔다.

---

43) 이명재, 앞의 글, pp. 4~5

295개의 문학상 중에는 생소한 문학상이 많고, 또 그 수상자의 경우 문학적 성과가 불확실한 경우도 많다. 따라서 문학상의 권위도 점점 하락하고 있다는 문제가 제기되고 있다. 문학상의 제정 취지가 특정지역이나 특정단체 소속 문인들로 한정되는 경우도 있고, 공로상 성격의 문학상도 상당수 존재하기 때문이다.

문학상의 권위 향상과 수준 높은 작품의 발굴을 위해서는 해당 문인들과 문학상 운영주체의 공동노력으로 투명성과 객관성을 확보하는 노력이 필요하다는 지적은 이러한 점에서 타당하다.

5) 추천제 및 단행본제

추천제는 1924년 창간된 《조선문단》에서 처음 시행된 이래 현재는 《현대문학》등 소수의 문예지가 그 명맥을 잇고 있는 우리 문학 특유의 등단 제도이다. 권위있는 문예지의 지면을 통해서 발표되는 작품이 특정한 중견 및 원로의 추천으로 공인되는 것인 만큼 투철한 작가의식과 철저한 창작지도가 특장점으로 인정되는 것이다. 하지만 한편으로 자칫 추천자와의 유대 문제와 아류화의 가능성이 있다는 지적을 받아왔다. 그러나 추천 문인의 선비적인 양식과 추천 받은 신인 또한 스승에게 누를 끼치지 않으려 노력하는 면이 있기도 하다. 추천제를 통해 등단한 대표적인 사람은 황순원의 이호철, 김동리의 박경리, 안수길의 최인훈과 서정주의 박재삼 등으로 이는 추천제가 탄생시킨 긍정적인 면을 보여 주는 사례이다.[44]

현재 추천제가 쇠락한 이유는 그만큼 지루한 수련 기간을 거치지 않고도 상대적으로 수월하게 개방된 문예지 신인상과 거액의 상금을 제시하는 문학상의 등장 때문이라고 할 수 있다.

---

44) 이명재, 『변혁기의 한국문학』, 문학세계사, 1990.

일명 자비 출판제라고도 부를 수 있는 단행본제는 구차한 동인 활동이나 추천제 및 신춘문예 관문을 통하지 않고 직접 두툼한 작품집으로 등단하는 제도이다. 다분히 수동적으로 작품을 응모하여 당선됨과 동시에 작품집을 내는 신춘문예나 신인상 제도와는 다르게 글쓴이 스스로 단행본을 펴냄으로써 독자에게 직접 평가받는다는 것이 특징이다. 우리나라에서는 일찍이 김동환의 ≪국경의 밤≫(1924), 한용운의 ≪님의 침묵≫(1926)에 이어서 조병화의 ≪버리고 싶은 유산≫(1949) 등이 각자 처녀 시집을 통해서 문단에 나선 본보기가 되었다.

최근 대표적인 성공 사례로는 소설가 하일지와 김훈을 들 수 있다. 하일지의 경우 등단의 절차를 거치지 않고 1990년대 한 대형 출판사에서 장편소설 ≪경마장 가는 길≫을 간행하여 나름대로의 문학세계와 작가적 입지를 굳힌 것으로 평가받고 있다. 첫 장편 이후 '경마장'시리즈와 최근의 장편소설 ≪진술≫에 이르기까지 의욕적으로 작품을 발표해 두터운 독자층을 확보하고 있다.[45]

단행본 제도는 미국이나 유럽에서 많이 이루어지고 있는 문단 데뷔 방식이라고 할 수 있다. 그러나 외국에서 이루어지는 단행본 제도는 엄밀한 면에서 우리의 그것과 차이가 있다. 미국의 하버드 대학 문예지인 ≪렌턴≫이나 독일의 ≪그루페 67≫같은 동인지에 발표하여 어느 정도 역량을 인정받은 뒤에 출판의 논의 대상이 되기 때문이다. 자신이 써둔 시집 또는 장편소설을 대리인을 통해서 직접 출판사의 문학 담당 편집자에게 전달한 다음 일임하여 단행본으로 출간해 내는 서구의 관례와 우리 사정은 다르다.

---

45) 신승철, 앞의 글, p. 42.

3. 등단 제도의 문제점

우리 문학계처럼 일종의 자격증과도 같은 등단 제도가 있는 나라는 우리나라 외에는 그 예를 찾기 어렵다. 물론 다른 나라에서도 작품을 쓴 사람이 보내 온 원고를 출판사가 검토한 뒤 그것을 출판함으로써 작가로서의 공식적인 인정을 얻는 과정이 있긴 하지만 우리나라처럼 그 통과제의적 과정을 중시하는 나라는 없다고 할 수 있다.

이러한 통과제의적 과정이 문학의 목적이 아니라 수단화되면서 문학의 본질이 소외당하는 현상이 일어나기 시작했다. 순수했던 글쓰기의 동기는 문단이라는 울타리로 들어가기 전에 이미 하나의 틀 속에 세속화되기를 강요당하기 시작하는 것이다. 여러 가지 등단 제도의 장점이 활용되기보다는 그것의 권력화 내지 지나친 상업화로 대두된다는 점이 문제다. 더 큰 문제는 문단의 권력화와 상업화의 도구로 전락한 등단 제도가 글을 쓰지 않으면 안 된다는 표현 욕구의 충족과 좋은 글을 독자에게 연결시킨다는 매개적 역할의 등단 제도를 악용하여 글쓰는 사람들의 영혼에 상처를 주거나 가치 혼란을 불러일으키게 한 것이다.

1) 기성 문학의 확대 재생산

등단의 연대적 순서에서 각 등단 제도의 출현은 그 이전 단점들을 보완하고 더 수준 있는 신인과 문학작품의 발굴을 목적으로 하였지만, 결과적으로는 그 이전의 단점을 답습하는 결과를 보여 왔다.

동인지는 초기에 다소 느슨한 학연과 지연을 통해 그룹화되었지만 그 폐쇄성과 경직성이 심해지면서 자신이 속한 동인지의 영향력 확대를 위해 동인지를 통해 신인들을 많이 배출시키기 시작했다.

그에 따라 특별한 기준 없이 자체적인 판단을 통해 동인지마다 신인들을 양산함으로써 문학 수준의 저하가 우려되기 시작했다. 이와 비슷한 것이 추천제라고 할 수 있는데, 도제식 수련 과정을 거친 신인이 자신의 스승과 영향력 있는 문인의 인정을 통해 문인으로 등단하게 되는 것이다.

그러나 이 또한 객관적 기준이 명확하지 않아 등단 자격에 대해 논란의 소지를 남기며, 스승과 제자라는 권위주의적 종속 관계가 문단 내의 서열화와 일부 학연과 지연에 의한 세력 확장이라는 의심을 받기에 충분한 결과를 보였다.

이러한 동인지와 추천제의 취약점을 보완하기 시작한 것이 신춘문예이며, 공개 경쟁성과 객관성을 지니는, 가장 권위있는 신인 등단 제도로 확고한 위치를 점유하였다. 그러나 신춘문예는 중앙 언론에 문학이 예속화하는 결과를 보이기 시작했다.

문학 제도로서의 매체 가운데 일간 신문의 역할은 매우 중요하다. 1900년대 초부터 일간 신문 매체는 독자를 확보하는 중요한 발판이었다. 이인직이 한국 최초의 개화기 소설을 썼다고 평가하는 학자들은 그들의 눈에 일간 신문이 차지하는 비중이 얼마나 컸던가를 여실하게 증명해 보여 주었다.[46] 특히 거대 언론 기업이 거액의 상금을 통해 가장 광범위하게 작가 지망생들을 유혹한다.

2001년 8월 ≪경향신문≫이 문인들을 대상으로 실시한 설문 조사에 따르면 설문에 응한 41명의 문인들 중 80%인 35명은 '문학 권력은 분명히 있으며 그 폐해는 심각하다.'고 응답했다. 또한 문학 권력이 패거리주의를 조장한다는 의견에 78%인 32명이 동의하였다.

등단 제도를 통한 문단의 권력화는 기성 문학의 재생산 내지 확대 재생

---

46) 이재선 역주, 앞의 글, pp. 8~84.

산으로 나타난다.[47] 문인을 심사하고 선발하는 권한을 가진 사람들은 기성 문인으로 이미 현사회에서 문학적 업적과 능력을 평가받고 있는 사람들이다. 즉 중견 또는 그 이상으로 불리는 시인·작가·평론가, 특히 대학 교수 문인들이 그 문단적·사회적 권위를 등에 업고 심사를 한다.

새로운 문학의 탄생을 관장하는 등용 제도에서 문학의 심판관은 가장 지배적인 위치에 있는 문인, 그들이 행사하는 문학관과 현실 의식이다. 물론 언제든지 낡은 껍질 속에서 새로운 생명이 태어나는 것이지만 그것은 깨뜨림을 통해서만이 가능하다. 실질적으로 문학을 가르는 기준은 문학 제도 내에서 지배적인 위치를 점하고 있는 사람들에 의해 자의적으로 설정된 특정한 태도·기법·비전, 그리고 인간적 관계로 대체된다. 즉 신인 등단은 지배적 문학 제도가 문학적 사실들을 통제하는 양상이 비교적 명료하게 드러나는 자리이다.[48] 이러한 상황에서 작가 지망생들은 문학적 본질에 민감하기보다는 그 외의 정치적인 함수를 고려하게 되고, 문학의 순수성이 상처입게 된다.

이러한 문학 권력의 문제는 심사위원 선정이라는 문제로 표출된다. 특히 심사위원 문제는 신춘문예에서 자주 제기되는데 대략 열 손가락에 꼽을 수 있는 수의 중견급 문인들이 중복 및 장기간 심사를 맡고 있어, 심사위원의 문학적 경향이 당선의 중요한 변수로 등장하게 되었다는 것이다.

2) 등단 제도의 이벤트화 및 상업화

등단이라는 제도가 참신한 글을 발굴하기보다는 등단에 연연한 사람들을 겨냥한 '등단용 글'을 쓰게 만드는 부정적인 역할을 하고 있다는 지적도

---

47) 김이구, 앞의 글, p. 121.

48) 정과리, 「제도로서의 문학」, 『스밈과 짜임』, 문학과 지성사, 1988, p.21.

간과해서는 안 될 것이다. 이러한 등단용 글쓰기의 내용을 좌우하는 것은 각 등단 제도를 시행하는 일간지나 문예지 등의 심사 경향이다.

최근 이러한 심사 경향에 대한 비판은 주최측의 상업적 이익에 근거한 당선작들의 경향이라는 것이다. 즉, 문예지의 경우, 신인상 제도 및 문학상을 통해 독자적 위상을 확보하고 유지되기보다는 상업적 문학 출판을 위한 통로 내지 보조 수단의 역할을 맡고 있는 것이 현실이다. 문예지의 등단 제도는 자파 세력의 확장 또는 문학 독자의 확보를 위한 장치에 불과하거나 상업 출판이 가능한 작품을 손쉽게 확보하여 아울러 상당한 홍보 효과를 동시에 누릴 수 있는 방편으로 기능하는 것이 일반적 현상이 되고 있다.

신춘문예를 비롯한 각종 문학상들은 이벤트성이 강해 대중의 관심을 이끌어 문학 독자를 확보할 수 있게 하고, 작가 지망생들이나 신인급 작가들에게는 새롭게 발돋움할 수 있는 계기로 인식되어 창작 의욕의 동기가 되기도 한다. 그러나 한편으로 그것이 진정한 문학 공동체들을 형성함으로써 문학과 인생에 대한 심오한 탐색의 장들을 유지 확대하는 통로가 되어주는 것이 아니라, 문예지와 출판사를 둘러싼 분파 형성, 이합집산, 상업 출판의 수단 양상을 보여주고 있는 것이 엄연한 현실이다.[49] 2001년의 ≪경향신문≫의 조사에서도 41명 중 66%인 27명이 문학상이 상업적으로 이용된다고 여기고 있었다.

결국 상업적 성공은 대중에 영합하는 또는 기존 문학과 크게 벗어나지 않으면서 무난한 내용의 작품을 요구한다. 이는 문학저변에 상업주의의 거대한 영향력을 깔아 놓아, 실험적이고 획기적이어야 할 문인지망생들에게 현실순응적이고 상업주의적 글쓰기를 먼저 가르치는 꼴이 되어가고 있다.

---

49) 김이구, 앞의 글, p. 121.

3) 문학적 순수성의 훼손과 획일적 글쓰기 양산

문단의 권력화와 상업화는 이른바 '등단용 글쓰기'를 유발한다. 매년 신춘문예 발표가 있기 바쁘게 당선 작품집이 출간되고, 대입학원의 광고처럼 자신의 '학생들의 당선'을 자축하는 광고가 뿌려진다. '등단을 보장하는' 문예창작교실의 광고는 선의의 제도가 문학 자체를 폄하하고 글쓰기의 신명을 빼앗는 결과를 낳을 수도 있다는 점에서 매우 우려할 만한 일이다.

작가 지망생들은 등단의 관문을 뚫기 위해 갖은 노력을 기울인다. 기존의 낡은 감수성과 지배적인 문학관에 도전하여 자신의 문학 세계를 만들어 가겠다는 욕망보다는 오로지 등단하기 위해 작품을 '제조'하겠다는 욕구에 따라 쓰고 행동하고, 우후죽순으로 늘어나는 문화 학교와 문화 센터 등에서 기성문인들로부터 수업을 받고 있다.

문학 혹은 문학 행위 주변의 권력화 현상은 어제오늘의 이야기가 아니다. 다만 오늘날엔 그 말들이 노골적으로 표현되고 사실화되어 버렸기 때문에 이제는 피할 수 없는 문제로 대두되었을 뿐이다. 물론 말을 사용해 인간의 정신을 다루는 문학은 권력의 영향력과 맞물릴 수 있는 여러 요인을 가지고 있다. 문학은 때로 정치적으로 혹은 상업주의와 결탁하는 과정을 통해 독자와 만나는 경우가 있기 때문이다. 어떻든 등단 제도의 매너리즘과 그것의 상업화 혹은 권력화 과정이 글쓰기의 영토를 산성화시키는 일은 글쓰기의 즐거움을 찾는 작가들의 상상력 위축과 그 신명을 빼앗는 결과를 가져 올 것이 분명하다.

신인 및 작가들의 '상상력의 부족'은 순문학 시장의 전반적 침체로 이어졌다.[50] 최근 한국문학은 1970년대에서 90년대 초에 개발된 상상력의 전략을 반복하고 있을 뿐 새로운 상상력의 전략이 출현하지 않고 있다. 천편

---

50) 하종오, 「2000년 한국문단, 그 풍경들」, 《현대문학》, 2000, 12. p.312.

일률적인 시대·세대소설, 저질 불륜소설을 페미니즘으로 포장한다던가, 고백할 내면이 고갈된 상태에서 자동으로 쏟아내는 사소설, 어른의 깊은 내면을 유아화하는 동화 스타일의 우화소설 밖에 없다고 지적한다. 이는 결코 터무니없는 지적이 아니다.

제3장

신춘문예의 현황 및 논쟁

제1절 신춘문예의 역사 및 현황

1. 신춘문예의 역사

1) 현상 문예 제도와 신춘문예

신춘문예 제도는 1920년대 중엽을 전후해서 ≪동아일보≫와 ≪조선일보≫가 각기 이전의 동인지 위주의 문단을 지양하고 새로운 문화창달을 위한 사업의 일환으로 현상공모하는 방법으로 확립한 제도이다. 이는 ≪조선문단≫지가 ≪창조≫·≪폐허≫·≪백조≫ 등의 동인성을 탈피하기 위해 처음으로 추천제를 실시하던 무렵의 일이다.[51] 신춘문예의 원형인 현상문예제는 1899년 1월에 발간된 ≪시사총보≫라는 학회지를 통해 처음 시작되었다. 이는 한때에 국한된 것으로서 근대 문단의 형성에 큰 의의를 지닌 것이라고 할 수는 없다.

신문에서의 현상문예제는 수많은 독자들이 참여한 독자투고란에도 불구하고 ≪매일신보≫에 와서야 그 체제가 확립된다. 이는 동아·조선 보다

---

51) 이덕재, 「신춘문예의 분석적 연구」, ≪한국문학≫, 1989. 12, p.232.

10년은 앞선 것이다. 매일신보는 1914년 현상문예를 최초로 실시하는데, '신년문예대모집'이라는 명칭을 사용하였다. '신년문예대모집'은 ≪청춘≫지의 '현상문예대모집'보다 무려 3년이나 앞서 있으며 현재 시행되고 있는 신춘문예의 효시라는 문단사적인 큰 의의를 지닌다.[52]

한국에서의 본격적인 현상문예제는 1910년대, 근대문학의 초창기에 실시되었다. 1918년 3월호 ≪청춘≫(제12호)에 실린 춘원의 <懸賞小說考選餘言>에서 '순문학적 목적으로 소설을 모집한 것은 아마 이번이 처음인가 보외다'와 같은 글이 나오는 것을 보아 알 수 있다.[53] 응모 규정을 볼 때 현재의 신춘문예와 비교하여 뒤지지 않는 것이었다. 특히 장르면에서는 운문과 산문뿐만 아니라 그림까지 공모하여 그 다양성을 보여준다. 그러나 1915년 1월 1일 신년호 각 부문 입선작 발표에서 단편소설 부분에서는 입선작이 없었던 것으로 보이며, 1916년에도 계속 신년기고 모집을 하는데 아쉽게도 발표할 당선 작품이 미흡하여 그 결과는 처음보다 빈약해진다.

그러나 다시 1919년 신춘현상 모집 광고를 시작으로 1920년 신춘문예가 속개되어 1월에 당선작을 발표하게 된다. 이때 실시된 신춘문예는 그 명칭이 '신년문예'에서 신춘문예로 자리잡은 최초의 것으로서 1920년대 문단의 신인 등용문이 되었다.

이와 같이 ≪매일신보≫가 신문 매체에서 나름의 성과를 올렸다. 뒤이어 동아·조선이 현상문예를 실시하였다. ≪동아일보≫는 월요란을 두어 독자투고를 활발히 진행하다가 1924년 '현상문예대모집'을 시작으로 신춘

---

52) ≪매일신보≫는 이보다 먼저 1912년 '현상모집'이라는 광고를 싣고 있는데 문학분야로 '속요, 시. 소화, 단편소설, 서정, 서사' 등을 모집하였다. 그러나 이때의 시라는 명칭은 한시를 가리키고 있으며, 단편소설 역시 신소설이나 구소설 형식의 단편적인 내용의 글을 의미한다는 점에서 근대적 의미의 현상 모집과는 동떨어져 있는 것이라 할 수 있다.

53) 신동욱, 「신춘문예 제도와 독창성의 문제」, ≪소설문학≫, 1982. 11. p.79.

문예 형식을 지향하였다. 이후 1925년 '신춘문예'라는 이름으로 현상문예를 모집하면서 신춘문예 정착에 일익을 담당한다. 다양한 구독자의 구미를 자극하기 위해 '논문, 문예, 평론 시가, 부인 투고란, 아동 투고란'을 두고 있는데 문예뿐만 아니라 아동 투고란 등은 기존에 계속 공모했던 것으로 '신춘문예'로 탈바꿈하여 신선감을 주려 노력하는 모습이 돋보인다.

≪동아일보≫ 현상문예의 또 다른 특이점을 들자면 1926년부터 평론 분야를 현상공모하고 있다는 것이다. 이 평론 모집은 당시의 잡지에서도 볼 수 없었던 것이었고, 같은 시기 ≪조선일보≫와 기타 신문에서도 실시하지 않은 분야이다. 이것은 당시 평론의 중요성을 인식한 문단의 상황을 발빠르게 반영한 것으로 보인다.

≪조선일보≫는 '신년문예'라는 이름으로 현상모집을 대대적으로 광고하면서 신춘문예제의 정착에 기여하였다.

이 제도는 일제 말기에 동아·조선의 폐간으로, 시행이 중단되었다가 55년부터 다시 이어졌다. 두 신문사와 함께 1950년대에 한국·서울·경향 신문사가 가담했고. 이어 60년대 중앙과 대한이 합세했고, 뒤에 세계와 문화 그리고 지방 신문으로 확대돼, 이 제도는 20세기 한국 문인 등단의 중요한 무대가 되었다.

2) 근대문학 환경과 신춘문예

신춘문예는 다른 장르에 비해 소설과 밀접한 관계가 있다. 초창기 우리나라 소설사는 신문 연재 소설의 역사라고 해도 과언이 아닐 정도로 신문사와 소설은 밀접한 관련이 있다. 이광수의『무정』이 ≪매일신보≫에, 이인직의『혈의 누』가 ≪만세보≫에 연재되었다. 특히 소설시장의 협소성으로 인해 소설가는 대기업인 신문사와 관련을 맺게 된다.

소설을 발표할 수 있는 지면의 협소성으로 인해 작가들이 신문사에 의지하면서 서구와 달리 작가가 시장과 직접 연결되어 있지 않고 신문사에 종속되는 현상이 나타났다. 서구의 경우, 현대에 들어와서 예술이 직업화하면서 문인들도 마찬가지로 자본주의 시장에 종속되었다. 이를 시장적 직업예술가(market professional)라 하는데, 이는 생산적 중개인(productive intermediaries)이라 할 수 있는 근대적 출판업자들이 점점 더 자본화하고 작가들 사이에서는 독특한 유형의 전문직업화가 일어나기 때문이다. 이와 관련한 지표는 판권(copyright)과 인세(royalty)이다.[54] 따라서 서구에서는 예술가와 시장과의 관계를 볼 때 작가와 시장간의 중요한 매개자로서 출판업자가 그 역할을 맡았으나, 소설 시장이 협소한 한국의 경우 초기에 출판업자보다는 신문사가 그 역할을 맡게 된 것으로 볼 수 있다.

문학사회학과 관련시켜 후원제도(patrons)를 살펴보면, 상이한 지식을 가진 작가와 후원자 사이에 교환 관계가 형성된다는 점이 중요하다. 후원자는 불확실하거나 적대적인 상황에서도 문학 작품을 생산하고 분배할 수 있도록 작가에게 물질적 도움을 주거나 보호를 해준다. 후원 제도의 한 가지 명백한 장점은 창작에 필요한 여유를 갖게 한다는 점이다.[55]

문인의 경우, 잡지와 신문, 출판업에서 새로운 유형의 기업 통합적 발전이 이루어진 까닭에 시장과 관계된 분야가 영향을 받았다. 어떤 작가들에게는 새롭고 중요한 사회적 관계가 전개되었고, 새로운 기업 구조 속에 효과적으로 혹은 전적으로 고용되었다.[56] 서구의 경우에는 문인이 직접

---

54) Raymond Williams, Contact : human communication and its history, New York: Thames and Hudson, 1981, p. 47.

55) Alan Swingwood, (A)short history of sociological thought, New York: St. Martin's Press, 1984, p. 197.

56) Raymond Williams, 1981, p.51.

자신의 저서를 출간하여 공중의 후원을 받거나, 거대 출판 기업에 고용되어 문단 활동을 하게 되는데 반해 한국에서는 출판이 활성화되지 못해 다수 문인이 집필로만 생활하기가 힘들게 되었다. 그것은 근대에 출발한 한국의 출판 산업이 활발하게 전개되지 못한 데 이유가 있다.

결론적으로 한국에서 신춘문예 제도의 등장은 서구의 경우와는 달리 근대문학이 성립되는 초기에 문학 시장이 확립되지 못하여 출판매체나 순수문예지를 통한 작품의 발표가 활발할 수 없었던 데서 그 주요 원인을 찾을 수 있다. 신문 연재 소설 등으로 활발히 작품 발표의 장이 되어온 신문매체가 역할을 대신 담당하게 된 것으로 볼 수 있다.

신문 연재 소설은 출판 산업이 발달하지 못했던 1970년대에 매우 높은 관심의 대상이었다. 1977년 신문의 읽을거리를 범주화하여 선호도를 조사한 결과 24개의 항목 중 연재 소설이 9위로 나타났다.[57] 결국 신문기업적 입장에서 본다면 신문 연재 소설이 기사에서 차지하고 있는 비중으로 볼 때 새로운 문인의 지속적인 충원이 절실하게 필요하며, 문인의 입장에서는 안정적인 수입을 보장해 주는 신문 연재 소설에 매력을 느끼고 있었다. 일단 작가와 신문 기업간의 밀접한 연결이 이루어진 한국적 상황하에서는 신춘문예 제도를 통한 등단이 선호되는 현상이 당연한 것이다. 또한 이러한 맥락에서 신춘문예는 추천제와 같이 여러 관문을 통과해야 하는 방식보다 상금이 많고, 한 작품으로 각광을 쉽게 받을 수 있다는 장점 때문에 끌리지 않을 수 없는 제도임에 틀림이 없다

신춘문예 제도는 또한 신문기업적 입장에서 홍보적 측면을 무시할 수 없다. 따라서 특히 소설에 관한 한 신춘문예 제도의 문인 충원에 대한 영향력은 크다고 할 수 있다.

---

57) 오인문, 「신문연재소설의 변천」, ≪신문연구≫, 1977. 10, p.68.

2. 신춘문예 작품의 일반적 경향

최근 신춘문예 당선작들의 특성은, 신인들의 등용문이라는 성격이 애초부터 가질 수 있는 도전과 실험 정신보다는, 고전적인 성찰과 인생론적인 성향을 줄곧 보이고 있다는 점이 특기할 만하다. 이는 물론 신춘문예가 톡톡 튀는 실험 의지의 작품보다는 두루 모양새를 안정되게 취하고 있는 이른바 '모범생'적인 작품을 줄곧 뽑고 있다는 관행을 의식한 결과일 것이다. 그러나 그러한 이유 외에도 우리 시대가 그 동안의 정치성과 실험성의 과잉을 반성하고 문학 본연의 고전적 통찰력과 서정성으로 회귀하고 있는 보편적 현상을 신춘문예 역시 부분적으로 반영하고 있는 측면이라 할 수 있을 것이다.

본 연구에서는 1930년~1960년대, 1970년대, 1980년대, 1990년대로 구분하여 신춘문예 당선소설을 중심으로 그 흐름을 알아보았다. 분석은 시대적 상황과 주제별, 형태별, 배경별 등으로 나누어 실시하였다.

주제별 분류는 주제의 성향이라는 관점에서 이념적 주제, 인생론적 주제, 세태론적 주제의 세 가지로 나눠 분석했다. 이념적 주제는 주로 이데올로기의 대립으로 인한 조국의 비극이나 민족의 비극에 주된 관점을 두고 있는 작품에서 추출된다. 인생론적 주제는 보편적인 삶을 통해 빚어지는 생의 허무, 인간관계, 인생무상, 죽음의 문제 등을 부각시키는 소설에서 추출된다. 세태론적 주제는 사회 현실에서 나타나는 사회 부조리 문제, 생활 습속, 사회조직에 관한 문제들을 부각시키는 소설에서 추출되는 것을 말한다.

형태별 분류는 귀향형, 심리묘사형, 우화형, 고발형, 이야기체 등으로 나누었다. 귀향형은 서울에 살고 있는 주인공이 편지를 받거나 상을 당하는 등의 귀향 계기를 통해 귀향하는 형식을 취하고 있다. 70년대 이후 도시집중화라는 사회 현상에서 얻어진 가장 흔한 소설 형태 중의 하나로, 현대에서 과거의 역사적 사실을 뼈아프게 재현하는 일에 있어 매우 편리한 방식이다. 심리묘사형은 개인의 내면 상황 묘사에 초점을 두고 있는 소설이다. 어떤 역사적 사실이나 시대적 현상보다는 인생에서의 보편적이며 사소한 사건에 대한 심리 변화를 세심한 관찰력과 섬세한 문장력으로 드러내는 형태다. 이것은 소설의 소재주의를 벗어나게 할 수 있는 방법이 되면서 동시에 소설을 개인적 차원의 경험공간에 머물게 하는 제한적 방법이기도 하다. 우화형은 우화적인 방법으로 사회 현실의 부조리를 희화화 또는 풍자하는 형태의 소설을 말한다. 고발형은 다양한 사회 현실에서의 문제점을 직접적인 정황 묘사로 지적함으로써 우리가 잊기 쉬운 진실을 부각시키는 형태를 말한다. 이야기체는 어떤 충격적 효과나 기법상의 복선 따위를 감안하지 않고 비교적 내용이 뚜렷한 현실적 사실을 있었던 그대로 서술하는 형태를 말한다.

이러한 분류는 다분히 작위적일 수밖에 없는데다 몇 가지 문제점도 안고 있다. 작품별로 정도의 차이는 있지만 심리묘사형을 취하지 않는 경우가 드물고, 귀향형이면서 동시에 고발형을 취하는 등 여러 가지 형태를 혼용하고 있기 때문이다. 따라서 가장 쉽게 특색을 파악할 수 있는 형태를 중심으로 분류를 했다.

소설에서 주제를 부각시키기 위해 취하는 작중 배경을 역사적 배경, 개인적 배경, 사회적 배경, 특수 상황의 배경 등 네 가지로 분류했다. 특수 상황의 배경이란 특수한 일을 맡고 있는 제한 공간을 말하는데 광산촌, 섬, 군대, 이국적 상황들이 그것이다. 소설에서의 배경이라 함은 시간과 공간을 동시에 의미하지만 여기서는 작품의 주제적 성향에 관련된 공간적 배경을 말한다. 작중 배경은 주제와도 밀접한 관련을 맺고 있는데, 대체적으로 주제별 분석에서 이념적 주제로 분류된 소설은 역사적 배경, 인생론적 주제는 개인적 배경, 세태론적 주제는 사회적 배경과 짝을 이룬다.

1) 1930년~1960년대 신춘문예 분석

신춘문예를 통한 등단은 1930년대 중후반 5~6년 간 각광을 받는다. 이때 신춘문예 등단 작가가 소설 분야에서 박영준, 김유정, 김동리, 김정한, 정비석, 곽하신, 김영수, 시 분야에서는 황순원, 조영암, 서정주, 김광균, 함형수 등인 것만 봐도 신춘문예의 위력을 짐작할 수 있다. 이러한 신춘문예는 30년대 말 일제의 무단통치로 인해 조선, 동아 등 신문들이 폐간되면서 휴지기(休止期)에 들어간다. 이와 함께 ≪문장≫, ≪인문평론≫등 많은 문예지도 폐간돼 우리 문학의 암흑기를 맞았다.

신춘문예는 광복과 한국전쟁을 거치면서 십수 년 간의 공백을 가졌다가 1955년부터 다시 시작된다. ≪동아일보≫와 ≪조선일보≫에 이어 이 무렵에 ≪한국일보≫와 ≪경향신문≫, ≪서울신문≫이 가담하고 60년대에 들어서 ≪중앙일보≫와 ≪대한일보≫가 합세했다. 이후 신춘문예는 지방 신문에까지 확산되면서 우리나라의 거의 모든 일간지들이 시행하는 제도로 자리잡았다.

일제시대 이후 1960년대까지 중앙 일간지 신춘문예 소설 당선작 60편을 대상으로 주제별, 작중배경별, 형태별 분석을 통해 우리나라 초창기 신춘문예 당선 소설의 성향을 알아본다.

〈표 3-1〉 1930~1960년대 신춘문예 당선작품 일람

신문사 \ 연도	경향	대한	동아	서울	조선	중앙	한국
1934					박영준 '모범경작생'		
1935					김유정 '소낙비'	김동리 '화랑의후예'	
1936			김동리 '산 화'		김정한 '사하촌'		

연도							
1937					정비석 '성황당'		
1938			곽하신 '실락원'				
1939					김영수 '소복'		
1950				오영수 '머루'			
1955					전광용 '흑산도'		오상원 '유예'
1956							정한숙 '전황당인 보기'
1957					최현식 '노루'		하근찬 '수난이대'
1958			이광숙 '질투' 천승세 '점례와 소'		이병구 '후조의마음'		
1959	김환 '스녀해리'		성학원 '인맥' 송상옥 '검은이빨'				오승재 '제3부두'
1960							김학섭 '어머니'
1961					김문수 '이단부홍'		이제하 '손'
1962			성걸 '세번째사람'				김승옥 '생명연습'
1963	안장환 '늪가의 이야기'		오춘자 '황야에서'		전상국 '동행'		
1964				유금호 '하늘을 색칠하라'			홍성원 '빙점지대'
1965	조세희 '좆대없는 장선'		윤형목 '대결'	강위수 '귀환'			유우희 '공백지대'
1966		유광선 '출에덴기'	양문길 '부두주변'	이동하 '전쟁과 다람쥐'	김수남 '조부사망 급래'	장철호 '유예'	
1967	이건용 '석기시대'	백시종 '뚝주변'	백시종 '비둘기'	정강석 '절차타마'	최인호 '견습환자'	조문진 '회귀'	이진우 '생성'
1968		한승원 '목선'	김청조 '폭양'	김병조 '임총리'	이세기 '두시간 삼십분'	오정희 '완구점 여인'	윤흥길 '회색 면류관'
1969		오탁번 '처형의 땅'	강준식 '월요일에...'	백도기 '어떤행렬'	김성종 '경찰관'	김동선 '개를기르는 장군'	천금성 '영해발부근'

(1) 주제별 분석

분석 대상 작품 60편 중 인생론적 주제가 27편(45.0%)으로 가장 많고, 세태론적 주제가 25편(41.7%), 그리고 이념적 주제가 8편(13.3%)이다.

일제하인 30년대 작품 중엔 이념적 주제가 보이지 않는다. 해방 후의 좌우 대립과 6·25 전쟁은 우리의 생활과 문학에 많은 영향을 미쳤다. 하지만 이념적 주제로 분류된 작품들은 대개 전쟁으로 인한 가족사의 비극이나 전쟁의 참혹함을 부각시키는 것들이고, 이데올로기 문제를 정면으로 다룬 작품은 거의 없다. 이데올로기 문제는 등단을 원하는 신인 작가가 다루기엔 부담스러운 주제였을 것이다.

오상원의 「유예」(55·한국)는 포로로 잡힌 국군 소대장을 주인공으로 설정하여 전쟁의 비극성을 고발한다. 하근찬의 「수난 2대」(57·한국)는 징용 나갔다 팔이 잘린 아버지와 한국전쟁 때 다리를 잘린 아들의 수난을 그렸고, 정연희의 「파류상」(57·동아)은 폭력 앞에 유린되는 수녀 마들레에느를 통해 전쟁의 본성은 원천적으로 여성의 자궁에 대한 난행적인 폭력과 유사한 것이라는 점을 보여준다.

이데올로기 문제가 등장하기는 하지만 오영수의 「머루」(50·서울)는 빨치산에게 소를 내주지 않으려다 맞아 죽는 석이 엄마를 통해, 성학원의 「인맥」(59·동아)은 반동으로 몰린 주인공의 수난을 그리면서 각각 우익 편향 내지는 반공적인 시각을 보이고 있다.

이념적 주제의 작품들은 대개 1950년대의 것들이고 1960년대 들어서는 전쟁의 비극을 어린이의 눈으로 바라본 이동하의 「전쟁과 다람쥐」(66·서울) 한 편밖에 눈에 띄지 않는다. 5·16 쿠데타 후 군부독재의 서슬이 퍼런 때였던 탓도 있을 것이다.

인생론적 주제는 특히 1960년대 들어서 많이 나타난다. 4·19 혁명과 5·16 쿠데타를 경험한 작가들은 삶과 죽음, 인간의 본질 등에 대해 보다 다양하게 접근하기 시작한다. 성걸의 「세번째 사람」(62·동아), 김승옥의 「생명연습」(62·한국), 강위수의 「귀환」(65·서울) 등은 각기 인간의 내면 세계를 들여다보고 있다는 점에서 인생론적 주제로 분류된다.

이 중 「생명연습」은 전쟁의 악몽, 도덕, 사회, 현실이니 하는 모든 개념으로부터 벗어나 개인의 삶은 철저히 개인의 것이라는 강한 주관주의적 인식을 보여주고 있다.

인생론적 주제의 소설은 대개 개인적 배경을 깔고 심리묘사형으로 서술된다. 그러나 유금호의 「하늘을 색칠하라」(64·서울)는 나환자 수용소가 있는 소록도를 배경으로 하고 있고, 전투기 조종사가 주인공인 조세희의 「돛대 없는 장선」(65·경향), 강위수의 「귀환」(65·서울), 김청조의 「폭양」(68·동아) 등은 전쟁을 배경으로 삶과 죽음의 의미를 묻고, 인간의 본성을 탐구한다.

일제하 작품은 대개 세태론적 주제가 많다. 박영준의 「모범경작생」(34·조선), 김동리의 「산화」(36·동아), 김정한의 「사하촌」(36·조선) 등은 소작농들의 가난한 생활상을 그리고 있다. 이 중에서도 「모범 경작생」「사하촌」은 빈부의 갈등과 이를 조장하는 일제 식민지 정책을 등장시키면서 결국 '못살겠다'고 일어서는 농민들의 분노를 보여준다.

김환의 「소녀 해리」(59·경향), 송상옥의 「검은 이빨」(59·동아)은 전쟁의 또 다른 후유증인 혼혈 문제를 다룬 세태론적 소설이다.

오승재의 「제3부두」(59·한국), 윤형묵의 「대결」(65·동아), 양문길의 「부두 주변」(66·동아) 등은 그 시절 삶의 현실과 어두운 모습을 보여주는 작품이다.

오춘자의 「황야에서」(63·동아)는 애정 풍속도를, 최인호의 「견습환자」(67·조선)는 병원을 배경으로 정이 없어지고 기계화한 현대인의 모습을 보여주는 세태론적 소설이다.

오탁번의 「처형의 땅」(69·대한)은 판잣집 철거 문제를 통해 산업사회의 문제점을 지적하고 있다.

〈표 3-2〉 1930~1960년대 신춘문예 당선작품 주제별 분류

주제 \ 신문	경향	대한	동아	서울	(구)중앙	중앙	조선	한국	계 (%)
이념적주제	1		2	2			1	2	8 (13.3%)
인생론적주제	2	2	5	5		3	4	6	27 (45.0%)
세태론적주제	1	2	7		1	1	9	4	25 (41.7%)
계	4	4	14	7	1	4	14	12	60 (100%)

(2) 작중 배경별 분석

일제강점기 이후 1960년까지의 신춘문예 당선소설 60편의 작중 배경은 사회적 배경 23편(38.3%), 개인적 배경 17편(28.3%), 특수 상황 배경 13편(21.7%), 역사적 배경 7편(11.7%) 순으로 나타났다.

이념적 주제의 소설은 거의 다 역사적 사건을 소설적 배경으로 삼고 있다. 오상원의 「유예」, 정연희의 「파류상」, 이동하의 「전쟁과 다람쥐」는 6·25전쟁을, 이병구의 「후조의 마음」은 일제의 태평양전쟁을 배경으로 하고 있다.

인생론적 주제를 담은 작품은 대개 개인적 배경을 깔고 있는 경우가 많다. 김승옥의 「생명연습」(62·한국), 장철호의 「유예」(66·중앙) 등은 개인과 가족사를 통해 이야기를 풀어나간다. 성결의 「세번째 사람」(62·동아), 오정희의 「완구점 여인」(68·중앙)은 지극히 제한된 개인적 공간에서 드러나는 주인공의 내면 세계를 묘사한 개인적 배경의 작품이다.

1970~90년대의 신춘문예 소설 중 개인적 배경의 작품이 절반 정도를 차지하고 있는데 비해 30~60년대의 소설은 사회적 배경의 작품이 많은 점이 눈에 띈다. 일제강점기 당시의 당선작인 박영준의 「모범경작생」, 김정한의 「사하촌」은 일제하 가난한 농촌 마을을 배경으로 하고 있다. 소매치기가 주인공인 윤형묵의 「대결」, 빈민촌 철거 문제를 다룬 오탁번의 「처형의 땅」(69·대한) 등은 우리가 살고 있는 도시의 모습을 그리고 있다.

특수 상황 배경은 군대가 대부분을 차지한다. 전쟁이 끝난 지 얼마 되지 않은 시기였고, 또 우리 사회에서 군대가 그만큼 큰 비중을 차지하고 있었던 때문이라 생각된다. 최현식의 「노루」(57 · 조선)는 철책 부대원, 조세희의 「돛대 없는 장선」은 날마다 생과 사의 갈림길을 오가는 공군 전투기 조종사, 김청조의 「폭양」은 베트남전 참전 부대원이 주인공으로 부대 내의 이야기를 중심으로 풀어나간다.

〈표 3-3〉 1930~1960년대 신춘문예 당선작품 작중 배경별 분류

신문 주제	경향	대한	동아	서울	(구)중앙	중앙	조선	한국	계 (%)
역사적배경	1		2	1			1	2	7 (11.7%)
개인적배경	1	2	3	1		3	4	3	17 (28.3%)
사회적배경	1	2	7	2	1		7	34	23 (38.3%)
특수상황배경	1		2	3		1	2	4	13 (21.7%)
계	4	4	14	7	1	4	14	12	60 (100%)

(3) 형태별 분석

심리묘사형 작품이 36편으로 전체의 60%를 차지한다. 이야기체가 12편(20%), 고발형 7편(11.7%), 우화형 4편(6.7%), 귀향형 1편(1.7%)이다. 이같은 결과는 단편의 특성상 주제를 명확히 드러내는데 심리묘사 방법이 유리한 때문이라 판단된다.

인생론적 주제의 작품은 대개 심리묘사형이다. 이제하의 「손」(61 · 한국), 윤형묵의 「대결」, 김수남의 「조부사망급래」(66 · 조선) 등은 세태론적 주제의 소설이지만 주인공의 심리를 통해 세태를 드러내거나, 세태를 바라보는 주인공의 심리적 갈등을 묘사했다는 점에서 심리묘사형으로 분류된다.

전상국의 「동행」(63 · 조선)은 유일한 귀향형 소설이다. 6 · 25 때 주인공 억구는 친구 득수를 반동으로 몰아 죽이고 득수의 동생 득칠은 억구 아버지를 빨갱이로 몰아 죽여 복수한다. 억구 역시 빨갱이로 몰려 십 수

년 간 외지로 나가 있다가 아버지의 묘소를 찾아가며 이야기가 전개된다.

우화형은 부조리한 현실을 풍자, 희화한 작품이다. 김동리의 「화랑의 후예」(35·(구)중앙), 김병조의 「임총리」(68·서울), 김동선의 「개를 기르는 장군」(69·중앙) 등은 주인공을 희화화해 세태를 풍자한 점에서 우화형으로 분류된다.

고발형은 사회 현실의 문제점을 비판한 세태론적 소설에서 흔히 볼 수 있는 형태다. 박영준의 「모범 경작생」과 김정한의 「사하촌」은 일제하 지주와 소작농의 갈등, 일제 식민지 정책의 일단을 고발한 작품이다. 유우희의 「공백지대」(65·한국)는 부패한 군대의 실상을, 오탁번의 「처형의 땅」은 소외받는 도시 빈민의 실상을 직접적인 정황 묘사로 보여준다.

이야기체는 심리묘사형 다음으로 많은 형태다. 전광용의 「흑산도」(55·조선)는 뭍을 그리워하면서도 섬을 떠나지 못하는 섬사람들의 숙명을, 김학섭의 「어머니」(60·한국)는 그 시절 어머니들의 지난한 삶과 사랑을, 안장환의 「늪가의 이야기」(63·경향)는 6·25전쟁에 얽힌 가족사의 비극과 쓸쓸한 현실을 담담하게 이야기해 준다.

〈표 3-4〉 1930~1960년대 신춘문예 당선작품 형태별 분류

신문 \ 주제	경향	대한	동아	서울	(구)중앙	중앙	조선	한국	계 (%)
귀향형								1	1 (1.7%)
심리묘사형	2	2	8	5		3	9	7	36 (60%)
우화형			1	1	1	1			4 (6.7%)
고발형	1	1	2				2	1	7 (11.7%)
이야기체	1	1	3	1			2	4	12 (20%)
계	4	4	14	7	1	4	14	12	60 (100%)

2) 1970년대 신춘문예 당선작 분석

1970년대는 유신독재정권의 폭압이 기승을 부리던 시기다. 시도 때도

없이 발동되는 긴급조치로 인해 언론이 제 역할을 하지 못했다. 이러한 시기에는 우회적인 방법으로 정권을 풍자하고 민중들의 막힌 입 역할을 하는 것이 문학의 속성이다. 실제로 70년대에는 자유실천문인협의회 소속 문인들의 작품에서 이러한 작업이 활발하게 이루어졌다.

그러나 신춘문예 소설 당선작에서는 이러한 경향을 전혀 찾을 수 없다. 엄격한 심사를 거쳐야 하는 신인들이 정치적으로 민감한 문제를 다루기에는 부담이 됐을 것이다. 1970년대 작품 중 이념적 주제로 분류할 수 있는 것이 30%에 이르지만, 이 같은 이유 때문인지 이데올로기 문제를 직접 언급하지는 못하고 전쟁의 비극을 그리는데 머물고 있다.

〈표 3-5〉 1970년대 신춘문예 당선작품 일람

신문사 / 연도	경향	동아	서울	조선	중앙	한국
1970		오효진 '잉어와곱추'	박기동 '퇴화론'	황석영 '탑'	조해일 '매일죽는사람'	이수남 '돔소도에서'
1971		조성기 '만화경'	윤진상 '불안한마당'	신경득 '풍속도'	최웅태 '사 당'	
1972	박광서 '두사나이'	한수산 '4월의 끝'	이복구 '불구경'	송하춘 '한번그렇게'	조용득 '데드마스크'	고동화 '열하일기'
1973	하기 '폐 광'	이태호 '횡 적'	이경자 '확 인'	손용상 '방 생'	박범신 '여름의잔해'	
1974					송기원 '경외성서'	손영호 '판님'
1975		현기영 '아버지'	김신운 '이무기'	권현민 '줄에덴기'	정향미 '미 명'	김상열 '소리의덫'
1976		김민숙 '바다와나비'			조승기 '돌을던지는여자'	우선덕 '하얀역류'
1977		이균영 '바람과도시'		김만옥 '순례기'	김지인 '빛깔과냄새'	김정례 '손 님'
1978		김양호 '귀환일기'			유익서 '우리들의축제'	김양호 '점박이 갈매기'
1979				정화혁 '하늘의소리 땅의 소리'	서동훈 '까치집에 불켜고'	윤후명 '산 역'

1970년대는 또 우리 국군이 미국의 용병으로 베트남전에 참전한다. 뒤에 밝혀진 수치지만 베트남전에서는 우리 국군 사망자만도 5천여 명이 넘어 당시에 큰 사회문제가 됐다. 반면에 우리 경제는 베트남 특수로 인해 비약적인 성장을 했다. 따라서 70년대 신춘문예 당선작 중에는 이러한 베트남전을 주제나 작중 배경으로 다룬 소설이 많은 것이 한 특징이다. 황석영의 「탑」(70 · 조선), 이복구의 「불구경」(72 · 서울), 손용상의 「방생」(73 · 조선), 김상열의 「소리의 덫」(75 · 한국) 등이 베트남전을 다룬 대표적인 소설이다.

(1) 주제별 분석

분석 대상 작품 40편 중 인생론적 주제가 16편(40.0%), 이념적 주제와 세태론적 주제가 각각 12편(30.0%)이다.

70년대는 유신 독재 정권의 폭압이 극에 달한 시기다. 그럼에도 불구하고 이념적 주제로 분류되는 소설이 30%를 차지했다. 물론 이데올로기 문제를 직접 언급하거나 정치 현실과 이념에 자유롭고 비판적으로 접근한 작품은 거의 없다. 이 시기의 이념적 주제의 작품도 대개는 전쟁의 비극을 그린 것들이다. 6 · 25와 함께 베트남 전쟁도 주요 배경이 되고 있다.

≪조선일보≫가 1970∼73년까지 4년 연속 이념적 주제의 작품을 뽑은 것이 이색적이다. 전쟁의 비극을 부각시키는 것이 어쩌면 반공으로 연결될 수 있다는 반증이 된 것으로 보인다. 또 조선의 경우 길게는 십 수 년씩 특정 심사위원이 지속적으로 맡는 경우가 많아 응모자들이 예년의 심사 경향을 좇는 심리도 영향을 미쳤을 것이다. 하지만 1970년대 중반 이후로는 조선일보 신춘문예에서 이념적 주제의 소설은 거의 사라졌다.

황석영의 「탑」(70 · 조선)은 베트남전을 배경으로 보잘것없고 초라한 탑을 둘러 싼 치열한 전투를 통해 전쟁의 허구와 맹목성을 고발한다. 신경득의 「풍속도」(71·조선)는 전쟁이 소년들의 일상에 미친 영향, 전쟁 때문에 미쳐버린 마을 청년을 통해 전쟁의 폐해를 고발하고, 이태호의 「횡적」(73·동아)은 문학에의 꿈, 단란한 가정, 사랑하는 연인에 대한 모든 희망을 앗아간 전쟁의 실체를 불구가 된 삼촌을 통해 바라본 작품이다.

〈표 3-6〉 1970년대 신춘문예 당선작품 주제별 분류

주제＼신문	경향	동아	서울	중앙	조선	한국	계 (%)
이념적 주제		2	1	2	4	3	12 (30%)
인생론적 주제	1	5	2	4	2	2	16 (40%)
세태론적 주제	1	1	2	4	1	3	12 (30%)
계	2	8	5	10	7	8	40 (100%)

현기영의 「아버지」(75·동아)는 드물게 아버지가 빨치산이었던 가족의 비극을 통해 전쟁과 이념의 갈등이 남긴 상처를 얘기한다.

인생론적 주제의 작품은 동아가 5편으로 가장 많다. 박기동의 「퇴화론」(70·서울), 조용득의 「데드 마스크」(72·중앙)는 복잡한 가족사를 가진 주인공이 삶의 의미를 찾아가는 과정과 갈등을 그린 작품이고, 조성기의 「만화경」(72·동아)은 만화경 속 환상의 세계를 통해 '나'의 본질을 발견하는 가난한 소년의 이야기다. 한수산의 「4월의 끝」(72·동아)은 형수의 불치병을 계기로 회상에 잠긴 주인공이 주변 사람들의 삶과 죽음을 통해 '어떻게 살아야 하는가'에 대한 해답을 묻는다.

세태론적 주제의 소설은 모두 12편으로 이 가운데 중앙이 4편, 한국이 3편이다. 조해일의 「매일 죽는 사람」(70·중앙)은 매일 죽는 역할을 하는 엑스트라 배우인 주인공을 통해 서민들의 행복하지 못한 현실을 그렸다. 정향미의 「미명」(75·중앙)도 생활고를 해결하기 위해 도둑질을 할 수밖에 없는 가난한

이웃의 삶을 보여준다. 이경자의 「확인」(73·서울)은 산업화 사회가 되면서 변화하는 애정관과 결혼 풍속도를 비판적 시각으로 그려냈다. 이균영의 「바람과 도시」(77·동아)는 잡지사 기자의 눈을 통해 공단 여성들의 착취받는 삶, 성공을 위해 사랑하는 여자를 버린 형의 과거, 사랑에 대한 자신의 갈등 등을 조망하며 정체성을 찾지 못하고 흔들리는 현대인의 삶을 고발한다.

(2) 작중 배경별 분석

역사적 배경이 11편, 개인적 배경이 15편, 사회적 배경이 8편, 특수상황 배경이 6편으로 나타났다.

〈표 3-7〉 1970년대 신춘문예 당선작품 작중 배경별 분류

주제 \ 신문	경향	동아	서울	중앙	조선	한국	계 (%)
역사적배경		2	1	2	3	3	11 (27.5%)
개인적배경		4	2	4	2	3	15 (37.5%)
사회적배경		1	2	4	1		8 (20%)
특수상황배경	2	1			1	2	6 (15%)
계	2	8	5	10	7	8	40 (100%)

역사적 배경은 6·25전쟁을 전후로 한 시기와 베트남전의 경험이 대부분이다. 1960년대 말에서 70년대 초까지는 한국 경제가 베트남 특수를 누렸던 시기다. 베트남전은 우리의 삶과 문학에도 많은 자취를 남겼다. 최응태의 「사당」(71·중앙), 이태호의 「횡적」은 6·25전쟁을 배경으로 한 작품이다. 한국군이 미군의 용병 역할을 했던 베트남전을 소재로 한 작품으로는 황석영의 「탑」, 이복구의 「불구경」(72·서울), 손용상의 「방생」(73·조선), 김상열의 「소리의 덫」(75·한국) 등이 있다.

인생론적 주제의 작품은 거의 다 개인적 배경을 보인다. 고동화의 「열하일기」(72·한국)는 지극히 개인적인 체험을 통해 삶의 돌파구를 찾으려는 주인공의 심리를 표현한 작품이다. 박범신의 「여름의 잔해」(73·중앙), 김신운의 「이무기」(75·서울) 등은 가족 또는 가족사를 배경으로 한다.

사회적 배경 작품으로는 우리가 매일 살아가는 삶의 현장을 그린 조해일의 「매일 죽는 사람」, 이균영의 「바람과 도시」 등을 들 수 있다.

탄광 마을에서 결핵으로 죽어가는 사람들의 이야기를 그린 하기의 「폐광」(73·경향), 비행기 조종사와 비행장 옆 수녀원 수녀와의 사랑 이야기를 통해 전쟁의 상처를 더듬는 박종원의 「귀환일기」(78·동아) 등은 특수 상황 배경 작품으로 꼽힌다.

(3) 형태별 분석

심리묘사형이 전체의 반을 넘는 22편(55.0%)이고, 귀향형이 1편, 우화형 6편, 고발형 2편, 이야기체 9편이다.

〈표 3-8〉 1970년대 신춘문예 당선작품 형태별 분류

주제＼신문	경향	동아	서울	중앙	조선	한국	계 (%)
귀향형						1	1 (2.5%)
심리묘사형		5	4	6	3	4	22 (55%)
우화형	1	1		2	2		6 (15%)
고발형	1	1					2 (5%)
이야기체		1	1	2	2	3	9 (22.5%)
계	2	8	5	10	7	8	40 (100%)

인생론적 주제를 다룬 작품은 대개 심리묘사형이다. 삶과 죽음의 의미,

생의 고뇌를 탐구하는 데는 주인공의 심리적 갈등과 변화를 추적하는 것이 효과적이다.

권현민의 「출에덴기」(75·조선)는 성에 눈을 뜨는 소년들의 심리를 잘 그려냈다. 조해일의 「매일 죽는 사람」, 윤진상의 「불안한 마당」(71·서울)은 세태론적 주제의 작품이지만 주인공의 심리 묘사를 통해 현실의 문제점을 지적하고 있다.

박광서의 「두 사나이」(72·경향)는 군대 이야기를 설화 속 인물들을 내세워 묘사한 우화형 소설이다. 정향미의 「미명」은 어쩌면 우스꽝스러운 도둑 이야기를 통해 세태를 풍자한 우화형 소설이고, 유익서의 「우리들의 축제」(78·중앙)도 현대인의 방황과 고독, 대화의 단절 등을 우화적 방법으로 지적한다.

이야기체 소설로는 전쟁 때문에 서로 배신하고 죽여야 했던 과거의 비극을 들려주는 김정례의 「손님」(77·한국), 베트남전에서의 한 살인사건을 접하며 이야기를 풀어가는 김상열의 「소리의 덫」(75·한국) 등이 있다.

3) 1980년대 신춘문예 당선작 분석

1980년대는 10·26사태의 총성으로부터 시작된다. 박정희의 유신체제가 무너지자 1960년대 이래 지속돼 온 사회적 억압이 풀릴 것이란 지식인과 학생들의 큰 기대 속에 1980년대의 막이 올랐다. 1980년의 '서울의 봄'과 광주민주화운동은 정치와 사회의 민주화에 대한 국민들의 열망의 표현이었다.

국민들의 이러한 기대감은 신군부의 등장으로 여지없이 무너지고 말았다. 80년대 내내 대학가에서는 시위가 끊이질 않아 최루탄과 화염병이 난무했다. 이러한 민주화에 대한 국민들의 열망은 1987년 6월 항쟁으로 폭발했고, 마침내 대통령 직선제 개헌을 이끌어냈다.

1980년대의 이러한 민주화에 대한 열망이 신춘문예 당선작에 그대로 반영됐다고 보기는 어렵다. 전체 당선작 50편 중 절반이 넘는 26편이 인생론적 주제의 작품이란 것이 이를 증명한다. 신군부의 억압이 계속되고 있는 상황에서 신인들이 이념적 주제의 작품을 제출하기가 부담이 됐을 것으로 보인다.

〈표 3-9〉 1980년대 신춘문예 당선작품 일람

신문사 / 연도	경향	동아	서울	조선	중앙	한국
1980				조규순 '징소리'	최명희 '쓰러지는 빛'	김신자 '등 대'
1981	김영종 '아벨일기'	이삼교 '대각선'	임철우 '개도둑'	최수철 '맹 점'	장형규 '봄으로가는...'	황충상 '무색계' 이건숙 '양로원'
1982	이병천 '더듬이의혼'	이영옥 '홍 터'	이덕재 '서수필'	정호승 '위령제'	송춘섭 '그여름의초상'	이린 '모계사'
1983	백현선 '어떤귀향'	안석강 '국외자'	나명순 '우일병과 분대장'	김인숙 '상실의계절'	이수광 '바람이여 넋이여'	김혁 '길고 긴노래'
1984	박시웃 '새'	황영옥 '새를 기다리며'	정수남 '접 목'	문형렬 '물뿌리기'	신광식 '어느순례'	이연철 '그리운 꿈'
1985	최현규 '밀 알'	윤춘택 '아버지의 표창'	백상태 '어떤묘'	김혜정 '환절기'		유정룡 '열려라 문'
1986		강병석 '낱말찾기'	김주성 '해 후'	홍순모 '호수의눈'	김정하 '망각속을 흐르는강'	박정우 '전지에서'
1987	유영숙 '햇무리'	조순임 '뿔'	이원하 '이강산 낙화유수'	이응수 '와우석'	구효서 '마 디'	전진우 '서울 1986 여름'
1988	최용운 '폐기처분'	이혜경 '이앙기'	이나미 '미로학습'	전용문 '바람저편'	김기홍 '쥐와맨드라미'	김석희 '이상의 날개'

그러나 운동권 이야기나 시국사건 등을 직간접적인 주제로 다룬 작품도 심심찮게 눈에 띈다. 특히 6월항쟁 이후 80년대 후반의 당선작들 중에서 이같은 현상이 두드러지게 나타나고 있다. 김기홍의 「쥐와 맨드라미」(88·중앙), 윤영희의 「허리병」(89·조선), 이승하의 「비망록」(89·경향) 등이 그것으로 개인적인 문제에 치중한 90년대의 당선작과는 달리 '나'보다는 '우리'의 문제를 다룬 것이 특징이다.[58]

(1) 주제별 분석

분석 대상 작품 50편 중 인생론적 주제가 절반이 넘는 26편이고 세태론적 주제가 14편, 이념적 주제가 10편이다. ≪조선일보≫의 경우 총 9편 중 8편이 인생론적 주제의 작품이다. 동아일보는 총8편 중 5편이 세태론적 주제의 작품으로 상대적으로 세태론적 주제의 작품이 많았다.

〈표 3-10〉 1980년대 신춘문예 당선작품 주제별 분류

주제\신문	경향	동아	서울	중앙	조선	한국	계 (%)
이념적주제		2	3	3		2	10 (20%)
인생론적주제	4	1	4	4	8	5	26 (52%)
세태론적주제	3	5	1	1	1	3	14 (28%)
계	7	8	8	8	9	10	50 (100%)

이념적 주제의 작품은 역시 6·25전쟁을 모티프로 한 것이 많다. 이영옥

---

58) 이명재는 80년대 문학을 문학외적인 회오리와 강압 속에서 치열하게 대응하고 자성해 오면서 문학의 변혁을 이루었다고 평가했다.(이명재, "80년대 소설 총평", ≪월간문학≫, 1990, 1. pp. 54~65.)

의 「흉터」(82 · 동아), 이수광의 「바람이여 넋이여」(83 · 중앙), 정수남의 「접목」(84 · 서울), 백상태의 「어떤 묘」(85 · 서울), 김정하의 「망각 속을 흐르는 강」(86 · 중앙) 등은 이데올로기의 대립, 전쟁의 인간성 말살로 인한 가족의 비극이 아직까지 풀리지 않음을 보여주는 작품이다. 김진자의 「등대」(80 · 한국)는 제주 4.3사태가 남긴 이데올로기의 상흔을 그렸다.

인생론적 주제는 등단 관문을 통과하는데 유리한 신춘문예의 한 전형으로 자리잡았다. 김혁의 「길고 긴 노래」(83 · 한국), 황영옥의 「새를 기다리며」(84 · 동아), 유영숙의 「햇무리」(87 · 경향) 등이 일상적 삶을 사는 주인공의 내면 세계를 묘사하며 삶의 의미를 깨달아가는 인생론적 주제의 작품이다. 문형렬의 「물뿌리기」(84 · 조선), 김혜정의 「환절기」(85,조선), 유정룡의 「열려라 문」(85 · 한국) 등은 가족 이야기를 통해 인간의 내면을 탐구하는 작품이다. 대하소설 「혼불」의 작가인 최명희는 등단작 「쓰러지는 빛」(80 · 중앙)에서 가난으로 인해 집을 팔아야 하는 주인공의 가족사 회고를 통해 산다는 것의 의미를 되새기고 있다.

미군 병사와 결혼해 미국으로 건너간 주인공의 쓸쓸한 삶을 다룬 이건숙의 「양르원」(81 · 한국), 아메리칸 드림의 실상을 그린 이연철의 「그리운 꿈」(84 · 한국) 등은 사회 현실의 구조적 모순을 드러낸 세태론적 주제의 소설이다. 직장에서 16번이나 쫓겨난 주인공을 통해 명령과 권위만을 강요하는 조직사회를 풍자한 안석강의 「국외자」(83 · 동아), 변화하는 성 모랄과 결혼관을 그린 김인숙의 「상실의 계절」(83 · 조선), 대학 시절 사회의 불의에 항거했으나 사회 조직 속에서 점차 도태하고 마는 주인공을 통해 우리 시대 인간 소외 문제를 다룬 전진우의 「서울 1986 여름」(87 · 동아) 등도 우리의 삶의 모습을 찾아가는 세태론적 주제의 작품이다.

1980년대 당선작의 가장 큰 특징은 민주화 열기와 시위 등을 반영해 운동권 이야기나 시국사건 등을 직간접적인 주제로 다룬 작품이 많다는 점이다. 특히 6월항쟁 이후 80년대 후반의 당선작들 중에서 이같은 현상이 두드러지게 나타나고 있다. 김기홍의 「쥐와 맨드라미」(88·중앙)는 운동권 학생을 등장시키고 있으며, 쥐와 맨드라미의 관계를 매개로 하여 억압에의 절망과 자유에의 열망이라는 당시의 내적 상황을 은유적으로 표현한 작품이다. 윤영희의 「허리병」(89·조선)은 제목이 상징하고 있는 것처럼 개인의 삶을 우리나라의 분단상황으로까지 확산시켜 접근하고 있다. 이승하의 「비망록」(89·경향)은 광주항쟁 당시 진압군으로 참가했던 아들과 4·19 학생의거 때 경찰로서 발포한 부친이 죄책감으로 정신병 징후에 시달리는 문제를 다뤘다. 민주화운동의 피해자가 아닌 가해자를 등장시켜 이들이 심한 정신적 외상에 시달리는 피폐상을 다룬 점이 특이하다.

(2) 작중 배경별 분석

역사적 배경이 10편, 개인적 배경이 26편, 사회적 배경이 11편, 특수 상황 배경이 3편이다.

이념적 주제의 작품은 모두 역사적 배경을 소설의 공간적 배경으로 삼고 있다. 전쟁과 군부의 폭력 앞에 힘없이 무너지는 인간상을 그린 구효서의 「마디」(87·중앙)는 6·25와 함께 오월 광주 항쟁 당시의 상황을 회상 속에 담아 소설적 배경으로 삼고 있다. 이삼교의 「대각선」(81·동아)은 전쟁의 상처를 딛고 씩씩하게 일어서는 어머니의 서울 아들집 생활기를 담았다.

인생론적 주제의 작품들은 거의 모두 개인, 가정, 애인 등 개인적 공간과 상황 위에서 이야기를 전개한다.

세태론적 주제의 작품들은 주제를 부각시키기 위해 주로 사회적 배경을 깔고 있다. 최현규의 「밀알」(85·경향)은 선반공인 남편과 봉제 미싱사인 아내의 삶을 위한 투쟁과 꿈을 통해 산업사회의 뒤안을 돌아본 작품이고, 조순임의 「뿔」은 틈만 나면 백화점에서 조그만 물건들을 훔치는 도벽 있는 아내와 이상주의자인 남편의 갈등을 통해 현대인의 소외를 말한다. 제목인 '뿔'은 남편과 아내 모두 사회에 두리뭉실하게 적응하지 못하고 뿔처럼 튀어나온 모습을 의미한다.

특수 상황 배경 작품으로는 미국 양로원에 사는 할머니가 주인공인 이건숙의 「양로원」, 베트남전이라는 전시 상황에서의 두 친구의 사랑과 갈등을 그린 나명순의 「우일병과 분대장」(83・서울)을 꼽을 수 있다.

〈표 3-11〉 1980년대 신춘문예 당선작품 작중 배경별 분류

주제＼신문	경향	동아	서울	중앙	조선	한국	계 (%)
역사적배경		2	3	3		2	10 (20%)
개인적배경	3	2	3	4	9	5	26 (52%)
사회적배경	3	4	1	1			11 (22%)
특수상황배경	1		1			1	3 (6%)
계	7	8	8	8	9	10	50 (100%)

(3) 형태별 분석

1980년대 당선 소설을 살펴보면 귀향형이 5편, 심리묘사형이 절반에 가까운 22편(44.0%), 우화형이 7편, 고발형이 3편, 이야기체가 13편이다.

귀향형은 산업화가 가속되면서 고향을 떠나야 하는 이들이 늘어나면서 자리잡은 서술 형태다. 구효서의 「마디」, 백현선의 「어떤 귀향」(83・경향), 이수광의 「바람이여 넋이여」, 백상태의 「어떤 묘」 등은 오랜만에 고향을 찾은 주인공의 회상 형태로 이야기를 풀어가는 귀향형 소설로 분류된다.

심리묘사형은 어떤 역사적 사실이나 시대적 현상보다는 일상의 보편적이며 사소한 사건에 대한 심리변화를 세심한 관찰력으로 드러내는 형태다.

황영옥의「새를 기다리며」, 신광식의「어느 순례」(84,중앙) 등은 가족 관계 속에서 갈등을 겪는 여성들의 내면 묘사에 치중한 작품들이다.

우화형은 사회 현실의 부조리를 희화화하거나 풍자를 통해 비판하는 형식이다. 유정룡의「열려라 문」, 안석강의「국외자」, 김정하의「망각 속을 흐르는 강」(86 · 중앙) 등은 인물을 희화하거나 사실의 과장을 통해 현실의 모순을 생생하게 보여준다.

고발형에는 보다 직접적이고 사실적으로 사회 부조리나 인간 소외를 거론한 작품이 해당된다. 이연철의「그리운 꿈」은 아메리칸 드림의 허상을, 최현규의「밀알」은 노동자들의 힘겨운 삶을 통해 경제 구조의 모순을 짚었다. 최용운의「폐기처분」(88 · 경향)은 언제 닥칠지 모르는 구조조정의 칼날에 떠는 직장인의 모습을 그리면서, 한치 앞도 내다볼 수 없는 사회의 비정함을 고발한다.

이야기체 작품으론 이데올로기의 대립과 전쟁으로 인한 비극의 역사를 담담하게 풀어나간 김신자의「등대」, 이영옥의「흉터」, 정수남의「접목」 등이 있다.

〈표 3-12〉1980년대 신춘문예 당선작품 형태별 분류

주제＼신문	경향	동아	서울	중앙	조선	한국	계 (%)
귀향형	1	1	1	2			5 (10%)
심리묘사형	4	2	2	2	7	5	22 (44%)
우화형		2		2	1	2	7 (14%)
고발형	2					1	3 (6%)
이야기체		3	5	2	1	2	13 (26%)
계	7	8	8	8	9	10	50 (100%)

4) 1990년대 신춘문예 당선작 분석

1990년대 들어 우리나라는 정치·사회적으로 커다란 환경의 변화를 겪게 된다. 우선 국제적으로는 마르크스 이래 1세기 동안 지구의 정치적 지배권을 반분해 오던 공산주의가 와해되고 소련과 동구권의 사회주의 정권들이 퇴장했다. 이로 인해 자본주의와 사회주의의 대립구도로 이 시대를 관찰하는 것은 무의미해졌다. 특히 건국과 함께 진행된 분단으로 인해 반공 이데올로기에 알게 모르게 지배당해 온 국민들이 느끼는 충격과 혼란은 상상을 초월했다. 국내적으로는 30년 이상 정권을 잡아 온 군부 세력이 물러나고 1992년 문민정부가 탄생했다. 문민정부는 출범과 함께 군부 출신의 두 전직 대통령들을 법정에 세웠다. 이같은 일련의 정치·사회적 소용돌이는 1980년대까지 우리 사회의 양대 축을 이뤄온 수구 세력과 민주 세력, 보수 세력과 진보 세력의 구분을 무력화시켰다.

이러한 정치 및 사회적 상황과 환경의 변화는 우리 문학에도 커다란 영향을 끼쳤다.[59] 전시대적 가치 및 질서로부터 벗어나 변화하는 시대를 반영하는 정체성과 방향성의 탐색이 절박했던 것이다. 당장 문학을 투쟁의 도구로 삼는 것을 당연시하던 민족문학과 리얼리즘 계열의 작가들은 급변하는 문학 환경의 변화에 당황하지 않을 수 없었다. 마침내 민족문학 진영을 대변해 온 평론가 김명인은 '이제 민족문학은 끝'이라고 선언하며 충격적인 포기각서를 내던진다.[60] 1990년대 우리 문학의 변화와 실상을 단적으로 대변해 주는 사건이다.

당황한 것은 리얼리즘 문학만이 아니었다. 리얼리즘 문학의 상대역으로

---

59) 김종회, ≪문학과 전환기의 시대정신≫, 민음사, p.14.
이밖에도 방민호, 이광호 등 많은 평론가들이 1990년대 문학의 방향성에 대한 연구 결과를 내놓고 있다.
60) ≪실천문학≫ 1995년 여름호.

서 나름대로 지위를 형성했던 모더니즘 계보의 문학은, 오히려 리얼리즘 문학보다 더 난감한 진퇴유곡에 **빠졌다**. 새로운 시대의 성향에 적절히 응대하는 태도의 정립이 훨씬 더 어려웠기 때문이다. 1990년대 새로운 시대정신으로 떠오른 포스트모더니즘, 대중문학, 신세대문학의 무차별적 공세에 투항하거나 이를 정면 돌파하는 길을 찾아야 했다.

그렇다면 일제시대 시행 이후 신선한 감각으로 우리 문학계를 선도하며 시대적 상황을 충실히 반영해 온 신춘문예 당선작은 여기에 어떻게 대응했을까? 이 대응 과정을 살펴보는 것은 1990년대 우리 문학의 경향과 사회상을 읽을 수 있다는 점에서 흥미로운 주제가 아닐 수 없다.

분석 대상은 <표 3-13>과 같이 1990년부터 2000년까지 중앙 일간지 중 신춘문예 제도를 시행하고 있는≪경향신문≫,≪동아일보≫,≪문화일보≫,≪서울신문(대한매일)≫,≪세계일보≫,≪조선일보≫,≪중앙일보≫,≪한국일보≫등 8대 일간지의 단편소설 당선작 82편(가작 포함)이다. 21세기로 시대구분을 할 수 있는 2001년 이후 당선작은 분석에 포함시키지 않았다.

〈표 3-13〉 1990년대 신춘문예 당선작품 일람

신문\연도	경향	동아	문화	대한매일 (서울신문)	세계	조선	중앙	한국
1990	김준웅(남) '삼층돌탑'	함정임(여) '광장으로 가는길'	미발간	당선작 없음.	강순금(여) '뛰어넘을 수 없는 것에 대하여'	당선작 없음.	박정우(남) '단 식'	이혜경(여) '늦장마'
1991	김소진(남) '쥐잡기'	정윤우(여) '아내의 행방불명에 대하여'	미발간	윤이나(여) '눈오는 날'	김찬기(남) '애기 소나무'	최임순(여) '외 출'	강금희(여) '천국에서의 하루'	윤명제(여) '개마고원'
1992	한융희(남) '한고조'	윤재인(여) '상자를 찾아서'	미발간	문영심(여) '지하의 방'	안중국(남) '떠도는 산'	송윤지(여) '건조기'	김영진(남) '늦가을'	노경실(여) '오목렌즈'

1993	김정삽(남) '수 자'	윤성식(남) '아주 사소한, 류씨 이야가'	김재순(여) '멀리 있는 땅'	서재영(남) '그여름의 유산'	당선작 없음.	김재진(남) '외로운 식물의 꿈'	이상림(여) '색맹시대'	소을석(남) '무한궤도'
1994	서지헌(여) '바리 키이드'	김승희(여) '산타페로 가는 사람'	문말희(여) '형님의 우산'	한강현(여) '붉은 닻'	강동수(남) '몽유시인을 위한 변명'	박은철(남) '회전목마와 도서관'	신상태(남) '떠있는 섬'	김재찬(남) '사막의 꿈'
1995	민선기(여) '칭 과'	유승찬(남) '희극을 찾아서'	김홍선(남) '초하의 조사'	한동립(남) '변태시대'	김희저(여) '엇모리'	강만진(남) '앵무새의 죽음에 관하여'	장경식(남) '거미여행'	박숙희(여) '우리에게 필요한 것은 날개가 아니다'
1996	이한음(남) '해부의 목적'	조경란(여) '불란서 안경원'	이은경(여) '비천녀의 꿈'	하성란(여) '풀'	신승철(남) '낙서 음화 그리고 비충'	정지아(여) '고욤나무'	윤안수(여) '알람시계 들이있는사막'	이환제(남) '높고 마른땅'
1997	우광훈(남) '유쾌한 바나나씨의 하루'	유경희(여) '전갈은 어디로 사라졌을까'	김상영(남) '어떤 축제'	김창식(남) '아내는 지금 서울에 있습니다'	박영현(남) '이구아나는 멸종하지 않는다'	류시영(남) '시 쓰는 남자'	은현희(여) '향기와 칼날'	김혜진(여) '어머니의 산'
1998	한지혜(여) '외 출'	최인(남) '비어있는 방'	양선미(여) '차를 타고 안개 속으로'	강영숙(여) '8월의 식사'	이상인(남) '소금 갈'	김정진(남) '볼수록 낯선 거리'	조은정(남) '알제리, 하씨 메싸우드'	이수경(여) '가위 바위 보'
1999	구경미(여) '동백여관에 들다'	윤성희(여) '레고로 만든 집'	은미희(여) '다시 나는 새'	박정란(여) '틈 새'	진명정(여) '숫자세기'	나유진(여) '다비식'	이혜진(여) '소인국'	김도언(남) '소년, 소녀를 만나다'
2000	여영임(여) '일곱말 가웃'	천운영(여) '바 늘'	전유선(남) '구스타프 김의 슬픈 바다'	편혜영(여) '이슬 털기'	황광수(남) '폭 염'	송은상(여) '환지통'	오영섭(남) '조 롱'	김종은(남) '후레시 피쉬맨'

(1) 주제별 분석

본격 문학일수록 주제가 선명하게 드러나지 않는 경우가 많은 것처럼 1990년대 신춘문예 당선 소설의 주제를 명쾌하게 구분하기는 힘들다. 또한 이념적인 것을 주제로 삼고 있으면서도 인생론적이고 세태론적인 주제를 가미시키고 있는 경우가 많고, 개인의 관점에 따라 얼마든지 달리 해석할 소지도 있다. 이러한 점을 감안하면서 90년대 신춘문예 당선작들의 주제의 성향을 분류해 보면 <표 3-14>과 같다.

<표 3-14> 1990년대 신춘문예 당선작품 주제별 분류

(단위 : 편)

주제 ＼ 신문	경향	동아	문화	대한매일 (서울신문)	세계	조선	중앙	한국	계 (백분율)
이념적주제	1		1	1	1	1	2	1	8 (10%)
인생론적주제	4	9	4	9	5	5	6	5	47 (57%)
세태론적주제	6	2	3		4	4	3	5	27 (33%)
계	11	11	8	10	10	10	11	11	82 (100%)

<표 3-14>에서 보는 바와 같이 이념적 주제의 작품은 모두 8편(10%)에 불과하다. ≪동아일보≫는 이념적 주제의 작품을 아예 한 편도 뽑지 않았으며, 나머지 신문은 고루 한 편씩 뽑았고 ≪중앙일보≫만 두 편을 당선시켰다. 이는 앞에서 언급한 대로 정치·사회적 환경 변화에 따라 신인들이 이념적 주제의 작품을 쓰거나 응모하는 경향이 급격히 줄어든 데서 가장 큰 원인을 찾을 수 있을 것이다.

우리 현대사의 비극적인 사건을 모티프로 삼아 아직까지 그 상흔으로 고통을 겪고 있는 가족들의 이야기를 다룬 작품들을 우선 이념적 주제의 소설로 분류할 수 있을 것이다.

박정우의 「단식」(90년·중앙)은 1990년대 당선작 중 1980년 광주항쟁을 모티프로 한 유일한 소설로, 항쟁에서 아들을 잃은 가족의 비극을 부각시키고 있다. 송윤지의 「건조지」(92년·조선)는 제주도 4·3사태, 서재영의 「그 여름의 유산」(93년·서울)은 6·25전쟁, 이상림의 「색맹시대」는 동백림 사건을 각각 모티프로 삼고 있다.

김찬기의 「애기 소나무」(1991년 · 세계)는 예술과 현실의 괴리감 때문에 괴로워하다가 수감 후유증으로 죽은 운동권 삼촌에 대한 회상기다.

　윤명지의 「개마고원」(91년 · 한국)은 2500년이라는 미래에서 한반도의 분단을 바라본 특이한 작품이며, 한융희의 「寒苦鳥」(92년 · 경향)는 월남전에 참전해 벽 뒤에 숨은 아이를 쏘아 죽인 일로 죄책감을 가져 정신이상자가 된 뒤 끝내 자살하고 마는 황 중사의 이야기로, 이들은 모두 이념적 주제 소설에 해당된다고 볼 수 있다.

　전유선의 「구스타프 김의 슬픈 바다」(2000년 · 문화)는 개인의 내면탐구에 천착한 작품들이 대부분인 1990년대 신춘문예 당선작들 가운데서 분단의 비극을 정면으로 다루고 있는 스케일 큰 작품이다. 탈북 망명자가 이데올로기는 쉽게 포기했지만 북에 두고 온 여인에 대한 그리움만은 쉽게 포기하지 못한 채 죽음에 이른다는 내용의 이 작품은 여전히 해결의 실마리를 찾지 못하고 있는 분단의 비극을 되새기게 해준다. 무엇보다 1990년대 소설에서 크게 주목받지 못했던 분단 문제를 소재로 다루었다는 점에서 새삼 돋보이는 소설이다.

　1990년대 당선작 중에서 인생론적 주제의 소설은 82편 중 47편으로 무려 57%에 이르고 있다. ≪동아일보≫와 ≪서울신문≫이 각 9편으로 가장 많고 나머지 신문들에도 고루 분포돼 있다. 다른 신문에 비해 ≪동아일보≫와 ≪서울신문≫에 인생론적 주제의 소설이 많은 것은 뒤에 다시 언급하겠지만, 심사위원의 성향과도 다소 관련이 있는 것으로 보인다. 인생론적 주제의 소설이 1990년대 당선작의 대세를 이루고 있는 것은 역사와 사회보다는 개인적인 문제에 더 관심이 많은 당시 사회상의 반영이라고 할 수 있을 것이다.

　함정임의 「광장으로 가는 길」(90년 · 동아), 정윤우의 「아내의 행방불명에 관하여」(91년 · 동아), 강금희의 「천국에서의 하루」(91년 중앙), 윤재인의 「상자를 찾아서-고 박사님께 드리는 말씀」(92년·동아), 한동림의 「변태시대」(95년·서울), 최인의 「비어 있는 방」(98년·동아), 구경미의 「동백 여관에 들다」(99년·경향), 오영섭의 「조롱」(2000년·중앙) 등은 특별한 줄거리나 사건이 없이 인간의 내면을 탐구하며 존재론적 고통에 관심을 기울이고 있는 대표적인 인생론적 주제의 소설들이다.

심사위원 혹은 평론가들로부터 수작이라는 평가를 받은 작품들이 대부분이 인생론적 주제의 소설이라는 점도 눈 여겨 볼만하다.

김재진의 「외로운 식물의 꿈」(93년·조선)은 식물의 운동성과 버림받은 고아를 연계시키며 노인의 고독을 삽화로 처리하고 있는 착상과 전개가 참신한 소설이다. 이 작품은 인간 심리에 잠재한 외로움이란 소외 문제를 식물의 정서적 반응을 통해 관찰한 정치한 감수성이 돋보이고 있다.[61] 강만진의 「앵무새의 죽음에 관하여」(95년·조선)는 실어증 환자를 통해 언어의 소통 가능성이라는 꽤 무거운 주제를 다루고 있으면서도 현학적이지 않고 작품을 읽는 재미까지 만만치 않아 그 해 당선작 중에서 가장 뛰어난 작품이라는 평가를 받았다.[62]

생명의 약동이 부재하는 끔찍한 무시간성의 세계를 여러 상징적인 기호들을 동원해 그려낸 윤인수의 「알람시계들이 있는 사막」(96년·중앙), 바늘로 문신을 새기는 추하게 생긴 말더듬이 여주인공을 통해 한 인간에게 내재한 광기와 욕망을 밀도있게 그려내 주목을 받은 천운영의 「바늘」(2000년·동아) 등도 인생론적 주제에 부합되는 소설이다.

1990년대 당선작 중에서 세태론적 주제의 작품은 82편 가운데 27편으로 33%에 이른다. ≪서울신문≫에는 세태론적 주제의 작품이 한 편도 당

---

61) ≪조선일보≫, 1993년 1월 1일자 '소설 심사평' (심사위원 김윤식, 김원일).

62) 한만수, 「'필요악'으로서의 신춘문예- 95년 당선 소설을 중심으로 」, 『삶속의 문학, 독자 속의 비평』, 나남출판, 1995, p. 278.

선되지 못한 반면에 ≪경향신문≫은 6편, ≪한국일보≫는 5편으로 다른 주제를 앞지르고 있다. 일제식민통치기이래 우리 소설은 그 시대를 비추는 거울 역활을 해 왔다는 점을 감안할 때 이 세태론적 주제의 작품들이야말로 1990년대의 사회상을 읽을 수 있는 바로미터라고 할 수 있을 것이다.

강순금의 「뛰어 넘을 수 없는 것에 대하여」(90년·세계)와 최임순의 「외출」(91년 조선)은 당시 사회의 큰 이슈였던 전교조 문제를 다루고 있다. 전자는 전교조 활동으로 남편이 구속된 가운데 생활고를 겪는 여주인공이 전교조 활동으로 해직된 여중학교 미술교사의 후임으로 추천을 받아 갈등을 느끼는 이야기다. 후자는 전교조에 동정적인 여교사가 전교조 운동에 참여할 수 없는 불행한 할아버지와 아버지를 가진 한 동료 교사를 바라보는 시각이 차분히 서술되고 있다.

이혜경의 「늦장마」(90년·한국), 김영진의 「늦가을」(92년·중앙), 김홍선의 「初夏의 弔詞」(95년·문화), 나유진의 「다비식」(99년·조선) 등은 오늘날 피폐한 농촌 현실을 고발하고 있는 작품으로 세태론적 주제의 소설로 구분할 수 있다.

가족 해체와 노인 문제를 추적한 김준웅의 「3층 돌탑」(90년·경향), 기지촌 여인의 애환을 그린 김정산의 「수지」(93년·경향), 불법 취업한 외국인 노동자들의 실태를 다룬 서지한의 「바리케이드」(94년·경향), 재미교포들의 지난한 생활을 그린 신상태의 「떠 있는 섬」(94년·중앙), 탄광 광부로 지원한 사람들의 그늘진 삶을 묘사한 이환제의 「높고 마른 땅」(96년·한국) 등도 세태론적 주제의 소설이라고 할 수 있다.

1990년대 후반에는 IMF 사태로 인해 우리 사회에 많은 실직자와 노숙자가 생겨났다. 한지혜의 「외출」(98년·경향), 진명정의 「숫자 세기」(99년·세계), 이영임의 「일곱 말 가웃」(2000년·경향), 송은상의 「환지통」(2000년·조선) 등은 이러한 실직자 문제를 다룬 세태론적 주제의 소설이다.

이 가운데 눈 여겨 볼만한 작품은 「환지통」으로 한 실직 가장이 겪는 정신적 상처를 기록하고 있다. 광고 회사의 중견간부로 한때 잘 나가던 카피라이터였던 주인공이 구조조정 과정에서 뜻하지 않게 실직자로 전락, 환지통을 앓게 되는 이야기를 통해 작가는 실업자의 정신적 고통이 보이지 않는 환부로 신음하는 환지병처럼 깊고 치명적이라는 사실을 말해 준다. 또 실업자들이 겪는 정신적 상처란 사실 우리 모두가 겪는 환지병과도 같은 셈이고, 그런 점에서 이 작가는 한 개인의 고통을 시대의 고통으로 치환하는 능숙한 수완을 보여 주고 있다.[63]

(2) 작중 배경별 분석

90년대 소설의 작중 배경은 <표 3-15>에서 보는 바와 같이 전체 82편의 작품 중 개인적 배경의 작품이 39편으로 48%를 차지해 거의 절반에 이르고 있다. 그 다음으로 사회적 배경의 작품이 27편으로 33%, 특수 상황의 배경이 11편으로 13%, 역사적 배경이 5편으로 6% 순이다. 인생론적 주제의 작품이 많았던 《동아일보》와 《서울신문》역시 개인적 배경의 작품이 각각 8편과 7편으로 가장 많은 것을 알 수 있다. 《중앙일보》경우는, 개인적 배경의 작품이 5편으로 가장 많지만 역사적 배경, 사회적 배경, 특수 상황의 배경 작품도 각각 2편으로 다른 신문에 비해 고루 분포돼 있음을 알 수 있다. 《경향신문》, 《동아일보》, 《문화일보》, 《한국일보》에는 역사적 배경의 작품이 한 편도 없고, 《서울신문》과 《조선일보》는 특수상황의 배경 작품이 한 편도 없다.

---

63) 강진호, 「신생의 즐거움과 위태로움-2000년 신춘문예 소설에 대해서」, 《문화예술》, 2000, 2월호.

〈표 3-15〉 1990년대 신춘문예 당선작품 작중 배경별 분류

(단위 : 편)

배경＼신문	경향	동아	문화	대한매일(서울신문)	세계	조선	중앙	한국	계 (백분율)
역사적배경				1	1	1	2		5 (6%)
개인적배경	2	8	3	7	3	5	5	6	39 (48%)
사회적배경	6	1	4	2	4	4	2	4	27 (33%)
특수상황배경	3	2	1		2		2	2	11 (13%)
계	11	11	8	10	10	10	11	11	82 (100%)

역사적 배경의 작품들은 이념적 주제를 가진 작품들과 대체로 일치한다. 광주항쟁에서 아들을 잃은 가족의 이야기인 박정우의 「단식」(90년·중앙)은 광주항쟁이라는 역사적 사건이 배경이다. 운동권 삼촌의 죽음을 다룬 김찬기의 「애기 소나무」(91년·세계)는 80년대, 송윤지의 「건조지」(92년·조선)는 제주도 4·3사태, 서재영의 「그 여름의 유산」(93년·서울)은 6·25 전쟁, 이상림의 「색맹시대」(93년·중앙)는 70년대의 동백림 사건이 각각 배경으로 역사적 배경의 소설이라고 할 수 있다. 이 소설들은 현재의 시점에서 과거의 역사적 사건을 회상한다든지, 소설 속의 중요한 삽화로 역사적 사건을 등장시키고 있지만 역사적 사건이 바로 주제를 강력하게 뒷받침하고 있다는 점에서 역사적 배경의 소설로 분류했다.

개인적 배경의 작품들은 화자의 기억이나 무의식을 탐구하거나 방 또는 가게 등으로 배경을 좁혀 외부와 격리된 내밀한 삶을 그리고 있다. 인생론적 주제의 작품들과 대체로 일치하며 1990년대 작가들이 가장 즐겨 사용하고 있다. 현대사회의 소외 문제를 다룬 작품들도 여기에 해당한다. 정윤우의 「아내의 행방불명에 관하여」(91년·동아), 강금희의 「천국에서의 하루」(91년·중앙), 윤재인의 「상자를 찾아서」(92년·동아), 한동림의 「변태

시대」(95년·서울), 강만진의「앵무새의 죽음에 관하여」(95년·조선), 하
성란의「풀」(96년·서울), 유경희의「전갈은 어디로 사라졌을까」(97년·동
아), 최인의「비어있는 방」(98년·동아), 윤성희의「레고로 만든 집」(99년·동
아), 은미희의「다시 나는 새」(99년·문화), 천운영의「바늘」(2000년·동아)
등이 개인적 배경의 작품으로 분류될 수 있다. 1990년대 후반에 여성작가들을
중심으로 가게의 안과 밖이라는 이중 구조의 틀 속에서 세상을 바라보는 작품
들이 유행하기도 했는데 조경란의「불란서 안경원」(96년·동아), 강영숙의
「8월의 식사」(98년·서울) 등이 대표적인 작품들이다.

　기능적 차원의 사회집단이나 사회인들의 삶의 방식이 부딪치는 현장을
배경으로 한 사회적 배경은 1990년대 작가들이 개인적 배경 다음으로 많
이 원용하고 있다. 세태론적 주제의 작품들과 대체적으로 일치한다. 앞의
주제별 분석에서 언급한 전교조 관련이나 농촌 현실을 다룬 소설들이 여기
에 해당한다. 반지하방에 세 들어 사는 가족들의 애환을 그린 문영심의
「지하의 방」(92년·서울), 가짜 재개발 아파트 딱지를 사는 바람에 내집
마련의 꿈을 앗겨 버린 가족 이야기인 김재순의「멀리 있는 땅」(93년·문
화)도 여기에 포함된다. 또한 탄광 광부로 지원한 사람들의 그늘진 삶을
그린 이환제의「높고 마른 땅」(96년·한국), 실직자와 술집 여자의 희망
찾기를 그린 김상영의「어떤 축제」(97년·문화) 등은 우리 시대 가난의
문제를 개인적 차원이 아닌 사회적 문제로 다루고 있다는 점에서 사회적
배경의 소설들이다.

　소외된 자의 생존상과 은폐된 저항 심리를 추적한 노경실의「볼록렌즈」
(92년·한국), 기지촌 여인 이야기인 김정산의「수지」(93년·경향), 국내
에 불법취업한 외국인 노동자 실태를 파헤친 서지한의「바리케이드」(94
년·경향) 등도 소외된 사람들의 고통을 사회적 시각으로 그려내 사회적
배경의 소설로 분류할 수 있을 것이다.

특수 상황의 배경 소설은 해외를 배경으로 한 소설과 시점이 미래인 소설로 나눌 수 있다. 이러한 해외 배경 소설과 미래소설은 우리 소설의 영역을 넓힌다는 의미에서 환영할만 하지만, 희망적인 메시지를 주지는 못하고 있다.[64] 민선기의 「빙괴」(95년·경향)는 스위스를 배경으로 입양 아와 도피성 국제 결혼을 한 여자의 만남을 통해 이들이 자신들의 상처를 치유해 가는 과정에 초점을 맞추고 있다. 신상태의 「떠 있는 섬」(94년·중앙)은 인종차별 및 흑인들과의 갈등 속에서 살아가는 재미교포들의 우울한 삶을 그리고 있다. 김승희의 「산타페로 가는 사람」(94년·동아)과 전유선의 「구스타프 김의 슬픈 바다」(2000·문화)는 주제면에서는 국내 상황과 연관이 있지만, 일단 배경이 해외라는 점에서 특수 상황의 배경 소설로 구분해도 무리가 없을 것이다.

미래를 시점으로 하고 있는 소설은 모두 세 편이다. 이들 소설은 미래를 배경으로 하고 있지만, 흥미 위주의 공상으로 채우기보다는 오늘날의 문제를 미래라는 관점에서 바라보고 있다는 점에서 가치를 지니고 있다. 윤명제의 「개가고원」(91년·한국)은 서기 2500년 9월 9일을 시간적 배경으로 삼아 개인이 없어지고 컴퓨터가 지배하는 미래 사회를 그리면서, 그 시점에서 바라본 한반도의 분단 문제를 거론함으로써 주제에 힘을 더하고 있는 미래 소설이다. 유성식의 「아주 사소한, 류 씨 이야기」(93년·동아)는 2042년을 배경으로 한 소설가의 글쓰기 방식의 변화를 보여주고 있다. 박영현의 「이구아나는 멸종하지 않는다」(97년·세계)는 미래 사회 지구의 종말을 맞은 인간 군상들의 다양한 모습을 그리고 있다.

---

64) 김한식, 「신춘문예의 계절, 그 화려한 설레임- 90년대 신춘문예 당선 소설 분석」, 《문화예술》, 1997년 11월호, p. 68.

(3) 형태별 분석

소설의 형태는 작가가 나타내고자 하는 내용을 담는 그릇이다. 어떤 형태의 그릇에 얼마나 효과적으로 담아 내느냐에 따라 소설의 성패 여부가 달려 있다고 해도 과언이 아니다. 1990년대 신춘문예 당선작은 그 형태가 어떤 유형인가를 알아보기 위해 <표 3-4>와 같이 귀향형, 심리묘사형, 우화형, 고발형, 이야기체의 다섯 가지로 나눠 이를 분석했다.

〈표 3-16〉 1990년대 신춘문예 당선작품 형태별 분류

(단위: 편)

신문 형태	경향	동아	문화	대한매일 (서울신문)	세계	조선	중앙	한국	계 (백분율)
귀 향 형			1		1		1	1	4 (5%)
심리묘사형	2	8	3	7	4	5	5	5	39 (48%)
우 화 형	3	1			3	1		1	9 (11%)
고 발 형	3	1	2				2	4	12 (14%)
이야기체	3	1	2	3	2	4	3		18 (22%)
계	11	11	8	10	10	10	11	11	82 (100%)

<표 3-5>를 보면 전체 82편 중 심리묘사형이 39편(48%)으로 절반에 가까운 것을 알 수 있다. 인생론적 주제와 개인적 배경의 소설들이 1990년대 당선작의 주류를 이루다 보니, 개인의 내면 상황 묘사에 초점을 두고 있는 이러한 형태의 소설들이 양산된 것으로 보인다. 그 다음으로 이야기체가 18편(22%), 고발형이 12편(14%), 우화형이 9편(11%) 등으로 나타났다. 귀향형은 70년대와 80년대 소설에서 많았던 것과는 달리 4편(5%)에 불과해 형태의 변화를 실감할 수 있다.

신문사별로는 ≪동아일보≫ 당선작들이 전체 11편 중 8편이나 심리묘

사형을 취하고 있다. ≪서울신문≫, ≪중앙일보≫, ≪조선일보≫, ≪세계일보≫, ≪문화일보≫, ≪한국일보≫ 등도 자사 당선 소설 중에서 심리묘사형 소설이 차지하는 비율이 가장 높다. ≪경향신문≫과 ≪세계일보≫는 우화형 소설이 각 3편으로 다른 신문에 비해 우화형 소설의 비율이 높다. ≪한국일보≫는 다른 신문에 비해 고발형 소설이 많아 4편이나 된다. 이야기체 소설은 ≪조선일보≫가 4편, ≪경향신문≫과 ≪서울신문≫, ≪중앙일보≫가 각각 3편씩이고 ≪한국일보≫를 제외한 다른 신문들에도 고루 분포돼 있다.

귀향형은 1990년대 소설에서 가장 기피하고 있는 형태라는 것을 알 수 있다. 이혜경의 「늦장마」(90년·한국)와 김홍선의 「초하의 조사」(95년·문화)는 주인공이 미국으로 연수를 가는 사실을 부모님께 알리거나, 모내기철을 맞아 휴가를 내고 일손을 돕기 위해 각각 귀향을 하면서 느끼는 농촌 현실을 묘사하고 있다. 김찬기의 「애기 소나무」(91년·세계)는 삼촌의 묘를 파묘하는데 참석하기 위해 고향에 가서 수감 후유증으로 죽은 운동권 삼촌을 회상하는 이야기다. 은현희의 「향기와 칼날」(97년·중앙)은 남편과 이혼을 하고 미국으로 들어갈 예정인 주인공이 이 사실을 알리기 위해 시골의 친정집을 방문, 쇠락해 가는 고향과 부모님에 대해 안타까워하면서 남편과의 불화를 극복해 가는 이야기로 귀향형 소설로 분류할 수 있을 것이다.

반면에 심리묘사형은 1990년대 당선 작가들이 가장 선호하고 있는 형태다. 함정임의 「광장으로 가는 길」(90년·동아)은 작가의 내면탐구를 통해 '광장'의 의미를 캐내고 있다. 정윤우의 「아내의 행방불명에 관하여」(91·동아)는 갑자기 행방불명이 되는 아내의 심리를 추적하고 있다. 한강현의 「붉은 닻」(94년·서울)은 육체적인 병과 마음의 병을 앓아온 형과 동생의 갈등을 심리묘사를 통해 그리고 있다. 박은철의 「회전목마와 도서관」(94

년·조선)은 기성세대와 신세대의 심리적 갈등을 관념적이고 실험적인 기법으로 그려내고 있는 특이한 소설이다. 한동림의 「변태시대」(95년·서울)는 삼류극장에 박혀 지내는 주인공의 심리 추적을 통해 우연한 사건의 폭력성이 얼마나 무섭게 한 인간을 파괴하는가를 보여주고 있다. 90년대 후반의 소설에서는 최인의 「비어 있는 방」(98년·동아), 양선미의 「차를 타고 안개 속으로」(98년·문화), 박정란의 「틈새」(99년·대한매일), 윤성희의 「레고로 만든 집」(99년·동아), 이혜진의 「소인국」(99년·중앙), 황광수의 「폭염」(2000년·세계), 김종은의 「후레쉬 피쉬 맨」(2000년·한국) 등이 심리묘사형을 취하고 있다.

우화형 소설은 90년대 당선 작가들 중 9명이 이 형태를 취하고 있다. 김준웅의 「3층 돌탑」(90년·경향)은 가족 해체 문제를 노인이 처한 '사육상태'를 빌려 일종의 우화적 서술로 그려내고 있다. 김재진의 「외로운 식물은 꿈」(93년·조선)은 식물의 정서적 반응을 통해 인간 소외 문제를 다루고, 이한음의 「해부의 목적」(96년·경향)은 식물 해부학 실험 강의를 그대로 옮겨놓는 등 식물을 매개체로 인간사의 단면을 그려내고 있다. 강동수의 「몽유시인을 위한 변명」(94년·세계)은 정신이 이상한 시인을 등장시켜 현대인의 허위의식을, 신승철의 「낙서, 음화 그리고 鼻塚」(96년·세계)은 코무덤을 통해 편견에 빠져있는 현대인의 세태를 각각 풍자하고 있다. 우광훈의 「유쾌한 바나나씨의 하루」(97년·경향)도 광고와 섹스의 홍수 속에 살아가는 90년대적 사회를 강하게 풍자하고 있다는 점에서 우화형으로 분류할 수 있다. 미래소설인 윤명제의 「개마고원」(91년·한국), 유성식의 「아주 사소한, 류 씨 이야기」(93년·동아), 박영현의 「이구아나는 멸종하지 않는다」(97년·세계)도 넓은 의미에서 우화소설의 범주에 넣을 수 있을 것이다.

리얼리즘 소설에서 즐겨 사용하는 고발형도 90년대 들어서도 상당수

작가들이 사용하고 있음을 알 수 있다. 김영진의 「늦가을」(90년・중앙)은 은산댁이라는 할머니의 눈을 통해 피폐된 농촌의 현실을 고발하고 있다. 김정산의 「수지」(93년・경향)는 기지촌 여인의 비극을, 서지한의 「바리케이드」(94년・경향)는 외국인 노동자의 비참한 실태를, 신상태의 「떠 있는 섬」(94년・중앙)은 재미교포 사회의 지난한 삶을 통해 외국 동경의 세태를 각각 고발하고 있다. 김재순의 「멀리 있는 땅」(93년・문화)과 이환제의 「높고 마른 땅」(96년・한국)은 가난한 사람들의 버둥거리는 삶을 통해 이 땅의 빈곤 문제를 지적하고 있다. 김도언의 「소년, 소녀를 만나다」(99년・한국)는 부모의 죽음보다 미국 메이저리그 야구 중계방송에 더 관심이 많고, 사랑하는 여자를 차지하기 위해 죄의식 없이 친형을 청부 살해하는 주인공을 등장시켜, 비뚤어진 90년대의 청소년 문화를 섬뜩하게 고발하고 있다.

이야기체는 현실적 사실을 있었던 그대로 서술한 형태를 말하지만, 어떻게 보면 위의 여러 가지 분류에 들어가지 않는 소설의 형태도 포함하고 있다. 박정우의 「단식」(90년・중앙)은 여러 가지 복잡한 에피소드를 광주항쟁과 연결시켜 무리없이 형상화하고 있다. 김소진의 「쥐잡기」(91년・경향)도 가족사에 음각된 불행한 현대사를 영세상점의 쥐잡기와 아버지가 경험한 거제도 포로수용소 이야기를 교차시키면서 풀어 나가고 있다. 이밖에도 최임순의 「외출」(91년・조선일보), 한용희의 「寒苦鳥」(92년・경향), 안중국의 「떠도는 산」(92년・세계), 이상림의 「색맹시대」(93년・중앙), 김승희의 「산타페로 가는 사람」(94년・동아) 등이 위 유형에 속한다. 그리고 정지아의 「고욤나무」(96년・조선), 진명정의 「숫자 세기」(99년・세계), 나유진의 「다비식」(99년・조선), 이영임의 「일곱 말 가웃」(2000년・경향), 전유선의 「구스타프 김의 슬픈 바다」(2000년・문화) 등 대체적으로 역사성과 사회성이 강한 소설들이 이 형식을 취하고 있다.

(4) 심사위원과 심사 성향

중앙일간지의 신춘문예는 대체로 12월 10일경에 마감하고 12월 23~24일경에 당선자에게 개별 통보를 한다. 약 2주일간에 걸쳐 예심과 본심을 모두 마쳐야 한다. 90년대에 각 신문사별로 응모된 단편소설은 300편~600편에 이르고 있다. 이렇게 응모된 소설은 신문사별로 3명 정도의 젊은 소설가와 평론가의 예심을 거쳐 10여 편 안팎을 골라 본심에 올린다. 30대 1에서 60대 1의 경쟁률을 뚫어야 본심에 올라갈 수 있는 것이다. 길어야 10일 정도의 기간에 예심자들이 1명당 100편 이상을 읽다 보니 사무착오나 심사 소홀도 생길 수 있다. 예심자들은 맞춤법이 틀리거나 원고지 작성법이 서툰 작품, 문장이 거친 작품 등은 끝까지 읽지 않고 몇 장 읽다가 제외해 버리게 마련이다. 예심자의 성의 부족 때문이 아니라 너무 많은 응모량 때문에 본의 아니게 우수한 작품이 예선에서 탈락될 가능성도 충분히 있다. 그러나 중복투고한 작품들이 각 신문사별 예심 통과작에 나란히 올라 있는 것을 보면 작품의 질만 우수하다면 그 문제는 크게 걱정할 일이 못된다는 것을 알 수 있다.

본심에 올라간 10여 편은 2~3명으로 구성된 심사위원이 돌려읽고 특별한 경우가 아니면 당선작은 1편만을 선정해야 한다. 심사위원들의 의견이 한 작품에 일치되는 경우도 있으나 두 작품을 놓고 의견이 팽팽할 때는 문제가 발생하기도 한다. 일부 신문사가 본심 심사위원을 3명으로 선정한 것은 이런 진통을 사전에 막기 위한 것이다. 본심에서도 각 심사위원들의 심사 관점 차이에서 오는 대립이 있을 수 있다. 실제로 90년대 당선작 가운데 중복투고한 작품이 한 신문사에서는 많은 문제점을 지적 받고 낙선하고, 다른 신문사에서는 당선의 영예를 차지한 경우가 몇 번 있었던 것을 감안하면 심사위원의 성향과 관점에 따라 얼마든지 당선작이 달라질 수 있는 맹점을 안고 있는 것이 신춘문예 제도다.

90년부터 2000년까지 11년 동안 중앙 8대 일간지(≪문화일보≫는 93년부터 신춘문예 시작)의 단편소설 심사위원 연인원은 <표 3-17>과 같이 모두 203명이다.

〈표 3-17〉 1990년대 신춘문예 심사위원 명단

신문 연도	경향	동아	문화	대한매일 (서울신문)	세계	조선	중앙	한국
1990	홍성원 송영	하근찬 김윤식	미발간	이호철 최인훈	최일남 김병익 이문열	황순원 박연희 유익서 현길언	이청준 김치수 김원일	김치수 김현 김원일
1991	이청준 김원일	김윤식 이문열	미발간	이호철 최인훈	최일남 김병익	황순원 서정인	김주영 송영 김치수	최인훈 박완서 이제하
1992	김주영 송영	김윤식 이문열	미발간	이호철 김원일	최일남 오탁번 임헌영	황순원 서정인	김치수 이문구 김원일	박완서 이제하 이청준
1993	조세희 송영	이문열 조남현	박완서 박범신 김성동	이호철 김원일	김윤식 이제하 김주영	김윤식 김원일	이청준 이문구 김주영	박완서 최인훈 이제하
1994	최일남 이청준	조남현 이문열	이청준 송영	서기원 김병익	김윤식 이제하 한승원	김윤식 김주영	김원일 송영 김치수	박완서 이제하 이문구
1995	이문구 최일남	이문열 조남현	김문수 이호철	김주영 최인훈	김윤식 김주영 한승원	김윤식 김치수	김원일 백낙청 최일남	김원일 이호철 최원식
1996	최일남 김병익	조남현 한수산	한승원 윤후명	최인훈 김주영	김윤식 이제하 김주영	김윤식 김치수	김치수 김원우 오정희	이제하 김병익 김원일
1997	최일남 김윤식	한수산 조남현	김주영 한승원	김화영 윤흥길	최일남 박완서 김윤식	김윤식 김치수	김치수 이문구 박범신	이제하 이문구 김승옥
1998	최일남 김윤식	박완서 박범신	김병익 이문구	현길언 김화영	한승원 김원일 권영민	김화영 김원우	김치수 이문구 박범신	김윤식 윤후명 최원식
1999	김주영 신상웅	박완서 박범신	김주영 윤후명	최일남 현길언	유종호 김원일	김치수 김원우	김주영 이문구 김치수	김윤식 김승옥 김주연
2000	최일남 김윤식	박완서 김화영	김원일 이문열	최일남 현길언	김윤식 박완서	김원우 김치수	김윤식 이문구 김치수	이제하 김화영 윤흥길

이 가운데 다른 신문사와 중복되고 연도별로 중복되는 인원을 제외하면 실제 인원은 42명으로 소설가가 30명, 평론가가 12명이다. ≪경향신문≫, ≪동아일보≫, ≪세계일보≫, ≪조선일보≫, ≪중앙일보≫, ≪한국일보≫ 등은 특정인에게 몇 년씩 연속 심사를 맡겼다는 것을 알 수 있다. ≪경향신문≫은 94~98년 5년간을 소설가 최일남, ≪동아일보≫는 91~95년 5년간을 소설가 이문열, ≪서울신문≫은 90~93년 4년간 소설가 이호철, ≪세계일보≫와 ≪조선일보≫는 93~97년 5년간을 평론가 김윤식이 각각 연속 심사를 맡았다. ≪중앙일보≫는 11년 동안 9차례나 평론가 김치수, ≪한국일보≫는 11년 동안 7차례나 소설가 이제하가 심사를 맡았다. 이에 반해 ≪문화일보≫는 매년 다른 사람으로 심사위원을 교체하고 있다.

특정인이 연속 심사를 맡을 경우, 심사위원의 노출로 비공개가 생명인 공모전의 권위를 훼손할 수 있고, 매년 성향이 비슷한 작품이 뽑힐 가능성이 커 결코 바람직한 현상은 아니다. 1990년대의 ≪동아일보≫와 ≪서울신문≫ 신춘문예 당선 소설이 인생론적 주제-개인적 배경-심리묘사형이 유독 많은 것은 절대적이라고 할 수는 없지만, 심사위원의 성향과도 관련이 있어 보인다.

이 기간 동안 평론가 김윤식은 유일하게 한 해도 거르지 않고 모두 20회의 심사 기록을 세워 신문사들이 가장 선호하는 심사위원으로 나타났다. 김윤식은 97년에는 경향·세계·조선, 2000년에는 경향·세계·중앙 등 3개 신문사에서 중복 심사를 했으며, ≪문화일보≫와 ≪서울신문≫을 제외하고 6개 신문의 심사를 고루 맡았다. 이번 분석에 포함되지 않은 ≪동아일보≫ 중편소설과 지방신문의 심사까지 포함하면 그의 심사 횟수는 훨씬 늘어난다. 김윤식 다음으로는 평론가 김치수가 15회의 심사를 맡았다. 김치수는 90년, 96년, 97년, 99년, 2000년 등 다섯 차례나 두 개 신문사에서 중복심사를 했다. 세 번째로 많은 심사를 맡은 사람은 14회로 소설가 김원일이다. 김원일도 90년, 92년, 93년, 95년 등 네 차례나 두 개 신문사에서 중복심사를 했다. 이 외에도 소설가 최일남이 13회, 소설가 김주영이 12회, 소설가 박완서와 이문구가 각 10회, 소설가 이제하가 9회, 소설가 최인훈・이호철・이청준・이문열이 각 6회의 심사를 맡아 1990년대 신춘문예 심사를 주도한 것으로 나타났다.

신춘문예의 심사평이라는 것이 어느 시대나 보편성을 갖고 있지만, 90년대 신춘문예 심사위원들의 심사평을 분석해 보면 공통분모를 찾을 수 있다. 그것은 바로 신인다운 패기와 도전의식을 가지고 기성작가들이 가보지 않은 길을 용감하게 가 보라고 권고하고 있다. 그리고 문장 하나하나에 작가의 혼을 심고 목수가 나무 길이를 재듯 치밀한 구성력으로 삶의 지평을 확대해 주제를 형상화시킬 것을 주문하고 있다.[65]

<표 3-18>은 1990년대에 10회 이상 심사위원을 맡은 7명의 심사 성향을 요약해 놓은 것이다. 물론 각 신춘문예의 심사위원 2~4명 중 그 심사평을 누가 어떤 사람의 관점을 중심으로 작성한 것인지 알 수 없어 개별적 관점을 밝히기에는 어려움이 있다. 그러나 대체로 심사 때마다 비슷한 장점을 예시하는 경우가 있고, 그 심사위원이 참여해 뽑은 소설들이 주제나 작중 채경, 형태별로 공통적인 작품이 많아 이를 종합하면 그 심사자의 심사 관점을 어느 정도는 파악할 수 있다.

---

65) 유영안, 「신춘문예 낙선작들의 유형과 심사위원-최근 10년을 중심으로」, 《신춘문예 소설 걸작선》, 나남출판, p. 433.
   유영안은 90년대 신춘문예 심사평을 통해 본 낙선작들의 유형 49가지를 열거하고 있다.

〈표 3-18〉 90년대 10회 이상 심사위원의 심사 관점

심사횟수	구 분	성 명	주요신문	심 사 관 점
20	평론가	김윤식	조선일보 세계일보	풍부한 상상력과 신선한 감각 실험적이고 신인다운 패기
15	평론가	김치수	중앙일보 조선일보	작가로서의 자질과 가능성
14	소설가	김원일	중앙일보	역사와 현실에 대한 참신한 해석력
13	소설가	최일남	경향신문	사회현실 및 삶의 구체적 모습 표현
12	소설가	김주영	세계일보	문학적 탐구열과 치열성
10	소설가	박완서	한국일보 동아일보	작품의 완성도 및 안정성
10	소설가	이문구	중앙일보	관념성 및 상투성 극복으로 문학성 성취

각 신문사별로 돌아가며 20회나 심사를 맡은 김윤식은 풍부한 상상력과 신세대적인 감각, 실험적이고 신인다운 패기를 높이 사고 있다. 90년대적 감각이 잘 드러나 있으면서도 실험성이 강한 작품인 우광훈의 「유쾌한 바나나씨의 하루」(97년·경향)와 김도언의 「소년, 소녀를 만나다」(99년·한국)는 그가 심사를 맡은 작품으로 심사평에 모두 풍부한 상상력과 신세대적 감수성을 당선 사유로 내세우고 있다. 또 관념적이고 난해하면서도 실험적인 작품인 박은철의 「회전목마와 도서관」(94년·조선), 류시영의 「시 쓰는 남자」(97년·조선) 등도 그가 심사위원으로 참가해 뽑은 작품이다. 이런 사실만 봐도 그는 정통적이고 안정적인 작품보다는 감각적이고 실험성이 강한 작품을 선호하고 있다는 것을 알 수 있다.

주로 ≪조선일보≫와 ≪중앙일보≫를 중심으로 15회의 심사를 맡은 김치수는 작가로서의 자질과 가능성을 가장 중요한 덕목으로 내세웠다. 강금희의 「천국에서의 하루」(91년·중앙)와 오영섭의 「조롱」(2000년·중앙)

등 그가 심사를 맡아 당선시킨 작품의 심사평에서는 어김없이 장래의 가능성을 인정해 당선작으로 뽑는다는 대목이 눈에 띈다. 이로 말미암아 그의 심사 관점은 약간 미숙하더라도 어떤 소재든 소화해 낼 수 있고 장래성이 있는 신인을 원하고 있는 것으로 보인다.

14회의 심사를 맡은 소설가 김원일은 그의 작품 성향에 걸맞게 역사성과 현실성이 강한 작품들을 중시하는 경향을 보였다. 박정우의 「단식」(90년·중앙), 김소진의 「쥐잡기」(91년·경향), 서재영의 「그 여름의 유산」(93년·서울), 신상태의 「떠 있는 섬」(94년·중앙), 이환제의 「높고 마른 땅」(96년·한국) 등 주제나 배경이 역사적이거나 현실성이 강한 작품들은 모두 그가 뽑은 작품들이다. 혼자 심사한 것은 아니라는 점을 감안하더라도, 결코 우연으로 볼 수만은 없을 것이다.

≪경향신문≫과 ≪세계일보≫를 중심으로 13회의 심사를 맡은 최일남은 사회 현실에 대한 관심을 표명한 작품을 선호한 것으로 나타났다. 전교조 문제를 다룬 강순금의 「뛰어넘을 수 없는 것에 대하여」(90년·세계)와 외국인 노동자 문제를 다룬 서지한의 「바리케이드」(94년·경향) 등이 좋은 예다. 이밖에도 김주영은 정통적 접근 방식과 문학적 탐구열 및 치열성을 중요시하고, 박완서는 작품의 완성도 및 안정성, 이문구는 관념성 및 상투성 극복으로 문학성을 성취한 작품을 각각 선호한 것으로 유추해 볼 수 있다.

(5) 90년대 당선작에 대한 평가

앞에서 몇가지 분석을 통해 1990년대 신춘문예 당선작들은 80년대에 비해 역사나 사회에 대한 관심이 적어진 대신 개인적 삶의 방식이나 존재에 대한 성찰이나 관심은 크게 증가했다는 것을 확인했다. 흔히 90년대적이라 부르는 사회 문화적 현상이 신춘문예에도 그대로 나타났던 것이다.

그런데 90년대 신춘문예 당선 소설의 심사평을 읽어가다 보면 한 가지 중요한 사실을 발견할 수 있다. 1990년대 초반의 한 심사평에서는 사회적·역사적 관점보다는 존재론적 고통에 관심을 기울일 것을 주문한다. 그러나 존재론적 문제 등 개인적 주제가 홍수를 이룬 후반에 이르러서는 다시 그 반대의 심사평을 접할 수 있다.

> …새로움에 대한 감각이 무엇보다 소중하다고 생각하는 쪽에 우리가 섰다. 그동안 우리 소설은 사회적 역사적 고통으로 말미암아 생긴 짓눌린 삶을 부각시켜 승화시키는 쪽에 눈물겨운 노력을 기울여 왔고 앞으로도 그러할 것이지만, 그 한편으로는 '나는 무엇인가'라는 이른바 존재론적 고통에도 관심을 기울일 필요가 있다고 우리는 생각했다.…<1991년 동아일보 심사평(심사위원 김윤식 이문열> 중에서)[66]

> …일견 양식은 낡아 보이고 표현은 진부하며 낭만적인 과장의 혐의까지 간다. 그러나 우리는 여러 해째 얕은 글재주로 분식된 자질구레한 신변잡기와 쓸데없이 호들갑스레 해석된 현대성의, 그러나 지극히 사적인 토로에 지쳐 있다. 거친 것을 힘찬 것으로, 낡은 것을 오히려 새로운 것으로 오해하고, 대단찮은 전문성에 지나치게 값을 쳐 주었다는 비난을 각오하면서 이 작품을 당선작으로 결정한다.<2000년 ≪문화일보≫ 심사평(심사위원 김원일 이문열) 중에서>[67]

전자는 인생론적 주제-개인적 배경의 작품인 정윤우의 「아내의 행방불명에 관하여」를 뽑으면서 내놓은 1991년 동아일보 신춘문예 단편소설 부

---

66) ≪동아일보≫ 1991년 1월 1일자 '소설 심사평'.
67) ≪문화일보≫ 2000년 1월 1일자 '소설 심사평'.

문의 심사평이다. 후자는 역사적 배경의 작품인 전유선의 「구스타프 김의 슬픈 바다」를 뽑으면서 내놓은 2000년 ≪문화일보≫ 단편소설의 심사평이다. 역사적 사회적 배경의 소설이 범람했던 1980년대를 마감하고 90년대를 맞으면서 존재론적 고통을 다룬 「아내의 행방불명에 관하여」와 같은 소설의 등장은 신선한 감이 있었다. 그러나 10여 년이 지나면서 심사위원들은 '자질구레한 신변잡기'와 '호들갑스레 해석된 현대성의 사적인 토로'에 그친 작품의 범람에 싫증을 내고, 다시 역사물을 선호하게 된다.

이것은 무엇을 말하는가? 일각에서 1990년대 소설의 가장 큰 성과라고 평가한, 역사나 사회에 대한 관심보다 존재에 대한 관심이 증가한 소설의 홍수는 또 다른 폐해로 나타나고 있다는 뜻일 것이다. 사회적 문제에 압도되었던 개인의 다양한 목소리 표출이 처음에는 바람직한 현상으로 받아들여졌으나, 이러한 경향이 90년대 내내 지속되면서 개인의 강조는 또 다른 부정적인 편향을 만들어냈다. 주제의 깊이보다는 문장의 세련에 힘쓰고 인생에 대한 성찰보다는 무난한 주제를 기술적으로 다루려는 성향이 유행했다.

이러한 결과는 1인칭 소설의 유행에서도 찾을 수 있다. 1990년 이후 11년간의 신춘문예 당선 단편소설 82편 가운데 1인칭 시점은 55편으로 67%를 차지하고 있다. 1인칭 시점은 3인칭 시점에 비해 작은 제재를 면밀하게 다룰 수 있는 장점이 있지만 자기만의 작은 공간으로 소설을 가두어버릴 위험도 있다. 그래서 21세기에 들어서면서 오히려 리얼리즘에 바탕을 둔 교과서적 글 구성과 묘사가 미덕으로 강조되고 있다. 다양성에서 출발한 1990년대 신춘문예 당선작이 새로움만 강조하다 내실과 격이 없는 소설로 전락하고, 또 다른 획일성을 낳았다면 결코 높은 점수를 매길 수는 없다.[68]

이밖에도 1990년대 신춘문예에서는 여성작가의 급증을 주목할 필요가 있다. 90년대 신춘문예 단편소설 당선작가 82명 중 여성 작가는 43명(52%)으로 일제하의 식민지시대 신춘문예 제도가 시행된 이후 50년대, 60년대, 70년대, 80년대를 통틀어 처음으로 남성작가를 추월했다. 90년대에 우후죽순으로 신설된 각 대학의 문예창작과에 여학생이 몰리고, 주부들을 대상으로 한 각종 사설 문예창작교실이 많이 생겨난 것에 영향이 있을 것이다. 이는 21세기에는 여성 작가가 더욱 늘어나리라는 것을 예고하는 것이기도 하다. 그러나 여성작가의 증가는 90년대 당선작이 1인칭 소설, 역사나 사회보다는 사적인 문제에 치우친 소설이 늘어난 원인 중의 하나라는 점에서 반드시 바람직한 현상이라고 볼 수만은 없다.

　1990년대는 중앙 일간지들의 잇단 창간으로 신춘문예 시장이 넓어졌다. ≪세계일보≫가 1990년부터 신춘문예 제도를 시행했고, 뒤늦게 창간한 ≪문화일보≫도 93년부터 뛰어들어 기존의 6대 일간지에서 8대 일간지 시대로 접어들었다. 등용문이 넓어졌다는 것은 그만큼 태작이 양산될 위험도 안고 있는데, 당선작을 내지 못하거나 가작에 그친 경우가 몇 차례 있고 당선작 중에서도 일정 수준에 미치지 못하는 작품들이 더러 눈에 띄어 독자(평론가 및 작가 포함)들을 실망시켰다.[69]

---

68) 김한식, 앞의 글, p. 69.

69) 1990년 ≪서울신문≫이 당선작을 내지 못했고, 같은 해 ≪동아일보≫와 ≪조선일보≫는 함께 함정임의 「광장으로 가는 길」을 당선작 없는 가작으로 뽑았으나 ≪조선일보≫는 ≪동아일보≫와 겹쳐 이를 취소했다. 1993년 ≪세계일보≫는 김가원의 「떠난 혼을 부르다」를 당선작으로 선정해 지상에 발표까지 했으나, 뒤에 이 소설이 소설가 오정희의 문장을 표절한 것으로 밝혀져 당선을 취소했다. 1995년 ≪동아일보≫는 당초에 윤효의 「음화, 1994년의 서울」을 당선작으로 뽑았으나 타사와의 중복 투고를 이유로 탈락시키고 유승찬의 「희극을 찾아서」를 가작으로 선정했다.

3. 1990년대 당선작가의 등단 이후의 활약

흔히 신춘문예 무용론자들이 주장하는 것 중의 하나가 당선작가에 대한 신뢰성의 부족이다.[70] 단편소설 한 편 또는 짧은 시 두세 편으로 어떻게 그 사람의 문학적 역량을 제대로 평가할 수 있느냐 하는 것이다. 운이 좋아 우연히 뽑힐 수도 있다는 얘기다. 실제로 1925년 신춘문예가 시작된 이래 당선작을 마지막으로, 더 이상 작품을 발표하지 못하고 사라져 간 작가들이 부지기수다. 문예지와는 달리 뽑아놓기만 하고 후속적인 지원 활동을 하지 않는 신문사의 무책임성에서도 그 원인을 찾을 수 있을 것이다.

1990년대에 혜성처럼 나타난 신춘문예 당선작가들도 마찬가지다. 분석 대상 82명 중(≪동아일보≫ 중편 당선자 제외) 그 후에도 중앙문단에서 활발한 작품활동을 하며 창작집을 1권 이상 낸 작가는 10여 명에 불과하다. 물론 1990년대 당선작가는 활동 기간이 길어야 10여 년에 불과하기 때문에 2000년대 초반인 이 시점에서는 문학적 역량과 활약상을 판단하기는 아직 이르다. 또 지방문단에서 활약하기 때문에 드러나지 않을 수도 있다. 그런 점을 감안하더라도 그 활약상이 미미하다는 것은 치열한 문학 정신과 주제의식보다는 지나치게 개인을 강조한 90년대적 성향과 관련이 있는 것으로 이해된다.

1990년대 출신 작가의 가장 큰 성과로 꼽히면서도 동시에 아쉬움을 던져주는 작가는 요절한 김소진이다. 1991년 ≪경향신문≫ 신춘문예에 단편 「쥐잡기」가 당선되어 문단에 나온 그는 1997년 위암으로 34세의 나이에 요절하기까지 불과 6년 동안에 소설집 『열린 사회와 그 적들』, 『자전거 도둑』, 장편소설 『장석조네 사람들』 등 모두 8권의 작품집을 내 가장 왕성

---

70) 배문성, 「신춘문예제도 무용론」, ≪월간 말≫, 1991년 1월호(통권 제55호).
   한 기, 「신춘문예 제도 개선모색 할 때」, ≪문화예술≫, 1994년 2월호, pp. 212-215

한 작품 활동을 했다. 그는 '우리 시대의 마지막 리얼리스트'라는 평가를 받으며,[71] 1996년 문화체육부가 선정한 제4회 젊은 예술가상을 수상하기도 했다. 90년 동아일보에 「광장으로 가는 길」로 가작 입선된 함정임은 김소진의 부인으로『이야기, 떨어지는 가면』,『밤은 말한다』,『동행』,『당신의 물고기』등의 창작집을 내며 꾸준히 작품 활동을 하고 있다.

조경란, 하성란, 한강 등 여성작가들의 활약도 두드러졌다. 1996년 ≪동아일보≫ 신춘문예에 단편 「불란서 안경원」이 당선된 조경란은 같은 해에 「식빵 굽는 시간」으로 문학동네 신인상을 수상했으며, 창작집으로『불란서 안경원』과『자줏빛 소파』, 장편『가족의 기원』등을 냈다. 역시 1996년 서울신문 신춘문예에 「풀」이 당선되어 문단에 나온 하성란은『루빈의 술잔』,『식사의 즐거움』,『삿뽀로 여인숙』과 장편『풀밭 위의 식사』등의 작품집을 냈으며 2001년 동인문학상을 수상했다. 이들보다 앞서 94년 ≪서울신문≫ 신춘문예에 「붉은 닻」이 당선된 한강(본명 한강현)은 창작집『여수의 사랑』, 장편『검은 사슴』등을 냈으며 제25회 한국소설문학상을 수상했다. 1995년≪서울신문≫ 신춘문예에 「변태시대」가 당선된 한동림은 한강의 오빠로 이들은 아버지 한승원과 함께 가족 3명이 소설가다.

이들과 함께 1990년대 후반 여성작가 전성시대를 구가한 은희경과 전경린은 나란히 1996년≪동아일보≫ 신춘문예 중편소설 부문 당선자로, 이번 분석에서는 제외됐지만 90년대 신춘문예 출신의 대표적인 작가라고 할 수 있다. 은희경은『새의 선물』,『타인에게 말 걸기』,『마지막 춤은 나와 함께』등의 작품집을 냈으며 문학동네소설상, 동서문학상, 이상문학상 등을 수상했다. 전경린은『염소를 모는 여자』,『아무 곳에도 없는 남자』등의

---

71) 서영채, 「이야기꾼으로서의 소설가」,≪문학동네≫, 1997년 4월호.
이밖에도 많은 평론가들이 김소진에 대해 '우리 시대의 마지막 리얼리스트', '질박한 이야기꾼'이라는 칭호를 내리며 공감하고 있다.

작품집을 냈으며 한국일보문학상, 문학동네소설상, 21세기문학상 등을 받았다.

　1973년 ≪경향신문≫ 신춘문예에 시「그림 속의 물」이 당선된 후『태양미사』등의 시집을 내고 중견시인으로 활약하던 김승희는 21년 후인 94년 ≪동아일보≫ 신춘문예에 단편소설「산타페로 가는 사람」이 당선되어 소설가로 새롭게 탄생했으며, 1997년 동명의 소설집을 냈다. 1996년 ≪조선일보≫ 신춘문예에「고욤나무」가 당선된 정지아도 이미 1980년대부터 노동해방문학을 주창하며 3권짜리『빨치산의 딸』등의 작품집을 낸 바 있는 기성작가로 신춘문예를 통해 새롭게 변신한 케이스다. 이들은 변신한 이후에도 꾸준히 작품 활동을 하고 있다.

　1999년 ≪문화일보≫ 신춘문예에「다시 나는 새」가 당선된 은미희는 장편『비둘기집 사람들』로 2001년 삼성문학상을 수상했으며 동명의 소설집을 갖고 있다. 1999년 ≪동아일보≫에 단편「레고로 만든 집」이 당선된 윤성희와 2000년 ≪동아일보≫에 단편「바늘」이 당선된 천운영도 각각 동명의 소설집을 냈다.

　1997년 ≪경향신문≫ 신춘문예에「유쾌한 바나나씨의 하루」가 당선돼 신선한 상상력과 현대적 날카로움을 반영했다는 평을 받은 우광훈은 남성작가로서는 김소진 이후 거의 유일하게 주목을 받고 있다.「폴리머스에서의 건맨생활」이란 작품으로 1999년 제23회 오늘의 작가상을 받았으며, 가벼운 터치로 현대적 감성을 날카롭게 보여주는 작품들을 계속 발표하고 있다.

　지금까지 1990년부터 2000년까지 1990년대의 신춘문예 당선 소설 82편을 대상으로 주제별, 작중 배경별, 형태별 분석을 통해 1990년대 당선 소설의 경향을 살펴보았다. 또한 1990년대 신춘문예 소설 심사위원 구성과 심사 관점 분석을 통해 심사위원들이 선호한 작품과 심사 과정의 문제점도 점검해 보았다.

이를 다시 요약·정리하면 다음과 같이 90년대 신춘문예 소설 당선작의 몇 가지 특징을 도출해 낼 수 있다.

첫째, 1990년대 당선작은 인생론적 주제-개인적 배경-심리묘사형의 작품이 압도적으로 많고 이념적 주제-역사적 배경의 작품이 현저하게 줄어 1980년대 당선작과 차별성을 보이고 있다. 1인칭 시점의 소설이 67%나 돼 자기만의 작은 공간에 소설을 가두고 있는 점도 이를 증명한다. 이러한 개인주의적 성향은 초기에는 사회적 문제에 압도되었던 다양한 목소리가 표면에 드러난다는 점에서 환영을 받았으나, 개인의 내면 탐구와 자질구레한 신변잡기식 주제에 몰입함으로써 역사와 사회 문제를 외면했다는 지적을 받고 있다. 또한 주제보다 형식에 치우치고 새로움만 강조하다 내실과 격이 떨어지는 소설을 양산함으로써 또 다른 획일화를 낳았다는 비난을 받고 있다.

둘째, 일부 심사위원들은 몇 년 간씩 한 신문사에서 연속 심사를 함으로써 공모전의 가장 큰 강점인 비공개 원칙을 무너뜨렸다. 또 해마다 2~3개 신문에서 중복 심사를 맡는 심사위원도 있어 짧은 심사 기간을 감안할 때 충실한 심사가 이루어졌는가에 대한 의구심을 불러일으킨다. 심사위원들의 도덕성과 신문사측의 신중한 심사위원 선임이 요구되고 있다. 또 심사를 주도하고 있는 심사위원들은 일정한 심사 관점도 갖고 있다는 것을 알 수 있다.

셋째, 여성 당선자가 82명 중 43명(52%)을 차지해서 처음으로 여성 당선자가 남성을 추월했다. 이는 21세기에는 여성작가가 더욱 늘어날 것이라는 것을 예고하고 있다. 이 가운데 조경란, 하성란, 한강 등은 이후 문단에 나와서도 맹활약을 펼쳐 90년대 후반 여성작가 전성시대를 이루는데도 한 몫을 했다. 그러나 등단 이후 오랜 시점이 지나지 않은 사실을 감안하더라도 대치적으로는 활동이 부진해 아쉬움을 주고 있다.

신춘문예는 몇 가지 문제점에도 불구하고 아직까지 우리나라에서 가장 공정하고 권위있는 등단 제도라는 점은 누구도 부인하지 못할 것이다. 따라서 우리 문학계와 주최측은 지적된 문제점을 하나씩 보완해 나가면서 명실상부한 한국 최고의 문인 등용문으로 발전시켜 나가야 한다. 무엇보다 중요한 것은 매년 신춘문예의 문을 두드리는 젊은 예비작가들의 자세다. 신인으로서의 패기와 도전의식으로 철저히 무장하고 기성문인들의 벽을 뛰어넘는 새로운 문학세계를 개척해 나갈 때 신춘문예와 한국 문학은 한 단계 성숙해질 수 있을 것이다.

제2절 신춘문예에 대한 개선론 및 폐지론

1. 개선론

1) 신춘문예 유지 주장의 근거

우선 신춘문예를 유지해야 한다고 강력히 주장하는 논자들의 논리를 정리하면 다음과 같은 몇 가지로 모아진다.72)

첫째, 신춘문예 제도처럼 젊은 문학 지망생들의 문학에 대한 사랑을 깊게 하고 열정을 뜨겁게 데워주는 등단 제도는 없다. 오랜 역사성과 이로 인해 확보된 높은 지명도와 권위, 새해 첫 날을 장식하는 화려함과 신선함 등이 젊은 문학지망자들을 사로잡아 문학에 대한 창작 욕구를 북돋아 준다.

---

72) 정호웅, 「신춘문예에 대한 몇 가지 생각」, ≪프레스 21≫, 1999, pp.504~509.

둘째, 신춘문예가 가지는 축제성이다. 시대적 어둠을 깨끗이 청산하고 새로운 내일을 맞이하자는 신년의 의미와 더불어 새해의 첫 문학축제임을 자임하고 있다. 더군다나 신춘문예가 가지는 대중적 인지도는 한 번쯤은 문학도를 꿈꿔 온 모든 사람의 시선을 한 곳으로 모으며 마음을 들뜨게 하고 관심을 갖게 하며 그 결과에 대해 함께 즐길 수 있는 글 잔치를 벌이는 것이다.

셋째, 신춘문예는 엄청난 생산성을 지닌 문학교육의 장이다. 즐거운 마음으로 글을 쓰고 읽도록 만드는 이 신춘문예 체험은 그들의 문학에 대한 관심을 새롭게 하여 바람직한 문학 생산자 또는 향유자의 자리에 더 가까이 가도록 이끈다.

2) 신춘문예의 개선 방향 주장

신춘문예에 대한 개선 의견은 대체로 제도적 측면, 심사의 공정성 확보 차원에서 개선을 요구하는 것과 응모 작품의 수준을 높이는 것, 그리고 주최측의 세심한 배려 등에 모아진다. 여기에는 행사기간 및 모집부문의 재조정, 심사의 투명성 등이 포함된다. 심도 있는 작품 선고를 위하여 성실한 예비심사와 함께 본심 심사위원도 복수제로 신중을 기하고, 당선자에게는 어느 정도 발표 지면을 할애해 주는 제도적 뒷받침이 따라야 한다는 주장이다.[73]

이를 위해서는 행사 기간의 재조정과 모집 부분의 재조정이 요구된다. 10일 남짓한 심사 기간으로 방대한 양의 응모작을 심사한다는 것은 불가능하므로 분산 시행 또는 기간을 대폭 늘려 심사하는 것이 필요하다는 것이다.

소설 장르에서 되도록 재래의 단편 중심의 타성을 씻고 중·장편으로 바꿔

---

73) 이명재, 앞의 글, 2001, p. 10.

서 모집허야 한다는 주장도 제기된다. 작품도 두세 편을 함께 응모시켜 상금이나 명예만을 노리는 사행성 조장의 폐단 없이 저력을 지닌 역량 있는 문인을 배출해야 한다는 것이다.

신춘문예로 공모하는 장르는 초기나 지금이나 거의 비슷하다. 영화비평이나 미술평론이 아주 드물게 포함되어 있지만 오히려 주요 문학장르인 수필이나 희곡 등의 장르도 신춘문예에서 소외되기는 마찬가지였기에 현행과 같은 단편소설 중심의 공모 장르에 있어 단편소설을 폐지하거나 축소시키는 것이 요구된다고 하겠다.

2. 폐지론

1) 신춘문예 폐지 주장의 근거

신춘문예 제도가 그 동안 한국 문학발전을 위해서 커다란 역할을 하고 한국 문학을 살찌웠다는 사실은 부정할 수 없다. 신춘문예 존속의 이유로 역사성과 축제성을 부여하며, 대중들에게 문학 작품에 대한 인식을 새롭게 해주는 중요한 계기가 되지 않느냐고 말하기도 하지만 그것은 고전적인 문학주의의 미망과 문단 이기주의일 수 있다. 신춘문예라는 제도적 관행 자체는 이미 그 유효성을 상실한 철 지난 축제로, 신춘문예의 당선이 문학적 재능의 공적인 확인이라는 등식에 물음표가 붙여지기 시작했기 때문이다.

신춘문예의 개선보다는 폐지를 주장하는 문학가들은 매체 환경의 변화, 문단 권력화의 근원, 마지막으로 당선 작품의 문학적 수준 저하를 이유로 들고 있다.

첫째, 비록 문학에 대한 순수한 열정의 분출구로서 그 유용성을 인정하고 새롭게 재정비하자는 의견들이 있지만 폐지론자들은 현재 멀티미디어 영상 문화시대에 신춘문예는 당연히 쇠퇴할 것이라고 보고 있다는 점이다.[74] 신춘 문예가 시작되던 시기의 매체 환경은 매우 단순했다는 것이다.[75]

신문이 우리 문학의 중심적인 전달 매체로 자리잡게 된 이유는 신문 연재 소설의 영향이 컸다.[76] 그러나 지금은 다양한 매체 환경의 변화로 신문 연재 소설 역시 큰 의의가 없게 되었다. 따라서 신춘문예 역시 신문의 변화와 함께 그 존재의 의미가 재규정되어야 한다. 신인 등단 제도로서 신춘문예가 갖는 권위 역시 미미해졌고, 해마다 배출되는 신춘문예 작품들 도 예전보다 질적 수준이 급격히 떨어지고 있다. 물론 이것은 신문이 갖는 권위가 절대적이었던 몇 십 년 전과는 달라진 지금의 매체 환경과 궤를 같이 한다. 또한 신춘문예 이외에 다양해진 등단 제도 속에서 신춘문예가 가지고 있는 신선함은 이미 사라진지 오래라는 것이다.

지금 우리는 다매체 다채널 시대를 맞이하고 있다. 공중파 TV와 라디오, 케이블 TV, 디지털 위성 방송, 뿐만 아니라 세계 제일의 초고속 인터넷망 의 확산은 현재 그리고 미래에 끊임없이 새로운 사고를 우리에게 요구하고 있다. 전자 정보를 바탕으로 한 지식정보사회의 확대는 정보를 획득하고 그것을 효율적으로 자신의 삶에 어떻게 적용하느냐에 따라 삶의 질이 바뀌 어진다는 것을 의미한다.

신춘문예가 신문이라는 가장 대중적인 매체를 통해서 인간 정신의 소중 한 표현인 문학 작품에 대한 우리 독자들의 폭넓은 공감대를 유도했다면, 그 역할은 이제 막을 내릴 때가 된 것이다. 다양한 매체 환경의 변화는

---

74) 하재봉, 「밀레니엄 시대의 문학으로 들어가기」, 《프레스 21》, 1999, pp.511∼515.

75) 김정란, 「신춘문예, 달라져야 한다」, 《프레스 21》, 1999, pp. 520∼521.

76) 1970년대 《조선일보》에 연재되었던 최인호의 『별들의 고향』까지만 해도 어떤 작가의 어떤 소설이 신문에 연재되는가에 따라 신문의 발행부수가 판가름날 정도였다.

신춘문예 제도의 본질적 변화를 요구하고 있다.

둘째, 신춘문예를 둘러싼 한국문단의 권력 편중 현상이 갈수록 심화되고 있다는 점이다. 신춘문예는 그간 많은 작가와 작품을 배출하는 대표적인 창구 역할을 해왔음에도 불구하고 50년대 이후 심사위원들의 문학적·사상적 경향을 대물림하는 장치로 이용, 어떤 점에서는 봉건적인 파벌을 만들었다는 비판을 받아온 것도 사실이다.[77]

김정란[78]은 신춘문예 심사위원들의 중복이 매우 심하며, 그렇게 심사를 맡기는 주최측이나 당사자 모두 이해하기 힘들다면서 심사위원 자신도 신춘문예 심사가 한국 문단 전체에 중대한 영향을 끼치는 권력행사라는 사실을 거의 인식하지 못하는 것처럼 보인다고 말하고 있다. 특히 신춘문예 심사를 살펴보면, 문학 권력을 둘러싸고 한국 문단 안에 기묘한 방식으로 일종의 이너서클이 형성되어 있다는 사실을 알 수 있다는 것이다. 몇 명의 노면클라투라들이 신춘문예 뿐만 아니라, 각종 문학상 심사위원으로 수십 년 가까이 권력을 행사하고 있다고 주장한다. 세계는 정신없이 변화하고 있는데, 문학은 여전히 구태의연한 감수성을 지닌 심사위원에 의해 선택되고 있다는 것이다.

셋째, 신춘문예 당선 작품의 질 저하와 신인 검증의 실패를 이유로 들고 있다. 신춘문예나 문예지 추천 등의 꽉 짜여진 등단 절차는 필연적으로 그 작품을 심사하는 사람들의 기호에 영합하는 작품을 생산하게 만든다. 완강한 제도권의 심사를 통과하지 못하면 문인으로서 활동할 수 있는 기회가 원천봉쇄되기 때문에, 독창적이고 실험적인 작품을 쓰는 예비문인들까지도 자신들의 의지를 굽히고 심사위원들의 작품 세계와 비슷한 영역에

---

77) 배문성, 앞의 글, p. 212
78) 김정란, 앞의 글. pp. 523~524.

있는 작품을 써야 했다.[79]

이것은 창조적 상상력이 가장 중요하게 요구되는 문학에서 출발 자체가 잘못되었다는 것을 말해 준다. 특히 무수히 많은 작품에서 단 한 편만을 뽑는 신춘문예의 경우, 응모자들은 필연적으로 심사위원들의 눈치를 보며 작품을 쓰게 된다.

김정란[80]은 신인 등단의 신선함이 사라진 신춘문예에 계속적인 응모가 이루어지는 이유는 상금과 일간지가 가지는 대중성 때문이라고 주장하고, 이러한 특성은 문학을 둘러싸고 허위의식이 형성되게 만드는 역할을 하고 있어, 신춘문예를 일종의 '장원급제'처럼 여겨지게 만든다고 이야기하고 있다. 특히 이러한 허망한 꿈은 '신춘문예 산업'으로 제도화되어 하나의 시장을 만들고 있다. 허망한 꿈에 사로잡힌 순진한 문인지망생들은 문학센터 및 문학강좌의 '신춘문예 준비반'에서 신춘문예용 글쓰기에 매진하고 있다. 하재봉[81]은 이는 문단 권력의 확대 재생산에 단초를 제공할 뿐이라고 결론짓고 있다.

2) 등단 제도의 변화 요구

이와 같은 세 가지 이유로 신춘문예의 획기적인 변화가 요구되고 있으며 등단 제도의 전문화와 고급화를 겨냥하고 제도적 변화를 고려해야 한다고 주장한다. 특히 하재봉(1999)은 신춘문예의 폐지를 적극 주장하고 있다. 신춘문예가 없어져도 문학 지망생들은 발표할 다양한 매체를 가지고 있으며, 신문이 문학의 대중화에 공헌하지 않아도 달라진 매체 환경의 변화로

---

79) 하재봉, 앞의 글, pp. 514~515.
80) 김정란, 앞의 글, p. 521.
81) 하재봉, 앞의 글, p. 517.

인해 독자들은 선택적으로 좋은 문학을 접할 수 있고, 작품을 발표하고자 하는 사람들은 다양한 발표 공간을 찾을 수 있다는 것이다.

그는 가장 대안적인 공간으로서 사이버 스페이스를 들고 있다. 현재 국내 4대 PC 통신인 하이텔, 천리안, 나우누리, 유니텔 등에는 수많은 문학 동호회가 있으며, 인터넷 상에도 각종 커뮤니티 사이트와 독립적인 사이트를 개설허 활동하는 문학동호회들이 많이 존재하고 있다. 현재 인터넷 등단 사이트가 존재해 네티즌의 직접적인 평가로 등단을 하기도 한다. 이는 등단 절차의 다양화를 의미한다. 등단을 누가 인정하며, 어디를 통해 할 것인가 하는 근본적인 문제가 매체의 다양화, 특히 사이버 스페이스를 통해 되물어지고 있다.

또한 현재의 등단 제도와 발표 양식이 출판 위주로 변경되어 문단 내부에서만 돌려 읽는 폐쇄적이고 자족적인 현재의 문학 작품 생산·수용 양식이 근본적으로 변화하게 될 것이다.

결론적으로 신춘문예의 폐지는 삶과 격리된 제도권 문학이 현실과 소통하기 위한 첫 출발이며 그 출발은 급격히 변하는 삶과 함께 호흡하며 선험적 직관으로 미래적 삶을 전망하는 문학으로의 복귀를 의미하는 것이다.

제3절 매체 및 사회환경 변화에 따른 문학의 대응

1. 문학 활동 환경의 변화

1) 새로운 패러다임의 등장과 예술의 변화

디지털 테크놀로지는 기술 문명의 진보라는 차원을 떠나 인류의 인식과 삶의 패턴을, 그리고 이 시대의 패러다임을 코페르니쿠스적으로 바꾸어 놓고 있다.[82] 새로운 시대의 도래는 새로운 세대를 등장시키고 기존 질서와는 다른 또 다른 세계를 구축해 놓은 것이다. 그것은 두 가지 새로운 현상을 불러왔다. 첫째, 일방적이고 단선적이었던 기존의 미디어와는 달리, 뉴 미디어는 쌍방향적이고 복합적인 최첨단 미디어이며, 소위 '멀티미디어'의 개념이 생겨나게 되었다.[83]

멀티미디어는 양방향성(interactivity), 비선조성(nonlinarity), 통합성을 특징으로 하는 디지털 서사에 기반한다.[84] 멀티미디어에서는 모든 것이 미디어로 환원되며, 그것들은 서로 겹치고 뒤섞이고 상호교류하면서 새로운 형태의 복합체를 만들어 내게 된다. 에드워드 사이드(Edward W. Said)는 『문화와 제국주의(Culture and Imperialism)』라는 저서에서, "모든 문화는 본질적으로 서로 겹치고 뒤섞인다."고 말하고 있다. 즉 각기 존재하는 다양한 형식의 텍스트들을 근본부터 본격적으로 통합하여 복합적인 텍스트들을 만들어 낸다. 디지털은 대중매체들이 쌍방향소통 방식으로 그 매체적 특성을 변화시킴으로써 다양한 주체의 생성을 유발하였다.[85] 그 결과, 그동안 이분법적 가치판단에 의해 세워졌던 사물의 경계가 와해되기 시작했다. 장르 해체나, 퓨전(fusion) 문화, 또는 인터액티브 예술(interactive arts)[86]

82) 송기섭, 「디지털과 문학」, ≪대전예술 2001≫, 11월호, p. 11.

83) 김성곤, 「새로운 예술이란 무엇이며 왜 중요한가?」, 문화비전 2000 추진위원회 워크숍, 2000. 1. 20., p. 2.

84) 최혜실, 앞의 글 p. 21.

85) 이용욱, 앞의 글, p. 39.

86) 인터액티브 예술(interactive arts)의 획기적 단절 중 하나는, 창조(creation)에서 발생(genesis)으로 예술적 패러다임을 이행시키는 규약을 제공했다는 점이다. 예술적 주체가 사전에 설정해 둔 개념에 의해 오브제와 자연을 변형시킴으로써 의도된 메시지를 산출하는 과정이 창조라면, 발생은 오브제와 자연, 그리고 주체와의 상호 작용에 주안점을 둔 패러다임이다. 발생의 처음과 끝을 작동시키는 권력은 오브제와 자연에 내재된 잠재성(virtuality)이다. 발생 패러다임에서의 예술가는 이러한 잠재성

이나 복합예술(multi-media arts) 같은 것들은 바로 그러한 맥락에서 생겨난 새로운 개념들이다.

둘째, 뉴미디어 또는 멀티미디어 시대는 필연적으로 또 하나의 세계, 즉 '대체 문화'를 만들어내었고, 그것은 기존의 세계만큼이나 강력한 힘으로 부상하게 되었다. 예컨대, 오늘날 컴퓨터가 만들어낸 사이버 공간은 실제 현실 공간만큼이나 막강한 힘을 갖고 있으며, 디지털 테크놀로지가 창조해낸 가상현실 역시 실제 현실을 대체할 만큼 생생해서 현실과의 자리바꿈이 얼마든지 가능해졌다. 허번은 네트워크 사용자들의 특성과 활동에 주목하면서 '네티즌'이라는 신조어를 처음으로 소개하였다.

그는 네티즌을 문화적 의미에서 가치를 만들고 사회 관계를 이루는 개념으로 사용하면서, 네티즌이 네트의 문화를 새롭게 만들고 네트의 공동체를 꾸려나가고 있다고 언급했다.[87] 네티즌의 폭발적 힘의 결과로 피지배문화, 비주류문화, 주변문화, 또는 새로운 체제로 여겨졌던 사이버 공간은 지배문화, 주류문화, 중심문화, 또는 기존 체제가 더 이상 무시하지 못하고, 서로 공존해야만 하는 공간으로 자리잡았다.

이렇게 시대의 패러다임이 변하고 사람들의 의식과 인식이 변화하자, 거기에 따라 예술 또한 변할 수밖에 없게 되었다.

미국의 소설가 존 바스(John Barth)가 말했듯이, "모든 예술 양식은 시대에 따라 새롭게 변해야 하기 때문"이다.[88] 새로운 세기의 예술은 테크놀러지와의 변증법적인 관계 속에서 시간의 예술적 성격을 형성해 가는 과정을

의 속성과 양태를 이해하고 이를 현실화(actualize)할 수 있는 적절한 기예(technique)를 동원한다.

87) 성동규, 「사이버스페이스와 사이버문화」, 『현대사회와 매스 커뮤니케이션』, 한울아카데미, 2000, pp. 327~328.

88) 김성곤, 앞의 글, p. 5.

날카로운 시선으로 살펴야 할 과제를 안게 될 것이다.[89] 또 한편으로는 그러한 시대의 변화와 인식의 변화를 주도한 것이 바로 예술이기도 했다. 예를 들어 포스트모더니즘의 등장과 발전은 분리와 가름에 익숙하며, 예술의 순수성을 주장했고 예술작품의 대중화와 상품화에 저항했던 모더니즘 시대의 종언을 선언하고, 예술의 대중화를 인정하며 탈중심주의와 탈권위주의를 주창하였다.

2) 새로운 예술의 탈 장르적 대응

최근 예술 분야와 학문 분야에서는 경계 해체와 재구성이 초래한 혁명적 지각변동이 일어나고 있다. 지도 다시 그리기(re-mapping)라고 불리는 이러한 변화는 현재 세계 각국의 문단과 학계를 뿌리부터 흔들어 놓고 있어서, 그 여파가 대단할 것으로 추정되고 있다. 그러한 변화는 문학과 영상이나 문학과 미술 뿐만 아니라, 예술과 과학이나 예술학과 테크놀로지 사이에서도 일어나고 있다. 기술공학 분야에서는 '문화 테크놀로지'(culture technology)라는 영역이 주목되고 있다.[90]

테크놀러지와 예술의 만남은 첫째, 장르와 경계의 해체와 재구성으로 나타나고 있다. 장르와 경계가 해체되고 재구성되면서, 모든 것이 서로 혼합되거나 상호작용적으로 되었기 때문에, 독자적으로 존립한다는 것은 시대의 모순이 되고 있다. 예컨대, 영상 기술의 발전과 더불어 제기된 '문학의 위기'에 대한 논의에서 미래의 문화예술은 이미지 중심의 영상 문화가 주도해 나갈 것이라는 입장과 그래도 문화예술 발전의 근간을 이루는

---

89) 허만하, 앞의 글, p. 37.

90) 원광연, 「디지털 문화예술의 발전에 관하여」, 최혜실 편, 『디지털 시대의 문화예술』, 문학과 지성사, 1999. pp. 280~285

것은 여전히 인문학일 것이라는 입장의 대립으로 전개되곤 하였는데, 이러한 논의는 편견에 사로잡힌 것이다. 이미지나 영상 문화는 결코 인문학을 침식하거나 인문 정신에 반대되는 것도 아니며, 또 인문학이나 인문 정신이 종이 위의 인쇄된 텍스트만을 기반으로 해서 이루어지는 것도 아니기 때문이다. 또한 문자 발명 이전의 문화는 시각 위주의 문화가 아니라 청각, 촉각도 모두 중요한 다중감각적 문화였다.[91]

21세기에는 문자 매체와 영상 매체, 고급 문화와 대중 문화, 순수와 응용, 문학과 삶, 예술과 일상, 주류 문화와 하류 문화, 그리고 현실과 허구 등 모든 분야에서 이분법적인 경계 해체와 재구성이 시도되고, 예술 또한 멀티미디어 아트의 형태를 띠게 될 것이다.

둘째, 디지털 문화 시대에는 또 전문가와 아마추어의 구별도 사라지게 될 것이다. 디지털 기술의 발전은 기술이 구현되는 방식에 있어 복잡한 아날로그적인 인터페이스를 지양하고 사용자 중심의 습득이 용이한 운용 방식을 제안하고 있다. 따라서 사용자는 간단한 지식만을 가지고도 복잡해 보였던 첨단 기술을 실생활에 자유롭게 사용하면서 테크놀러지의 사회화는 급진전되었다. 디지털 영상 기술은 영상을 소비만 하던 수용자에게 제작과 편집, 유통의 기회를 주고 있으며 작가와 독자가 구분 없이 존재하는 PC통신 문학, 인터넷 문학 등의 새로운 장르의 출현을 가능케 하고 있다. 컴퓨터는 인간과 기계의 조화를 가능하게 해주었고, 예술 창작과 문화 상품 생산 사이의 구분을 없앴으며, 저자와 독자 사이의 경계를 허무는데 공헌했다. 마샬 맥루한(Marshall MacLuhan)은 "미디어는 몸의 연장(extension)이다."라고 말했다. 그런데 컴퓨터나 인터넷은 이미 새로운 전자 세대들의 신체의 일부로 기능하고 있으며, 이미 미디어의 기능을 넘어서서

---

91) 김주환, 「디지털 미디어 시대의 문화예술」, ≪문화예술 2000≫, 3월호, pp. 6~14.

새로운 삶의 공간이자 생활 환경으로 자리잡고 있다.

셋째, 21세기에는 그동안 자주 논의되어왔던 현실과 허구, 또는 리얼리티와 환타지 사이의 경계 해체 역시 더욱 심화될 것이다. 맥루한은 "미디어가 곧 메시지이다.(The medium is the message.)"라는 유명한 말을 했는데, 프랑스의 사회학자 보드리야르(Jean Baudrillard)는 한걸음 더 나아가, "미디어는 곧 리얼리티이다."라고 말한다. 즉 오늘날 미디어와 리얼리티는 하나로 합일되어 분리하기 어렵게 되었으며, 우리는 미디어와 리얼리티의 합일이 만들어내는 또 하나의 리얼리티, 곧 가상 현실(virtual reality), 시뮬라시옹(simulation)[92], 또는 사이버스페이스(cyberspace) 속에 살고 있다는 것이다. 물질적 욕구의 충족이 인간의 형이상학적·철학적·사회적·존재론적 욕구를 채우지 못하고 가상 현실을 통해 충족시킬 수 있게 되었다는 점에서, 가상 현실은 근대 리얼리즘을 뛰어 넘는 '또 하나의 세계, 그리고 새로운 문명'의 도래를 예고하는 혁명적인 사건이라 할 수 있을 것이다. 가상 현실이 가져온 인간의 존재론적·인식론적 변화는 인간의 삶의 질과 삶의 방향과 삶의 범위 전체를 무한 공간으로 확장시키며 전혀 새로운 가치 질서 체계로 바꿔 놓게 될 것이다.

'새로운 예술'은 지난 시대에 대한 반성과 미래에 대한 비전, 그리고

---

92) 보드리야르는 『상징적 교환과 죽음』(L'Exchange symbolique et la mort, 1976)에서 'The orders of simulacre'를 통해 시뮬라시옹(simulation)의 개념을 설명하고 있다. 그는 재현 (representation)에 대한 대립 개념으로 시뮬라시옹을 개념화한다. 재현이 기호와 실재 사이의 등가법칙에서 출발한다면, 시뮬라시옹은 실재와 교환될 수 없는 기호를 전제로 한다. 그는 현 시대를 세번째 열에 해당되는 시뮬라시옹의 시대로 보고 있다. 이 시대에는 시뮬라시옹의 모델들이 세계를 구성하며 궁극에는 재현마저 삼켜버린다. 시뮬라시옹이 지배하는 현 사회에는 생산된 실제의 이미지가 실재 속에 산다는 착각을 일으키며, 이것은 '실재 그 자체보다 더 실재 같다.' 보드리야르는 이러한 상황을 파생실재(hyperréel)라 명명한다.
(Jean Baudrillard, 『시뮬라시옹』, 하태환 역, 민음사, 1992, p. 12).

인류문명에 대한 예리한 비판을 담고 있어야만 한다. 새로운 예술은 최첨단 테크놀로지에 대해 단순히 매료되거나 낙관하지 말고, 그것의 부작용에 비판적이되, 동시에 그것과 예술의 조화와 합일 가능성도 탐색해야만 한다. 새로운 예술은 또한 인간 중심의 이기적 인본주의에서 벗어나, 자연과 우주의 일부로서의 인간, 또는 자연과 조화되는 인간의 모습을 추구해야만 할 것이다. 그리고 기계와 기술과 물질 만능주의를 경고하고, 다시금 인간의 고귀함과 생명의 존엄성을 회복하는 일에 앞장서야만 할 것이다.[93]

2. 문학의 변화 및 대응

1) 디지털 시대의 문학

문화의 세기라고 일컬어지는 21세기에 여러 예술 가운데 문학은 예술의 꽃이며, 가장 오랜 역사성을 지니고 있다.[94] 그러나 디지털 정보 양식이 더 근본적인 변화를 초래할 분야는 문학이다. 인쇄 매체가 글쓰기와 글 읽기의 양식을 근본적으로 바꾸어 놓은 것처럼, 디지털 정보를 기반으로 한 하이퍼텍스트는 분명 또 한 번 문학의 하부 구조를 근본적으로 변화시킬 것이다.[95]

근대문학과 디지털 문학의 가장 큰 차이점은 텍스트가 어떻게 존재하느냐는 것이다.[96] 근대문학은 인쇄술의 발달과 그로 인한 책의 대중화와

93) 김성곤, 앞의 글, p. 7.
94) 이명재, 「민족문학의 선도자로 거듭나길- 21세기 한국문학 평단의 과제」, ≪한국문학평론≫, 2000, 가을, 15호, p. 6.
95) 김주환, 앞의 글, p. 8.
96) 송기섭, 앞의 글, p. 12.

더불어 비롯된다. 디지털 문학은 인터넷에서 사용되는 웹 문서 형식을 띤 하이퍼텍스트로 일반 대중에게 다가간다.

처음도 끝도 없고 비단선적(non-linear)이며 순간적인 교차 참조(cross-reference)를 가능하게 해주는 하이퍼텍스트는 전혀 새로운 문장과 구문 구조를 생산함으로써, 근대의 기본 정신인 이성주의와 논리 중심적 사고방식의 해체를 요구한다. 동일한 텍스트를 읽는 독서 대중 자체를 없애 버리는 하이퍼텍스트는 문학 비평이라는 형태의 글쓰기 행위 자체를 무의미하게 만들어버릴 것을 예고하고 있다.

우리가 '문학의 위기'라고 말할 때 텍스트 문학에 한정되어 있다고 볼 수 있다. 문학 관련자들이 문자에 자신을 묶어놓지 말고 이야기라는 표현의 원질에 자신을 개방시켜 놓는다면 문학은 자신의 영역을 넓힐 수 있을 것이다. 텍스트 문학은 문자성을 더욱 강조한 채 소수 집단을 위한 향유물로 자신의 정체성을 지켜 나가든지 아니면 문자성을 본질로 한 채 영상물까지 아우르게끔 자신의 영역을 개방하든지 결정해야 할 처지에 있다.97)

이재복98)은 문학의 위기 혹은 문학의 죽음이 90년대에 급속하게 팽창한 멀티미디어가 쏟아내는 영상 이미지라고 지적하면서 영상과 몸의 감각과의 관계를 직시하였다. 이 양자간의 이끌림(attention gather)은 미학의 기본 여건으로 문학과 몸의 즐거움 사이의 문제이다. 이제 생존의 문제로서 문학에서 문화로의 이행은 정신이나 영혼에 갇혀 있던 우리의 인식이 몸으로 옮겨가고 있는 것에 다름 아니라고 말하고 있다. 즉 영상 이미지에 대한 문학의 적대적 관계를 변화시켜야 한다는 것이다.

텍스트 존재 방식의 변화는 작가와 독자에 대한 존재 방식의 변화로

---

97) 최혜실, 앞의 글, pp. 21~22.
98) 이재복, 「몸·체험·문학의 운명」, 《한국문학평론》, 2000, 가을, 15호, pp.15~18.

이어진다. 문자가 발명되면서 문학은 작가가 일방적으로 독자에게 전달하는 것만으로 그 소명을 다하는 것으로 알았지만, 수용미학이 대두되면서 독자의 중요성을 인식하기에 이르렀다. 그러나 디지털은 작가 중심적인 한계와 독자 중심적 한계를 모두 벗어나 작가와 독자 모두 실시간으로 상호 소통할 수 있으며, 공동 창작할 수 있는 데까지 발전하였다.[99] 텍스트는 자유토이 고쳐질 수 있고 더 나가 문학은 언어만의 것으로부터 풀려나 기존 문자 언어의 확실성과 구체성을 뒤흔들게 된다.[100]

또한 디지털이 만들어낸 사이버 공간을 통한 문학 활동은 창작 활동뿐만 아니라 문학 작품의 생산과 유통, 수용의 조건에 맞추어 문학사회의 변화가 예상된다.[101] 모든 정보가 활자 매체에서 전자 매체로, 현실 공간에서 가상 공간으로 이동됨에 따라 작가와 독자가 책이라는 매체를 통해서 만나던 것이 이제는 화상을 통해 수평적 관계로 만나게 되었다. 많은 사람들이 컴퓨터를 이용해 작품을 쓰고, 편지하고, 인쇄하고, 출판하는 법을 배워 이른바 전자책, 레이저 프린터, 컴퓨터 디스크, CD-ROM 등을 통해 세계 어디서든지 가장 빠른 시간에 보낼 수 있게 되었다.

그러나 아직까지 디지털 문학이 이론적 추상 같이 현실 속에서 현시되고 있지는 않다. 디지털 매체에 의한 문학적인 움직임은 여전히 동호인 수준에 머무르거나 전통 문학 양식을 통해 독자에게 다가가려고 했을 뿐 완전하게 새로운 문학 방식으로 부각된 것은 아니다. 디지털 문학이 가지고 있는 문제와 한계점도 있기 때문이다.

문흥술은 순수 문학을 버려둔 채 영화나 비디오 등 기타 대중 문화에서

---

99) 김재국, 「PC 통신문학의 긍정적 수용을 위한 시론」, ≪우암논총≫, 청주대학교, 1997, 17집, p.83.

100) 마크포스터, 『뉴미디어의 철학』, 김성기 역, 민음사, 1994, p.6.

101) 김병익, 『새로운 글쓰기와 문학의 진정성』, 문학과지성사, 1997, pp.75~78.

소재를 끌고 와 대중들의 기호에 영합하는 작품 창작에 몰두하는 작가들을 '멀티미디어 시대 문학의 대중화와 상업화'라는 지배담론의 하수인으로 전락하였다고 비판하고 있다.[102] 그는 멀티미디어 대중 문화 시대에 있어서 우리의 문학은 그 본연의 임무를 방기한 채, 문학의 대중화라는 미명 하에 문학의 대중문화 하수인과 편의점의 한 상품으로 전락시키고 말았으며, 시대의 어둠의 본질을 인식하고, 그 어둠의 장막 너머에 가려져 있는 새로운 이념의 좌표를 찾아 고독한 길을 걸으면서 방황하는 이들에게 나아갈 방향을 제시해 주는 나침반 역할을 하는 문학 작품은 사라져가고 있다고 주장한다. 특히 정보 사회의 도래는 상품의 신격화와 소비의 대중화, 획일화, '파시스트적인 속도'[103]의 부정적 측면을 제기하고 있다. 그는 결론적으로 문학이 본래의 임무를 회복하기 위해 무엇보다도 대중 문화의 영향권으로부터 벗어나야 하며, 대중 문화의 실체와 그 대중 문화를 지배하는 지배담론의 문제점에 대한 과학적, 비판적 인식의 필요성을 제기하고 있다.

물론 디지털 문학이 새로운 글쓰기 방식으로 언어와 장르의 관습을 경박하게 파괴하고, 문학을 가벼운 오락거리로 격하시킨다는 비판과, 또한 대개 전통적 문학이 간직해 온 사유의 심연이나 묘사의 유연함은 사라지고 졸렬한 감각적 이미지와 미숙한 푸념만이 머무른다는 비판을 받고 있기는 하다.[104] 그러나 기존의 문학은 이러한 한계를 지닌 디지털 문학과 조화를

---

102) 문흥술, 앞의 글, pp. 54~71.

103) 어제의 새로움은, 오늘은 이미 더 이상 새로움이 아니다. 변화에 적응하지 못하면 중심에서 밀려나고 말 것이니 "가장 좋은 낡은 것보다 가장 나쁜 새로운 것이 더 좋다"라는 구호를 좇아 앞뒤 돌아보지 않고 내달린다. 요컨대 이 시대를 지배하는 시대정신은 속도이다.(정호웅, 「문학의 죽음과 문학연구」, 《한국문학평론》16호, 2000, 겨울, p. 6).

104) 송기섭, 앞의 글, p. 13.

이루며 새로운 문화 감각에 길들여진 독자에게 다가서야 한다. 세상을 반영하는 문학이 변화된 세상에 반역할 수 없기 때문이다.

2) 디지털 시대 문학의 활로

문학의 새로운 활로 찾기는 우리가 모르는 사이에 이미 지구촌 곳곳에서 활발하게 진행되고 있는데 예를 들면 다음과 같은 것들이다.[105)

첫째, 그동안 문학의 장르를 시, 소설, 희곡 등으로 엄격하게 구분하려던 것이 이제는 서서히 그 벽을 허물기 시작하여 여러 장르가 융합된 새로운 형태의 문학으로 창작 방법이 변화되고 있는 추세다. 이른바 퓨전(fusion) 문학이 고개를 들고 있어 문학하는 사람들을 바짝 긴장시키고 있다. 이와 같은 현상은 디지털 시대를 살고 있는 독자들의 요구조건인 동시에 일반 사회의 문화적 흐름에 편승하기 위한 문학의 자발적 변화라고 할 수 있다. 아날로그 시대의 독자들이 충분한 시간을 두고 음식마다 가지고 있는 고유한 맛을 음미하면서 여유 있게 식사하는 코스 음식을 즐겼다면, 디지털 시대의 독자는 극히 짧은 시간에 필요한 영양소만 섭취하면 된다는 생각 아래 여러 가지 반찬과 밥을 한꺼번에 섞어 비빔밥을 만들어 먹는 것을 선호한다. 다시 말해서 아날로그 시대의 독자들은 운문은 운문대로, 산문은 산문대로 그 독특한 맛을 즐기려고 했지만, 디지털 시대에는 여러 장르가 융합된 새로운 형태의 문학이 자리 잡아가고 있다.

연시는 테마를 정하고 모인 사람들끼리 이미지를 이어가며 한편의 시를 완성하는 방법으로 기승전결의 형식에 따라 교대로 창작하게 되는데 여러 사람이 참여한다는 점에서 색다르다. 산문 분야에서도 한 편의 이야기를 여러 사람이 교대로 이어가면서 완성하는 형태의 문학이 개발될 가능성이

---

105) 유창근, 「디지털 시대의 문학, 그리고 문인」, '예술시대 여름세미나', 2002, p. 10.

크다. 디지털 시대에는 지금처럼 문인 혼자만의 독창성을 고집하며 창작한 작품보다 여러 사람의 다양한 체험과 생각이 담겨 있는 작품이 독자들에게 훨씬 더 관심을 끌게 되고 공동체 의식도 갖게 할 것이라는 생각이다. 소설 문학의 경우도 장편보다는 수필이나 콩트류의 짧고 반짝이는 문학이 날개를 달게 될 것이며, 산문과 운문이 혼합된 형태의 소위 퓨전 문학이 독자들의 요구에 의해서 점차 영역을 넓혀갈 전망이다. 새로운 장르를 개발하기 위한 창작 방법의 모색은 인류가 존재하는 한 꾸준하게 진행될 것이다.

둘째, 세계의 문학은 지금 소집단 중심으로 발돋움하고 있다. 따라서 종전의 중앙 문단 시대가 점차적으로 쇠퇴하면서 지역 중심의 문단이 형성되고 대단위 문학 단체는 그 기능을 잃어 마침내 개인이나 소그룹의 문학 중심으로 문학의 흐름이 변형되어 갈 것이다. 현재 프랑스 시단의 거목으로 손꼽히는 쥘 쉬페르비엘과 필립 쟈코데 시인의 경우, 중앙문예를 형성하고 있는 수도 파리와 아주 먼 곳에서 작품 활동을 했거나, 하고 있다는 점에 주목할 필요가 있다. 프랑스의 경우, 중앙에 있는 작가나 시인이 지방에 있는 문인들을 간섭하지도 않고 지방에 있는 문인들이 중앙에 있는 문인 단체에 가입하려고 애쓰거나 그들을 부러워 하지도 않는다. 어디에 있든 열심히 작품을 쓰고 가까운 사람들끼리 모여 토론하는 것으로 만족한다. 이와 같은 예에 비춰볼 때 미래의 문학은 소수 정예의 문인들에 의해 보존·발전될 것이 분명하다. 현재 비대해질대로 비대해진 우리나라의 경우, 중앙 중심의 문단 체제도 머지않아 붕괴되고 지역 중심 체제의 문단이 지역 자치단체의 힘을 입어 빠른 속도로 발전해 나갈 것은 명약관화하다.

셋째, 세계는 지금 문학의 위축에 대한 우려와 그에 비례하여 조용하고도 조직적인 대책들이 적극적이고도 지속적으로 실시되고 있다. 독일의 경우, 무엇보다도 문학 전반에 대한 다양한 제도적 후원이 눈길을 끈다.

작가의 길을 걷겠다는 소수의 사람들을 일단 출판사가 후원한다. 출판사에서 책을 내어 주면 그것이 등단이고, 한 번 책을 내어준 문인은 대부분 같은 출판사에서 평생 책을 내어준다. 학계의 후원도 대단하여 작품의 조명은 적어도 50세쯤 되어 저력을 검증 받은 문인에 한하며, 학문적 조명 역시 매우 조직적이어서 결국은 학자들이 무언의 합의를 통하여 문학사에 남을 만한 작가들을 신중하게 선별한다. 창작에 대한 지원은 조그만 동네 어디서나 볼 수 있는 수많은 도서관의 도서 구입을 통해서 이루어진다. 그리고 다양한 문학상 제도, 창작 장학금 지급 등이 전업 작가들에게 실제로 경제적 후원이 되고 있다. 문학을 시민들의 생활 속으로 스며들게 하는 문학의 집이나, 시 전문 도서관 등 시설도 만들고 많은 극장들이 문학 작품 낭송회를 자주 연다.

활자 문명 시대에는 작가가 글을 써서 출판사에 맡겨 책으로 출판된 후에야 비로소 독자는 문학 작품을 감상할 수 있었다. 이것은 마치 성당 모델[106]과 같은 것인데, 작가는 특수한 소수의 폐쇄적 개발자 집단에 비유할 수 있으며 지적 소유권을 주장하고 창작된 문학 작품을 통해 이윤을 추구한다. 독자는 작품이 개발 완료되어 책으로 나올 때까지 기다려야 하는 소프트웨어 사용자에 비유할 수 있다. 반면 시장 모델은 이전의 성당 모델 작가들이 자기의 작품을 책으로 출판한 후에야 독자들의 평가를 받았던 창작 형태와 근본적으로 다르다. 시장 모델에서는 독자가 곧 독자이면

---

106) 성당과 시장 모델 개념은 Eric Raymond가 성당과 시장(The Cathedral and the Bazaar)의 비유를 통해 프로그래밍의 두 가지 대조적인 방법을 비교한 데서 유래한다. 예컨대, '성당 모델'은 몇 사람의 탁월한 프로그래머(개인적 합리성의 화신)들이 다른 여타의 외부적 요소들에 방해됨이 없이 오직 자신의 두뇌에 의존하여 프로그램을 개발해 내는 방식인데 반해, '시장 모델'은 가능한 한 빨리 각 개인이 이룬 조그만 성과들을 다른 사람들과 공유시킴으로써 더 새롭고 훌륭한 결과가 나오기를 기다리는 방식이다.

서 작가가 되는 것이다.

문학이 특정 작가만의 것이 아니라는 전제 아래 독자들과 공감대를 형성하기 위해서는 성당의 종사자인 문인들이 먼저 시장에 손을 내밀어 일부 시장모델의 도입을 논의하고 성당 모델과의 장단점을 취입해 2000년대 문학의 방향을 설정해 나가야 할 것이다. 시장 모델 체제에서 작가는 불완전한 생산자이고 독자는 그것을 완성품으로 만드는 생산자가 되는 것이다. 독자는 단순히 작가가 서술한 내용을 따라가는 수동적 감상자가 아니라, 작가가 서술한 내용에 자신의 생각과 꿈을 보완하여 새롭게 글을 써나가는 또 다른 작가라고 할 수 있다. 독자란 결국 빈자리를 채워 가는 작가이다.

앞으로의 문학이 성공하려면 작가들 스스로 기존의 성당 모델로부터 과감히 벗어나지 않으면 안 된다. 신세대 문인들은 이미 시장 속으로 들어가 기성문학을 깨뜨리기 위해 시장 사람들과 머리를 맞대기 시작했다. 그들은 인터넷 홈페이지를 개설하여 독자들의 반응을 신속하게 확인하며 작품을 만들어 간다. 시장 사람들은 그들에게 많은 것을 주문한다. 따라서 작가는 기성문학에서 얻지 못했던 섹스, 자살 등 우리 문학이 기피해온 개인적 욕망에 대한 것을 과감하게 조명하고 소재도 직접적인 삶의 경험보다 영상 매체나 컴퓨터 등 2차적 가공을 통해 얻으며, 소설에 환상의 세계를 그린 판타지 기법까지 동원시키고 있다. 서두에서 밝혔듯이 문학의 흐름이 경이로움의 역사라고 인정한다면 충분히 이해할 수 있는 몸짓이라고 생각한다. 다만 독자의 요구나 흥미성에 치우치다가 제일 중요한 문학성까지 상실하지 않을까 염려스럽다.

생산된 제품을 잘 팔기 위해서는 사전에 철저한 시장 조사가 있어야 한다. 디지털 시대에 문학이 살아남기 위해서는 작가가 독자 속으로 침잠해야 한다. 시장의 어떤 물건들이 잘 팔릴 경우 그 물건이 왜 인기가 있는지를 조사하는 일도 중요하지만 앞으로 어떤 물건을 만들어야 잘 팔릴지 미래를 내다보는 일은 더 중요하다. 그렇다고 작가가 시장 속으로 들어가 시장 사람들의 요구에 의해서만 글을 써간다면 분명 잘못된 일이다. 어디까지나 문학이 주체가 되어 독자들을 이끌고 나가야 한다. 선도적인 위치에 문학이 존재할 때 독자들은 경이로움에 빠지게 마련이다. 급변하는 시대일수록 미래를 내다보고 신속히 방향을 모색하는 사람이 성공할 수 있다.

시대적 요구나 독자의 기호에 맞추어 문학의 내용이나 형식, 전달 매체도 갈수록 다양하게 변화되고 있다. 잘 훈련된 소수의 문인이 교만하게 앉아서 인기나 누리던 시대는 서서히 막을 내리고 있다. 성당 안에서 써대던 순수문학은 이제 한계점에 도달했다. 디지털 시대를 맞이하여 문학이 다른 문화와 어깨를 겨루려면 문인들 스스로 하루 빨리 고정 관념이나 권위 의식을 벗어버리고 독자들의 땀 냄새가 물씬 풍기는 시장 안으로 들어가야 한다. 독자가 작가나 작품보다 우세해질 디지털 시대의 문학이 사는 길은 그것뿐이다. 그러나 대중 속으로 들어가되 끝까지 예술성을 잃지 말아야 문학 작품이 오래오래 살아 남을 수 있다는 진리를 명심해야 한다.

제4장

신춘문예에 대한 사회적 인식

제1절 인식 조사 방법

1. 개요

우리나라의 신춘문예의 역사와 현황, 문제점을 기존의 연구 자료와 각종 문헌 자료를 종합하여 분석하고 이를 바탕으로 전문가와 일반인에 대해 실증 조사 분석을 실시하여 신춘문예에 대한 현재적 인식과 개선안을 도출하였다. 전문가 및 일반인을 포괄하는 광범위한 대상을 샘플로 하여 설문조사를 실시한 이유는 잠재적 문학인, 활동 중인 문학인, 문학비평가, 문학소비자 등 다양한 집단의 의견을 직접 수렴함으로써 보다 종합적이고 실현 가능한 개선안을 모색하기 위함이다.

2. 조사 방법 및 도구

1) 조사 방법

본 조사는 문학 관련 전문가 집단 200명과 문인 지망생인 일반인 집단

300명으로 나누어 조사하였다.

〈표 4-1〉 집단별 조사 방법

구분		표본출처	수집방법
전문가 집단	문인	· 한국문인협회 · 민족문학작가회의	우편/이메일 전화확인
	문학담당 기자	· 중앙/지방 일간지 문학담당 기자 · 문학관련 산업 종사자	우편/이메일 전화확인
	교수	· 전국 4년제 국문과/문창과 소속 교수	우편/이메일 전화확인
일반인 집단	대학생	· 전국 4년제 국문과/국어교육과/문창과 재학생	일대일 면접조사
	일반인	· 각종 문화센터의 문학아카데미 참가자	일대일 면접조사

전문가 집단은 작가, 평론가, 교수, 문학관련 전문직 종사자와 일간지 문화부 기자와 출판 및 관련 직종에 있는 종사자로 분류하여 조사하였다. 이들에 대한 표본 출처는 작가와 평론가의 경우 대표적인 문학단체인 한국 문인협회와 민족문학작가회의에 등록한 문인들을 대상으로 했다. 교수는 국문과 및 문예창작과가 개설된 4년제 대학에 재직하는 교수를 대상으로 하였다. 문학관련 전문직 종사자는 중앙 및 지방 일간지의 문화부 기자와 출판 및 관련 잡지 기자 등을 대상으로 하였다.

일반인 집단은 전국 4년제 대학 중 국문과와 문창과가 개설되어 있는 대학의 국문과에 재학중인 대학생과 각종 문학강좌를 수강하는 문인 지망 생을 대상으로 하였다.

2) 조사 도구의 개발

본 연구는 전문가용과 일반인용을 따로 작성하여 심도있는 조사 도구를 설계하였다.

설문지는 전문가용 일반인용 모두 등단 제도, 신춘문예제에 대한 인식, 신춘문예의 개선점, 인구통계학적 변인 등 4가지로 구분하여 구성하였으며, 전문가와 일반인은 신춘문예에 대한 인식 측정 문항을 제외하고 다르게 구성하였다.

(1) 전문가용

등단 제도와 신춘문예의 문제에 대한 전문적 인식에 대한 질문으로 구성하였다.

〈표 4-2〉 전문가용 설문

구 분			내 용	문항번호	비고
등단 제도 관련			가장 영향력 있는 등단 제도/가장 바람직한 등단 제도/등단 제도의 가장 큰 문제점	1~3 (3문항)	
신춘문예에 대한 인식	종합적 평가		종합적 만족도/한국문학에 기여도/ 문학상으로서의 권위/개선 및 폐지에 대한 의견	4 (5문항)	리커트 5점척도
	제도적 차원	심사 위원	심사위원 선정의 공정성/심사위원의 중복성(독점성)/심사위원의 재임 기간/심사위원의 성향	5 (9문항)	리커트 5점척도
		심사 과정	심사 과정의 공정성/심사 기간		
		신문사	신문사 간의 차별성/당선 이후에 대한 지원/ 당선자에 대한 홍보		
	문학적 차원 -내용	당선작	당선작의 문학성/ 참신성/ 실험성 당선작의 보수성/ 획일성/ 표절 문제의 심각성	5 (8문항)	리커트 5점척도
		문학 교육	문학적 상상력 자극 문인 지망생의 의욕 고취		
	문학적 차원 -형식	등단 제도	한국문학의 등용문 무분별한 신인 양산	5 (5문항)	리커트 5점척도
		문단 권력화	당선작이 심사위원의 경향과 유사 문단의 권력화 강화 문단의 다양성 제한		
신춘문예의 개선점			한국문학에 기여한 점/가장 큰 문제점 제도적 개선 사안/개선론 및 폐지론의 제기 원인/ 폐지론에 동의에 대한 이유(동의자만)	6~10 (4문항)	
인구통계학적 변인			직업, 연령, 성, 전공(장르) 신춘문예 심사 경험	11~15 (5문항)	
			등단 여부 및 활동	16 (5문항)	

(2) 일반인용

문인 지망생 및 문학 독자로서의 입장에서 신춘문예에 대한 일반적인
의식을 측정하였다.

〈표 4-3〉 일반인용 설문

구 분			내 용	문항번호	비고
등단 제도 관련			가장 영향력 있는 등단 제도 가장 바람직한(희망) 등단 제도 등단 제도의 가장 큰 문제점	1~3 (3문항)	
신 춘 문 예 에 대 한 인 식	종합적 평가		종합적 만족도/문학상으로서의 권위 개선 및 폐지에 대한 의견	4 (5문항)	리커트 5점척도
	제도적 차원	심사 위원	심사위원 선정의 공정성 심사위원의 중복성(독점성) 심사위원의 재임 기간 심사위원의 성향	5 (9문항)	리커트 5점척도
		심사과정	심사 과정의 공정성/심사 기간		
		신문사	신문사 간의 차별성 당선 이후에 대한 지원 당선자에 대한 홍보		
	문학적 차원- 내용	당선작	당선작의 문학성 / 참신성 / 실험성 당선작의 보수성 / 획일성 표절 문제의 심각성	5 (8문항)	리커트 5점척도
		문학 교육	문학적 상상력 자극 문인 지망생의 의욕 고취		
	문학적 차원 -형식	등단제도	한국문학의 등용문 무분별한 신인 양산	5 (5문항)	리커트 5점척도
		문단 권력화	당선작이 심사위원의 경향과 유사 문단의 권력화 강화 문단의 다양성 제한		
신춘문예 응모 경험			신춘문예 응모 경험 전공(희망)장르 (재)응모 의향 신춘문예 당선에 중요한 요인 신춘문예 당선작 구독 정도	6~10 (5문항)	
신춘문예의 개선점			가장 큰 문제점 제도적 개선 사안	11~12 (2문항)	
인구통계학적 변인			직업, 연령, 성별	13~15 (3문항)	

제2절 일반 현황

1. 전체 응답자의 특성

1) 전문가 집단의 특성

이 연구에서 전문가 집단의 특성은 인구통계학적 특성과 문학 경력 특성으로 나누었다. 인구통계학적 특성은 <표 4-4>와 같다.

〈표 4-4〉 전문가 집단의 인구통계학적 특성

특성	구 분	빈도(명)	백분율(%)
성별	남 자	151	75.5
	여 자	49	24.5
	합 계	200	100.0
연령	20대	18	9.0
	30대	55	27.5
	40대	61	30.5
	50대	33	16.5
	60대 이상	33	16.5
	합 계	200	100.0
직업	창작가	63	31.5
	평론가	48	24.0
	교 수	53	26.5
	문학 관련 기자 및 종사자	36	18.0
	합 계	200	100.0

전문가 집단은 총 200명으로 성별 분포를 보면 남자가 151명(75.5%), 여자가 49명(24.5%)이며, 연령별로는 30대와 40대가 각각 27.5%, 30.5%로 과반수를 차지하고 있다. 이 연구의 전문가 집단은 30~40대의 남성이 대다수를 이루고 있다고 볼 수 있다. 직업별 분포는 창작가(시인과 작가)가

31.5%로 가장 많으며, 교수 26,5%, 평론가 24.0%, 문학 관련 기자 및 종사자 18.0% 순으로 나타났다.

이들 전문가 집단은 연구의 목적에 따라 문학 관련 특성을 분석하였다. 문학 경력 특성은 '신춘문예 심사 경험', '등단 여부', '등단 시기', '등단 방식' 등 4가지 특성으로 나누어진다. 이중 전문가 집단에 속해 있는 조사 대상자들이 신춘문예에 대한 인식에 있어 차이를 보일 것이라고 예상되는 '신춘문예 심사 경험', '등단 여부', '등단 방식' 3가지 특성은 신춘문예에 대한 인식 및 관련 의견을 분석하는데 독립변수로 사용된다. 전문가 집단의 문학 경력 특성에 따른 조사대상자의 특성은 <표 4-5>와 같다.

〈표 4-5〉 전문가 집단의 문학 경력 특성

특성	구분	빈도(명)	백분율(%)
신춘문예 심사경험	있다	33	16.5
	없다	167	83.5
	합계	200	100.0
등단 여부	등단했음	127	63.5
	등단하지 않음	73	36.5
	합계	200	100.0
등단 시기	1969년 이전	18	14.2
	1970년대	13	10.2
	1980년대	40	31.5
	1990년대	42	33.1
	2000년 이후	14	11.0
	합계	127	100.0
등단 방식	신춘문예	31	24.4
	문예지	72	56.7
	동인지	7	5.5
	추천제	8	6.3
	단행본 출간	6	4.7
	기타	3	2.4
	합계	127	100.0

전문가 집단 중 200명 중에 심사 경험이 있는 응답자는 16.5%인 33명이며, 등단했다고 응답한 사람은 127명, 63.5%이다. 등단한 사람 127명 중 문예지로 등단한 사람이 전체의 56.7%이고, 신춘문예를 통해 등단한 응답자가 31명, 24.4%였다. 이들은 1980년대와 1990년대에 주로 등단한 사람들이다.

등단한 응답자들의 등단 후 활동에 대한 특성은 다음과 같다.

등단한 응답자 127명 중 등단 이후 활동에 대한 물음에 응답한 대상은 106명이었고, 이 중 68명, 64.2%가 문예지를 통해 활동을 계속해 왔다. 단행본 출간이 19명, 17.9%이며, 동인지 활동이 14명, 13.2%로 조사되었다.

등단한 대부분의 문인들이 문예지를 통해 활동하고 있으며, 단행본 출간 등의 기회를 갖기도 한다. 신춘문예에 당선되어 등단한 응답자 중 후에 등단 신문에 작품을 게재한 적이 있는지를 묻는 질문에 31명 중 20명이 '없다'고 응답했으며, 있다가 11명으로 나타났다.

〈표 4-6〉 등단 후 활동 특성

구 분		빈도(명)	백분율(%)
등단 이후 활동	신춘문예	4	3.8
	문예지	68	64.2
	동인지	14	13.2
	단행본 출간	19	17.9
	기타	1	0.9
	합계	106	100
신춘문예 등단후 등단 신문에 작품 게재	있다	11	34.6
	없다	20	65.0
	합계	31	100

등단 방식에 따라 등단 후의 활동을 분석해 보면 <표 4-7>과 같다. 등단 방식과 상관없이 등단 이후의 활동은 주로 문예지에 집중되고 있다.

〈표 4-7〉 등단 방식에 따른 등단 활동의 분류

등단방식	등단활동	신춘문예	문예지	동인지	단행본출간	기타	합계
신춘문예	N	1	15	5	5	1	27
	%	3.7	55.6	18.5	18.5	3.7	100.0
문예지	N	1	44	6	8	0	59
	%	1.7	74.6	10.2	13.6	0	100.0
동인지	N	0	2	1	0	0	3
	%	0	66.7	33.3	0	00	100.0
추천제	N	0	4	0	2	0	6
	%	0	66.7	0	33.3	0	100.0
단행본출간	N	1	2	0	3	0	6
	%	16.7	33.3	0	50.0	0	100.0
기타	N	1	0	1	0	0	2
	%	50.0	0	50.0	0	0	100.0
합 계	N	4	67	13	18	10	103
	%	3.9	65.0	12.6	17.5	1.0	100.0

2) 일반인 집단의 특성

일반인 집단도 전문가 집단과 마찬가지로 인구통계학적 특성과 신춘문예 경험 특성으로 나누었다.

이 연구에서 조사된 일반인 집단의 총 대상자는 295명이며 남자가 105명(35.6%), 여자가 190명(64.4%)으로 전문가 집단이 남자가 대부분인 반면 일반인 집단의 경우 여자가 더 많이 차지하고 있다. 연령별로 보면 20대가 248명으로 조사 대상자의 거의 대부분인데, 일반인 집단을 국문학과 혹은 관련학과 재학생과 일반 문인 지망생을 대상으로 했기 때문에 20대의 비율이 매우 높게 나왔다. 따라서 직업 분포 역시 국문과 재학생이 198명으로 가장 많았다. 이후의 연구에서는 일반인의 직업을 국문과 재학생과 비국문과 재학생으로 재분류하여 분석하였다. 국문과 재학생의 비율이 매우 높기 때문에 그 외 다른 직업과의 비교에서 유의미한 결과를 도출할 수 없기 때문이다.

〈표 4-8〉 일반인 집단의 인구통계학적 특성

특 성	구 분	빈도(명)	백분율(%)
성 별	남 자	105	35.6
	여 자	190	64.4
	합계	295	100.0
연 령	20대	248	84.1
	30대	23	7.8
	40대	8	2.7
	50대	7	2.4
	60대 이상	9	3.1
	합계	295	100.0
직 업	국문과 재학생	198	67.1
	타전공 대학생	44	14.9
	주 부	10	3.4
	직장인	24	8.1
	기타	19	6.4
	합계	295	100.0

전문가 집단에서 문학 경력 특성을 연구의 분석 도구로 사용한 것과 마찬가지로 일반인의 문학 관련 경험 중, 특히 신춘문예와 관련된 경험을 중심으로 특성을 분류하였다. 신춘문예 경험 특성은 <표 4-9>와 같다.

일반인 집단 중 '신춘문예 응모 경험이 있는' 조사 대상자는 31명, 10.5%이며, 앞으로 응모할 의향이 있다는 조사대상자는 99명(33.6%)이다. 또한 '매년 신춘문예 당선작을 얼마나 읽는가'에 대해 '한두 작품을 골라 읽는다'가 61.4%로 가장 많았으며, 모두 읽는다는 16.3%였다.

〈표 4-9〉 신춘문예 경험 특성

특 성	구 분	빈도(명)	백분율(%)
신춘문예 응모 경험	예	31	10.5
	아니오	264	89.5
	합 계	295	100.0
응모 의향	예	99	33.6
	아니오	196	66.4
	합 계	295	100.0
당선작 독서 정도	당선된 작품은 모두 읽는다	48	16.3
	한두 작품 골라 읽는다	181	61.4
	거의 읽지 않는다	50	16.9
	전혀 읽지 않는다	16	5.4
	합계	295	100.0

2. 등단 제도에 대한 인식

1) 전체 응답자의 등단 제도에 대한 인식 특성

국내 등단 제도에 대한 인식을 전체 응답자를 대상으로 조사하였다. 그 결과는 <표 4-10>과 같다.

응답자들이 가장 영향력 있는 등단 제도라고 여기는 것은 신춘문예로 전체 응답자의 73.1%가 응답했다. 다음으로 문예지가 16.6% 등으로 나타났다. 가장 바람직한 등단 제도 또한 신춘문예가 42.3%로 가장 높은 분포를 나타내, 우리 문학의 대표적인 등단 제도임을 입증하고 있다. 하지만 문예지가 가장 바람직하다는 의견(28.5%)과, 영향력에서는 4.0%에 불과한 단행본 출간이 바람직하다는 의견(13.8%) 등은 신춘문예에 집중된 영향력의 축소와 다양한 등단 제도의 활성화를 요구하는 목소리라고 할 수 있다. 그러나 일반인들 중 대다수 문인 지망생들은 신춘문예를 통해 등단하기를 희망하는 것으로 조사되었다. 그 이유로 신춘문예가 가지고 있는 권위와 공신력과 신뢰성을 가장 많이 들었다. 현 등단 제도의 문제점에 대해 '문단의 제도화 및 권력화'가 178명, 36.0%로 가장 많은 응답을 보이고, '등단 이후의 활동 보장이 되지 않는다'가 21.4%, 무분별한 신인 양산 19.4%, 등단 심사의 공정성이 18.0% 등으로 현 등단 제도의 문제점을 다양하게 인식하고 있었다.

〈표 4-10〉 국내 등단 제도에 대한 전체 응답자의 인식 특성

구 분		빈도(명)	백분율(%)
가장 영향력 있는 등단 제도	신춘문예	362	73.1
	문예지	82	16.6
	동인지	7	1.4
	추천제	23	4.6
	단행본 출간	20	4.0
	기타	1	0.2
	합계	495	100.0
바람직한 등단 제도	신춘문예	208	42.3
	문예지	140	28.5
	동인지	27	5.5
	추천제	27	5.5
	단행본 출간	68	13.8
	기타	22	4.5
	합계	492	100.0
희망하는 등단 제도 (일반인)	신춘문예	183	62.0
	문예지	56	19.0
	동인지	14	4.7
	추천제	8	2.7
	단행본 출간	23	7.8
	기타	11	3.7
	합계	295	100.0

	등단 이후의 활동 보장 안됨	106	21.4
	문단의 제도화 및 권력화	178	36.0
	무분별한 신인 양산	96	19.4
현 등단 제도의 문제점	등단 심사의 공정성	89	18.0
	심사위원의 선정 문제	22	4.4
	기타	4	0.8
	합계	495	100.0

2) 집단별 등단 제도의 인식 차이

(1) 가장 영향력 있는 등단 제도

국내에서 실시되고 있는 여러 등단 제도에 대해 문학 관련 전문가와 일반 문인 지망생들 간에 인식의 차이를 알아보기 위해 교차분석을 실시했다(<표 4-11> 참조).

〈표 4-11〉 가장 영향력 있는 등단 제도에 대한 전문가 집단과 일반인 집단의
       인식 차이

구　분		신춘문예	문예지	동인지	추천제	단행본출간	기타	합계
전문가	N	132	51	3	8	5	1	200
	%	66.0	25.5	1.5	4.0	2.5	0.5	100.0
일반인	빈도	230	31	4	15	15	0	295
	%	78.0	10.5	1.4	5.1	5.1	0	100.0
합계	N	362	82	7	23	20	1	495
	%	73.1	16.6	1.4	4.6	4.0	0.2	100.0

$x2 = 22.270$, $P = 0.00 < .05$

전문가 집단과 일반인 집단 모두 가장 영향력 있는 등단 제도로 신춘문예가 높은 비율로 나타났다. 일반인 집단이 전문가 집단보다 더 큰 비율을

보이고, 전문가 집단은 문예지에 대해 일반인 집단보다는 더 영향력이 있는 것으로 보고 있어 두 집단 간에 유의수준 0.001에서 유의미한 차이를 보이고 있다.

신춘문예 이외의 등단 제도가 더 문학적으로 가치 있게 여겨지고 바람직하다고 할지라도 신문이라는 매스미디어에 바탕을 둔 신춘문예의 개방성과 대중적 취향은 문학 지망생들에게 많은 영향을 끼친다고 할 수 있다. 결국 신춘문예의 영향력은 언론의 영향력에 근거한다고 볼 수 있다.

전문가 집단 내에서 직업별 인식의 차이를 살펴본 결과, 모든 직업군에서 신춘문예의 영향력을 가장 높게 인식하고, 문예지에 대한 영향력도 비슷하게 평가하고 있는 것으로 나타났다. 그러나 각 직업간 유의미한 차이는 없었다(부록 표 1 참조). 또한 신춘문예의 심사 경험에 따른 등단 제도의 영향력을 평가한 결과, 심사 경험이 있는 응답자가 신춘문예의 영향력을 더 높게 평가하는 것으로 나타났다. 그리고 심사 경험이 없는 경우 문예지의 영향력을 가장 높게 인식하는 것으로 나타났다(부록 표 2 참조).

전문가 집단 중 등단 여부에 따라 등단 제도의 영향력을 평가한 결과, 미등단한 응답자가 신춘문예의 영향력을 더 높이 평가하고 있다. 그리고 등단한 응답자가 미등단의 경우보다 문예지의 영향력에 더 높은 점수를 주는 것으로 나타났다(부록 표 3 참조).

다음 일반인의 경우, 국문과 재학생과 비국문과 재학생간에 유의미한 인식차이는 없는 것으로 나타났다(부록 표 4 참조). 일반인의 전공에 따른 가장 영향력 있는 등단 제도의 인식은 집단간에 유의미한 차이는 없으나 신춘문예에 응모할 의향이 있는 응답자는 의향이 없는 응답자보다 신춘문예의 영향력을 더 높게 보고 있었다(부록 표 5 참조).

따라서 신춘문예 심사 경험이 있는 전문가와 응모할 의향이 있는 문인

지망생의 경우 신춘문예의 영향력을 다른 집단에 비해 더 크게 보고 있는데, 신춘문예에 깊이 관련될수록 이를 더 높게 평가하는 것으로 보인다.

(2) 가장 바람직한 등단 제도

우리 문학의 가장 바람직한 등단 제도에 대해 전문가 집단과 일반인 집단의 인식 차이는 <표 4-12>와 같다.

〈표 4-12〉 가장 바람직한 등단 제도에 대한 전문가 집단과 일반인 집단의 인식 차이

구 분		신춘문예	문예지	동인지	추천제	단행본출간	기타	합계
전문가	N	52	73	11	12	43	6	197
	%	26.4	37.1	5.6	6.1	21.8	3.0	100.0
일반인	N	156	67	16	15	25	16	295
	%	52.9	22.7	5.4	5.1	8.5	5.4	100.0
합계	N	208	140	27	27	68	22	492
	%	42.3	28.5	5.5	5.5	13.8	4.5	100.0

$x2= 45.085, P=0.00<.05$

가장 바람직한 등단 제도에 대해 전문가 집단과 일반인 집단간에 유의확률 .05 수준에서 유의미한 차이를 보이고 있다. 전문가 집단의 경우 37.1%가 가장 바람직한 등단 제도로 문예지를 꼽고 있다. 신춘문예는 26.4%, 단행본 출간은 21.8%로 이 세 가지를 가장 바람직한 등단 제도로 보고 있다. 이에 비해 일반인의 경우 신춘문예가 52.9%, 문예지는 22.7%로 두 가지 제도를 가장 바람직한 것으로 보고 있다.

전문가 집단의 경우, 신춘문예를 '가장 영향력 있는 제도'로 보고 있지만 가장 바람직한 제도로는 문예지와 단행본 출간에 많은 비중을 두고 있어 등단 제도의 다양화와 신춘문예에 대한 비판적 자세를 볼 수 있다.

전문가 집단 내에서 직업별로 가장 바람직한 등단 제도에 대한 인식의 차이는 없는 것으로 나타났다(부록 표 6 참조). 그러나 빈도와 평균만을 비교해 볼 때 각 등단 제도별로 신춘문예는 문학 담당 기자가, 문예지는 평론가, 단행본 출간은 교수, 추천제는 작가가 더 바람직하다고 보고 있다. 이러한 차이는 각기 직업적 특성에 따른 선호 방식이라고 볼 수 있다. 문학 담당 기자 및 관련 종사자들은 신춘문예를 대중성과 언론기관 주최라는 공신력 등을 바탕으로 선호한다면, 평론가는 좀 더 깊이 있는 문학적 토양에서 검증하기를 원하고, 작가의 경우는 문단 내에서 자체적 검증을 통한 좀 더 자유로운 등단을 희망하는 것으로 이해된다.

심사 경험의 유무에 따라 가장 바람직한 등단 제도의 평가에 유의미한 차이가 있는 것은 아닌 것으로 나타났다. 심사 경험이 있는 응답자가 33명에 불과하기 때문에 통계적 유의성을 밝혀내기는 어려우나 빈도와 백분율로만 평가할 때, 심사 경험이 있는 경우 신춘문예를 더 바람직하다고 여기며, 심사 경험이 없는 경우 문예지에 대한 평가가 더 좋다고 분석할 수 있다(부록 표 7 참조).

등단 여부에 따라 가장 바람직한 등단 제도를 보는 시각에 차이가 있는 것으로 나타났다. 신춘문예와 문예지에 대한 선호는 미등단 응답자들이 더 많은 비율로 나타난 데 반해 등단한 응답자들은 단행본 출간과 추천제를 더 바람직하다고 보고 있다(부록 표 8 참조). 등단 응답자들이 신춘문예와 문예지와 같은 기존의 어느 정도 영향력이 높은 등단 제도를 비슷하게 선호하긴 하지만 더 다양한 등단 제도의 도입과 자유로운 등단형식을 원한다고 볼 수 있다.

바람직한 등단 제도에 대한 일반인들의 시각을 분석하기 위해 전공, 신춘문예 응모 의향에 따라 분석하였다. 전공에 따라서는 국문과 재학생과 비국문과 재학생 간, 신춘문예 응모 의향 간에 통계적으로 유의미한 차이가 없는 것으로 나타났다(부록 표 9, 10 참조).

(3) 현행 등단 제도의 문제점

최근 문학 권력 논쟁과 함께 등단 제도에 대한 논의도 이루어졌는데, 이와 관련해서 현 등단 제도의 문제점에 대해 전문가 집단과 일반인 집단, 각 집단간, 집단내의 인식의 차이를 비교하였다.

먼저 전문가 집단과 일반인 집단의 등단 제도의 문제에 대한 인식은 <표 4-13>과 같다.

〈표 4-13〉 현행 등단 제도의 문제점에 대한 전문가 집단과 일반인 집단의 인식 차이

구 분		등단 이후의 활동 보장 안됨	문단의 제도화 및 권력화	무분별한 신인 양산	등단 심사의 공정성	심사위원의 선정 문제	기타	합계
전문가	N	31	62	62	33	9	3	200
	%	15.5	31.0	31.0	16.5	4.5	1.5	100.0
일반인	N	75	116	34	56	13	1	295
	%	25.4	39.3	11.5	19.0	4.4	0.3	100.0
합계	N	106	178	96	89	22	4	495
	%	21.4	36.0	19.4	18.0	4.4	0.8	100.0

$x2= 33.485$, P=.00<.05

현재 등단 제도의 문제점에 대해 전문가 집단과 일반인 집단 모두 '문단의 제도화 및 권력화'를 가장 많이 지적했다. 그러나 집단별로 비교해 볼 때, 일반인이 39.3%로 전문가보다 약 8%정도 더 많은 의견이었으며, 전문가 집단은 '무분별한 신인 양산'이 '문단의 제도화 및 권력화'와 동일한 수준으로 문제라고 지적하고 있다.

이에 비해 일반인 집단은 등단 이후의 활동 보장이 안 되는 것과 등단 심사의 공정성에 전문가 집단보다 더 비중을 두고 있음이 나타났다.

전문가 집단과 일반인 모두 문단의 제도화 및 권력화 문제 외에 '선발'과 관련된 공정성과 지원의 방식에 문제를 두고 있는 것으로 보인다.

전문가 집단 내에서 직업별 응답은 유의미한 차이는 없으나 등단 이후의 활동 보장이 안 된다는 문제점에 대해서는 작가의 의견이 16.7%로 가장 많았다. 둔단의 제도화 및 권력화는 문학 담당 기자 및 관련 종사자, 무분별한 신인 양산에 대해서는 작가가 다른 직업군에 비해 문제점을 더 느끼고 있었다(부록 표 11 참조).

　신춘문예에 대한 심사 경험의 유무에 따라 현 등단 제도의 문제점에 대해 유의미한 인식의 차이를 보이는 것으로 나타났다. 심사 경험이 있는 응답자는 '무분별한 신인 양산'을 가장 큰 문제점으로 보고 있다. 그러나 심사 경험이 없는 응답자는 문단의 제도화 및 권력화를 가장 큰 문제점으로 보고 있어 차이를 나타내고 있다. 심사 경험이 있는 응답자들의 응답 분포를 보면 심사 과정과 심사위원 문제와 문학의 제도화 및 권력화에 대한 문제보다는 등단 절차에 불만을 나타내고 있다. 신춘문예 심사 경험자들은 신춘문예에 대한 옹호적인 입장에 있음을 알 수 있다(부록 표 12 참조).

　등단 여부에 따라 현 등단 제도에 대한 문제점을 인식하는 데도 차이를 보이고 있다. 등단한 응답자의 경우 '무분별한 신인 양산'을 가장 큰 문제로 지적하고 있다. 그러나 등단하지 않은 응답자의 경우, '문단의 제도화 및 권력화'가 문제라고 지적하고 있다. 또한 등단한 응답자들의 응답 분포는 등단 이후의 활동 보장과 문단의 제도화 및 권력화가 비슷한 비율로 나타났다. 등단 문인이나 신춘문예 심사 경험자들은 등단 제도의 문제점에 대해 비교적 다양한 응답 분포를 보이고 특히 무분별한 신인 양산에 대해서 많이 걱정하고 있는 것으로 나타났다(부록 표 13 참조).

　등단 제도에 대한 일반인의 직업별 인식 차이에 대해서는 주목할 만한 것이 없으며 유의미한 차이를 보이고 있지 않다. 응모 의향의 경우도 비슷한 분포의 응답률을 보이며 유의미한 차이가 없는 것으로 나타났다.

제3절 신춘문예에 대한 인식 분석

1. 전문가의 견해

1) 신춘문예에 대한 전반적 인식

신춘문예에 대한 종합적 평가를 얻기 위해 '전반적 만족도', '한국문학의 기여도', '문학상으로서의 권위 인정', '문학적 수준과 권위의 상실 정도', '개선과 폐지에 동의하는 정도'를 5점 척도로 측정하였다.

전문가 집단의 신춘문예에 대한 전반적 만족도는 5점 만점에 2.88로 조사되어 약간 불만족한 것으로 나타났다. 신춘문예가 한국문학에 있어 기여한 정도에 대해 전문가들의 평균은 3.63으로 그 기여 정도가 높은 편으로 나타났다. 신춘문예가 문학상으로서 갖는 권위에 대해서는 3.39로 비교적 권위가 높다고 여기고 있으나 갈수록 그 문학적 수준과 권위가 떨어지고 있다는 데에 대한 동의정도가 3.62로 신춘문예의 위상이 추락하고 있는 것에 대해 상당부분 동감하는 것으로 나타났다. 신춘문예의 개선에 대해서는 평균 3.96으로 개선에 적극 찬성하고 있으나, 폐지에 대해서는 2.59로 반대하는 의견이 더 우세한 것으로 나타났다.

전문가 집단의 종합적 만족도는 직업별, 심사 경험, 등단 여부, 등단 방식, 신춘문예의 가장 큰 문제점, 가장 바람직한 제도를 독립변수로 하여 각 집단별로 어떤 차이점이 있는가를 살펴보았다.

먼저 직업에 따른 전반적인 만족도의 차이는 <표 4-14>와 같다. 집단별로 유의수준 .05에서 직업군간 유의미한 차이를 보이는 문항은 존재하지 않았다. 그러나 평점만을 기준으로 평가를 하면, 대체적으로 평론가들은 신춘문예가 한국문학에서 갖는 권위와 기여도를 높게 여기는 편이며, 폐지에 대해서 가장 부정적인 것으로 나타나고 있다. 이에 반해 작가의 경우, 신춘문예의 문학적 수준과 위상의 추락에 가장 높은 점수로 동의했고 개선에 대해서도 많이 동의하고 있다. 이와 비슷한 직업군으로서 문학 담당 기자와 관련 종사자들은 신춘문예의 폐지와 개선에 가장 많이 동의하고 있다.

〈표 4-14〉 전문가 집단의 직업별 전반적 인식

구 분	작가 (N=63)		평론가 (N=48)		교수 (N=53)		문학담당기자 (N=36)		전체 (N=200)		F
	평균	SD	평균	SD	평균	SD	평균	SD	평균	SD	
전반적으로 만족함	2.84	1.26	3.10	1.13	2.79	1.13	2.78	.83	2.88	1.13	.860
한국문학에 기여도가 높음	3.54	1.06	3.85	.90	3.51	1.09	3.67	.96	3.63	1.01	1.218
권위가 높은 문학상임	3.40	1.11	3.54	1.15	3.19	1.19	3.47	1.13	3.39	1.15	.886
문학적 수준과 권위가 떨어지고 있음	3.83	1.06	3.42	1.20	3.58	1.03	3.58	1.13	3.62	1.10	1.315
개선에 동의함	4.00	1.19	3.92	1.11	3.81	1.19	4.17	.81	3.96	1.11	.780
폐지에 동의함	2.60	1.45	2.54	1.49	2.55	1.45	2.69	1.41	2.59	1.44	.094

등단 여부에 따른 전반적인 평가에서는 집단간 유의미한 차이가 나지 않았다. 등단 여부에 상관없이 신춘문예에 대한 평가는 비슷한 것으로 나타났다(부록 표 14 참조).

심사 경험에 따른 신춘문예에 대한 전반적인 평가는 <표 4-15>와 같다. 심사 경험이 있는 응답인 경우, 대체로 없는 응답자에 비해 신춘문예의 전반적인 평가가 긍정적이며 특히 권위가 높은 문학상이라는 항목의 경우 심사 경험자와 무경험자간에 큰 차이를 보이고 있다. 즉 심사 경험자일수록 권위가 높은 문학상이라고 생각한다는 것이다(유의확률 .05 수준).

〈표 4-15〉심사 경험에 따른 전반적 인식

구 분	있다 (N=33)		없다 (N=167)		전체 (N=200)		F
	평균	SD	평균	SD	평균	SD	
전반적으로 만족함	2.97	1.21	2.86	1.11	2.88	1.13	.249
한국문학에 기여도가 높음	3.94	1.09	3.57	.99	3.63	1.01	3.370
권위가 높은 문학상임	3.85	1.20	3.30	1.12	3.39	1.15	6.495*
문학적 수준과 권위가 떨어지고 있음	3.64	1.11	3.62	1.10	3.62	1.10	0.009
개선에 동의함	3.91	1.07	3.97	1.12	3.96	1.11	.083
폐지에 동의함	2.27	1.51	2.65	1.43	2.59	1.44	1.913

　　등단한 응답자에 한해서 등단 방식에 따라 전반적인 인식의 차이를 조사
하였다. 문학 제도권 안에 들어온 방식에 따라 신춘문예라는 다른 또는
동일한 등단 방식에 대해 느끼는 정도가 다를 것이라 여겨지기 때문이다
(부록 표 15 참조).

　　'문학적 수준과 권위가 갈수록 떨어지고 있다.'는 항목에 대해 유의수준
.05에서 집단간 유의미한 차이를 보이고 있다. 신춘문예를 제외한 다른 제도
를 통해 등단한 응답자들은 신춘문예로 등단한 응답자와 .6~1.0의 큰 차이를
보이고 있다. 즉 신춘문예로 등단한 응답자들이 보통 정도로 동의하는 데
반해 나머지 응답자들은 갈수록 위상이 떨어지고 있는 데 대해 동의 또는
크게 동의하고 있는 것으로 나타났다. 이러한 차이는 거의 전 문항에서 나타나
고 있는 데 유의미한 차이는 없으나 신춘문예로 등단하지 않은 등단자들은
신춘문예에 대해 상대적으로 부정적인 입장을 보이고 있다.

　　'신춘문예의 문제점'에 대해 응답별로 전반적인 인식에 대한 차이를 살펴본
결과, '신춘문예에 대한 가장 큰 문제점'에 따라 '전반적으로 만족함', '문학수
준과 권위가 떨어짐', '폐지에 동의하는 정도'가 유의미한 차이를 보이고 있다.

〈표 4-16〉 신춘문예의 가장 큰 문제점 항목에 따른 전반적 인식

구 분	등단 이후의 활동 보장 안됨 (N=42)		문단의 제도화 및 권력화 (N=46)		무분별한 신인 양산 (N=11)		심사의 공정성 (N=18)		심사위원 선정 문제 (N=16)	
	평균	SD	평균	SD	평균	SD	평균	SD	평균	SD
전반적으로 만족함	3.14	1.16	2.46	.98	3.09	1.38	2.72	.83	2.63	1.02
한국문학에 기여도가 높음	3.81	1.04	3.30	.89	3.36	1.03	3.44	.98	3.69	1.08
권위가 높은 문학상임	3.50	1.13	3.22	1.09	3.27	1.27	3.11	1.02	3.56	1.26
문학적 수준과 권위가 떨어짐	3.21	1.14	3.89	1.02	3.64	1.03	4.22	1.00	3.69	1.14
개선에 동의함	3.69	1.30	4.24	1.04	4.00	1.26	4.39	.78	3.88	1.09
폐지에 동의함	2.17	1.29	3.26	1.27	2.55	1.69	2.89	1.64	1.79	.70

〈표 4-17〉 신춘문예의 가장 큰 문제점 항목에 따른 전반적 인식(계속)

구 분	당선작의 수준 저하 (N=7)		작품의 보수화 및 획일화 (N=17)		표절 문제 (N=2)		일회성 행사로 전락 (N=34)		기타 (N=1)		전체 (N=192)		F
	평균	SD	평균	SD	평균	SD	평균	SD	평균	SD	평균	SD	
전반적으로 만족함	2.29	.49	2.82	.95	3.00	2.83	3.29	1.23	3.00	.0	2.86	1.12	2.000*
한국문학에 기여도가 높음	3.43	1.51	3.82	.73	4.00	1.41	3.86	1.06	2.00	.0	3.61	1.02	1.457
권위가 높은 문학상임	2.71	1.25	3.47	1.01	4.50	.71	3.54	1.27	3.00	.0	3.37	1.15	.889
문학적 수준과 권위가 떨어짐	4.14	1.07	3.41	.87	4.50	.71	3.40	1.17	3.00	.0	3.63	1.10	2.242*
개선에 동의함	4.00	1.00	3.94	.97	4.00	1.41	3.83	1.12	3.00	.0	3.97	1.11	1.048
폐지에 동의함	3.29	1.60	2.53	1.46	3.00	2.83	2.29	1.49	2.00	.0	2.59	1.44	2.642**

* $P<.05$,   ** $P<.01$,   *** $P<.001$

먼저 전반적인 만족도와 관련하여 '당선작의 수준 저하'가 가장 큰 문제

점이라고 응답한 집단의 평점이 2.29로 가장 낮다. 다음으로 '문단의 제도화 및 권력화' 응답 집단이 2.46으로 낮은 만족도를 나타내고 있다. 신춘문예의 전반적인 만족도를 낮추는 요인은 이 두 요인이라고 할 수 있겠다.

문학적 수준과 권위가 떨어지고 있는 것에 동의하는 정도는 '심사의 공정성'이 문제라고 응답한 경우 4.22로 매우 높은 점수를 나타내며, 당선작의 수준 저하, 표절 문제 등 심사의 공정성과 작품성이 신춘문예의 위상 추락의 요인이 되는 것으로 나타나고 있다.

폐지에 동의하는 정도에 관련해서 '당선작의 수준 저하', '문단의 제도화 및 권력화' 등의 요인이 폐지에 동조하도록 하는 문제점임을 알 수 있다.

전체적으로 보면 신춘문예에 대한 전반적인 인식을 부정적이게 하는 주요 문제는 당선작의 수준 저하와 문단의 권력정치적 문제라고 할 수 있다.

2) 신춘문예의 제도적 차원 문제에 대한 인식

신춘문예의 제도적 차원은 심사위원, 심사 과정, 신문사의 지원과 관련 문항들이다. 먼저 전문가 집단의 직업에 따른 제도적 차원의 평가는 <표 4-18>과 같다. 각 직업간에 유의미한 차이는 없지만 5점 척도의 평점만을 기준으로 응답의 특성을 분석하면 거의 모든 문항에서 집단간 차이는 거의 없는 것으로 나타난다. 그 중 심사위원의 중복성과 재임기간이 긴 것에 대해 작가와 문학 담당 기자 및 관련 종사자들이 다른 집단에 비해 동의 정도가 높은 것으로 나타났다. 특히 상금이 적은 것에 대해 작가들이 상대적으로 높은 평균점수를 보이고 있다.

신춘문예 심사 경험에 따라 유의미한 차이는 발견되지 않았다(부록 표 16 참조).

〈표 4-18〉 직업에 따른 신춘문예의 제도적 차원의 문제에 대한 인식

구 분	작가 (N=63)		평론가 (N=48)		교수 (N=53)		문학담당 기자 (N=36)		전체 (N=200)		F
	평균	SD	평균	SD	평균	SD	평균	SD	평균	SD	
심사위원 선정이 공정함	2.35	.94	2.56	.90	2.60	.93	2.64	.87	2.52	.91	1.124
심사위원의 중복이 심함	3.86	.98	3.48	.92	3.40	1.08	3.72	.94	3.62	1.00	2.566
재임기간이 김	3.89	.95	3.73	1.11	3.66	.92	3.72	.85	3.76	.96	.597
성향이 다양함	2.86	1.31	2.81	1.08	2.58	.99	2.39	.99	2.69	1.13	1.678
심사 과정이 공정함	2.84	1.05	2.79	.87	2.72	.93	2.83	1.03	2.80	.97	.179
심사 기간이 짧음	3.71	.92	3.54	1.03	3.75	.92	3.75	.97	3.69	.95	.526
신문사마다 고유 특성이 있음	2.49	1.23	2.46	1.09	2.58	1.08	2.63	1.00	2.53	1.11	.222
당선자에 대해 충분히 지면을 할애함	2.14	1.09	2.04	.92	2.36	.88	2.50	.94	2.24	.98	2.001
당선작에 대해 홍보가 충분함	2.27	.99	2.23	.88	2.49	.89	2.64	1.02	2.38	.95	1.840
당선작에 대한 상금이 적음	3.46	1.08	3.13	.87	3.11	.85	3.03	1.18	3.21	1.00	2.020

등단 여부에 따라 제도적 차원의 인식을 분석하여 <표 4-19>와 같은 결과를 얻게 되었다. 등단 여부에 따른 제도적 차원의 인식에는 거의 모든 문항에 큰 차이는 없으나 '당선자에 대해 충분히 지면을 할애함' 과 '당선작에 대해 홍보가 충분함'에 대한 항목에서 유의확률 .01수준에서 유의미한 차이를 보이고 있다.

등단한 응답자일수록 당선자에 대한 지면 할애가 충분하지 않다고 여기고 있으며, 당선작에 대한 홍보 역시 충분하지 않다고 응답한다. 마찬가지로 등단하지 않은 사람들도 이에 대해서는 2. 55와 2.63으로 만족한다고 볼 수 없다.

〈표 4-19〉 등단 여부에 따른 신춘문예의 제도적 차원의 인식

구 분	등단했음 (N=127)		등단하지 않았음 (N=73)		전체 (N=200)		F
	평균	SD	평균	SD	평균	SD	
심사위원 선정이 공정함	2.46	.98	2.63	.77	2.52	.91	1.678
심사위원의 중복 심함	3.69	1.04	3.49	.91	3.62	1.00	1.857
재임기간이 김	3.82	1.02	3.66	.85	3.76	.96	1.304
성향이 다양함	2.73	1.15	2.62	1.09	2.69	1.13	.488
심사 과정이 공정함	2.80	.98	2.79	.96	2.80	.97	.000
심사 기간이 짧음	3.66	.99	3.74	.90	3.69	.95	312
신문사마다 고유특성이 있음	2.48	1.15	2.63	1.05	2.53	1.11	.883
당선자에 대해 충분히 지면을 할애함	2.06	1.01	2.55	.85	2.24	.98	12.020**
당선작에 대해 홍보가 충분함	2.24	.93	2.63	.94	2.38	.95	7.937**
당선작에 대한 상금이 적음	3.28	1.02	3.08	.95	3.21	1.00	1.856

* P<.05

등단 방식에 따른 제도적 차원의 인식간 차이는 유의미한 결과가 도출되지 않았다(부록 표 17 참조). 신춘문예의 가장 큰 문제점에 응답한 항목에 따라 구분된 집단들이 제도적 차원의 항목에서 어떠한 인식을 가지고 있는가를 분석한 결과는 <표 4-20>과 같다. 집단간의 차이를 보이고 있는 항목은 '심사위원 선정이 공정함', '심사위원의 중복이 심함', '심사 과정이 공정함', '당선자에 대해 충분히 지면을 할애함', '당선작에 대해 홍보가 충분함' 등이다.

<표 4-20> 신춘문예의 문제점에 따른 제도적 인식 차이

분석	등단 이후의 활동 보장 안됨 (N=42)		문단의 제도화 및 권력화 (N=46)		무분별한 신인 양산 (N=11)		심사의 공정성 (N=18)		심사위원 선정 문제 (N=16)	
	평균	SD	평균	SD	평균	SD	평균	SD	평균	SD
심사위원 선정이 공정함	2.74	.83	2.33	.79	2.36	.81	2.28	.83	2.06	1.06
심사위원의 중복이 심함	3.33	1.05	3.93	.90	4.09	1.04	3.50	1.04	4.13	1.09
재임기간이 김	3.57	1.13	3.85	.84	4.00	.77	3.78	1.17	4.06	1.18
성향이 다양함	2.83	1.27	2.57	.91	3.27	1.01	2.39	1.29	2.38	1.20
심사 과정이 공정함	3.02	1.02	2.59	.86	2.55	1.04	2.17	.79	2.56	.96
심사 기간이 짧음	3.62	1.10	3.78	.89	3.91	.83	3.50	.99	3.50	1.03
신문사마다 고유 특성이 있음	2.60	1.11	2.54	1.05	3.00	1.34	2.67	1.03	2.63	1.36
당선자에 대해 충분히 지면을 할애함	1.81	.92	2.43	.89	2.55	1.44	2.67	.77	2.38	1.09
당선작에 대해 홍보가 충분함	1.95	.76	2.57	1.07	2.18	1.25	2.78	.55	2.44	.96
당선작에 대한 상금이 적음	3.36	1.14	3.24	.93	3.73	1.01	2.94	.87	3.06	1.06

<표 4-21> 신춘문예의 문제점에 따른 제도적 인식 차이(계속)

당선작의 수준 저하 (N=7)		작품의 보수화 및 획일화 (N=17)		표절문제 (N=2)		일회성 행사로 전략 (N=35)		기타 (N=1)		전체 (N=195)		F
평균	SD	평균	SD	평균	SD	평균	SD	평균	SD	평균	SD	
2.14	90	2.76	.90	2.50	.71	2.80	.96	3.00	.0	2.51	.89	1.946*
3.86	.69	3.59	1.00	3.00	.00	3.26	.89	3.00	.0	3.62	1.00	2.463*
3.71	.49	3.76	.75	4.00	.00	3.63	.94	3.0.	.0	3.75	.96	.618
2.86	1.07	2.59	1.06	3.50	.71	2.89	1.16	3.00	.0	2.71	1.13	1.013
3.00	.82	2.88	1.11	2.50	.71	3.23	.91	3.00	.0	2.79	.97	2.519*
3.71	.49	3.71	1.10	3.50	.71	3.80	.93	3.00	.0	3.69	.96	.390
2.00	1.15	2.29	1.21	2.50	.71	2.47	1.11	3.00	.0	2.55	1.12	.546
2.57	1.13	2.18	.95	1.50	.71	2.26	.89	3.00	.0	2.27	.97	2.024*
2.71	1.11	2.29	.92	3.00	.00	2.60	.85	3.00	.0	2.42	.94	2.132*
3.14	1.35	2.65	.79	3.00	.00	3.29	.93	3.00	.0	3.20	1.00	1.266

심사위원 선정의 공정함에 대해 부정적인 입장을 보인 집단은 신춘문예의 가장 큰 문제점으로 심사위원의 선정 문제, 당선작의 수준 저하, 심사의 공정성 등을 지적한 응답자들이다. 심사위원 선정 문제와 무분별한 신인 양산의 문제점을 지적한 응답자들은 심사위원의 중복성이 매우 심하다는 의견을 보이고 있다. 당선자에 대해 충분히 지면을 할애하고 당선작에 대한 홍보가 충분한가에 대해 가장 낮은 만족도를 보인 응답자는 등단 이후의 활동 보장이 안 되는 것을 문제로 지적한 사람들이다.

이들은 두 항목에 대해 모두 1.0점대의 평균(1.81, 1.95)을 기록해 이 사항에 대해 매우 불만족하고 있는 것으로 이해된다.

3) 문학적 차원에서 내용의 문제에 대한 인식

신춘문예 당선작 및 신춘문예의 문학 교육적인 역할을 평가하는 것으로서, 먼저 직업에 따라 응답의 차이를 살펴보면 <표 4-22>와 같다. 전체적으로 평론가들이 신춘문예 당선작들의 작품성에 대해 긍정적 시각을 가지고 있으며, 문학 교육적 효과에도 긍정적인 응답을 보이고 있다. 이에 비해 작가들은 상대적으로 부정적인 입장을 취하고 있다.

특히 집단간의 유의미한 차이를 나타내는 항목은 당선작의 작품성이 뛰어남과 표절 문제의 심각함이다. 당선작의 작품성이 뛰어남에 대해 평론가는 3.23, 작가는 2.65를 주어 평론가가 상대적으로 긍정적임을 알 수 있다. 또 표절 문제의 심각성에 대해 작가는 3.42, 평론가는 2.81로 작가가 상대적으로 표절 문제를 심각하게 보고 있다.

응답자의 심사 경험에 따른 인식의 차이를 보면 '당선작의 작품성이 뛰어남' '문인 지망생의 문학적 상상력 자극' '문인 지망생의 창작 의욕 고취'가 집단간 유의미한 차이가 있는 것으로 나타났다.

〈표 4-22〉 즈업별 내용의 문제에 대한 인식

분류 \ 구분	작가 (N=63)		평론가 (N=48)		교수 (N=53)		문학담당 기자 (N=36)		전체 (N=200)		F
	평균	SD	평균	SD	평균	SD	평균	SD	평균	SD	
당선작의 작품성이 뛰어남	2.65	.94	3.23	.83	2.92	.81	3.03	.74	2.93	.87	4.475
당선작이 참신함	2.60	1.02	2.81	.94	2.83	.96	2.72	1.03	2.74	.98	.639
실험적 작품들이 많음	2.65	1.19	2.55	1.00	2.81	.98	2.61	.93	2.66	1.05	.557
당선작의 경향이 보수적임	3.13	1.00	3.10	.99	3.00	.88	3.28	.88	3.12	.94	622
매년 비슷한 작품이 당선됨	3.60	.94	3.29	1.07	3.51	.87	3.50	.85	3.49	.94	1.023
표절 문제가 심각함	3.42	.93	2.81	.82	3.10	.83	3.08	.87	3.13	.89	4.473**
문인 지망생의 문학적 상상력 자극	3.37	1.35	3.50	1.15	3.17	.99	3.28	1.09	3.33	1.17	.714
문인 지망생의 창작 의욕고취	3.71	1.14	3.88	1.02	3.36	1.00	3.47	1.03	3.61	1.07	2.401

** $P < .01$

심사 경험이 있는 응답자가 작품성에 대해 더 긍정적이며, 문학적 상상력 자극과, 문인 지망생의 창작 의욕 고취 또한 심사 경험자가 더 긍정적인 입장을 가지고 있다.

등단 여부에 따른 내용적 차원의 인식 차이를 살펴보면 '당선작의 경향이 보수적임'의 정도를 묻는 항목에서 집단간 유의미한 평균 차이가 발생했다. 등단을 한 응답자가 미등단 응답자보다 신춘문예의 당선작이 덜 보수적이라고 여기고 있다.

〈표 4-23〉 심사 경험에 따른 신춘문예의 작품성 인식

구 분	있다 (N=33)		없다 (N=167)		전체 (N=200)		F
	평균	SD	평균	SD	평균	SD	
당선작의 작품성이 뛰어남	3.21	.93	2.87	.84	2.93	.87	4.270*
당선작이 참신함	2.91	1.04	2.70	.97	2.74	.98	1.237
실험적 작품들이 많음	2.85	1.00	2.63	1.05	2.66	1.05	1.242
당선작의 경향이 보수적임	2.97	.81	3.14	.97	3.12	.94	.945
매년 비슷한 작품이 당선됨	3.39	.75	3.50	.97	3.49	.94	.369
표절 문제가 심각함	2.94	1.08	3.16	.85	3.13	.89	1.735
문인 지망생의 문학적 상상력자극	3.94	1.06	3.21	1.15	3.33	1.17	11.372**
문인 지망생의 창작의욕 고취	4.15	.80	3.51	1.08	3.61	1.07	10.572**

** P<.01, *** P<.001

〈표 4-24〉 등단 여부에 따른 신춘문예의 작품성 인식

구 분	등단 (N=127)		미등단 (N=73)		전체 (N=200)		F
	평균	SD	평균	SD	평균	SD	
당선작의 작품성이 뛰어남	2.87	.95	3.04	.68	2.93	.87	1.903
당선작이 참신함	2.72	1.03	2.77	.91	2.74	.98	.122
실험적 작품들이 많음	2.67	1.10	2.66	.95	2.66	1.05	.004
당선작의 경향이 보수적임	3.00	.95	3.32	.90	3.12	.94	5.263*
매년 비슷한 작품이 당선됨	3.43	.98	3.59	.86	3.49	.94	1.410
표절 문제가 심각함	3.18	.93	3.04	.82	3.13	.89	1.089
문인 지망생의 문학적 상상력자극	3.42	1.23	3.18	1.03	3.33	1.17	1.963
문인 지망생의 창작의욕 고취	3.67	1.11	3.51	.99	3.61	1.07	1.144

* P<.05,

등단 방식에 따른 신춘문예의 문학적 차원의 내용 문제는 신춘문예 출신 응답자들은 당선작의 작품성이 뛰어나다는 평가에서 3.32이며, 그 외 다른

등단 제도 출신인 경우 신춘문예 당선 작품을 상대적으로 낮게 평가하고 있다. 특히 문예지 출신 응답자들은 신춘문예 당선작이 비교적 보수적 (3.20)이라고 응답했다. 그러나 신춘문예 응답자들도 신춘문예 당선작이 보수적이라는 것을 두 번째로 보여주었다.

〈표 4-25〉 등단 방식에 따른 신춘문예 작품성 인식

구 분	신춘문예 (N=31)		문예지 (N=72)		동인지 (N=7)		추천제 (N=8)		단행본출간 (N=6)		기타 (N=3)		전체 (N=127)		F
	평균	SD	평균	SD	평균	SD	평균	SD	평균	SD	평균	SD	평균	SD	
당선작의 작품성이 뛰어남	3.32	.87	2.74	.98	3.00	.58	2.50	.76	2.33	1.03	3.00	1.00	2.87	.95	2.471
당선작이 참신함	3.06	.96	2.58	1.03	2.71	.76	2.63	1.06	2.17	.98	3.67	1.53	2.72	1.03	1.875
실험적 작품이 많음	2.77	1.02	2.62	1.18	2.43	.79	2.63	.92	2.83	1.60	3.00	.00	2.67	1.10	.227
당선작의 경향이 보수적임	2.94	.81	3.20	.99	2.86	.69	2.00	.93	2.50	.84	3.00	.00	3.00	.95	2.964
매년 비슷한 작품이 당선됨	3.10	1.11	3.60	.93	3.29	.76	3.38	.92	3.67	1.03	2.67	.58	3.43	.98	1.646
표절 문제가 심각함	3.03	1.08	3.24	.84	2.86	.90	3.29	.95	3.80	1.30	2.67	.58	3.18	.93	1.030
문인 지망생의 문학적 상상력 자극	3.87	1.06	3.39	1.25	3.00	.82	2.75	1.39	3.00	1.41	3.00	1.73	3.42	1.23	1.738
문인 지망생의 창작의욕 고취	4.00	1.08	3.74	1.02	3.14	.69	2.88	1.46	3.17	1.47	3.33	1.53	3.67	1.11	2.114

P<.05,

신춘문예의 문제점에 따른 문학적 내용 차원의 문제에서 당선작의 작품성을 비교적 낮게 보는 집단은 '당선작의 수준 저하'와 '심사의 공정성' 등을 문제로 지적한 집단이다. 당선작의 작품성은 결국 공정한 심사와 연계되면 당선작의 수준 저하를 막을 수 있게 될 것이다.

당선작의 참신성의 문제도 '당선작의 수준 저하'와 '작품의 보수화 및 획일화', '심사위원의 선정 문제' 등이 작품의 참신성에 영향을 미치는 요인이라고 할 수 있다.

작품의 실험성 역시 당선작의 수준 저하, 작품의 보수화 및 획일화, 심사위원 관련 문제 등이 작품의 실험성을 담보할 수 있는 요인이다.

〈표 4-26〉 신춘문예 당선작의 수준 인식

구 분	등단 이후의 활동 보장 안됨 (N=42)		문단의 제도화 및 권력화 (N=46)		무분별한 신인 양산 (N=11)		심사의 공정성 (N=18)		심사위원 선정 문제 (N=16)	
	평균	SD	평균	SD	평균	SD	평균	SD	평균	SD
당선작의 작품성이 뛰어남	3.24	.91	2.80	.78	2.73	.65	2.61	.92	2.75	1.00
당선작이 참신함	2.93	1.13	2.74	.85	2.91	.94	2.50	.86	2.38	1.20
실험적 작품들이 많음	2.85	1.17	2.59	.86	3.00	1.00	2.67	1.19	2.31	.87
당선작의 경향이 보수적임	2.93	.95	3.35	.92	3.00	.89	3.11	1.13	3.07	1.10
매년 비슷한 작품이 당선됨	3.29	1.07	3.48	.78	3.82	.98	3.72	.96	3.88	.89
표절 문제가 심각함	2.95	.93	3.36	.80	3.18	.75	3.11	.96	3.13	1.06
문인 지망생의 문학적 상상력 자극	3.45	1.21	3.07	1.14	3.73	.90	3.11	1.02	3.38	1.41
문인 지망생의 창작의욕 고취	3.86	1.09	3.33	1.01	3.73	.90	3.06	.94	3.69	1.40

당선작의 수준 저하 (N=7)		작품의 보수화 및 획일화 (N=17)		표절 문제 (N=2)		일회성 행사로 전락 (N=35)		기타 (N=1)		전체 (N=195)		F
평균	SD	평균	SD	평균	SD	평균	SD	평균	SD	평균	SD	
2.14	1.07	2.82	.81	3.50	.71	3.23	.77	3.00	.0	2.93	.87	2.457*
1.86	.90	2.41	.94	3.50	.71	3.06	.87	3.00	.0	2.74	.99	2.007*
1.86	.90	2.06	.83	3.50	.71	3.06	1.08	3.00	.0	2.68	1.05	2.438*
2.86	1.07	3.65	.49	3.00	.00	2.94	.87	3.00	.0	3.12	.94	1.351
3.71	.49	3.71	1.05	3.50	.71	3.26	.85	3.00	.0	3.50	.92	1.266
3.00	.82	2.80	1.01	3.50	.71	3.23	.88	3.00	.0	3.14	.90	.818
.981	1.932	3.35	.93	3.50	2.12	3.66	1.11	3.00	.0	3.34	1.16	.981
3.29	1.38	3.94	.93	5.00	.00	3.74	.98	3.00	.0	3.61	1.08	1.932

4) 문학적 형식 면에 대한 인식

신춘문예는 한국문학의 대표적인 등용문으로서, 문학 교육의 장을 마련해주는 기능을 하고 있다. 그러나 이러한 기능이 하나의 권력이나 혹은 잘못된 문학 교육을 부채질하는 길일 수도 있다. 신춘문예가 문학의 제도와 장으로서 갖는 역할과 기능에 대해 전문가들의 견해를 조사하였다.

먼저 직업별로 보면, 신춘문예가 한국문학의 중요한 등용문임에 대해 평론가(3.69)가 가장 많이 동의하였고, 무부별한 신인 양산이라는 비판에 대해서는 교수(2.98)가, 당선작이 심사위원 경향과 비슷하다는 것에는 전체(3.81), 문학담당기자(4.00)가 동의하는 것으로 나타났다.

또한 신춘문예가 문단 제도를 강화한다는 비판에 대해 역시 문학 담당기자들이 많은 동의를 나타내고 있다.

〈표 4-27〉 신춘문예의 성향에 따른 문제점 인식

구 분	작가 (N=63)		평론가 (N=48)		교수 (N=53)		문학 담당 기자 (N=36)		전체 (N=200)		F
	평균	SD	평균	SD	평균	SD	평균	SD	평균	SD	
한국문학의 중요한 등용문임	3.48	1.18	3.69	1.06	3.47	1.03	3.47	1.06	3.53	1.08	.469
무분별하게 신인을 양산함	2.81	1.15	2.81	1.14	2.98	.93	2.94	.89	2.88	1.04	.370
당선작이 심사위원 경향과 비슷함	3.90	.95	3.75	1.02	3.64	.92	4.00	.72	3.81	.93	1.370
문단 제도화를 강화함	3.30	1.28	3.42	.99	3.53	1.01	3.56	.94	3.44	1.08	.600
문단 다양성을 제한함	3.30	1.28	3.25	1.04	3.25	1.04	3.50	1.23	3.31	1.15	.425

심사 경험 여부에 따라서는 통계적으로 유의미한 차이는 없으나 앞서 심사경험자가 신춘문예에 대해 상대적으로 긍정적이었던 것과 마찬가지로 문학적 차원의 형식에서도 긍정적인 시각을 보여주고 있다(부록 표 18 참조).

등단 여부에 따라서는 등단한 경우 신춘문예에 대해 상대적으로 긍정적인 입장이다. 문단 제도화의 강화나 문단 다양성의 제한의 경우 등단을 한 응답자는 미등단 응답자보다 상대적으로 덜 동의하고 있다(부록 표 19 참조).

2. 일반인의 인식

1) 신춘문예에 대한 종합적 평가

신춘문예에 대한 일반인들(295명)의 종합적 평가를 살펴보면, "등단 제도로서 신춘문예에 전반적으로 만족한다."가 평균 2.96, "한국문학에 많은 기여를 해왔다."가 평균 3.44, "권위가 높은 문학상이다."가 평균 3.38, "문학적 수준과 권위는 갈수록 떨어지고 있다."가 평균 3.38, "신춘문예를 개선하자는 의견에 동의한다."가 평균 4.03, "신춘문예를 폐지하자는 의견에 동의한다."가 평균 2.27로 나타났다.

대체적으로 일반들은 신춘문예에 대한 만족도가 높지 않음에도 불구하고, 한국문학에 기여한 점과 그 권위를 높이 평가하고 있는 것으로 나타났다. 하지만 현재의 신춘문예를 개선해야 한다는 목소리가 높은 반면, 폐지는 반대하는 것으로 나타났다.

전공에 따른 신춘문예에 대한 종합적 평가를 살펴보면, 국문과 재학생(198명)의 경우, 비국문과 재학생(97명)에 비해 신춘문예에 대한 만족도와 한국문학에 대한 기여도를 더 낮게 평가하고 있다. 반면, 신춘문예의 권위에 대해서는 더 높이 평가하고 있는 것으로 나타났다.

또한 신춘문예의 개선이나 폐지에 대해서는 비국문과 재학생들보다 개선이나 폐지에 더 많이 동의하는 것으로 나타났다. 이는 국문과 재학생의 경우 비국문과 재학생보다 신춘문예에 직·간접적으로 더 많은 관련을 맺고 있기 때문인 것으로 파악할 수 있다(부록 표 20 참조).

응모 경험의 유무에 따른 신춘문예의 종합적 평가를 살펴보면, 응모 경험이 있는 응답자(31명)는 응모 경험이 없는 응답자(264명)에 비해 신춘문예의 기여도, 권위를 더 높이 평가하고 있으며, 신춘문예의 문학적 수준과 권위가 떨어지고 있기 때문에 개선에 동의한다는 응답이 더 많이 나타났다. 반면, 응모경험이 없는 응답자는 응모 경험이 있는 응답자에 비해, 신춘문예에 대한 만족도가 높게 나타났으며, 반면에 신춘문예의 폐지를 더 동의하는 것으로 나타났다(부록 표 21 참조).

응모 의향에 따른 신춘문예의 종합적 평가를 살펴보면, 응모 의향이 있는 응답자(99명)가 응모 의향이 없는 응답자(196명)보다 신춘문예에 대한 만족도가 더 높은 것으로 나타났으며, 유의수준 $p < .05$에서 유의미한 차이를 보이는 것으로 나타났다. 이 밖에 응모 의향이 있는 응답자의 경우, 그렇지 않은 응답자들에 비해 신춘문예의 권위를 더 높이 평가하고 있는 반면, 신춘문예를 개선하자는 의견에 더 많이 동의하는 것으로 나타났다. 신춘문예를 폐지하자는 의견에 대해서는 응모 의향이 없는 응답자가 응모 의향이 있는 응답자에 비해 더 강한 동의를 나타냈다. 그러나 "등단 제도로서 신춘문예에 대해 전반적으로 만족한다"라는 항목을 제외하고 나머지 항목에 대해서는 유의수준 $p < .05$에서 유의미한 차이를 보이지 않은 것으로 나타났다(부록 표 22 참조).

응답자들이 대답한 신춘문예의 가장 큰 문제점에 따라 신춘문예에 대한 종합적 평가를 살펴보면, 우선 "등단 제도로서 신춘문예에 대해 전반적으로 만족한다"는 항목에서 '심사위원의 선정 문제'를 가장 큰 문제점이라고 지적한 응답자들(13명)의 만족도가 3.38로 가장 높았으며, '표절 문제'라고 지적한 응답자들(4명)의 만족도가 2.50으로 가장 낮은 것으로 나타났다.

"신춘문예를 개선하자는 의견에 동의한다"는 항목에서는 '작품의 보수화 및 획일화'가 가장 큰 문제점이라고 지적한 응답자들(26명)의 경우, 평균 4.50으로 대부분 신춘문예의 개선에 동의하는 것으로 나타났다. 또한 '표절 문제'를 가장 큰 문제점이라고 지적한 응답자들(4명)은 평균 3.25로 신춘문예의 개선 의견에 대한 동의가 가장 낮은 것으로 나타났다.

"신춘문예를 폐지하자는 의견에 동의한다"는 항목에서는 '문단의 제도화 및 권력화'를 가장 큰 문제점이라고 지적한 응답자들(85명)의 경우 평균 2.75로 신춘문예 폐지에 가장 강하게 동의하는 것으로 나타났다. 또한 '심사위원 선정 문제'를 가장 큰 문제점이라고 지적한 응답자들(13명)의 경우 평균 1.69로 신춘문예 폐지에 가장 동의하지 않는 것으로 나타났으며, 위의 세 항목은 유의수준 $p < .05$에서 유의미한 차이를 보이는 것으로 나타났다.

응답자들이 대답한 가장 희망하는 등단 제도에 따른 신춘문예에 대한 종합적 평가를 살펴보면, 우선 "등단 제도로서 신춘문예에 대해 전반적으로 만족한다"는 항목에서 가장 희망하는 등단 제도를 '신춘문예'라고 한 응답자들(156명)의 만족도가 평균 3.15로 가장 높았으며, '기타'라고 대답한 응답자들의 만족도는 평균 2.63으로 가장 낮았다.

"신춘문예는 권위가 높은 문학상이다"라는 항목에서 '신춘문예'를 가장 희망하는 등단 제도로 꼽은 응답자들(156명)이 평균 3.55로 신춘문예의 권위를 가장 높게 평가하였다. 또한 '단행본 출간'을 가장 희망하는 등단 제도로 꼽은 응답자들(25명)은 평균 2.96으로 신춘문예의 권위를 가장 낮게 평가한 것으로 나타났다.

〈표 4-28〉 신춘문예의 가장 큰 문제점에 따른 종합적 평가

구 분	등단이후 활동 무보장 (N=63)		문단의제도화/권력화 (N=85)		무분별한 신인양산 (N=19)		심사의 공정성 (N=32)		심사위원 선정문제 (N=13)		당선작의 수준저하 (N=15)	
	평균	SD	평균	SD	평균	SD	평균	SD	평균	SD	평균	SD
전반적으로 만족함	3.22	.85	2.69	.85	3.00	.88	2.91	.93	3.38	.51	3.07	.88
한국문학에 기여도가 높음	3.70	1.03	3.21	.94	3.63	.90	3.47	.80	3.31	.75	3.40	.83
권위가 높은 문학상임	3.68	1.03	3.20	1.07	3.42	.96	3.59	.76	3.31	1.03	3.53	1.06
문학적 수준과 권위가 떨어지고 있음	3.27	.92	3.38	1.00	3.47	.90	3.50	.92	3.46	.88	3.20	1.15
개선에 동의	3.83	.87	4.12	.97	4.32	.75	4.09	.69	4.46	.66	3.93	1.16
폐지에 동의	1.98	1.13	2.75	1.17	2.21	1.03	1.81	1.09	1.69	.95	2.40	1.06

구 분	작품의 보수화/획일화 (N=26)		표절문제 (N=4)		일회성 행사로 전락 (N=28)		전체 (N=285)		F
	평균	SD	평균	SD	평균	SD	평균	SD	
전반적으로 만족함	2.85	.73	2.50	.58	3.21	.63	2.97	.84	2.979
한국문학에 기여도가 높음	3.42	.95	3.25	.96	3.68	.77	3.46	.92	1.682
권위가 높은 문학상임	3.04	1.04	3.50	.58	3.36	1.03	3.39	1.02	1.660
문학적 수준과 권위가 떨어지고 있음	3.65	1.16	3.00	.82	3.39	.92	3.39	.97	.586
개선에 동의	4.50	.91	3.25	.126	3.71	.90	4.05	.92	2.854
폐지에 동의	2.38	1.02	2.25	.96	2.04	1.04	2.26	1.15	3.933

<표 4-29> 희망하는 등단 제도에 따른 신춘문예의 종합적 평가

구 분	신춘문예 (N=156)		문예지 (N=67)		동인지 (N=16)		추천제 (N=15)		단행본 출간 (N=25)		기타 (N=16)		전 체 (N=295)		F
	평균	SD	평균	SD	평균	SD	평균	SD	평균	SD	평균	SD	평균	SD	
전반적으로 만족함	3.15	.83	2.76	.84	2.81	.83	2.93	.88	2.64	.81	2.63	.96	2.96	.86	3.663
한국문학에 기여도가 높음	3.51	.95	3.25	.96	3.44	.96	3.73	.88	3.44	.96	3.38	.81	3.44	.94	.984
권위가 높은 문학상임	3.55	1.00	3.24	1.05	3.31	.95	3.33	1.11	2.96	1.14	3.00	.82	3.38	1.03	2.466
문학적 수준과 권위가 떨어지고 있음	3.37	.94	3.36	1.05	3.31	1.01	3.40	.99	3.44	1.12	3.63	1.02	3.38	.99	.242
개선에 동의	3.92	.99	4.07	.93	4.25	.68	4.20	.94	4.12	.93	4.31	.70	4.03	.94	1.042
폐지에 동의	1.94	1.05	2.64	1.10	2.56	1.36	2.07	.88	3.00	1.22	2.69	1.25	2.27	1.16	7.414

반면, "신춘문예를 폐지하자는 의견에 동의한다"라는 항목에서는 '단행본 출간'을 가장 희망하는 등단 제도로 꼽은 응답자들(25명)이 평균 3.00으로 신춘문예 폐지에 가장 강한 동의를 나타냈다. '신춘문예'를 가장 희망하는 등단 제도로 꼽은 응답자들(156명)은 평균 1.94로 신춘문예 폐지에 동의하지 않는 것으로 나타났으며, 위의 세 항목은 유의수준 p<.05에서 유의미한 차이를 보이는 것으로 나타났다.

2) 신춘문예 제도에 대한 인식

신춘문예에 대한 일반인들(295명)의 제도적 차원의 문제에 대한 의식을 살펴보면, "심사위원의 재임 기간이 길다"가 평균 3.60으로 가장 높았으며, 다음으로 "신문사간 심사위원의 중복이 심하다"가 평균 3.54로 나타났다. 반면에 "당선작에 대한 신문사의 홍보가 충분하다"는 평균 2.53으로 가장 낮았으며, 다음으로 "심사위원 선정이 공정하다."가 평균 2.54로 나타났다.

대체적으로 일반인들은 심사위원의 장기간의 재임과 신문사간 심사위원의 중복성 등의 문제점을 가장 염려하고 있는 것으로 나타났다. 반면에 당선작에 대한 홍보 부족, 심사위원의 공정성 등의 문제점은 크게 염려하지 않는 것으로 나타났다.

전공에 따라 신춘문예의 제도적 차원의 문제에 대한 의식을 살펴보면, "심사 기간이 짧다"와 "당선자에 대해 신문사가 지면을 충분히 할애해 준다"의 두 항목을 제외한 모든 항목에서 비국문과 재학생(97명)이 국문과 재학생(198명)보다 더 높은 평균을 나타냈다.

특히 "심사위원들이 다양한 성향을 가지고 있다"와 "심사 과정이 공정하다"의 항목에서 비국문과 재학생들은 신춘문예의 제도적 차원의 문제에 대한 의식이 국문과 재학생들보다 더 긍정적인 것으로 드러났고, 유의수준 $p<.05$에서 유의미한 차이를 보이는 것으로 나타났다(부록 표 23 참조).

신춘문예 응모 경험에 따른 제도적 차원의 문제를 바라보는 의식의 차이를 살펴보면, 신춘문예 응모 경험이 있는 응답자들(31명)은 "심사위원의 재임 기간이 길다"와 "심사 기간이 짧다"의 항목에서 응모 경험이 없는 응답자들(264명)보다 높은 평균을 나타냈다. 반면에 "당선작에 대해 신문사가 지면을 충분히 할애해 준다"와 "당선작에 대한 신문사의 홍보가 충분하다"의 항목에서는 응모 경험이 없는 응답자들보다 낮은 평균을 나타냈다(부록 표 24 참조).

이는 응모 경험이 있는 사람일수록 신춘문예의 제도적 차원의 문제점들을 부정적으로 보았다. 반면에 응모 경험이 없는 사람일수록 신춘문예의 제도적 문제점들을 긍정적으로 바라보는 경향이 있음을 조사 결과로 알 수 있다.

신춘문예에 대한 응모 의향 유무에 따른 제도적 문제점의 차이를 살펴보면, 신춘문예에 응모할 의향이 있다고 대답한 응답자들(99명)은 "신문사간 심사위원의 중복이 심하다"와 "심사기간이 짧다", 그리고 "당선작에 대한 상금이 적다"의 항목에서 신춘문예에 응모할 의향이 없다고 답한 응답자들보다 높은 평균을 나타내었다.

반면에 신춘문예 응모 의향이 없는 응답자들은 "심사위원 선정이 공정하다"와 "심사위원들이 다양한 성향을 가지고 있다", 그리고 "당선작에 대한 신문사의 홍보가 충분하다"의 항목에서 더 높은 평균을 나타냈다(부록 표 25 참조).

이는 신춘문예에 대한 응모 의향이 있는 사람일수록 신춘문예의 제도적 차원의 문제점들을 부정적으로 보고 있다. 반면에 응모 의향이 없는 사람일수록 신춘문예의 제도적 문제점들을 긍정적으로 바라보는 경향이 있음을 조사 결과로 알 수 있다.

응답자들이 대답한 신춘문예의 제도적 문제점을 살펴보면, 우선 "심사위원 선정이 공정하다"의 항목에서 '등단 이후의 활동 보장이 안 됨'을 가장 큰 문제점이라고 지적한 응답자들(63명)의 경우, 평균 3.03으로 가장 높았으며, '표절 문제'라고 지적한 응답자들(4명)의 경우, 평균 1.50으로 가장 낮게 나타났다.

"심사위원들이 다양한 성향을 가지고 있다"의 항목에서는 '등단 이후의 활동보장 안 됨'을 가장 큰 문제점이라고 지적한 응답자들(63명)의 경우, 평균 3.03으로 긍정적인 평가를 한 것으로 나타났으며, '작품의 보수화 및 획일화'를 가장 큰 문제점이라고 지적한 응답자들(26명)은 평균 2.23으로 심사위원들의 성향에 대해 부정적인 평가를 지니고 있는 것으로 나타났다.

"심사 과정이 공정하다"의 항목에서는 '등단 이후의 활동 보장 안 됨'을 가장 큰 문제점이라고 지적한 응답자들(63명)의 경우 평균 2.94로 가장 높았다. '표절 문제'를 가장 큰 문제점이라고 지적한 응답자들(4명)의 경우 평균 2.25로 가장 낮게 나타났다.

<표 4-30> 신춘문예 제도의 문제점에 대한 의식

구 분	등단 이후 활동 무보장 (N=63)		문단의제도화/권력화 (N=85)		무분별한 신인 양산 (N=19)		심사의 공정성 (N=32)		심사위원 선정 문제 (N=13)	
	평균	SD	평균	SD	평균	SD	평균	SD	평균	SD
심사위원이 공정함	3.03	.59	2.39	.79	2.37	.76	2.25	.72	2.23	.60
심사위원의 중복이 심함	3.43	.84	3.61	.89	3.32	.89	3.78	1.07	3.69	1.03
재임 기간이 김	3.40	.75	3.60	.85	3.89	.94	3.69	.86	3.77	1.24
성향이 다양함	3.03	1.02	2.46	1.03	2.37	1.16	2.50	1.05	2.38	1.39
심사과정이 공정함	2.94	.78	2.54	.82	2.47	.61	2.38	.91	2.46	.52
심사 기간이 짧음	3.22	.91	3.35	1.00	3.16	.96	3.47	.88	3.00	1.00
신문사마다 고유특성 있음	3.05	1.02	2.80	1.15	2.84	1.26	2.94	1.22	3.00	1.22
충분한 지면 할애	2.54	.95	2.87	.91	2.58	.84	2.66	1.00	2.85	.90
충분한 홍보	2.56	1.01	2.60	.95	2.42	.77	2.34	.79	2.23	.73
상금이 적음	3.40	.87	3.15	.82	3.42	.84	3.50	.95	3.38	.77

구 분	당선작의 수준 저하 (N=15)		작품의 보수화/획일화 (N=26)		표절 문제 (N=4)		일회성 행사로 전락 (N=28)		전 체 (N=285)		F
	평균	SD	평균	SD	평균	SD	평균	SD	평균	SD	
심사위원이 공정함	2.40	.74	2.46	.81	1.50	.58	2.79	.63	2.54	.77	6.908
심사위원의 중복이 심함	3.53	.83	3.54	.99	3.50	1.29	3.39	.83	3.54	.91	.743
재임 기간이 김	3.80	.56	3.73	.87	3.25	.50	3.54	.58	3.60	.82	1.211
성향이 다양함	3.00	.65	2.23	.76	3.00	.82	2.57	.88	2.61	1.03	2.727
심사과정이 공정함	2.53	.99	2.42	.64	2.25	.50	2.75	.70	2.61	.80	2.374
심사 기간이 짧음	4.00	.76	3.31	.84	3.50	.58	3.39	.83	3.34	.92	1.530
신문사마다 고유특성 있음	3.00	.85	2.62	1.20	3.00	.82	3.14	1.01	2.91	1.11	.638
충분한 지면 할애	3.33	.72	2.58	.99	2.75	1.50	3.18	.94	2.78	.95	2.254
충분한 홍보	2.73	.88	2.54	1.03	2.25	1.26	2.64	1.10	2.53	.95	.584
상금이 적음	3.60	1.06	3.35	.69	3.00	1.63	3.25	.65	3.32	.85	1.002

"당선작에 대해 신문사가 지면을 충분히 할애해 준다"의 항목에서 '당선작의 수준 저하'를 가장 큰 문제점이라고 지적한 응답자들(15명)의 경우 평균 3.33으로 신문사들이 당선작에 대한 지면 할애를 해 주는 것으로 평가하고 있다. 또한 '등단 이후의 활동 보장 안 됨'을 가장 큰 문제점이라고 지적한 응답자들(63명)의 경우 평균 2.54로 신문사들이 당선작에 대한 지면 할애를 하지 않는다고 평가하고 있는 것으로 나타났으며, 위의 네 항목은 유의수준 p<.05에서 유의미한 차이를 보이는 것으로 드러났다.

〈표 4-31〉 신춘문예 제도의 개선 사항에 대한 의식

구 분	심사위원 선정 (n=117)		심사일정 (N=85)		당선자에 대한 지원 (N=129)		시상제도 (N=14)		기타 (N=17)		전 체 (N=295)		F
	평균	SD	평균	SD	평균	SD	평균	SD	평균	SD	평균	SD	
심사위원이 공정함	2.26	.71	2.50	.86	2.83	.69	2.14	.86	2.59	.94	2.54	.78	10.236
심사위원의 중복이 심함	3.70	.94	3.78	.88	3.35	.84	3.43	1.16	3.65	.79	3.54	.91	2.823
재임기간이 김	3.73	.82	4.06	.64	3.42	.76	3.57	1.22	3.65	.86	3.60	.82	3.800
성향이 다양함	2.32	1.02	2.39	.92	2.95	.95	2.50	1.16	2.71	1.16	2.63	1.04	6.428
심사 과정이 공정함	2.39	.83	2.50	.99	2.84	.69	2.50	.65	2.53	.72	2.61	.79	5.343
심사 기간이 짧음	3.44	.96	4.00	1.14	3.11	.77	3.71	1.14	3.59	.80	3.35	.92	5.873
신문사마다 고유 특성 있음	2.68	1.11	2.83	1.29	3.17	.99	2.50	1.34	3.00	1.32	2.91	1.11	3.731
충분한 지면 할애	2.77	.86	2.78	1.17	2.79	.97	2.79	1.31	2.82	1.01	2.78	.95	.016
충분한 홍보	2.53	.92	2.44	1.04	2.52	.95	2.43	.94	2.76	.97	2.53	.94	.342
상금이 적음	3.30	.76	3.28	.83	3.26	.87	3.86	1.10	3.41	1.06	3.31	.85	1.661

　　신춘문예의 우선적 개선 사항에 따른 제도적 문제점에 대한 의식을 살펴

보면, '당선자에 대한 지원'을 가장 우선적인 개선 사항으로 꼽은 응답자들(129명)은 "심사위원 선정이 공정하다"와 "심사위원들은 다양한 성향을 가지고 있다", 그리고 "심사과정이 공정하다"의 항목에서 가장 높은 평균을 나타내어 신춘문예가 안고 있는 제도적 문제에 대한 의식이 긍정적인 것으로 나타났다.

반면에 '심사 일정'을 가장 우선적인 개선 사항으로 꼽은 응답자들(18명)은 "신문사 간 심사위원의 중복이 심하다"와 "심사위원의 재임 기간이 길다", 그리고 "심사 기간이 짧다"의 항목에서 가장 높은 평균을 나타내어 신춘문예가 안고 있는 제도적 문제에 대한 의식이 부정적인 것으로 나타났다.

응답자들이 선호하는 등단 제도에 따른 신춘문예에 대한 의식을 살펴보면, '신춘문예'를 가장 희망하는 등단 제도로 꼽은 응답자들(156명)은 "심사위원 선정이 공정하다"와 "심사 과정이 공정하다", 그리고 "당선자에 대해 신문사가 지면을 충분히 할애해 준다"의 항목에서 가장 높은 평균을 나타내어, 신춘문예의 제도적 문제에 대한 의식이 긍정적인 것으로 나타났다. 그리고 '추천제'를 가장 희망하는 등단 제도로 꼽은 응답자들(15명) 또한 "심사위원들이 다양한 성향을 가지고 있다"와 "당선작에 대한 신문사의 홍보가 충분하다"의 항목에서 가장 높은 평균을 나타내어, 신춘문예의 제도적 문제에 대한 의식이 긍정적인 것으로 나타났다.

반면, '기타'를 가장 희망하는 등단 제도로 꼽은 응답자들(16명)은 "신문사간 심사위원의 중복이 심하다"와 "심사위원의 재임 기간이 길다"의 항목에서 가장 높은 평균을 나타내어, 신춘문예의 제도적 문제점에 대한 의식이 부정적인 것으로 나타났다.

〈표 4-32〉 선호하는 등단 제도에 따른 신춘문예 의식

구 분	신춘문예 (N=156)		문예지 (N=67)		동인지 (N=16)		추천제 (N=15)		단행본 출간 (N=25)		기타 (N=16)		전 체 (N=295)		F
	평균	SD	평균	SD	평균	SD	평균	SD	평균	SD	평균	SD	평균	SD	
심사위원이 공정함	2.63	.76	2.54	.80	2.50	.97	2.33	.72	2.16	.75	2.50	.52	2.54	.78	1.856
심사위원의 중복이 심함	3.51	.87	3.67	.96	3.50	1.03	3.13	1.06	3.52	.87	3.69	.87	3.54	.91	1.014
재임기간이 김	3.53	.82	3.78	.83	3.44	.96	3.47	.64	3.52	.92	3.94	.44	3.60	.82	1.635
성향이 다양함	2.75	1.03	2.49	1.05	2.56	.96	3.07	1.16	2.28	.84	2.31	1.08	2.63	1.04	2.104
심사 과정이 공정함	2.74	.81	2.57	.74	2.38	.62	2.53	.74	2.32	.85	2.19	.66	2.61	.79	2.909
심사 기간이 짧음	3.29	.90	3.37	1.01	3.19	1.17	3.53	.74	3.60	.76	3.44	.89	3.35	.92	.755
신문사마다 고유 특성 있음	3.02	1.08	2.79	1.21	3.13	.72	3.07	1.03	2.60	1.19	2.50	1.15	2.91	1.11	1.468
충분한 지면 할애	2.86	.93	2.70	1.04	2.81	1.11	2.73	1.10	2.72	.74	2.50	.82	2.78	.95	.605
충분한 홍보	2.58	.98	2.42	.84	2.56	.96	2.73	1.03	2.40	.91	2.50	1.03	2.53	.94	.504
상금이 적음	3.35	.80	3.42	.94	3.00	.97	3.40	.99	3.08	.81	3.13	.72	3.31	.85	1.249

3) 신춘문예의 문학성에 대한 인식

일반인들(295명)이 가지고 있는 신춘문예의 문학성에 대한 인식을 살펴보면, "매년 비슷한 경향의 작품이 당선된다"가 평균 3.49로 가장 높게 나타났으며, "신춘문예는 문인 지망생들의 문학적 상상력을 자극시킨다"가 평균 2.92로 가장 낮게 나타났다.

대부분의 항목 중 신춘문예에 대한 부정적인 평가 항목에 대한 평균이 높게 나타난 반면, 긍정적인 평가 항목에 대한 평균은 대체적으로 낮게 드러났다. 대부분의 일반인들은 신춘문예가 안고 있는 내용의 문제에 대한 인식을 부정적으로 보는 경향이 있음을 알 수 있다.

전공에 따른 신춘문예의 성향 문제에 대한 인식을 살펴보면, 국문과 재학생(198명)의 경우, "신춘문예 당선작들의 경향은 보수적이다"와 "매년 비슷한 경향의 작품이 당선된다", 그리고 "신춘문예 당선작의 표절 문제가 심각하다"의 항목에서 비국문과 재학생들(97명)보다 높은 평균을 나타내었다. 반면, 비국문과 재학생의 경우, 당선작의 작품성, 참신성, 실험성, 창작 의욕 고취, 그리고 문인 지망생의 문학적 상상력의 자극과 같은 항목에서 국문과 재학생들에 비해 높은 평균을 나타냈다.

이는 국문과 재학생의 경우, 비국문과 재학생들에 비해 신춘문예가 안고 있는 내용의 문제점에 대한 인식을 부정적으로 평가하는 경향이 있음을 알 수 있다.

〈표 4-33〉 전공에 따른 신춘문예의 내용의 문제에 대한 인식

구 분	국문과 재학생 (N=198)		비국문과재학생 (N=97)		전 체 (N=295)		F
	평균	SD	평균	SD	평균	SD	
당선작의 작품성이 뛰어남	3.06	.68	3.15	.73	3.09	.70	1.309
당선작이 참신함	2.92	.90	3.13	.90	2.99	.91	3.700
실험적 작품이 많음	2.84	.96	3.12	.92	2.94	.95	5.705
당선작의 경향이 보수적임	3.19	.93	3.00	.91	3.13	.92	2.825
비슷한 작품이 당선됨	3.52	.85	3.42	.79	3.49	.83	.893
표절 문제가 심각함	3.22	.83	3.05	.77	3.16	.81	2.720
문인 지망생의 문학적 상상력 자극	2.78	1.03	3.21	1.12	2.92	1.08	10.670
문인 지망생의 창작 의욕 고취	3.16	.99	3.37	1.08	3.23	1.03	2.863

신춘문예 응모 경험 유무에 따라 신춘문예가 안고 있는 내용의 문제에 대한 인식의 차이를 살펴보면, 응모 경험이 있는 응답자들(31명)의 경우,

"신춘문예 당선작의 경향은 보수적이다"와 "매년 비슷한 경향의 작품이 당선된다"의 항목에서 응모 경험이 없는 응답자들(264명)에 비해 높은 평균을 나타내어, 신춘문예의 내용의 문제점에 대한 의식이 부정적인 경향이 있음을 알 수 있다.

반면, 응모 경험이 없는 응답자들(264명)의 경우, "신춘문예 당선작은 작품성이 뛰어나다"와 "신춘문예 당선작은 기존 문학경향에 비해 참신하다"의 항목에서 응모 경험이 있는 응답자들에 비해 높은 평균을 나타내어, 신춘문예의 내용의 문제점에 대한 의식이 긍정적인 경향이 있음을 알 수 있다.

그러나 응모 경험이 있는 응답자들의 경우, 당선작의 실험성, 문학적 상상력 자극에 대한 항목에서 신춘문예에 대한 긍정적 평가를 내리고 있다. 응모 경험이 없는 응답자들의 경우, 표절 문제에 대한 항목에서 부정적 평가를 내리고 있어 응모 경험에 따른 신춘문예의 내용의 문제점에 대한 인식의 차이점을 명확하게 파악하기가 어렵다. 또한 응모 경험에 따른 신춘문예의 내용의 문제에 대한 항목 모두가 유의수준 $p < .05$에서 유의미한 차이를 보이지 않는 것으로 나타났다(부록 표 26 참조).

신춘문예에 대한 응모 의향 유무에 따른 신춘문예가 안고 있는 내용의 문제점에 대한 인식의 차이를 살펴보면, 신춘문예에 응모할 의향이 있다고 대답한 응답자들(99명)은 "신춘문예는 당선작들의 경향이 보수적이다"와 "신춘문예 당선작은 실험적인 작품이 많다"의 항목을 제외한 나머지 항목에서 응모 의향이 없다고 대답한 응답자들(196명)보다 높은 평균을 나타내었다.

특히 "신춘문예는 문인 지망생들의 문학적 상상력을 자극시킨다"와 "신춘문예는 문인 지망생들의 창작 의욕을 증가시킨다"의 응모 의향이 없다고 대답한 응답자들보다 높은 평균을 나타내어, 보다 긍정적인 경향이 있음을 알 수 있으며, 위의 두 항목은 유의수준 $p < .05$에서 유의미한 차이를 보이는 것으로 나타났다.

〈표 4-34〉 응모 의향에 따른 신춘문예의 내용의 문제에 대한 인식

구 분	예 (N=99)		아니오 (N=196)		전 체 (N=295)		F
	평균	SD	평균	SD	평균	SD	
당선작의 작품성이 뛰어남	3.10	.74	3.08	.68	3.09	.70	.050
당선작이 참신함	3.00	1.06	2.98	.82	2.99	.91	.019
실험적 작품이 많음	2.83	1.04	2.99	.91	2.94	.95	1.890
당선작의 경향이 보수적임	3.11	1.05	3.14	.86	3.13	.92	.054
비슷한 작품이 당선됨	3.62	.88	3.42	.80	3.49	.83	3.555
표절 문제가 심각함	3.18	.87	3.15	.78	3.16	.81	.082
문인 지망생의 문학적 상상력 자극	3.16	1.22	2.80	.98	2.92	1.08	7.781
문인 지망생의 창작 의욕 고취	3.49	1.07	3.09	.98	3.23	1.03	10.471

응답자들이 대답한 신춘문예의 가장 큰 문제점에 따라 신춘문예에 대한 내용의 문제점을 살펴보면, 우선 "신춘문예 당선작은 작품성이 뛰어나다"의 항목에서 '등단 이후의 활동 보장 안 됨'을 가장 큰 문제점으로 지적한 응답자들(63명)이 평균 3.33으로 가장 높았다. "신춘문예는 문인 지망생들의 문학적 상상력을 자극시킨다"와 "신춘문예는 문인 지망생들의 창작 의욕을 증가시킨다"의 항목에서도 각각 평균 3.40, 3.62로 가장 높게 나타났다.

"신춘문예 당선작은 기존 문학 경향에 비해 참신하다"의 항목에서는 '일회성 행사로 전락'을 가장 큰 문제점으로 지적한 응답자들(28명)이 평균 3.32로 가장 높게 나타났다.

"신춘군예 당선작은 실험적인 작품들이 많다"의 항목에서는 '당선작의 수준 저하'를 가장 큰 문제점으로 지적한 응답자들(15명)이 평균 3.40으로 가장 높았으며, "매년 비슷한 경향의 작품이 당선된다"와 "신춘문예 당선작의 표절문제가 심각하다"의 항목에서도 각각 평균 4.00, 평균 3.80으로 가장 높게 나타났다.

<표 4-35> 신춘문예의 문제점에 따른 내용의 문제점에 대한 인식

구 분	등단 이후 활동 무보장 (N=63)		문단의 제도화/권력화(N=85)		무분별한 신인 양산 (N=19)		심사의 공정성 (N=32)		심사위원 선정 문제 (N=13)		당선작의 수준 저하 (N=15)	
	평균	SD	평균	SD	평균	SD	평균	SD	평균	SD	평균	SD
작품성 우수	3.33	.67	3.01	.63	2.84	.69	3.13	.71	3.15	.69	2.93	.80
당선작 참신함	3.17	.89	2.87	.91	2.63	.68	3.09	.96	3.15	.80	3.20	1.15
실험적 작품이 많음	3.02	.96	2.85	.94	2.84	.76	3.25	.95	2.62	.77	3.40	1.24
당선작의 경향이 보수적	3.02	.83	3.27	.90	3.21	.92	2.84	.88	2.92	1.19	3.40	1.06
비슷한 작품이 당선됨	3.27	.81	3.60	.82	3.74	.65	3.25	.88	3.23	.83	4.00	.85
표절 문제가 심각함	2.84	.90	3.22	.68	3.16	.76	3.09	.86	3.31	.63	3.80	.68
문학적 상상력 자극	3.40	.94	2.64	1.09	2.95	.91	3.00	1.22	2.85	1.21	2.67	.72
창작 의욕 고취	3.62	.94	3.09	.95	3.05	.97	3.13	1.21	3.62	.77	3.07	1.16

구 분	작품의 보수화/획일화 (N=26)		표절 문제 (N=4)		일회성 행사로 전락 (N=28)		전 체 (N=285)		F
	평균	SD	평균	SD	평균	SD	평균	SD	
작품성 우수	2.85	.73	2.25	.96	3.25	.70	3.08	.70	2.929
당선작 참신함	2.54	.65	2.75	.96	3.32	.77	2.99	.89	2.575
실험적 작품이 많음	2.50	.99	2.00	.82	3.04	.79	2.92	.96	2.508
당선작의 경향이 보수적	3.46	1.07	3.00	.82	3.04	.74	3.14	.92	1.508
비슷한 작품이 당선됨	3.92	.74	3.00	.82	3.32	.72	3.49	.83	3.608
표절 문제가 심각함	3.35	.89	2.50	1.29	3.14	.59	3.15	.80	3.271
문학적 상상력 자극	2.54	.95	3.00	1.68	3.04	.96	2.91	1.07	3.103
창작 의욕 고취	2.88	1.07	3.50	1.29	3.11	.92	3.22	1.02	2.282

응답자들이 선호하는 등단 제도에 따른 신춘문예 내용의 문제에 대한 의식을 살펴보면, '신춘문예'를 가장 희망하는 등단 제도로 꼽은 응답자들 (156명)은 "신춘문예 당선작은 작품성이 뛰어나다"와 "신춘문예 당선작은 기존 문학 경향에 비해 참신하다", 그리고 "신춘문예는 문인 지망생들의 창작의욕을 증가시킨다"의 항목에서 가장 높은 평균을 나타내어, 신춘문예 내용의 문제에 대한 의식이 긍정적인 것으로 나타났다.

반면, '기타'를 가장 희망하는 등단 제도로 꼽은 응답자들(16명)은 "신춘문예 당선작들의 경향은 보수적이다"의 항목에서, '추천제'를 가장 희망하는 등단 제도로 꼽은 응답자들(15명)은 "매년 비슷한 경향의 작품이 당선된다"의 항목에서, '동인지'를 가장 희망하는 등단 제도로 꼽은 응답자들 (16명)은 "신춘문예 당선작의 표절 문제가 심각하다."의 항목에서 가장 높은 평균을 나타내어, 신춘문예가 아닌 다른 등단 제도를 희망하는 응답자들의 대부분은 신춘문예의 내용의 문제에 대한 인식이 부정적인 경향이 있다는 것을 알 수 있다(부록 표 27 참조).

4) 신춘문예의 문학성에 대한 인식

일반인들(295명)이 가지고 있는 신춘문예의 문학적 차원에서의 형식의 문제에 대한 인식을 살펴보면, "당선작이 심사위원의 문학적 경향과 비슷하다"가 평균 3.80으로 가장 높게 나타났으며, "신춘문예는 무분별하게 신인을 양산한다"가 평균 2.96으로 가장 낮게 나타났다.

"신춘문예는 한국문학의 중요한 등용문이다"의 항목에 대한 일반인들의 평가 정도는 평균 3.55로 형식의 문제에 대해 긍정도 부정도 아닌 중간 정도의 경향을 나타내고 있음을 알 수 있다.

그러나 대부분의 항목 중 신춘문예에 대한 부정적인 평가 항목에 대한 평균이 높게 나타난 반면, 긍정적인 평가 항목에 대한 평균은 대체적으로 낮게 나타나, 대부분의 일반인들은 신춘문예가 안고 있는 형식의 문제에 대한 인식을 부정적으로 평가하는 경향이 있음을 알 수 있다.

전공에 따른 신춘문예의 형식의 문제에 대한 인식을 살펴보면, 국문과 재학생(198명)의 경우, "신춘문예는 한국문학의 중요한 등용문이다"의 항목에서 비국문과 재학생들(97명)보다 높은 평균을 나타내었다. 반면, 비국문과 재학생의 경우, 무분별한 신인의 양산, 심사위원과 비슷한 경향의 당선작, 문단 제도의 강화, 문단의 다양성 제한과 같은 항목에서 국문과 재학생들에 비해 높은 평균을 나타내었다.

이는 국문과 재학생의 경우, 비국문과 재학생들에 비해 신춘문예가 안고 있는 형식의 문제점에 대한 인식을 긍정적으로 평가하는 경향이 있음을 알 수 있다(부록 표 28 참조).

신춘문예 응모 경험 유무에 따라 신춘문예 제도의 문제에 대한 인식의 차이를 살펴보면, 응모 경험이 있는 응답자들(31명)의 경우, "신춘문예는 한국문학의 중요한 등용문이다"의 항목에서 응모 경험이 없는 응답자들 (264명)에 비해 높은 평균을 나타냈다. 이처럼 신춘문예의 형식의 문제에 대해 긍정적인 인식을 보이는 반면에 "당선작이 심사위원의 문학적 경향과 비슷하다"와 "신춘문예가 문단의 다양성을 제한하고 있다"의 항목에서도 높은 평균을 나타내어, 형식의 문제에 대해 부정적인 인식을 보이기도 한다는 것을 알 수 있다.

이와 반대로 응모 경험이 없는 응답자들의 경우, "신춘문예는 무분별하게 신인을 양산한다"와 "신춘문예는 문단의 제도화를 더욱 강화시킨다"의 항목에서 응모 경험이 있는 응답자들에 비해 높은 평균을 나타내어, 신춘문예의 형식의 문제에 대한 인식이 부정적인 경향을 보인다는 것을 알 수 있다(부록 표 29 참조).

신춘문예에 대한 응모 의향 유무에 따른 신춘문예가 안고 있는 형식의 문제점에 대한 인식의 차이를 살펴보면 다음과 같다. 신춘문예에 응모할 의향이 있다고 대답한 응답자들(99명)은 중요한 등용문, 심사위원과 비슷한 경향의 당선작, 문단의 제도화 강화, 문단의 다양성 억제와 같은 항목에서 응모 의향이 없다고 대답한 응답자들(196명)보다 높은 평균을 나타냈다. 반면, 응모 의향이 없다고 대답한 응답자들의 경우, "신춘문예는 무분별하게 신인을 양산한다"의 항목에서 응모 의향이 있다고 대답한 응답자들에 비해 높은 평균을 나타냈다. 그러나 응모 의향에 따른 신춘문예의 형식의 문제에 인식을 평가하기 위한 항목들이 모두 유의수준 $p < .05$에서 유의미한 차이를 보이지 않는 것으로 나타났다(부록 표 30 참조).

응답자들이 대답한 신춘문예의 가장 큰 문제점에 따라 신춘문예에 대한 형식의 문제점을 살펴보면 다음과 같다. 우선 "신춘문예는 한국문학의 중요한 등용문이다"의 항목에서 '심사의 공정성'을 가장 큰 문제점으로 지적한 응답자들(32명)이 평균 3.94로 가장 높았으며, "신춘문예는 무분별하게 신인을 양산한다"의 항목에서 '무분별한 신인 양산'을 가장 큰 문제점으로 지적한 응답자들(19명)이 평균 3.47로 가장 높은 것으로 나타났다.

"당선작이 심사위원의 문학적 경향과 비슷하다"의 항목에서는 '당선작의 수준 저하'를 가장 큰 문제점으로 지적한 응답자들(15명)이 평균 4.27로 가장 높았다. 또한 "신춘문예는 문단의 제도화를 더욱 강화시킨다"와 "신춘문예가 문단의 다양성을 제한하고 있다"의 항목에서 각각 평균 4.27, 3.73으로 가장 높은 것으로 나타났다.

응답자들이 대답한 선호하는 등단 제도에 따른 신춘문예 작품의 형식 문제에 대한 의식을 살펴보면, '신춘문예'를 가장 희망하는 등단 제도로 꼽은 응답자들(156명)은 "신춘문예는 한국문학의 중요한 등용문이다"의 항목에서 평균 3.69로 가장 높은 것으로 나타나, 신춘문예의 형식 문제에 대한 의식이 긍정적인 것으로 나타났다.

〈표 4-36〉 신춘문예의 문제점에 따른 형식에 대한 인식

구 분	등단 이후 활동 무보장 (N=63)		문단의 제도화/권력화 (N=85)		무분별한 신인 양산 (N=19)		심사의 공정성 (N=32)		심사위원 선정 문제 (N=13)		당선작의 수준 저하 (N=15)	
	평균	SD	평균	SD	평균	SD	평균	SD	평균	SD	평균	SD
한국문학의 중요한 등용문	3.70	.87	3.33	1.04	3.32	.89	3.94	.80	3.54	.78	3.80	.94
무분별한 신인 양산	2.83	.83	2.96	.88	3.47	.77	2.78	1.01	2.92	.95	3.53	.83
당선작이 심사위원 경향과 비슷함	3.67	.82	3.92	.82	3.79	.71	3.78	.87	4.23	.83	4.27	.59
문단 제도화 강화	3.37	.79	3.76	1.10	3.21	.92	3.50	1.08	3.69	.75	4.27	.80
문단 다양성 제한함	3.02	.94	3.65	.92	3.63	.90	3.34	.94	3.38	.96	3.73	.96

구 분	작품의 보수화/획일화 (N=26)		표절 문제 (N=4)		일회성 행사로 전락 (N=28)		전 체 (N=285)		F
	평균	SD	평균	SD	평균	SD	평균	SD	
한국문학의 중요한 등용문	3.50	.81	3.00	1.41	3.50	.75	3.54	.92	2.052
무분별한 신인 양산	3.31	.79	2.50	1.29	2.71	.85	2.98	.90	.004
당선작이 심사위원 경향과 비슷함	3.88	.95	3.00	1.63	3.54	.84	3.82	.85	2.242
문단 제도화 강화	3.81	.94	3.75	1.26	3.29	.90	3.59	.98	2.664
문단 다양성 제한함	3.69	.84	2.25	.96	3.04	.84	3.39	.96	4.246

반면, '기타'를 가장 희망하는 등단 제도로 꼽은 응답자들(16명)은 "당선작이 심사위원의 문학적 경향과 비슷하다"와 "신춘문예가 문단의 다양성을 제

한하고 있다"의 항목에서 각각 평균 4.13, 3.69로 가장 높은 것으로 나타났다. '단행본 출간'을 가장 희망하는 등단 제도로 꼽은 응답자들(25명)은 "신춘문예는 무분별하게 신인을 양산한다"와 "신춘문예는 문단의 제도화를 더욱 강화시킨다"의 항목에서 각각 평균 3.04, 3.76으로 가장 높은 것으로 나타났다.

이는 신춘문예가 아닌 다른 등단 제도를 희망하는 응답자들의 대부분은 신춘문예의 형식의 문제에 대한 인식에 부정적인 경향이 있다는 것을 보여준다 할 수 있다.

〈표 4-37〉 선호하는 등단 제도에 따른 신춘문예 형식의 문제에 대한 인식

구 분	신춘문예 (N=156)		문예지 (N=67)		동인지 (N=16)		추천제 (N=15)		단행본출간 (N=25)		기타 (N=16)		전 체 (N=295)		F
	평균	SD	평균	SD	평균	SD	평균	SD	평균	SD	평균	SD	평균	SD	
한국문학의 중요한 등용문	3.69	.84	3.39	.90	3.19	.98	3.07	1.16	3.64	.95	3.50	1.15	3.55	.92	2.539
무분별한 신인 양산	2.96	.82	2.99	.99	3.00	.97	2.93	.96	3.04	.98	2.81	1.05	2.96	.90	.144
당선작이 심사위원 경향과 비슷함	3.75	.81	3.99	.90	3.75	1.00	3.40	1.18	3.68	.80	4.13	.72	3.80	.86	1.956
문단 제도화 강화	3.54	.98	3.63	.95	3.69	1.08	3.47	1.13	3.76	1.01	3.38	1.20	3.58	1.00	.438
문단 다양성 제한함	3.30	.93	3.40	.89	3.25	1.18	3.40	1.06	3.60	1.00	3.69	1.14	3.37	.96	.863

3. 신춘문예의 문제점 및 개선에 대한 의견

1) 신춘문예의 문제점 인식

신춘문예의 가장 큰 문제점에 대해 1순위와 2순위로 나누어 조사하였다.

〈표 4-38〉 신춘문예의 문제점 종합

구 분	1순위		2순위	
	N	%	N	%
등단이후의 활동 보장 안됨	105	21.9	64	13.7
문단의 제도화 및 권력화	131	27.3	60	12.9
무분별한 신인 양산	30	6.3	30	6.4
심사의 공정성	50	10.4	71	15.2
심사위원 선정 문제	29	6.0	53	11.4
당선작의 수준 저하	22	4.6	39	8.4
작품의 보수화 및 획일화	43	9.0	44	9.4
표절 문제	6	1.3	16	3.4
일회성 행사로 전락	63	13.1	89	19.1
합 계	480	100.0	466	100.0

전체 응답자들이 생각하는 가장 큰 문제점은 문단의 제도화 및 권력화로
나타났다. 앞선 신춘문예의 인식 분석에서도 신춘문예에 대한 시각은 '문
단의 제도화 및 권력화'가 큰 부정적 요인으로 작용하고 있다. 다음 문제점
은 등단 이후의 활동 보장이 안 된다는 점이다. 신춘문예가 신인 등용문으
로서 큰 역할을 하지만 신춘문예를 통해 등단을 한 후 적절한 지원이 없는
경우 당선의 의미가 퇴색되게 된다. 이에 따라 등단 문인들이 신춘문예
외에 다양한 등단 제도를 활성화하여 신춘문예의 영향력을 분산시키려는
노력이 이어지고 있다.

신춘문예가 일회성 행사로 전락하는 것에 대한 걱정도 많다. 신춘문예가
새해 첫 문학 축제라는 의미를 부여받으면서 화려하게 시작하지만 당선자
의 발표와 함께 시들어 버린다. 이는 곧 당선자에 대한 충분한 지원과
문학적 성과를 거두지 못한 채 틀에 박힌 행사로 고정되어 가고 있다.

심사의 공정성 및 심사위원 관련 문제는 당선작의 작품, 더 나아가 신춘

문예 전체의 위상과 연관되어 있다. 신춘문예의 위상이 추락하고 있다는 논의 속에는 심사위원 문제가 아주 중요한 위치를 자리잡고 있는 것이다.

2) 신춘문예의 개선점 인식

신춘문예에 대한 개선점 중 제도적 개선점에 한정해 조사한 결과는 <표 4-39>과 같다.

〈표 4-39〉 신춘문예의 제도적 개선점

구 분	N	%
심사위원 선정	212	44.4
심사 일정	43	9.0
당선자에 대한 지원	184	38.5
시상 제도	20	4.2
기타	19	4.0
합계	478	100.0

총 응답자 478명 중 212명(44.4%)은 무엇보다 많은 개선이 필요하다고 응답한 부분은 '심사위원 선정'이다. 다음으로 184명(38.5%)이 '당선자에 대한 지원'이라고 응답하였다. 이 두 사항에 대한 응답률은 전체 응답률의 82.9%를 차지할 정도로 높게 나타났으며, 이는 신춘문예의 공정성이라고 할 수 있는 심사위원 제도에 문제점이 있다는 것을 시사하는 것이다. 당선 자에 대한 지원에 있어 개선이 요구되는 것은 현재로서는 신춘문예의 당선 이 아무런 혜택이 없다는 것을 시사하는 것이기도 하다.

신춘문예의 개선론과 폐지론이 제기된 배경을 살펴보면 다음의 <표 4-40>과 같다.

<표 4-40> 신춘문예의 개선론과 폐지론이 제기된 배경

구　분	N	%
언론사의 상업주의 및 권력화	80	43.2
일부 심사위원의 독점 및 심사위원 간의 담합	48	25.9
일부 학연에 의한 '봐주기'식 등용문으로 전락	24	13.0
문학적인 창조적 상상력의 제한으로 인한 당선작의 보수, 획일성	32	17.3
기타	1	.5
합계	185	100.0

　신춘문예의 개선론과 폐지론이 대두된 배경을 살펴보면, '언론사의 상업주의 및 권력화'가 43.2%(80명)로 가장 많이 나타났다. 다음으로 '일부 심사위원의 독점 및 심사위원 간의 담합'이 25.9%(48명)로 나타났다.

　이는 신춘문예가 젊고 실력 있는 작가들을 발굴하여 그들에게 보다 많은 기회를 제공하겠다는 본래의 취지를 벗어난 지 오래이며, 신춘문예가 언론의 광고용 이벤트로 전락해가고 있다는 것을 의미한다. 따라서 이러한 배경에서 신춘문예에 대한 개선론이나 심하게는 폐지론이 대두되는 것이라고 할 수 있다.

제4절 평가 및 논의

1. 집단간 비교 분석

1) 신춘문예에 대한 종합적 평가

신춘문예에 대한 종합적 평가를 전문가 집단과 일반인 집단의 비교 분석을 통해 밝혀 보면 다음의 <표 4-41>과 같다.

<표 4-41> 집단별 신춘문예에 대한 종합적 평가

구 분	전문가 (N=200)		일반인 (N=295)		전 체 (N=495)		F
	평균	SD	평균	SD	평균	SD	
전반적으로 만족함	2.88	1.13	2.96	.86	2.93	.97	.789
한국문학에 기여도가 높음	3.63	1.01	3.44	.94	3.52	.97	.037
권위가 높은 문학상임	3.39	1.15	3.38	1.03	3.38	1.08	.889
문학적 수준과 권위가 떨어지고 있음	3.62	1.10	3.38	.99	3.48	1.04	.013
개선에 동의	3.96	1.11	4.03	.94	4.00	1.01	.470
폐지에 동의	2.59	1.44	2.27	1.16	2.40	1.29	.007

집단별 신춘문예에 대한 종합적 평가를 살펴보면, 일반인 집단(295명)은 "등단 제도로서 신춘문예에 대해 전반적으로 만족한다"와 "신춘문예를 개선하자는 의견에 동의한다"의 항목에서 전문가 집단(200명)에 비해 더 높은 평균값을 나타내었다.

반면, 전문가 집단(200명)은 한국문학에 대한 기여도, 신춘문예의 권위의 긍정적 항목뿐 아니라 갈수록 떨어지는 문학적 수준과 권위의 부정적 항목에서도 일반인 집단(295명)보다 더 높은 평균값을 나타내었다. 또한 "신춘문예를 폐지하자는 의견에 동의한다"의 항목에서도 일반인 집단보다 더 높은 평균값을 나타내었다.

2) 신춘문예 제도의 문제에 대한 인식

신춘문예에 대한 제도적 차원의 문제에 대한 인식을 집단별, 즉 전문가 집단과 일반인 집단의 비교 분석을 통해 밝혀보면 다음의 <표 4-42>와 같다.

〈표 4-42〉 집단별로 본 신춘문예 제도에 대한 인식

구 분	전문가 (N=200)		일반인 (N=295)		전 체 (N=495)		F
	평균	SD	평균	SD	평균	SD	
심사위원 선정이 공정함	2.52	.91	2.54	.78	2.53	.83	.062
심사위원의 중복이 심함	3.62	1.00	3.54	.91	3.57	.95	.946
재임기간이 김	3.76	.96	3.60	.82	3.66	.88	3.925
성향이 다양함	2.69	1.13	2.63	1.04	2.66	1.07	.325
심사 과정이 공정함	2.80	.97	2.61	.79	2.68	.87	5.611
심사 기간이 짧음	3.69	.95	3.35	.92	3.49	.95	15.809
신문사마다의 고유한 특성이 있음	2.53	1.11	2.91	1.11	2.76	1.13	13.799
당선자에 대해 충분히 지면을 할애함	2.24	.98	2.78	.95	2.56	1.00	37.787
당선작에 대해 홍보가 충분함	2.38	.95	2.53	.94	2.47	.95	2.757
당선작에 대한 상금이 적음	3.21	1.00	3.31	.85	3.27	.91	1.448

집단별 신춘문예의 제도적 문제에 대한 인식을 살펴보면, 전문가 집단 (200명)은 "심사위원의 재임 기간이 길다"와 "심사 기간이 짧다"의 항목에서 일반인 집단(295명)에 비해 더 높은 평균값을 나타내고 있다. 반면, 일반인 집단(295명)은 "신문사마다 신춘문예의 고유한 특성이 있다"와 "당선자에 대해 신문사가 지면을 충분히 할애해 준다"의 항목에서 전문가 집단(200명)보다 더 높은 평균값을 나타내고 있다.

이는 전문가 집단이 일반인 집단에 비해 신춘문예의 제도적 문제에 대한 인식이 좀 더 부정적인 경향을 지닌다는 것을 알 수 있다.

3) 신춘문예의 문학성에 대한 인식

신춘문예에 대한 문학성 수준 문제에 대한 인식을 집단별, 즉 전문가 집단과 일반인 집단의 비교 분석을 통해 밝혀보면 다음의 <표 4-43>과 같다.

집단별로 본 신춘문예의 문학성 문제에 대한 인식을 살펴보면, 일반인 집단(295명)은 당선작의 작품성, 참신성, 실험성에 대한 긍정적 평가가 전문가 집단(200명)에 비해 높은 것으로 나타났다. 반면에 전문가 집단(295명)은 "신춘문예는 문인 지망생들의 문학적 상상력을 자극시킨다"와 "신춘문예는 문인 지망생들의 창작 의욕을 증가시킨다"의 항목에서 일반인 집단(295명)보다 더 높은 평균값을 나타내어, 이 문항에 있어서는 일반인 집단보다 더 긍정적인 평가를 지니고 있다는 것을 알 수 있다

〈표 4-43〉 집단별 신춘문예 문학성 인식

구 분	전문가 (N=200)		일반인 (N=295)		전 체 (N=495)		F
	평균	SD	평균	SD	평균	SD	
당선작의 작품성이 뛰어남	2.93	.87	3.09	.70	3.02	.77	5.020
당선작이 참신함	2.74	.98	2.99	.91	2.89	.95	8.794
실험적 작품이 많음	2.66	1.05	2.94	.95	2.83	1.00	8.951
당선작의 경향이 보수적임	3.12	.94	3.13	.92	3.12	.93	.024
비슷한 작품이 당선됨	3.49	.94	3.49	.83	3.49	.88	.002
표절 문제가 심각함	3.13	.89	3.16	.81	3.15	.85	.203
문인 지망생의 문학적 상상력 자극	3.33	1.17	2.92	1.08	3.08	1.13	16.293
문인 지망생의 창작의욕 고취	3.61	1.07	3.23	1.03	3.38	1.06	16.279

4) 신춘문예의 문학성과 형식 문제에 대한 인식

신춘문예에 대한 문학성과 형식 문제에 대한 인식을 집단별, 즉 전문가 집단과 일반인 집단의 비교 분석을 통해 밝혀 보면 다음의 <표 4-44>와 같다.

집단별 신춘문예의 형식 문제에 대한 인식을 살펴 보면, 일반인 집단 (295명)은 "당선작이 심사위원의 문학적 경향과 비슷하다"의 항목을 제외한 나머지 항목, '한국문학의 등용문으로서의 중요성' 과 같은 긍정적 평가 항목 뿐만 아니라 '무분별한 신인 양산', '심사위원과 비슷한 경향의 당선작', '문단의 제도화 강화', '문단의 다양성 제한'과 같은 부정적 평가 항목에서도 전문가 집단(200명)보다 높은 평균값을 나타냈다.

그러나 신춘문예의 형식의 문제에 대한 인식의 집단별 차이는 유의수준 $p<.05$에서 유의미한 차이를 나타내지 않았다.

〈표 4-44〉집단별로 본 신춘문예 형식의 문제에 대한 인식

구 분	전문가(N=200)		일반인(N=295)		전 체(N=495)		F
	평균	SD	평균	SD	평균	SD	
한국문학의 중요한 등용문	3.53	1.08	3.55	.92	3.54	.99	.052
무분별한 신인 양산	2.88	1.04	2.96	.90	2.93	.96	.886
당선작이 심사위원 경향과 비슷함	3.81	.93	3.80	.86	3.81	.89	.030
문단 제도화를 강화함	3.44	1.08	3.58	1.00	3.52	1.03	2.233
문단 다양성을 제한함	3.31	1.15	3.37	.96	3.35	1.04	.435

2. 문제 및 개선 요인 추출

1) 문학적 수준과 권위의 상실

신춘문예가 우리 문학에서 차지하는 비중은 매우 크다. 근대 문단의 성립과 함께 신인 등단의 중요한 역할을 하며 우리 문학의 기초적 발판을 제공해 왔다. 이러한 평가는 대부분 긍정적이며, 신춘문예가 가지고 있는 권위와 역사, 우리 문학 발전의 기여도에 대해 수긍하고 있다. 그러나 앞으

로의 신춘문예의 역할과 비중에 대해서는 다양한 의견들이 존재하고 있고, 새로운 문학 환경을 맞이하면서 신춘문예 개념을 새로 정립하려는 시도가 논의되어 왔다.

실증적인 조사 결과 많은 문학 관련 전문가들과 문인 지망생들은 현재의 이와 같은 논의에 상당 부분 동조하고 있다. 즉 신춘문예가 지금까지 우리 문학에 크게 기여하고 신인 등단 제도로서의 권위를 이어가고 있지만 그 문학적 수준과 권위에 대한 회의를 지니고 있으며, 이에 대한 개선에 적극 동조하고 있다. 그러나 폐지에 대해서는 부정적인 입장을 보이고 있다.

특히 문학 관련 전문가들은 신춘문예의 심사 경험에 따라 신춘문예를 보는 시각의 차이가 많았다. 가장 큰 차이는 문학상으로서 신춘문예의 권위에 대한 것이다. 심사위원은 당연히 자신의 심사를 통해 당선되는 작품에 대해 자부심과 긍정적인 태도를 가지고 있을 것이다. 그러나 한 문학 작품의 수준은 그것을 주시하는 많은 사람들의 동의가 이루어질 때 그 의미가 더욱 빛날 것이다. 현재 당선작에 대한 많은 이의 제기는 이러한 시각 차이의 결과일 것이다.

이러한 시각의 차이는 신춘문예를 통해 등단한 문인과 다른 등단 제도를 거친 문인들 간에도 나타난다. 문예지나 동인지, 추천제를 통해 등단한 문인들은 신춘문예의 문학적 수준과 권위의 상실에 대해 신춘문예 등단자에 비해 동의하는 비율이 상당히 높았다.

또한 신춘문예의 가장 큰 문제점을 '문단의 제도화와 권력화'라고 생각하는 전문가들의 전반적인 만족도가 가장 낮았으며, 당선작의 수준 저하와 표절 문제가 문학적 수준과 권위의 하락에 결정적인 역할을 하고 있었고 신춘문예의 폐지를 적극 찬성하는 원인이 되고 있다.

그리고 신춘문예에 대한 전반적인 의견에 대해 일반인들도 큰 차이가 없는 것으로 나타났다. 즉 전체 문학 관련 종사자들과 문인 지망생들이 동의하고 인정할 수 있는 신춘문예의 전반적인 변화가 필요하며 그 중심에는 문단의 권력화와 제도화로 이용되지 않으며, 문학적 수준을 담보할 수 있는 작품의 선정 문제가 있다고 할 수 있다.

2) 심사 방식의 폐해 및 당선자에 대한 지원 부족

신춘문예에 대한 제도적 측면에 대해 대부분의 응답자들은 부정적으로 보고 있었다. 심사위원의 선정에 있어 불공정한 면이 더 많고, 한 명의 심사위원이 두 개 이상의 매체에서 심사를 맡는 것, 재임 기간이 길다는 것, 심사위원의 문학적 성향이 다양하지 못하는 것에 대해 매우 부정적으로 보고 있다. 또한 심사 과정에 대해 기간이 너무 짧다는 의견이 많았고 그 공정성에 대해서도 그다지 만족하고 있지 않았다. 그리고 신춘문예를 주최하는 언론사 간에 차이점이 없으며, 당선자의 추후 활동에 대한 지원과 상금이 적다고 보고 있었다.

이러한 시각은 당선자에 대한 지원 부분에 있어서 등단한 문인들과 등단하지 않은 교수나 문학 관련 종사자들 사이에 차이가 있었다. 등단한 문인들이 더 불만을 느끼고 있는 것이다. 신인이 등단을 하게 되면 지속적인 활동을 위해서는 자신의 작품을 발표할 수 있는 매체를 필요로 하게 된다. 또한 지금까지 그 매체는 하나의 문단을 형성하여 왔고 어디를 통해 발표하는가는 자신의 문학적 색깔을 반영한다고 할 수 있다. 그러나 신춘문예를 통해 등단한 문인들은 신문사의 별다른 지원이 없을 경우 자신이 설 자리를 잃어버리고 만다. 결국 문단 내에서 오래 버티지 못하고 도태되는 경우도 생기게 된다.

이러한 결과는 신춘문예가 일회성 행사로 전락한 결과라고 할 수 있다. 신춘문예의 지속을 주장하는 사람들이 그것이 가지고 있는 축제성을 들지만 축제가 끝나고 남는 건, 축제 전의 기대감과 축제 당시의 즐거움 뿐, 그 후에 덩그렇게 남겨진 건 당선자와 주최측의 영악한 자사 홍보이다.

신춘문예의 가장 큰 문제점에 대한 인식에 따르면 신춘문예의 제도적 문제점은 더 뚜렷이 나타난다. 먼저 심사위원 선정의 공정성은 심사위원의 선정과 당선작의 수준 저하를 문제점으로 지적한 응답자들이 가장 불만족하게 여기고 있는 부분이다. 심사위원 선정의 공정성 문제는 심사 과정이나 다른 여타 문제보다 당선작의 수준 저하와 관련되어진다는 사실이 문학 권력에 대한 정치적 논쟁을 떠나 문학의 본질적 문제를 건드리기에 심각한 문제점이라고 할 수 있다. 이것은 심사위원의 중복성이 무분별한 신인 양산의 문제점을 드러내는 것과 비슷한 맥락에 있다. 특히 등단 이후의 활동 보장이 안 되는 것이 가장 큰 문제점이라고 여기는 경우, 당선자에 대한 충분한 지면의 할애와 당선작의 홍보에 대한 불만이 매우 크게 나타났다.

신춘문예에 대한 제도적 불만들은 문학적 수준의 저하와 무분별한 신인 양산에 대한 우려로 나타나고 당선자에 대한 지원 부족 또한 이러한 결과를 촉진시킨다고 할 수 있다.

3) 문학적 실험성의 결여와 획일성

신춘문예가 문인 지망생들의 문학적 상상력과 창작 의욕을 고취시키기는 하지만 결과적으로 얻어지는 문학 작품 속에 담지는 못하고 있다. 물론 뛰어난 작품이 나오기도 하지만 대체로 그 작품성에 대해 크게 신뢰하지 못하고 있으며, 참신성과 실험성에 대해 비판적이며 보수성과 획일성에 대해 비교적 동의하고 있다.

특히 표절 문제에 대해 작가들은 다른 집단에 비해 심각하게 보고 있다. 또한 심사 경험이 있는 응답자는 심사 경험이 없는 응답자에 비해 작품성이나 문학적 상상력과 의욕을 고취시키는 데 상당히 동의하고 있었다. 이에 비해 심사 경험이 없는 응답자들은 그에 대해 많은 차이를 보이고 있었다. 그리고 등단 여부와 등단 방식에 따라 신춘문예 당선작의 보수성에 대한 의견에 차이를 보이고 있었는데, 미등단자와 문예지로 등단한 응답자들이 더 보수적이라고 보고 있었다. 신춘문예의 문제점 인식에 따라서는 역시 당선작의 수준 저하에 대해 지적한 응답자들이 당선작의 작품성과 참신성, 실험성에 매우 불만족하는 것으로 나타났다. 즉 당선작의 수준 저하 문제는 신인으로서 문학에 대해 가져야 할 도전적인 의식이 부족한 측면이 강조된 것으로 보인다.

4) 문단의 권력화 및 다양성의 제한

응답자들은 모두 신춘문예가 한국문학의 중요한 등용문임을 인정하고 있다. 신춘문예가 무분별하게 신인을 양산한다는 데는 조금은 부정적 입장이지만 당선작이 심사위원의 경향과 비슷하다는 것에는 매우 동의하며, 문단의 제도화를 강화하고 문단의 다양성을 제한한다는 데는 어느 정도 동의하고 있었다.

신춘문예가 한국문학의 중요한 등용문임은 부인할 수 없는 사실이지만, 그것이 신인이 자신의 작품을 발표할 수 있는 하나의 매체로서 머물지 않고 문단을 규정하고 더 나아가 문학 작품을 규정하여 정식으로 문인 사회에 들어가기도 전에 심사위원 경향에 맞추는 자기 검열을 겪게 되는 것이다. 자기 검열은 고스란히 자신의 문학 작품에 반영되고 만다. 그 순간 글쓰기는 창작의 기쁨을 구현하는 분신이 아니라 사회와의 타협으로 인해 갈등하는 자신의 반영물이 된다. 이것은 신춘문예가 문학 교육의 측면에서 문인 지망생들의 창작 의욕을 고취시키고 문학적 상상력을 유발한다는 주장과는 정반대되는 결과를 낳게 한다. 이러한 결과로 심사위원과 비슷한 경향의 들이 당선되고 순수한 문학적 욕심에 근거한 글쓰기가 아니라 등단의 수단으로 삼으려는 등단용 글쓰기들이 각축하는 장으로 변질되고 있다.

결국 신춘문예는 기존의 문학 경향과 양식을 재생산하고 더 나아가 그것을 확립하는 도구로 이용되고 있는 것이다. 문학의 다양성을 추구하게 되는 것이 아니라 획일성을 확고히 하고 있는 것이다.

제5장

등단 제도로서의 신춘문예 개선 방안

제1절 제도적 차원

1. 심사 절차의 개선 및 진정성 회복

현재 신춘문예에 대한 비판 중 가장 중요한 문제로 대두되는 것이 문단의 제도화와 권력화이다. 특히 이러한 문제가 나오게 된 배경으로 심사위원 선정이 편향적이고 불투명하게 이루어지기 때문이라고 지적한다.

한 심사위원이 여러 언론사의 신춘문예 심사를 맡거나 한 신문사에서 5년 또는 10년씩 심사를 함으로써 당선작에 심사위원이 영향을 미치지 않을 수 없는 구조로 되어 있다. 이러한 결과로 신문사 간에 당선작에 대한 차별점이 부각되지 않으며, 결국 그 한 해 신춘문예 경향은 어떤 한 흐름을 형성하게 된다. 더 부정적인 현상은 그렇게 형성한 흐름은 미래지향적이고 실험적이기보다는 보수적이고 안정적인 글쓰기를 보인다는 것이다. 새롭고 독창적인 작가와 작품을 발견하기 위해 기성 문단의 주류를 심사위원으로 선정하는 자체가 모순되었다 할지라도, 그 틀을 뛰어넘는 것이 심사위원과 주최하는 언론사의 사명일 터이다. 그러나 어느덧 그러한 관행은 굳어져 가고 신춘문예에 대한 문학적 평가는 점점 뒷걸음질을 치고 있는 실정이다. 그러한 심사 결과로 등단한 작가는 일회성 이벤트의 희생자 또는 승자가 되고, 다시 새로운 등단의 길을 걸어야 할 지도 모른다. 따라서 심사위원 선정의 공정성은 신춘문예의 제도적 변화의 시작이자 완결이라고 할 수 있다.

구체적으로 심사위원 제도의 변화를 위해서 여러 문인 단체들이 연합된 '심사위원 선정 위원회'를 제안하고자 한다. '심사위원 선정 위원회'의 역할은 현재 습관처럼 자조하는 '문학의 위기'를 제도적으로 탈피할 수 있는 방안이라고 생각한다.

이 제도는 신춘문예라는 역사와 권위를 가진 등단 제도가 공식적이고 중립적인 제도를 통해 통제받음으로써 문학계가 맞이한 어려움들을 공론화하고 해결할 수 있는 단초를 제공할 수 있을 것이다. 우선 심사위원 선정에 있어 여러 문제를 낳았던 중복성과 장기 재임을 제도적으로 제한하는 것이다. 각 일간지마다 선정 위원회를 둘 수도 있지만, 신춘문예가 언론사의 행사가 아니라 문학계의 행사가 되도록, 언론사는 순수한 후원자(patron)의 입장이 되도록 하기 위해 주요 문인 단체 중심으로 선정 위원회가 이루어지는 것이 더 올바를 것이다.

이것은 문단의 중앙 집중화 현상으로 인한 지방 문학의 차별과 침체를 막기 위해 중앙 일간지의 신춘문예 심사에 지방 문인들을 의무적으로 참여시키는 방안과 연계된다.

또한 각종 언론사에서 신춘문예가 난립하는 경향이 있는데 이에 대한 일종의 인증 제도와 비슷한 절차가 필요할 것이라 여겨진다. 일회성 이벤트나 홍보용 목적이 아니라 문학적 기준을 가지고 그것을 구현할 수 있는지, 특히 당선자들에 대한 지원 대책이 정확히 마련되어 있는지를 세밀하게 판단하여 신춘문예의 권위를 높일 수 있는 장치를 마련하는 것도 중요하다고 생각한다.

이러한 제안의 중심에는 언론 권력에 의한 문학의 종속 또는 예속을 타파하고자 하는 의도가 있다. 이미 언론의 힘이 위축되고 있는 상황에서 그동안 종속되어 있던 문학이 그 주인의 자리를 차지함으로써 오히려 언론을 문학의 좋은 밑거름으로 삼을 수 있는 기회가 왔다고 여겨진다.

2. 심사 과정의 개선

심사 과정의 가장 큰 문제는 매우 촉박한 심사 기간이다. 짧게는 몇 개월, 길기는 몇 년을 준비했을 문학 작품을 단 며칠만에 심사한다는 것은 사실 상식적으로도 이해하기가 힘들다. 그것은 문학적 교육의 역할을 담당한다는 신춘문예가 오히려 책 읽기의 반역을 저지르는 것이다. 따라서 심사 기간의 연장은 신춘문예의 가장 기본적인 개선 사항이 될 것이다. 그러나 이러한 요구는 주최측인 언론사의 입장에서 보면 이해타산이 맞지 않는 것이다. 관심이 줄어들 수도 있고 기간의 연장에 따른 비용의 증가도 있을 것이다. 그러나 갈수록 추락하고 있는 신춘문예의 위상을 만회하기 위한 방법으로 공정한 심사 과정을 통해 양질의 작품을 선정하기 위한 획기적인 변화가 필요하다.

최근 마체 환경 변화의 가장 큰 특징은 쌍방향 소통이 가능한 뉴미디어 시대가 도래했다는 점이다. 그 중심에 인터넷이 있다. 문인들도 인터넷을 통해 자신의 작품을 올리고 발표하기도 하며 자신들만의 문학 세상을 온라인을 통하 구현하기도 하다. 또한 더 뚜렷한 변화는 인터넷 등단이 시작되었다는 것이다. 사이버 신춘문예 뿐만 아니라 등단 사이트가 개설되어 온라인 상에서 일정한 방식을 통해 등단의 자격을 부여해주고 얻게 된다.

이와 같은 인터넷 등단은 많은 문인 지망생들에게도 열려 있으며, 기존 문인들도 함께 참여하며 새로운 등단 제도를 만들고 있다.

신춘문예도 이러한 형식의 도입이 필요하다고 여겨진다. 인터넷이라는 열려 있는 공간을 통해 심사위원과 응모자와 독자 간에 쌍방향 소통이 가능한 공간을 마련하여 공모작에 대한 공개적 토론이 가능하도록 하는 제도를 만드는 것이다.

적어도 본심에 올라온 작품을 대상으로 이러한 제도를 실시한다면 공개적인 문학적 토론을 통해 대중적인 관심을 모으는 효과를 얻는 한편, 다매체 시대에 문학의 영향력을 확대하는 밑거름이 될 수 있을 것이다.

제2절 문학적 차원

1. 공고 장르의 다양화

현재 신춘문예의 주된 장르는 단연 단편소설이라고 할 수 있다. 신춘문예에서 간편소설이 중심이 된 배경을 앞에서 살펴보았듯이 근대 문학이 시작되면서 많은 문학 작품을 소화할 수 없었던 문학 시장에서 문예지가 활성화되기 전까지 신문은 유일한 발표 매체였다. 신문의 주된 인기 장르는 신문 연재 소설이었고, 신춘문예는 이를 위한 공급처가 되었다.

그러나 현재 등단 제도가 다양화되면서 등단 제도로서 신춘문예의 영향력은 줄어들고 있고, 새롭고 실험적인 등단 방식이 생겨나면서 신춘문예는 변화를 또한 요구받고 있다.

이러한 환경 속에 신춘문예는 다른 등단 제도가 실시하지 못하는 다양한 제도를 앞서 시행할 수 있는 좋은 조건들을 지니고 있다. 다른 문예지나

동인지, 또는 추천제 등과 같은 문학 관련 전문 잡지들은 동인의 성격이 강하기 때문에 그 변화를 추구하기가 쉽지 않으며 오히려 그러한 문학적 경향을 지켜나가는 것이 바람직할 수도 있다. 그러나 신춘문예는 언론사를 중심으로 하기 때문에 문학 행사의 다양한 실험과 제안을 실시할 수 있다.

우선 단편 소설 중심의 공모 방식을 탈피해야 한다. 장편소설, 시, 수필, 희곡의 집중적인 육성이 필요하다. 단편소설 중심의 선정은 시대적 이슈, 또는 유행하는 문화 양식에 의존하는 경향을 낳아 깊은 시대적 통찰보다는 자극적이고 감각적인, 또는 이와는 반대의 보수적이고 안일한 작품의 생산을 부추긴다.

따라서 소설은 장편소설을 중심으로 해 작가의 문학적 소양 뿐만 아니라 한 시대의 문학인으로서 예언자적 통찰력을 검증해 나가는 것이 중요할 것이다. 이와 동등하게 시나 수필 등은 개인당 심사 대상 작품 수를 늘려 제한된 몇 편이 아니라 작가의 사상과 문학 이념을 꽤 뚫을 수 있는 작품집을 응모하도록 하는 것이 바람직할 것이다.

2. 응모자들의 실험 정신

신춘문예에 응모하는 문학 지망생들도 글쓰기와 문학하기의 새로운 자세가 요구된다.

첫째, 새로운 관점과 새로운 문체의 확보가 필요하다. 신춘문예는 글쓰기의 출발선에 선 젊은 정신들이 작품의 완성도와 새로움을 겨루는 경연장이다. 수백 편의 응모작 가운데 하나를 뽑아야 하는 제약 때문에 완성도가 무엇보다 중요한 평가 기준일 수밖에 없다. 정확한 문장, 빈틈 없는 구성 등을 먼저 따지는 것은 이 때문이다.

그러나 그것만으로는 충분하지 않다. 잘 빚은 항아리같은 하나의 자족적 세계로서의 작품을 만들어 내는 역량도 물론 중요한 것이지만, 창조적 작업으로서의 진정한 문학 행위는 그것을 넘어서야만 한다. 새로움의 창출은 필수적인 것이다.

진정한 문인의 길은 계속적인 자기 부정을 통해 끊임없이 새로운 세계를 열어 나아가는 것이기에 새로움을 창출해 낼 수 있는 힘이 부족한 사람은, 설사 신춘문예 당선의 영광을 안았다고 할지라도 창조로서의 글쓰기 행위를 계속하여 감당해 낼 수 없다. 새로움의 창출 없이는 큰 문학을 일구는 일이 전혀 불가능함은 말할 나위도 없다.

그렇다면 무엇이 새로움의 창출을 가능하게 하는가. 무엇보다도 먼저 관점의 참신성을 들 수 있다. 기존의 눈으로 보는 것은 반복이며 모방일 뿐이다. 그 눈은 남의 눈이니 그 작가는 창조적 주체가 아니라 다른 사람을 대신하는 한갓 도구에 지나지 않는다.

새로운 관점의 확보와 더불어 자기만의 문체를 가져야 한다. "작가란 문체로 말하는 존재이며, 결국 남는 것은 문체이다."라는 오랜 격언은 개성적 문체 확보가 얼마나 중요하며 동시에 얼마나 어려운가를 말해 준다. 누구나 자기만의 문체를 가지지만 대부분의 경우 그 문체는 그 작가의 기질이 간들어낸 생리적 차원의 것이다. 당연하게도 그 문체는 비슷한 기질을 지닌 작가들의 문체와 얼핏 보아 잘 구별되지 않을 정도로 닮을 수밖에 없으니 그 작가만의 개성적 문체라 할 수는 없는 것이다.

자기만의 개성적인 문체는 새로운 관점과 등을 맞대고 있다. 새로운 눈을 통한 새로운 해석 과정을 실현함으로써 새로운 세계를 구축하는 일은 새로운 문체를 통해 비로소 가능하다. 생리적 차원을 넘어서야만 하는 것은 당연한 것이며, 새로운 문체 확보는 방법론적 창작 위에서만 가능하다.

둘째, 출발의 정신은 반역의 정신이어야 한다. 신춘문예 응모작은 물론이고 당선작 가운데서 관점과 문체의 새로움을 확보한 작품을 만나는 경우는 참으로 드물다. 네모 반듯한 모범 답안지가 대부분이다. 단언컨대, 그 모범 답안지 작성자들의 이후를 기대하기는 어렵다. 무엇이 그 많은 작가 지망생들을 모범 답안지 작성에 가두는 것일까? 완성도를 제일 기준으로 삼을 수밖에 없는 신춘문예의 이런 저런 제약 등과 같은 현실적 요인들의 구속 때문이기도 할 터이다. 그러나 그런 것들은 부차적인 요인에 지나지 않는다. 낡은 것들을 갈아엎고자 하는 반역 정신의 결여 또는 부족이 핵심 요인이라는 것이다. 쉼 없는 자기 갱신을 거쳐 큰 문학을 일군 창조적 정신들의 바탕에 놓여 있는 반역의 정신은 예외 없이 곧 도전 의지와 실험 정신으로 직결된다.

──────── 제6장 ────────

결 론

    우리 문단사에서 가장 권위있고 오래된 등단 제도는 역시 신춘문예로서, 이는 문학 애호가들의 '축제'로 기능해왔다. 1925년 ≪동아일보≫에 의해 시작된 신춘문예는 일제 시대, 억압된 우리 말과 글을 지키고 우리의 사상과 감정을 표출하는 창구의 역할을 해왔고, 해방 이후에는 문학을 동경하는 많은 이들의 열망과 함께 한국문학의 중심축으로 자리잡아 왔다. 신춘문예는 70여 년 간 신진 문인들의 등용문으로서 현대 한국문학의 발전에 이바지해 왔으며, 현재 문단 인구의 3분의 1에 가까운 숫자의 문인들을 배출해 냈다. 새해 첫 대규모 문학 행사라는 자체의 축제성, 문학 지망생에 대한 창작 의욕 고취, 문학 교육적 성격과 신인 등용문으로서 국내 문학작가들의 중요한 등단 제도로서 정착했다.

    그런데 뉴미디어의 발전과 정보 사회가 도래하면서 다매체 환경 속에서 문학의 위기가 찾아왔고, 그 문학의 위기를 더욱 공고하게 하는 문단의 권력과 그것을 유지시켜주는 신인 등단 제도에 대한 전면적인 개혁의 목소리가 1990년대 이후 꾸준히 있어 왔다. 각종 문학상의 남발과 심사 제도에 대한 비판이 이어지면서 언론과 문단 간의 권력 유착이 제기되었고, 특히 언론사가 주관하는 신춘문예의 개선론과 폐지론도 다시 요구되었다. 신춘문예의 완전한 폐지를 통해 등단 제도를 혁신하자는 의견과 신춘문예가 오랜 역사성과 높은 지명도, 축제성을 가진 한국만의 독특한 등단 제도이 므로 시대에 맞게 제도적 보완을 통해 바꾸어 가자는 주장이 전개되고 있는 것이다.

신춘문예의 개선론과 폐지론의 주장은 정보 통신 기술의 발달과 함께 급속도로 변화하고 있는 매체 환경에서의 등단 제도 전체의 변화와 관련된 다. 이미 오래 전부터 PC통신과 인터넷을 통한 온라인 소설이 인기를 끌며 아마추어 문인들의 수많은 작품이 이 매체를 통하여 소통되고 있다. 매체 환경의 변화와 사회의 다양성 증가는 그 동안 문학이 스스로 제도화했던 등단의 틀을 깨도록 요구하고 있는 것이다.

이에 이 연구는 개선론과 폐지론의 논쟁이 치열한 상황에서 단순히 연구 자의 개인적인 주장보다는 객관적이고 총괄적인 견해들을 참고하려 노력 하였다. 그래서 우선 이 논문은 문학 관련 전문가 및 문학 수용자들의 의견을 직접 수렴하여 그에 기반해 현단계 신춘문예 제도의 문제점을 지적 하고 그에 따른 대안 모색을 목적으로 수행되었다.

우리 신춘문예 제도의 문제점 및 그에 따른 대안을 중심으로 연구 결과를 요약 정리하면 다음과 같다.

우선 연구자는 신춘문예 개선론의 입장에서 신춘문예의 기여도를 긍정 적으로 평가했다. 즉 근대 문단의 성립과 함께 신인 등단의 중요한 역할을 하며 우리 문학의 기초적 발판을 제공해 왔다는 점에 주목하는 것이다. 실증조사 결과, 문학 관련 전문가 및 문학 수용자들 역시 이러한 평가에 대부분 동의하는 것으로 나타났다.

그러나 대부분의 수용자들이 신춘문예의 개선 필요성을 강력하게 역설 하고 있는 바, 첫째, 문학적 수준과 권위의 상실, 둘째, 심사 방식의 폐해 및 당선자에 대한 지원 부족, 셋째, 문학적 실험성의 결여 및 획일성, 넷째,

문단의 권력화와 다양성의 제한 등에서 그 원인을 찾을 수 있겠다.

이러한 문제점들에 대한 대안으로써 제도적 차원과 문학적 차원 등에서 다음과 같은 개선 방안을 제시한다.

우선 제도적 차원에서 심사 절차의 혁신 및 진정성 회복이 요구된다.

심사위원 선정의 공정성은 신춘문예의 제도적 변화의 시작이자 완결이라고 할 수 있다. 이에 심사위원 제도의 변화를 위해서 여러 문인 단체들이 연합된 '심사위원 선정 위원회'를 제안하고자 한다. 신춘문예라는 역사와 권위를 가진 등단 제도가 공식적이고 중립적인 제도를 통해 통제받음으로써 문학계가 맞이한 어려움들을 공론화하고 해결할 수 있는 단초를 제공할 것이다. 우선 심사위원 선정에 있어 여러 문제가 되었던 중복성과 장기 재임을 제도적으로 제한하는 것이다. 특히 신춘문예가 언론사의 특정 행사가 아니라 문학계의 행사가 되도록 해야 한다. 그러기 위해서는 언론사는 순수한 후원자의 입장을 견지하고 주요 문인단체 중심으로 신춘문예 공모가 이루어지는 것이 타당하다. 또한 문단의 중앙집중화 현상으로 인한 지방 문학의 차별과 침체를 해결하기 위해 중앙 일간지의 신춘문예 심사에 지방 문인들을 의무적으로 참여시키는 방안도 함께 고려해 볼 수 있겠다.

심사 과정의 개선 역시 중요한 과제가 되는데, 심사 과정의 가장 큰 문제는 매우 촉박한 심사 기간이다. 심사 기간의 연장은 신춘문예의 가장 기본적인 개선 사항이 될 것이다. 또한 심사 과정을 투명하게 하는 방식을 모색할 수 있다. 즉 인터넷이라는 열려 있는 공간을 통해 심사위원과 응모자와 독자 간에 쌍방향 소통이 가능한 공간을 마련하여 공모작에 대한 공개적 토론이 가능하도록 하는 제도를 만드는 방안도 고려해 봄직하다. 적어도 본심에 올라온 작품을 대상으로 공개적인 문학적 토론을 하게 된다면 대중적인 관심 뿐만 아니라 다매체 시대에 문학의 영향력을 확대하는 밑거름이 될 수 있을 것이다.

다음으로 문학적 차원에서는 우선 공모 장르의 다양화가 요청된다. 급격한 환경 변화 속에 신춘문예는 다른 등단 제도가 실시하지 못하는 다양한 제도를 앞서 시행할 수 있는 좋은 조건들을 가지고 있다. 다른 문예지나 동인지, 또는 추천제 등과 같은 문학 관련 전문 잡지들은 동인의 성격이 강하기 때문에 그 변화를 추구하기가 쉽지 않으며 오히려 그러한 문학적 경향을 지켜나가는 것이 바람직할 수도 있다. 그러나 신춘문예는 언론사를 중심으로 시행하기 때문에 문학 행사의 다양한 실험과 제안을 실시할 수 있다.

우선 단편 소설 중심의 공모 방식을 탈피해야 한다. 장편소설, 시, 수필, 희곡의 집중적인 육성이 필요하다. 단편소설 중심의 선정은 시대적 이슈, 또는 유행하는 문화 양식에 의존하여 깊은 시대적 통찰보다는 자극적이고 감각적인 또는 이와는 반대의 보수적이고 안일한 작품의 생산을 부추기는 개연성을 가지기 때문이다. 따라서 소설은 장편소설을 중심으로 한 작가의 문학적 소양 뿐만 아니라 한 시대의 문학인으로서 예언자적 통찰력을 검증해 나가는 것이 중요할 것이다. 이와 동등하게 시나 수필 등은 개인당 심사 대상 작품 수를 늘려 제한된 몇 편이 아니라 작가의 사상과 문학이념을 꿰뚫을 수 있는 작품집을 응모하도록 하는 것이 바람직할 것이다.

나아가 응모자들의 반역 정신이 요구된다. 신춘문예에 응모하는 문학 지망생들도 글쓰기와 문학하기의 새로운 자세가 요구되는 바, 새로운 관점과 참신한 문체의 확보가 필요하다. 물론 이의 출발은 도전과 패기를 앞세운 반역의 정신에 있다.

이 연구는 논쟁중인 이슈를 선택하여 이해 당사자들 및 그 수혜자들을 대상으로 직접 의견을 수렴함으로써 구체적이고 실증적인 경험적 자료를 제시했다는 점에서 학술적이고도 실용적인 의의를 가진다 하겠다. 그러나 연구자의 능력 및 연구 여건상의 제약으로 인해 한계를 노정할 수밖에 없는 바, 이는 추후 연구에서 보완되어야 할 사항들이다.

우선 등단 제도 및 신춘문예를 분석적으로 고찰함에 있어 참고문헌과 자료들이 매우 한정적이었다. 최근까지 직접적으로 이에 대해 이루어진 연구는 거의 없었으며, 간혹 세미나 자료집이나 평론집에 간단한 소론으로 실렸을 뿐이다.

등단 제도에 문학사회학적 연구가 드물다는 사실은 근대 문학의 한 세대를 넘어 현대 문학, 그리고 앞으로 우리 미래의 문학을 평가하고 바라보는 작업들이 여전히 미진하다는 것을 보여 주고 있다. 본 연구가 신춘문예에 중점을 두고 현재의 인식에 대해 집중적으로 연구를 했지만, 문헌적 고찰과 역사적, 사회적 고찰에 미진한 것이 한계라고 할 수 있다.

앞으로의 연구에서는 이를 보충하여 1950년대 이후 문예지의 시대가 시작되고 현대 문학의 기치를 내걸던 시기에 우리의 등단 제도는 사회적으로 역사적으로 어떤 의미가 있었는지에 대한 연구가 요구된다.

실증적 연구에서는 여러 전문가와 일반인, 그리고 각 집단 안에서 분류된 여러 집단들의 차이와 응답 특성별로 차이를 분석하면서 신춘문예에 대한 유용한 분석 자료들을 얻을 수 있었다. 그러나 응답자들의 다소 추상적인 인식을 계량하는 데 있어 어려움이 있었다. 문학 제도는 문학적 이념과 철학이 담겨 있는 바 그것을 몇 개의 통계적 수치와 그들 간의 차이로 분석한다는 데 있어 이미 한계점을 가지고 출발한 것이라 할 수 있겠다. 따라서 앞으로의 연구에서는 좀 더 이론적인 근거와 충분한 사전 조사를 통해 작은 부분에서도 명확한 응답을 이끌어 낼 수 있는 조사 도구의 개발과 더불어 질적 분석을 보완하여 보다 심도있는 분석 노력이 요구된다 하겠다.

Abstract

A Study on the history of the literary world
about the Shinchoon Moonyae (the Literary Contest)
——focused on the prize novels——

by Lim, Won-shik
Advisor : Prof. Back Soo-in, Ph. D.
Department of Korean Language &
Korean Literature, Graduate School of
Chosun University.

This study is to understand the Korean literature's actualities which are on the debate about the literary power and the mass communication's rapid change, to analyze the problems of the representative way to start the literary career, Shinchoon Moonyae: the Literary Contest in Spring, and then finally to lay down some ideas to fix the them.

To achieve the purpose of this study, the following five ideas are considered through the examination of the literatures and the positive analysis. Firstly, the position/ honor of the Shinchoon Moonyae as the system providing the chance to start the literary career. Secondly, the prized winning literatures' stream. Thirdly, the reasons of the voice for the abolishment and its debates' circumstance. Forth, the recognition about the Shinchoon Moonyae of professionals and/or non professionals who are relative to the literature about

Shinchoon Moonyae. Finally, ideas to develop Shinchoon Moonyae by the change of the social environment. These five ideas will be discussed.

To find the solution for these problems, the researcher analyzed the stories of all prize winning novels in Shinchoon Moonyae since 1930, but simply and speculatively. Moreover, after observing those writers' activities, more actual alternative way were set up through the research targeted to the professional and non- professional writers about this issue.

Firstly, the matters of the problem and the required improvement which came out through the literary examination and experimental analysis are as follow.

The first is the dropping of the literal quality and the losing its power. Shinchoon Moonyae takes a large part of the Korean literature and has the positive reputation that it has supplied the basic firm of the Korean literature. As the result of the positive research, also many professionals relevant to the literature and many aspiring writers largely agree with this. However, the literary level and its power are not stable and a solution to fix this fact are strongly required though, the abolishment is negative. This came from the different point of view according to the different way to start the literary career and the different way to examine for Shinchoon Moonyae. On the other words, the professional writers who started their career through Shinchoon Moonyae with the experimental examination have more positive opinions about the Shinchoon Moonyae's power. Also, some professionals considering that the biggest problem of the Shinchoon Moonyae is the authorization and systemization of the literary world had the lowest satisfaction. Furthermore, the plagiarism and the lower level of the literary work are the main reason declining the literary quality and power so the abolishment of Shinchoon Moonyae becomes strongly positive. The overall opinion of non-professionals about Shinchoon Moonyae was, also, not much different. Therefore, the overall changes and the main idea of Shinchoon Moonyae which all people relative to the literature and aspiring writers can accept is choosing and selecting high quality/ level of literatures, without its authorization and systemization.

The second is the lack of the support for the winners and the failure of the examination. In terms of the system, Shinchoon Moonyae has been responded negatively about the judging committee, their unfairness and repetition of the examination, the long-term in office and the standardized examiners' tendency. Also, about the process of the examination, such a short time to examine and its unfairness are not satisfying. Furthermore, the organizations supporting Shinchoon Moonyae do not have a different opinion or reputation about the winning literatures and the prize, award and the support for the winners' further works are not enough.

These points of view can be caused among the literary starters, in terms of the supports for the winners. This is seen as the result that Shinchoon Moonyae has been ruined into the disposable event. As the main biggest problem of Shinchoon Moonyae, the unfairness of the judging committee has been pointed as the main cause declining the level of the winners' literature and the incorrect way selecting judges. Apart from the literary authorized power, the fairness for the selection of the judges is significantly important in terms of the literary value and the relevance to the quality of the winning literatures. The unsatisfied aspects about the Shinchoon Moonyae system caused the low quality of the literatures and brought up budding writers indiscreetly Then the lack of the support for the winners, also, has the possibility to bring the same results.

The third is the standardization and the lack of the literary experiment. Even though Shinchoon Moonyae encourages the literary imagination and the creativity of the aspiring writers, these are hardly in their writing. Of course, sometimes these make an excellent literature though, its quality is not so reliable, the originality and the experiment are negative and the conservativeness and the standardization are partly agreed. Especially, the writers are considering seriously about the plagiarism more than other groups. Also, non-experience respondents with Shinchoon Moonyae were negative about its literary achievement and agreed with its conservativeness. The respondents who pointed the failure of the winning literatures' quality were very unsatisfied with their originality and the experiment. In other words, the low quality of the winning literatures seemed to be required the challengeable attitude which the budding writers must have.

The forth is the suggestion of the literary diversity and authorization. All respondents recognized that Shinchoon Moonyae is a significant entrance of the Korean literature. Even though it has a negative reputation about the indiscreet budding writers' training, it is agreed with that the winning literatures is similar to the judges tastes, and partly agreed to strengthen the literary systemization and to restrict the literary diversity. Shinchoon Moonyae re-produces the original literary character and is used as a tool to settle it down, after all. This is that the standardization is firming, not growing its diversity.

As a debut system derived from improving the problems above, the suggestions for improving Shinchoon Moonyae are outlined below. As a systematic dimension;

Firstly, it is necessary to 'revolutionize the judging procedure and to recover sincerity. At present, the most important criticism about Shinchoon Moonyae is the systemization and authorization of the literary world. Especially, the background of this problem is the biased and opaque selection of judging members. The fairness in selecting judging members is both the start point and the finish line of the systematic changes of Shinchoon Moonyae.

Concretely, to change the system of judging committee members, I want to suggest to compose 'the selecting committee for judging committee' participated by several literate organizations. The role of the selecting committee for judging committee can solve the present 'crisis of literature', which is a habitual sneer at ourselves, systematically.

First of all, in selecting judging members, it is necessary to limit systematically the repetition and long reappointment which are related to several problems. For Shinchoon Moonyae to be an event of the literary world rather than a journal company, the journal company should do only a role of patron and the event should be proceeded by major literary organizations. This is linked to a method of obligatory participating local literary people in judging Shinchoon Moonyae, which is done by a central newspaper, to solve the problems of differentiated local literature and its stagnation. Furthermore, because there is an inclination of many Shinchoon Moonyae being scramble by several journals, it seems that a kind of certification procedure is necessary.

At the central part of this suggestion is an intention to overthrow the dependency or subordination of literature to journal power. Because the power of journals already became shrunk, it seems that there came an opportunity to make journalism good base manure for the literature by way of taking the ownership by the literature.

Secondly, 'improving the judging procedure' is necessary. The most important problem in the judging procedure is very urgent judging periods. The extension of judging period is the most basic improvement of Shinchoon Moonyae. Additionally, a method to make judging procedure transparent can be groped. That is, it is considerable to make a system in which open discussion about publicly subscribed works are possible by way of preparing open space in the Net where bidirectional discussions are possible among judging members, subscribers and readers. At least, by targeting only the works which passed a preliminary examination, it can be a base manure of extending the influence of the literature as well as invoke public interests via open literate discussions.

Next, from the literate dimension, firstly, 'various public subscription genres' are necessary. In rapidly changing environment, Shinchoon Moonyae has good conditions of previously operating various debut methods which other debut systems can not try. Other professional magazines related to the literature such as the literate magazines, the fellowship magazines or the recommendation systems are difficult to pursue any change because of their special characters of fellowships. On the contrary, it may be desirable for them to keep this tendency. However, because Shinchoon Moonyae is based on a journal company, it can do various experiments and suggestions.

First of al., it should avoid the subscription method focused on short novels. It is necessary to support long works, poems, essays and dramas. The selection focusing on short novels has a probability of stirring up producing stimulus and sentimental works or conversely conservative a1nd indolent works depending ɔn periodic issues or prevalent cultural modes, rather than deep insights for the times. Therefore, focusing on long novels, it is important to verify writers of prophet like insight as a literate person of the times as well as literate grounding of an author. Same to this, it is desirable to increase the numbe: of works presented, for writers to produce the collections of poems or essays which can be used a method to grasp the idea and literate ideology of the writer.

Secondly, the 'rebellious minds' of subscribers are needed. Because new attitudes to writing and 'doing literature' are required for literate candidates who subscribe to Shinchoon Moonyae, it is necessary to secure new viewpoints and literary styles. Of course, the start point is on the 'rebellious minds'.

참고문헌

1. 국내 단행본

강명관,『조선시대 문학예술의 생성공간』, 소명출판, 1999.

고재석,『한국 근대문학과 지성사』, 깊은샘, 1991.

구인환,『근대문학의 형성과 현실인식』, 한샘, 1983.

구인혼,『한국 근대문학의 비평적 연구』, 삼지원, 1997.

김동인 외,『한국 문단 이면사』, 깊은샘, 1983.

김병익,『새로운 글쓰기와 문학의 진정성』, 문학과지성사, 1997.

김복순,『1910년대 한국문학과 근대성』, 소명, 1999.

김열규 외,『신문학과 시대의식』, 새문사, 1981.

김영철,『한국 근대시론고』, 형설출판사, 1992.

김용직,『한국 근대문학의 사적 이해』, 삼영사, 1982.

김윤식·김우종 외,『한국현대문학사』, 현대문학, 1989.

김윤식·김현 공저,『한국문학사』, 민음사, 1981.

김재용 외,『한국 근대 민족 문학사』, 한길사, 1993.

김종회,『문학과 전환기의 시대정신』, 민음사, 1997.

김춘섭 외,『개화기 문학론』, 한국방송통신대학, 1990.

김학성 외,『한국 근대문학사의 쟁점』, 창작과 비평사, 1990.

문성숙,『개화기 소설론 연구』, 새문사, 1994.

민병기 엮음『신춘문예 당선 우수시 100선』, 문예마당, 1998.

민족문학사연구소 편,『민족문학과 근대성』, 문학과지성사, 1995.

백 철, 『신문학사조사』, 신구문화사, 1961.

송해교, 『한국 개화기 소설의 사적연구』, 일지사, 1976.

여건종 외, 『안과 밖』, 창작과비평사, 1997.

염무웅, 『민중 시대의 문학』, 창작과비평사, 1984.

유영안 엮음 『신춘문예 소설 걸작선』, 좋은 느낌, 2000.

이광호, 『움직이는 부재』, 문학과지성사, 2001.

이명재, 『변혁기의 한국문학』, 1990.

이선영, 『한국문학의 사회학』, 태학사, 1993.

이재선, 『한국 개화기 소설 연구』, 일조각, 1972.

이재선 역주, 『한말의 신문소설』, 한국일보사, 1957.

이재선, 『한국현대소설사』, 홍성사, 1979.

조남현, 『한국 지식인소설 연구』, 일지사, 1994.

조동일, 『한국문학통사』3·5권, 지식산업사, 1994.

_____, 『한국소설의 이론』, 지식산업사, 1977.

조연현, 『한국현대문학사』, 성문각, 1982.

_____, 『한국신문학고』, 을유문화사, 1977.

조윤제, 『한국문학사』, 탐구당, 1979.

주종연, 『한국 근대 단편소설 연구』, 형설출판사, 1979.

_____, 『한국 소설의 형성』, 집문당, 1987.

최유찬·오성식 공저, 『문학과사회』, 실천문학사, 1994.

현택수 외, 『문화와 권력』, 나남출판, 1998.

홍신선, 『한국 근대문학 이론 연구』, 문학아카데미사, 1991.

『신춘문예 당선 소설 작품집』, 예하, 1990~1997년.

『신춘문예 당선 소설 작품집』, 프레스21, 1998~2000년.

2. 정기간행물

≪문학사상≫, 「문단진출의 길, 집중분석」, 2001. 12.

≪문학사상≫, 「해외문예지의 특징과 흐름」, 2002. 3.

≪송인소식≫, 2001,

≪실천문학≫, 1995년 여름호.

≪조선문예≫ 1917.4.

≪청춘≫, 1917.9, 10호.

≪경향신문≫,≪문화일보≫,≪동아일보≫,≪서울신문(대한매일)≫, ≪세계일
보≫,≪조선일보≫,≪중앙일보≫,≪한국일보≫, 1990~2000년.

3. 학위논문

고덕훈, 「개화세력사회의 출판연구」, 중앙대 석사학위 논문, 1984.

구중회, 「개화기 문학론 연구」, 한양대 석사학위 논문, 1985.

권영민, 「한국근대소설론 연구」, 서울대 박사학위 논문, 1984.

김복순, 「1890년대~1910년대 문학 비평 연구」, 연세대 석사학위 논문,
         1975.

김영철, 「한국 개화기 장르의 형성 과정 연구」, 서울대 박사학위 논문,
         1987.

김춘희, 「한국 근대문단의 형성과 등단제도 연구」, 동국대 대학원
         석사학위 논문, 2000.

심상정, 「1910년대 문예지 연구」, 대구대 석사학위 논문, 1986.

이동하, 「1910년대 단편소설 연구」, 서울대 석사학위 논문, 1982.

최봉희, 「개화기 잡지의 실태와 특성에 관한 연구」, 동국대 석사학위
         논문, 1994.

최선호, 「문예지 출신 작가들의 출판활동과 의식구조에 관한 연구」,
         중앙대 신문방송대학원 석사학위 논문, 1999.

홍일식, 「개화기 문학의 사상적 연구」 고려대, 1979.

홍정선, 「근대시 형성에 있어서의 독자층의 역할 연구」, 서울대 박사학위
         논문, 1991.

4. 일반 연구논문

강진호, 「신생의 즐거움과 위태로움-2000년 신춘문예 소설에 대해서」, 『문화예술』 2000년 2월호.

구모룡 외, 「한국문단의 문제점과 개선방향」, 『문학사상』 6월호, 1992.

구창환, 「韓國現代小說의 史的 省察」, 『조선대 인문과학연구』, 제18집.

권영민, 「개화기소설 작가의 사회적 성격」, 『한국학보』 1980 여름호.

김기진, 「한국문단측면사」, ≪사상계≫ 38호, 1569.

김병익, 「근대문단의 형성과 그 이후」, 『문학과 사회』, 1998, 가을.

_____, 「디지털시대와 문학의 변화」, 『인터넷 문학세미나; 新구비문학』, 2000.

김영철, 「한국 개화기 장르의 형성 과정 연구」, 서울대 박사학위 논문, 1987.

김윤식 외, 『한국 현대문학사』, ≪현대문학≫, 1989.

김윤식, ¯이미지로서의 신춘문예-1994년 신춘문예 당선 소설 총평」,
　　　　≪문학동네≫, 1994년 봄호.

김이구, 「문학과 제도: 작가적 욕망의 사회적 다스림」, 『오늘의 문예비평』,
　　　　1996, 봄.

김재국, 「PC 통신문학의 긍정적 수용을 위한 시론」, ≪우암논총≫, 청주대학교,
　　　　1997, 17집.

김정란, 「신춘문예, 달라져야 한다」, 『1999년 신춘문예 당선작』, 프레스 21,
　　　　1999.

김주환, 「디지털 미디어 시대의 문화예술」, ≪문화예술≫, 2000, 3월호.

김준오, 「한국문단의 병폐- 무책임한 문학지의 난립과 파벌의식」, ≪문학사상
　　　　≫. 1994, 4.

김태준, 「韓國文藝誌史 硏究 - A History of Literary Journals」, 2000.

김한식, 「신춘문예의 계절, 그 화려한 설레임-90년대 신춘문예 당선소설 분석」,
　　　　≪문화예술≫, 1997년 11월호.

김화영, 「문학이라는 제도」, ≪세계의 문학≫ 1986년 여름호.

문성숙 외, 「개화기의 문학담당계층」, ≪국어국문학≫ 94호, 1985.

문흥술, 「문학의 운명과 탈대중문화」, ≪한국문학평론≫, 2000년 여름, 14호.

박덕규, 「다시 거론되는 신춘문예 작품론」, ≪문화예술≫, 1992년 2월호.

박인용 외, 「인터넷으로 소통되는 문학의 전개방향」, 『인터넷 문학세미나; 新구
　　비문학』, 2000.

박지원, 「문학은 이 사회를 지탱하는 뿌리」, 『인터넷 문학세미나; 新구비문학』,
　　2000.

박철화, 「변화하는 시대의 문학과 장르의 확산」, ≪월간 문화예술≫, 한국문화
　　예술진흥원, 2000. 9.

방민호, 『비평의 도그마를 넘어』, 창작과비평사, 2000.

배문성, 「신춘문예제도 무용론」, ≪월간 말≫, 1991년 1월호(통권 제55호).

서영채, 「이야기꾼으로서의 소설가」, 『문학동네』(1997년 4월호).

서지문, 「한국문단에 활기와 다양성을 제공하는 여성작가들」, 『제4회 국제심포
　　지엄』

성동규, 「사이버스페이스와 사이버문화」, 『현대사회와 매스커뮤니케이션』, 한
　　울아카데미, 2000.

송기섭, 「디지털과 문학」, 『대전예술 2001』, 2001, 11월호.

신덕룡, 「세시풍속으로서의 신춘문예」, ≪문화예술≫, 1990년 2월호.

신동욱, 「신춘문예제도와 독창성의 문제」, ≪소설문학≫, 1982. 11.

신승철, 「문단진출의 길 집중분석」, ≪문학사상≫, 2001, 12월.

안한상, 「해방기의 문단 조직과 문학론 연구 - 소위 중간파의 입장과 문학론을
　　중심으로」, ≪전농어문연구≫, 제8집.

오인문, 「신문연재소설의 변천」, ≪신문연구≫, 1977. 10.

우한용, 「신춘문예를 향한 열병과 그 이후의 축제」, ≪문학사상≫, 2001. 2.

유영안, 「신춘문예 낙선작들의 유형과 심사위원-최근 10년을 중심으로」, 『신춘
　　문예소설 걸작선』, 나남출판.

유창근, 「디지털 시대의 문학, 그리고 문인」, '예술시대 여름세미나', 2002

이경흐, 「표절 유감, 신춘문예 소설 유감」, ≪문화예술≫, 1993년 2월호.

이명재, 「신춘문예의 분석적 연구」, ≪한국문학≫, 1989. 12.

_____, 「민족문학의 선도자로 거듭나길-21세기 한국문학 평단의 과제」, ≪한
　　국문학평론≫, 2000, 가을, 15호.

_____, 「문인등단의 길목과 문턱」, 한국문학평론가협회, 2001. 9.

이문구, 「작가의 모험의지 자극하는 사이버 공간」, 『인터넷 문학세미나; 新구비

문학』, 2000.

이용욱, 「새로운 매체와 문학」, ≪한국문학평론≫, 2000년 여름, 14호.

이재복, 「몸·체험·문학의 운명」, ≪한국문학평론≫, 2000년 가을, 15호.

이현식, 「한국근대문학 형성의 사회적 조건」,『민족문학과 근대성』, 문학과지성
사, 1995.

임헌영, 「신춘문예 소설 읽기」, ≪문화예술≫, 1997년 2월호.

_____. 「21세기와 사이버 문학」, 『2000 가을세미나; 21세기와 사이버 문학』,
2000.

원광연, 「디지털 문화예술의 발전에 관하여」, 최혜실 편,『디지털 시대의 문화예
술』, 문학과 지성사, 1999.

장정임, 「이제는 부패한 문단권력과 문학정신의 구조조정이다」, ≪한국문학평
론≫, 제16호, 2000년 겨울호.

정과리, 「제도로서의 문학」,『스밈과 짜임』, 문학과 지성사 1988.

_____, 「문학언어와 멀티 미디어」『제2회 인터넷문학 세미나토론; 문학언어와
멀티미디어』,2000.

정현기, 「문학제도와 문학시장」, 한국평론가협회 심포지움, 2001, 9.

정호웅, 「신춘문예에 대한 몇가지 생각」,『1999년 신춘문예 당선작』, ≪프레스
21≫.

_____, 「문학의 죽음과 문학연구」, ≪한국문학평론≫, 2000년 겨울호.

최치언, 「디지털 시대 우리문학 새로운 출구 모색」,『인터넷 문학세미나; 新구비
문학』.

최혜실, 「문학의 길 찾기 또는 자리 넓히기」, ≪한국문학평론≫, 2000, 여름
14호.

하재봉, 「밀레니엄 시대의 문학으로 들어가기」,『1999년 신춘문예 당선작』, ≪
프레스 21≫, 1999.

하종오, 「2000년 한국문단, 그 풍경들」, ≪현대문학≫, 2000, 12.

한국문예진흥원, 『2001문예연감』, 2002.

한 기, 「신춘문예 제도 개선 모색할 때」, ≪문화예술≫, 1994년 2월호.

한만수, 「'필요악'으로서의 신춘문예-95년 당선 소설을 중심으로」,『삶 속의
문학, 독자 속의 비평』, 나남출판.

현길언, 「리얼리즘의 확대와 그 심화를 위하여」, ≪한국문학평론≫, 2000, 가을,
    15호.
홍성식, 「문학상 제도, 무엇이 문제인가: 문학상이여, 권력의 가면을 벗고 인간
    의 모습을 보여라」, ≪민족예술≫, 2000년 3월호.
황광수, 「90년대 한국문학의 평가와 반성」, 『민족문학 대토론회; 21세기와 한국
    문학의 전망』, 1999.
≪동아일보≫ 1991년 1월 1일자 '소설 심사평'
≪문화일보≫ 2000년 1월 1일자 '소설 심사평'
≪조선일보≫ 1993년 1월 1일자 '소설 심사평'

5. 국외 자료

1) 역서

가라타니 고진(柄谷行人), 『일본 근대문학의 기원』, 박유하 역, 민음사, 1997.
大谷森繁, 『조선후기 소설독자 연구』, 고대민족문화연구소, 1985.
니콜라스 네그로폰테, 『디지털이다』, 백욱인 역, 박영률 출판사, 1996
마크포스터, 『뉴미디어의 철학』, 김성기 역, 민음사, 1994.
맥루한, 『미디어의 이해』, 박정규 역, 삼성출판사, 1989.
로버트 에스카르피(Robert Escarpit), 『문학의 사회학 Sociologie de la Litterture』,
    민희식 · 민병덕 공역, 을유문화사, 1983.
로버트 험프리, 『현대소설과 의식의 흐름』, 이우건 . 유기룡 (공역), 형설출판사,
    1989.
로트만, 유리, 『예술텍스트의 구조』, 유재천 (역), 고려원 , 1991.
뤼시앙 골드만, 『문학사회학 방법론』, 박영신 역, 현상과인식, 1984.
발터 벤야민(Walter Benjamin), 『발터 벤야민의 문예이론』, 반성완 편역, 민음사,
    1983.
보드리야르, 『시뮬라시옹』, 하태환 역, 민음사, 1992.
산드라 헬셀 외, 『가상현실과 사이버스페이스』, 노용덕 옮김, 세종대학교출판

부, 1994

앨란 스윈지우드, 『문학의 사회학』, 정혜선 역, 한길사, 1998.

자넷 울프, 『예술의 사회적 생산』, 이성훈외 역, 한마당, 1986.

존 홀(Jone Holl), 『문학사회학』, 최상규 역, 혜진서관, 1987.

피에르 부르디외(Pierre Bourdieu), 『예술의 규칙 Les regles de l'art』, 하태환 역, 동문선, 1992.

_____, 『혼돈을 일으키는 과학』, 문경자 역, 솔 출판사, 1994.

피에르 지마(Pierre Zima), 『문학텍스트의 사회학을 위하여 Pour une Sociologie de teyte Litteraive』, 이건우 역, 문학과 지성사, 1983.

피터 폴크너, 『모더니즘』, 황동규 역, 서울대 출판부 , 1985.

Fokkema, D. W. & Kunne-Ibsch, Elrud(공저), 『현대문학이론의 조류』, 윤지관 역, 학민사, 1983.

T. 이글턴(T. Eagleton), 『문화비평: 반영이론과 생산이론』, 이경덕 역, 까치, 1989.

T. 이글턴(T. Eagleton), F. 제임슨(F. Jameson) 공저, 『비평의 기능』, 유희석 역, 제3문학사, 1991.

_____, 『문학이론입문 Literary Theory; An Introduction』, 김명환 외 역, 창작과 비평사, 1986.

_____, 『미학사상 The Ideology of The Aesthetics』, 방대원 역, 한신문화사, 1997.

T .E.흄, 『휴머니즘과 예술철학』, 박상규 역, 삼성미술문화재단 , 1984.

2) 원서

Alan Swingwood, (A)short history of sociological thought , New York : St. Martin's Press, 1984.

Birkerts, Sven, The Gutenberg Elegies, The Fate of Reading in an Electronic Age, New York: Fawcett Columbine, 1994.

Bolter, Jay David, Writing Sace The Computer, Hypertext, and the History of

Writing ,Hillside Lawrence Erlbaum Associates. 1991.

Carroll, Joseph. The Cultural Theory of Matthew Arnold Berkeley: Univ. of California Press , 1982.

Eagletor., Terry, Literary Theory: A Introduction, Oxford: Basil Blackwell Pub., 1983.

Eisenste.n, Elizabeth L. The Printing Press as an Agent of Change:Communication and Cultural Transformations in Early-Modern Europe, Volumes I & II, Cambridge: Cambridge UP, 1979, rpt. 1993.

Escarpit, Rovert, "The sociology of Literature", International encyclopedia of the Social Science, vol. 9, The Macmillan co. The Free Press, 1968.

George Levine, The Boundaries of Fiction, 1968.

G.N. & Short, M.H., Style in Fiction, New York, Longman Group. 1981.

Harvey, David. The Condition of Postmodernity, Cambridge: Basil Blackwell, 1989.

Kerma.1, Alvin, The Death of Literature. New Haven: Yale UP, 1990.

Lancer. S.S., The Narrative Act : Point of View Prose Fiction, Princeton Univ. Press Leech, 1981.

Lanham, Richad A. The Electronic Word: Democracy, Technology, and the Arts, Chicago: The University of Chicago P, 1993.

Miltor. C. Albrecht, Art as an Institution, American Sociological review, vol 33, 1968.

Ong, Walter, J. Orality and Literacy: The Technologizing of the Word, London : Methuen, 1982

Paulson, William R, The Noise of Culture Literary Texts in a World of Information, Ithaca Cornell UP, 1988.

Porush, David, The Soft Machine Cybernetic Fiction , New York Methuen, 1985

Said, Edward W. The World, the Text, and the Critic, Cambridge, MA: Harvard Univ. Press, 1983.

Stallabrass, Julian, "Empowering Technology", Gargantua: Manufactured Mass Culture, London: Verso, 1996, pp.40-83

Trilling, Lionel, Speaking of Literature and Society . Ed. Diana Trilling. New York : Harcourt Brace Jovanovich , 1980.

Tuner, Mark, The Literary Mind, New York: Oxford UP, 1996.

Webster, F. Theories the Information society, London; Routledge, 1995.

Williams, Raymond, Contact : human communication and its history, New York
: Thames and Hudson, 1981.

_____, Culture and Society, Middlesex: Penguin Books, 1982.

Z. Barbu, Perpectives inart and Literature, ed. Jean Creedy, Social Context of
Art,Lodun: Tavrstock, 1970.

부 록

신춘문예에 대한 인식 조사 (전문가용)

안녕하십니까?

본 연구를 위해 귀중한 시간을 할애해 주신데 대해 진심으로 감사 드립니다. 이 설문지는 "신춘문예에 대한 문제점 및 개선 방안에 관한 연구"를 위한 기초자료 수집을 위해 마련된 것입니다.

신춘문예는 한국의 새해 첫 문학축제이며 등단 제도로서 오랜 역사를 가지고 있습니다. 그러나 최근 등단 제도 개선론과 함께, 신춘문예에 대해서도 개선과 폐지에 대한 다양한 의견이 제기되고 있습니다.

본 연구는 문학 관련 전문가들을 대상으로 이에 대한 의견을 알아보기 위한 것으로써, 연구 결과는 신춘문예가 시대의 변화에 맞는 발전적인 제도로 개선되는 게 기초 자료로 활용될 것입니다.

귀하께서 응답해주신 내용은 본 연구의 귀중한 자료가 될 것임을 감안하시어 끝까지 읽고 응답해 주시면 감사하겠습니다. 아울러 본 질문지의 조사 결과는 연구 이외의 어떤 목적으로도 사용하지 않을 것임을 약속드립니다.

감사합니다.

2002. 2.

연 구 자 : 조선대 대학원 박사과정 임원식

지도교수 : 백수인 교수

※ 안 내

이 설문지는 문학 관련 전문가(작가, 평론가, 교수, 일간지 문학 담당 기자)들이 응답할 수 있도록 구성되어 있습니다.

이러한 조건에 해당하는 분만 응답해 주시기 바랍니다.

■ 등단 제도에 대한 일반적 질문입니다.

1. 현재 가장 영향력있는 등단 제도는 무엇이라고 생각하십니까?
   ① 신춘문예   ② 문예지 ③ 동인지 ④ 추천제
   ⑤ 단행본 출간   ⑥ 기타

2. 귀하는 어떤 등단 제도가 가장 바람직하다고 생각하십니까?
   ① 신춘문예 ② 문예지 ③ 동인지 ④ 추천제 ⑤ 단행본 출간 ⑥ 기타

3. 현재 등단 제도의 가장 큰 문제점은 무엇이라고 생각하십니까?
   ① 등단 이후의 활동보장이 안 됨   ② 문단의 제도화 및 권력화
   ③ 구분별한 신인 양산   ④ 등단 심사의 공정성
   ⑤ 심사위원의 선정 문제   ⑥ 기타

■ 신춘문예에 대한 의견을 묻는 질문입니다.

4. 신춘문예에 대한 종합적 평가입니다. 해당란에 V표를 해주십시오.

번호	항 목	전혀아니다 ← 보통 → 매우그렇다				
4-1	등단 제도로서 신춘문예에 대해 전반적으로 만족한다.					
4-2	신춘문예가 한국문학에 많은 기여를 해왔다.					
4-3	신춘문예는 권위가 높은 문학상이다.					
4-4	신춘문예의 문학적 수준과 권위는 갈수록 떨어지고 있다.					
4-5	신춘문예를 개선하자는 의견에 동의한다.					
4-6	신춘문예를 폐지하자는 의견에 동의한다.					

5. 신춘문예 전반에 대한 귀하의 의견을 묻는 질문입니다. 해당란에 V표를 해주십시오.

*제도적 차원의 문제

번호	항 목	전혀아니다 ← 보통 → 매우그렇다				
5-1	심사위원 선정이 공정하다					
5-2	신문사 간 심사위원의 중복이 심하다					
5-3	심사위원의 재임 기간이 길다					
5-4	심사위원들이 다양한 성향을 가지고 있다					
5-5	심사 과정이 공정하다					
5-6	심사 기간이 짧다					
5-7	신문사마다 신춘문예의 고유한 특성이 있다					
5-8	당선자에 대해 신문사가 지면을 충분히 할애해 준다.					
5-9	당선작에 대한 신문사의 홍보가 충분하다.					
5-10	당선작에 대한 상금이 적다.					

* 문학적 차원의 문제(내용)

번호	항 목	전혀아니다 ← 보통 → 매우그렇다				
5-11	신춘문예 당선작은 작품성이 뛰어나다					
5-12	신춘문예 당선작은 기존 문학 경향에 비해 참신하다					
5-13	신춘문예 당선작은 실험적인 작품들이 많다					
5-14	신춘문예 당선작들의 경향은 보수적이다					
5-15	매년 비슷한 경향의 작품이 당선된다					
5-16	신춘문예 당선작의 표절 문제는 심각하다					
5-17	신춘문예는 문인 지망생들의 문학적 상상력을 자극시킨다					
5-18	신춘문예는 문인 지망생들의 창작 의욕을 증가시킨다					

*문학적 차원의 문제(형식)

번호	항 목	전혀아니다 ← 보통 → 매우그렇다				
5-19	신춘문예는 한국문학의 중요한 등용문이다					
5-20	신춘문예는 무분별한 신인 등단을 양산한다					
5-21	당선작이 심사위원의 문학적 경향과 비슷하다					
5-22	신춘문예는 문단의 제도화를 더욱 강화시킨다					
5-23	신춘문예가 문단의 다양성을 제한하고 있다고 생각한다					

■ 신춘문예의 개선에 대한 질문

6. 신춘문예가 한국문학에 있어 기여한 점은 무엇이라고 생각하십니까?

_____

_____

7. 다음 <보기>에서 현재 신춘문예의 가장 큰 문제점은 무엇이라고 생각하십니까?
   7-1. 가장 큰 문제점은? (   )
   7-2. 다음으로 심각한 문제점은? (   )

   < 보   기 >
   ① 등단 이후의 활동 보장 안 됨   ② 문단의 제도화 및 권력화
   ③ 무분별한 신인 양산   ④ 심사의 공정성
   ⑤ 심사위원의 선정 문제   ⑥ 당선작의 수준 저하
   ⑦ 작품의 보수화 및 획일화   ⑧ 표절 문제
   ⑨ 일회성 행사로 전락   ⑩ 기타

8. 현재 신춘문예에서 제도적으로 가장 먼저 개선하여야 할 것은 무엇이라고 생각
   하십니까?
   ① 심사위원 선정   ② 심사 일정   ③ 당선자에 대한 지원
   ④ 시상 제도   ⑤ 기타

   8-1. 시상 제도에서 가장 먼저 개선하여야 할 것은 무엇이라고 생각하십니까?

   _____

   _____

        예) 시상 장르의 다양화, 상금의 인상, 상금 제도의 폐지 등

9. 현재 신춘문예의 개선론과 폐지론이 제기된 것에 대한 가장 큰 원인은 무엇이라
   고 생각하십니까?
   ① 언론사의 상업주의 및 권위화(문학권력 조장)
   ② 일부 심사위원의 독점 및 심사위원 간의 담합
   ③ 일부 학연에 의한 '봐주기식' 등용문으로 전락

④ 문학적인 창조적 상상력의 제한으로 인한 당선작의 보수성·획일성

⑤ 기타_____

10. (폐지론에 동의하시는 분만)신춘문예를 폐지하는 데 동의하신다면 그 이유는 무엇입니까?

_____

_____

■ 다음은 귀하의 신상에 관한 간략한 질문입니다.

11. 귀하의 직업은 무엇입니까?
    ① 작가   ② 평론가   ③ 교수   ④ 문학 담당 기자   ⑤ 기타

12. 귀하의 연령은? 만 (   )세

13. 귀하의 성별은?   ① 남자   ② 여자

14. 귀하의 전공(장르)은 무엇입니까?

15. 신춘문예 심사 경험이 있으십니까?   ① 예   ② 아니오

16. 귀하는 현재 등단 작가이십니까?   ① 예   ② 아니오

   16-1. 등단은 언제 하셨습니까? _____년

   16-2. 등단은 어떻게 하셨습니까?
       ① 신춘문예   ② 문예지   ③ 동인지   ④ 추천제   ⑤ 단행본 출간
       ⑥ 기타

16-3. (신춘문예로 등단하신 분만 응답) 등단 후 등단 신문에 작품을 게재한
경험이 있습니까?   ① 예   ② 아니오

16-4. 등단 후 주로 어떤 지면을 통해 활동하셨습니까?
         ① 신문 연재   ② 문예지   ③ 동인지
         ④ 단행본 출간   ⑤ _____

\# 신춘문예의 개선에 대한 귀하의 추가적인 의견을 간략히 적어 주십시오.
_____
_____
_____
_____

신춘문예에 대한 인식 조사 (일반인용)

안녕하십니까?

본 연구를 위해 귀중한 시간을 할애해 주신데 대해 진심으로 감사드립니다. 이 설문지는 "신춘문예에 대한 문제점 및 개선 방안에 관한 연구"를 위한 기초 자료 수집을 위해 마련된 것입니다.

신춘문예는 한국의 새해 첫 문학축제이며 등단 제도로서 오랜 역사를 가지고 있습니다. 그러나 최근 등단 제도 개선론과 함께, 신춘문예에 대해서도 개선과 폐지에 대한 다양한 의견이 제기되고 있습니다.

본 연구는 문인 지망생들을 대상으로 이에 대한 의견을 알아보기 위한 것으로써, 연구 결과는 신춘문예가 시대의 변화에 맞는 발전적인 제도로 개선되는 데 기초 자료로 활용될 것입니다.

귀하께서 응답해주신 내용은 본 연구의 귀중한 자료가 될 것임을 감안하시어 끝까지 읽고 응답해 주시면 감사하겠습니다. 아울러 본 질문지의 조사 결과는 연구 이외의 어떤 목적으로도 사용하지 않을 것임을 약속드립니다.

감사합니다.

2002. 2.

연 구 자 : 조선대 대학원 박사과정 임원식
지도교수 : 백수인 교수

■ 등단 제도에 대한 일반적 질문입니다.

1. 현재 가장 영향력있는 등단 제도는 무엇이라고 생각하십니까?
   ① 신춘문예   ② 문예지   ③ 동인지   ④ 추천제   ⑤ 단행본 출간
   ⑥ 기타

2. 귀하는 어떤 등단 제도가 가장 바람직하다고 생각하십니까?
   ① 신춘문예   ② 문예지   ③ 동인지   ④ 추천제   ⑤ 단행본 출간
   ⑥ 기타

   2-1. 귀하가 만약 등단한다면 가장 희망하는 등단 제도는 무엇입니까?
   ① 신춘문예   ② 문예지   ③ 동인지   ④ 추천제   ⑤ 단행본 출간
   ⑥ 기타
   2-2. 그 이유는 무엇입니까?

3. 현재 등단 제도의 가장 큰 문제점은 무엇이라고 생각하십니까?
   ① 등단이후의 활동 보장 안 됨   ② 문단의 제도화 및 권력화
   ③ 무분별한 신인 양산   ④ 등단 심사의 공정성
   ⑤ 심사위원의 선정 문제   ⑥ 기타

■ 신춘문예에 대한 인식과 관련된 질문입니다.

4. 신춘문예에 대한 종합적 평가입니다. 해당란에 V표를 해주십시오.

번호	항 목	전혀아니다 ← 보통 → 매우그렇다				
4-1	등단 제도로서 신춘문예에 대해 전반적으로 만족한다.					
4-2	신춘문예가 한국문학에 많은 기여를 해왔다.					
4-3	신춘문예는 권위가 높은 문학상이다.					
4-4	신춘문예의 문학적 수준과 권위는 갈수록 떨어지고 있다.					
4-5	신춘문예를 개선하자는 의견에 동의한다.					
4-6	신춘문예를 폐지하자는 의견에 동의한다.					

5. 신춘문예 전반에 대한 귀하의 의견을 묻는 질문입니다. 해당란에 V표를 해주십시오.

*제도적 차원의 문제

번호	항 목	전혀아니다 ← 보통 → 매우그렇다				
5-6	심사 기간이 짧다					
5-7	신문사마다 신춘문예의 고유한 특성이 있다					
5-8	당선자에 대해 신문사가 지면을 충분히 할애해 준다.					
5-9	당선작에 대한 신문사의 홍보가 충분하다.					
5-10	당선작에 대한 상금이 적다.					

* 문학적 차원의 문제(내용)

번호	항 목	전혀아니다 ← 보통 → 매우그렇다				
5-11	신춘문예 당선작은 작품성이 뛰어나다					
5-12	신춘문예 당선작은 기존 문학 경향에 비해 참신하다					
5-13	신춘문예 당선작은 실험적인 작품들이 많다					
5-14	신춘문예 당선작들의 경향은 보수적이다					
5-15	매년 비슷한 경향의 작품이 당선된다					
5-16	신춘문예 당선작의 표절 문제는 심각하다					
5-17	신춘문예는 문인 지망생들의 문학적 상상력을 자극시킨다					
5-18	신춘문예는 문인 지망생들의 창작 의욕을 증가시킨다					

*문학적 차원의 문제(형식)

번호	항 목	전혀아니다 ← 보통 → 매우그렇다				
5-19	신춘문예는 한국문학의 중요한 등용문이다					
5-20	신춘문예는 무분별한 신인 등단을 양산한다					
5-21	당선작이 심사위원의 문학적 경향과 비슷하다					
5-22	신춘문예는 문단의 제도화를 더욱 강화시킨다					
5-23	신춘문예가 문단의 다양성을 제한하고 있다고 생각한다					

■ 신춘문예 응모 경험과 관련된 질문입니다.

6. 신춘문예 응모 경험이 있으십니까?　　　① 예　　　② 아니오

7. (문인 지망생만) 귀하의 장르 혹은 희망 장르는 무엇입니까? ＿＿＿＿＿＿＿

8. 신춘문예에 (재)응모할 의향이 있으십니까?
　　① 예(8-1번으로)　　　　　　　　② 아니오(9번으로)

　　*'① 예' 라고 응답한 분만
　　8-1. 신춘문예의 당선을 위해 어떠한 노력을 하고 계십니까?
　　_____

　　예) 문학 강좌 참여, 당선작의 경향 분석, 심사위원의 성향 파악

9. 신춘문예 당선에서 가장 중요한 것은 무엇이라고 생각하십니까?
　　_____
　　_____

10. 신춘문예 당선 작품을 얼마나 읽습니까?
　　① 당선된 작품은 모두 읽는다　　② 한두 작품 골라 읽는다
　　③ 거의 읽지 않는다　　　　　　④ 전혀 읽지 않는다

■ 신춘문예 개선에 대한 질문입니다.

11. 다음 <보기>에서 현재 신춘문예의 가장 큰 문제점은 무엇이라고 생각하십니까?

　　11-1. 가장 큰 문제점은? (　　　　　)
　　11-2. 다음으로 심각한 문제점은? (　　　　　　)

　　<보기>
　　① 등단 이후의 활동 보장 안 됨　　② 문단의 제도화 및 권력화

③ 무분별한 신인 양산　　　　　④ 심사의 공정성
⑤ 심사위원의 선정 문제　　　　⑥ 당선작의 수준 저하
⑦ 작품의 보수화 및 획일화　　　⑧ 표절 문제
⑨ 일회성 행사로 전락　　　　　⑩ 기타

12. 현재 신춘문예에서 제도적으로 가장 먼저 개선하여야 할 것은 무엇인가?
　　① 심사위원 선정　　　　　② 심사 일정
　　③ 당선자에 대한 지원　　　④ 시상 제도
　　⑤ 기타

　　12-1. 시상 제도에서 가장 먼저 개선하여야 할 것은 무엇이라고 생각하십니까?
　　＿＿＿＿＿＿＿＿＿＿＿＿＿＿＿＿＿＿＿＿＿＿＿＿＿＿＿＿
　　＿＿＿＿＿＿＿＿＿＿＿＿＿＿＿＿＿＿＿＿＿＿＿＿＿＿＿＿

　　예) 시상 장르의 다양화, 상금의 인상, 상금제도의 폐지 등

■ 다음은 귀하의 신상에 관한 간략한 질문입니다.

13. 귀하의 직업은 무엇입니까?
　　① 국문과(문창과) 재학생　② 타전공 대학생　③ 주부　④ 직장인
　　⑤ 기타

14. 귀하의 연령은? 만 ＿＿＿＿세

15. 귀하의 성별은?　　① 남자　　　② 여자

부록 2: 조사집계표

〈표 1〉 가장 영향력 있는 등단 제도에 대한 전문가의 직업별 인식 차이

구 분		신춘문예	문예지	동인지	추천제	단행본출간	기타	합계
작가	N	39	17	1	3	3	0	63
	%	61.90%	27.0	1.6	4.8	4.8	.0	100.0
평론가	빈도	34	11	0	2	1	0	48
	%	70.8	22.9	.0	4.2	2.1	.0	100.0
교수	N	36	15	0	1	0	1	53
	%	67.9	28.3	.0	1.9	.0	1.9	100.0
문학담당 기자	N	23	8	2	2	1	0	36
	%	63.9	22.2	5.6	5.6	2.8	.0	100.0
합계	N	132	51	3	8	5	1	200
	%	66.0	25.5	1.5	4.0	2.5	0.5	100.0

$$x^2 = 12.681, \ P = .671 > .05$$

〈표 2〉 가장 영향력 있는 등단 제도에 대한 신춘문예 심사 경험별 인식 차이

구 분		신춘문예	문예지	동인지	추천제	단행본출간	기타	합계
경험있음	N	27	4	0	2	0	0	33
	%	81.8	12.1	.0	6.1	.0	.0	100.0
경험없음	N	105	47	3	6	5	1	167
	%	62.9	28.1	1.8	3.6	3.0	.6	100.0
합계	N	132	51	3	8	5	1	200
	%	66.0	25.5	1.5	4.0	2.5	.5	100.0

$$x^2 = 6.470, \ P = 0.263 > .05$$

〈표 3〉 가장 영향력 있는 등단 제도에 대한 등단 여부별 인식 차이

구 분		신춘문예	문예지	동인지	추천제	단행본출간	기타	합계
등단	N	81	36	1	6	3	0	127
	%	63.8	28.3	0.8	4.7	2.4	.0	100.0
미등단	N	51	15	2	2	2	1	73
	%	69.9	20.5	2.7	2.7	2.7	1.4	100.0
합계	N	132	51	3	8	5	1	200
	%	66.0	25.5	1.5	4.0	2.5	0.5	100.0

$x^2 = 4.766, P = 0.445 > .05$

〈표 4〉 가장 영향력 있는 등단 제도에 대한 전공별 인식 차이

구 분		신춘문예	문예지	동인지	추천제	단행본출간	기타	합계
국문과 재학생	N	155	23	2	12	6	0	198
	%	78.3	11.6	1.0	6.1	3.0	.0	100.0
비국문과 재학생	N	75	8	2	3	9	0	97
	%	77.3	8.2	2.1	3.1	9.3	.0	100.0
합계	N	230	31	4	15	15	0	295
	%	78.0	10.5	1.4	5.1	5.1	.0	100.0

$x^2 = 7.368, P = 0.118 > .05$

〈표 5〉 가장 영향력 있는 등단 제도에 대한 신춘문예 응모의향에 따른 인식 차이

구 분		신춘문예	문예지	동인지	추천제	단행본출간	기타	합계
의향이 있음	N	82	11	1	1	4	0	99
	%	82.8	11.1	1.0	1.0	4.0	.0	100.0
의향이 없음	N	148	20	3	14	11	0	196
	%	75.5	10.2	1.5	7.1	5.6	.0	100.0
합계	N	230	31	4	15	15	0	295
	%	78.0	10.5	1.4	5.1	5.1	.0	100.0

$x^2 = 1.920, P = 0.86 > .05$

〈표 6〉 7-장 바람직한 등단 제도에 대한 전문가 집단내 직업별 인식 차이

구 분		신춘문예	문예지	동인지	추천제	단행본출간	기타	합계
작가	N	15	21	2	7	14	1	60
	%	25.0	35.0	3.3	11.7	23.3	1.7	100.0
평론가	N	11	22	1	3	10	1	48
	%	22.9	45.8	2.1	6.3	20.8	2.1	100.0
교수	N	14	16	5	2	13	3	53
	%	26.4	30.2	9.4	3.8	24.5	5.7	100.0
문학담당 기자	N	12	14	3	0	6	1	36
	%	33.3	38.9	8.3	.0	16.7	2.8	100.0
합계	N	52	73	11	12	43	6	197
	%	26.4	37.1	5.6	6.1	21.8	3.0	100.0

$x^2 = 14.33$, $P = .501 > .05$

〈표 7〉 가장 바람직한 등단 제도에 대한 신춘문예 심사 경험별 차이

구 분		신춘문예	문예지	동인지	추천제	단행본출간	기타	합계
경험있음	N	14	7	1	3	8	0	33
	%	42.4	21.2	3.0	9.1	24.2	.0	100.0
경험없음	N	38	66	10	9	35	6	164
	%	23.2	40.2	6.1	5.5	21.3	3.7	100.0
합계	N	52	73	11	12	43	6	197
	%	26.4	37.1	5.6	6.1	21.8	3.0	100.0

$x^2 = 8.905$, $P = 0.113 > .05$

〈표 8〉 가장 바람직한 등단 제도에 대한 등단 여부별 차이

구 분		신춘문예	문예지	동인지	추천제	단행본출간	기타	합계
등단	N	30	43	5	12	31	3	124
	%	24.2	34.7	4.0	9.7	25.0	2.4	100.0
미등단	N	22	30	6	0	12	3	73
	%	30.1	41.1	8.2	.0	16.4	4.1	100.0
합계	N	52	73	11	12	43	6	197
	%	26.4	37.1	5.6	6.1	21.8	3.0	100.0

$x^2 = 11.607, P=0.0401<.05$

〈표 9〉 가장 바람직한 등단 제도에 대한 전공별 인식 차이

구 분		신춘문예	문예지	동인지	추천제	단행본출간	기타	합계
국문과 재학생	N	106	45	11	10	14	12	198
	%	53.5	22.7	5.6	5.1	7.1	6.1	100.0
비국문과 재학생	N	50	22	5	5	11	4	97
	%	51.5	22.7	5.2	5.2	11.3	4.1	100.0
합계	N	156	67	16	15	25	16	295
	%	52.9	22.7	5.4	5.1	8.5	5.4	100.0

$x^2 = 1.920, P=0.86>.05$

〈표 10〉 가장 바람직한 등단 제도에 대한 신춘문예 응모 의향별 인식 차이

구 분		신춘문예	문예지	동인지	추천제	단행본출간	기타	합계
의향 있음	N	53	24	6	7	6	3	99
	%	53.5	24.2	6.1	7.1	6.1	3.0	100.0
의향 없음	N	103	43	10	8	19	13	196
	%	52.6	21.9	5.1	4.1	9.7	6.6	100.0
합계	N	156	67	16	15	25	16	295
	%	52.9	22.7	5.4	5.1	8.5	5.4	100.0

$x^2 = 4.031, P=.545>.05$

〈표 11〉 현재 등단 제도 문제에 대한 전문가 집단내 직업별 인식 차이

구　분		등단이후의 활동보장안됨	문단의제도 화 및 권력화	무분별한 신인양산	등단심사 의 공정성	심사위원의 선정문제	기타	합계
작 가	N	11	15	24	9	2	2	63
	%	17.5	23.8	38.1	14.3	3.2	3.2	100.0
평론가	N	8	13	14	10	3	0	48
	%	16.7	27.1	29.2	20.8	6.3	.0	100.0
교수	N	8	19	17	5	3	1	53
	%	15.1	35.8	32.1	9.4	5.7	1.9	100.0
문학담당 기자	N	4	15	7	9	1	0	36
	%	11.1	41.7	19.4	25.0	2.8	.0	100.0
합계	N	31	62	62	33	9	3	200
	%	15.5	31.0	31.0	16.5	4.5	1.5	100.0

$x^2 = 13.691, \ P = .55 > .05$

〈표 12〉 현재 등단 제도의 문제점에 대한 신춘문예 심사 경험별 인식 차이

구　분		등단이후의 활동보장안됨	문단의제도 화 및 권력화	무분별한 신인양산	등단심사 의 공정성	심사위원의 선정문제	기타	합계
경험있음	N	6	4	16	4	3	0	33
	%	18.2	12.1	48.5	12.1	9.1	.0	100.0
경험없음	N	25	58	46	29	6	3	167
	%	15.0	34.7	27.5	17.4	3.6	1.8	100.0
합계	N	31	62	62	33	9	3	200
	%	15.5	31.0	31.0	16.5	4.5	1.5	100.0

$x^2 = 11.523, \ P = .042 < .05$

<표 13> 현재 등단 제도의 문제점에 대한 등단 여부별 인식 차이

구 분		등단이후의 활동보장안됨	문단의제도화 및 권력화	무분별한 신인양산	등단심사의 공정성	심사위원의 선정문제	기타	합계
등단	N	24	26	50	20	5	2	127
	%	18.9	20.5	39.4	15.7	3.9	1.6	100.0
미등단	N	7	36	12	13	4	1	73
	%	9.6	49.3	16.4	17.8	5.5	1.4	100.0
합계	N	31	62	62	33	9	3	200
	%	15.5	31.0	31.0	16.5	4.5	1.5	100.0

$x^2 = 23.272$, $P = .001 < .05$

<표 14> 전문가 집단의 등단 여부에 따른 전반적 인식

구 분	등단함 (N=127)		등단하지 않음 (N=73)		전체 (N=200)		F
	평균	SD	평균	SD	평균	SD	
전반적으로 만족함	2.91	1.24	2.84	.91	2.88	1.13	.177
한국문학에 기여도가 높음	3.68	1.08	3.55	.90	3.63	1.01	.752
권위가 높은 문학상임	3.39	1.24	3.40	.97	3.39	1.15	.005
문학적 수준과 권위가 떨어지고 있음	3.59	1.18	3.67	.96	3.62	1.10	.248
개선에 동의함	3.94	1.18	4.00	.99	3.96	1.11	.148
폐지에 동의함	2.54	1.48	2.67	1.37	2.59	1.44	.329

〈표 15〉 등단 방식에 따른 전반적 인식

구 분	신춘문예 (N=31)		문예지 (N=72)		동인지 (N=7)		추천제 (N=8)	
	평균	SD	평균	SD	평균	SD	평균	SD
전반적으로 만족함	3.23	1.26	2.88	1.22	2.86	1.21	2.25	1.16
한국문학에 기여도가 높음	3.77	1.26	3.72	.98	3.71	.95	3.38	.74
권위가 높은 문학상임	3.65	1.25	3.43	1.21	3.43	.98	2.25	1.16
문학적 수준과 권위가 떨어지고 있음	3.00	1.21	3.69	1.12	4.14	.69	3.75	1.39
개선에 동의	3.52	1.29	3.97	1.14	4.29	.76	3.88	1.46
폐지에 동의	2.06	1.18	2.61	1.51	3.71	1.83	3.00	1.77

구 분	단행본 출간 (N=6)		기타 (N=3)		전체 (N=127)		F
	평균	SD	평균	SD	평균	SD	
전반적으로 만족함	2.50	1.52	3.00	1.00	2.91	1.24	1.008
한국문학에 기여도가 높음	2.83	1.60	4.00	1.00	3.68	1.08	.996
권위가 높은 문학상임	2.83	1.60	3.67	.58	3.39	1.24	1.973
문학적 수준과 권위가 떨어지고 있음	4.17	.98	4.33	1.15	3.59	1.18	2.706*
개선에 동의	4.83	.41	5.00	.00	3.94	1.18	2.208
폐지에 동의	2.67	1.86	1.67	1.15	2.54	1.48	1.996

〈표 16〉 심사 경험에 따른 차이

구 분	있다 (N=33)		없다 (N=167)		전체 (N=200)		F
	평균	SD	평균	SD	평균	SD	
심사위원 선정이 공정함	2.73	1.07	2.48	.88	2.52	.91	2.047
심사위원의 중복이 심함	3.58	1.15	3.63	.97	3.62	1.00	.077
재임기간이 김	3.70	1.05	3.77	.95	3.76	.96	.169
성향이 다양함	2.58	.97	2.71	1.16	2.69	1.13	.405
심사 과정이 공정함	2.94	1.03	2.77	.96	2.80	.97	.878
심사 기간이 짧음	3.82	.98	3.66	.95	3.96	.95	.714
신문사마다 고유 특성이 있음	2.50	.98	2.54	1.14	2.53	1.11	.033
당선자에 대해 충분히 지면을 할애함	2.03	.81	2.28	1.01	2.24	.98	1.823
당선작에 대해 홍보가 충분함	2.64	.74	2.34	.98	2.38	.95	2.796
당선작에 대한 상금이 적음	3.03	.95	3.25	1.01	3.21	1.00	1.300

〈표 17〉 심사 경험에 따른 신춘문예의 문제점 인식

구 분	있다 (N=33)		없다 (N=167)		전체 (N=200)		F
	평균	SD	평균	SD	평균	SD	
한국문학의 중요한 등용문임	4.00	.90	3.43	1.09	3.53	1.08	7.848
무분별하게 신인을 양산함	2.58	.83	2.94	1.07	2.88	1.04	3.393
당선작이 심사위원 경향과 비슷함	3.85	.80	3.81	.95	3.81	.93	.054
문단 제도화를 강화함	3.15	1.00	3.49	1.09	3.44	1.08	2.734
문단 다양성을 제한함	2.97	1.05	3.38	1.16	3.31	1.15	3.510

〈표 18〉 등단 방식에 따른 제도적 인식의 차이

구 분	신춘문예 (N=31)		문예지 (N=72)		동인지 (N=7)		추천제 (N=8)	
	평균	SD	평균	SD	평균	SD	평균	SD
심사위원 선정이 공정함	2.58	1.06	2.43	1.02	2.71	.76	2.50	.76
심사위원의 중복이 심함	3.52	1.26	3.74	.98	3.57	.53	3.63	1.30
재임 기간이 김	3.65	1.14	3.89	.97	3.86	.38	3.50	1.41
성향이 다양함	2.94	1.15	2.71	1.18	2.86	.90	2.50	.93
심사 과정이 공정함	2.94	1.06	2.78	1.00	3.14	.69	2.50	.76
심사 기간이 짧음	3.52	.93	3.67	1.00	4.29	.76	3.50	1.31
신문사마다 고유 특성이 있음	2.58	1.15	2.42	1.14	2.57	.79	2.75	1.49
당선자에 대해 충분히 지면을 할애함	1.87	1.09	2.03	.99	2.43	.53	2.13	.83
당선작에 대해 홍보가 충분함	2.00	.82	2.35	1.01	2.29	.49	2.38	1.06
당선작에 대한 상금이 적음	2.97	1.14	3.36	.95	3.14	.69	3.38	.92

구 분	단행본 출간 (N=6)		기타 (N=3)		전체 (N=127)		F
	평균	SD	평균	SD	평균	SD	
심사위원 선정이 공정함	1.83	.75	2.33	.58	2.46	.98	.693
심사위원의 중복이 심함	4.33	.82	3.67	.58	3.69	1.04	.673
재임 기간이 김	4.50	.84	3.33	.58	3.82	1.02	1.083
성향이 다양함	2.67	1.51	1.67	.58	2.73	1.15	.793
심사 과정이 공정함	2.17	.75	3.00	1.00	2.80	.98	.974
심사 기간이 짧음	3.67	.82	4.67	.58	3.66	.99	1.392
신문사마다 고유 특성이 있음	2.17	1.60	2.33	.58	2.48	1.15	.270
당선자에 대해 충분히 지면을 할애함	2.67	1.37	2.67	.58	2.06	1.01	1.087
당선작에 대해 홍보가 충분함	2.00	.89	2.33	.58	2.24	.93	.716
당선작에 대한 상금이 적음	3.83	1.47	3.67	1.15	3.28	1.02	1.151

<표 19> 등단 여부에 따른 신춘문예의 문제점 인식

구 분	등단했음 (N=127)		등단하지 않았음 (N=73)		전체 (N=200)		F
	평균	SD	평균	SD	평균	SD	
한국문학의 중요한 등용문임	3.55	1.17	3.48	.91	3.53	1.08	.202
무분별하게 신인을 양산함	2.78	1.14	3.05	.83	2.88	1.04	3.256
당선작이 심사위원 경향과 비슷함	3.72	1.00	3.97	.76	3.81	.93	3.414
문단 제도화를 강화함	3.30	1.14	3.67	.93	3.44	1.08	5.602
문단 다양성을 제한함	3.22	1.20	3.47	1.04	3.31	1.15	2.124

<표 20> 전공에 따른 종합적 평가

구 분	국문과 재학생 (N=198)		비국문과 재학생 (N=97)		전체 (N=295)		F
	평균	SD	평균	SD	평균	SD	
전반적으로 만족함	2.91	.86	3.06	.85	2.96	.86	2.080
한국문학에 기여도가 높음	3.38	.89	3.57	1.04	3.44	.94	2.475
권위가 높은 문학상임	3.41	.99	3.31	1.10	3.38	1.03	.612
문학적 수준과 권위가 떨어지고 있음	3.44	.94	3.27	1.07	3.38	.99	1.974
개선에 동의	4.10	.87	3.88	1.06	4.03	.94	3.756
폐지에 동의	2.29	1.15	2.23	1.18	2.27	1.16	.181

<표 21> 응모 경험에 따른 종합적 평가

구 분	예 (N=31)		아니오 (N=264)		전 체 (N=295)		F
	평균	SD	평균	SD	평균	SD	
전반적으로 만족함	2.77	1.06	2.98	.83	2.96	.86	1.623
한국문학에 기여도가 높음	3.45	1.29	3.44	.90	3.44	.94	.002
권위가 높은 문학상임	3.65	1.28	3.34	.99	3.38	1.03	2.377
문학적 수준과 권위가 떨어지고 있음	3.71	1.13	3.34	.96	3.38	.99	3.839
개선에 동의	4.26	1.12	4.00	.91	4.03	.94	2.099
폐지에 동의	2.10	1.19	2.29	1.15	2.27	1.16	.756

<표 22> 전공에 따른 제도의 문제 인식

구 분	국문과 재학생 (N=198)		비국문과 재학생 (N=97)		전 체 (N=295)		F
	평균	SD	평균	SD	평균	SD	
심사위원 선정이 공정함	2.52	.75	2.59	.83	2.54	.78	.566
심사위원의 중복이 심함	3.53	.86	3.56	1.01	3.54	.91	.078
재임 기간이 김	3.55	.82	3.71	.82	3.60	.82	2.664
성향이 다양함	2.48	.98	2.94	1.09	2.63	.104	12.933
심사 과정이 공정함	2.55	.76	2.72	.84	2.61	.79	3.062
심사 기간이 짧음	3.35	.88	3.34	1.02	3.35	.92	.014
신문사마다의 고유한 특성이 있음	2.85	1.07	3.03	1.19	2.91	1.11	1.660
당선자에 대해 충분히 지면을 할애함	2.80	.92	2.75	1.02	2.78	.95	.147
당선작에 대해 홍보가 충분함	2.52	.95	2.56	.92	2.53	.94	.126
당선작에 대한 상금이 적음	3.29	.85	3.36	.86	3.31	.85	.477

<표 23> 응모 의향에 따른 종합적 평가

구 분	예 (N=99)		아니오 (N=196)		전 체 (N=295)		F
	평균	SD	평균	SD	평균	SD	
전반적으로 만족함	2.97	.93	2.95	.82	2.96	.86	.22
한국문학에 기여도가 높음	3.41	1.04	3.46	.89	3.44	.94	.150
권위가 높은 문학상임	3.51	1.14	3.31	.97	3.38	1.03	2.345
문학적 수준과 권위가 떨어지고 있음	3.41	1.05	3.37	.95	3.38	.99	.148
개선에 동의	4.10	1.04	3.99	.89	4.03	.94	.920
폐지에 동의	1.99	1.11	2.41	1.16	2.27	1.16	8.818

<표 24> 응모 경험에 따른 제도의 문제 인식

구 분	예 (N=31)		아니오 (N=264)		전 체 (N=295)		F
	평균	SD	평균	SD	평균	SD	
심사위원선정이 공정함	2.45	.93	2.55	.76	2.54	.78	.438
심사위원의 중복이 심함	3.65	1.11	3.52	.88	3.54	.91	.502
재임기간이 김	3.84	.82	3.57	.82	3.60	.82	2.938
성향이 다양함	3.00	1.26	2.59	1.00	2.63	1.04	4.368
심사과정이 공정함	2.71	.97	2.59	.77	2.61	.79	.584
심사기간이 짧음	3.74	1.12	3.30	.89	3.35	.92	6.373
신문사마다의 고유한 특성이 있음	3.10	1.25	2.89	1.10	2.91	1.11	.957
당선자에 대해 충분히 지면을 할애함	2.39	.99	2.83	.94	2.78	.95	6.058
당선작에 대해 홍보가 충분함	2.03	.84	2.59	.94	2.53	.94	9.893
당선작에 대한 상금이 적음	3.48	.96	3.29	.84	3.31	.85	1.415

〈표 25〉 응모 의향에 따른 제도의 문제 인식

구 분	예 (N=99)		아니오 (N=196)		전 체 (N=295)		F
	평균	SD	평균	SD	평균	SD	
심사위원 선정이 공정함	2.49	.80	2.56	.77	2.54	.78	.478
심사위원의 중복이 심함	3.68	.91	3.46	.90	3.54	.91	3.619
재임 기간이 김	3.57	.87	3.62	.80	3.60	.82	.259
성향이 다양함	2.73	1.15	2.59	.98	2.63	1.04	1.208
심사 과정이 공정함	2.55	.80	2.64	.79	2.61	.79	.893
심사 기간이 짧음	3.47	.97	3.29	.89	3.35	.92	2.769
신문사마다의 고유한 특성이 있음	3.06	1.12	2.84	1.10	2.91	1.11	2.680
당선자에 대해 충분히 지면을 할애함	2.80	.91	2.78	.98	2.78	.95	.036
당선작에 대해 홍보가 충분함	2.41	.94	2.59	.94	2.53	.94	2.212
당선작에 대한 상금이 적음	3.43	.88	3.25	.83	3.31	.85	3.103

〈표 26〉 응모 경험에 따른 신춘문예의 내용에 대한 인식

구 분	예 (N=31)		아니오 (N=264)		전 체 (N=295)		F
	평균	SD	평균	SD	평균	SD	
당선작의 작품성이 뛰어남	2.97	.87	3.10	.68	3.09	.70	1.027
당선작이 참신함	2.94	1.03	3.00	.89	2.99	.91	.124
실험적 작품이 많음	2.97	1.08	2.93	.94	2.94	.95	.039
당선작의 경향이 보수적임	3.23	1.09	3.12	.90	3.13	.92	.381
비슷한 작품이 당선됨	3.68	.87	3.47	.83	3.49	.83	1.796
표절 문제가 심각함	3.10	1.11	3.17	.77	3.16	.81	.227
문인지망생의 문학적 상상력 자극	3.19	1.45	2.89	1.02	2.92	1.08	2.273
문인지망생의 창작의욕 고취	3.23	1.31	3.23	.99	3.23	1.03	.994

〈표 27〉 선호하는 등단 제도에 따른 신춘문예 내용에 대한 인식

구 분	신춘 문예 (N=156)		문예지 (N=67)		동인지 (N=16)		추천제 (N=15)	
	평균	SD	평균	SD	평균	SD	평균	SD
작품성 우수	3.20	.65	2.91	.69	3.00	.63	2.93	.80
당선작 참신함	3.20	.88	2.69	.86	3.06	.77	2.80	.68
실험적 작품이 많음	2.99	1.00	2.66	.86	3.38	1.02	3.13	1.02
당선작의 경향이 보수적	3.03	.92	3.27	.91	3.00	.89	3.07	.96
비슷한 작품이 당선됨	3.42	.85	3.61	.82	3.56	.73	3.80	.94
표절 문제가 심각함	3.15	.81	3.18	.89	3.31	.70	3.20	.94
문학적 상상력 자극	3.06	1.02	2.73	1.16	2.38	.96	3.20	1.15
창작 의욕 고취	3.34	.98	3.07	1.11	2.88	.96	3.27	1.16

구 분	단행본 출간 (N=25)		기타 (N=16)		전 체 (N=295)		F
	평균	SD	평균	SD	평균	SD	
작품성 우수	2.96	.93	3.19	.66	3.09	.70	2.116
당선작 참신함	2.68	1.14	2.81	.83	2.99	.91	4.248
실험적 작품이 많음	2.88	.93	3.06	.77	2.94	.95	2.158
당선작의 경향이 보수적	3.20	.91	3.63	.96	3.13	.92	1.745
비슷한 작품이 당선됨	3.28	.74	3.56	.81	3.49	.83	1.278
표절 문제가 심각함	3.12	.60	3.13	.89	3.16	.81	.150
문학적 상상력 자극	2.84	1.07	2.75	1.13	2.92	1.08	2.095
창작 의욕 고취	3.28	.98	3.00	1.10	3.23	1.03	1.227

〈표 28〉 전공에 따른 신춘문예 형식에 대한 인식

구 분	국문과 재학생 (N=198)		비국문과 재학생 (N=97)		전 체 (N=295)		F
	평균	SD	평균	SD	평균	SD	
한국문학의 중요한 등용문	3.48	.93	3.68	.90	3.55	.92	3.114
무분별한 신인 양산	3.02	.87	2.86	.95	2.96	.90	2.065
당선작이 심사위원 경향과 비슷함	3.84	.86	3.72	.87	3.80	.86	1.191
문단 제도화를 강화함	3.62	1.01	3.49	.97	3.58	1.00	.965
문단 다양성을 제한함	3.39	1.00	3.34	.88	3.37	.96	.167

〈표 29〉 응모 경험에 따른 신춘문예 형식에 대한 인식

구 분	예 (N=31)		아니오 (N=264)		전 체 (N=295)		F
	평균	SD	평균	SD	평균	SD	
한국문학의 중요한 등용문	3.90	1.04	3.50	.90	3.55	.92	5.300
무분별한 신인 양산	2.94	1.00	2.97	.89	2.96	.90	.032
당선작이 심사위원 경향과 비슷함	3.84	.97	3.80	.85	3.80	.86	.069
문단 제도화를 강화함	3.39	1.15	3.60	.98	3.58	1.00	1.249
문단 다양성을 제한함	3.68	1.08	3.34	.94	3.37	.96	3.515

〈표 30〉 응모 의향에 따른 신춘문예 형식에 대한 인식

구 분	예 (N=99)		아니오 (N=196)		전 체 (N=295)		F
	평균	SD	평균	SD	평균	SD	
한국문학의 중요한 등용문	3.65	1.02	3.49	.86	3.55	.92	1.788
무분별한 신인 양산	2.85	1.00	3.02	.83	2.96	.90	2.428
당선작이 심사위원 경향과 비슷함	3.91	.89	3.74	.85	3.80	.86	2.390
문단 제도화를 강화함	3.67	.97	3.53	1.01	3.58	1.00	1.227
문단 다양성을 제한함	3.43	1.00	3.34	.94	3.37	.96	.610

1934~2000년 연도별 신춘문예 단편소설 당선작품 줄거리와 심사평 및 분석

(1) 1930~1960년대 당선작

▶ 1934년

조선일보 「모범 경작생」(박영준)

- 줄거리: 마을 사람들은 성두네 논에서 일을 하며, '모범 경작생' 길서가 서울 강습회에서 돌아오기를 기다린다. 성두의 누이동생 의숙은 길서와 서로 좋아하는 사이로 누구보다 그를 기다린다. 서울에서 돌아온 길서는 마을 사람들을 모아 놓고, 서울 강습회 참가 보고를 한다. 그 요지는 이제 곧 경기가 좋아진다는 것이었다. 그러나 호경기는 안 오고 흉작이 들었다. 그런 경황 속에 길서는 일본 시찰길에 나선다. 마을 사람들은 길서의 논에 꽂힌 '모범 경작생'이란 팻말을 뽑아 버린다. 길서는 일본서 사온 바나나를 주려고 의숙을 찾아갔으나, 그녀 역시 홱 돌아서 집으로 가고 만다. 성두는 몽둥이를 들고 길서의 집으로 쳐들어갔다.
- 주제별 분류: 세태론적 주제
- 작중 배경별 분류: 사회적 배경
- 형태별 분류: 고발형

▶ 1935년

조선일보 「소낙비」 (김유정)

• 줄거리: 계속된 흉작으로 고향을 등진 춘호는 열아홉난 어린 아내에게 노름 밑천 이 원을 구해오라고 지게 막대를 휘두르며 닦달을 한다. 집에서 쫓겨난 춘호 처는 동네 부자 이 주사와 눈이 맞아 호강하는 쇠돌 엄마를 만나러 갔다가 이 주사에게 몸을 내주고 다음날 오면 이 원을 주겠노라는 약속을 받는다. 내일 돈을 구해온다는 아내가 춘호는 너무 사랑스럽고 노름판에서 돈을 따서 아내와 함께 서울 바람을 쐬고 와야겠다고 생각한다. 다음날 춘호는 꾸물거리는 아내를 채근해 단장을 시키고는 돈을 구해 얼른 돌아오라며 화색 도는 얼굴로 배웅한다.
• 주제별 분류: 세태론적 주제
• 작중 배경별 분류: 개인적 배경
• 형태별 분류: 심리묘사형

(구)중앙일보 「화랑의 후예」 (김동리)

• 줄거리: 사주 관상을 보는 '지리산 도인' 황 진사는 가문에 대한 자존심 하나로 살아간다. 먹고살기 힘들어 식객 노릇을 하고 돈을 빌리더라도 체통을 잃지 않으려는 인물이다. 어느 장난꾼이 붙여준 칭호대로 '황 진사'로 당당하게 살아가는 그는 어느 날 고서적을 뒤지다 자신이 '화랑의 후예'임을 알았다며 감격해 한다. 그리고 두 달 후 시내를 지나던 나는 야바위 약장수를 하다가 순사에게 끌려 파출소로 향하는 황 진사를 보았다.
• 주제별 분류: 세태론적 주제

- 작중 배경별 분류:사회적 배경
- 형태별 분류: 우화형
- 심사위원: 김동인 이태준
- 심사평: 그다지 필요치 않은 인물을 정도 이상으로 등장시키지 않은 기술이라든지 잘못하면 희극에 흐르기 쉬운 재료를 무게 있게 끝까지 끌고 나간 표현 기술이 범상치 않다.

▶ 1936년

동아일보 「산화」(김동리)

- 줄거리: 겨울이 되면 숯을 구워 겨우 먹고사는 산골마을 뒷골을 배경으로 빈부 차이에 따른 삶의 신산을 조명. 뒷골의 거의 모든 땅을 소유하고 있는 윤참봉네는 두 아들까지 이재에 눈을 떠 재산을 계속 늘려간다. 어느 날 황소가 병들어 죽자 이를 아까워한 윤참봉은 군청 축산계 직원이 보는 앞에서 파묻었던 황소를 다시 파내 마을 사람들에게 싸게 판다. 고기 구경 못해 보던 마을 사람들은 냄새나는 고기를 수상쩍어 하면서도 몸보신하려고 끓여먹고 줄줄이 탈이 난다. 골목마다 "사람 죽는다"는 소리에 이어 "불났다"는 소리가 들려 왔다. 홍화산에 산화가 나면 난리가 난다는 옛말을 떠올리며 사람들은 멍하니 큰불을 바라보고 있다.
- 주제별 분류:세태론적 주제
- 작중 배경별 분류:사회적 배경
- 형태별 분류:고발형
- 심사위원:현진건

조선일보 「사하촌」(김정한)

• 줄거리: 일제 식민지 정책의 일단과, 거기에 야합하는 종교의 부패, 그러한 것들에게 억압받고 착취당하는 농민 생활과 농민들의 자연발생적 투쟁을 그린 작품. 보광사 아랫마을 사람들은 거의 다 절 논을 소작해 먹고산다. 가뭄이 계속되면서 저수지 물 대는 문제로 중들과 주민과의 갈등이 빚어지고 보광사에서는 기우제까지 지내지만 비는 오지 않는다. 이 와중에 고서방은 주재소에 붙들려가고, 절 소유 산에 버섯 캐러 갔던 화젯댁의 아들 상한이가 산지기에게 쫓기다 낭떠러지에서 떨어져 죽는 등 시련과 갈등이 이어진다. 수확철이 되자 보광사 농사조합은 소작료와 조합비와 비료 대금과 이자 등을 받으러 논마다 차압표를 붙이고 참다못한 남정네들이 모여 보광사에 항의하러 떠난다.
• 주제별 분류: 세태론적 주제
• 작중 배경별 분류: 사회적 배경
• 형태별 분류: 고발형

▶ 1937년

조선일보 「성황당」(정비석)

• 줄거리: 순이는 열여덟 살의 색시다. 그녀는 장에 간 남편 현보를 기다린다. 밤이 깊어서야 현보는 순이의 고무신을 사 가지고 돌아왔다. 이튿날 현보는 산으로 숯을 구우러 간다. 현보가 없는 사이에 산림 간수 긴상은 순이를 유혹하기도 하고 협박하기도 한다. 그 유혹을 거절했더니, 이틀 후 긴상은 순사와 함께 와서 현보를 산림법 위반으로 잡아간다. 그러자 이번에는 이웃에 사는 칠성이가 와서, 현보는

오랫동안 감옥살이를 할 것이니 자기와 도망가자고 한다. 순이는 그를 따라나섰다가, 도중에 다시 마음을 돌이켜 집으로 돌아간다. 고개에 올라서 보니 집에 불빛이 보인다. 현보가 돌아온 것이다.

- 주제별 분류 : 세태론적 주제
- 작중 배경별 분류 : 사회적 배경
- 형태별 분류 : 심리묘사형

▶ 1933년

동아일보 「실락원」(곽하신)

- 줄거리 : 병으로 바닷가 마을로 정양을 온 나는 날마다 산에 올라 바다 경치를 감상하면서 이 곳이 낙원이라 여기며 지난날을 회상하곤 한다. 어느 날 산길을 내려오다 산 위에서 보았던 하얀 물체가 우려했던 대로 시체였음을 알게 된다. 바다에 나간 지 보름이나 된 맹돌 아버지였다. 가족의 오열 속에 시신을 수습하는데 내장이 다 없어진 뱃속에서 낙지 한 마리가 나왔다. 저녁 길을 걷다가 만난 할머니가 아까 모래밭에 파묻은 그 낙지를 들고 있다. 삶아 먹으려고 낙지를 가져왔다고 말하던 할머니는 나의 무서운 눈빛에 놀라 줄행랑치고 나는 정신이 번쩍 들어 현실로 돌아온다.
- 주제별 분류 : 인생론적 주제
- 작중 배경별 분류 : 특수상황의 배경
- 형태별 분류 : 심리묘사형
- 심사위원 : 이무영
- 심사평 : 18세 소년이 인생을, 현실을, 이만한 각도로 보았다는 것만으로

도 경의를 표한다. 약간의 결함이 있음에도 당선작으로 뽑은 이유다.

▶ 1939년

조선일보 「소복」(김영수)

• 줄거리: 인력거꾼 양 서방은 오십을 바라보는 나이로 20년 연하인 용녀와 살고 있다. 알고 보니 이미 용녀는 공 서방과 가까운 사이였고, 그들이 만나는 장소는 뚜쟁이 꼽추년의 집이라는 것이다. 밤이 되어 용녀가 집에서 나가는 것을 보고, 양 서방은 뒤따라가 기습하지만, 도리어 공 서방에게 급소를 얻어맞고 몸져눕는다. 얼마 후 양 서방이 죽게 되자, 용녀는 본처가 있는 공 서방과 동거하게 된다. 그러나 공 서방은 용녀를 윽박지르고, 꼽추와 가까이 지낸다. 용녀는 그제야 죽은 양 서방 생각을 하게 되고, 이태원에 있는 양 서방의 무덤을 찾아간다. 눈이 쏟아지는 가운데 용녀는 목놓아 울었다.
• 주제별 분류: 인생론적 주제
• 작중 배경별 분류: 개인적 배경
• 형태별 분류: 심리묘사형

▶ 1950년

서울신문 「머루」(오영수)

• 줄거리: 여섯 살 먹은 석이와 젖먹이 연이를 안고 석이 엄마는 마흔 둘에 과부가 됐다. 악착스레 십여 년을 살아오다 보니 올해부턴 남의

손을 빌지 않고 서 마지기 가을도 거뒀고 보리갈이도 했다. 열여덟 된 석이는 일도 곧잘 하며 마을 어른들의 칭찬을 받는다. 이웃집 분이 아빠 엄마는 석이를 탐스럽게 보며 분이와 정분을 맺어줘야겠다고 생각한다. 석이네는 겨우내 나무를 져 내려 송아지 한 마리를 샀다. 소가 커서 새끼를 낳으면 석이를 장가보낼 참이다. 어느 날 산사람들이 내려와 소를 끌고 간다. '차라리 나를 죽여라 소는 안 된다'며 버티던 석이 엄마는 개머리판에 맞아 신음하다 그 날 밤 세상을 떴다. 마을 사람들이 하나 둘 떠나고 분이네도 떠났다. 다시 머루가 열렸건만 분이네는 돌아올 줄 몰랐다.

· 주제별 분류:이념적 주제
· 작중 배경별 분류:개인적 배경
· 형태별 분류:이야기체

▶ 1955년

조선일보 「흑산도」(전광용)

· 줄거리 : 흑산도 사람들은 바다에서 나서 바다에서 죽는다. 정초 용왕제 전날 용바우는 복술이를 만나 마음으로 장래를 약속한다. 용왕제를 올리고 이틀 후 용바우는 배를 탔다. 함께 나간 배들이 다들 돌아오지만 용바우가 탄 배는 돌아오지 않았다. 복술이는 날마다 나왕봉 꼭대기로 올라가 용바우를 기다리지만 용바우는 오지 않고 곱슬머리가 자꾸 추근대며 목포로 나가 살자고 한다. 뭍으로 나가는 것은 복술의 소원이다. 이튿날 복술은 뭍으로 나가려 길을 나서지만 어디선가 고래등같은 용바우 모습이 가로막는다. 흑산도는 숙명처럼 발목을 매는 이름이었다.

- 주제별 분류: 세태론적 주제
- 작중 배경별 분류: 특수상황의 배경
- 형태별 분류: 이야기체
- 심사위원: 박영준
- 심사평: 신인으로서 발굴해야 할 새로운 것, 그리고 신선한 것의 지향이 없다는 점이 아쉽다.

한국일보 「유예」(오상원)

- 줄거리 : 북으로 북으로 진격은 계속되었다. 수차에 걸쳐 전투가 있었고, 그가 인솔한 수색대는 적의 배후 깊숙이 들어가 본대와의 연락이 끊어지면서 적에게 포위를 당한다. 전쟁의 상황은 점점 나빠졌다. 부대는 지리멸렬되고, 몇 번의 전투 끝에 선임 하사를 포함한 여섯 명만이 남았다. 눈보라 속에 추위는 극에 달하고, 전투 경험이 가장 많은 선임 하사마저 죽는다. 소대장인 나는 눈보라치는 산 속을 헤매다가 마침내 적에게 생포되고 만다. 나는 심문을 당하며 '나는 기쁘오, 내가 한 개 기계나 도구가 아니었다는 것, 하나의 생명체인 인간으로서 살아 있다는 것이 한없이 기쁘오'라고 말한다. 적은 나에게 눈길을 걸어가라 하고 뒤에서 총을 겨눈다. 눈 쌓인 둑길을 걸어가는 내게 적은 등뒤에서 사격을 해왔다. 그러나 소대장의 걸음걸이는 자신의 의지처럼 또한 정확했다.
- 주제별 분류 : 이념적 주제
- 작중 배경별 분류 : 역사적 배경
- 형태별 분류 : 심리묘사형
- 심사위원 : 백철 최정희
- 심사평 : 우선 소재에 구미가 당기기도 했지만 사건 진전을 솜씨 있게

처리해 나간 것, 군더더기 없이 압축시킨 것 등을 칭찬해도 좋을 것이다.

한국일보 「전황당인보기」(정한숙)

- 줄거리: 수하인 강명진은 벼슬길에 오른 친구 석운 이경수에게 어렵
게 그한 전황석 인장을 선물한다. 석운의 아내에게 정표라며 인장을
전하지만 석운의 아내는 돌조각 같은 것을 선물한 것이 불쾌하다.
이 전황석은 석운의 친구 오준에게 넘어가게 되고 오준은 여기에 결재
도장을 새기러 도장방을 찾았다. 도장방의 젊은 친구는 그 인장을
새긴 이가 스승인 수하인 임을 알고 그를 찾아 기어코 전황석을 전하
고 온다. 누님 같던 마누라가 죽은 후론 수십 년을 함께 해온 기녀
산홍과 살고 있는 수하인은 자신이 그동안 새긴 인장을 한 권의 책으
로 엮으며 마지막으로 전황석 한 방을 눌렀다. 자기의 살아온 인생,
살아온 보람이 느껴졌다.
- 주제별 분류: 인생론적 주제
- 작중 배경별 분류: 개인적 배경
- 형태별 분류: 이야기체

▶ 1957년

조선일보 「노루」(최현식)

- 줄거리: 순찰 중 노루 새끼를 사로잡은 철은 동료들과 함께 먹이를
구해 먹이며 기른다. 어미는 가끔 부대 주변에 나타나 새끼를 애타게
찾는다. 어느 날 포대장이 불러 새끼를 미끼로 어미를 잡아 부대원이

포식하자는 제안을 내놓고, 철은 갈등 끝에 노루 새끼를 놓아보내려 하지만 새끼는 철을 따라온다. 권 반장과 함께 칼빈을 움켜쥐고 노루 어미를 기다리던 철은 이틀째 되는 날 어미를 발견하고 총을 쏘지만 어미는 피 흘리며 달아나고, 결박을 풀려고 안간힘을 쓰던 새끼만 죽었다. 어미를 잡아오면 휴가를 보내주겠다는 포대장의 말이 아쉽기만 한 권 반장은 갑자기 새끼의 몸에 칼을 박고 뜨거운 피를 빨아먹는다. 어디선가 어미의 애끊는 울음소리가 들려왔다.

- 주제별 분류: 인생론적 주제
- 작중 배경별 분류: 특수상황의 배경
- 형태별 분류: 심리묘사형
- 심사위원: 박영준 박종화 최정희
- 심사평: 예술적 향기가 풍풍 풍기는 작품이다. 툭툭 내던지듯 하는 문장과 강렬한 묘사력도 높이 사고 싶다.

한국일보 「수난 2대」(하근찬)

- 줄거리: 박만도는 3대 독자인 아들 진수가 전쟁터에서 돌아온다는 통지를 받고 마음이 들떠 있었다. 아무개는 전사했고 또 아무개는 죽었는지 살았는지 통 소식이 없다는데, 진수는 살아서 돌아온다는 것이다. 진수가 병원에서 나온다는 말이 약간 찜찜하기는 했으나, 설마하니 아들이 자기처럼 되지는 않았으려니 하고 애써 마음을 편히 먹는다. 그는 한쪽 팔이 없다. 박만도는 일제시대 오키나와로 징용을 나가서 비행장을 닦는 노역을 하다가 폭격을 당하여 한쪽 팔을 잃었다. 그는 여느 때처럼 왼쪽 소맷자락을 조끼 주머니에 아무렇게나 꽂고, 아들을 마중하기 위해 역으로 갔다. 기차가 도착하고 아들이

내리는 순간 만도는 입을 딱 벌렸다. 아들의 한쪽 다리가 없어졌던 것이다. 아버지와 아들의 눈에서는 눈물이 흘러내렸다. 집으로 돌아오는 길에 외나무다리가 있었다. 머뭇거리는 아들을 바라보던 만도는 진수를 등에 없었다. 팔 하나가 없는 아버지와 다리 한쪽이 없는 아들이 외나무다리를 건너고 있다.

- 주제별 분류:이념적 주제
- 작중 배경별 분류:역사적 배경
- 형태별 분류: 이야기체
- 심사위원: 백철 최정희
- 심사평: 작품세계를 파악하는데 있어서 커다란 폭을 보였고, 신인다운 특색이 승하다.

동아일보 「파류상」(정연희)

- 줄거리: 수녀 마들레에느가 수도원에 갔다가 본당으로 돌아오는 길에 전쟁이 터졌다는 소식과 함께 피난민을 만났다. 성당은 텅 비어 있고 낯선 군인이 그를 겁탈한다. 석 달 후 살아있음의 의미를 되새기고 있는 그에게 또 다른 군인이 다가온다. 전쟁에 모든 것을 잃고 지친 그는 어머니, 누이의 다사로움을 느껴보고 싶다며 마들레에느의 손을 잡아보고 떠난다. 마들레에느는 극심한 방황을 접고 수녀복을 벗은 후 거리로 나갔다. 자기가 져야 할 십자가를 찾아 걸어갔다.
- 주제별 분류: 이념적 주제
- 작중 배경별 분류: 역사적 배경
- 형태별 분류: 심리묘사형
- 심사위원: 김팔봉 박영준

- 심사평: 심오한 인간성을 어느 정도 여실히 묘파한 작품. 아직 젊은 여성으로 놀라우리만큼 큰 주제를 붙들고서 맵시 있게 구성.

▸ 1958년

조선일보 「후조의 마음」(이병구)

- 줄거리: 학병으로 끌려나간 김동수는 필리핀 루손에서 패잔병 일백 명과 함께 생활하게 된다. 패잔병들은 전쟁이 끝났다는 말을 믿지 않고 토착 부족과 어울려 산다. 평화를 유지하기 위해 토인들과 일본 군은 결혼 적령기의 처녀를 일본군에게 시집보내는 협정을 맺게 되고 김동수는 예기치 않게 쌔리마의 지명을 받아 살림을 차린다. 그를 조센징이라 폄하하던 일본 병사들은 김의 아내를 하룻밤 빌려달라고 하고 급기야는 쌔리마를 겁탈하려다 실패한다. 전쟁이 끝났음이 알려 지고 김동수는 쌔리마를 목졸라 죽이고 복수하러 간다.
- 주제별 분류: 이념적 주제
- 작중 배경별 분류: 역사적 배경
- 형태별 분류: 심리묘사형
- 심사위원: 박영준 박종화 최정희
- 심사평: 구상에 무리가 없고 인물도 잘 그려냈다. 문장이 매끄럽지 못하고, 반항의식이 박약하고, 소재가 일제 시대의 것이라는 점을 지적한다.

동아일보 「질투」(이광숙)

- 줄거리: 변두리 동네에서 사는 '희'는 열다섯 나던 해부터 '준' '석'

'돌' 등 동네 사내아이들에게 몸을 주고 카라멜 값을 받는 거래를 텄다. 딱 한 번 거래를 해 본 석은 희가 준과 주로 거래하는 게 불만이다. 사내아이들은 소매치기나 구걸을 하면서 돈을 번다. 어느 날 준이 현장에서 잡혀 감옥에 가자 돌은 희와 자주 거래를 하게 됐다. 그러다가 거래 현장을 지나던 순경에게 발각되고 돌은 몽둥이로 순경의 머리를 내치고 산으로 희와 함께 도망친다. 동네 아이들 소식에 따르면 순경은 죽었다 했다. 한 달쯤 피해 있는데 감옥에서 나온 준이 산으로 왔다. 희는 준과 돌 사이에서 결투에서 이긴 사람을 택하겠노라고 한다. 치열한 싸움 끝에 둘 다 죽는다.

• 주제별 분류: 세태론적 주제
• 작중 배경별 분류: 사회적 배경
• 형태별 분류: 이야기체

동아일보 「점례와 소」(천승세)

• 줄거리: 점례는 소먹이로 나갔다가 만복이를 만나 저녁 때 보기로 한다. 둘은 장래를 거의 약속한 사이다. 만복이는 몇 달 전부터 도살장에 나가고 있는 게 꺼려진다. 먹고살기 위해 하는 짓이지만 점례는 개구리 한 마리 죽이는 것도 못 보는 여린 성격이다. 점례 아버지는 소를 잡아 팔아 빚을 갚아야 한다고 말하고 송아지 때부터 키워온 점례는 속이 탄다. 도살장에 몰래 가보니 점례 소를 잡는 사람은 다름 아닌 만복이다. 만복이가 저녁때 꽃신을 사 가지고 찾아오지만 점례는 '백정놈'이라며 상대하지 않으려 한다. 만복의 억센 손이 점례를 때리고 "니는 소가 더 중하냐"는 흐느낌이 이어진다.

• 주제별 분류: 세태론적 주제

• 작중 배경별 분류: 개인적 배경
• 형태별 분류: 이야기체

▶ 1959년

경향신문 「소녀 해리」(김환)

• 줄거리: 고아원에서 사는 혼혈 소녀 해리는 동네 아이들의 놀림감이
   다. 미군 조셉은 수시로 고아원에 들러 해리를 찾고 운영에도 많은
   지원을 해준다. 조셉은 귀국할 때 해리를 양딸로 데려가고 싶어한다.
   하지만 원장은 그럴 생각이 없다. 해리가 있는 까닭에 미군들이 고아
   원에 경제적 도움을 준다고 생각하기 때문이다. 해리는 어머니를 그려
   보려 하지만 잘 떠오르지 않는다. 그보다 먼저 해리는 머리칼과 피부
   색과 눈빛이 다른 아이들처럼 됐으면 좋겠다고 생각한다.
• 주제별 분류: 세태론적 주제
• 작증 배경별 분류: 사회적 배경
• 형태별 분류: 고발형
• 심사위원: 김광주 정비석
• 심사평: 표현이 착실하고 짜임새가 탄탄하지만 신인다운 패기가 부족
   하다. 세련된 문장과 평범한 소재로 능히 이만큼 형상화할 수 있는
   기량을 높이 산다.

한국일보 「제3부두」(오승재)

• 줄거리: 철을 비롯한 부두 노무자들은 두 달째 임금을 받지 못하고

있다. 노무자들은 먹고살기 위해 쓸만한 물건을 빼돌리기도 하고 삶에 지쳐 툭하면 싸움질이다. 오늘밤 하역할 콩 배에서 털보가 주동해 물건을 빼돌리기로 했다. 감독병한테 현장을 들켰지만 다들 한 통속이다. 그런데 모이기로 한 장소에 털보가 나타나지 않고, 철은 털보를 찾아 나선다.

- **주제별 분류**: 세태론적 주제
- **작중 배경별 분류**: 사회적 배경
- **형태별 분류**: 심리묘사형
- **심사위원**: 이무영 박화성 황순원
- **심사평**: 뚜렷한 새것을 갖고 있지는 않지만 이만한 문장력과 저력이 있다면 충분히 자기 길을 개척해 나갈 수 있으리라 생각한다.

동아일보 「인맥」(성학원)

- **줄거리**: 기독교학교인 평양 성서여중 교무주임인 혁은 애인인 최 선생과 교장 장 목사와 함께 6 · 25 전쟁 직전 남으로 탈출하다 체포돼 감옥에 갇힌다. 장 목사의 아들 병오는 철저한 공산주의자로 최 선생과 결혼하려고 압박을 가해오던 참이었다. 전쟁이 터지고 유엔군이 반격해 평양까지 올라오자 감옥에 있는 '반동'들은 모두 끌려나가 총알세례를 받는다. 기적적으로 살아난 혁은 시내로 들어왔다가 병오와 최선생의 주검, 그리고 둘 사이에서 태어난 아기가 홀로 울고 있는 것을 본다. 분노로 인해 돌을 집어 올리던 혁은 결국 돌을 놓고 아기를 안아 올렸다.
- **주제별 분류**: 이념적 주제
- **작중 배경별 분류**: 역사적 배경
- **형태별 분류**: 이야기체

동아일보 「검은 이빨」(송상옥)

- 줄거리: 영화 촬영을 소재로 인종 차별과 혼혈아 문제를 조명.
- 주제별 분류: 세태론적 주제
- 작중 배경별 분류: 사회적 배경
- 형태별 분류: 우화형

▶ 1960년

한국일보 「어머니」(김학섭)

- 줄거리: 준호는 가난이 불만이다. 홀어머니는 사변 때 장남을 잃고 남편마저 술로 잃어 준호를 의지하며 고생스럽게 산다. 고난의 생활을 감내하는 건 준호 때문이다. 하지만 준호는 사사건건 불만 투성이고 학교마저 퇴학당한다. 준호는 어느 날 자신을 항상 업신여기는 이웃 아주머니를 칼로 찔러 죽이고 감방에 갇힌다. 한겨울 어머니는 십리 길을 걸어 면회를 가 더운밥을 내놓았다. 혹시 식을 새라 가슴에 품고 먼길을 온 것이다. 준호는 그만 울음을 터트렸다.
- 주제별 분류: 세태론적 주제
- 작중 배경별 분류: 사회적 배경
- 형태별 분류: 이야기체

▶ 1961년

한국일보 「손」(이제하)

- 줄거리: 엿새 동안 탈영했다 귀대한 나는 밤 12시에 전 내무반이 기상

당해 기합을 받을 것을 안다. 나는 외출 나갔다가 친구 욱을 죽인 상사 놈을 보고 쫓아갔었다. 그런데 그는 닮은 사람일뿐이었다. 허탈한 나는 애인 경자네로 갔다. 열두 시에 불려 나간 나는 오십 명의 눈초리 앞에 섰다. 구타가 시작되고 나는 총을 들고 그들을 위협하다 내려놓았다. 욱을 죽인 것은 상사 놈이 아니라 전쟁 그 자체였다.

- 주제별 분류: 세태론적 주제
- 작중 배경별 분류: 사회적 배경
- 형태별 분류: 심리묘사형

조선일보 「이단부흥」(김문수)

- 줄거리: 재호는 남산 밑 판잣집에 들러 누워 있는 어머니에게 돈 뭉치를 건넸다. 아버지는 보국대로 끌려나가 소식이 없다. 어머니는 아버지와 팔 촌 간인 권씨 아저씨와 정분이 생겨 아들을 뱄다가 지웠다. 가톨릭 신자인 누나 영순은 이 일로 심하게 다투고 집을 나갔다. 자살을 기도했다가 살아난 후 어린 동생 애순과 사는 어머니는 자꾸 누나를 찾아 보라 한다. 가짜 담배를 만들어 파는 재호는 이미 누나를 찾아서 같이 살고 있다. 우연히 마취제를 구한 재호는 어머니가 그렇게 된 건 다 영순 때문이라며 '내가 너를 마취시켜놓고 강간한다면 누나인 너는 나의 애를 나을 수 없을 것이다'라고 말한다.
- 주제별 분류: 인생론적 주제
- 작중 배경별 분류: 개인적 배경
- 형태별 분류: 심리묘사형
- 심사위원: 박영준 안수길 최정희
- 심사평: 성실하고 정확한 문장과 재치 있는 기교 및 비교적 안정된

구성으로 현대 청년의 애정과 불안, 그리고 종교에 대한 반발까지 그리고 있다.

▶ 1962년

동아일보 「세 번째 사람」(성걸)

- 줄거리: 군대에서 나올 때 가지고 온 권총을 들고, 나는 전신주에 기대어 이 곳을 지나는 세 번째 사람을 죽일 작정이다. 영애는 하숙집 이웃의 맏딸이다. 전쟁 때 피난하다 다리 하나를 잃은 영애는 남동생의 심한 구박을 받으며 산다. 그가 신문을 보는 것은 오로지 '살인 기사'를 보기 위해서다. 오랫동안 신문를 만들려고 하는 것이다. 그런데 세 번째 나타난 사람은 약국에서 수에 살인 기사가 나지 않자 그녀는 안절부절못한다. 나는 영애를 위해 살인 기사 면제를 사 가지고 나오던 영애였다. 나는 방아쇠를 당겼다.
- 주제별 분류: 인생론적 주제
- 작중 배경별 분류: 개인적 배경
- 형태별 분류: 심리묘사형
- 심사위원: 안수길 황순원
- 심사평: 오 헨리의 수법을 연상시키는 거의 완벽한 작품이다. 장면 묘사도 침착한 점이 좋다. 작위적인 것이 흠이다.

한국일보 「생명 연습」(김승옥)

- 줄거리: 이번 부흥회 강사로 온 전도사는 성령이 임해 자신의 생식기를 잘라버렸다 한다. 형은 피난지에서 어머니가 남자들을 집으로 끌어들이

던 것을 상기하며 누나와 나에게 어머니를 죽이자고 말한다. 누나와 나는 갈등 끝에 어머니를 택했다. 형을 등대가 있는 낭떠러지에서 밀어버린 것이다. 그런데 형은 살아났고 단 한마디 '흐흥, 귀여운 것들'이라고 얘기한다. 그리고 사흘 후 그 낭떠러지에서 몸을 던져 죽었다.

- 주제별 분류: 인생론적 주제
- 작중 배경별 분류: 개인적 배경
- 형태별 분류: 심리묘사형
- 심사위원: 박영준 황순원 최정희
- 심사평: 새로운 작가들의 작품이 윤리 문제를 다루기 시작한 것은 환영할만한 일이다.

▶ 1963년

동아일보 「황야에서」(오춘자)

- 줄거리: 수술 환자가 죽자 의사 영서는 떠난 애인 정미가 생각났다. 수술 전 유 박사의 딸 난희를 만나러 갔다가 영서는 다방 마담으로 있는 정미와 우연히 조우한다. 그는 산란한 정신 탓에 수술을 잘못했다고 자책한다. 난희는 영서를 좋아하지만 하룻밤을 보낸 후 떠나고 정미는 영서의 마음을 되돌리려다가 호텔 방에서 뛰어내려 자살한다. 그리고 난희의 약혼자 김 군이 병원으로 달려와 정미를 찾는다.
- 주제별 분류: 세태론적 주제
- 작중 배경별 분류: 사회적 배경
- 형태별 분류: 심리묘사형
- 심사위원: 안수길 황순원

- 심사평: 애정 세계를 그리고 있으나 단순한 풍속도가 아니라, 귀환한 청년 의사의 내면을 파고 들어감으로써 현대인의 고민의 일면을 표현하고 있다.

조선일보 「동행」(전상국)

- 줄거리: 눈길을 걸어 고향으로 돌아가던 억구는 한 키 큰 사내와 동행하게 된다. 어제 C시 술집에서 일어난 살인 사건이 화제에 떠오르고 억구는 과거를 회상하다가 자신이 범인임을 털어 놓는다. 6·25때 억구는 친구 득수를 반동으로 몰아 죽였고 득수의 동생 득칠은 억구 아버지를 빨갱이로 몰아 죽였다. 억구는 십 수 년 동안 외지에 있다가 돌아오는 길이었다. 아버지의 묘소를 찾아가는 억구를 보며 키 큰 사내는 권총을 만지작거리다 담배를 내놓곤 발을 돌린다.
- 주제별 분류: 인생론적 주제
- 작중 배경별 분류: 개인적 배경
- 형태별 분류: 귀향형
- 심사위원: 안수길 최정희 박영준
- 심사평: 흠 잡을 데 없는 꼬장꼬장한 문장으로, 단숨에 읽을 수 있게 끌고 나간 솜씨가 좋다.

▶ 19€4년

서울신문 「하늘을 색칠하라」(유금호)

- 줄거리: 소록도 바닷가에서 노인과 얘기를 나누던 '식'은 자신이 나병

선고를 받던 기억을 떠올린다. 옛 약혼자를 떠올리며 화필을 다시 잡은 식. 아내는 아들 석우가 검진을 받고 나면 엄마 품을 떠나는 게 두려워 석우의 피부에 생채기를 내고 나병 균을 옮기고 만다.

- 주제별 분류: 인생론적 주제
- 작중 배경별 분류: 특수상황의 배경
- 형태별 분류: 심리묘사형
- 심사위원: 황순원 최정희
- 심사평: 인물 묘사에 밀도감이 있다.

한국일보 「빙점지대」(홍성원)

- 줄거리: 전방 수색중대에서 근무하는 동필은 형태와 함께 토끼 사냥을 나갔다가 간첩을 생포하고, 그가 극약을 먹고 자살하려는 것을 제재한다. 간첩은 사흘 밤을 눈 덮인 산에서 보낸 탓에 걷기도 힘든 형편. 동필은 서울이 고향이라는 간첩을 업고 내려오며 자수한 걸로 하면 살 수 있다고 말한다. 그러나 토끼 사냥을 내보낸 김 하사는 상금 30만 환과 일 계급 특진에 눈이 어두워 자신과 함께 수색 중 간첩을 잡은 것으로 하자고 강요한다. 동필은 김 하사의 얼굴에 주먹을 날리고 곧이어 김 하사의 무수한 발길을 받는다.
- 주제별 분류: 인생론적 주제
- 작중 배경별 분류: 특수상황의 배경
- 형태별 분류: 이야기체
- 심사위원: 안수길 황순원 유종호
- 심사평: 리얼리티가 있고 문장도 단정, 정확하다. 등장 인물이 유형화된 것이 흠.

▶ 1965년

경향신문 「돛대 없는 장선」(조세희)

- 줄거리: 전투기 조종사인 KQ는 태연한 척 하면서도 항상 죽음의 공포에
  짓눌려 산다. 어느 날 뒷 주머니에 넣어둔 술병이 깨지면서 심한 상처를
  입은 KQ는 치료를 거부하고 출격하는데 이를 알게 된 사령관의 지시로
  이륙 직전 제지를 받는다. 치료를 하는 군의관에게 KQ는 살고 싶다고 말한
  다. 갑작스레 전쟁이 끝났다는 소식이 들려오고 이를 KQ에게 전하러 가는
  데 때가 이미 늦었다. 그는 탈영하려다 초병의 총에 맞아 죽은 후였다.
- 주제별 분류: 인생론적 주제
- 작중 배경별 분류: 특수상황의 배경
- 형태별 분류: 심리묘사형
- 심사위원: 황순원 김동리
- 심사평: 문장과 긴장감이 뛰어나다.

동아일보 「대결」(윤행묵)

- 줄거리: 소매치기였다가 결혼 후 손을 씻은 찬은 아내의 해산날이
  다가오자 딱 한 번만 해야겠다고 생각하고 집을 나선다. 거리에서
  '앙숙'인 강 형사를 우연히 만난 찬은 강 형사가 자신의 속내를 들여다
  보고 있는 것 같다고 생각한다. 갈등 끝에 중년 부인의 핸드백을 턴
  그는 결국 강 형사와 마주치고, 나이프로 그를 찌르고 달아난다. 그러
  나 그에게 실망할 아내의 얼굴을 떠올리자 갈 곳이 없어진 그는 자신
  의 가슴에 칼을 꽂는다.
- 주제별 분류: 세태론적 주제

- 작중 배경별 분류: 사회적 배경
- 형태별 분류: 심리묘사형
- 심사위원: 김동리 박영준
- 심사평: 경쾌한 터치가 좋다. 대부분의 작품이 박력이 부족하다.

서울신문 「귀환」(강위수)

- 줄거리: 최전선에 있던 태식은 퇴각 명령을 받고 다리에 상처를 입은 채 진표와 함께 귀환한다. 고통스런 퇴각 길에 떠오르는 건 교회당에서 풍금을 치던 여 선생님과, 위안부에게 동정을 잃은 기억이다. 다리 상처가 덧난 태식은 고통을 이기지 못하고 진표에게 자신을 죽이고 혼자 가라고 강요하지만 진표는 이를 거부하고 실랑이 끝에 오히려 태식이 진표를 쏘고 만다. 쇠잔한 몸으로 교회당을 찾아간 태식은 풍금을 타고 그 소리를 듣고 온 두 명의 적군이 태식을 쏜다.
- 주제별 분류: 인생론적 주제
- 작중 배경별 분류: 특수상황의 배경
- 형태별 분류: 심리묘사형
- 심사위원: 최인욱
- 심사평: 인간 탐구를 깊이 파고들려는 문학의식을 높이 살만하다.

한국일보 「공백지대」(유우희)

- 줄거리: 강동진 일병 등 일곱 명의 등장인물을 통해 부패한 군대 실상을 고발.
- 주제별 분류: 세태론적 주제

• 작중 배경별 분류: 특수상황의 배경
• 형태별 분류: 고발형
• 심사위원: 황순원 김동리 유종호
• 심사평: 인물 묘사가 뛰어나고 문장도 좋다.

대한일브 「출에덴기」(유광선)

• 줄거리: 어머니는 집을 나가고 산골에서 아버지와 함께 사는 나는 뱀을 한 마리 기르고 있다. 아버지는 엄마 얘기만 나오면 죽일 년이라고 치를 떤다. 몸에 뱀 문신이 있는 삼촌이 열 다섯 살 먹은 귀례라는 여자 애를 데리고 온다. 삼촌은 그새 교도소에 다녀왔고, 대전역에서 만난 귀례에겐 서울 데려가 취직시켜준다며 이곳까지 데려온 것이다. 그 늘 밤 삼촌이 귀례를 겁탈하는 것을 훔쳐보다가 아버지에게 혼이 났다 그리고 다음날 아버지가 귀례를 범하는 것을 본 나는 마루에 놓인 아버지의 칼을 들고 뛰어내려간다. 뱀을 죽일 작정이다.
• 주제별 분류: 인생론적 주제
• 작중 배경별 분류: 개인적 배경
• 형태별 분류: 심리묘사형
• 심사위원: 김동리 조연현 강신재
• 심사평: 귀례를 형제가 차례로 범하는 것이 풍기상 지나치지 않느냐는 점이 문제가 됐지만 당선작으로 뽑았다.

▶ 1966년

조선일보 「조부사망급래」(김수남)

- 줄거리: 대학생 병구는 하숙집에서 '조부사망급래' 전보를 받고도 학교도 향한다. 그는 조부와 별로 정이 없다. 날마다 등굣길에 만나는 그녀에게 처음 말을 붙였다. 친구 태근은 오늘 결혼식이라며 청첩장을 전해 주고 강의실엔 청첩장을 받은 양복파와, 교복 작업복파가 반반이다. 한 패는 결혼식장에 가고 또 한 패는 한일회담 반대 성토대회에 참석한다. 병구는 시위에 참석했다가 단식투쟁으로 들어가는 저녁, 고향으로 가기로 마음먹었다.
- 주제별 분류: 세태론적 주제
- 작중 배경별 분류: 사회적 배경
- 형태별 분류: 심리묘사형
- 심사위원: 박영준 황순원 최정희
- 심사평: 주인공의 심경이 재치 있게 일관성 있는 문장으로 다루어진 작품으로 원심적으로 주제를 몰아간 의식의 흐름은 보통 솜씨가 아니다.

서울신문 「전쟁과 다람쥐」(이동하)

- 줄거리: 후퇴하는 군인과 피난민들로 마을이 어수선하다. 욱은 수업시간에도 아까 잡아서 신주머니에 넣어 코스모스 밭에 숨겨둔 새끼 다람쥐를 생각하고 있다. 수업이 끝나고 다람쥐를 찾으러 가려는데 덩치 큰 미군 병사가 쫓아낸다. 학교를 군인들이 주둔지로 사용하게 된 것이다. 다람쥐가 굶어 죽을까 걱정인 욱은 매일 학교 정문으로 나간다. 어느 날 한국병사를 본 욱은 다람쥐를 찾아달라고 매달려 현장엘 가보지만

코스도스 밭은 갈아엎어져 있고 다람쥐는 시체가 돼 있었다.

- 주제별 분류: 이념적 주제
- 작중 배경별 분류: 역사적 배경
- 형태별 분류: 심리묘사형
- 심사위원: 전광용 최정희

동아일브 「부두주변」(양문길)

- 줄거리: 꼬마는 쐐기와 함께 자갈치시장 한구석에서 자며 신문을 돌리고 구두를 닦는다. 돈 버는 게 꼬마의 꿈이다. 길가다 피 흘리는 사내를 만나 얼떨결에 숙소에까지 데려온 꼬마는 쐐기가 귀가하지 않는 게 마음에 걸린다. 다음날 길에서 만난 쐐기는 옷차림이 달라졌다. 쐐기는 외팔이 왕초가 크게 한 건 했는데 부왕초 물개가 날라서 쫓고 있다고 했다. 쐐기에게 사실을 말한 꼬마는 숙소에 돌아와 왕초 부하들이 들이닥칠 것이라고 말한다. 그러나 물개는 자신은 손을 씻었다며 도망가지 않겠다고 말했다.
- 주제별 분류: 세태론적 주제
- 작중 배경별 분류: 사회적 배경
- 형태별 분류: 고발형
- 심사위원: 김동리 박영준
- 심사평: 문장의 구성과 주제와 소재에 이르기까지 소설의 요건을 가장 많이 갖췄다.

중앙일보 「유예」 (장철호)

· 줄거리: 나는 사형수다. 머슴인 아버지는 주인집 딸을 겁탈해 나를 낳았다. 전쟁통에 아버지는 어디론가 끌려가고 어머니도 떠났다. 김 교수 댁에 기거하며 그의 형인 김 사장의 신임을 받은 나는 그의 딸과 정혼한 처지다. 어느 날 어머니가 사장의 첩인 걸 알게 된 나는 심한 갈등에 사로잡혔다. 우연히 어머니 집에 갔다가 둘의 시신을 발견한 나는 살인자로 몰리고 이렇다할 변명 없이 운명을 받아들이기로 한다. 사형장으로 가는 줄 알았는데 나는 풀려나고 범인은 그 여자의 전 남편이라는 말을 듣게 된다.
· 주제별 분류: 인생론적 주제
· 작중 배경별 분류: 개인적 배경
· 형태별 분류: 심리묘사형
· 심사위원: 박화성 정비석 황순원
· 심사평: 형법상의 죄와 심리적인 죄와의 갈등이라는 독특한 문제를 다루며 새로운 각도로 인생을 보려 한 점이 좋았다. 작위성이 두드러지는 게 흠이다.

▶1967년

경향신문 「석기시대」 (이건용)

· 줄거리: 고아인 여자와 사생아인 남자간의 애정의 심리적 흐름을 묘사. 박물관에서의 데이트를 줄거리로 '석기시대'로 표현된 원초적 세계를 갈망.

- 주제별 분류: 인생론적 주제
- 작중 배경별 분류: 개인적 배경
- 형태별 분류: 심리묘사형
- 심사위원: 안수길 황순원
- 심사평: 감정의 극한 상황을 감각적인 영롱한 문장으로 표현한 유니크한 작품.

동아일보 「비둘기」(백시종)

- 줄거리: 눈을 떠보니 아직 살아 있었다. 나는 다른 여러 사람들과 함께 반동으로 몰려 이곳으로 끌려와 총알 세례를 받았다. 나를 지목해 끌어내던 덕호의 눈빛을 잊을 수 없다. 아내 금순을 지켜야 한다는 생각이 든다. 덕호와 아내와 나는 동급생이었다. 부잣집 아들인 덕호는 금순에게 사탕을 주었지만 나는 산비둘기를 잡아 줘야겠다는 생각이었다. 금순은 나와 결혼했다. 덕호는 그게 한이 됐나 보다. 빨리 일어서서 덕호를 죽이고 금순과 오순도순 사는 꿈을 꾼다. 몸이 움직이지 않는데 비둘기가 하늘로 날아가는 것 같다.
- 주제별 분류: 인생론적 주제
- 작중 배경별 분류: 개인적 배경
- 형태별 분류: 심리묘사형
- 심사위원: 김동리 안수길.
- 심사평: 짜임새가 다소 허술하지만 소재와 주제가 신인다운 이채로움을 보였다.

대한일보 「뚝 주변」(백시종)

• 줄거리: 명근네와 뻥쇠네는 한 천막에서 생활한다. 둑이 터져 온 마을이 물에 잠기고 여러 사람이 물에 떠내려가 죽었다. 명근 어머니와 뻥쇠 아버지는 아직 시체도 찾지 못했다. 둘은 날마다 시체를 찾으러 다닌다. 어느 날 저녁 집에 돌아오니 동생들이 모두 천막 밖에 나와 있다. 쌀밥 먹었다는 말에 천막을 확 들추고 들어가니 뻥쇠 어머니는 밑에, 그리고 명근 아버지는 위에 겹쳐 있었다.

• 주제별 분류: 인생론적 주제
• 작중 배경별 분류: 개인적 배경
• 형터별 분류: 심리묘사형
• 심사위원: 안수길 조연현
• 심사평: 접속사를 생략한 문장, 침착한 사실적 진행이 독특한 분위기를 조성하는 데 성공.

서울신문 「절차탁마」(정강석)

• 줄거리: 공군사관생도인 김동호는 선배들의 졸업식 사진을 열심히 찍고 다닌다. 오빠를 무척 자랑스러워하는 누이동생이 내후년에는 오빠의 멋진 모습을 보겠구나 하고 생각한다. 사흘 전 연습비행 중 산화한 이관 선배의 애인이 오열하는 모습을 본다. 그리고 선배는 조국을 위해 죽었다고 자위한다. 그 날 밤 동호는 영창에 갇힌다. 카메라 두 대가 없어진 것이다. 의심받는 사람은 그와 윤현 선배다. 둘은 각기 '절차탁마'라는 명예제도에 따라 동기생들에게 몽둥이 찜질을 당하고, 윤현 선배는 자살한다. 김동호의 모습도 동기생들 앞에 더 이상 나타나지 않았다.

- 주제별 분류: 인생론적 주제
- 작중 배경별 분류: 특수상황의 배경
- 형태별 분류: 심리묘사형
- 심사위원: 유주현 강신재

조선일보 「견습환자」(최인호)

- 줄거리: 늑막염으로 입원한 나는 병원생활이 무료해지자 간호사와 의사, 그리고 병원 돌아가는 모습을 세심하게 관찰하는 게 취미가 됐다. 병원 근무자의 특성은 표정이 없다는 것이다. 나는 꾀병을 부리기도 하고 병실 문패를 몽땅 바꿔 놓기도 하지만 그들의 일상은 변함이 없다. 퇴원 날 나는 그 중에서도 유난히 무뚝뚝한 인턴이 예쁜 여인과 콜라를 마시며 얘기를 나누는 것을 본다. 나는 마음 속으로 그 여인이 그를 잘 요양시켜 주기를 기원했다.
- 주제별 분류: 세태론적 주제
- 작중 배경별 분류: 사회적 배경
- 형태별 분류: 이야기체
- 심사위원: 황순원 유주현 이어령
- 심사평: 병원을 세팅으로 하여 비정적이고 기계화한 현대인의 한 모습을 보여준 솜씨가 재치 있다. 등장인물도 생생하다. 신인다운 박력과 창의성 부족이 흠.

중앙일보 「회귀」(조문진)

- 줄거리: 교장 선생으로 정년 퇴임한 박 여사의 딸 지숙과 오랫동안 사귀

어온 나는 박 여사에게 지숙과 결혼하겠다고 했다가 퇴짜를 맞는다. 가난해서 싫다는 것이다. 박 여사는 증권으로 돈을 다 날린 처지였다. 지숙은 결혼해서 외국에 나가 살며 편지만 보낸다. 나는 거동이 불편한 노파가 된 박 여사를 매일 찾아 돌본다. 이것은 나의 복수였다. 박 여사가 추하게 늙어 가는 것을 보고, 또 나의 늠름한 모습을 보여주는 것이다. 이를 털어놓자 박 여사는 '너는 용기가 없었다'고 말한다. 그리고 일주일치 수면제를 모아 먹고 자살했다. 박 여사의 장례식 때 나는 이혼하고 돌아온 지숙에게 청혼을 했다. 이건 장난이 아니었다.

- 주지별 분류: 인생론적 주제
- **작중 배경별 분류: 개인적 배경**
- 형태별 분류: 심리묘사형
- 심사위원: 김동리 이호철 황순원
- 심사평: 단조로운 소재를 붙들고 차분하게 이끌어 갔다. 주제가 좀 무리하고 맺음이 좀 싱거운 게 흠. 뻗어나갈 자질을 보였다.

한국일보 「생성」(이진우)

- 줄거리: 집 앞 플라타너스의 푸르름이 짙어 가더니 어느 날 생긴 벌레들이 일주일만에 잎을 모두 갉아먹고 말았다. 어머니가 돌아가신 지 이 년이 됐다. 아버지는 운수회사를 그만 두고 동생은 말썽을 부렸다. 나는 술에 빠져 벌레들을 관찰한다. 맘 잡은 동생은 성적은 수석이 됐으나 우울증에 빠진다. 동생은 시골로 요양차 떠나고 아버지는 핸들을 잡았다. 플라타너스에 새순이 돋고 있었다.
- 주제별 분류: 인생론적 주제

· 작중 배경별 분류: 개인적 배경
· 형태별 분류: 심리묘사형
· 심사위원: 김동리 이호철 황순원
· 심사평: 잘 정리된 문장과 싸늘한 지적 침잠미가 독특하다. 극적 요소
  가 다소 결점.

▶ 1968년

대한일보 「목선」(한승원)

· 줄거리: 겨우내 김 양식을 도와주면 채취선을 빌려주겠다는 양산댁
  의 말을 믿고 '머슴살이'를 했던 석주는 양산댁이 태수와 눈이 맞아
  말을 바꾸자 미칠 지경이다. 평생 머슴살이해 모은 돈으로 채취선을
  사고 장가들었던 석주는 아내 복님과 눈이 맞은 놈을 패주었다가 병역
  기피자로 신고 당해 군대에 끌려갔다. 제대해 보니 아내도 채취선도
  없어 혼자 근근히 생계를 이어간다. 마지막으로 다짐을 받으러 양산댁
  을 찾아간 석주는 태수를 끌고 와 싸움 끝에 내동댕이치고 배타고
  도망가는 양산댁을 쫓아가 잡았으나 차마 물 속에 처넣질 못한다.
· 주제별 분류: 세태론적 주제
· 작중 배경별 분류: 사회적 배경
· 형태별 분류: 이야기체
· 심사위원: 김동리 곽종원
· 심사평: 사건의 전개가 선명하다. 문장도 정확하지만 신선미가 부족
  한 것이 흠이다.

동아일보 「폭양」(김청조)

· 줄거리: 베트남전을 배경으로 한 작품. 베트콩 잔당을 소탕하러 나간 나는 굶주리고 있는 남매와 할머니를 데리고 부대로 돌아온다. 그리고 남매의 엄마가 베트콩에 가담했다가 사살됐음을 알지만 어린 남매에게 그 사실을 알리지 못한다. 한국 전쟁 때 피난길에 폭탄 맞아 죽은 누나가 생각났다. 월남 아이들에게 구박받는 남매를 마을로 데려다 주러 간 나는 월맹군 시체 주위에 돌을 쌓는 아이들을 도와 휘발유를 붓고 화장을 치른다. 폭탄 맞아 꽃잎처럼 붉어진 누이가 다시 생각난다.

· 주제별 분류: 인생론적 주제

· 작중 배경별 분류: 특수상황의 배경

· 형태별 분류: 심리묘사형

· 심사위원: 이호철 황순원

· 심사평: 뻗어나갈 가능성에서 우위에 있었다.

서울신문 「임총리」(김병로)

· 줄거리: 낼모레 칠십인 임 노인은 방공호에서 혼자 살면서도 늘 재상이 될 꿈을 꾸고 있다. 그래서 동네 운전수들이 붙여 준 별명이 임총리다. 믿음직한 작은 아들은 6·25때 전사했고 큰 아들은 시원찮게 산다. 북덕방을 동업하는 오 노인에게 늘상 둘리고 사는 임 노인은 그 사실보다 자신이 정승이 될 기미가 안 보이는 게 더 서럽다. 눈 내리는 날 오 노인과 술을 마시고 다투다 헤어진 임총리는 동굴 집을 오르다가 쓰러져 정승이 되는 꿈을 꾸며 세상을 떠난다.

· 주제별 분류: 세태론적 주제

- 작중 배경별 분류: 사회적 배경
- 형태별 분류: 우화형
- 심사위원: 유주현 강신재

조선일보 「두 시간 십 분」(이세기)

- 줄거리: 명절날 서울행 기차를 탄 나는 대학강사인 서른 살 정도의 옆자리 남자와 대화를 나눈다. 파일럿이 되고 싶었다는 그 남자는 무심코 내뱉은 '항공회사'에 다닌다는 나의 대답에 내가 스튜어디스인줄 안다. 그는 하늘을 천국을 신화를 얘기하고 기차는 서울에 닿았다. 그는 차 한 잔 하자고 했지만 나는 사양했다. 스튜어디스도 아니고 타관에서 먹고살기 위해 무엇이라도 해야 할 여자가 바로 나였다.
- 주제별 분류: 세태론적 주제
- 작중 배경별 분류: 사회적 배경
- 형태별 분류: 심리묘사형
- 심사위원: 전광용 선우휘 이어령
- 심사평: 한 폭의 점묘화처럼 곱게 그렸다. 난삽한 관념어를 쓰지 않고도 현대인의 어쩔 수 없는 초조와 불안을 과부족없이 표현.

중앙일보 「완구점 여인」(오정희)

- 줄거리: 여주인공의 죽은 어머니와, 나를 반기다 이층에서 떨어져 죽은 동생, 소아마비를 앓은 그 동생이 앉아 있던 휠체어에 대한 사무친 그리움이 역시 휠체어에 앉아 있는 알지 못할 완구점 여인에 대한 야릇한

애정으로 나타나는 미묘한 인간성의 일면을 여성적 뉘앙스로 포착.

· 주제별 분류: 인생론적 주제
· 작증 배경별 분류: 개인적 배경
· 형태별 분류: 심리묘사형
· 심사위원: 김동리 황순원 안수길
· 심사평: 독특한 소설 경지를 개척할 가능성이 충분하다.

한국일보 「회색 면류관의 계절」 (윤흥길)

· 줄거리: 공군 정비대에 근무하는 박병현 병장은 '등교정지'란 누나의
편지를 받는다. 작년에 아버지가 뇌일혈로 돌아가시고 누나 힘으로 꾸려
온 어려운 살림이다. 동생은 가출했다. 갑자기 집합 명령이 떨어지고 정
훈 교육으로 세계 3차대전이 일어나는 영화가 상영됐다. 동료 병사들과
색시 집에 가서 술을 마신다. 저쪽에선 음탕한 놀이가 한창이다. 돌아오는
길에 기지 교회가 불을 밝히고 있다. 가시관을 쓴 예수가 교회당 안에
있었다. 저 성자가 이천 년 동안 고통받아온 결과가 인류의 멸망, 변태
성욕, 등교 정지와 가출, 뇌일혈 등이란 말인가. 이런 생각으로 다시 쳐다
본 병현의 눈에 가시관을 쓴 아버지가 보였다. 놀랍게도 아버지의 머리를
찌르는 가시들은 어머니와 나, 동생들과 누나였다.

· 주제별 분류: 인생론적 주제
· 작중 배경별 분류: 특수상황의 배경
· 형태별 분류: 심리묘사형
· 심사위원: 김동리 황순원 곽종원
· 심사평: 언어 구사가 정확하고 메타포에 좋은 이점을 얻고 있다. 세련

된 문장, 새로운 감각 등 요건을 갖췄다.

▶ 1969년

대한일보 「처형의 땅」(오탁번)

- 줄거리 : 구청 건설과에 고용돼 판잣집 철거를 담당하고 있던 우리들은 어느 날 철거대상 판자촌이 바로 우리가 사는 곳이라는 것을 알고 인부 노릇을 그만 둔다. 그리고 정식 구청 직원 채용 시험에 응시하기 위해 옛 미군 위병소 망루였던 건물을 빌려 공부한다. 이 건물은 우리 판자촌을 위풍당당하게 내려다보고 있다. 공부와 철거의 상념이 오락가락하는데 육중한 기계음이 들려 나가보니 불도저 운전수가 새벽에 이곳을 철거한다고 한다. 우리는 운전수를 묶어 놓고 불도저를 몰고 나갔다.
- 주제별 분류 : 세태론적 주제
- 작중 배경별 분류 : 사회적 배경
- 형태별 분류 : 고발형
- 심사위원 : 박영준 안수길 이형기
- 심사평 : 구체적인 인물을 내세우지 않고 '우리'라는 집단을 주인공으로 설정한 그 점만으로, 이 작품의 새로움은 증명될 수 있다. 소설이라면 으레 인물을 그리고 또 성격을 창조해야 한다고 생각해 온 사람들은 니심 적잖이 당황할 만큼 새로운 작품이다.

동아일보 「월요일에 죽은 남자」(강준식)

- 줄거리 : 월요일에 기표가 자살했다. 기표와 나는 선희를 놓고 경쟁했

다. 자살, 죽음, 연애, 인생, 이런 것들이 우리들의 화두다. 나는 선희를 꾀어 몸을 갖지만 결국 그녀에게 패배했다. 기표는 얼마 후 자살했다. 선희는 기표의 죽음이 자신의 책임이라 여긴다. 선희는 나의 아기를 낳지 않겠다고 하면서 기표의 유품인 시계를 전당포에 맡기러 간다.

- 주제별 분류: 인생론적 주제
- 작중 배경별 분류: 사회적 배경
- 형태별 분류: 심리묘사형
- 심사위원: 황순원 이호철
- 심사평: 집중미가 없는 게 흠. 그러나 재능과 역량이 가장 확실하게 믿어진다.

서울신문 「어떤 행렬」(백도기)

- 줄거리: 신학대학을 갓 졸업한 나는 한 시골교회로 파송된다. 일단 현황을 살피러 온 나는 늙은 목사와 아내, 사십쯤 된 아들을 만난다. 아들은 십 팔 년 전 사변 때 교회당을 인민위원회 사무실로 쓰겠다는 것을 거절했다가 아버지와 함께 고문을 당하고 실성했다. 목사는 내가 교회를 맡아주길 바라지만 나는 그럴 마음이 없어서 일찍 귀경을 서두른다. 목사는 굳이 읍내까지 배웅을 나왔는데 읍내에서 만난 목사의 아들이 교통사고로 숨진다. 늙은 목사는 아들을 껴안고 일어서려 하지만 힘이 부치고 다른 사람들이 도와주려는 것을 모두 뿌리친다. 그러나 내가 맡겠다고 하자 목사는 비로소 '고맙다'며 일어섰다. 내게 십자가를 맡긴 것이다.
- 주제별 분류: 인생론적 주제
- 작중 배경별 분류: 사회적 배경

- 형태별 분류: 심리묘사형
- 심사위원: 유주현 전병순
- 심사평: 인간의 고뇌가 무엇인가를 깊이 보는 눈이 있고, 진지한 문제
  를 짧은 단편 안에 군더더기 없이 잘 표현했다.

중앙일보 「개를 기르는 장군」(김동선)

- 줄거리: 장군이 예편되리라는 설과 함께 갖가지 풍문이 돌았다. 장군
  은 좀 독특한 사람이다. 사무실에서 개를 키우고 모자를 푹 눌러쓰고
  땅을 보며 걸어다닌다. 장군 다운 품위와 체통이 없어 보인다. 그는
  마음이 무척 여린 사람이다. 언젠가는 차를 타고 가면서 운전병 전
  하사와 모자를 바꿔 쓰고 즐거워하기도 했다고 한다. 어느 날 교통사
  고로 운전병은 죽고 장군은 중상을 입었다. 제대를 앞두고 오갈 데
  없는 장군의 개를 맡고 있던 나는 병 문안을 가서 장군이 별을 단
  이후로 가슴이 답답해 졌다는 말을 듣는다. 장군은 부관의 만류에도
  불구하고 예편을 신청했다.
- 주제별 분류: 세태론적 주제
- 작중 배경별 분류: 특수상황의 배경
- 형태별 분류: 우화형

조선일보 「경찰관」(김성종)

- 줄거리: 주인공 오 주임은 바닷가 마을의 경찰이다. 아내가 산후 병고
  로 죽고 자식까지 잃은 그는 삶의 의욕을 잃어버렸다. 야망도 욕심도
  없다. 자연히 조직사회에서 도태, 낙도로 좌천 온다. 그곳에서 자신의

아기를 죽이려한 어부를 만난다. 그 어부는 살기 위해서 자식을 팔려고 했다. 기형아 아기는 큰돈이 된다는 의과대학생들의 말을 듣고 육지로 나가다 경찰에 붙잡혔다. 너무나 가난해 그렇게 해서라도 식구들을 먹여 살리려고 했던 것이다. 결국 그 어부는 죄책감에 자살하고 오 주임은 자신의 삶을 되돌아본다.

- 주제별 분류: 세태론적 주제
- 작증 배경별 분류: 사회적 배경
- 형태별 분류: 심리묘사형
- 심사위원: 안수길 전광용
- 심사평: 「경찰관」은 중후하고도 끈질긴 문체에 의한 치밀한 묘사, 구성 면에서의 재기 있는 결구의 귀일법 등 작가의 저력이 엿보이는 작품이다.

한국일보 「영해발 부근」(천금성)

- 줄거리: 주인공은 항해사다. 남태평양을 항해 중 배가 파선하는 바람에 '폴리에틸렌 부이'를 간신히 붙잡고 바다에 떠있게 됐다. 동료 한 명과 함께 구조를 기다리면서 이제까지 살아온 삶을 회고한다. 사랑과 여자, 돈과 바다에 대한 여러 추억들과 만난다. 결국 동료는 상어에 잡아먹히고 주인공도 결국 구조되지 못한다. 바다에서 생을 마감하는 것이 진짜 항해사라는 말을 되새기면서….
- 주제별 분류: 세태론적 주제
- 작중 배경별 분류: 특수상황의 배경
- 형태별 분류: 심리묘사형
- 심사위원: 김동리 황순원

• **심사평**:「영해발 부근」은 소재를 해양으로 삼은 점에 있어 우선 특이
하다. 뿐만 아니라 항해와 선박에 대한 전문용어를 철저한 조사를
통해 사용했다. 게다가 이런 작품일수록 무작정 옆으로 번지기 쉬운
군말을 잘 다스려 나간 점도 좋았다.

(2)1970년대 당선작

▶1970년

동아일보 「잉어와 꼽추」(오효진)

- 줄거리 : 주인공은 꼽추다. 잉어 잡이에 자신의 삶을 비교하고 있다. 꼽추인 그는 '선생님'이라는 자와 함께 낚시를 한다. 주인공은 자신의 처지를 비판한다. '꼽추'이기 때문에 살기에 제약이 많다는 것이다. 하지만 '선생님'은 동의하지 않는다. 용기가 없다고 나무란다. 절망하더라도 시도하라고 한다. 꼽추는 잉어를 잡기 위한 도구인 폭약을 선생님에게 권한다. 한번 시도해 보라고 한다. 솔선수범을 보이라는 것이다. 결국 선생님은 시범을 보였다. 폭발물과 함께 산화한다. 꼽추를 향해 '난 이렇게 라도 시도하는 데 넌 뭐 하는 놈이야'라고 꾸짖으면서.
- 주제별 분류 : 인생론적 주제
- 작중 배경별 분류 : 개인적 배경
- 형태별 분류 : 심리묘사형
- 심사위원 : 황순원 정명환
- 심사평 : 수학적으로 계산된 언어사용, 치밀한 구성, 독특한 상황설정을 통해서 나타나는 존재의 갈등, 이 모든 것이 서너 군데 서투른 구절에도 불구하고 작품의 진정성을 충분히 증명해 준다고 판단했다.

서울신문 「퇴화론」(박기동)

- 줄거리 : 주인공은 아기를 지우기 위해 산부인과를 찾는다. 그 아이는 다름 아닌 오빠의 아기다. 그녀는 어릴 적 하나뿐인 가족인 오빠와

헤어져 고아원에서 자라게 됐다. 고아원 생활은 행복하지 못했고 세월이 흐른 뒤 찾아 온 오빠를 미련 없이 따라 나선다. 그녀의 유일한 피붙이이자 은신처였던 오빠는 결국 연인이 돼 버렸다. 이들은 서로 괴로워하면서도 관계를 정리하지 못하고 결국 아이를 임신하게 된다.

- 주제별 분류: 인생론적 주제
- 작중 배경별 분류: 개인적 배경
- 형태별 분류: 심리묘사형
- 심사위원: 류주현 최인훈
- 심사평: 「퇴화론」은 에디푸스 왕의 주제와 전개를 깨끗하게 연습한 작품이다. 마지막까지 열쇠는 감춰지고, 끝에 가서 비로소 작품의 첫 줄부터의 사건들이 해명되고 완전한 조명 속에 드러난다. 수술 장면의 처리, 혼수상태의 환각도 적절하게 주제를 암시하고 주인공의 태도를 간접으로 풀어내고 있다. 단편소설의 기본 정석의 하나인 이런 전개를 위해서 말수가 적으면서 긴박한 느낌을 주는 문장투도 효과적이다.

조선일보 「탑」(황석영)

- 줄거리: 본대로부터 R지역에 파견 배치된 주인공. 월남전을 배경으로 이야기는 펼쳐진다. 그 마을엔 탑이 있는데 아군은 그 탑을 안전하게 지켜야 할 임무가 있다. 그 탑엔 인질을 가두어 놨다. 적군은 호시탐탐 공격을 해오고 주인공은 그 탑을 지키기 위해 동료를 희생하기도 했다. 보잘것없고 초라한 탑을 둘러싼 치열한 전투는 전쟁의 허구와 맹목성을 말해주고 있다.
- 주제별 분류: 이념적 주제

- 작중 배경별 분류: 역사적 배경
- 형태별 분류: 이야기체
- 심사위원: 전광용 안수길
- 심사평: 「탑」은 월남전쟁의 불탑 하나를 중심으로 하여 전장의 생생한 모습을 보여주었다. 또한 끝마무리가 박력 있게 짜여져 이 작가의 작가의식이나 역량이 십분 발휘될 수 있는 작품이다.

중앙일보 「매일 죽는 사람」(조해일)

- 줄거리: 가난한 주인공은 셋방에서 아내와 근근하게 살아가고 있다. 너무나 가난해서 대학까지 중퇴했다. 취직시험도 몇 번이고 떨어졌다. 군대 제대 후 예전에 가정교사노릇 했던 학생을 만나 결혼하게 된다. 하지만 경제적 능력이 없는 그는 행복한 가정을 꾸리지 못한다. 우연한 소개로 영화 엑스트라로 출연한다. 맡은 역할은 주로 죽는 역할. 매일 죽는 역할을 해야 돈을 버는 것이다. 주인공은 매일 죽는 역할을 하다가 언제부턴가 진짜 죽는 환영에 시달리게된다. 주인공의 행복하지 못한 현실이 반영된 것이다. 주인공은 오늘도 죽는 역할을 하며 만삭의 아내에게로 돌아온다.
- 주제별 분류: 세태론적 주제
- 작중 배경별 분류: 사회적 배경
- 형태별 분류: 심리묘사형
- 심사위원: 안수길 김동리 강신재
- 심사평: 「매일 죽는 사람」은 죽는 역을 맡은 '엑스트라'의 하루다. 끝 장면과 결부되는 서두의 복선, 앞을 기대하면서 읽게 하는 기법도

능란하다. 좌절감과 그것을 극복하고 전진하려는 한 지식인 청년의 부조리를 일상생활에 용해시킨 점이 평가된다.

한국일보 「돔소도에서 며칠을」(이수남)

- 줄거리: 돔소도로 전출 온 주인공은 그곳에서 특별한 체험을 하게 된다. 약간 정신이 이상한 여자 이야기를 듣게 된다. 그녀의 남편은 고기잡이배를 타고 바다로 나간 뒤 시체로 발견됐다. 그 후 여자는 한곳에 정착하지 못하고 떠돌이 생활을 하고 있다. 주인공은 그녀를 통해 어릴 적 동네 여자아이를 기억해 낸다. 그 소녀 역시 정신이 온전하지 못해 친구들에게 놀림을 당하곤 했다. 주인공 역시 그녀를 놀렸던 무리배 중 하나. 근무 중 그 여자 집에서 소문의 여자와 조우하게 되면서 지난날을 추억한다.
- 주제별 분류: 인생론적 주제
- 작중 배경별 분류: 특수상황의 배경
- 형태별 분류: 이야기체

▶1971년

서울신문 「불안한 마당」(윤진상)

- 줄거리: 주인공인 군인은 부대에서 현금을 훔쳐 탈영한다. 너무나 가난해서 창녀가 된 동생, 가난한 부모 등 불우했던 유년시절은 '돈'에 대한 한을 품게 한다. 주인공은 돈이 욕심 났다기 보다는 돈 때문에 한이 됐던 자신의 억울함을 해소시키고 싶었던 것. 결국 술집작부에게

들켜 돈도 빼앗기고 살해당하고 만다. '돈' 때문에 왜곡된 그의 삶을
보여주고 있다.

- 주제별 분류: 세태론적 주제
- 작중 배경별 분류: 사회적 배경
- 형터별 분류: 심리묘사형
- 심사위원: 김동리 유주현
- 심사평: 「불안한 마당」은 내용에는 언급 않겠으나 범죄인을 다루었
  으면서 그 주제의식이 속되거나 권선징악의 경지를 넘어선 진지한
  작품이다.

중앙일보 「사당」(최응태)

- 줄거리: 전쟁 때문에 한 마을 사람들이 서로를 죽이고 다투는 동족상
  잔의 비극이 줄거리다. 마을에 공비가 내려 온 뒤 국군의 편에 섰던
  사람들이 빨갱이들에게 살해된다. 공비가 퇴각한 뒤 공비들에게 가족
  을 잃은 사람들은 다시 '자치대'로 모여 응징을 가한다. 공비에게 형을
  잃은 주인공의 친구 상진은 무고한 농부들을 살해하기로 한다. 주인공
  은 말리지만 듣지 않는다. 반면 상진이 마음을 주고있는 혜린이라는
  여성은 공비임에도 풀어주려고 한다. 이에 분노한 주인공은 결국 그
  여자를 살해한다는 내용이다.
- 주제별 분류: 이념적 주제
- 작중 배경별 분류: 역사적 배경
- 형태별 분류: 이야기체

조선일보 「풍속도」(신경득)

• 줄거리: 전쟁 당시 동네 꼬마들의 살아가는 이야기. 전쟁이 소년들의 일상에 어떤 존재인가를 그리고 있다. 아이들끼리 노는 것도 대화하는 것도 모두 어른들의 전쟁이 소재이고 주제다. 전쟁 때문에 미친 마을 청년을 통해 전쟁의 폐해를 고발하고 있다.

• 주제별 분류: 이념적 주제

• 작중 배경별 분류: 역사적 배경

• 형태별 분류: 우화형

• 심사위원: 황순원 선우휘

• 심사평: 「풍속도」는 테마와 정면으로 대결하는 자세와 문체를 갖춘 점이 돋보인다.

동아일브 「만화경」(조성기)

• 줄거리: 주인공과 그 형은 만화경을 만들어 노는 것이 취미다. 그 만화경은 주인공에겐 환상의 세계였다. 현실은 가난했지만 만화경 속 세상은 화려하기만 했다. 주인공은 잔인한 놀이를 시작한다. 날개 달린 곤충들의 날개를 뜯어 만화경 속에 넣는 것. 날개를 뜯긴 채 고통당하는 곤충들을 보고 이상한 희열을 느꼈다. 마치 현실 속에선 자신이 날개가 뜯긴 곤충인 것처럼 동일시했다. 주인공과 그 형은 이상한 행각을 계속하면서 현실에서 만화경의 세계를 즐긴다.

• 주제별 분류: 인생론적 주제

• 작중 배경별 분류: 개인적 배경

• 형태별 분류: 심리묘사형

- 심사위원: 황순원 강신재
- 심사평: 「만화경」은 육감적일 정도로 생생한 묘사가 주의를 끄는 작품이다. '우리'라는 조무래기 친구들 공동의 눈을 통해 관찰되고 포착된 상황들이 끝에 가서 '나'를 비로소 발견하는 주인공의 의식과 결부되면서 소설의 마무리를 이루고 있다. 맵시 있게 짜여진 일편이다.

▶ 1972년

경향신문 「두 사나이」(박광서)

- 줄거리: 군대 이야기를 설화 속 인물들을 내세워 쓰고 있다. 프로메테우스 일병은 티탄 상사의 부대로 전출해 온 후 정비대 순찰을 지원한다. 티탄 상사는 예전에 아도니스 일등병과 무척 닮은 프로메테우스 상사에게 애정을 느낀다. 아도니스 상사가 겁이 많아 결국 교전 중에 사살됐기 때문이다. 이에 비해 프로메테우스 상사는 용기와 정의를 두루 갖춘 인물. 정비대 순찰 중 포로들을 강간한 뒤 사살하려는 동료 알리스를 살해한다. 티탄 상사는 프로메테우스의 행동을 덮어주려 하지만 프로메테우스는 결국 거부한다. 죄 값을 받겠다는 것이다. 티탄은 어떻게든 그의 행동을 덮어보려 하지만 결국 프로메테우스의 용기 앞에 무릎을 꿇고 만다.
- 주제별 분류: 인생론적 주제
- 작중 배경별 분류: 특수상황의 배경
- 형태별 분류: 우화형
- 심사위원: 안수길 이철범
- 심사·평: 전쟁이라는 극한 상황 속에서 행동하는 인간드라마가 주제

이고 그 주제를 아주 깔끔한 솜씨로 다듬었다. 매수의 제한 때문인지 전투를 통한 구체적인 생활이 그려져 있지 않는 것이 흠이다.

동아일보 「4월의 끝」(한수산)

• 줄거리: 주인공 '나'는 '형수의 불치 병'을 통해 과거와 현재를 회상하게 된다. 어릴 적 누나의 죽음, 생명에 대한 신비. 가족과 사랑하는 연인의 죽음 등 유한한 인간에 대한 상념을 토대로 이야기가 전개된다. 인간의 문명, 문명이 만들어낸 또 다른 폐해, 그리고 기대. 주인공은 '살아있는 동안 어떻게 살아야 하는가'에 대한 고민을 주변사람들의 삶과 죽음을 통해 묻고 있다.
• 주제별 분류: 인생론적 주제
• 작중 배경별 분류: 개인적 배경
• 형태별 분류: 심리묘사형
• 심사위원: 황순원 강신재
• 심사평: 「4월의 끝」은 사람이 살아있다는 뜻과 시간의 문제를 현대인다운 경쾌한 터치로, 와중에 있으면서 와중에서 한 발짝 물러선 자세로 써 내려간 단편이다. 문장의 호흡에 음악적인 멋이 있고 바닥에 깔린 짙은 우수도 바람소리 같은 일종의 효과를 내고 있다.

서울신문 「불 구경」(이복구)

• 줄거리: 불우했던 유년시절을 보냈던 주인공과 그 친구. 부모의 시대에는 일제 강점기가, 그리고 주인공의 시대에는 월남 파병이라는 사회

적 배경이 깔려 있다. 일제 강점기로 인해 가정은 파탄 났고 부모는 자살하는 등 불우한 유년을 보낸 주인공과 월남전 때 팔을 잃은 후 반쪽 짜리 삶을 살고 있는 주인공의 친구. 전쟁과 사회가 가정과 개인을 파탄시키고 절망케 한다는 사실을 과거와 현재의 기억을 연결시켜 가며 서술한 작품이다.

- 주제별 분류: 이념적 주제
- 작중 배경별 분류: 역사적 배경
- 형태별 분류: 이야기체
- 심사위원: 오영수 유주현
- 심사평: 불과 사슴과 찬란한 햇빛으로 구원을 삼으려는 작가의 승화된 사상이 이 작품의 감명을 더해준다. 그 원시적인 생명에의 애착, 토속적인 향기 등이 이채롭다.

조선일보 「한번 그렇게 보낸 가을」(송하춘)

- 줄거리: 주인공은 학교가 휴업 상태인 대학생. 연일 이어지는 시위 때문에 학교는 휴교령이 내려지고. 조카와 들른 고궁에서 한 여자를 만난다. 그 여자는 전쟁 때문에 가정이 파탄 나고 버려진 고아. 나중에 엄마가 속죄하긴 하지만 이미 예전으로 돌아갈 순 없었다. 전쟁이나 쿠데타 같은 사회의 특수한 상황이 가정과 개인의 행·불행을 결정짓는 과정을 진지하게 이야기하고 있다.
- 주제별 분류: 이념적 주제
- 작중 배경별 분류: 역사적 배경
- 형태별 분류: 우화형

- 심사위원: 황순원 박영로
- 심사평: 「한번 그렇게 보낸 가을」은 제목이 풍기는 것처럼 시정이 흐르는 작품이다. 산뜻한 느낌을 주면서도 절박감을 느끼지 않도록 쓴 작가의 의식적인 노력이 눈에 보였다. 하지만 결과적으로는 중후감이 없다는 점이 흠이다.

중앙일보 「데드마스크」(조용득)

- 줄거리: 가족의 갈등과 화해를 다루고 있다. 주인공은 엄마에 대한 기억이 좋지 않다. 사람보다 돈을 더 중요시했던 엄마. 그래서 가정은 늘 불행했다. 그리고 군대에서 엄마의 부음을 듣는다. 주인공은 조각가 전경숙의 데드마스크를 통해 어머니와 화해를 시도한다. 전경숙 역시 아버지를 증오하며 살았다. 재혼, 강간, 그리고 거짓 신앙, 명예욕 등 아버지의 삶을 경멸했다. 하지만 아버지의 데드마스크를 만들며 인간이기 때문에 저질렀던 실수들임을 받아들인다. 그런 전 씨의 모습을 통해 주인공도 죽은 엄마와 화해를 시도한다는 내용이다.
- 주제별 분류: 인생론적 주제
- 작중 배경별 분류: 개인적 배경
- 형태별 분류: 심리묘사형

한국일보 「열하일기」(고동화)

- 줄거리: 주인공은 방황을 즐기는 사람. 할일없이 길거리를 쏘다니며 다른 사람의 뒤를 쫓는 '술래잡기 놀이'를 한다. 어느 날 그는 우연히

한 여자 뒤를 쫓게 된다. 그러나 들켜버린다. 자신이 술래잡기를 하는 이유는 삶의 권태를 극복하기 위해서다. 그 여자는 주인공의 술래잡기 놀이를 따라하며 두 사람은 새로운 만남을 갖고, 나중을 기약한다. 주인공은 숨이 막힐 듯한 권태를 삶의 본질이라 생각한다. 그리고 돌파구를 찾으려고 한다.

• 주제별 분류: 인생론적 주제
• 작중 배경별 분류: 개인적 배경
• 형태별 분류: 심리묘사형
• 심사위원: 김동리 김우종
• 심사평: 하루의 평범한 생활이 소재로 되어 있고 그 소재를 통해서 작가는 인생의 깊숙한 내면을 모색해 나가며 이를 매우 섬세한 감각으로 표현했다. 작품의 기법도 매우 인상적이다. 날개가 떨어져버렸는데도 어디론가 기어가는 파리의 모습은 바로 주인공을 상징하며 또 인생 전체를 상징한다.

▶ 1973년

동아일보 「횡적」(이태호)

• 줄거리: 전쟁으로 인해 파탄 난 가정과 개인의 굴곡진 삶을 이야기하고 있다. 1·4후퇴 때 두 동강난 가정. 군대에 지원한 삼촌은 두 다리와 문학에 대한 꿈을 잃어버린 채 자신의 삶을 저주하게 된다. 문학가, 단란한 가정, 사랑하는 연인에 대한 모든 희망을 앗아간 전쟁의 실체를 삼촌을 통해 바라본다.
• 주제별 분류: 이념적 주제

- 작중 배경별 분류: 역사적 배경
- 형태별 분류: 우화형
- 심사위원: 황순원 강신재
- 심사평:「횡적」은 능숙한 솜씨로 소설답게 쓰여진 소설이라 약간 지나치게 소설답다는 면이 있다. 그러나 상당한 부분에 이르면 어떤 인생을 파내려 갔다는 점이 높이 평가될 만하다. 도입부와 후미, 특히 더러 처진 감이 없지 않다.

서울신문「확인」(이경자)

- 줄거리: 주인공은 사랑하지 않는 사람과 약혼을 한다. 직업과 가정환경과 앞으로의 전망만을 생각해서 결정한 것이다. 하지만 이미 결혼해서 아이까지 있는 건축가와 사랑에 빠진다. 이루어질 수 없는 사랑임을 알지만 멈출 수 없다. 그렇다고 약혼자에게 모든 것을 말하자니 두렵다. 그렇게 갈등하고 있는 사이 건축가가 운전부주의로 사망했다는 소식을 듣고 자신이 정말로 건축가를 사랑했음을 깨닫는다. 그리고 사랑이 없는 결혼이 무의미하다는 것도 깨닫게 된다.
- 주제별 분류: 세태론적 주제
- 작중 배경별 분류: 사회적 배경
- 형태별 분류: 심리묘사형
- 심사위원: 김동리 최인훈
- 심사평:「확인」은 상황이 분명하고 문장에 탄력이 있는 점이 눈길을 끈다. 그러나 상황 자체가 좀 상투적이고 문장의 탄력도 필요한 설명까지도 빼버린 점이 흠이라고 할 수 있다. 그러나 이야기의 중심이

확실하고 전체 느낌이 초심자의 청신한 분위기를 풍긴다.

중앙일보 「여름의 잔해」(박범신)

- 줄거리 : 이야기는 쌍둥이 오누이와 주인공, 그리고 전쟁으로 남편을
  잃은 여인이 등장하며 진행된다. 화가인 쌍둥이 오빠와 글을 쓰는
  언니. 이란성 쌍둥이인 그들은 고통까지도 함께 나누는 사이다. 즉
  소아마비인 쌍둥이 오빠가 가학적이고 공격적인 부분을 오누이인 여
  동생은 마치 자신이 그런 것처럼 마음 아파하고 괴로워한다. 한편
  이들은 시골 한 마을에 살면서 우연히 남편을 잃어 실성한 여인을
  만난다. 여인은 자신의 상처를 이기지 못하고 이성을 잃어버린 케이스
  다. 남편이 매달려 죽은 소나무에 매일 찾아와서는 고통스러워한다.
  결국 그 여인은 자살을 하고, 그 자살에 쌍둥이 오빠가 기여했음을
  알고 동생들은 절망한다. 결국 내면의 상처를 어떻게 극복하느냐가
  화두다. 여인이 죽고 소나무를 베어내자 절반 이상이 썩은 그 소나무
  에 새로운 싹이 났음을 본다. 즉 아무리 깊은 상처도 극복될 수 있다는
  여운을 남긴다.
- 주제별 분류 : 인생론적 주제
- 작중 배경별 분류 : 개인적 배경
- 형태별 분류 : 심리묘사형
- 심사위원 : 유주현 최인훈 서기원
- 심사평 : 「여름의 잔해」는 균일한 질감으로 통일된 어떤 상황을 만드
  는데 노력하고 있다. 통속적인 안정감보다 이런 부정형의 조형 의욕을
  긍정적으로 평가했다.

조선일보 「방생」(손용상)

• 줄거리: 전쟁의 상흔, 전쟁의 상처를 견디다 못해 입산한 주인공과 그곳에서 만난 행자승을 통해 전쟁에서 받은 상처를 고발하고 있다. 행자승은 해병대에 지원한 후 월남전에서 무고한 여인을 죽였다. 결국 그 상처를 견디다 못해 정신병에 시달리게 됐고 결국 입산하게 된다. 주인공 역시 화장터에서 겪은 수많은 죽음으로 인해 고통받고 있는 신세. 결국 행자승은 아끼던 '개'가 병들자 개를 죽이고 자살한다. 다음 생에서는 다른 운명으로 살기를 희망하면서. 주인공은 행자승을 통해 전쟁이 인간을 어떻게 파멸시키는 가를 이야기하고 있다.

• 주제별 분류: 이념적 주제

• 작중 배경별 분류: 특수상황의 배경

• 형태별 분류: 이야기체

• 심사위원: 박영로 황순원

• 심사평: 「방생」은 소설을 형성시켜 나간 솜씨와 진실을 추구하려고 하는 박진력이 다른 작품보다 뛰어나다. 하지만 제목이 주제와 연결성을 이루고 있지 않고 현학미를 보이려고 외국어를 사용한 점이 흠이다.

경향신문 「폐광」(하기)

• 줄거리: 일제시대엔 탄광으로 번성했던 한 마을. 그곳에서 결핵으로 죽어 가는 사람들의 이야기다. 이들은 폐광에서 죽은 사람의 뼈나 아기의 탯줄을 고아 먹으면 결핵이 낫는다는 이상한 믿음을 가지고 있다. 또한 아이들은 폐광에 일본사람들이 보물을 숨겨 놓았다고 믿고 있다. 주인공은 결핵을 앓아 이곳에 있는 요양소로 옮겨왔고 그 마을

학교 교사와 사랑에 빠진다. 그러면서 마을사람들의 애환을 접한다. 지독한 가난으로 치료 한 번 받지 못하고 '야행'을 통해서라도 건강을 회복하겠다는 결핵환자들의 몸부림은 처절했다. 그리고 아이들 역시 보물을 찾아 가난에서 벗어나고 싶어했다. 결국 아이들과 결핵환자 한 명이 폐광에서 시체로 발견되기에 이른다. 이미 폐기 처리된 광산을 목숨 걸고 찾을 수밖에 없는 사람들의 애달픈 운명을 고발하고 있다.

• 주제별 분류: 세태론적 주제
• 작중 배경별 분류: 특수상황의 배경
• 형태별 분류: 고발형

▶ 1974년

한국일보 「판님」(손영호)

• 줄거리: 바람둥이에 노름꾼, 그리고 무능한 남편을 둔 판님은 재봉질을 하며 어렵게 생계를 유지하고 있다. 일본 유학도 다녀온 남편은 가부장적이고 독선적이기만 하다. 하지만 판님은 시어머니를 모시며 억척스럽게 살아간다. 남편은 무당과 새 살림을 차리기 위해 판님에게 끊임없이 돈을 요구하고, 판님은 그런 남편을 증오하면서도 무정하게 뿌리치지 못한다. 마지막까지 판님을 속이고 비굴한 삶을 살아가는 남편과 그런 남편에게 그렇게 속으면서도 또다시 받아주는 판님은 왜곡된 부부의 모습을 그대로 보여준다.

• 주제별 분류: 세태론적 주제
• 작중 배경별 분류: 개인적 배경
• 형태별 분류: 심리묘사형

중앙일보 「경외성서」(송기원)

- 줄거리: 월남전에 참전했던 주인공은 그곳에서 한 여인을 살해하게
  된다. 신참에게 명령된 살인은 백정이었던 그의 아버지를 연상시킨다.
  결국 여인을 죽이고 군대를 제대한 뒤 일상에 복귀하지만 적응하지
  못한다. 자신의 살인이 항상 주인공을 무의식중에 괴롭히고 있는 것.
  백정인 아버지가 결국 소에 가슴을 받쳐 죽은 사실을 통해 결국 자신
  도 죽어야 한다는 강박관념을 갖게 된다. 이 같은 욕구는 살인을 불러
  일으켰고 결국 사형을 기다리는 사형수가 됐다. 주인공을 통해 이데올
  로기와 전쟁이 한 사람의 삶을 어떻게 지배하는 가를 말하고 있다.
- 주제별 분류: 이념적 주제
- 작중 배경별 분류: 역사적 배경
- 형태별 분류: 이야기체
- 심사위원: 유주현 최인훈 서기원
- 심사평: 「경외성서」는 병적인 주제와 내용이 약간 마음에 걸리긴 하지
  만 이는 상황 위에 돋은 가시에 불과하다. 작가는 무엇 보다도 소설을
  만드는 솜씨가 뛰어나다. '경외'란 성서 밖으로 풀이되며 작품의 모럴
  의식이 안도감을 준다.

▶1975년

동아일보 「아버지」(현기영)

- 줄거리: 전쟁을 배경으로 하고 있다. 주인공의 아버지는 산에 숨어
  사는 빨치산. 가끔 밤에 몰래 내려와서 어머니에게 마을을 떠나라고
  했다. 쫓고 쫓기는 상황에서 공비의 가족이라는 이유로 수난을 받을

것이 뻔하기 때문. 결국 아버지는 시체로 발견되고 주인공과 할머니는 그 마을을 떠나게 된다. 그리고 될 수 있으면 고향을 잊으려는 주인공. 전쟁과 이념의 갈등으로 생긴 상처에 관한 이야기다.

• 주제별 분류: 이념적 주제
• 작중 배경별 분류: 역사적 배경
• 형태별 분류: 이야기체

서울신문 「이무기」(김신운)

• 줄거리: 새총에 실탄을 넣어 한쪽 눈을 잃어버린 형. 형은 그 일로 절망하게 되어 매일 분노를 키운다. 마을에 불을 지르고, 가족들을 다 죽이겠다고 날뛰는 등 정신병을 앓게 되고 결국 집에 불을 질러버림으로써 고통을 표현한다. 주인공인 동생은 그런 형을 증오한다. 하지만 어느 날 자신도 한쪽 얼굴이 마비되는 '안면경색증'을 앓는다. 그 상처가 두렵고 혹시 형처럼 될까 걱정스럽다. 사람은 누구나 극복하기 힘든 상처를 갖고 살아간다는 메시지를 형과 자신의 상처를 통해서 이야기한다.

• 주제별 분류: 인생론적 주제
• 작중 배경별 분류: 개인적 배경
• 형태별 분류: 심리묘사형

조선일보 「출에덴기」(권현민)

• 줄거리: 유년기 소년들이 제 2차 성징에 눈을 뜨며 커나가는 이야기. 아담과 이브가 선악과를 따먹어 이성에 눈을 뜬 사실은 결코 원죄가 될 수 없다는 내용이다. 성장을 하면서 이성에 대한 호기심이 생기는

것은 강연하다. 그 호기심을 풀어 가는 또래 소년들의 갈등과 에피소
드로 이야기를 풀어간다.

- 주제별 분류: 인생론적 주제
- 작중 배경별 분류: 개인적 배경
- 형태별 분류: 심리묘사형
- 심사위원: 박영로 황순원
- 심사평:「출에덴기」는 밀착된 문장과 사춘기 소년들의 성적 발견이
  기묘한 수법으로 표현된 점을 높이 평가한다.

중앙일보「미명」(정향미)

- 줄거리: 가난한 이웃에 대한 이야기다. 도둑이 직업인 주인공, 그의
  큰아들은 학교에서 순경이 하는 일을 물어오고 그것은 바로 도둑 잡는
  일임을 자랑스러워 한다. 옆집 미장이는 그가 도둑임을 알고 있다.
  고발할 생각은 없다며 큰 건이 있으면 끼워달라고 한다. 먹고사는
  것이 힘들기 때문이다. 아이들 공부시키고 생활고를 해결하기 위해
  선택한 도둑질. 새벽에 길을 나설 수밖에 없는 주인공의 심정을 통해
  가난한 이웃의 삶을 이야기하고 있다.
- 주제별 분류: 세태론적 주제
- 작중 배경별 분류: 사회적 배경
- 형태별 분류: 우화형

한국일보「소리의 덫」(김상열)

- 줄거리: 월남에 근무하는 박 대위와 주인공은 우연한 살인사건을 접

하게 된다. 긴짱이라는 월남 여자와 한국 군인이 연루되어 있었다. 박 대위는 긴짱이라는 여자를 살인자로 주목했으나 증거가 없어 사건은 덮 어졌다. 주인공은 차츰 긴짱이라는 여자에게 관심을 갖게 된다. 그리고 자살한 한 병사의 일기를 읽게 된다. 그 병사는 월남전에 지쳐있었고 고국으로 돌아가도 정상적인 삶을 살지 못할 것이라고 절망하고 있었다. 그러던 중 긴짱을 만났고 긴짱을 안식처로 삼았다. 어느 날 긴짱이 그의 권총을 훔쳤고 그로 인해 그 사람은 구타를 당한다. 이에 절망해서 결국 자살한 것이다. 주인공은 그런 사실을 알고도 긴짱에게 끌리는 마음을 어쩌지 못한다. 얼마후 자신도 권총을 잃어버리고, 결국 긴짱이 범인이라 는 사실이 박 대위에 의해 발각된다. 월남 스파이였던 것이다. 주인공은 설마 했던 우려가 사실로 밝혀지자 절망하고 만다.

- 주제별 분류: 이념적 주제
- 작중 배경별 분류: 역사적 배경
- 형태별 분류: 이야기체
- 심사위원: 손소희 박영로
- 심사평:「소리의 덫」은 소재가 특이하고 이야기를 끌어가는 복선을 준비하는 재능이 돋보이는 작품이다. 문장 표현도 능숙하다. 단지 주 제를 펴나가는 데 패기가 부족한 점이 아쉽다.

▶ 1976년

중앙일보 「돌을 던지는 여자」(조승기)

- 줄거리: 대학에서 만난 주인공과 여자친구가 삶을 살아가는 이야기 다. 문학 지망생인 이들은 끝없이 문단에 도전하지만 실패해 남자는

군대에 가고 여자는 교사가 된다. 남자가 군대에 간 사이 여자는 다른
남자를 사랑하게 되는데 그 사람은 결국 죽었다. 그 후 여자는 계속
죽음에 대한 유혹에 시달린다. 남자에게 동반자살을 요구하기도 한다.
둘은 헤어졌지만 여자는 결국 죽음에 이른다.

· 주제별 분류: 세태론적 주제
· 작중 배경별 분류: 개인적 배경
· 형태별 분류: 심리묘사형
· 심사위원: 황순원 강신재 유주현
· 심사평: 「돌을 던지는 여자」는 문장과 내용 면에 반짝이는 재치와
  참신성이 있고 주인공의 자의식 처리가 비범하다.

동아일보 「바다와 나비명」(김민숙)

· 줄거리: 정희는 주인공 수환과 어릴 적부터 알아온 사이다. 복학생이
  된 수환은 길거리에서 우연히 정희를 만나고 그때부터 정희의 끊임없
  는 달상대가 되어 준다. 하지만 이런 것이 사랑은 아니라고 믿는다.
  정희는 현실 생활에 적응하지 못하고 늘 현실에서 죽음을 꿈꾼다.
  그때마다 바다로 간다. 하지만 결국 현실로 돌아온다. 그리고 수환과
  결혼한다. 그래도 정희의 바다로의 가출은 막을 수 없다. 현대인의
  막연한 불안과 부적응을 정희를 통해 그리고 있다.

· 주제별 분류: 인생론적 주제
· 작중 배경별 분류: 개인적 배경
· 형태별 분류: 심리묘사형
· 심사위원: 이어령 하근찬

• 심사평: 「바다와 나비명」은 첫째, 신선한 이미지들(꽃게의 묘사), 둘째, 진실하게 가슴을 쳐오는 젊은이들의 아픔, 셋째, 단순한 관념만이 아니고 소설 속에 인간이 모순 그대로의 의미를 지닌 채 살아있다는 점, 즉 무엇보다도 소설 속에서 설교를 하려들지 않았다는 점을 높게 평가한다.

한국일보 「하얀 역류」(우선덕)

• 줄거리: 남녀의 사랑에 대한 이야기다. 주인공 여자는 아이를 떼기 위해 수술대에 오른다. 사랑은 함께 했으나 책임은 혼자 져야 하는 여자의 운명. 첫 번째 사랑이 그렇게 그 여자를 버리고 여주인공은 두 번째 수술대에 오른다. 그리고 그 남자에게 자신의 과거를 이야기한다. 순결치 못한 여자를 떠날 것 같던 남자는 오히려 여자의 상처를 위로한다. 새롭게 시작하자고 한다. 진정한 사랑을 약속하고 과거의 상처를 버리고 새 출발한다.
• 주제별 분류: 인생론적 주제
• 작중 배경별 분류: 개인적 배경
• 형태별 분류: 심리묘사형

▶ 1977년

중앙일보 「빛깔과 냄새」(김지인)

• 줄거리: 주인공 운경과 그녀와 기차여행을 동행한 선우. 운경은 많고 많은 사람들에게서 염증을 느낀다. 사람들은 사람들을 미워하면서 살

고 있다고 생각하는 비관론자다. 하지만 선우를 통해 그런 편견을 조금씩 바꾸게 된다. 사회에 소외 받는 사람들에 대한 관심을 위선이라 생각했던 마음도 틀렸음을 인정한다. 겉으로 보이는 모습은 껍데기이고 그 안에 들어있는 진짜 모습을 봐야 한다고 깨달아 가는 과정에서 인간에 대한 따뜻한 관심을 배운다.

- 주제별 분류: 세태론적 주제
- 작중 배경별 분류: 사회적 배경
- 형태별 분류: 심리묘사형

동아일브 「바람과 도시」(이균명)

- 줄거리: 주인공은 잡지사 기자다. 우연히 병원에서 자신의 병을 알게 된 후 의사와 상담을 통해 사회의 여러 가지 병폐와 상처를 이야기한다. 공단 여공들을 취재하면서 알게 된 여공들의 착취받는 삶, 성공을 위해 사랑하는 여자를 배반했던 형의 과거, 그리고 사랑에 대한 자신의 갈등을 돌아본다. 바람을 매개로 이리저리 흔들리는 현대인의 삶을 고발하고 있다.
- 주제별 분류: 세태론적 주제
- 작중 배경별 분류: 사회적 배경
- 형태별 분류: 고발형
- 심사위원: 이어령 하근찬
- 심사평: 「바람과 도시」는 생경하고 미숙한 곳도 많지만 안이하게 이야기를 꾸미지 않고 주인공의 의식세계를 내적 독백으로 끈기 있게 추적하고 있는 신인다운 야심을 읽을 수 있다.

조선일보 「순례기」(김만옥)

- 줄거리: 도축장에 다니는 여성이 주인공이다. 이 여성은 직장을 돈을 벌기 위해서 다니는 것이 아니라 감동을 받기 위해서 다니는 것으로 규정짓는다. 주인공은 소의 도살 장면과 도살 과정을 통해 사람의 삶을 이야기한다. 사람들의 분노, 거짓, 그리고 사랑 등 진실과 위선을 꼬집는다.
- 주제별 분류: 세태론적 주제
- 작중 배경별 분류: 사회적 배경
- 형태별 분류: 심리묘사형
- 심사위원: 황순원 전광용
- 심사평: 「순례기」는 비정하리만큼 드라이한 관점을 통해 냉철하게 대상을 객관화한 작품이다.

한국일보 「손님」(김정례)

- 줄거리: 어느 날 주인공의 집에 세를 얻어 살게된 청년. 그가 온 뒤로 주인공의 집엔 이상한 분위기가 감돈다. 주인공은 그 이유가 몹시 궁금하다. 그러던 중 그 이상한 기운의 정체를 알게된다. 청년의 아버지와 주인공 아버지의 관계가 바로 그 원인. 전쟁 당시 주인공의 아버지와 청년의 아버지는 공비에게 몰살당할 위기에 처한다. 주인공의 아버지는 살기 위해 대신 총을 들고 그 와중에 청년의 아버지는 사살된다. 아버지는 청년의 어머니를 데리고 피난길에 오르고, 세월이 흐른 후 청년은 주인공의 아버지를 찾아와 따진다. 결국 아버지는 그 후로 집을 나가버린다. 전쟁 때문에 서로를 배신하고 죽여야 했던

비극을 이야기한다.

- 주제별 분류: 이념적 주제
- 작중 배경별 분류: 역사적 배경
- 형태별 분류: 이야기체
- 심사위원: 김우종 손소희
- 심사평: 지나간 6·25 동란의 비극이 오늘을 살아가는 사춘기 여주인
  공에게까지 안겨 주고 있는 운명의 업보와 그 불안의식을 상징적 기법
  으로 묘사해 나갔다.

▶1978년

중앙일보 「우리들의 축제」(유이서)

- 줄거리: 주인공과 여자친구는 항구의 빈 빌딩을 크로컬랜드라 이름
  짓는다. 크로컬랜드란 존재하지 않는 땅을 의미한다. 즉 세상에 유일
  하게 자신들만 알고있는 자신들만의 땅이라는 것이다. 현대사회에서
  인간의 소외와 부적응을 빌딩을 통해 표현하고 있다. 부실공사로 인해
  무너질 듯한 빌딩은 현대인을 상징하고 주인공들은 그 빌딩에서 자신
  들의 모습을 발견한다. 이 소설은 크로컬랜드를 통해 현대인의 방황과
  고독, 공유되지 못한 사고, 대화의 단절 등 사회와 개인의 불완전함을
  이야기하고 있다.
- 주제별 분류: 세태론적 주제
- 작중 배경별 분류: 사회적 배경
- 형태별 분류: 우화형

한국일보 「점박이 갈매기」(김양호)

• 줄거리: 주인공은 뱃일로 어렵게 생계를 유지해 오다 어느 날 아내가 뱃일을 하다 죽는다. 그 아내의 장례를 치르기 위해 돈이 필요했다. 그래서 피를 팔고 돌아오다 정신을 잃고 쓰러진다. 그 와중에 도둑으로 오해를 받고 결국 감옥에 간 후 7년 만에 출옥한다. 출옥한 후 다시 고향으로 돌아와 아내를 화장한 후 바다에 뿌린다. 그리고 동네 할머니가 키우고 있는 자신의 피붙이를 보며 오열한다. 가난 때문에 아내도 자식도 지킬 수 없었던 한 사내의 굴곡진 삶에 대한 이야기다.
• 주제별 분류: 세태론적 주제
• 작중 배경별 분류: 특수상황의 배경
• 형태별 분류: 귀향형
• 심사위원: 김우종 이호철.
• 심사평: 우선 예술적 분위기 형성에 성공했다. 가난한 삶과 주인공의 절실한 체험은 구질구질한 느낌을 주기 쉬운 소재이지만 이와 달리 서정적 무드를 시종 끌어나가며 참신한 감각을 유지시켰다. 주인공의 정체와 사건 내용을 서서히 밝혀나가며 긴장감을 유지하고 있는 것도 좋은 기법이다.

동아일보 「귀환일기」(박종원)

• 줄거리: 비행사와 수녀의 사랑이야기가 큰 줄거리다. 비행기지 근처에 수녀원이 있고 재민은 그곳의 수녀에게 마음을 빼앗긴다. 가끔 정구를 치는 미혜라는 수녀는 재민의 엄마와 닮아 있다. 전쟁으로 인해 폐인이 된 아버지와 파탄 난 가정. 어머니의 삶은 고통의 연속이

었다. 그리고 어머님의 죽음은 재민에게 상처가 됐다. 전쟁이 주는 상처다. 재민의 엄마를 닮은 수녀는 재민에게 모기지 같은 역할을 했다. 고향 같은 존재인 것이다. 하지만 그녀는 결국 재민의 사랑을 거부한다. 수녀이기 때문이다. 재민의 엄마가 재민을 두고 떠나듯. 재민은 절망하고 결국 모기지인 수녀원 앞 바닷가에 추락한다. 주인공은 재민을 통해 전쟁으로 인한 상처와 좌절을 돌아보게 한다.

- 주제별 분류: 인생론적 주제
- 작중 배경별 분류: 특수상황의 배경
- 형태별 분류: 심리묘사형
- 심사의원: 이어령 하근찬
- 심사평: 「귀환일기」는 풍자적 표현이 많으면서도 상스럽지 않고 어머니와 죽음의 상징적 주제를 다루면서도 도식성을 극복했다. 다만 작품에서 관점이 애매하다는 것이 큰 결점이다. 그러나 이 작품은 생의 비행사에게 있어 母기지가 지니고 있는 의미를 부각시키고 거기에 하나의 소설적인 미학을 부여하는데 성공한 수작이다.

▶ 1979년

중앙일보 「까치집에 불 켜고」(서동훈)

- 줄거리: 가난한 집에서 태어난 주인공 계동이는 다리가 불편해서 늘 아이들에게 놀림을 받는다. 배냇병이라고 언제부턴가 다리에 힘이 없어 다른 아이처럼 뛰어 놀지도 못하고 늘 고통에 시달린다. 중학생인 형은 육손. 공부를 잘해 중학교까지 갔지만 그곳에서도 놀림의 대상이 됐다. 동생 계동이는 낙천적이다. 한의사에게 침을 맡고 금방 나으리

라는 희망을 가지고 있다. 가난 때문에 변변한 치료를 못해 주는 부모를 원망하지도 않는다. 오히려 형을 더 걱정한다. 아버지는 그런 계동이에게 늘 미안할 뿐이다. 어려움 속에서도 비관하지 않고 긍정적으로 살아가는 계동이의 희망에 찬 이야기를 하고 있다.

- 주제별 분류: 인생론적 주제
- 작중 배경별 분류: 개인적 배경
- 형태별 분류: 심리묘사형

조선일보 「하늘의 소리 땅의 소리」(정화혁)

- 줄거리: 엄마의 부정한 행동으로 상처를 받은 형은 늘 복수의 칼날을 세운다. 동생인 주인공은 그런 형이 걱정된다. 아버지 회사의 비서와 바람이 난 엄마는 도망쳐 새 살림을 차리고 아버지는 화병으로 숨을 거둔다. 이에 형은 복수를 결심하고 결국 엄마의 딸인 이복여동생을 사귄다. 엄마에게 복수하기 위한 것이다. 결국 형은 두 모녀를 죽이고 자살한다.
- 주제별 분류: 인생론적 주제
- 작중 배경별 분류: 개인적 배경
- 형태별 분류: 심리묘사형
- 심사위원: 황순원 전광용
- 심사평: 극적 갈등으로 이야기를 끌고 나가고 있으며 문장표현도 안정되었다. 다만 이상 性심리 문제가 논의의 대상이 되기도 했지만 결정적인 흠이 될 수는 없다고 판단했다.

한국일보 「산역」(윤후명)

• 줄거리: 주인공은 최씨의 장례를 통해 출생의 비밀을 알게된다. 무용가를 꿈꿨던 아버지는 무용에도 사업에도 거듭 실패하고 주인공의 가족은 고향으로 돌아온다. 이웃 최씨 아저씨는 빈집을 빌려주고 얼마 뒤 교통사고로 죽는다. 그리고 죽기 전 주인공에게 산에다 묻어달라는 유언을 남긴다. 최씨는 전쟁포로였다. 하지만 고향에서는 실종된 줄 알았고, 최씨의 부인이었던 주인공의 엄마는 다른 사람과 다시 결혼했다. 주인공이 바로 최씨의 딸인 것이다. 주인공은 최씨가 죽은 후 그 사실을 알게됐다. 전쟁의 비극을 고발하고 있다.

• 주저별 분류: 이념적 주제

• 작중 배경별 분류: 역사적 배경

• 형태별 분류: 이야기체

• 심사위원: 이어령 최인훈

• 심사평: 「산역」은 문장표현이 뛰어날 뿐만 아니라 구성기법에 있어서도 신인다운 새로움이 있다. 80년대 새 세대의 문학이 움트고 있는 것을 확인할 수 있었다.

(3)1980년대 당선작

▶ 1980년

중앙일보 「쓰러지는 빛」(최명희)

- 줄거리: 가난으로 인해 집을 팔아야 했던 주인공의 가족. 아버지의 서재를 치우면서 6년 전 돌아가신 아버지를 추억한다. 비록 넉넉하진 않았지만 단란했던 그 시절을 그리워한다. 새로 이사온 집 주인은 문패를 바꿔 달고, 오동나무를 베어버리는 등 30년이 넘는 집주인의 추억들을 마구 없애버린다. 무정한 새 주인의 모습에서 가족은 쓸쓸함과 절망감을 감추지 못한다.
- 주제별 분류: 인생론적 주제
- 작중 배경별 분류: 개인적 배경
- 형태별 분류: 심리묘사형

한국일보 「등대」(김진자)

- 줄거리: 등대섬에 사는 할으방은 무슨 병이든 고친다고 소문난 무당이다. 그는 슬픈 출생의 비밀을 가지고 있다. 바로 4·3사태 당시 폭도에게 아내를 다른 사람에게 빼앗긴 것. 결국 고향으로 돌아가지 못하고 등대섬에 혼자 살고 있다. 주인공의 언니는 섬이 싫어 육지로 나가려다 결국 뜻을 이루지 못하고 미치고 만다. 주인공 엄마는 자신이 겪었던 상처 때문에 언니의 육지행을 한사코 만류하고, 반 미치광이가 된 딸을 데리고 등대섬으로 향한다.

- 주제별 분류: 이념적 주제
- 작중 배경별 분류: 역사적 배경
- 형태별 분류: 이야기체
- 심사의원: 신동욱 최인훈
- 심사평: 첫째, 문장이 차분하게 다듬어져서 위태로움이 적어 보인다. 한 가족의 갈등이 묘하면서 닫힌 환경에서 벗어나려는 노력이 자연스러운 분위기에서 이루어져 있는 것이 믿음직스럽다. 끝에 가서 보다 밝고 풍부한 미래가 모든 등장인물에게 약속될 듯 싶은 빛이 보이는 것도 좋은 점이다.

조선일보 「징소리」(조규순)

- 줄거리: 무당 어머니를 둔 주인공 박 교사는 어릴 적 무당 딸이라는 이유로 친구들에게 놀림받았고 연인에게도 버림받았다. 또한 오빠는 정신이상자가 됐다. 그래서 마음 속에는 어머니에 대한 증오가 가득하다. 그런 어머니를 떠나려 시골 초등학교에 지원했지만 어머니는 그곳까지 따라온다. 제자 중 마분임은 그런 할머니를 유독 좋아하고, 결국 마분임과 할머니는 화실에서 화재로 숨지고 만다. 그때서야 주인공은 자신이 얼마나 엄마를 사랑했는지 깨닫게 되고 자신에게도 무당의 피가 흐르고 있음을 받아들인다.
- 주제별 분류: 인생론적 주제
- 작중 배경별 분류: 개인적 배경
- 형태별 분류: 심리묘사형
- 심사위원: 황순원 전광용

- 심사평: 「징소리」는 무당의 본업에 대한 번뇌의 과정을 그리는 작품으로 극적 효과는 두드러지나 구성에 약간의 비약이 있는 점이 흠이다.

▶ 1981년

경향신문 「아벨일기」(김영종)

- 줄거리: 주인공과 동생은 천적 같은 사이다. 동생은 어릴 적부터 살의가 등등하고 말썽을 많이 일으켰다. 그래서 늘 싸움이 잦았다. 그러던 중 동생은 실수로 세살바기 아이를 죽이게 되고. 그 후 동생은 점점 말이 없어지고 행동이 포악해진다. 어머님이 돌아가실 때도 마찬가지. 고통을 줄인다면서 안락사를 유도했다. 그런 동생이 자살을 한다. 그 소식을 듣고 고향에 찾아간 주인공은 동생이 예전의 그 일로 많이 괴로워했음을 알게 된다. 그리고 형을 원망하면서도 누구보다 더 그리워했음도 깨닫는다.
- 주제별 분류: 인생론적 주제
- 작중 배경별 분류: 개인적 배경
- 형태별 분류: 심리묘사형
- 심사위원: 홍성원 신상웅
- 심사평: 이 작품을 선택한 이유는 주제를 묶는 끈이 가장 튼튼하고 작품 제작에 최선을 다하고 있는 흔적이 보인다는 점을 꼽을 수 있다. 그러나 주제에 상투성이 있었고 더구나 최선을 다하고 있다는 건 그 진지함만 사장해 버린다면 곧 약점이 되기도 했다.

동아일보 「대각선」(이삼교)

- 줄거리: 시골에서 살던 어머니는 서울서 사는 아들네로 이사온다. 하지단 늘 동 호수를 찾지 못하고 길을 잃어버린다. 젊었을 적 어머니는 전쟁통에 많은 고비를 넘겼다. 공비와 국군이 차례로 마을을 공격하고 죄 없는 양민의 희생은 계속된다. 그 와중에도 어머니는 맨발로 전쟁의 한가운데를 걸어왔다고 말할 정도로 의지가 강했다. 하지만 세월이 흐르고 그런 어머니는 몽유병환자처럼 자꾸 어디론가 떠나는 것이다. 전쟁의 상처가 어머니를 결국 나약하게 만들었다.
- 주제별 분류: 이념적 주제
- 작중 배경별 분류: 역사적 배경
- 형태별 분류: 귀향형
- 심사위원: 최일남 이청준
- 심사평: 「대각선」은 우리에게 싱싱한 삶의 뿌리 같은 것을 느끼게 한다. 그 숱한 삶의 상처들을 오히려 힘찬 생명력 삼아 한 마리 들짐승처럼 이 무기력하고 이기적이고 기계적인 도회의 한복판으로 무작정 달려들어 온 노인의 당당함은 우리를 몹시 당황하게 만든다.

서울신문 「개도둑」(임철우)

- 줄거리: 철도청 소속 매표담당인 나. 나는 퇴근길에서 만나는 새까만 개 한 마리, 두 개의 눈길에서 아버지의 영상을 느낀다. 주인공이 세 살 때 발광한 아버지는 어머니를 학대했고 결국 어머니는 그 사건 뒤 자취를 감춰버렸다. 그리고 아버지도 세상을 뜬다. 26년 뒤 아버지 무덤마저 산사태로 무너져 강물에 흘러가 버렸다. 이 무렵 하숙집

골목에서 마주치는 개의 눈에서 아버지의 눈빛을 직감한다. 결국 주인공은 개를 안고 도망치게 된다. 주인공은 아버지에 대한 애증을 떨쳐 버릴 수 없었던 것이다.

- 주제별 분류: 인생론적 주제
- 작중 배경별 분류: 개인적 배경
- 형태별 분류: 심리묘사형
- 심사위원: 김동리 이병주
- 심사평: 철도청 소속 매표 담당인 나, 나의 어두웠던 과거 이야기를 배경으로 하고 퇴근 길에 밤마다 만나는 새까만 개 한 마리, 두 개의 눈길에서 느끼는 아버지의 영상을 복잡 미묘한 복선으로 얽어 낸 이채로운 작품이다.

조선일보 「맹점」(최수철)

- 줄거리: 한 남자에게 연속적으로 일어나는 개 같은 일들. 연애, 직장 상사와의 관계, 다른 인간관계 등 주인공에겐 모든 일들이 마음먹은 대로 풀리지 않는다. 주인공은 일련의 꼬이는 상황에 대해 '개 같은 상황' 이라고 입버릇처럼 말하게 되고 그러다 보니 모든 상황이 바로 '개 같은 상황'의 연속이었다. 하루는 똑 같은 일상에 변화를 주기 위해서 연극 같은 상황을 꾸미고 상대방의 반응을 살피기로 했다. 하지만 상대방 여자 역시 그의 연극에 휘말리지 않았다. 결국 주인공은 '개 같은'이라는 말로 상황을 종결시킨다.
- 주제별 분류: 인생론적 주제
- 작중 배경별 분류: 개인적 배경

- 형태별 분류: 심리묘사형
- 심사의원: 황순원 전광용
- 심사평:「맹점」은 사건의 전개보다는 주인공의 의식을 추적하는데 무리 없이 작품을 이끌고 나간 좀 색다른 작품이다. 좋은 의미에서 지적인 작품 창작의 가능성이 엿보인다.

중앙일보 「봄으로 가는 꽃가마」(장형규)

- 줄거리: 할머니의 죽음을 계기로 가족사를 돌아보고 있다. 할머니는 할아버지에게 재가한 후 모두가 섬을 떠나도 끝까지 남아 섬을 지키고 가족을 지키기 위해 온갖 노력을 기울였다. 하지만 정작 할머니가 돌아가시자 가족묘에 이장시킬 수 없다는 것이다. 결국 할머니를 어디에 묻을 것인가를 놓고 가족과 친지들은 시비가 붙었다. 할머니를 할아버지 곁에 묻을 수 없다는 것이 중론, 주인공인 손자는 한마디 말을 못한다. 할머니는 손주에게 가문의 명예를 다시 세워줄 것을 희망했다. 아들이 못 이룬 꿈을 손주에게서 이루고 싶었던 것이다. 주인공과 아버지는 할머니의 삶을 돌아보며 자신들의 어리석음을 뉘우친다.
- 주제별 분류: 인생론적 주제
- 작중 배경별 분류: 개인적 배경
- 형태별 분류: 이야기체
- 심사평: 이야기 자체를 끌고 나가는 힘이나 소설의 구성에 있어서 나무랄 데가 없는 작품이다. 그리고 인물 전체를 긍정적으로 다룬 작가의 능력도 높이 살만하다. 다만 작가의 사유가 정신의 낡은 질서

에 지나치게 매여있지 않기를 바란다.

한국일보 「무색계」(황충상)

- 줄거리: 주인공은 혼의 세계에 존재하는 무주고혼이다. 외롭게 혼의
  세계를 떠돌며 새로 환생할 사람에게 점지되기를 기다리고 있다. 그러
  다 자신과 같은 무주고혼을 만나게 된다. 그 혼은 전생의 창녀의 몸에
  서 태어났다. 어머니는 종양으로 아이를 낳은 후 1주일만에 죽고 그
  혼은 고아원에 옮겨졌지만 얼마 안 돼 간질로 비명횡사한다. 주인공
  혼은 평범한 집의 딸로 살다가 이름 모를 병에 걸려 중학교 때 이승을
  떠났다. 이들은 이승과 저승을 떠돌며 새로운 육신을 빌어 다시 만날
  것을 약속한다.
- 주제별 분류: 인생론적 주제
- 작중 배경별 분류: 개인적 배경
- 형태별 분류: 심리묘사형
- 심사위원: 김동리 최인훈
- 심사평: 「무색계」의 소재는 여러 논란을 초월한 전인미답의 작품.
  제목 그대로의 무색계가 소설의 소재로 바람직하냐, 정통적이냐는 별
  도의 문제다. 또한 불교나 심령과학에 대한 예비지식이 없는 사람에게
  도 이해될 수 있느냐의 문제도 제기될 수 있으나 신춘문예 당선작만은
  좀더 새롭고 이채로운 작품을 내세울 필요가 있다고 생각한다.

한국일보 「양로원」(이건숙)

• 줄거리: 주인공 달은 미국의 한 양로원에서 쓸쓸히 살고 있다. 젊은 시절 한 남자를 사랑해서 주변의 반대를 무릅쓰고 결혼했다. 하지만 아이를 낳지 못한다는 이유로 시댁에서 쫓겨난다. 그 후 남자도 달이를 버린다. 달이는 충격을 받고 동두천을 방황하던 중 백인 병사를 만나 살림을 차린다. 그런데 불임인줄 알았던 달이는 임신을 하게 되고 그 백인 병사를 따라 미국으로 온다. 그러나 백인 병사는 그녀를 떠나고 딸마저 나중엔 혼혈아인 자신의 존재를 괴로워하다가 집을 나간다. 이토록 굴곡진 삶을 살아온 달이는 양로원에서 고국을 그리워하며 옛 시절을 추억한다.

• 주제별 분류: 세태론적 주제

• 작중 배경별 분류: 특수상황의 배경

• 형태별 분류: 우화형

• 심사위원: 김동리 최인훈

▶ 1982년

경향신문 「더듬이의 혼」(이병천)

• 줄거리: 주인공의 삼촌은 고독한 영혼이다. 마치 더듬이로 세상과 교신하는 곤충처럼 마음속 번뇌로 인해 정상적 삶을 살지 못한다. 사회, 사랑, 삶, 모든 것에 대해 냉소적이고 극단적이다. 며칠씩 집에 안 들어오기도 하고 배를 타는 선원이 되기도 한다. 이세상 모든 '말'은 허위라고 생각하고 사회나 국가는 개인을 억압하는 존재라고 여긴

다. 그래서 영원한 자유인이 되고 싶은 그는 그럴 수 없는 현실에 절망한다.

- 주제별 분류: 인생론적 주제
- 작중 배경별 분류: 개인적 배경
- 형태별 분류: 심리묘사형
- 심사위원: 홍성원 조세희
- 심사평: 스타일리스트로 불려도 좋은 간접 묘사법의 독특한 문장으로 리버럴리스트의 숙명적인 패배를 선명하게 그려 보인 수작이다. 더듬이가 의미하는 앎에 대한 집요한 추구, 집단이 개인에게 행사하는 물리적인 박해와 압력 등 이 작품은 작은 그릇에 뜻밖으로 많은 의미들을 담고 있다.

동아일보 「흉터」(이영옥)

- 줄거리: 섬이 마을에서 벌어진 전쟁. 마을 주민들이 아군과 적군으로 나뉘어 서로를 해치는 동족상잔의 비극이 벌어진다. 여기에 또한 지주와 서민계급이라는 층까지 나뉘어져 서로 반복 관계에 있다. 이 같은 분리는 아이들에게도 마찬가지다. 끝도 없는 응징은 서로 피를 부르고, 결국 전쟁이 끝나고도 살아남은 사람들끼리 화해하지 못하고 서로를 미워하는 것이 얼마나 어리석은 일인가를 깨닫고 화해한다.
- 주제별 분류: 이념적 주제
- 작중 배경별 분류: 역사적 배경
- 형태별 분류: 이야기체
- 심사위원: 최일남 김우종

• 심사평: 「흉터」는 문장력이 우수하다. 편견이 없는 어린 소년의 눈을 통해서 6·25를 증언케 하는 기법도 좋고 이웃끼리 복수의 악순환을 화해로 끝맺게 하는 주제도 좋다. 그러나 인민재판으로 죽은 진이 아빠 집에 대한 복수 후의 또 한 번의 보복 등 비극을 좀 무리하게 심화한 점 등은 흠이다.

서울신문 「서수필」(이덕재)

• 줄거리: 서수필이란 쥐 수염으로 만든 붓을 말한다. 붓 중에 가장 질이 좋다그 한다. 주인공은 아버지의 '쥐잡기' 습관 때문에 여섯 차례나 이사를 해야 했다. 주인공은 그런 아빠의 행동이 몹시 불만스럽다. 방안 곳곳에 놓은 덫이 흉물스럽다. 하지만 아버지는 쥐잡기를 멈추지 않는다. 아무리 덫을 없애버려도 감쪽같이 다시 덫을 설치해 놓는다. 주인공은 아버지가 왜 쥐를 잡아 수염을 뽑는지 이해하지 못했다. 아버지는 쥐 수염으로 붓을 만들어 아이들에게 나누어주려 했던 것이다. 가난하고 무능한 아버지의 자식에 대한 따뜻한 애정을 표현하고 있다.
• 주제별 분류: 인생론적 주제
• 작중 배경별 분류: 개인적 배경
• 형태별 분류: 심리묘사형
• 심사위원: 김동리 이병주
• 심사평: 「서수필」은 가난한 여덟 식구의 따뜻한 애정이 쥐 수염 뽑기라는 기괴한 이야기와 얽히어 읽는 이의 미소를 자아내게 하고 있다. 표현력은 다소 떨어지나 쥐 수염 뽑기와 따뜻한 인간미 쪽으로 풀어나간 점에서 당선작으로 뽑았다.

조선일보 「위령제」(정호승)

• 줄거리: 주인공은 의과대학생이다. 어느 날 시체 해부용으로 제공된 자가 자신이 아는 사람이었다. 김춘삼이라는 자는 동네 양아치였으나 불의를 참지 못하는 정의파였다. 우연히 자신의 조카를 물에서 구해주었고 동네 꼬마들이 아이를 괴롭히는 것을 참지 못하고 말리기도 한다. 소심하고 나약한 주인공은 그런 그를 존경하게 된다. 그러던 어느 날 그가 시체로 들어온다. 그 사람은 결국 자신의 딸에게 돈을 마련해 주기 위해서 해부용 시체가 되기로 하고 목숨을 끊은 것이다. 자신을 희생하면서까지 딸을 사랑하고 위해주려고 했던 김춘삼을 통해 사랑의 심오한 경지를 깨닫는다.

• 주제별 분류: 인생론적 주제

• 작중 배경별 분류: 개인적 배경

• 형태별 분류: 이야기체

• 심사위원: 황순원 전광용

• 심사평: 이색적인 소재의 발굴에 겹쳐 생명력 있는 인간과 죽은 시체와의 상관 관계에서 인생의 의의를 생각하게 하는 면에 중점을 두었다. 하지만 시신으로 해부대에 오른 주인공의 역정에 우연성이 개입되었다는 점이 흠이다.

중앙일보 「그 여름의 초상」(송춘섭)

• 줄거리: 주인공은 방황한다. 삶의 의미를 찾기 위해서 방황한다. 에바와의 연애, Y, J, S 등과의 만남과 헤어짐을 통해 방황, 허무 등을 표현한다. 그래도 삶의 화두는 풀리지 않고 주인공은 번뇌를 거듭한

다. 그런 일상의 삶의 변화를 기술하고 있다.

• 주제별 분류: 인생론적 주제
• 작중 배경별 분류: 개인적 배경
• 형태별 분류: 심리묘사형
• 심사위원: 강신재 최인훈 김치수
• 심사평:「그 여름의 초상」은 특별한 사건도 없으면서 주인공 마음의 상태를 바다의 이미지와 연결시키는 데 성공했다. 거의 시적이라고 할 수 있는 감각적인 문장을 구사하는 능력이나 그것을 뒷받침하는 이미지의 연속은 작가의 뛰어난 문학적 감수성을 인정받을 수·있다.

한국일보 「모계사」(이린)

• 줄거리: 주인공은 방화 및 살인 방조죄로 체포됐다. 간질 환자인 어머니의 자살을 묵인했다는 것이다. 주인공 어머니는 양반 집에 시집갔다가 얼마 못돼서 쫓겨났다. 자살을 시도하던 중 임신했음을 알고 살기로 작정한다. 그리고 아들을 낳았다. 아들 때문에 죽음 대신 삶을 선택한 것이다. 그 후 어머니는 아들에게 지나친 간섭을 했다. 숨이 막힐 정도로 지극 정성으로 보살피며 아들이 엄마의 희망대로 커주기를 원했다. 엄마의 간질병은 세월이 흐를수록 심해지고 아들은 사랑하는 여인에게서 간질병 내력을 가진 집안이라는 이유로 실연 당한다. 엄마에 대한 원망과 삶에 대한 절망이 한꺼번에 주인공을 괴롭히고, 결국 그는 엄마가 화재에 휩싸여 있는 것을 구경만 하기에 이른다. 절망적인 관계를 그만 끝내고 싶었던 것이다.
• 주제별 분류: 인생론적 주제

- 작중 배경별 분류: 개인적 배경
- 형태별 분류: 심리묘사형
- 심사위원: 이범선 하근찬
- 심사평: 어머니의 과잉애정으로부터 자유로워지려는 아들의 심층심리가 유창하면서도 세련된 문장으로 잘 형상화되어 있는 우수한 작품이다. 한 많은 어머니가 스스로 불에 타 죽는 장면은 아름답기 그지없다.

▶ 1983년

경향신문 「어떤 귀향」(백현선)

- 줄거리: 주인공은 외항선 선원이다. 어릴 때 가출한 뒤 해군을 제대하고 폐선이 다 된 마구리배를 타고 있다. 배에서 모노라는 사람을 만나는 데 그는 우연한 시비에 휩싸여 죽고 주인공은 그의 여동생을 찾아 부음을 알려준다. 그러다 그 여인과 정을 쌓는다. 그는 배에서 상처를 입고 오랜만에 고향으로 떠난다. 어머니라고 알고 있던 횡성댁, 그리고 횡성댁과 정을 통하던 송씨를 증오하면서 그는 고향을 떠났었다. 그리고 복수를 다짐하며 고향을 향한다. 하지만 고향에 도착해 보니 송씨는 그가 상대할 만큼 건재하지 않았다. 이미 노쇠해서 죽음을 앞두고 있었던 것. 송씨는 그에게 황씨가 어머니가 아님을 고백한다. 주인공의 분노는 순간 허물어지고, 비운의 가족사는 그렇게 밝혀진다.
- 주제별 분류: 인생론적 주제
- 작중 배경별 분류: 특수상황의 배경
- 형태별 분류: 귀향형
- 심사위원: 홍성원 조세희

- 심사평: 「어떤 귀향」은 남다른 상징, 번뜩이는 재치, 그런 대로 효과를 본 의식의 흐름 등을 장점으로 꼽을 수 있다. 반면 바로잡기 어려운 문장, 엉뚱한 비유, 약한 결말 부분 등이 흠이다.

동아일보 「국외자」(안석강)

- 줄거리: 16번이나 신입사원이 되고 그때마다 결국 쫓겨나고야 마는 주인공 이유민. 이유는 바로 인사를 하지 않는 '뻣뻣한 자세' 때문이다. 하지만 이는 성격이 그래서가 아닌 선천적인 고질병으로 조직사회는 그런 이유민을 용납하지 못한다. 업무처리에서는 결코 남에게 뒤지지 않는 그이지만 외형적 모습 때문에 결국 도태되고 만 것이다. 마지막 회사에서도 결국 6개월을 버티지 못하고 해고되는 이유민. 그의 인사를 처리하면서 인사과장은 같이 사표를 쓴다. 융통성도 없고 조직의 명령과 권위만을 강조하는 조직사회를 풍자하고 있다.
- 주제별 분류: 세태론적 주제
- 작중 배경별 분류: 사회적 배경
- 형태별 분류: 우화형
- 심사위원: 최일남 김우종
- 심사평: 전체적으로 무난하다. 그 주제는 특히 상징적인 형태로 심각성을 살리고 있다. 이 작품 내용이 주는 흐뭇함은 냉혹한 사회현실의 모순이나 비리에 대한 상징적 비판과 풍자가 되는 동시에 그래도 어느 한구석 살아있는 양심의 소재를 밝혀주고 있다.

조선일보 「상실의 계절」(김인숙)

- 줄거리 : 젊은이들의 성에 관한 이야기다. 결혼 적령기의 주인공 여자는 결혼을 망설인다. 결혼이라는 틀에 자신을 맞추기보다는 자유연애를 선호한다. 하지만 봉건적 이데올로기는 그녀의 그런 상상을 불순하게 대한다. 사귀던 남자는 어느 시점에서 결혼을 요구하고 주인공은 갈등한다. 그러다 남자가 교통사고를 당하고 그녀는 떠나기에 시기가 늦어버렸음을 깨닫는다. 사랑하기 때문에 결혼이라는 제도에 묶이지 않으려 했지만 이제 그럴 수도 없는 일. 사랑과 결혼, 이 사이에서 방황하는 여성의 심리를 묘사하고 있다.
- 주제별 분류 : 세태론적 주제
- 작중 배경별 분류 : 개인적 배경
- 형태별 분류 : 심리묘사형
- 심사위원 : 황순원 전광용
- 심사평 : 「상실의 계절」은 작품 구성이 치밀하고 젊은이의 성을 추하지 않게 그려 윤리관의 일면을 보이는 시도라는 점을 사서 당선작으로 결정했다.

중앙일보 「바람이여, 넋이여」(이수광)

- 줄거리 : 일제시대에 반제국주의 운동에 앞장섰던 여교사는 해방 후 학교로 복직한다. 여선생은 투철한 사회주의자였다. 그 마을에 공비가 들어왔을 때 여교사는 영웅이 된다. 사회주의 이념으로 주민을 학살하고 당연시한다. 하지만 공비가 물러가고 국군이 마을을 진압하자 그 여인은 빨갱이 신분으로 처형당하게 된다. 결국 선산에도 묻히지 못하

는 신세가 됐다. 조용한 한 마을에서 있은 이데올로기 대립으로 인한 상처를 이야기하고 있다.

- 주제별 분류: 이념적 주제
- 작중 배경별 분류: 역사적 배경
- 형태별 분류: 귀향형
- 심사위원: 강신재 최인훈 전광용
- 심사평: 서술도 평범하고 주제도 흔한 것이어서 참신성이 덜하다는 비판이 있으나 사건의 전개와 작품의 구성이 단연 돋보이는 작품이다. 특히 30년 전의 역사적 상처가 오늘 주인공의 삶과 맺고 있는 관계를 들어내면서 개개의 인물들을 생동감 있게 부각시킨 점이 돋보인다.

서울신문 「우일병과 분대장」(나명숙)

- 줄거리: 분대장인 주인공과 우일병은 어릴 적 친구다. 주인공은 가난한 환경에서 자랐고 항상 우일병에게 뒤져 있었다. 하지만 이들은 좋은 친구였고 선의의 경쟁자였다. 주인공이 사모하던 미숙이라는 아가씨도 우일병과 함께 경쟁해야 했다. 이들은 우연히 월남전에서 조우하게 된다. 이번엔 주인공이 우일병보다 상사인 관계가 됐다. 우일병은 대학생 신분으로 월남에 왔고 분대장은 학교대신 군대를 선택했다. 월남전이라는 전시 속에서 한사람은 대학생으로, 또 한사람은 군인으로 살아가면서 겪게 되는 갈등과 사랑에 대한 이야기다.
- 주제별 분류: 인생론적 주제
- 작중 배경별 분류: 특수상황의 배경
- 형태별 분류: 이야기체

- 심사위원: 김동리 서기원
- 심사평: 사물을 보는 눈이 가라앉아 있고 비교적 안정된 문장 속에 작가의 생각과 감정이 무리 없이 소화되어 있다. 풀어 가기 쉽지 않은 전쟁이야기를 잘 다룬 작품이다.

한국일보 「길고 긴 노래」(김혁)

- 줄거리: 주인공의 친구는 단식을 하면서 산 속에 오두막을 짓고 산다. 그는 어느 날 문득 두개골 사진을 찍고 자신의 모습에 대해 깨달음을 얻었다. 그래서 산 속에 들어가 자신의 실체를 들여다보기 위한 고행을 하고 있는 것이다. 주인공은 그 친구와 함께 단식에 들어갔다. 그들은 자유를 알지 못하는 새에게 하늘이 커다란 절망이듯이 자유를 알지 못하는 인간에게 욕망은 허망한 절망이라는 것을 깨닫는다.
- 주제별 분류: 인생론적 주제
- 작중 배경별 분류: 개인적 배경
- 형태별 분류: 심리묘사형
- 심사위원: 김동리 김병익
- 심사평: 「길고 긴 노래」는 일종의 형이상학적인 주제를 갖고 있는 소설이다. 단지 디테일한 부분에서 설명이 부족하고 적극 전개의 돌발성 등이 약점으로 지적됐다. 그러나 주제와 동기, 소도구와 문체들이 유기적으로 연결되어 소설로서의 구성이 짜임새와 설득력을 갖고 있다. 또한 인간의 근원적이고 영원한 진실을 추구하려는 진지한 자세, 그것이 현실을 초월하되 그것이 삶의 현장에서 괴리되어서도 안 된다는 비극적 아이러니를 깨닫고 있다는 점은 평가받을 만하다.

▶1984년

경향신문「새」(박시옷)

- 줄거리: 허지웅, 미술대학원생인 그는 가난하고 전망이 없다는 이유로 사랑하는 여자와 헤어짐을 강요당한다. 그리고 돌아오던 날 14살 소녀를 우연히 만난다. 소녀는 가족의 뜻과는 달리 이민을 가기 싫어하는 소녀. 이민이 가기 싫어 자살을 시도하기도 했다. 주인공은 그런 소녀를 보며 힘차게 날아가는 새떼를 그린다. 하지만 소녀의 진짜 모습은 절도범. 주인공은 허탈함을 감추지 못한다.
- 주제별 분류: 세태론적 주제
- 작중 배경별 분류: 사회적 배경
- 형태별 분류: 심리묘사형
- 심사위원: 이청준 홍성원
- 심사평:「새」는 수채화를 보는 듯한 신선한 결구에서 큰 점수를 땄다. 결코 유쾌할 수 없는 이야기를 경쾌한 터치로 끝낸 작가의 역량이 돋보이는 작품이다.

동아일보「새를 기다리며」(황영옥)

- 줄거리: 가족 이야기. 딸은 남편의 바람기를 견디다 못해 친정 집으로 아이를 데리고 돌아온다. 아버지는 그런 딸이 못내 안쓰럽다. 딸은 남편과 헤어질 생각을 하지만 선뜻 결정을 내리지 못한다. 그러던 어느 날 아버지에게 손님이 찾아온다. 아버지가 일본에 갔을 때 정 붙이고 살았던 여자의 자식이었다. 하지만 해방이 된 후 아버지는 고국으로 돌아오고 그 여인은 혼자 남아 자식을 키우다가 유언으로

아버지를 찾아가라고 한 것이다. 주인공은 그런 아버지를 통해 가족에 대해 다시 한번 생각하게 된다. 쉽게 남남이 될 수 없는 사이, 그것이 바로 핏줄이라는 생각과 함께.

- 주제별 분류: 세태론적 주제
- 작중 배경별 분류: 사회적 배경
- 형태별 분류: 이야기체
- 심사위원: 김우종 최일남
- 심사평: 문장이 잘 다듬어져 있고 아름답다. 그만큼 이야기도 덤벙거리지 않고 무척 침잠해 있으며 아버지의 '연'이 상징하는 뜻도 매우 효과적인 역할을 하고 있다. 단지 느닷없이 아버지의 유복자가 찾아오는 장면은 어색하다.

▶ 서울신문 「접목」(정수남)

- 줄거리: 부모를 잃고 고아가 된 주인공과 이북에 가족을 두고 월남한 사내가 부모자식의 연을 맺고 살아가는 내용. 주인공은 한식날 아버지 산소로 아내와 떠난다. 아버지는 북에 두고 온 가족들을 저승에서라도 만나고 싶다며 휴전선 근처에 묻히길 원했다. 살아생전 피 한방을 섞이지 않은 양아들에게 정성을 다했던 아버지. 그들은 그렇게 한가족이 됐다. 주인공은 아내와 아기를 갖기 위해 노력하는데 아버지의 생전 모습을 보며 진짜 가족의 의미를 되새겨 본다.
- 주제별 분류: 이념적 주제
- 작중 배경별 분류: 역사적 배경
- 형태별 분류: 이야기체
- 심사위원: 김동리 서기원

- 심사평:「접목」은 침착하고 원만하게 그려진 작품이다. 문장이 너무 답답한 것이 흠이지만 그런 대로 자연스러워 거슬리는 부분이 없다. 거기다 요즘 한창 사회적인 관심의 대상이 되고 있는 이산가족의 문제를 또 다른 각도에서 성공적으로 다루고 있다.

조선일보 「물 뿌리기」(문형렬)

- 줄거리: 아버지는 병고로 쓰러지고 그때부터 엄마의 지극한 간호가 시작됐다. 엄마는 꽃에 물을 주는 심정으로 아빠의 투병생활을 옆에서 간호했다. 아이들 교육비로 쓰려고 모았던 돈까지 아버지 병원비로 들어가게 됐다. 아버지는 반대했지만 엄마는 아빠의 소생을 포기하지 않았다. 결국 아버지는 죽음을 맞고 엄마는 죽음도 삶의 일부라고 자위한다.
- 주제별 분류: 인생론적 주제
- 작중 배경별 분류: 개인적 배경
- 형태별 분류: 심리묘사형
- 심사위원: 황순원 전광용
- 심사평: 남편의 투병 과정에 얽힌 아내의 행동과 심리적 갈등을 섬세하게 그렸다. 아내의 성격도 한국적 여인상으로 돋보이게 묘사되어 선은 가느나 아름다운 한 폭의 수채화 같은 인상을 주는 작품이다.

중앙일보 「어느 순례」(신광식)

- 줄거리: 주인공의 남편은 중동에 가 있다. 주인공은 시아버지와 시동생을 한집에 모시고 산다. 그리고 시아버지, 시동생, 남편에게 각기

다른 여성적 역할을 수행한다. 시동생 세오는 밤마다 옥상을 넘어다니며 순례를 간다. 우주를 체험하기 위해서. 주인공은 그런 세오의 순례를 간접 체험하면서 색다른 느낌을 받는다. 그러다 옥상에서 떨어져 심하게 다치기도 한다. 도시 속에서 밀림의 타잔을 꿈꾸는 시동생. 그런 시동생이 안쓰러운 시아버지. 이들 사이에서 주인공은 때론 엄마처럼, 때론 아내처럼, 누이처럼 따뜻한 모습으로 이들을 감싸준다.

- 주제별 분류: 인생론적 주제
- 작중 배경별 분류: 개인적 배경
- 형태별 분류: 심리묘사형
- 심사위원: 김치수 이청준 이문구
- 심사평: 현실적 치열함과 환상적 꿈이 결합되어 독특한 시적인 분위기를 느끼게 하는 작품이다. 이 작품의 주인공이 지니고 있는 따뜻함은 집안의 세 남자에게 각각 다른 여성적 역할을 수행하면서도 꿈을 잃지 않게 한다는 점에서 뛰어난 평가를 받았다.

한국일보 「그리운 꿈」(이연철)

- 줄거리: 아메리칸 드림에 관한 이야기. 상호의 가족은 단란했지만 아버지의 명예퇴직으로 집안의 어두운 그림자가 드리우기 시작한다. 아버지는 명예퇴직금을 사기꾼에게 빼앗기고 가세가 기울자 이민을 가자고 한다. 대학에 다니던 아들도 등록금이 없어 동의하고 사귀던 여자와 조촐한 결혼식을 한 뒤 이민을 떠난다. 하지만 미국 생활에 잘 적응하지 못한다. 고된 노동과 어려운 살림. 아이 갖는 것도 미뤄가면서 돈을 벌지만 그것도 여의치 않다. 또한 주인공의 아빠는 이민생활이 힘들어 고향이 보이는 바닷가 근처에 가서 병을 줍는다. 비행기

표 값을 마련하기 위해서다. 그러던 중 실족사하게 되고 유언으로 화장을 해서 고국 땅 야산에 뿌려 달라고 한다. 자식에게는 원대한 꿈을 이루라고 마지막 당부를 남겨두고.

- 주제별 분류: 세태론적 주제
- 작중 배경별 분류: 사회적 배경
- 형태별 분류: 고발형
- 심사의원: 정한숙 하근찬
- 심사평: 미국에서의 이민생활을 속도감 있는 문장으로 간결하고 정확하게 그려 나간 점이 마음에 들었다. 작품 끝처리가 특히 묘미를 자아내고 있다. 성적인 표현 용어가 조금 거슬리는 것이 흠이다.

▶ 1985년

경향신문 「밑알」(최현규)

- 줄거리: 선반공인 남편과 봉제 미싱사인 아내. 낮에는 일을 하고 밤에는 야간학생이던 이들 부부는 어려운 형편에서도 서로를 믿고 의지하며 살았다. 그러던 어느 날, 평소 의협심이 강하던 남편은 공장 노조 투쟁에 가담하게 되고 주동자로 몰려 감옥에 간다. 그 사이 아이는 태어나고 이들의 살림살이는 더욱 어려워진다. 아내 남숙은 남편의 평소 꿈이었던 시골에서 목장을 하기 위해 도시를 떠난다. 그곳에서도 열심히 일했지만 소 값이 폭락해 형편은 더욱 어려워진다. 설상가상으로 아내는 둘째를 낳고 남편은 아내 병원비를 구하기 위해 며칠이나 고생을 해야 했다. 집으로 돌아오면서 아무리 절망스러운 상황이라도 '밑알'은 남겨둔다는 어머님 말을 기억하며 사랑이 바로 그 밑알 임을 되새긴다.

- 주제별 분류: 세태론적 주제
- 작중 배경별 분류: 사회적 배경
- 형태별 분류: 고발형
- 심사위원: 홍성원 조세희
- 심사평: 작품의 완성도가 높다. 흔히 표현이 어렵다고 하는 문제에의 냉정을 잃지 않는 접근이 주목을 끌었다.

동아일보 「아버지의 표창」(윤춘택)

- 줄거리: 주인공의 어머니는 다른 사람과 눈이 맞아 아들과 남편을 버리고 가출했다. 집나간 아내의 행방을 수소문하다 지친 남편은 방안에 틀어박혀 표창던지기를 한다. 표창의 표적은 아내의 사진. 주인공은 고등학교 선발고사에 실패하자 진학을 포기하고 어머니를 찾아 나선다. 결국 어머니를 찾고 그 후로 계속 어머니를 아버지 몰래 만난다. 그 사실을 안 아버지는 분노했고 종적을 감추었다. 그러던 어느 날 주인공은 어머니 집 앞에서 어머니가 돌아오길 기다리다가 집에 웬 남자가 있는 것을 확인, 아버지의 표창으로 등뒤에서 찔렀다. 하지만 그 사람은 바로 아버지. 아버지는 죽으며 그 표창으로 엄마를 찌르지는 말아달라고 당부한다. 산산조각 난 가정의 비극적인 종말을 이야기하고 있다.
- 주제별 분류: 인생론적 주제
- 작중 배경별 분류: 개인적 배경
- 형태별 분류: 우화형
- 심사위원: 김우종 최일남
- 심사평: 긴장감과 속도감 있는 문체로 테마를 향해 박진하는 솜씨가 뛰어나다. 하지만 전체적으로 작의가 작품 속에 무르녹지 않았고 약간

도식적인 점이 흠이다.

서울신문 「어떤 묘」(백상태)

- 줄거리: 주인공은 아버지 제사를 지내기 위해 고향에 온다. 전쟁 당시 남북의 갈등으로 죄 없는 주민들에 대한 학살이 이어지고 이념의 대립도 심했다. 빨치산이 가족 중 한 명이라도 있으면 다른 가족들이 몰살당하거나 출세길이 막혔다. 주인공의 아버지도 공비라는 이유로 집안에서 쉬쉬하며 존재를 감췄다. 그러다 세월이 흐른 후 가족묘로 이장시키자는 이야기가 나왔다. 하지만 무덤을 파보니 빈 무덤. 주인공 아버지는 월북했던 것이다. 만약 진실이 밝혀지면 간첩 가족으로 몰릴까봐 후한이 두려워 죽은 것으로 위장했던 것. 이데올로기로 인해 고통받는 가족의 이야기다.
- 주제별 분류: 이념적 주제
- 작중 배경별 분류: 역사적 배경
- 형태별 분류: 귀향형
- 심사위원: 김동리 서기원
- 심사평: 분단의 상처의 깊이를 아버지의 허묘를 통하여 드러내 준다. 단지 흠이 있다면 서술 방법에 상투적인 냄새가 난다. 지나치게 소설적으로 꾸미려고 애쓴 탓이다.

조선일보 「환절기」(김혜정)

- 줄거리: 아들에 대한 절절한 어머니의 사랑은 뜨개질로 엮어진다. 외국에 나간 아들 현우는 좀처럼 엄마 일에 무관심이다. 엄마의 기대

와 사랑이 부담스러운 것이다. 그래서 자꾸 귀국을 미룬다. 그런 사실을 알면서도 엄마는 아들을 위해 옷을 짜고 그것을 바라보는 딸의 마음은 착잡하다. 유독 아들에 대한 기대와 욕심을 떨쳐버리지 못한 어머니를 그리고 있다.

- 주제별 분류: 인생론적 주제
- 작중 배경별 분류: 개인적 배경
- 형태별 분류: 우화형
- 심사위원: 황순원 전광용
- 심사평: 나와 어머니와 오빠와 현우와의 인간관계에 얽힌 극적 구조 속에서 어머니의 성격은 부각되었으나 나와 현우와의 관계가 불선명하다는 점이 흠이다. 그러나 이야기 전개가 무리 없고 작품의 전체적 짜임새가 뛰어나다.

중앙일보 「거인의 잠」(고원정)

- 줄거리: 아프리카를 무대로 인간의 여러 형태의 삶을 그리고 있다. 30년 전 끝난 내전을 배경으로 빌렸다. 인간의 끝없는 욕심과 무분별한 전쟁이 결국 모두의 종말을 부른다고 경고한다. 이미 전쟁은 끝났는데 주인공은 그 전쟁의 환영에서 벗어나지 못한다. 부하로 하여금 끊임없이 전쟁을 재생하게 하고 그것을 즐긴다. 하지만 결국 전쟁 때문에 가족이 희생되고 자기 자신도 죽게된다.
- 주제별 분류: 이념적 주제
- 작중 배경별 분류: 역사적 배경
- 형태별 분류: 우화형

- 심사위원: 이청준 이문구 김치수
- 심사평: 소재 자체가 오랜 식민지 시대를 체험한 아프리카를 무대로 했다는 점에서 이국적인 특이함을 보여준다. 연극적인 구도에 의해 강렬한 인상을 주고 인간의 유형 연구로서의 소설적 기능을 탁월하게 보여준다.

한국일보 「열려라 문」(유정룡)

- 줄거리: 르뽀라이터에서 카피라이터, 주인공은 글쓰는 작가다. 하지만 자신의 직업에 회의를 느끼고 있다. 진실과 현실 사이에서 갈등하고 있다. 그런 그에겐 변비에 시달리는 노모가 있다. 노모는 관장을 하지 않고는 살아갈 수 없는 환자다. 매일 어머니의 똥오줌을 받아내며 주인공은 여러 가지 상념에 젖는다. 그런 남편을 보다 못한 아내는 수술을 권하지만 그는 수락하지 않는다. 만삭인 아내와 변비 때문에 고생하는 엄마를 보며 삶의 과정 속에 닫혀있는 수많은 문들을 연상한다. 그 문이 거짓말처럼 활짝 열릴 수 있기를 기대한다.
- 주제별 분류: 인생론적 주제
- 작중 배경별 분류: 개인적 배경
- 형태별 분류: 심리묘사형
- 심사위원: 최인훈 정을병 권영민
- 심사평: 신인다운 패기와 참신함이 돋보인다. 작품 속 주인공들이 앓고 있는 변비 증세를 통해 현실적 상황과 사회적 병리현상에 우의적인 접근을 시도하고 있는 이 소설은 문장 표현에 있어서도 문체의 세련과 변화 있는 기법이 수준을 넘어서고 있다.

▶1986년

경향신문 「유년의 삽화」(정명섭)

- 줄거리: 주인공의 유년의 기억을 회상하고 있다. 주인공의 누나는 방직 공장의 여공. 힘든 노동 속에서도 뜨개질이 유일한 즐거움이다. 그런 누이를 집안 식구들 모두 못마땅해 하지만 누나는 뜨개질을 삶의 낙으로 여긴다. 그러던 중 평생 고생만 하시던 엄마가 돌아가시고 누나는 가출을 한다. 더 이상 가족에게 희망이 없어졌기 때문이다. 아버지는 그런 사실을 인정하지 않다가 결국 받아들인다. 삼촌은 여전히 방안에서 새를 키운다. 인간의 자유로움에 새를 빗대어 표현하고 있다.
- 주제별 분류: 인생론적 주제
- 작중 배경별 분류: 개인적 배경
- 형태별 분류: 심리묘사형
- 심사위원: 홍성원 김용성.
- 심사평: 1인칭 주인공의 현실적인 꿈과 유년의 몽상을 조화롭게 다룬 「유년의 삽화」는 삶에 대한 통찰력을 다양하게 드러내 보여 주었다. 흔히 일터를 소재로 한 소설일 때 직설적이고 도식적인 구성을 보여주는 폐단이 있으나 이 작품은 매우 서정적이고 암시적이다.

동아일보 「낱말찾기」(강병석)

- 줄거리: 운동권 출신이던 남편이 출판사에서 겪었던 이상과 현실에 대한 괴리를 남편이 떠난 후에 아내가 하나하나 되짚어 가고 있다. 이상사회를 꿈꾸던 남편이 현실 속에서 좌절하면서 느꼈던 절망감을 이번에는 아내가 느끼는 것이다. 구속된 남편의 모습을 보면서 현실에

서 이루어질 수 없는 꿈을 아내를 통해 이야기한다.

- 주제별 분류: 인생론적 주제
- 작중 배경별 분류: 사회적 배경
- 형태별 분류: 이야기체
- 심사위원: 김윤식 최일남
- 심사평: 주제가 확실하다. 비극적 결말이나 분단 문제, 운명론 또는 죽음을 다룸으로써 지나친 동정심을 얻고자하는 문단의 유행성 독감에 감염되어 있지 않은 작품이다. 단지 문장의 반짝임이 없는 점과 엉성한 구성이 아쉬움으로 남는다.

서울신문 「해후」(김주성)

- 줄거리: 이복누나였던 명희는 중이 된 후 아내에게 심장을 이식해 준다. 어릴 적 새 엄마를 따라 가족이 된 명희 누나. 주인공은 그 누나를 한 가족으로 받아들이지 못한다. 기회만 있으면 괴롭힌다. 그러다 한 순간의 실수로 누나의 눈을 멀게 하고 그러면서도 자신을 탓하지 않는 누나를 이해하지 못했다. 그러던 어느 날 자신의 아내가 심장 이식을 받아야 한다는 소식을 접한 누나는 단식을 하며 열반이라는 과정을 통해 스스로 목숨을 끊는다. 동생의 아내에게 심장을 이식해 달라는 유언과 함께. 어릴 적 상처를 극복하지 못해 방황하는 주인공과 그것을 운명으로 받아들인 후 새 생명을 부여한 누나를 통해 가족 간의 사랑을 이야기하고 있다.
- 주제별 분류: 인생론적 주제
- 작중 배경별 분류: 개인적 배경

- 형태별 분류: 이야기체
- 심사위원: 김동리 서기원
- 심사평: 그런 대로 형식이 잘 빠진 작품이다. 그러나 이야기 거리가 빈약하다. 또한 전문분야의 특수용어를 사용했지만 빈도가 잦지 않아서 이해하는데 큰 지장은 없었다.

조선일보 「호수의 눈」(홍순모)

- 줄거리: 기다림에 대한 이야기다. 주인공 미선은 고아원 출신. 고아원에서 오누이처럼 자란 오빠는 고아원 환경이 열악해 지자 고아원을 떠난다. 미선에게는 꼭 다시 찾으러 오겠다는 말을 남기고. 미선은 그 말이 현실로 이루어지지 않으리라는 것을 알면서도 기다림을 포기할 수 없다. 고향에서 만난 돌산댁도 기다리기는 마찬가지. 전쟁으로 월북한 남편이 언젠가는 돌아오리라는 희망을 버리지 못하고 있다. 이 두 사람 모두 현실에서는 이루어지지 않을 꿈이라는 것을 알면서도 희망을 버리지 못한다.
- 주제별 분류: 인생론적 주제
- 작중 배경별 분류: 개인적 배경
- 형태별 분류: 우화형
- 심사위원: 황순원 전광용
- 심사평: 여주인공의 심리적인 갈등을 기저로 하여 어머니와 소년에 대한 환상 어린 기다림, 그리고 돌산댁의 6·25때 산으로 들어가 돌아오지 않는 남편에 대한 기다림, 이 두 경우의 상징적인 배합으로 작품의 매듭을 지은 재질이 인정된다.

중앙일보 「망각 속을 흐르는 강」(김정하)

• 줄거리: 형제 이야기다. 주인공은 빨갱이라는 낙인을 찍혀 사회에서 손가락질을 받으며 살아왔다. 그런 따돌림을 견디다 못한 형은 집을 나가고 주인공은 형이 언젠가 자신을 구원해 주리라 믿고 있었다. 하지만 형은 유학까지 다녀 온 뒤 자신의 출세에 여념이 없고 하나뿐인 동생의 존재를 부담스러워 한다. 그리고 우연한 해후에서도 동생을 외면한다. 동생은 결국 정신병원에 갇히게 된다. 이념 때문에 조우할 수 없는 가족의 굴곡진 이야기를 담고 있다.
• 주제별 분류: 이념적 주제
• 작중 배경별 분류: 역사적 배경
• 형태별 분류: 우화형
• 심사위원: 이문구 이청준 김치수
• 심사평: 이 작품은 6·25라는 비극적 체험을 가진 주인공이 배꼽을 잃게 되는 과정을 추적한 무게 있는 작품이다.

한국일보 「전지에서」(박정우)

• 줄거리: 형이 갑자기 죽었다는 전보를 받고 귀향하는 주인공. 주인공의 아버지는 전쟁의 환상에서 벗어나지 못하고 있다. 자신의 전투에서 최후까지 살아남았던 자리에 기념비를 세우기 위해 재산을 탕진하고 나중에는 자식에게까지 손을 내민다. 집안 식구들 모두 그런 아버지가 못마땅하지만 형만큼은 늘 아버지 편이다. 사실 아버지는 최후의 전투에서 용감하게 살아 남은 것이 아니라 동료들이 다 전사한 후에 운이 좋게 살아 남은 케이스다. 아버지는 그 죄책감을 견디다 못해 전우들

의 유품을 찾고 기념비를 세우고 싶었던 것이다. 형은 그런 아버지를 이해하고 있었던 것이다.

- 주제별 분류: 이념적 주제
- 작중 배경별 분류: 역사적 배경
- 형태별 분류: 이야기체
- 심사위원: 하근린 유종호 김주연
- 심사평: 힘있는 문장이 빚어내는 필자의 다부지고 진지한 자세가 호감이 갔다. 형이 죽었다는 전보를 받고 귀향하는 과정에서 6·25의 환상에 사로잡혀 사는 아버지를 형상화하고 있는 이 작품은 그 형식이 단편소설의 전형을 이루어 읽히는 힘이 있다.

▶ 1987년

경향신문 「햇무리」(유영숙)

- 줄거리: 어려운 살림에서도 자식을 키웠지만 자식은 각자의 삶의 무게에 하루 하루를 힘들게 산다. 그래서 부모는 늘 뒷전이다. 주인공은 자신과 자신의 남편이 부모를 극진히 대했던 것과 자신의 자식들이 자신들을 대하는 모습이 틀리다는 것일 인정한다. 하지만 현실에서는 그런 모습이 슬프기만 하다. 누구 어느 자식에게도 노후를 맡길 수 없는 부모의 갈등을 이야기하고 있다.
- 주제별 분류: 인생론적 주제
- 작중 배경별 분류: 개인적 배경
- 형태별 분류: 심리묘사형
- 심사위원: 김동리 이병주

- 심사평: 한국의 여인상을 요즘 세태의 가벼운 터치로써 배경에 깔고 부각시킨 향기 높은 작품이다. 문장에 조금도 무리가 없어 노년의 체험 위에 비치는 아들과 며느리의 언동을 담담히 그려 나가면서 향수처럼 스스로의 여심을 돌이켜 보기도 하고 채워지지 않는 모성의 깊이를 들여다보기도 한다. 인생의 깊이를 느끼게 하는 솜씨가 대단하다.

동아일보 「뿔」(조순임)

- 줄거리: 도벽에 모든 것을 건 아내. 주인공은 남편과의 갈등을 도벽으로 풀어가고 있다. 남편과 대화가 통하지 않고 마땅히 맘을 터 놓고 이야기할 상대도 없자 주인공은 틈이 나면 백화점에 가서 조그만 것들을 훔치기 시작한다. 나중엔 죄의식도 없이 습관적으로 물건을 훔친다. 남편은 이상주의자이지만 현실은 그런 남편의 이상대로 움직이지 않고 아내는 그 현실을 풀어나갈 능력이 없었다. 결국 그런 스트레스는 도벽으로 해소되는 것이다. 남편과 아내 모두 사회에 적응하지 못하고 뿔처럼 솟아 있는 모습을 그려주고 있다.
- 주제별 분류: 세태론적 주제
- 작중 배경별 분류: 사회적 배경
- 형태별 분류: 심리묘사형
- 심사위원: 최일남 김윤식
- 심사평: 「뿔」은 시대적인 문제의식을 다루고 있다. 그 문제의식을 드러내는 방식도 특이하다. 이야기를 전개하는 방식의 예술적 수준이 뛰어난 작품이다.

서울신문 「이 강산 낙화유수」(이원하)

- 줄거리: 전쟁 때문에 한 가족이 겪게 되는 슬픈 운명을 이야기한다. 계속되는 공습과 피난 행렬 속에 일부는 총탄에 맞아 죽고 일부는 생이별을 하게 되고, 약한 동생들을 버릴 수도 없고, 끝까지 챙길 수도 없는 막막한 현실. 자살한 동생과 병이 들어 죽은 동생, 그리고 길을 잃어 헤어진 가족까지, 이산가족 상봉을 통해 추억하는 가족 이야기다.
- 주제별 분류: 이념적 주제
- 작중 배경별 분류: 역사적 배경
- 형태별 분류: 이야기체
- 심사위원: 최인훈 김주영
- 심사평: 짧은 단편 속에 너무나 많은 이야기를 소화시키려는 데서 느껴지는 산만함도 있고 전쟁통이긴 하지만 사람이 자주 죽게 된다든지, 화자가 현재 무엇을 하고 있는 지 언급이 없는 부분도 있어 아쉬움이 남는다. 하지만 가족사의 얽히고 설킨 이야기를 조리 있고 간결하게 처리한 저력이 돋보인다. 작품 전체에서 느껴지는 가족끼리의 교감도 자연스럽고 재치 있게 처리되어 있다.

조선일보 「와우석」(이응수)

- 줄거리: 아버지는 어머니와 사별 후 수석을 모은다. 어머니의 빈 공간을 수석 모으기라는 취미로 채우고자 한 것이다. 그런 아버지의 모습이 안타까워 자식들은 재혼을 거론하지만 선뜻 응하지 않는다. 결국 아버지는 자식들을 위해서라도 재혼을 선택하고 그 후 수석 모으는 취미를 접는다. 어머니의 존재가 잊혀졌다는 뜻이다. 과거의 가족과

현재의 가족의 의미를 되새기고 있다.

- 주제별 분류: 인생론적 주제
- 작중 배경별 분류: 개인적 배경
- 형태별 분류: 심리묘사형
- 심사위원: 황순원 전광용
- 심사평: 「와우석」은 이미 죽은 어머니와 아버지의 재취를 둘러싼 부녀간의 심리적 엉킴이 가난하고 잔잔하게 그려져 그 역량이 인정된다. 반면 끝마무리가 약하다는 점이 흠이다.

중앙일보 「마디」(구효서)

- 줄거리: 전쟁과 군부의 권력 앞에 힘없이 무너지는 인간의 모습을 그리고 있다. 전쟁 때문에 정조를 지키지 못했던 어머니, 전쟁으로 인해 유린당한 어머니는 주인공을 낳은 뒤 평생 괴로워한다. 그런 주인공 역시 노동 운동하다 고문 후유증으로 시달리는 고향 동네 처녀를 범하게 된다. 그리고 후에 그 처녀가 아이를 가졌음을 알게 된다. 부모에서 자식까지 이어지는 운명의 반복. 이념과 권력, 그 아래서 인간의 약함을 그리고 있다.
- 주제별 분류: 이념적 주제
- 작중 배경별 분류: 역사적 배경
- 형태별 분류: 귀향형
- 심사위원: 이청준 이문구 김병익
- 심사평: 무리 없는 진행과 현재적 시각, 내면의 심리적 기미에 대한 섬세한 포착으로 상당히 안정된 능력을 갖추고 있는 작품이다. 냉정성을 잃지 않는 튼튼한 문장력과 구성이 돋보인다.

한국일보 「서울 1986 여름」(전진우)

- 줄거리: 김승옥의 소설을 모티프로 하고 있다. 젊은 시절, 주인공은 사회의 불의에 항거했으나 점차 도태되고 마는 직장인의 한사람일 뿐이다. 해외 공사 현장에도 나가고 나름대로 조직사회에 적응하려 했지만 결국 도태 당하고 만다. 그런 자신의 모습에 절망하고 있을 때 자신보다 젊은 대학생을 만난다. 그 대학생 역시 자신을 희생하며 시위에 몸을 바쳤던 동료들에 대한 죄책감으로 괴로워하고 있었다. 한 사회의 현실과 이데올로기가 개인을 얼마나 억압하고 있는 가를 보여주고 있다.
- 주제별 분류: 세태론적 주제
- 작중 배경별 분류: 사회적 배경
- 형태별 분류: 심리묘사형
- 심사위원: 최인훈 김우창 김원일
- 심사평: 전개 방식이 특이하다. 또한 무리 없는 전개와 오늘의 사회적 관심사를 정확하게 지적했다는 데서 점수를 얻었다. 다만 평범한 문장에 전반부도 탄력이 없고 김승옥의 소설을 극복했다고 보여지지 않는 점이 흠이다.

▶ 1988년

경향신문 「폐기처분」(최용운)

- 줄거리: 주인공은 모 회사의 관리부서에 근무한다. 그가 하는 일은 구조조정. 주인공은 직원을 감축하는 일에 회의를 느끼고 있다. 하지만 회사의 구조조정은 가차없이 진행되고 같은 부서 동료는 구조조정

에 선두에 선다. 주인공은 그 동료를 보며 배반감을 느끼지만 어쩌지 못하고 가슴앓이만 하고 있다. 그러던 어느 날 관리부서까지 구조조정의 칼날이 들어온다. 주인공은 자신이 그 대상이 된 줄 알았지만 운이 좋게 살아 남는다. 대신 구조조정에 앞장섰던 동료는 해고된다. 한치 앞도 내다볼 수 없는 사회생활의 비정함과 씁쓸함을 고발하고 있다.

- 주제별 분류: 세태론적 주제
- 작중 배경별 분류: 사회적 배경
- 형태별 분류: 고발형
- 심사위원: 이병주 홍성원
- 심사평: 산업사회, 특히 샐러리맨의 약한 심정의 동요가 잘 그려져 있고 아울러 시대상의 단편을 조명한 점이 돋보인다. 군더더기 없는 문장, 마지막 부분의 수습이 좋은 것도 이 작품의 장점이다.

동아일보 「이앙기」(이혜경)

- 줄거리: 어머니와 딸의 이야기다. 주인공은 사랑하는 사람과 결혼을 약속한 사이다. 하지만 남자 집안에서 여자를 반기지 않는다. 이유는 이혼한 가정의 딸이라는 것. 딸이 사귀는 남자도 처음엔 이혼한 사실을 문제삼지 않더니 점점 소극적인 자세로 변한다. 엄마는 마음이 무겁다. 딸은 이미 임신한 상태. 결국 아이를 지우고, 엄마 역시 평생 바람기 있는 남편 때문에 고생하다가 결국 남편의 아이를 숙명적으로 받아들인다. 사람의 힘으로 어쩔 수 없는 운명의 굴레를 딸과 엄마가 펼쳐나가는 이야기다.
- 주제별 분류: 세태론적 주제
- 작중 배경별 분류: 개인적 배경

- 형태별 분류: 심리묘사형
- 심사위원: 김윤식 이청준
- 심사평: 딸의 삶을 날줄로, 어머니의 삶을 씨줄로 하여 모녀의 삶과 그것이 감당해 내야 할 숙명적 굴레의 무게를 촘촘하게 엮어 담은 깔끔한 작품이다. 예민한 감각과 안정된 문장, 그리고 탄탄한 구성이 매우 돋보인다.

서울신문 「미로학습」(이나미)

- 줄거리: 가족의 이야기를 하고 있다. 아버지의 폭력을 견디다 못해 엄마는 집을 나가고 결국 중이 된다. 그러던 중 딸은 엄마의 죽음을 계기로 절을 찾는다. 그리고 엄마의 삶을 되돌아본다. 처음엔 가출한 엄마를 원망했지만 어쩔 수 없는 선택이었음을 깨닫고 받아들인다.
- 주제별 분류: 세태론적 주제
- 작중 배경별 분류: 사회적 배경
- 형태별 분류: 이야기체
- 심사위원: 최인훈 김주영
- 심사평: 언뜻 평면적이고 사건이 없는 내용의 소설 같으면서도 이 작가가 가지고 있는 소설가로서의 저력과 자질이 충분히 느껴지는 작품이다.

조선일보 「바람, 저편」(전용문)

- 줄거리: 외과의사인 주인공은 어느 날 문득 시체로 발견된다. 유서와 함께. 인간의 힘으로 생명을 얼마나 연장시킬 수 있는가에 회의를

느낀 주인공은 자신의 실수로 살 수 있는 사람이 죽어버린 후 강한 죄책감에 시달린다. 그리고 의학의 한계에 대해 고민한다. 늘 최선을 다하지만 사람의 힘으로 어쩔 수 없는 선이 있음을 깨닫고 주인공은 절망한다.

- 주제별 분류: 인생론적 주제
- 작중 배경별 분류: 개인적 배경
- 형태별 분류: 심리묘사형
- 심사위원: 황순원 전광용
- 심사평: 인간의 생명에 대한 신의 섭리와 의사의 치료에 의한 생명구출의 한계성에 따르는 한 외과의사의 고민을 소재로 다루고 있다. 사건 전개 과정의 필연성이나 구성상의 짜임새에 결함이 있지만 계속해서 작품을 쓸 수 있겠다는 가능성에 초점을 두었다.

중앙일보 「쥐와 맨드라미」(김기홍)

- 줄거리: 쥐를 죽이기 위한 과정을 우회적으로 표현하고 있다. 맨드라미를 갉아먹는 쥐. 형수는 그 쥐가 밉기만 하다. 어떻게든 죽이고 싶다. 그래서 쥐덫을 놓고 쥐가 잡히길 기다리고 있다. 소설에서 쥐는 약자를 상징한다. 굳이 해치지 않아도 되는 쥐를 자신의 편의를 위해서 해쳐야 직성이 풀리는 형수의 모습을 통해 인간의 욕심과 허구를 꼬집고 있다.
- 주제별 분류: 세태론적 주제
- 작중 배경별 분류: 사회적 배경
- 형태별 분류: 우화형

- 심사위원: 김병익 최인훈 서기원
- 심사평: 섬세한 감각과 치밀한 시선, 특히 쥐와 맨드라미의 관계를 매개로 하여 억압에의 절망과 자유에의 열망이라는 오늘의 우리의 내적 상황에 대한 과장 없는, 그러나 진지한 은유적 표출 수법이 뛰어나다. 이처럼 빈틈없는 구성의 성공작임에도 불구하고 상투성의 때를 완전히 벗지 못했다는 점은 흠이다.

한국일보 「이상의 날개」(김석희)

- 줄거리: 실존 인물 이상을 모델로 하고 있다. 도봉구 미아리 33번지 18호에 사는 주인공은 예전의 이상과 비슷한 삶을 살아간다. 술집에 다니는 애인과 무능력한 자신. 뭔가 꿈을 펼쳐보고 싶어도 현실은 그의 생각대로 이루어지지 않는다. 경제력도 능력도 없다. 소설 후반기에 실제의 이상과 만나게 된다. 그 시절과 전혀 변화가 없는 이상의 모습을 발견한다는 내용이다.
- 주제별 분류: 인생론적 주제
- 작중 배경별 분류: 개인적 배경
- 형태별 분류: 심리묘사형
- 심사위원: 유종호 이문구 김치수
- 심사평: 근래에 보기 드문 수작으로 소설이 현실의 모든 것을 이야기할 수 있는 총체적인 장르라는 것을 확실하게 보여준 작품이다. 이야기의 전개, 서술의 정확성, 상상력의 비범성이 뛰어나다.

(4)1990년대 당선작

▶1990년

경향신문 「3층돌탑」(김준웅)

- 줄거리: 시골에서 농사를 짓다 도시의 아들집으로 간 나는 심한 신경 통에 걸려 골방에서 짐승처럼 갇혀 지내고 있다. 어머니가, 아내가 병으로 고생하다 죽을 때 내가 그랬던 것처럼 아들이나 며느리는 나에게 두관심하다. 방문 앞에 밥상을 놓고 갈 뿐 냄새나는 방으로 들어오지도 않는다. 몇 번 집을 나왔다가 며느리에게 붙들려 가기도 했다. 어느 날 낡은 앨범을 뒤지던 나는 젊은 시절 아내와 고향 부근 절의 3층돌탑 아래에서 찍은 사진을 보고, 아무도 몰래 가방을 챙겨 아들집을 나와 그 3층돌탑이 있는 절에 오른다. 사진에서와 똑같은 포즈를 취해 보는 나에게 멀리서 어머니와 아내가 웃고 있다.
- 주제별 분류: 세태론적 주제(가족 해체, 노인 문제 추적)
- 작중 배경별 분류: 사회적 배경
- 형태별 분류: 우화형
- 시점: 1인칭
- 심사위원: 홍성원 송영
- 심사평: 가족 해체란 문제와 함께 노인이 처한 '사육상태'를 일종의 우화적 서술로 끈기 있게 그려내고 있다.

동아일보 「광장으로 가는 길」(함정임-女)-가작

- 줄거리: 나는 광장으로 가는 신호등 앞에서 빨간불 혹은 파란불을

보면서 삶과 죽음 등 많은 것을 생각한다. 특히 비둘기가 트럭에 받혀 죽는 것을 보면서, 아무도 관심을 갖지 않는데 대해 상심하기도 한다. 신촌의 모교를 방문한 나는 광장에서 학생과 전경들이 대치하고 있는 상황을 보면서, 한 선배를 떠올린다. 동시에 까닭 모를 부끄러움을 느끼며 쥐구멍이라도 찾고 싶어진다. 나는 대학시절 한 선배를 민주광장에서 만나 일 년여 동안 광장으로 끌려 다녔었다. 6·10항쟁 기간 중에는 거대한 시위대의 대열에 끼어 있었고, 한 선배는 최루탄에 맞아 들것에 실려 나갔다. 역시 광장은 '삶과 죽음이 교차하는 곳'이다.

- 주제별 분류: 인생론적 주제(삶과 죽음이 교차하는 '광장'의 의미 탐구)
- 작중 배경별 분류: 개인적 배경
- 형태별 분류: 심리묘사형
- 시점: 1인칭
- 심사위원: 하근찬 김윤식
- 심사평: 내면탐구를 통해 '광장'의 의미를 캐낸 점에서 작가의 능력과 소재의 무게가 균형을 이루고 있다. 그러나 작품의 구성상 문제점이 발견되어 가작으로 선한다.

세계일보 「뛰어넘을 수 없는 것에 대하여」(강순금-女)

- 줄거리: 나는 만학으로 미술대학에 들어가 졸업을 앞두고 있는, 여섯 살 난 아이를 둔 주부다. 대학 4년 동안 열심히 그림을 그려 교수님으로부터 인정을 받고 조기졸업을 하게 됐지만, 미술교사인 남편과는 그림의 소재 문제로 늘 다툰다. 민중미술을 표방하는 그는 내 그림을 반민족적 서구적 모더니즘이라든지 반민중적 에고이즘이라고 비난한다. 우리는 이 문제로 갈등을 빚어 좁은 아파트에서 각방을 쓴다. 전교조

활동에도 적극적인 남편은 결국 구속되고 만다. 생활고에 찌든 나를 위해 대학 은사님은 하필이면 전교조 활동으로 해직된 여중학교 미술교사 후임을 강력히 권한다. 나는 갈등과 고민 끝에 여중학교로 면접을 보러 가지만, 버스를 잘못 내린 것을 계기로 그동안의 이미지를 깨뜨리고 새 이미지를 구축하고 싶은 강렬한 충동과 욕구를 느낀다.

• 주제별 분류: 세태론적 주제(전교조 문제)
• 작중 배경별 분류: 사회적 배경
• 형태별 분류: 심리묘사형
• 시점: 1인칭
• 심사위원: 최일남 김병익 이문열
• 심사평: 사회적 갈등을 부부간의 문제로 이전시켜 차분하게 형상화한 점을 높이 샀다. 문제를 풀어 가는데도 시종 균형 잡힌 시각을 갖고 있다.

중앙일보 「단식」(박정우)

• 줄거리: 군대를 마치고 고향 화순에서 아버지의 양계장 일을 돕던 나는 양계장이 망하고 아버지가 돌아가신 후 어머니와 함께 광주로 이사를 온다 어머니는 광주로 온 지 두 달째 되는 날 다른 가족들과 함께 단식을 시작했다. 나는 간판가게에서부터 횟집, 심부름센터 등 무려 일곱 군데의 직장을 옮겨 다니며 살기 위해 발버둥을 친다. 일을 하면서도 군대시절과 아버지가 살아 계실 때의 여러 가지 삽화들을 떠올린다. 형 김진철은 80년 5월 광주항쟁 당시 무등산 증심사에 가서 친구를 만나 닭죽을 먹고 온다며 나갔다가 돌아오지 않았고, 그 후 낯선 사내들은 망월동에 묻힌 묘를 이장하라고 요구하며 끊임없이 찾아다녔다. 군대에

서 부식차량을 몰다 사고를 내고 영창에 갔을 때도 그들은 묘를 이장하면 공무원까지 시켜주겠다고 온갖 회유를 했다. 양계장을 하는 아버지에게도 마찬가지였다. 그러나 나나 아버지는 그들의 집요한 회유에 절대로 넘어가지 않았다. 아버지는 정신나간 사람처럼 광주로 찾아 다녔다. 그 후 닭병으로 양계장이 망하고 아버지는 목을 매달아 죽는다. 심부름센터 일을 하면서 서석동 사무소를 찾은 나는 아버지가 늘상 전화국에 전화요금 납부 여부를 확인하던 호규봉 씨의 소재를 확인하지만 핀잔만 듣는다. 하루종일 아무 것도 먹지 않아 억센 갈퀴 하나가 빈 뱃속을 긁어대는 가운데 사람들의 소재를 확인하던 아버지의 목소리와 사람들의 함성 등이 뒤섞여 들려온다. 나는 날이 바뀌면 단식 닷새 째로 접어드는 어머니 곁으로 말없이 가 앉는다. 단식은 이제부터 시작이다.

- 주제별 분류: 이념적 주제 (광주항쟁)
- 작중 배경별 분류: 역사적 배경
- 형태별 분류: 이야기체
- 시점: 1인칭
- 심사위원: 이청준 김치수 김원일
- 심사평: 여러 가지 복잡한 에피소드를 우리시대의 아픔과 연결시켜 형상화하는데 탁월한 능력을 보여 주었다.

한국일보 「늦장마」(이혜경-女)

- 줄거리: 나는 모피염색공장 직원으로 미국 연수를 가는 것이 꿈이다. 이런 사실도 알릴 겸 고향으로 가는 버스에 올랐다. 고향 마을은 담배 농사를 주업으로 하는 곳으로, 버스에 탄 사람들은 정부의 양담배 수입 결정이 그렇지 않아도 피폐해진 농촌에 몰고 올 파장을 걱정한

다. 나의 아버지는 월남전에 참전한 백마부대 출신으로 현재 고향마을 에서 엽연초 조합장을 하며 정부 융자돈을 끌어내 담배 건조장을 짓 고, 적당히 바람도 피우며 살아간다. 나는 그런 아버지가 월남에 있을 때 안 월남여자와의 사이에 태어난 트기다. 어머니와 나는 월남전 종전 후 거액을 들여 목선을 타고 한국에 왔으나, 어머니는 기지촌 주변 술집 작부로 전전하다 죽는다. 나의 이복동생 덕규는 미국문화원 에 불을 지르고 구속된 경력이 있으며, 이 문제로 아버지와의 갈등이 심각하다. 버스에서 내려 마을사람들과 술집에 들어 막걸리를 먹고 있 을 때 덕규가 나타나 정부의 양담배 수입 정책과 이에 호응하는 아버지 를 비난하고, 마을 사람들과 언쟁을 벌인다. 밖에는 늦장마가 끊임없이 내리고, 어디선가 버스가 수렁배미에 빠졌다는 함성이 들려온다.

- 주제별 분류: 세태론적 주제(피폐한 농촌현실)
- 작중 배경별 분류: 사회적 배경
- 형태별 분류: 귀향형
- 심사위원: 김치수 김현 김원일
- 심사평: 오늘의 농촌현실의 한 단면을 과장 없이 묘사한 단편적 골격 을 잘 갖춘 작품이다. 미국이 과연 우리에게 어떤 역할을 하는가의 시효적절한 문제를 월남전과 미국 담배 수입과 결부시켜 튼튼한 현실 적 바탕을 깔고 있다.

▶ 1991년

경향신문 「쥐잡기」(김소진)

- 줄거리: 대학에서 화염병 시위를 하다 화상을 입은 경력이 있는 민홍

은 집에서 하릴없이 작가의 소설집이나 뒤적이고 있다. 민홍의 집은 달동네의 구멍가게다. 함경도 출신으로 반공포로인 아버지와 입이 걸고 드센 어머니 철원네와 함께 살았으나, 아버지는 돌아가셨다. 쥐들이 가게의 물건을 못쓰게 만들어 쥐에 대한 노이로제에 걸린 민홍은 아버지 생전에 함께 쥐잡기를 하던 기억을 떠올린다. 몇 번의 실패 끝에 찐득이로 쥐를 잡은 아버지는 나에게 연탄집게에 불을 달궈 오라고 해서 쥐를 죽였다. 어느 날 아버지는 거제도 포로수용소에서 흰쥐를 키우던 이야기와 그 쥐 때문에 살아난 이야기를 들려주었다. 또 반공포로로 남게 된 경위도 들려주었다. 옆집 은정이네 부부싸움이 또 벌어지던 날 민홍은 새끼를 배고 등허리가 벗겨진 늙은 쥐를 발견하고 연탄집게를 휘두르지만 놓치고 만다. 그때 돌아가신 아버지의 목소리를 귓전에 들은 민홍은 주먹을 불끈 쥐어본다. 저 만치서 채 시작되지도 않은 겨울의 출구가 보이는 듯 했다.

- 주제별 분류: 인생론적 주제
- 작중 배경별 분류: 개인적 배경
- 형태별 분류: 이야기체
- 시점: 3인칭
- 심사위원: 이청준 김원일
- 심사평: 선택되어진 삶의 무의미성과 생존의 무기력한 소모과정을, 영세상점의 쥐잡기와 아버지 세대가 겪은 거제도 포로수용소로 교차시킨 내용이다. 삶의 존엄성이란 가치관에 전반적 반성을 요구하는 어려운 주제임에도, 걸직한 입심과 악동투의 문장이 이야기에 활력을 주고 일정한 여유와 객관성을 지탱시키고 있다.

동아일보 「아내의 행방불명에 관하여」(정윤우-女)

- 줄거리: 나는 대학원 박사과정을 밟고 있는 공학도로 생활을 위해 별도의 프로젝트를 맡아 일을 하느라고 날마다 밤 12시가 넘어 집에 들어간다. 신혼인 아내는 이런 나에게 늦는다고 타박하지도 않고 아무런 관심도 보이지 않는다. 세상일에는 도대체 무관심이다. 그런 아내가 누군가의 방문을 앞두고 모처럼 활기에 차 있다. 아내가 '형'이라고 부르는 그 남자가 찾아와 놀다간 다음날 아내가 돌연 행방불명이 된다. 탐늦게 귀가해 아내의 연락을 기다리던 나는 디스켓 한 장을 발견하고 그 내용을 읽는다. 디스켓 속에는 아내가 기록한 삶과 죽음, 사랑 등 인생에 대한 철학적인 얘기가 장황하게 적혀 있다. 그리고 한 남자를 찾아갈지는 모르지만, 일단 집을 나선다는 얘기가 적혀 있다. 디스켓을 다 읽고 난 나는 황당한 생각이 들면서 아내에게 꼭 한가지 물어보고 싶은 게 있다. 왜 한마디 말도 없이 떠났는지를.
- 주제별 분류: 인생론적 주제
- 작중 배경별 분류: 개인적 배경
- 형태별 분류: 심리묘사형
- 시점: 1인칭
- 심사위원: 김윤식 이문열
- 심사평: 새로움에 대한 감각이 무엇보다 소중하다고 생각하는 쪽에 우리가 섰다. 그동안 우리 소설은 사회적 역사적 고통으로 말미암아 생긴 짓눌린 삶을 부각시켜 승화시키는 쪽에 눈물겨운 노력을 기울여왔고 앞으로도 그러할 것이지만, 그 한편으로는 '나는 무엇인가'라는 이른바 존재론적 고통에도 관심을 기울일 필요가 있다고 우리는 생각했다.

서울신문 「눈 오는 날」(윤이나-女)

- 줄거리: 50대 보험회사 소장인 나(여)는 회사에서는 좋은 실적으로 인정받고 있지만, 집에만 들어오면 심란한 기분이 든다. 큰사위는 임신 중인 큰딸과 함께 대구에서 직장을 옮겨 방 구할 때까지만 있겠다고 해놓고 벌써 두 달째 처가인 우리 집에 얹혀서 산다. 사람은 좋지만 생활 능력 없는 것이 꼭 남편을 닮았다. 결혼 후 30년이 되도록 제대로 된 직장을 가져보지 못한 남편은 사람이 오기도 없고 맘만 좋았지 맹물이다. 작은딸은 또 아홉 살이나 차이가 나고 기반도 잡지 못한 남자와 결혼하겠다고 우기니 보통 답답한 것이 아니다. 눈이 펑펑 오는 날 몸이 좋지 않아 이불을 둘러쓰고 일찍 자리에 누웠다. 밤늦게 들어온 사위와 남편은 마당에서 눈싸움을 한바탕 하고 들어오더니, 술잔을 나누면서 웃음소리가 그칠 줄 모른다. 그 날 밤 옆에 누운 남편은 "지순아"라고 오랜만에 이름을 부른 뒤 "난 지금 행복하다. 사랑이 남긴 것은 결코 메말라빠진 것은 아니다"라고 말한다. 남편이 천천히 손을 잡아주자 그녀는 손에 힘을 주어 힘껏 매달렸다.
- 주제별 분류: 인생론적 주제
- 작중 배경별 분류: 사회적 배경
- 형태별 분류: 이야기체
- 시점: 1인칭
- 심사위원: 이호철 최인훈
- 심사평: 등장인물 저마다에 대한 파악이 타당해 보인다. 그래서 쉬운 듯한 문장에 힘이 있다. 내용과 형식에 적절한 균형이 있는 점을 높이 평가한다.

세계일보 「애기 소나무」(김찬기)

• 줄거리: 진규는 삼촌 준환의 파묘를 한다는 연락을 아버지로부터 받고 고향으로 가는 버스에 올랐다. 습관성 유산을 하던 아내가 어렵게 임신을 해 산일이 가까운 것이 걸렸으나, 삼촌과의 각별한 관계 때문에 내려가기로 마음을 먹었다. 버스 속에서 진규는 심한 구역질로 고생을 한다. 운동권이던 삼촌이 서울의 대학에 진학한 해부터 줄곧 집안이 평온한 날이 없었다. 반정부 화가들에 대한 수배령이 떨어져 네 해째가 되던 여름 할아버지의 기일에 찾아온 삼촌은 제사를 모시고 곧바로 기관원들에게 붙들려 간다. 3년 만에 오른팔을 절며 출감한 삼촌은 진규가 군에서 제대했을 때 현실과 예술의 괴리 때문에 괴로워하다가 수감의 후유증으로 죽고 없었다. 그 후 할머니는 신이 내려 용하다는 무당을 다 불러 굿을 해도 잡히지 않았다. 삼촌의 파묘를 하는 것이 집안의 우환을 막는 길이라는 무당들의 말을 듣고 이번에 파묘를 하게 된 것이라고 했다. 유골과 함께 삼촌이 생전에 그린 소나무 그림 한 점도 태워지고, 하얗게 날리는 형해 속에 쓰라린 현실에 괴로워하던 삼촌의 모습이 나타난다. 아버지와 함께 파묘한 자리에 애기 소나무 한 그루를 심고 슬쩍 들어 올렸을 때 희미하게 애기 울음소리가 들려오고, 진규는 심한 헛구역질을 하기 시작했다.

• 주제별 분류: 이념적 주제
• 작중 배경별 분류: 역사적 배경
• 형태별 분류: 귀향형
• 시점: 3인칭
• 심사위원: 최일남 김병익
• 심사평: 잔잔한 문체로 세련된 절제력을 가지고 현실과 예술의 간극

을 이겨내지 못한 삼촌의 죽음을 아름답게 회상하고 있다. 희귀한 토착어에 대한 작자의 애정도 돋보였다.

조선일보 「외출」(최임순-女)

• 줄거리: 혜숙은 출산으로 인한 1년 간의 휴직을 마치고 상쾌한 기분으로 학교에 첫 출근을 했다. 1년 만에 돌아온 교무실의 분위기는 몰라보게 달라져 있었다. 교장과 교감의 권위와 상명하달 대신 민주화 분위기를 타고 평교사들의 입김이 세지고 윗사람들이 오히려 이들의 눈치를 보고 있었다. 동료들 중에는 이은경 선생과 박상준 선생이 보이지 않았다. 이 선생이야 전교조 활동으로 학교를 떠난 것은 신문에도 나 알고 있지만 박 선생의 부재는 의외였다. 전라도 광주 출신인 박 선생은 다른 호남 출신들과는 달리 정치성향이 강하지 않았고, 전교조 활동에도 소극적이어서 외톨이나 다름없었다. 혜숙은 이런 박 선생과 마음이 통해 친하게 지냈으나, 그의 할아버지가 일제 고등계 형사였고 아버지와 형이 어용검사라는 사실을 알고는 멀리하고 말았다. 동료교사로부터 그 박 선생이 정신병원에 입원했다는 말을 듣고 혜숙은 깜짝 놀랐다. 교재 채택 문제를 둘러싼 교감과 교사들의 알력에 묘하게 덤터기를 쓰고 고민하다 쓰러졌다는 것이다. 혜숙은 박 선생이 식구를 대속해서 자신을 희생시킨 것이라고 생각했다. 상쾌한 기분으로 출근했던 것과는 달리 퇴근길의 발걸음은 무겁고 바람소리도 정신병원 철문 뒤에서 흐느끼는 박 선생의 울부짖음처럼 들렸다. 혜숙은 박 선생의 울부짖음으로부터 벗어나기 위해 있는 힘을 다해 집을 향해 뛰었다.

• 주제별 분류: 세태론적 배경(전교조 문제)

- 작중 배경별 분류: 사회적 배경
- 형태별 분류: 이야기체
- 시점: 3인칭
- 심사위원: 황순원 서정인
- 심사평: 전교조에 동정적인 여교사가 전교조 운동에 참여할 수 없는 불행한 할아버지와 아버지의 과거를 가진 한 동료교사를 바라보는 시점이다. 차분하고 자연스러운 서술이 전교조말고는 단조로울 수밖에 없는 한 교무실 안팎의 풍경을 감동적으로 독자들에게 전했다.

중앙일보 「천국에서의 하루」(강금희-女)

- 줄거리: 또 다시 겨울이다. 그는 집을 나가고 없다. 잠시 집을 비우면서 '갑자기 일이 생겨 나갑니다. 곧 돌아오겠습니다. 당신의 아내'라고 쓴 쪽지도 그대로 있고 집안에는 켜켜이 먼지가 쌓여 있다. 언젠가 아파트 상가 앞에 있는 그를 발견하고 뒤쫓아 술집으로 들어간 것을 보았고, 다음날 술에 절은 걸레 꼴을 하고 돌아온 그와 대판 싸운 뒤 그는 떠나고 없었다. 고등학교 국사 교사였던 그는 암기 위주 입시 위주의 교육에 대항하다 학생들의 수업거부로 학교에서 내쫓겼다. 그 후 영혼이 황폐해진 그는 방문을 닫아걸고 하얗게 밤을 세우기도 했다. 그의 가출 후 첫 임신이 된 아이도 지웠다. 이제 술 없이는 하루도 잠을 자지 못한다. 한때 잠들지 못하는 그를 위해 신경안정제 대신 준비했던 술이다. 쓰레기장 같은 집안에 웅크리고 앉아 지금도 낯선 거리를 절룩이며 가고 있을 그의 뒷모습과 태어나지 못한 아이를 부둥켜안고 최면과도 같은 잠으로 추락하기 위해 술잔을 기울이는 날들이 늘어만 가고 있다.

- 주제별 분류: 인생론적 주제
- 작중 배경별 분류: 개인적 배경
- 형태별 분류: 심리묘사형
- 시점: 3인칭
- 심사위원: 김주영 송영 김치수
- 심사평: 특별한 사건이 있는 것이 아니지만 국사 교사 부부의 늪에 빠진 것 같은 일상생활이 착실하고 일관성 있게 엮어져 있어 작가적 재능이 돋보이는 작품이다. 어떤 소재로도 작품을 쓸 수 있는 가능성을 인정받아 당선의 기쁨을 안게 되었다.

한국일보 「개마고원」(윤명제)

- 줄거리: 서기 2500년 9월 9일. 시민은 여자음성의 모닝벨 소리에 잠을 깬다. 모닝벨의 사이클이 두 번 돌 때까지 일어나지 않으면 침대가 흔들려 찰과상이나 골절상을 입기 때문에 곧바로 자리에서 일어났다. 창문 옆에 달린 파란색 버튼을 눌러 파도소리를 듣기 시작했다. 잠에서 깨면 의무적으로 화장실에 가야하며 정해진 시각에 배변을 하지 않으면 그 날로 입원해야 한다는 법이 제정되어 있다. 용무를 마치고 나오면 변을 분류한 결과가 나온다. 소비자들은 모두 관리실에서 태어나 관리실과 폴리스의 철저한 보호와 통제를 받고 있다. 시민은 근무를 위해 컴퓨터 모니터 앞에 앉아 키를 두드렸다. 이상하게 '개마고원을 아는가 모르면 바보'라는 영상문자 아닌 인쇄문자가 나타났다. 생소한 명령어에 그는 놀란다. 관리실에 그 이유를 물은 결과 폭행 당했던지 금지곡을 듣거나 금서를 읽은 경험이 있느냐고 물어와 이를 부인

했다. 그렇다면 브레인생화학연구소에 가서 뇌를 절단하는 등의 치료와 서뇌를 받아야 하기 때문이다. 금서를 통해 개마고원의 뜻을 어렵게 찾아낸 시민은 계속 컴퓨터를 두드려 '당신이 보고 있는 개마고원은 당신의 조상 할머니가 국민학교 3학년 교과서에서 처음 본 개마고원입니다'라는 답을 얻어낸다. 이어 '할머니는 개마고원에 갈 수 없는 시대를 살았다. 조상 할머니의 여러 가지 인식의 흔적 중 개마고원이 당신에게 물어온 까닭은 할머니에게 가장 큰 상처였기 때문이다'라는 응답을 받는다. 금서를 통해 개마고원을 다시 읽어보는 시민의 눈에서는 물 한 방울이 솟아나 개마고원이라고 씌어진 인쇄문자 위에 떨어졌다. 시민은 직접 가보지 못한 할머니의 상처를 만져주고 싶었으나 할 수 있는 일은 금서 위에 떨어진 물 한 방울이 마를 때까지 들여다보는 것뿐이었다.

- 주지별 분류: 이념적 주제
- 작중 배경별 분류: 특수상황의 배경
- 형태별 분류: 우화형
- 시점: 3인칭
- 심사위원: 최인훈 박완서 이제하
- 심사평: 언뜻 SF형식을 취하고 있어 생소함 때문에라도 술술 읽히지가 않았는데, 소도구와 장치들이 하나씩 제자리에 얽혀 들어 긴장감을 일으키면서 어느덧 피라미드 형상의 어떤 구축물을 만들고 있다. 2500년이라는 미래에서 바라본 분단, 한 점 티끌로도 흔적이 남아있지 않은 그 문제를 다시 거론하고 있는 것이다. 김창렬의 물방울 그림을 처음 대했을 때의 신선함과 경이감을 느꼈다.

▶1992년

경향신문 「한고조(寒苦鳥)」(한융희)

• 줄거리 : 카투사인 나(정병장)는 제대 6개월을 남겨놓고 강화도 파견 근무를 하게 된다. 한국군에 이첩해 주기로 한 신형정자통신 장비의 컨트롤과 통역이 임무였다. 나는 강화도에 투입된 지 2주일쯤 후 황 중사를 만나게 된다. 밤 근무를 마치고 새벽녘에 녹초가 돼 따뜻한 국물이라도 마셔볼까 하고 주계에 갔을 때 엉망으로 술이 취한 어떤 군인이 국솥에 오줌을 싸고 있었다. 뒤에 알아보니 나이가 마흔을 넘어 영감이란 별명을 가진 그는 월남전에 참전한 이후 20년째 군대 생활을 하고 있으며, 비가 오면 사이코가 돼 중대장이나 대대장도 피한다는 것이었다. 섬에 심하게 안개가 낀 날 향냄새가 나는 곳을 따라 갔더니 황 중사가 무덤에 음식을 차려놓고 제사를 지내고 있었다. 그는 "한고조라는 새를 아느냐"고 묻고 "나도 20년 전에 너 같은 미군복을 입고 개 같이 살았다. 저건 내 둥지다"라고 말한다. 그는 술에 취하자 "새를 찾아서 둥지로 데려와야 한다"고 계속 지껄인다. 그와 친한 주 병장에 따르면 그는 월남전에서 벽 뒤에 숨은 아이를 쏘아 죽인 일로 죄책감을 갖고 있으며, 귀국 후 결혼을 했으나 정신은 이미 정상이 아니고 알코올 중독이 되어 있었다. 여자는 결국 야반도 주하고 뇌성마비 딸아이는 고아원에 맡겼다는 것이다. 그 후 나는 인도의 대설산에 산다는 전설의 새가 날아오르는 꿈을 자주 꾼다. 밤이 깊으면 추위에 떨어 밤이 새면 집을 짓겠다고 울다가도 날이 밝으면 모두 다 잊고서 무상한 이 몸에 집은 지어서 무엇하리 하고 매일 같은 업보를 되풀이한다는 새. 기지 철수를 며칠 앞둔 날 모두들 들떠 있을 때 딸의 사망 전보를 받은 황 중사는 목을 매 자살을 한다.

철수 전날 밤 북풍이 밤새 몰아쳐 잠을 이루지 못하던 나는 새벽녘에 안개 속으로 느릿하게 날아오르는 새를 본다.

- 주제별 분류: 이념적 주제
- 작중 배경별 분류: 특수상황의 배경(군대)
- 형태별 분류: 이야기체
- 시점: 1인칭
- 심사위원: 김주영 송영
- 심사평: 몇 가지 결함에도 불구하고 가능성을 높이 사 당선작으로 결정했다. 작가의 신선한 문장력과 장차 어떤 소재를 갖게 되더라도 그 소재에 대한 해석력이 뛰어나리라는 가능성을 높이 평가했다.

동아일보 「상자를 찾아서-고 박사님께 드리는 말씀」(윤재인-女)

- 줄거리: 나는 재벌기업 사옥의 엘리베이터 걸이다. 0.75평의 작은 상자 안에 갇혀 25층까지 오르락내리락 하며 사람들을 실어 나르는 것이 하루의 일과다. 이 일을 5년 간 하다 보니 빌딩 내의 온갖 정보들이 홍수처럼 쏟아져 들어와 작은 상자 안이 포화상태다. '임금님 귀는 당나귀'라고 외친 이발사처럼 누구에겐가 이 비밀들을 발설하고 싶어진다. 그래서 당숙모가 소개한 사람과 마음에 없는 맞선을 보지만, 상자 안에서 듣던 회사의 구조조정 소문을 다시 듣게 된다. 세상에 내 이야기를 들어 줄 사람이 없는 것에 절망하던 나는 텔레비전의 심야 프로그램 '고 박사에게 물어 보세요'의 고 박사를 떠올린다. 회사에서 엘리베이터 걸을 모두 감원한다는 소문이 돌았을 때도 고 박사는 기뻐하고 새로운 전기로 삼으라고 충고했다. 회사의 엘리베이터 걸들은 모두 사무직으

로 발령이 나 전화위복이라고 길길이 뛰었으나, 나는 나의 작은 우주를 빼앗아 간 회사에 적을 둘 필요성을 느끼지 못해 사표를 냈다. 1년 후 회사 옆을 지나다 후배를 만나 엘리베이터 걸 출신들이 대부분 회사를 그만 둔 사실을 알게 된다. 그리고 오랜만에 고 박사의 프로그램을 보게 되었다. 그는 어서 일어나 새로운 삶을 시작하라고 외친다. 이제, 나는 당신에게 이렇게 묻고 싶다. 자신에게 주어진 운명을 껴안아 사랑하는 것이 그토록 바보스럽고 무가치한 일인가? 그렇다면 당신은 인생을 피해 달아나는 겁쟁이가 아닌가? 현명한 당신의 답변을 꼭 듣고 싶다.

• 주제별 분류: 인생론적 주제
• 작중 배경별 분류: 개인적 배경
• 형태별 분류: 심리묘사형
• 시점: 1인칭
• 심사위원: 김윤식 이문열
• 심사평: 감각의 색깔이 선명한 작품. 이야기를 풀어내는 솜씨가 돋보이는데 작가가 소재를 잘 소화한 경우라 할 것이다.

서울신문 「지하의 방」(문영심-女)

• 줄거리: 병숙은 다세대 주택의 반지하방에 세를 들었다. 전에 세 들었던 사람이 택시운전을 하다 사고를 내 급히 내놓은 것이었다. 남편이 트럭 운전을 하는 병숙의 집은 늘 가난에 쪼들린다. 주택부금을 넣고 나니 유치원생인 아들 슬기의 여름방학 캠프비용 3만원을 마련하는 것이 문제였다. 병숙은 이렇게 살고 있는 것이 모두 범수 때문이라는 생각이 들어 화가 났다. 남편의 이복 시동생인 범수는 교도소를 들락거리는 전과3범이다. 언젠가는 집에 와서 결혼 패물과 슬기의 돌반지

등을 가져가 버린 적도 있다. 사람이 좋은 남편은 범수의 변호사 비용 등으로 모아놓은 돈을 다 대주고도 늘 안쓰러워 한다. 장마비가 몹시 내리는 날 교도소에서 출소한 범수가 찾아왔다. 남편도 없는데 그가 자고 간다고 해서 불안해하던 병숙은 잠결에 대피하라는 소리를 듣는다. 이미 반지하방이 물에 잠기고 있었다. 그녀는 슬기와 함께 허둥지둥 이웃 국민학교로 대피했다. 이불이나 옷가지도 없이 나와 추위에 떨고 있을 때 범수가 이불과 옷가지 등을 둘러메고 왔다. 그는 끼니 도구를 가져온다며 다시 물에 잠긴 집으로 갔다. 범수가 가져온 패물 함에는 태어나지 않은 슬기 동생의 돌반지도 들어 있었다. 병숙은 범수가 빨리 돌아 왔으면 좋겠다고 생각했다.

- 주제별 분류: 인생론적 주제
- 작중 배경별 분류: 사회적 배경
- 형태별 분류: 이야기체
- 시점: 3인칭
- 심사위원: 이호철 김원일
- 심사평: 가난한 젊은 부부와 이복 시동생의 관계 설정을 통해 인간에 대한 믿음과 사랑을 훈훈하게 환기시켜 주는 단편소설의 전형을 보여 주었다. 후반부의 역전을 무리 없이 처리한 작가의 솜씨 또한 돋보였다. 평범한 내용으로 새로움은 없으나 인간관계의 신뢰성이 무너진 오늘의 세태에 이런 소설이 갖는 귀중한 몫을 사주지 않을 수 없었다.

세계일보 「떠도는 산」(안중국)

- 줄거리: 형만이 신촌 네거리에서 등반용 자일로 목을 매 죽었다는 소식은 뜻밖이었다. 평소 성격도 쾌활하고 자신의 삶에 대한 애착도

질겨 자살과는 전혀 인연이 없을 것 같은 그였다. 그는 도봉산 선인봉의 최고난도 루트 가운데 하나인 '형만 터치'를 개척한 자로 산악인들 가운데 화제에 올랐었다. 이 '형만 터치'를 나와 함께 오르던 후배 경훈이 추락사고로 중상을 입기도 했다. 그 무렵 형만은 거암산악회 회원들로부터 왠지 모르게 따돌림을 당하고 있었다. 그들은 '형만 터치'도 철저하게 외면하고 있었다. 얼핏 보기에는 지나친 통음이 원인 같기도 했고, 같이 다니던 여자 때문인 것도 같았다. 동료들이 싫어하자 그는 여자를 멀리했다. 형만의 빈소를 찾았다가 그가 산악회원들로부터 따돌림을 당한 것이 '형만 터치'를 개척하면서 산꾼들 사이에서는 금기인, 바위를 까내어 인공의 손잡이를 만들었기 때문인 걸 알게 된다. 신혼여행을 마치고 돌아와 탈출구를 찾아 에베레스트 단독 원정을 위해 사표를 쓰고 있을 때 형만의 자살 소식을 전해 준 후배가 형만의 그 여자가 '형만 터치'를 자일도 없이 단독으로 오르다가 추락사했다는 소식을 전해 준다.

• 주제별 분류: 인생론적 주제
• 작중 배경별 분류: 특수상황의 배경
• 형태별 분류: 이야기체
• 시점: 3인칭
• 심사위원: 최일남 오탁번 임헌영
• 심사평: 주제를 밀고 나가는 끈질긴 문장들이 쉴 틈을 주지 않고 발산하는 산문의 호흡은 근래에 보기 드문 신인다운 정열과 재능을 발휘하고 있다. 주인공의 삶의 인식 과정을 전해주는 화자의 천연덕스러운 화법이 소설의 이야기와 형식을 긴장과 불확실성으로 사정없이 팽개치면서도 자연과 인간, 소외와 고독의 근원적인 문제와 현대인 누구나 직면하고 있는 '나'와 현실의 비극적 본질을 다함께 제시해 주는 뛰어난 작품이다.

조선일보 「건조지」 (송윤지-女)

- 줄거리: 초등학교 5학년인 나와 중학교 1학년인 언니는 물초롱을 들고 둘당번을 해야 했다. 고지대인 우리 동네에는 수돗물이 나오지 않고 우물물도 말라 언제나 물전쟁이 벌어졌다. 먹을 것도 없어 늘 허기져 언니와 나는 툭하면 다투기 일쑤였다. 어머니는 지난 겨울 인사동 다방에서 아버지와 다투고 난 뒤부터 살림을 돌보지 않아 집안은 엉망이었다. 어머니가 바람이 났다는 말도 들렸다. 제주도에 살며 전시회나 그림을 팔기 위해 서울에 오면 한달 정도 머물다 가던 아버지는 그 뒤로는 집에 오지 않았다. 할머니가 뒤를 밟기 때문이었다. 할머니가 언젠가 어머니를 만나 "네 친정 오래비가 내 자식을 죽였다. 그런 너를 며느리로 받아들일 수 없다"고 말하는 것을 들은 적이 있다. 어머니는 6·25가 일어나기 전 돌도 지나지 않은 큰언니를 데리고 제주도를 떠나 뭍으로 왔고, 아버지는 할머니의 성화로 새 여자를 맞아들였던 것이다. 어머니는 그때 인사동 다방에서 아버지를 만나서도 후회할 줄을 뻔히 알면서도 화를 냈다. "도련님을 잡아간 것은 내가 아니라 내 오라버니예요. 빨갱이고 경찰이고 모두 미쳐 날뛰지 않았어요? 도련님만 죽었나요, 내 오래비도 죽었어요." 신작로로 마중을 나가 어머니를 기다리고 있을 때 어디선가 코 끝에 익숙한 물 냄새가 감돌았다. 물 냄새에 섞여 어머니의 입냄새가 떠올랐다.
- 주제별 분류: 이념적 주제
- 작증 배경별 분류: 역사적 배경
- 형태별 분류: 이야기체
- 시점: 1인칭
- 심사위원: 황순원 서정인

- 심사평: 이 작품의 재미는 어린아이의 관찰의 정확함, 또는 정직함과 인식의 날카로움이다. 세상을 바라보는 눈이, 그것이 비록 아직 유치한 어린아이의 것이라 하더라도 어른들 세계의 황량함과 황당함에서 우리를 구해 줄 수 있음을 보여 주었다.

중앙일보 「늦가을」(김영진)

- 줄거리: 은산댁은 새벽에 일어나 오랜만에 사랑채에 불을 넣었다. 상가집에 온 사람들이 잠을 자고 있었다. 자식들은 서울로 미국으로 모두 떠나 버리고 이번에 곰내집 당숙모가 돌아가셨는데도 큰놈만 잠깐 왔다가 얼굴을 비치고 가 버렸다. 상가에서는 일을 언제 치를 것인가 하는 문제로 논란이 빚어지고 있었다. 곰내집 당숙모가 언제 죽었는지 명확하지가 않았기 때문이다. 동네 노인들과 아들네들의 다툼 사이에서 하루 앞당겨 상을 치렀지만, 이번에는 상여 멜 사람이 없어 경운기로 운구를 했다. 젊은 사람들인 윤서방이나 영농후계자인 길봉이 등 모두 서울로 떠나가 버리고 마을에는 늙은이들만 남았다. 30호 되는 동네에 10여 호가 빈집이다. 은산댁은 반짇고리 안에 감춰 두었던 돈을 꺼내 마을에 남은 젊은 사람들을 찾아다니며 고기나 사먹으라며 얼마씩 건넸다. 소작을 하는 찔룩이한테는 햅쌀 나오면 제삿상에 올린 거나 한 됫박 주고 그냥 지어먹으라고 말을 했다. 모두 떠나 버릴까 두려웠다. 은산댁은 마을에 연기가 피어오르도록 빈집으로 가 아궁이에 불을 지피기도 했다. 이런 은산댁의 친구는 동네에서 유일하게 국민학교에 다니는 상희다. 은산댁은 상희와 실뜨기 놀이를 하면서 깜박 잊고 늦게까지 잘지도 모르니까 날마다 놀러 오라고 당부를 한다.

- 주제별 분류: 세태론적 주제
- 작중 배경별 분류: 사회적 배경
- 형태별 분류: 고발형
- 시점: 3인칭
- 심사위원: 김치수 이문구 김원일
- 심사평: 오늘의 피폐한 농촌의 문제점을 정확하게 파악한 점이라든가, 오늘의 우리 소설에서 소홀히 다루어지는 자연묘사력이 출중하였다든가, 농촌의 구석구석을 짚고 예리하게 들여다 본 점에서 이 작가의 재능은 높이 평가되었다. 소재의 새로움이라든가, 묘사의 역동성에서 문제 제기가 없었던 것은 아니었으나 흠이 없는 완벽한 구성이 작가로서의 충분한 자질을 인정케 했다.

한국일보 「오목렌즈」(노경실-女)

- 줄거리: 이정례라는 여자의 전화를 받고 카페 카사블랑카로 나갔다. 그녀는 꾀죄죄한 차림에 중이염을 앓고 있다며 솜으로 한쪽 귀를 막고 있었다. 그녀와는 14년 전 남산국립도서관에서 재수를 할 때 만났었다. 중학교를 중퇴하고 공장에 다녔으나 지겨워 검정고시 공부를 한다고 했다. 그를 만나서 반갑다는 뜻으로 외할머니의 칠순잔치가 있는 날 한껏 멋을 내고 그에게 바흐의 무반주 바이올린 협주곡 레코드 한 장을 선물했다. 그 순간 그녀는 과도를 꺼내 나의 하얀 마 스커트를 그어대고 사라졌던 것이다. 그 사건 때문에 그녀를 만나서도 경계를 늦추지 않았다. 그녀는 계급이 어떻다느니, 여중학교 때부터 여섯 명의 아이를 낙태시켰다는 등의 과거 이야기를 했다. 그래서 하루도

칼을 잊고 다닌 적이 없다고 했다. 지금은 오빠와 함께 예수의 얼굴을 나무조각에 새겨 판다는 것이었다. 계속 경계심을 그치지 않는 나에게 그녀는 포장지만 풀고 한번도 틀지 않았다며 내가 선물로 준 레코드판을 도로 내놨다. 수십 번도 넘게 이 판을 칼로 짓이기고 싶었으나 참았다는 말과 함께. 그녀를 뒤로하고 도망치듯 돌아섰을 때 빗물로 홍수를 이루고 있는 아스팔트 위에서 도시가 혼음하듯 수천 벌의 희끄무레한 검은 스커트를 휘감고 있었다.

- 주제별 분류: 세태론적 주제
- 작중 배경별 분류: 사회적 배경
- 형태별 분류: 고발형
- 시점: 1인칭
- 심사위원: 박완서 이제하 이청준
- 심사평: 소외된 자의 생존상과 은폐된 저항심리를 추적하고 있다. 작의나 주제를 전체의 문맥 속에 자연스럽게 용해시켜 읽는 이의 가슴을 더 깊게 베고 지나가는 예리한 비수의 구실을 하고 있어 보인다.

▶ 1993년

경향신문 「수지」(김정산)

- 줄거리: 미국으로 간 해리한테서 전화가 왔다. 부인과 이혼에 합의했다며, 10월말에 초청장을 보내는 즉시 달려오라는 것이었다. 수지는 해리의 전화를 받고 기분이 들떴으나 유아원에 다니는 아들 민수의 처리가 골칫거리였다. 그림을 그릴 때 해를 검은색으로 그리는 민수는 수지가 양색시가 되기 전 만났던 해걸과의 사이에 태어난 아이다.

서울에 사는 오빠 정식에게 맡겼으면 하는 생각으로 서울로 오빠를 만나러 갔다. 오빠 부부는 애가 없어 입양을 고려하고 있기 때문이다. 제니와 함께 점을 보러 갔을 때 동북쪽에서 귀인이 나타난다는 점괘가 오빠가 맡아주지 않을까 하는 기대를 부풀게 했다. 올케와 상의를 해 연락을 주겠다던 오빠는 종무소식이었다. 10월이 지나고 11월이 돼도 해리한테서는 아무런 연락이 오지 않았다. 동거하던 제임스도 떠나가고 생활에 점점 쪼들려 가는 수지에게 해리가 만취상태에서 왜건을 몰다 부인과 함께 교통사고로 숨겼다는 비보가 전해진 것은 겨울이 깊어가던 날이었다.

- 주제별 분류: 세태론적 주제
- 작중 배경별 분류: 사회적 배경
- 형태별 분류: 고발형
- 시점: 3인칭
- 심사위원: 조세희 송영
- 심사평: 기지촌 여인의 얘기다. 비슷한 소재를 다룬 앞 세대의 몇몇 작품들이 연상되지만 그것과는 또 다른 맛이 있었다. 새로운 소재는 아니나 얘기의 흐름에 문제가 전혀 없고 특히 어휘 구사에 능숙하고 노련미가 엿보였다. 이만한 능력이라면 충분히 다른 얘기도 소화해 낼 수 있겠다는 신뢰감을 주었다.

동아일보 「아주 사소한, 류 씨 이야기」(유성식)

- 줄거리: 2042년 12월 1일. 소설가 시험을 거쳐 소설가가 된 류 씨는 잠에서 깨어 모니터의 버튼을 눌러 아침식사를 하고 전자신문을 읽었

다. 류 씨는 작업실에 들어가 9시가 되자 모니터가 작동되었다. 이때부터 오후 1시까지 소설작업을 해야 할 의무가 있다. 류 씨는 몇 번의 수정 끝에 「K 그리고 L의 이야기」란 제목의 소설을 완성했다. 류 씨는 선배 소설가 유리 씨에게 전화를 걸어 자신의 소설에 대한 평론을 요청했더니, 유리 씨는 흔쾌히 수락했다. 류 씨는 유리 씨의 전자사서함으로 소설을 보내고 오후 8시 아트캡슐에서 만나기로 했다. 아트캡슐로 가는 도중 대학 여자 동창인 마리 씨의 전화를 받고 아트캡슐에서 먼저 만나기로 했다. 티룸에서 마리 씨를 기다리고 있을 때 어떤 여자가 급하게 손에 쪽지를 쥐어주고 가 버렸다. 도피 중인 진리 씨의 편지였다. 류 씨는 불안한 나머지 티룸을 빠져나와 집으로 돌아 왔다. 그는 유리 씨와의 약속이 2시간 가량 남았음을 깨닫고, 아트캡슐이 아닌 다른 곳으로 약속장소를 바꾸자고 말했다. 유리 씨는 아예 내일로 약속을 미루자고 했다. 류 씨는 남은 시간을 활용하기 위해 전자신문의 「소설정보」로 들어갔다. 거기에는 「유리 작, A 그리고 B 이야기」가 들어 있었다. 그런데 이 소설은 A와 B를 K와 L로 바꾸고 몇 문장만 제외한다면 류 씨 자신의 소설이 아닌가. 류 씨는 너무나 어이가 없어 온 몸의 피가 거꾸로 치솟는 듯 하여 한참을 울었다. 이런 사소한 일 가지고 뭘 그러나. 나는 자네의 소설을 패스티시 했을 뿐이야! 하는 유리 씨의 음성이 자꾸만 뇌리를 스치고 지나갔다. -2042년 12월 1일 오전 7시부터 저녁 11시까지 소설가 류 씨의 일일은 이러하였다.-

- 주제별 분류: 인생론적 주제
- 작중 배경별 분류: 특수상황의 배경(미래)
- 형태별 분류: 우화형
- 시점: 3인칭
- 심사위원: 이문열 조남현

- 심사평: 2042년을 시간적 배경으로 하여 한 소설가의 글쓰기의 과정을 면밀하게 따라가 본 것인 만큼 미래소설의 유형에 예술가 소설의 유형이 겹친 경우가 된다. 앞 부분의 내용을 일거에 통쾌하게 반전시켜 버린 결말 부분이 제시되지 않았더라면, 이 소설은 패스티시를 중심기법으로 삼고 있는 포스트모더니즘 소설의 유행 대열에 눈치빠르게 끼어 든 아류 정도가 되고 말았을 것이다.

문화일보 「멀리 있는 땅」(김재순-女)

- 줄거리: 명자는 수예점에서 수예품을 주문 받아다 만들어 주는 일을 한다. 하루에 세 시간 정도밖에 자지 못하고 재봉틀에 매달려 일을 하느라 늘 피곤하다. 재봉틀 바늘에 검지를 찔린 적도 한두 번이 아니다. 요즘 날마다 농성을 나가지만 밥을 반 그릇도 먹지 못하는 남편을 위해 개소주라도 내려주려고 생각하다가도 실천을 못한다. 봉제공장에 다니다 위장폐업을 하는 바람에 외삼촌네 분식 체인점에서 일을 도와주고 있을 때 만난 남편은 인도네시아에서 원목을 생산하는 공장에 다니다 실직한 사람이었다. 혼인신고만 마치고 남편은 고교 동창의 도움으로 3년 기한으로 인도네시아 근무를 다시 떠났다. 남편이 인도네시아 밀림지대에 3년을 꼬박 묻혀 있는 동안 그녀는 한푼이라도 헛되이 쓰지 않기 위해 밤낮으로 재봉틀의 발판을 밟아댔다. 그렇게 모은 돈으로 명자는 재개발 아파트 딱지를 샀다. 내집 마련의 꿈에다 그 자리에서 되팔아도 3, 4천은 너끈히 남길 수 있다는 말에 솔깃했기 때문이다. 남편이 귀국한 뒤 집에서 쉬고 있을 때 구청 주택계장의 농간으로 가짜 딱지를 산 사실이 밝혀졌다. 그 후 피해자 200여 명과 함께 남편은 매일 구청에서 농성을 하고 있다. 아침밥을 먹지 않고

나간 남편을 위해 명자가 죽 그릇을 들고 구청의 농성장을 찾아간 날 농성자들은 전경대원에게 구청 밖으로 모두 밀려나 버렸다. 딱지를 사기 위해 빌린 돈을 갚으라는 강씨의 독촉도 이어졌다. 전세돈을 빼내 100만원자리 셋방을 구한 날 남편은 악다구니와 함께 온갖 살림을 내동댕이쳤다. 밖에서 한동안 울다가 집으로 돌아온 명자는 잠든 남편이 깨지 않도록 소리 죽여 짐을 꾸리고 재봉틀을 싸면서 다시 흘러내리는 눈물을 감추려고 소매로 눈가를 쓰윽 문질렀다.

- 주제별 분류: 세태론적 주제
- 작중 배경별 분류: 사회적 배경
- 형태별 분류: 고발형
- 시점: 3인칭
- 심사위원: 박완서 박범신 김성동
- 심사평: 완성도가 높고 안정되어 있다는 점에서 호감을 샀다. 바느질을 하는 듯한 꼼꼼한 터치, 치밀한 문장력으로 시선을 화자의 내면에 모으는데 성공하여 소재의 한계를 극복해 내고 있다.

서울신문 「그 여름의 유산」(서재영)

- 줄거리: 혼자 강원도로 여름 휴가를 떠난 동우는 한밤 중 영동고속도로의 속사 직행버스 정류소에서 한 여자를 만난다. 빗속에서 원주로 가는 트럭을 얻어 타려던 그녀는 포기하고 동우가 쉬고 있는 정류소로 들어왔다. 아랫마을 방아다리로 누굴 찾으러 갔더니 묵호로 이사를 가 버리고 없다는 것이었다. 맑게 갠 다음날 아침 그녀는 자신의 직업이 클럽의 댄서이고 아버지가 죽던 날도 밤새도록 춤을 추고 술을 무척 마셨다고 고백했다. 아침을 먹다가 동우는 여자가 왼손잡이라는

사실을 알게 된다. 전쟁터에 나가 오른손을 잃어 왼손밖에 없는 아버지를 보면서 왼쪽만 썼고, 그 때문에 맞기도 많이 했다는 말도 했다. 상이군인이면서 원호대상자에도 오르지 못한 아버지는 공갈협박죄로 감옥에 간 사실도 있다고 묻지 않은 말도 털어놨다. 묵호에서 함께 하룻밤을 묵을 때 본 그녀의 배낭 안에는 검은 상자가 들어 있었는데, 그 상자를 기어이 큰아버지한테 갖다 드려야 한다고 말한다. 다음 날 동우와 그녀는 함께 그녀의 큰아버지를 찾아간다. 큰아버지는 "그 때 내가 나갔어야 한다"고 신음을 토하고, 그녀는 "장손이라는 것 때문에 동생을 대신 전쟁터로 내 몰았느냐?"고 울면서 항의를 한다. 그녀가 큰아버지에게 내민 검은 상자 안에는 산 사람의 팔을 방금 잘라놓은 것 같은 오른쪽 의수가 들어 있었다. "그래… 고맙구나. 난 이걸 기다리고 있었는지도 모르지." 그녀는 노인이 내민 손을 잡았으나 곧 뿌리치고 대문 밖으로 뛰쳐나갔다. 동우가 큰길가로 나왔을 때 그녀는 처음 보았던 그 날 새벽의 고속도로에서처럼 그렇게, 여전히 하늘거리는 듯한 몸으로 빗속에 혼자 서 있었다.

- 주제별 분류: 이념적 주제
- 작중 배경별 분류: 역사적 배경
- 형태별 분류: 이야기체
- 시점: 3인칭
- 심사위원: 이호철 김원일
- 심사평: 고전적인 단편구조를 갖고 있다. 여행→낯선 만남→만남에 따른 결과라는 등식은 황석영의 「삼포 가는 길」을 비롯한 여러 성공작이 우리 소설에 있어 왔다. 이 소설이 이 시대의 단면을 날카롭게 꿰뚫고 있다거나 착상이 새롭지는 않으나 오늘의 삶의 권태로운 일상이 잘 드러나 있다. 남녀 주인공을 감정의 개입 없이 냉정하게 관찰하

는 필력도 돋보인다. 신인으로서의 기백과 새로움이 아쉬우나 먼길을 쉬지 않고 갈 수 있는 작가라 여겨져 당선작으로 결정했다.

조선일보 「외로운 식물의 꿈」(김재진)

• 줄거리: 시골에서 상경해 고리대금 업자 노부부의 집에 세 들어 사는 나는 식물의 생장에 관심이 많다. 「식물의 외로움」이라는 글을 잡지에 연재하던 정 박사를 만난 것은 어느 입양기관에서 촉탁으로 근무하고 있을 때다. 여자아이를 하나 입양하고 싶다며 나의 근무처를 방문한 그는 식물에 대한 해박한 지식을 갖고 있었다. 그는 잡지 연재를 통해 동물에게만 해당되는 외로움이라는 정서가 식물에게도 있을 수 있다며, 인간의 수명은 외로움과 밀접한 관계가 있다는 지론을 펴는 사람이었다. 세 살 짜리 미라를 입양한 날 그는 나에게 꽃씨 봉투를 내밀었다. 그가 '꿈'이라고 이름을 붙인 이 식물은 희귀종으로 외로움을 느낄 수 있는 유일한 식물이라고 했다. 씨에서는 썩는 냄새가 났다. 세 들어 사는 집 늙은이들 방에서 간헐적으로 흘러나오는 고약한 냄새와 비슷했다. 냄새나는 그 씨를 몇 개의 화분에 나누어 심자 신기하게도 초록색 싹이 났다. 그러나 정 박사에게 그 싹을 보여주러 갔을 때는 이상하게 말라죽어 버렸다. 미라는 자주 아프고 대소변을 못 가리는 퇴행현상을 보이고 있었다. 정 박사의 권유에 따라 나는 그 씨앗들이 대량으로 자라고 있는 그의 식물원으로 자리를 옮겼다. 내가 하는 일은 식물 '꿈'에 대한 관찰일지를 작성하는 것이었다. 철저한 관리에도 불구하고 내가 온 뒤로 '꿈'의 개체들은 하나씩 시들어 갔다. 나는 고아원 시절 겪었던 누나라고 불렀던 한 소녀의 죽음을 떠올렸다. 미라가 파양되었다는 소식을 들은 것은 따로 옮겨놓은 '꿈'들이 한 포기도

남지 않고 다 말라죽어 버렸을 때였다. 하던 일을 집어던지고 미라가 맡겨진 보육원을 찾아갔을 때 미라는 심한 자폐증 증세를 보였다. 정 박사를 다시 찾아갔을 때 그는 미라의 매일같이 계속되는 병치레에 지쳤고, 벙어리를 키우고 싶지 않다고 단호하게 말했다. 박사의 집을 나와 전화를 건 계간식물의 편집장으로부터 그가 고아 출신이고 자식까지 달린 조강지처를 거리로 내팽개쳤다는 사실을 듣고 나는 정신이 혼란스러워졌다. 한밤중에 집에 돌아왔더니 노인 부부가 키우던 원숭이가 다친 팔에 붕대를 감고 악취를 풍기며 소동을 벌이고 있었다. 노인은 다정한 손길로 원숭이를 쓰다듬으며 "쓸쓸해서 키웠죠. 정이 들어서 얠 떼어놓을 수 없어요"라고 말했다. 나는 다시 미라를 찾아가야겠다고 생각했다.

- 주제별 분류: 인생론적 주제
- 작중 배경별 분류: 개인적 배경
- 형태별 분류: 우화형
- 시점: 1인칭
- 심사위원: 김윤식 김원일
- 심사평: 특별한 경쟁 대상의 논의 없이 쉽게 합의점에 도달한 이 소설은 어느 응모작보다 착상과 전개가 참신하다. 이 소설은 식물의 운동성과 버림받은 고아를 연계시키며 노인의 고독을 삽화로 처리하고 있다. 인간 심리에 잠재한 외로움이란 소외 문제를 식물의 정서적 반응을 통해 관찰한 정치한 감수성이 돋보이는 소설이다.

중앙일보 「색맹시대」(이상림-女)

- 줄거리: 졸업 후 네 번째 치른 입사시험에서는 신체검사가 있었다.

검사관은 적록색맹이라며 양미간을 찌푸렸다. 신체검사를 마치고 친구 기혁을 만나러 방문한 모교는 소련의 붕괴로 큰 변화를 맞고 있었다. 기혁은 운동권으로 수배 당한 강형모라는 친구를 숨겨 달라고 했다. 나는 어머니 평계를 대고 단호히 거절했다. 내가 어렸을 때 독일로 유학을 간 아버지-나와 같은 적록색맹이었다-는 동백림 사건에 연루돼 귀국하지 못하고 그곳에서 독일 여자와 재혼을 했다. 그 여자가 교통사고로 죽고 아버지가 암으로 고생한다는 소식을 듣고 어머니는 암에 좋다는 약을 챙겨 오늘 독일로 떠난다. 공항에서 어머니를 배웅하고 집으로 돌아온 나는 기혁에게 강형모를 집으로 보내라고 전화를 했다.

- 주제별 분류: 이념적 주제
- 작중 배경별 분류: 역사적 배경
- 형태별 분류: 이야기체
- 시점: 1인칭
- 심사위원: 이청준 이문구 김주영
- 심사평: 문장이 다소 건조하지 않은가 하는 미심쩍음에도 불구하고 작가가 가지고 있는 포용성이 돋보였다. 삶의 고통을 정면으로 부닥치며 온몸으로 받아들이려 하는 자세에서 세상을 바라보는 안목이 어느 작가보다 열려 있다는 증거를 발견할 수 있었다. 그리고 흔한 소재를 긴장감 있게 이끌어 나간 작가적 능력도 인정되어 이 작품을 당선작으로 뽑는데 합의했다.

한국일보 「무한궤도」(소을석)

- 줄거리: 지하철 역사에서 밤을 지낸 나는 추위를 쫓기 위해 전동차를 탔다. 밥을 먹은 지는 언제인지 기억도 나지 않는다. 특별히 할 일도

없는 나는 순환선에 무임승차했다. 뺑소니차에 치여 온몸이 만신창이
가 된 나는 병원에서 퇴원했으나 생활능력을 완전히 상실했다. 견디다
못한 아내도 어린 딸을 데리고 떠나가 버렸다. 주머니 속에 칼을 넣고
다니던 나는 전동차 안에서 여자를 성추행 하는 남자를 찔렀으나 실패
하고, 미친놈 취급을 받아 실컷 두들겨 맞는다. 가눌 수 없는 몸으로
봉천역에 내려 인적이 끊긴 플랫폼에서 어제처럼 의자에 길게 드러누
웠다. 내일 아침 내가 첫차를 타게 되지 않기를 기원한다.

- 주제별 분류: 세태론적 주제
- 작중 배경별 분류: 사회적 배경
- 형태별 분류: 고발형
- 시점: 1인칭
- 심사위원: 박완서 최인훈 이제하
- 심사평: 현재와 과거 시제를 적절히 교체시키면서 이 도시에서 벌어
  지는 삶의 한 풍경을 무리 없이 보여주고 있다. 세 작품이 각각 장단점
  이 있으나 작품만을 놓고 볼 때 「무한궤도」가 약간 더 완성도가 높다
  고 보는데 의견이 일치하였다. 차츰 모습이 뚜렷해지고 있는 우리
  생활, 더 구체적으로는 도시화라는 이름으로 부를 수 있는 우리 생활
  의 현재의 성격을 선명하게 포착하고 있다.

▶ 1994년

경향신문 「바리케이드」(서지한-女)

- 줄거리: 내가 근무하는 세탁공장에는 방글라데시인으로 불법 취업자
  인 자키와 칸이 함께 일하고 있다. 자키는 사장 몰래 회사 전화로

고국에 있는 가족에게 국제전화를 자주 하며, 돼지갈비를 좋아한다. 반면에 대학까지 나온 칸은 회교의 율법을 지킨다며 절대 돼지고기를 먹지 않는다. 죽도록 일을 하고도 불법 취업자인 탓에 월급을 제대로 받지 못하는 이들이 나는 왠지 밉다. 그래서 마음 속에 이들에게 바리케이드를 치고 있다. 어머니와 나를 버리고 미국에 가서 7년 간 불법 취업을 하다 병에 걸려 돌아 온 아버지 때문인지도 모른다.

나는 이런 아버지를 증오하고 있다. 돼지갈비를 강제로 먹인 뒤 모든 것을 토하고 칸은 어디론가 사라져 버렸다. 빨래를 망치고 국제전화를 몰래 쓰다 들켜 사장한테 매를 맞고 우는 자키에게 만 원짜리 공중전화 카드를 던져주고 회사를 빠져 나왔다. 그리고 소주 두 병과 마른 오징어 한 마리를 사 들고 두 노인들이 외롭게 앉아 있을 집으로 향했다.

- 주제별 분류: 세태론적 주제
- 작중 배경별 분류: 사회적 배경
- 형태별 분류: 고발형
- 시점: 1인칭
- 심사위원: 최일남 이청준
- 심사평: 다른 작품에 비해 소재가 특이하면서도 특이하지 않게 소화 한 「바리케이드」의 미덕이 돋보인다. 제3국의 노동자를 통해 자신의 문제를 생각하고 마침내 같은 노동자의 현실이라든가 사람의 도리를 이해시키는데 큰 무리가 없다.

동아일보 「산타페로 가는 사람」(김승희-女)

- 줄거리: 미국의 작은 도시 이블린에서 3개월간 열리는 세계예술가대 회에 참석한 나는 이 작은 도시의 평화스러움에 놀란다. 대부분이

제3세계의 여성 예술가들이고 중년의 나이인 참석자들은 일정이 끝나 모두 자기나라로 돌아가려는 참이다. 그런데 몇 명이 모여 각자의 나라로 그냥 돌아갈 것이 아니라 산타페에 일주일 정도 들렀다가 거기에서 헤어지자는 제안을 했다. 생전에 아메리카에서 이런 자유로운 시간을 다시 가지리라고 생각하는 사람이 없고, 집에 돌아가면 누구나 원래 위치로 돌아가 나사 맞추기의 노동을 해야 한다는 것을 잘 알고 있기 때문이다. 서울의 어머니는 동생 보증을 선 부채를 12월 7일까지 상환하지 않으면 집을 차압한다는 마지막 경고장이 왔다며, 빨리 귀국해 해결할 것을 종용한다. 예술가대회 프로그램의 마지막 공식토론으로 '검열, 자기검열'이라는 제목으로 공산권에서 온 작가들과 독재를 경험했던 나라 작가들의 패널 디스커션이 있던 날, 나와 가장 친한 사이로 루마니아에서 온 타타넬라가 노스코리아가 휴전선 근처에 수천의 군인을 이동시키고 있다는 뉴스를 들었다고 말해 나를 놀라게 만들었다. 이 모임 후 하루 앞으로 다가온 산타페행에 대한 점검이 있었다. 모하마드, 마리아, 님페 등 불참자가 늘어나고 나도 코리아에 이상한 일이 생겨 못 갈 것으로 알고 있었다. 나는 정치적인 문제 때문이 아니고 집에 심각한 문제가 있고 두 아들도 기다리고 있어 못 갈 것 같다고 말했다. 너만 자식이 있느냐는 표정과 너마저 빠지면 어떻게 되느냐는 표정을 뒤로하고 그 자리에서 나와 버린다. 내가 12월 7일이라는 지상 최후의 심판의 날을 앞두고 있다는 것을 누가 알겠는가. 어둠 속에 바람이 매섭게 불고 있다.

• 주제별 분류: 세태론적 주제
• 작중 배경별 분류: 특수상황의 배경
• 형태별 분류: 이야기체
• 시점: 1인칭

- 심사위원: 조남현 이문열
- 심사평: 삶의 속성에 대한 놀랍지는 않지만 충분히 공감이 가는 발견과 통찰이 있다. 이 작품에는 주제 면에서나 표현 방법의 면에서나 시적인 것과 소설적인 것이 싸움을 벌이고 있다. 야무진 구성과 군더더기 없는 문장이 범상한 주제의식에다가 생명의 불을 지피고 있다.

문화일보 「형님의 우산」(문말희-女)

- 줄거리: 일어학원을 다닌 탓에 일본인 관광객 가이드로 일하고 있는 나는 석 달 전쯤 젊은 일본인 관광객을 따라 호텔엘 간 것이 잘못되어 임신이 되고 말았다. 오늘밤에도 일본인 관광객 부부의 안내를 맡기로 되어 있는데, 아버지의 강요로 할아버지의 제사를 모시기 위해 큰아버지 댁으로 갔다. 둘째 큰아버지는 싸움을 해 머리에 붕대를 감고 들어와 큰아버지의 핀잔을 들었다. 둘째 큰아버지는 이날도 우산을 가져오는 것을 잊지 않았다. 할아버지가 임종 직전에 둘째 큰아버지에게 주었다는 이 우산의 손잡이에는 한시가 새겨져 있는데, 이 우산을 둘째에게 준 데 대해 여러 가지 이야기가 떠돌고 있다. 둘째 큰아버지는 이 우산을 밤마다 껴안고 잔다는 소문도 들렸다. 그는 형제 중에 유일하게 대학까지 나왔으나 지금까지 이렇다 할 직업을 가져 본 적이 없이 큰어머니가 식당을 운영해 살림을 하고 있다. 이에 반해 국민학교만 졸업한 아버지는 가장 돈을 많이 벌어 그랜저를 타고 다닌다. 그 날 밤 제사를 기다리다가 벌어진 고스톱 판에서 개평을 뜯던 둘째 큰아버지와 고모부 사이에 싸움이 벌어지고, 여기에 아버지까지 끼어들어 사단이 발생했다. 둘째 큰아버지가 박치기로 아버지를 받아버리자 나동그라졌다 일어난 아버지가 그 우산의 손잡이를 꺾어 부러뜨리

고 산산조각을 내버린 것이다. 제사가 시작되기도 전에 둘째 큰아버지를 내 차로 모셔다 드리는 임무를 맡았다. 차에 태우고 가던 중 중간에 차를 세운 그는 가져가던 우산조각을 모두 하수구에 밀어 넣어 버렸다. 그 가운데 남은 한 조각을 주머니에 넣었다. 따뜻한 온기 같은 것이 느껴졌다. 이날 밤 아버지는 죽은 할아버지를 부르면서 눈물을 주체하지 못했다.

- 주제별 분류: 인생론적 주제
- 작중 배경별 분류: 사회적 배경
- 형태별 분류: 이야기체
- 시점: 1인칭
- 심사위원: 이청준 송영
- 심사평: 일종의 가족소설이라 할 수 있는 이 작품의 미학은 과장 없고 안정된 작자의 시각, 웃음과 비애가 함께 밴 묘미 있는 문장의 장점 외에, 결 거친 혈연 등 인간의 적나라한 삶과 성격의 맞부딪침, 그 충돌과 갈등의 공간에서 은밀히 빚어지는 주인공의 아픔과 사랑이 그저 단순한 가족의 문제를 넘어 어떤 보편적 삶의 가치를 지향하고 있다는 점에서 두루 높이 살만하다.

서울신문 「붉은 닻」(한강현-女)

- 줄거리: 동식은 동생 동영이 군에서 전역한 것이 왠지 두려웠다. 어머니는 어릴 때 그랬던 것처럼 일요일에는 소풍을 가자며 새색시처럼 설레어 있다. 뚜렷한 직업이 없고 과거도 잘 모르는 아버지가 실종된 뒤 동식은 대학을 다니면서 가학적으로 술과 담배, 오입에 탐닉했다. 그 결과 간경변이 진행돼 길어야 5년밖에 살지 못한다는 사실상의

사형선고를 받았다. 유치원에서 고등학교까지 있는 사학이 옮겨가 버린 후 어머니가 운영하는 문방구에는 수북히 먼지가 쌓였고, 동영은 날마다 어디를 쏘다니다 오는지 밤늦게 들어와 옷도 벗지 않고 윗목에 쪼그리고 자기 일쑤였다. 어머니는 손님도 오지 않는데 날마다 불을 밝히고 늦게까지 계산대 앞에서 졸고 있었다. 가족이 오랜만에 함께 소풍을 간 서해의 섬에는 썰물 때문에 파도가 치지 않고, 붉게 녹슨 닻이 모래밭에 처박혀 있었다. 황혼녘에 신발을 벗고 바다로 들어간 동영의 뒤로 파도가 닻들을 만지며 밀려오고 있다.

- 주제별 분류: 인생론적 주제
- 작중 배경별 분류: 개인적 배경
- 형태별 분류: 심리묘사형
- 시점: 1인칭
- 심사위원: 서기원 김병익
- 심사평: 제목이 암시하듯이 매우 서정적인 작품이어서, 육체적인 병과 마음의 병을 앓아온 형제의 미묘한 갈등, 사라진 남편 대신 그들을 기다리는 어머니의 안쓰러운 모습이 섬세한 문장 속에 깊이 박혀 잔잔한 긴장과 화해의 밝은 전망을 유발시킨다. 그러나 정황의 서정성은 아름답지만 이야기의 구체성은 모호하다는 흠을 벗어나지 못하고 있다.

세계일보 「몽유시인을 위한 변명」(강동수)

- 줄거리: 학교를 휴학하고 황량한 항구도시에서 두 번의 겨울을 보내는 동안 피구득이라는 이름의 그 시인을 만났다. 아는 선배의 도움으로 그가 운영하는 조그마한 출판사에서 일을 도와주고 있을 때 승복에 머리를 빡빡 깎은 채 피구득은 처음 나타나 소파에서 바둑을 두고

있는 서너 명의 시인 소설가들을 추켜세우고 돈 몇 천 원을 받아 어디론가 사라졌다. 그 뒤로도 그는 여러 번 나타나 같은 행동을 되풀이했지만 그들은 앞으로는 욕을 하면서도 그렇게 싫어하는 눈치는 아니었다. 피구득은 사기행각을 벌이다 들켜 얻어맞기도 했다. 그 도시에서 어느 문학상 시상식이 있던 날 피구득은 수상자가 연설을 하고 있을 때 연단에 올라가 기묘한 행동으로 사진을 찍다가 쫓겨났다. 피구득은 뒷풀이를 하는 자리에 술을 한 잔 하고는 다시 나타났다가 화가 난 수상자에게 몰매를 맞고 모욕을 당했다. 그 후 피구득은 어디론가 사라졌고, 내가 그를 본 것도 마지막이었다. 몇 달 후 피구득은 P시에서 죽어 시립병원에 안치돼 있었다. 같이 시신을 인수하러 간 고아원 친구에 따르면 피구득은 고아원에서도 머리가 가장 영리해 지방 국립대를 졸업하고, 은행에 취직했으나 억울하게 부정인출 사고에 연루돼 구속이 되었다. 그 후 친구들이 시립정신요양원엘 보냈으나 퇴원 후 떠돌아다니는 병이 생겼다는 것이었다. 피구득의 시신이 담긴 관 옆에 놓인 바랑에서는 낡은 그의 시작노트가 나왔으나 깨알같은 글씨로 적혀있는 것은 그의 작품이 아니고 유명 시인들의 시를 베낀 것이었다. 나는 화장장 화부에게 그의 관과 함께 태워 달라고 부탁했다.

· 주제별 분류: 세태론적 주제
· 작중 배경별 분류: 사회적 배경
· 형태별 분류: 우화형
· 시점: 1인칭
· 심사-위원: 김윤식 이제하 한승원
· 심사-평: 허위와 더러움에 찌들리고 면역된 우리들의 영혼을 강타한다. 우리의 삶에서 값진 것은 무엇이고 진실이란 무엇이며 어떻게 살아야 하는가를 강하게 묻는다. 문장도 어느 정도 세련되었고, 1인칭

소설이지만 그것이 가지고 있는 결함을 잘 벗어난 소설이기도 하다는
생각에서 당선작으로 결정했다.

조선일보 「회전목마와 도서관」(박은철)

• 줄거리 : 그 도시의 변두리에는 희망대라는 언덕이 있다. 희망대는
도서관과 공원으로 이루어져 있다. 가역은 이 도서관으로 들어가려
했으나 수위는 신분증을 요구했다. 가역은 결국 신분증 없이 들어가
서고로 갔다. 서고의 끝에서 양자는 책을 보면서 자위를 하고 있다.
그녀가 자위행위를 하며 읽고 있는 것은 「공산당 선언」이었다. 가역과
양자가 교감을 느끼고 있을 때 반백의 도서관장이 들어와 성교를 한
것 아니냐고 묻는다. 양자는 서고의 출입구를 향해 걸어나가며 "지금
의 도서관이 세워져 있는 자리는 본래 공원이었고, 휘황한 회전목마가
있었던 곳"이라고 말한다. 이어 "도서관은 회전목마를 억눌러 돌지
못하게 하는 힘"이라고 말한다. 가역과 양자가 도서관에서 나와 이야
기를 하고 있을 때 한 사내가 눈 속에서 묵묵히 삽질을 하고 있다.
이들의 뒤로 도서관장이 다가와 가역의 목을 조르고, 비명소리를 듣고
다가온 사내의 목을 조른다. 사내의 머리를 비틀어 떼 낸 도서관장은
그 머리를 담 너머 공원으로 내던진다. 흰 소나무숲에서 나온 가역과
양자는 처마 밑에서 방안의 두 아이의 소꿉놀이를 지켜보고 있다.
의사 선생님인 사내아이는 임산부인 여자아이의 뱃속에 들어 있는
두 아이 중 작은애가 나왔다고 말하며 장난감 피아노를 꺼낸다. 가역
은 "두 아이 중 강한 자가 약한 자를 죽이고 밖으로 나오는 것으로
알았다. 나는 완전히 역전시켜 사고했던 것 같다. 아이들이 맞았다"고
말한다. 남자아이가 미련 없이 장난감 피아노를 밖으로 내던지고 그

위토 하염없이 눈이 내리고 있다.

- 주제별 분류: 인생론적 주제
- 작중 배경별 분류: 개인적 배경
- 형태별 분류: 심리묘사형
- 시점: 3인칭
- 심사위원: 김윤식 김주영
- 심사평: 다분히 관념적이고 실험적인 작품이다. 그러나 기성세대를 대변하고 있는 것이 분명한 도서관장의 돌출은 심리소설이란 점을 충분히 감안하더라도 무리가 없지 않았다. 그럼에도 불구하고 이 소설을 당선작으로 내놓은 것은 신선하고 그리고 실험적인 이 작가의 신인다운 패기를 지나치기 어려웠기 때문이다.

중앙일보 「떠 있는 섬」(신상태)

- 줄거리: 도미니카 출신의 도냐는 머리 만지는 기술을 익혀 뉴욕의 한국인 가게에서 일을 하고 있다. 그녀의 동료였던 한국 여인 이양자는 흑인 불량배의 총에 맞아 병원에 안치되어 있다. 일과가 끝나면 그녀의 머리를 마지막으로 손질해 주러 가야 한다. 도냐는 이양자와 함께 일했던 과거를 떠올린다. 한흑 갈등이 유독 심해 흑인 시위대가 날마다 시위를 하는 이곳에서도 그녀는 흑인 손님들에게 유일하게 마음을 따뜻하게 열어놓고 있는 한국인이었다. 흑인 시위에 대항하기 위해 한인 9만여 명이 모여 대규모 시위를 하는 현장에 양자와 함께 참여하면서, 한국인들의 특성을 알 수 있었고 양자와도 더 친해졌다. 그러던 어느 날 함께 퇴근하던 도냐와 양자는 흑인 불량배들을 만나 양자만 총에 맞아 피살된다. 마지막으로 양자의 머리를 예쁘게 손질해

주러 가는 도냐는 가판대에서 신문을 사서 보았다. 자신이 보기에는 흑인 불량배의 단순 총격사건인데도 신문들은 이번 사건을 모두 한흑 갈등에서 비롯된 것으로 몰아가고 있다. 차 안에서 바라보는 브루클린은 벌써 태고의 정적 속에 잠겨 있다.

• 주제별 분류: 세태론적 주제
• 작중 배경별 분류: 특수상황의 배경
• 형태별 분류: 고발형
• 시점: 1인칭
• 심사위원: 김원일 송영 김치수
• 심사평: 재미교포의 삶을 생생한 문체와 깊이 있는 문제의식으로 속도감 있게 그린 점에서 작가의 문학적 역량이 평가된 작품이다. 인종문제와 같은 복잡한 현실을 구체적 삶의 모습으로 부각시킨 작가의 능력은 앞으로의 문학적 활동에 기대를 걸게 한다.

한국일보 「사막의 꿈」(김재찬)

• 줄거리: 나는 잠만 들었다 하면 리비아 사막과 그 사막을 가로지르는 마른 강 와디에 대한 꿈을 꾼다. 꿈이 끝나면 으레껏 한 송이 달맞이꽃이 보여진다. 별다른 직업도 없는 무명시인인 나는 모든 것을 아내에게 의존하고 있다. 그러나 아내와의 관계도 단절된 상태다. 한 여자와 달맞이꽃을 보러 간 적이 있었다. 슬로비디오처럼 5초 안에 꽃 피는 과정을 볼 수 있는 달맞이꽃을 보면서, 그녀는 "달맞이꽃을 여는 데는 달빛보다 더 좋은 것이 없다"고 말했다. 리비아를 다녀온 적이 있는 친구를 만나 나도 리비아로 일하러 가고 싶다고 말했을 때 그 친구는 "너 같은 약골은 안 된다"고 비웃었다. 그러면서 친구는 석유탐사

중 사막의 중심부에서 대형 지하연못을 발견해 전천후 농경지를 만들기 위해 공사를 하는 리비아 대수로공사에 대해 설명을 했다. 오랜만에 침대에서 아내 곁에 다가갔으나 아내는 피곤하다며 돌아누웠다. 나도 돌아누워 어렴풋이 잠들어 가는데, 꿈 속에서 지하연못을 찾아 광막한 사막을 걸어가고 있다.

• 주제별 분류: 인생론적 주제
• 작증 배경별 분류: 개인적 배경
• 형태별 분류: 심리묘사형
• 시점: 1인칭
• 심사위원: 박완서 이제하 이문구
• 심사평: 구차한 처지에 빠진 남자를 주인공으로 그가 꾸는 꿈을 시종 따라가고 있다. 정체가 잡히지 않는 시대의 갈증이랄까 곤핍증이랄까 그런 것과도 통하는 이 꿈이 사막의 형체뿐인 강과 달맞이꽃의 이미지로 무난히 연결되어 표상되고 있다. 상징적이나마 이 정도의 시대적인 이미지라도 추출해 물고 늘어질 수 있었다는 것이 놀랍지만, 설명적인 군더더기가 꽤 눈에 띤다. 좀 더 압축하고 생략하는 연습을 하기 바란다.

▶ 1995년

경향신문 「빙괴」(민선기-女)

• 줄거리: 나는 스위스 남자와 결혼해 스위스인으로 살아가고 있다. 내가 봉사하는 스위스의 한국인 학교에서 나에게 한글을 배운 입양아 서희가 한국의 어머니를 만나고 와 편지를 보내왔다. 나보다 두 살 어리지만 꼭 선생님이라고 부르는 서희와 함께 떠난 여행에서 그녀는

한국에 다녀온 이야기를 자세히 들려주었다. 고엽제 후유증으로 심신이 망가진 아버지와 그 상처가 두려워 한국을 탈출한 나의 모습을 떠올렸다. 서희는 한국에서 생모를 만나서도 배워 알고 있는 한국말을 전혀 하지 않고 무덤덤했으나, 비행기를 타고 난 후 눈물이 나고 엄마라는 말이 떠올랐다고 말했다. 한국 엄마가 해준 금반지도 보여 주었다. 억만년 굳어진 빙괴가 자신의 무게를 이기지 못하고 기우뚱했다.

- 주제별 분류: 인생론적 주제
- 작중 배경별 분류: 특수상황의 배경
- 형태별 분류: 심리묘사형
- 시점: 1인칭
- 심사위원: 이문구 최일남
- 심사평: 작은 이야기를 통해 큰 것을 생각게 한다. 표현은 잔잔하고 나른한 우수를 느끼게 하는 격이 있다. 신인들의 작품에 흔히 나타나는 허황스런 겉멋 대신, 섬세한 세공을 거쳐 사물의 진국에 다가서려는 솜씨를 좋게 보았다.

동아일보 「희극을 찾아서」(유승찬)-가작

- 줄거리: 조병수라는 30대 초반의 사내가 여인숙에서 죽었다는 신문기사를 읽고 나는 그 사내를 찾아 나섰다. 그는 예상대로 나에게 30만원을 빌려간 국민학교 동기였다. 병수는 국민학교 때 언제나 1등을 도맡아 했으나, 도시로 전학을 간 다음 어머니의 죽음과 함께 그의 삶은 망가져 버렸다. 방송국의 코미디 작가로 원고 독촉을 받고 있던 나는 병수의 죽음을 소재로 코미디 대본을 썼고, 이 프로는 방영되자마자 시청자들의 큰 호응을 얻는다. 이른 새벽 그가 한줌 재로 뿌려진

저수지를 찾아갔을 때 국민학교 동기로 병수가 그토록 사랑했으나 다른 남자에게로 시집을 간 화영이도 혼자 와 있었다. 그녀는 네가 만든 프로를 잘 봤다고 말했다. 자전거를 타고 그녀가 떠나간 자리 위로 첫눈이 내렸다.

- 주제별 분류: 세태론적 주제
- 작중 배경별 분류: 사회적 배경
- 형태별 분류: 고발형
- 시점: 1인칭
- 심사위원: 이문열 조남현
- 심사평: 작중 화자의 친구가 전락의 길을 걷게 된 배경이 제시되지 않았다든가, 이야기의 긴장감이 빠져 있다든가 하는 문제점이 있기는 하나 흥미로운 사건과 의미 있는 인물의 설정을 높게 사 가작으로 밀기로 했다. 원래 당선작으로 정했던 작품이 '동일작품 중복투고 금지규정'을 어긴 것 때문에 당선이 취소되었음을 밝힌다.

문화일보 「초하의 조사」(김홍선)

- 줄거리: 모내기철을 맞아 휴가를 냈다. 서울에서만 자란 아내와 아이들에게 시골의 참모습을 보여주고, 바쁜 일손도 돕기 위해서였다. 젊은 사람은 모두 떠나가 버린 농촌에서는 모내기철이면 고양이도 한몫을 한다. 그런데 내가 영암에 도착한 날 밤에 공교롭게도 이웃에 사는 종채 아저씨가 49세의 젊은 나이에 폐암으로 숨을 거뒀다. 시골에서는 초상이 나면 일을 하지 않기 때문에 우리집의 모내기 일정은 취소되고, 나는 대신 마을의 나이 많은 사람들과 함께 상여를 메게 되었다. 오랜만에 따라해 보는 만가가 잘 나오지 않았다. 종채 아저씨는 작년까지 우리

밭이었으나 아버지가 팔아버린 당메 밭에 묻힌 것이 아쉬웠다. 휴가를 마치고 서울로 돌아오는 길에 호남평야를 달리면서 나는 가만히 상여 앞소리를 불러 보았다. 종채 아저씨에게 바치는 조사였다.

- 주제별 분류: 세태론적 주제
- 작중 배경별 분류: 사회적 배경
- 형태별 분류: 귀향형
- 시점: 1인칭
- 심사위원: 김문수 이호철
- 심사평: 일손 부족 등 농촌 현실의 여러 문제점들을 도시에 나가 살게 된 주인공의 시각으로 흥분 없이 차분하게 또한 리얼하게 그려놓는 한편 사투리 구사도 능란했다. 오랜 습작기를 거치지 않고는 나올 수가 없는 작품임이 인정되어 당선작으로 결정했다.

서울신문 「변태시대」 (한동림)

- 줄거리: 그는 퀴퀴한 냄새가 나고 후텁지근한 삼류극장에 앉아 있다. 옆자리가 비어 여러 사람이 앉으려고 했지만, 주인이 곧 돌아온다며 앉지 못하게 했다. 화면에서는 감옥을 탈출하려는 죄수의 몸부림을 계속 보여주고 있다. 함께 길을 가다 시위대에 휩쓸려 죽은 만삭의 아내가 떠오른다. 옆자리에 미모의 젊은 여자가 와서 앉았다. 곧 그가 호모라는 사실을 알고 극장 밖으로 데리고 나가 실컷 패 준다. 다시 들어와 앉은 극장에서는 감옥을 탈출하려는 죄수의 모습을 다시 보여주고 있다. 탈출에 성공한 죄수에게 객석에서는 일제히 박수를 보낸다. 언제 들어왔는지 다시 옆에 앉아 있는 그 호모의 머리에 가만히 입을 맞춰본다.

- 주제별 분류: 인생론적 주제
- 작중 배경별 분류: 개인적 배경
- 형태별 분류: 심리묘사형
- 시점: 3인칭
- 심사위원: 김주영 최인훈
- 심사평: 이 작품도 다른 작품과 마찬가지로 흠이 없는 것은 아니다. 영화 장면의 지루한 인용이나 마지막의 화해는 이해하기가 쉽지 않다. 그러나 이 작가에게는 문학적 탐구열과 소설을 쓰겠다는 치열성이 매우 돋보인다. 별 줄거리도 없는 소설을 명암의 교차에 대한 교묘한 처리, 냉정한 관찰력으로 극복하고 끝까지 이끌어 가는 솜씨가 평범하지 않다.

세계일보 「엇모리」(김희저-女)

- 줄거리: 우울증세가 있는 나는 가족을 떠나 산골에서 혼자 살고 있다. 적적할 때 들으라고 남편이 사주고 간 오디오 세트를 통해 임방울의 쑥대머리 등을 즐겨 듣던 나는 스피커를 통해 임방울과 대화를 나누게 된다. 어느 날 임방울과 대화를 나누다 북을 쳐 보라는 권유를 받고 북을 사와 중모리, 중중모리, 진양조 등 판소리 가락을 익힌다. 임방울은 엇나가는 장단인 엇모리는 배우지 말고 원박을 배우라고 말한다. 인생에 있어서도 그러해야 한다고. 어느 날 길을 가던 나그네가 찾아왔다. 그는 북소리에 이끌려 왔다고 했다. 밥과 술을 얻어먹고 북에 대한 이야기를 하던 그는 가족이 있으면 하루빨리 가족에게 돌아가라고 말한다. 그는 자신이 임방울이라고 말하고 홀연히 사라진다. 이날 밤 오디오 스피커를 통해 임방울과 대화를 하던 나는 혼절하고 만다.

연락을 받고 온 가족과 함께 집으로 돌아오는 나의 귀에 어디선가 엇모리의 장단이 들려왔다.

- 주제별 분류: 인생론적 주제
- 작중 배경별 분류: 개인적 배경
- 형태별 분류: 심리묘사형
- 시점: 1인칭
- 심사위원: 김윤식 김주영 한승원
- 심사평: 그 제목이 암시하듯 원박자에서 벗어난 엇나가는 장단에 주목할 필요가 있다고 우리는 보았다. 인생에 있어서도 그러하다고 할 수 없겠는가. 원박과 엇모리의 낙차를 따지는 것, 그것은 실로 미미할 것이다.

조선일보 「앵무새의 죽음에 관하여」(강만진)

- 줄거리: 실어증 환자인 나는 가짜 대학생 행세를 하며 대학 구내를 거닐기도 하고 청강도 한다. 컴퓨터 통신을 통해 알게 된 우상연이라는 여자가 메일을 보내며 나에게 관심을 갖지만, 나는 그녀에게 다가갈 수가 없다. 홍등가에서 일하는 유자라는 여자만이 이 사실을 안다. 열 한 살 나던 해 대공원의 도깨비집에서 동성애자인 검표원에게 나는 성추행을 당하고, 이를 항의하던 형은 심하게 얻어맞았다. 이로 인해 형은 뇌와 척추를 다쳐 정신연령과 성장이 멈춰버리고, 나는 실어증에 걸렸다. 어머니마저 돌아가신 후 아버지는 말이 없는 집안의 적막을 깨기 위해 20~30차례나 앵무새를 사다 놓았으나 모두 서너 달을 넘기지 못하고 죽었다. 아버지가 외부에서 훈련이 된 앵무새를 새로 사온 날 나는 형이 중학교 때 찍은 가족사진을 찾아 지갑에 넣으면서 이제 가짜 대학생 행세를 그만하고 학원에 등록해야겠다고 생각했다.

- 주제별 분류: 인생론적 주제
- 작중 배경별 분류: 개인적 배경
- 형태별 분류: 심리묘사형
- 시점: 1인칭
- 심사위원: 김윤식 김치수
- 심사평: 풍부한 상상력과 신선한 감각이 돋보인 작품이다. 우리는 두 작품을 두고 논의를 한 결과 이야기를 여러 층위에서 입체적으로 구성한 작가의 상상력과 그것을 현대적 감각으로 형상화한 이 작품을 당선작으로 결정했다. '말'에 관한 작가의 관심에 절망으로부터 생명으로 옮겨가는 아픔으로 승화시킨 재능은 당선작으로서 높은 재능을 인정한다.

중앙일보 「거미여행」(장경식)

- 줄거리: 중앙선의 간이역인 섬강역에 철도원으로 근무하는 신참내기인 나는 일에 큰 보람을 느끼지 못하고 있다. 철도원 생활 20년이 넘는 김 주사와 박씨는 시간만 나면 술을 마시러 가고 없다. 평소에는 손님이 없다가도 여름 피서철이 되면 피서객들로 만원이 되는 것이 이곳 역의 특성이다. 비번인 날 식료품을 사러 가다가 강가에 서 있는 여자를 만나게 된다. 어제 나의 잘못으로 서울 가는 차를 놓쳐버린 여자였다. 두 사람은 면소재지로 나가 술을 한 잔 하게 되고, 나는 그 여자가 이곳 출신으로 서울 술집에서 일하다 아는 사람의 대리모로 한 달 전에 아이를 낳고 고향을 찾은 사실을 알게 된다. 고향 사람들이 모두 빨갱이의 딸이라며 외면하는 바람에 다시 서울로 올라가는 길이라고 했다. 여자는 거미는 여행을 하고 싶을 때 꽁무니에서 나온 거미줄을 타고 날아간다고 말했다. 이날 밤 술에 취해 나의 자취방에서

잔 여자는 다음 날 아침 어디론가 사라지고 없었다. 출근해 보니 다리 밑에서 한 여자가 익사체로 발견됐다고 떠들썩했다. 현장으로 급히 달려가 보니 어제 만난 그 여자는 아니었다. 뒤늦게 여자가 남긴 어떤 이야기가 들려오고, 하행열차가 철교 위로 요란스럽게 지나갔다.

- 주제별 분류: 세태론적 주제
- 작중 배경별 분류: 사회적 배경
- 형태별 분류: 이야기체
- 시점: 1인칭
- 심사위원: 김원일 백낙청 최일남
- 심사평: 시골 간이역 역무원들의 삶, 그들의 무료와 소외가 곡진하게 묘사되어 있다. 우리 주변에 널려있는 현실의 한 모퉁이를 이만큼 구체적으로 건져냈다는 능력을 인정하기로 했다. 후반부의 여자 문제 가 격을 떨어뜨렸다는 흠을 지적해 두고 싶다.

한국일보 「우리에게 필요한 것은 날개가 아니다」(박숙희-女)

- 줄거리: 술자리를 파하고 장형수라는 남자와 나의 자취방으로 돌아왔다. 나는 남자와 여자의 사랑에 대해 냉소적인 편이고, 그래서 이따위 사랑에 빠지지 않기로 결심했다. 장형수라는 남자는 나의 그런 결심에 정말 걸맞 은 남자다. 대학을 졸업할 무렵, 우연히 술자리에서 만난 그는 나의 대학 몇 년 선배로 약간 엉뚱한 데가 있는 남자다. 내가 쓴 잡지 기사를 놓고 다투던 우리는 맥주집으로 가서 취하도록 술을 마시고 나왔다. "아무래 도 다시 돌아가야 할 것 같아"라고 중얼거리던 그는 쓰러져 들짐승처럼 울부짖다 어디론가 사라졌다. 며칠 후 그의 행방이 궁금해 그를 알고 있는 후배를 찾아갔다. 그 후배로부터 장형수가 최근 결혼했다는 소식을

들었다. 그리고 그가 대학을 다니다 운동권으로 묘하게 오해를 받아 1년
간 감옥살이를 했다는 소식도 알게 되었다. 다시 며칠 후 장형수가 비디
오 가게를 한다는 곳으로 찾아갔다가 그의 부인이 소아마비라는 사실을
알았으나 그는 만나지 못했다. 그러면서 날개도 없이 날기를 꿈꾸며 현실
로부터 벗어나고자 했던 장형수와 나는 닮은꼴임에 틀림없다는 생각을
했다. 그 날 집으로 돌아온 나는 번개탄을 사 연탄불을 활활 피우고
전기장판을 걷어냈다.

- 주제별 분류: 인생론적 주제
- 작중 배경별 분류: 개인적 배경
- 형태별 분류: 심리묘사형
- 시점: 1인칭
- 심사위원: 김원일 이호철 최원식
- 심사평: 제목이 암시하고 있듯이 낭만적 비상의 불가능성에 대한 쓰
  디쓴 인식 아래 산문적 현실을 끈덕진 문체로 굴착해 들어간 이 단편
  은 단연 돋보인다. 다만 앞부분과 뒷부분의 어조가 급격히 달라지는
  결점이 없지 않다. 예컨대 데모대로 오인되어 감옥에 끌려간 장형수란
  인물의 과거가 밝혀지는 대목의 장황성. 그럼에도 이 작품은 저 격렬
  했던 80년대의 너저분한 후일담 소설을 넘어서는 새로운 가능성을
  보여주고 있다는 점에서 당선작으로 삼아도 손색이 없을 터이다.

▶ 1996년

경향신문 「해부의 목적」(이한음)

- 줄거리: 오늘은 식물 해부실험을 하도록 하겠습니다. …먼저 해부에

필요한 도구를 볼까요. …다음에는 그림을 어떻게 그리는지 설명하죠. …다음은 재료를 설명하겠습니다. …꽃을 해부하기로 정했으니 꽃이 무엇인지 설명한 후에 실습에 들어가도록 하겠습니다. …그러면 꽃의 종류를 살펴볼까요. …이제 실험재료를 볼까요. …자, 끝낼 시간이 되었습니다. …자연을 여러분의 손으로 만지는 순간에는 주체와 객체를 분리하세요. 그것이 이 실험의 최종목적입니다. 이만 마칩니다.

- 주제별 분류: 인생론적 주제
- 작중 배경별 분류: 특수상황의 배경(실험실)
- 형태별 분류: 우화형
- 시점: 1인칭
- 심사위원: 최일남 김병익
- 심사평: 그 제목에서보다 소설작법이 기왕의 '신춘문예용'과 전혀 다른 기발한 방식임에도 그것의 성과와 이 작품의 작가에 대한 기대가 일치해 이의 없이 당선작으로 결정했다. '식물'을 해부한다는 의외의 소재도 소재지만, 그것을 강사의 독백으로만 채우고 있는 독특한 기법을 쓴 이 작품은 최인훈과 이청준이 오래 전에 성공적으로 시도한 '에세이 소설'의 범주에 들 것이다. 학술적인 것이라고 해야 맞을 강연문으로 이루어졌음에도 불구하고 이 소설이 재미있게 읽히는 것은 이 작가의 든든한 문장력과 세련된 유머 덕분일 것이다. 작가는 "변한 것은 사물을 바라보는 방식이지 사물을 만지는 방식이 아니다"라는 메시지를 이 소설 자체를 통해 방법적으로 성취하는 묘미를 얻어낸다. 이 강연에 인간의 구체적인 삶의 모습들이 인용되었더라면 하는 아쉬움이 남는다.

동아일보 「불란서 안경원」(조경란-女)

• 줄거리 : 안경사인 나는 세상을 12자, 8자 통유리로 들여다보고 이해하는 나쁜 버릇에 길들여져 있다. 이렇게 하기까지는 지나치게 많은 시간들이 필요했다. 창 밖에서 신문으로 얼굴을 가린 한 남자가 성기를 흔들어대고 있다. 윤회해서 똑같은 인생을 다시 한번 사는 사람처럼 나는 이제 무슨 일에고 쉽게 놀라지 않는다. 소나무집 할머니가 가게 문을 들어서고 있는 게 보였다. 칠순의 나이에도 불구하고 아직도 멋 내는 것을 좋아하고 한시도 당신이 여자인 것을 잊지 않고 싶어한다. 4년 전 처음 삼덕상가에 불란서 안경원 간판을 달았을 때 사람들은 미친 짓이라고 다른 업종을 권유했다. 처음에는 손님이 거의 없어 사흘째 되는 내 생일날 그와 칼국수를 먹었다. 빚을 다 갚고 전세였던 가게를 아예 사버리고 단골손님들을 만들어놓고 그는 이 불란서 안경원을 떠나 버렸다. 그때 나는, 내 육신과 정신 모두 파기와처럼 깨어져 산산조각 나 버렸다고 생각했다. 가게를 열고 얼마 되지 않아 상가의 궁재덕 안과를 찾아가 우리 안경원으로 처방전을 보내달라고 부탁했으나 그는 스위스 안경원과 계약하고 있으므로 곤란하다고 거절했다. 그가 떠난 후 궁재덕 원장이 처방전을 보내주겠다고, 이번 휴일에 시간이 있느냐고 물었으나 나는 거절했다. 내가 우습게 보이는가 당신들. 스무 살 때 학원 영어선생도 과외를 핑계로 나를 유혹했으나 거절한 적이 있다. 혼자 자는 안경원 쪽문을 따고 들어오려는 침입자도 있었다. 그때 이후로 귓속에서는 기차가 덜컹거리며 지나가는 소리가 들렸다. 소나무집 할머니가 죽었다. 조의금 오만 원을 보내고 컴퓨터에서 할머니의 파일명을 삭제했다. 그 날 밤 할머니 집을 찾아간 나는 악송일 듯한 나무 밑에 할머니에게 보이기 위해

디자인해 둔 안경을 묻었다. 굵은 빗방울이 후둑후둑 떨어지기 시작했다.

• 주제별 분류: 인생론적 주제
• 작중 배경별 분류: 개인적 배경
• 형태별 분류: 심리묘사형
• 시점: 1인칭
• 심사위원: 조남현 한수산
• 심사평: 「불란서 안경원」은 탁월하다. 소설을 안경원 안과 밖의 이중 구조로 놓고, 유리창이라는 제한된 공간에서 밖을 바라보는 설정이면 서도, 그 밖의 일상이 정지하여 있는 것이 아니라 다양한 인물들과 함께 생동한다. 뛰어난 묘사력과 동물적 후각을 느끼게 할 정도의 언어 선택도 돋보인다.

문화일보 「비천녀의 꿈」(이은경-女)

• 줄거리: 누나는 병원에 식물인간으로 누워 있다. 회생 가망이 없어 보이는 누나의 호스를 떼 내는 문제로 가족들 간에도 갈등이 빚어진 다. 비천녀 그림에 몰두하던 누나는 한때 삭발하고 절에 들어가기도 하고 시골에서 교사 생활도 했으나 제도권에는 거의 작품을 선보이지 않았다. 아버지는 누나가 중태에 빠진 이후 누나 그림의 전시회에 신경을 쓴다. 그러나 한 전시회에 비천녀 그림을 출품했으나, 그 작품 만 도난을 당한다. 또 비천녀 그림 열두 점을 중심으로 그동안 팔았던 작품을 사 모아 전시회를 열었으나 이번에는 전시장에 불이 난다. 누나가 입원한 병실에 들어와 호스를 떼 내려고 한 사실도 밝혀진다. 나는 아버지가 누나를 닮았다고 예뻐한 진영이라는 아가씨와 그녀의 미치광이 오라버니 짓으로 판단됐다. 누나가 절에서 그림을 그릴 때

그 미치광이는 나타났다가 사라지곤 했었다. 택시를 타고 종로의 종각을 지나다 어떤 미치광이가 종각 위에 올라가 팔을 휘저으며 돌아다니고 경찰이 이 사람을 잡기 위해 출동했다. 그는 삼일절에도 타종을 했다고 한다. 아버지가 사라졌다. 아버지는 누나의 그림 비천녀를 갖고 있다는 어떤 사내의 제보를 받고 '사바세계'라는 곳으로 갑자기 떠났다는 것이다. 기억 속의 미친 사내와 누나의 모습이 교차했다.

- 주제별 분류: 인생론적 주제
- 작중 배경별 분류: 개인적 배경
- 형태별 분류: 심리묘사형
- 시점: 1인칭
- 심사위원: 한승원 윤후명
- 심사평: 향기 짙은 소설이다. 문장이 세련되었고, 화가인 한 여인의 삶과 예술을 형상화해 내는 힘이 돋보였으며, 우리는 왜 미친 듯이 치열하게 살아야 하는가를 생각하게 하였다. 작위적이기는 하지만 이 작가의 소설 문법을 우리는 신뢰할 수 있어 당선작으로 하는데 주저하지 않았다.

서울신문 「풀」 (하성란-女)

- 줄거리: 잡지사 미술부에서 레이아웃과 대지 작업을 하는 여자는 자료실에서 자료를 찾아오다 '천일야화'라는 책을 함께 가져온다. 어린 시절 아버지가 출판사를 다니다 그만둔 후 카탈로그로 벽을 바른 다락방에서 지내던 일이 생각난다. 점심시간에 놀이터를 지나다 미끄럼틀 응달 속에서 돋아난 풀 한 포기를 발견한다. 돌아오는 길에 분식집 문 틈으로 남자를 보았다. 그는 잡지사와 같은 건물 K은행 출장소에 근무한다. 잡지 이번 호 부록 혼수품 싸게 사는 곳 12가게 탐방을 만들고 있다. 가게마다

약도를 오려 붙이는데 '탐'자를 붙이려고 보니 어젯밤 오려놓은 '탐'자가 사라지고 없다. 미스 정은 아까 본 꽃이 앵초꽃인 것 같다고 말한다. 작년 봄 토요일 오후 퇴근하다 남자와 만나 네 명이 가평 근처로 놀러갔을 때 봤던 꽃이다. 여자는 쪽지더미 사이에서 빛 바랜 아버지의 사진 한 장을 발견한다. 방학이면 Y시로 가 동생들과 둘러앉아 본드를 붙여 헝겊으로 꽃을 만들던 기억이 떠오른다. 퇴근길에 만난 남자는 "너는 왜 이렇게 손이 거치냐"고 면박을 준다. 남자를 따라 여관에 들어간 여자는 치마를 벗다가 치마 뒤쪽에서 '탐'자를 발견한다. 침대 모서리에 앉은 그녀는 점심시간에 미끄럼틀 웅덩에서 발견한 풀이 떠오른다. 혹시 가평의 논두렁에서 앵초꽃 하나가 내 치마에 묻어와 그곳에 떨어진 것일까. 당신은 믿을 수 있어요? 여자가 남자에게 묻는다.

• 주제별 분류: 인생론적 주제
• 작중 배경별 분류: 개인적 배경
• 형태별 분류: 심리묘사형
• 시점: 3인칭
• 심사위원: 최인훈 김주영
• 심사평: 자못 돋보이는 소설이다. 이 작가는 날카롭고 섬세한 작가적 감성을 지니고 있다. 현실과 기억을 모자이크 시켜 이미지를 형상화하는 솜씨가 탁월하고 끝까지 긴장감을 떨어뜨리지 않는 구성력도 이 작가 특유의 것이었다.

세계일보 「낙서, 음화 그리고 鼻塚」(신승철)

• 줄거리: 나는 신문사에 장기 휴직원을 내고 화장실의 낙서나 음화를 촬영하고 있다. 아내의 표현에 따르면 '미친 짓거리'다. 전주 주재

김 기자의 전화를 받고 코무덤인 비총을 찾기 위해 서울에서 내려왔다. 신문사 선후배인 우리가 친하게 된 것은 함께 축농증을 앓았기 때문이다. 그래서 우리는 코에 대해서는 상당한 지식을 갖고 있다. 나는 지금도 축농증을 앓고 있고 이 때문에 발기부전을 겪고 있지만, 김 기자는 모두 나은 것 같다. 버스와 택시를 번갈아 타고 찾아간 비총은 '정유재란 호벌치 전적지'라는 안내판과 비석만 서 있을 뿐 무덤은 작아 실망을 했다. 김 기자는 비총의 뚜껑을 들어내 보지만 거기에는 아무 것도 없다. 비총에는 코가 없고 편견만 있을 뿐이라고 되뇌어 본다. 돌아오는 길에 전적비 개석이 귀두처럼 우뚝 솟아 있는 것을 보면서 나의 성기가 딱딱하게 곧추섰다.

- 주제별 분류: 세태론적 주제
- 작중 배경별 분류: 사회적 배경
- 형태별 분류: 우화형
- 시점: 3인칭
- 심사위원: 김윤식 이제하 김주영
- 심사평: 이 소설이 가지고 있는 장점은 문장을 짤막짤막하게 현재형으로 밀고 가는 속도감에 기량이 엿보이고 소설의 연결 요령을 터득하고 있다는 점이다. 그러나 이 작가에게도 염려스러운 부분이 없는 것이 아니다. 걸쭉한 입담에 의존하다 보면 작가의 소중한 자산이랄 수 있는 상상력의 퇴행에 빠질 수도 있고 소설의 품위를 훼손시킬 수 있다는 문제를 깊이 생각할 필요가 있겠다.

조선일보 「고욤나무」(정지아-女)

- 줄거리: 그는 일어나자마자 약국 진열장의 먼저를 털어 내고 8시가

조금 지나 셔터를 올렸다. 지난 7년 동안 8시 정각에 문을 열었다. 오늘도 술에 찌든 305호 남자가 첫 손님이다. 며칠째 모습이 보이지 않아 궁금하던 305호가 어느 날 나타나 감기몸살이 심하다며 약을 독하게 지어달라고 말한다. 감기에는 푹 쉬어야 한다는 그의 말에 속 편한 소리 하지 말라고 대꾸한다. 약을 독하게 지어줄 수는 있지만 그 결과를 따져 보지 않는 손님들이 그는 야속하다. 언제나 손님으로 북적북적하던 시골의 봉산약방이 떠오른다. 읍내에 큰 약국이 있는데도 시골 사람들은 그곳으로만 몰려들었다. 사람들은 근엄한 표정의 뚱보 아줌마의 말을 철석같이 믿었다. 그가 약사가 되기로 작정한 것도 그 여자 때문이었다. 그러나 올 여름에 봉산약방을 찾았을 때 그 여자는 없었다. 아편을 쓴다는 주변 약국의 고발로 문을 닫고 서울로 올라가 버렸다는 것이다. 수면제를 사가는 아가씨와 실랑이를 벌이고 난 뒤 305호가 조퇴를 하고 다시 찾아와 감기약을 더 독하게 지어달라고 말한다. 그는 올망졸망한 고욤이 열린 약국 앞 고욤나무를 보면서 신기해 한다. 이 동네에서 십 년을 살아도 이 나무가 있는 줄을 몰랐다는 것이다. 독한 약을 받아 갖고 나가면서 305호는 "산다는 게 말이오, 호랑이 아가리보다 더 무서워 질 때가 있소"라고 말한다. 그는 첫서리가 내리고 나면 고욤을 따서 작은 항아리에 담아 주어야겠다고 생각했다. 아편만큼 강한 진통제 덕분에 내일 아침 여느 때처럼 호들갑을 떨면서 들어설 305호를 떠올리면서 그는 진열장의 먼지를 닦았다.

- 주제별 분류: 세태론적 주제
- 작중 배경별 분류: 사회적 배경
- 형태별 분류: 이야기체
- 시점: 3인칭

- 심사위원: 김윤식 김치수
- 심사평: 아파트단지에서 약국을 경영하는 주인공이 305호 사나이의 일상적 삶을 관찰하면서 어린 시절의 '봉산약방'과 자신이 경영하는 약국을 대비시킴으로써 '고욤나무'라는 자연의 이미지를 뛰어나게 부각시킨 작품이다. 도시의 일상적 삶에서 자연과의 화해로운 조화에 도달하고자 하는 주인공의 관점이 작가의 치밀한 묘사력에 의해 감동적으로 포착되었다.

중앙일보 「알람시계들이 있는 사막」(윤인수-女)

- 줄거리: 서울 우면동의 고적한 주택가 어귀에는 오후 세시쯤 되어서야 요란하게 셔터를 털털털 걷어올리는 '연중무휴'의 게으른 레스토랑이 하나 있다. '사막과 바다'란 이름의 이 레스토랑 안에는 사막의 풍경을 찍은 흑백 사진들만 빽빽이 붙어 있다. 이 레스토랑에는 또 백 서른 두 개나 되는 온갖 알람시계들이 진열장에 전시돼 있는데, '맑은' 화요일 오후 여섯 시 정각에 그 알람시계들이 서로 다른 소리로 일제히 울어대면 손님들이 해피 아워라고 부르는 '행복한 시간'이 시작된다. 그 시간 동안에 칵테일 한 잔 값으로 근사한 저녁을 먹을 수 있는 것이다. 이 레스토랑의 50대 홀아비 사장은 사막으로 사진을 찍으러 가고 서른 두 살의 총각 정민구가 대리 사장을 맡아 일하고 있다. 대리 노릇에도 염증이 난 그는 사장이 연말까지 안 돌아오면 어쩌나 걱정하고 있다. 화요일마다 '사막과 바다'에 들르고 '행복한 시간'은 절대 놓치지 않는 쉰 살이 넘은 여자 남정인이 오늘도 찾아왔다. 손가락만한 물고기가 담긴 비닐팩을 들고 온 그녀는 줄담배를 피워댄다. 오늘은 정인이 유일한 손님이다. 남편이 인도로 일을 하러

간 그녀의 얼굴에는 흉터가 여럿 있다. 오후 여섯 시를 맞아 알람시계가 일제히 울리기도 전에 비가 내린다. 비가 내리면 해피 아워가 아니지. 다음 주 화요일을 기약하고 정인은 가 버린다. "또 도망가 버리는군…", 민구는 멍하게 중얼거린다.

- 주제별 분류: 인생론적 주제
- 작중 배경별 분류: 개인적 배경
- 형태별 분류: 심리묘사형
- 시점: 3인칭
- 심사위원: 김치수 김원우 오정희
- 심사평: 닫힌 상황, 희망 없는 기다림, 과거에의 끈질긴 집착, 덧없이 흐르는 시간에의 쫓김, 함의 많은 말놀이 등등의 조작을 한껏 과시한 실존주의 소설의 한 전형을 힘있게 형상화시키고 있다. 꽉 짜인 단막극을 보고 난 듯한 독후감이 여실하다. 한산한 레스토랑 안으로 공간을 제한한 것도, 짤막한 시간의 경과를 첫머리에 제시한 것도 사진 시계 금붕어 담배 따위의 소도구들을 적당히 활용한 것도, 저마다 쫓기는 소수의 등장인물들이 실존의 결핍감을 주거니받거니 함으로써 개성화에 이르는 구도도 깔끔하다.

한국일보 「높고 마른 땅」(이환제)

- 줄거리: 경철을 비롯한 일행 네 명은 직업소개소 소장의 안내를 받아 청량리역에서 기차를 탔다. 원양어선 선원, 술집 종업원, 소매치기 출신인 이들은 대졸 실업자인 나처럼 광원 모집 광고를 보고 찾아온 것이다. 기차는 지루하게 네 시간을 달려 강원도 고한읍에 도착했다. 여인숙에서 하룻밤을 잔 일행은 다음 날 아침 각각 두 명씩 소장을

따라 나갔다. 경철은 박씨와 함께 하청을 하는 한 사장 밑에 배속됐다. 현장은 합숙소가 없어 읍내에서 하숙을 하며 통근버스를 타고 다니기로 했다. 읍내로 다시 돌아와 '식인상어'를 만나 하숙을 정하고 폐광 사무실에서 장화와 작업복을 구해 우물에서 빨래를 했다. 하숙집에 돌아와 보니 서울에서 같이 왔던 일행이 와 있었다. 한 명이 보이지 않아 물어보니 신체검사에서 탈락해 돌아갔다고 했다. 일행은 이번 주 일요일에 다시 만나 삼겹살에 소주를 마시기로 했다. 다음 날 아침 통근버스를 탔을 때 박씨가 급하게 뛰어와 잘 갔다 오라며 손을 흔들었다. 경철은 문득 자신이 지금 아득히 먼 길 위에 서 있다고 생각했다.

• 주제별 분류: 세태론적 주제
• 작중 배경별 분류: 사회적 배경
• 형터별 분류: 고발형
• 시점: 3인칭
• 심사위원: 이제하 김병익 김원일
• 심사평: 사양산업으로 일컬어지는 탄광 광부로 지원한 그늘진 삶의 표정을 훌륭하게 살려낸 수작이다. 감정개입을 차단한 절제된 묘사가 돋보인다. 막장으로 들어가기까지 광부로 지원한 인간군상, 그 인물들을 냉철하게 짚어내는 솜씨가 능숙하다. 작가가 대상을 객관화시킴으로써, 읽고 난 여운에 슬픔이 묻어난다.

▶ 1997년

경향신문 「유쾌한 바나나씨의 하루」(우광훈)

• 줄거리: 1994년 그 해 내가 읽은 가장 흥미로운 기사는 유럽의 콘돔

광고에 관련된 이야기였다. 그 중에서도 바나나에 콘돔을 씌워주는 광고에 관심이 갔다. 나는 시장통으로 가서 바나나 두 개를 샀다. 그리고 친구에게 전화를 걸어 나오도록 했으나 친구는 중간고사 때문에 안 된다고 말했다. 바나나를 사 가지고 자취방 앞에 왔을 때 콘돔을 사 갖고 오지 않은 사실을 알았다. 약국 앞으로 갔으나 용기를 내지 못한 나는 계명 소극장의 콘돔 자판기를 떠올리고 무릎을 쳤다. 계명 소극장으로 가 자판기에서 콘돔을 산 나는 영상관 안으로 들어가 드디어 바나나에 콘돔을 끼우며 놀았다. 그러다가 인기척에 놀라 바나나와 콘돔을 내팽개친 채 밖으로 나왔다. 상영실을 빠져나와 시원한 사이다를 마시고 있을 때 한 노인이 다가오는 것이 보였다. 그는 보자기를 풀더니 내가 버린 바나나와 콘돔을 꺼내 콘돔을 버리고 바나나를 먹는 것이 아닌가. 그때 어디선가 "이것이 바로 네가 찾던 리얼리티야"하는 소리가 들려 왔다. 정말 나의 콘돔은, 나의 바나나는 이젠 아무 곳에도 없다.

- 주제별 분류: 세태론적 주제
- 작중 배경별 분류: 사회적 배경
- 형태별 분류: 우화형
- 시점: 1인칭
- 심사위원: 최일남 김윤식
- 심사평: 정보(광고)의 홍수 속에서 살아가고 있는 오늘의 풍속도를 신선한 상상력으로 활성화해 놓고 있는 작품이다. 에이즈를 극복하는 문학적 상상력이라고나 할까. 이른바 한없이 가벼움이란 그 자체가 현대적 날카로움이라 할 수 있다.

동아일보 「전갈은 어디로 사라졌을까」(유경희-女)

• 줄거리: 공원에서는 희귀 애완동물 전시회가 열리고 있었다. 연둣빛 뱀과 전갈을 보면서 나는 독을 떠올렸다. 장기자랑 무대를 지나다가 지난 봄 일하고 있던 무역회사에서 거래처 직원들과 함께 간 야유회가 생각났다. 야유회에서 만난 형우라는 거래처 직원과 야유회 후에도 자주 만났다. 결혼을 약속하고, 형우는 1주일에 한번씩 내 방에서 자고 갔다. 보름이 되도록 연락이 없던 그와 비 오는 날 마주쳤으나 여자와 함께 지나가던 그는 우산으로 얼굴을 가려 버렸다. 병원에 가서 형우의 아이를 지우고 온 뒤로 가끔씩 허벅지 안쪽에 통증을 느꼈다. 시골집에서 아버지는 식물을 키웠고 나는 그 식물들과 함께 자라났다. 아버지의 첫째 아내는 도시를 동경하다 집을 나가고, 나의 엄마는 둘째 아내다. 나보다 열한 살 위인 큰오빠는 가족들을 향해 적의를 드러냈다. 병원에 다녀 온 주의 토요일, 회사에 월차를 내고 시골집에 내려갔다. 여전히 식물을 키우고 있는 아버지의 몸은 많이 여위어 있었다. 그 후 얼마 되지 않아 아버지가 꽃밭에서 쓰러졌다는 연락을 받았다. 1주일간 아버지의 병간호를 하고 올라올 때 엄마는 "이럴 때일수록 맘을 독하게 먹어야 한다"고 거듭 말했다. 파충류관 앞에서는 전갈이 사라졌다고 사람들이 웅성거리고 있었다. 관리인은 다른 곳에다 옮겨 놓았다며, 독을 가진 짐승을 누가 건드리기나 한답디까 하고 되물었다. 나는 고개를 끄덕였다. 전시회장의 관람시간이 끝나고 버스정류장에 도착, 무표정한 사람들을 보면서 '저들도 제 속에 간직할 정제된 독을 꿈꾸고 있을까' 생각했다. 나는 내 속에 살고 있는 상처의 자리와 오래 묵은 말들을 들여다보며 "괜찮아, 조금만 기다리면 돼"하고 중얼거렸다.

- 주제별 분류: 인생론적 주제
- 작중 배경별 분류: 개인적 갈등
- 형태별 분류: 심리묘사형
- 시점: 1인칭
- 심사위원: 한수산 조남현
- 심사평: 타인으로부터 버림 받는다는 모티프로 작중의 과거와 현재를 잇고 있는 이 작품은 전갈 독의 상징성을 바탕색으로 칠하면서 어둠의 생활과 밝은 세계에의 지향, 사실과 상징, 과거와 현재 등을 힘있게 교직하고 있다. 또 이러한 교직 과정은 자연스럽기도 하거니와 능숙하다.

문화일보 「어떤 축제」(김상영)

- 줄거리: K는 시장 건너 도살장 뒷편의 무허가 정비업소 '영진밧데리'에서 3년째 일을 했다. 그러나 최근에는 불법 정비업소 단속이 극심해져 두 달째 일을 못하고 있다. 그동안 밀린 석 달치 월급을 한푼도 받지 못했다. 오늘 아침 일단 가게로 나오라는 사장의 연락을 받고 가는 길이다. K는 가게로 곧장 가기가 싫어 단골술집 '길손'으로 들어갔다. 어린 시절 아버지는 늘 이 부근 술집에서 술에 취해 있었다. K가 술을 마시면서 보니 옆자리에서 화장을 짙게 하고 큰 가방 두 개를 옆에 둔 여자가 혼자서 술을 마시고 있었다. K가 술집을 나섰을 때 도살장에서 소 한 마리가 탈출해 거리를 휘젓고 다니고 구경꾼들이 에워쌌다. 술집에서 본 여자도 와 있었다. 결국 소는 총에 맞아 사살돼 도살장으로 실려 갔다. 다시 만난 그녀는 술에 취해 K에게 "강원도로 가야 한다"며 주정을 했다. 10년 전에 돌아가신 가난한 아버지를 지옥에서 만난 꿈을 꾸고 아침에 눈을 떠보니 여관방이었다. 옆에는 그녀

가 잠들어 있었다. 살며시 여관을 빠져 나온 K는 그녀에게 전화를 걸어 희망을 가지라고 말해주고 싶었으나 통화가 되지 않았다. K는 가게 쪽으로 가다말고 버스정류장으로 가 버스에 몸을 실었다.

• 주제별 분류: 세태론적 주제
• 작중 배경별 분류: 사회적 배경
• 형태별 분류: 고발형
• 시점: 3인칭
• 심사위원: 김주영 한승원
• 심사평: 밀도 있는 지적인 문장에 호감이 갔다. 도시빈민으로 가난하게 살다 죽어간 아버지를 둔 주인공과 술집에서 만난 여자와의 관계 설정은 슬프고 아름답다. 그가 인식하는 어둠과 빛 속에서 찾아낸 아버지의 모습, 도살장에서 탈출한 소와 인간 무리와의 대립은 읽는 이를 전율하게 한다. 희망 없는 삶 속에서 그 여자에게 희망을 가지라고 말하는 주인공의 아프고 슬픈 삶 견디기에서는 작가의 생에 대한 달관이 엿보인다.

서울신문 「아내는 지금 서울에 있습니다」(김창식)

• 줄거리: 첫눈이 오는 날 아내가 몹시 그립다. 아내에게 첫눈이 온다고 말해주려고 했으나 아내는 전화를 받지 않는다. 아내는 지금 서울에 있다. 나와 같은 초등학교 교사인 아내는 10년 전에 서울로 올라가 아버지가 돌아가셨을 때를 비롯 단 세 차례 내려왔을 뿐 줄곧 서울에서 살고 있다. 16년 전 꽃처럼 청초하고 아름다운 김유나 선생이 이 시골학교에 첫 발령을 받았을 때 중학교를 중퇴한 나는 학교의 소사였다. 같은 또래인 나는 소사로서 그들과 어울리지 못해 늘 부끄러웠다.

김 선생은 함께 부임한 차성규 선생과 가깝게 지내고 있었다. 그 해 여름방학 때 근무를 서기 위해 밤늦게 서울에서 내려온 김 선생을 마중나가 오토바이를 타고 오다가 오토바이가 넘어지는 바람에 우리는 뒤엉키고 말았다. 젊은 나는 욕정을 참지 못하고 그녀를 겁간하고 말았다. 그 후 그녀가 괴로워하는 것은 참기 힘들었다. 그 해 가을 임신한 그녀는 아이를 지우고 그녀의 뜻에 따라 나는 소사직을 그만 두었다. 평강공주와 바보 온달을 떠올렸다. 나는 중·고등학교 검정고시를 거쳐 교대를 졸업하고 정식으로 교사 발령을 받고 그녀와 결혼을 했다. 결혼 후 그녀는 서울로 전출을 갔다. 단순히 서울로의 전출이 아니라 내 인생까지 송두리째 가져갔다는 것을 깨달았지만 아내를 찾아 서울로 가면 모든 게 사라질 것 같은 예감이 들었다. 또 나를 질기게 구속한 것은 변화에 대한 조바심이었다. 지금은 서울에 있는 아내. 전화를 하기에는 너무 초췌한 아침이 부스스 일어나고 있다.

• 주제별 분류: 인생론적 주제
• 작중 배경별 분류: 개인적 배경
• 형태별 분류: 심리묘사형
• 시점: 1인칭
• 심사위원: 김화영 윤흥길
• 심사평: 차분하고 깊이 있는 시선과 감정의 절실함이 배어 나오는 듯한 문장들이 그 적막한 공간 및 그리움의 주제와 맞아떨어지면서 다른 작품들에서보다 강한 흡인력을 발휘하고 있다. 시간 공간의 교직도 매끄럽다. 그러나 소사에서 교사로의 너무 손쉬운 탈바꿈, 결혼의 이유였던 아이를 없애버리는 이야기 구성 등은 취약점이다.

세계일보 「이구아나는 멸종하지 않는다」(박영현)

• 줄거리: 석 달 전부터 도시 전체에 사이렌이 울려 퍼지고 있다. 수천 만분의 일의 확률로 운석이 지구에 충돌한다는 것이다. 시민B와 시민 Z, 시민M은 조그만 사진관에 숨어 있다. 이들은 천체망원경을 통해 떨어지는 운석을 관찰하고 있다. 거리에선 광신도들이 닥치는 대로 시민들을 죽이고, 군인들이 출동해 대치하고 있다. 시민M은 광신도들을 피해 이곳으로 도망쳐 왔다. TV에서는 군인들이 나와 시민들이 질서에 협조해 줄 것을 당부하고 있다. 지구에 운석이 충돌할 시간은 가까워 오고 따분한 이들은 화투놀이를 한다. 이때 시민Z가 키우던 이구아나는 배가 고파 시민Z의 살을 뜯어먹는다.

• 주제별 분류: 인생론적 주제

• 작중 배경별 분류: 특수상황의 배경

• 형태별 분류: 우화형

• 시점: 3인칭

• 심사위원: 최일남 박완서 김윤식

• 심사평: 소재의 특이성이 가장 큰 강점으로 보였다. 소재의 특이성을 감당할만한 문장력과 SF스런 기법이 응분의 소설적 효과를 이룬 것으로 보였다. 인류의 종말은 과연 오고야 말 것인가를 앞에 놓고 이에 대처하는 이런저런 방식이랄까 반응 태도가 있을 수 있을 것이다. 그것은 어떤 측면에서 보면 섬뜩할 수 있고, 한편으로는 우스꽝스럽지 않겠는가. 이 섬뜩함과 우스꽝스러움에서 새로움을 읽어낼 수 없겠는가. 당선작으로 이 작품을 뽑은 것은 이 새로움 때문이다.

조선일보 「시 쓰는 남자」(류시영)

- 줄거리: 시 쓰는 남자. 그것이 그의 필명이었다. 그는 5년 전 「나는 바람길을 걷고 있었다」라는 시집으로 등단했다. 자비출판으로 낸 이 시집에 대해 어느 평론가도 관심을 갖지 않았다. 내가 처음 이 시 쓰는 남자를 만났을 때 남루한 옷차림의 그는 앞뒤가 없는 말로 횡설수설했다. 나는 그의 초라한 집을 방문하기도 했다.
- 주제별 분류: 인생론적 주제(실험적 작품)
- 작중 배경별 분류: 개인적 배경
- 형태별 분류: 심리묘사형
- 시점: 1인칭
- 심사위원: 김윤식 김치수
- 심사평: 한 편의 시를 내세워 문학이 무엇인가 하는 문제를 다룬 작품으로 시인과 평론가의 토론이 중심 주제를 이루고 있다. 문학에 관한 깊이 있는 성찰이 자신의 삶과 어떻게 결부될 수 있는지 생각하게 하는 이 작품은 작가의 문학적 표현력과 구성력을 입증해 주는 이른바 메타 문학이라 평가될 수 있다. 사물에 대한 감각이나 언어의 구사능력이 이 작가에게서 새로운 소설을 쓸 수 있는 가능성을 발견하게 하였다.

중앙일보 「향기와 칼날」(은현희-女)

- 줄거리: 남편과 이혼을 하고 미국으로 들어갈 예정인 나는 마지막으로 친정집을 방문했다. 시골에서 대대로 양조장을 하며 융성했던 친정은 이제 쇠락의 길을 걷고 있다. 아버지도 머리가 세고 건강이 좋지

않아 보였다. 결혼 초기 든든한 성처럼 나를 지켜준다던 남편은 첫날
밤 처녀막이 터지지 않은 점과 첫애를 지운 사실 때문에 나를 학대하
기 시작했다. 그런 남편은 알코올 중독 증세가 심해졌다. 그 무렵에
미국에 가 있는 미술대학 동창 미호가 전화를 걸어 들어올 것을 종용
했고, 나는 이혼을 하고 미국으로 가기로 결심을 했다. 시골로 내려오기
전 의사를 만났을 때 그가 간암 말기라는 것을 알았지만 아무에게도 알리
지 않았다. 다만 이혼녀가 될지언정 미망인이 되고 싶지는 않았다. 아버
지가 넘어져 다친 날 서울의 남편에게서 전화가 걸려왔다. 남편은 떨리는
목소리로 "당신이 필요해, 제발 집으로 와 줘…"하고 말했다. 병이 깊어
진 것 같다며 용서해 달라는 말도 덧붙였다. 나는 당장 가겠다고 약속하
고 잠든 아버지와 양조장을 훌쩍 지나서 내닫는다.

- 주제별 분류: 인생론적 주제
- 작중 배경별 분류: 개인적 배경
- 형태별 분류: 귀향형
- 시점: 1인칭
- 심사위원: 김치수 이문구 박범신
- 심사평: 소재 자체는 진부한 것 같지만 알코올 중독에 걸린 남편과의
  불화를 극복해 가는 주인공의 심리적 추이가 과장 없는 묘사와 단단한
  구성으로 그려진 점에서 높이 평가되었다. 우리는 이 작품을 당선작으
  로 한다는데 의견일치를 보았지만 당선자가 보다 많은 수업을 해야
  한다는 아쉬움을 떨쳐버릴 수 없었다.

한국일보 「어머니의 산」(김혜진-女)

- 줄거리: 시천주 주문 외는 것이 일과인 어머니는 산 속의 수도원에

가 있다. 떠돌이 연극배우와 잠깐 동거하다 기형아를 낳은 나는 아이와 함께 수도원으로 어머니를 찾아간다. 이북 출신으로 아버지의 사랑한 번 따뜻하게 받아보지 못한 어머니와 나의 인생이 왜 이렇게 닮았는지. 기형아를 낳고 아이의 병을 고치기 위해 백방으로 노력했으나 헛수고였다. 제왕절개를 해야 함에도 자연분만을 유도하다 이렇게 만든 병원을 상대로 소송을 제기하는 문제도 포기했다. 산에 오르는 길에 빗방울이 든다. 아이는 지금 내게 살아있는 힘이다.

- 주제별 분류: 인생론적 주제
- 작중 배경별 분류: 개인적 배경
- 형태별 분류: 심리묘사형
- 시점: 1인칭
- 심사위원: 이제하 이문구 김승옥
- 심사평: 소재를 끈덕지게 물고 늘어져 결과를 보고야 말겠다는 정신이 돋보인다. 물론 흔한 소재와 전통적인 주제에다 여성을 주체로서 슬쩍 대입시켜 페미니즘 운운하는 유행어까지 연상시키기도 하지만, 아름다운 우리말의 능숙한 구사와 앞서 지적한 끈질긴 정신력이 어울려 시류적인 그런 한계를 훨씬 벗어나고 있어, 문학의 길이나 방법을 새삼 생각하게 만든다.

▶ 1998년

경향신문 「외출」(한지혜-女)

- 줄거리: 출근길에 나는 세 들어 사는 주인집 남자와 고모와 함께 사는 슬기라는 아이 두 사람을 늘 만난다. 주인집 남자는 교수 정년퇴임을

앞두고 풍을 맞아 언제나 거실에 앉아서 밖을 내다보고 있다. 유치원에도 가지 않는 슬기는 골목에서 병원놀이를 하며 노는데, 가게집 늙은 노인이 치마를 들추고 잠지를 만지는 것을 본 적이 있다. 유명 광고 대행사로 출근하는 나는 자부심을 갖고 있고, 사무실 내에서도 번쩍이는 아이디어로 능력을 인정받고 있다. 그러나 나는 정식직원은 아니고 인턴사원이다. 1년만 근무하면 촉탁사원으로 발령 받을 수 있다는 희망에 즐겁게 회사생활을 하고 있다. 이런 나를 커피 심부름이나 시키는 국장이 못마땅하다. 국장이 할 말이 있다고 해놓고 들어오지 않은 날 강과 술을 마셨다. 사랑한다는 강의 양복에 토사물을 쏟고 돌아와 며칠째 회사를 나가지 않았다. 나는 회사에서 잘렸다는 것을 직감했다. 꼭 외출했다가 길을 잃어 잘 모르는 길을 종일 헤매다 온 기분이었다.

- 주제별 분류: 세태론적 주제
- 작증 배경별 분류: 사회적 배경
- 형태별 분류: 고발형
- 시점: 1인칭
- 심사위원: 최일남 김윤식
- 심사평: 단편소설의 매력을 잘 살렸다. 특히 구성의 묘미가 돋보인다. 많은 경우 묘사에 치중하는 나머지 이 문제에는 소홀하기 쉬운데, 작자는 그걸 잘 소화하여 자칫 평범하게 흐를 수도 있는 소재를 세련되게 짜 맞췄다. 특히 슬기라는 인물을 바라보는 시각이 신선하고 아이의 웃자란 세상 인심을 대하는 솜씨가 뚜렷하다.

동아일보 「비어 있는 방」(최인)

- 줄거리: 그는 책을 읽다 말고 창 밖으로 시선을 돌려 벤치에 앉아

있는 남자를 본다. 매일 경비실 옆 벤치에 나와 앉아 있는 남자는 주머니에서 무엇을 꺼내 개에게 던져 준다. 옆 집에서는 부부싸움이 한창이다. 그는 벌써 아파트를 나서지 않은 지가 오래다. 방바닥이며 책장 등에는 먼지가 두껍게 쌓여 있다. 거실 바닥에는 어지럽게 광고 전단이 널려 있다. 가끔 전화기가 울고 자동응답기에서는 어머니와 이혼한 아내, 딸의 말이 녹음된다. 또 미스 윤의 전화도 왔다. "과장님 저는 광고기획부 미스 윤이에요. 이렇게 늦게 알려드려서 죄송해요. 그동안 저도…괴로워서 견딜 수가 없었어요. 과장님이 잘못한 건 하나도 없어요. 모두 정 이사 짓이에요. 회사 공금도 정 이사가 가로채서는 과장님한테 덮어씌운 거예요. 과장님이 사표까지 내실 줄은 몰랐어요. 더구나 사모님하고 이혼까지…" 회사와 경찰서 등에서도 전화가 빗발치지만 그는 받지 않는다. 오랜만에 외출복으로 갈아입은 그는 밖으로 나와 남자가 앉아 있던 벤치에 앉아 본다. 중년 부인들이 지나가며 매일 이 벤치에 앉아 있던 김 부장이라는 사람은 죽었고, 옆집에서는 부부싸움 중에 여자가 남자를 칼로 찔러 병원에 실려갔다는 등 수다를 떤다. 그녀들은 벤치에 앉아 있는 그에게 궁금증을 표하기도 한다. 그는 꼬리를 흔들며 올려다보는 개를 향해 바지 속에서 약봉지를 꺼내 주려다가 외친다. "안 돼."

- 주제별 분류: 인생론적 주제
- 작중 배경별 분류: 개인적 배경
- 형태별 분류: 심리묘사형
- 시점: 3인칭
- 심사위원: 박완서 박범신
- 심사평: 욕망이 끝없이 확대 재생산되고 있는 소비사회의 경쟁구도 속에서 한 개인이 어떻게 부서져 가는 지를 밀도 있는 문장과 재치가

번뜩이는 문장으로 그려낸 작품인데, 철저한 객관묘사인데도 큰 무리가 없이 화자의 내면풍경을 가감 없이 보여주고 있다는 점, 또 주인공의 위치가 특정한 위치라기보다 현대를 살고 있는 모든 이들의 보편성을 확보하고 있다는 점, 광고문안들로부터 고양이에 이르기까지 주제를 형상화해 내는데 다양한 소도구들이 적절히 이용되고 있다는 점 등이 높은 평가를 받아 당선작으로 뽑는데 이의가 없었다.

문화일보 「차를 타고 안개 속으로」(양선미-女)

• 줄거리: 이 작은 도시는 밤이면 안개가 된다. 밤마다 맥주를 마시는 버릇이 생겼다. 딸 아이가 유치원에 다녀오다 교통사고를 당해 죽고, 이를 탓하던 남편은 떠나가 버렸다. 술기운에 차를 몰고 새로 난 도로를 향해 속도를 높였다. 바퀴에 뭐가 걸려 내려 보니 야생 고양이가 창자를 드러내고 치여 죽어 있었다. 자동차에 치여 창자가 터져 나온 채 죽은 딸아이가 생각났다. 죽은 고양이를 들고 가 낙엽으로 고양이 무덤을 만들어 주었다. 그런데 승용차 한 대가 달려오다 길 가운데 세워 둔 내 차에 부딪혔다. 고양이 무덤 옆에서 그 남자와 섹스를 했다. 나의 옷에는 고양이의 피가 묻어 비린내가 코를 찔렀다. 그의 차가 래커차에 실려 가고 나의 차를 타고 오던 그는 중간에 내려 버렸다. 나는 안개 속으로 다시 달렸다.
• 주제별 분류: 인생론적 주제
• 작중 배경별 분류: 개인적 배경
• 형태별 분류: 심리묘사형
• 시점: 1인칭
• 심사위원: 김병익 이문구

- 심사평: 이 작품에도 예컨대 부적절한 어휘 사용이라든지 고양이 시체 옆에서 섹스를 하는 그로테스크한 장면 등의 불편한 점들이 지적되었지만, 그럼에도 자동차 사고로 어린 딸을 잃고 그 때문에 남편에게 버림당한 한 여인의 어두운 내면이 담담하게 표출되면서 안개 속에서 방황해야 하는 아픔과 외로움이 잘 살아 있다. 그런 덕에 그 그로테스크한 사태에 대해 독자들도 아픔으로 소화시킬 수 있게 된다. 소파와 고양이 등 소도구 활용도 유기적이어서 좋은 효과를 거두고 있다.

서울신문 「8월의 식사」(강영숙-女)

- 줄거리: 나는 알로에 건강식품 가게 한 켠에 세 들어 잡화가게를 열었다. 찌는 듯 더운 여름날씨에 손님이 없기는 알로에 가게나 나의 잡화가게나 마찬가지다. 알로에 가게 여자는 소아마비로 한쪽 다리를 심하게 전다. 나는 일거수일투족이 유리칸막이 너머의 알로에 가게 여자 때문에 여간 신경 쓰이는 것이 아니다. 나는 왜 이렇게 하는 일마다 이 모양인지 한심하다. 아버지는 못난이라며 이런 나를 늘 구박한다. 여자가 수납창고에 들어가는 것을 보고 따라 들어갔다. 오른쪽 다리에 보조기를 채우느라 끙끙거리는 것을 보고 도와주려다 그만 보조기 버클 고리를 부러뜨리고 말았다. 여자가 퇴근하는 것을 따라 들어가 아파트의 초인종을 눌렀다. 짧은 원피스를 입고 있는 여자는 아무렇지도 않은 듯 가끔 만나던 소아마비 남자가 있었는데, 둘 다 다리를 절면 안 된다며 두 다리가 멀쩡한 여자랑 서둘러 이 8월에 결혼을 한다고 말했다. 그리고 알로에 줄기를 우적우적 씹어 먹었다. "보조기 안 하는 게 더 보기 좋은데요" 나의 말에 여자는 웃으며 자기의 다리를 내려다본다. 웃는 여자의 입 속이 옅은 초록빛이다.

- 주제별 분류: 인생론적 주제
- 작중 배경별 분류: 개인적 배경
- 형태별 분류: 심리묘사형
- 시점: 1인칭
- 심사위원: 현길언 김화영
- 심사평: 대상과 적절한 거리를 유지하고 있는 투명한 문체가 이야기의 주제와 매우 적절하게 상응하는 일종의 장애자 소설이다. 다리를 저는 알로에 건강식품가게 주인 여자와 그 공간의 한 구석을 빌려 잡화가게를 열고 있는 왜소한 남자 사이의 미묘한 심리적 변화를 무리 없이 살려내는 솜씨가 돋보인다. 마침내 보조기를 벗어 던지고 당당하게 걷는 여자, 알로에를 베어 물고 웃는 그 여자의 "초록빛 입에서 한가득 가시가 쏟아져 나올 것만 같다"는 표현의 그 육감적인 상쾌함과 공격적 의지는 여름의 더운 공기와 강한 대조를 이루면서 매우 아름답고 신선한 결말을 이룬다.

세계일보 「소금길」(이상인)

- 줄거리: 은희는 여관에 장기투숙하고 있다. 이발소에 나가는 은희는 사내들이 부르면 여관방에 들어갔다 오기도 한다. 환풍기만한 안내창구에 갇혀 지내는 말더듬이인 나는 은희와 사랑을 나누기도 했다. 은희는 거미 중에서도 동굴 속에 산다는 장님거미였다. 어디에도 길은 없었다.
- 주제별 분류: 인생론적 주제
- 작중 배경별 분류: 개인적 배경
- 형태별 분류: 심리묘사형

- 시점: 1인칭
- 심사위원: 한승원 김원일 권영민
- 심사평: 매우 세련된 감각을 자랑한다. 작품의 상황 설정도 무리가 없고, 인물의 자의식을 파고드는 언어의 힘도 있어 보인다. 암울한 분위기, 부재하는 전망, 파괴되고 있는 인간을 하나의 장면 속에 모아두는 구성력도 만만치 않다.

조선일보 「볼수록 낯선 거리」(김정진)

- 줄거리: 경옥은 환갑을 맞은 효순 언니로부터 맞선을 보라는 시달림을 받고 있다. 그러나 경옥에게는 문화센터의 엄 선생이 왠지 마음에 끌린다. 같이 몇 번 점심도 먹고 드라이브도 다녔지만 그의 얼굴을 똑바로 볼 수가 없다. 효순 언니는 이 사실을 알고 서른 둘밖에 먹지 않은 사내가 오십 먹은 여자를 좋아하는 것은 재산을 노리는 것이라며, 깡패를 동원해 실컷 두들겨 패 주겠다고 난리다. 경옥은 남편이 물려준 작은 빌딩이 있어 동네 재벌 소리를 듣고 산다. 돈암동 사부자라고 큰소리치던 남편은 두 아들과 낚시를 갔다가 술에 취해 두 아들이 익사하는 것도 몰랐다. 그 뒤 죄책감에 시달리던 남편은 3년만에 약을 먹고 죽었다. 그래도 경옥에게는 일류대학을 나온 종필이가 남아 있다. 학생운동을 하던 종필은 졸업 후에는 회사에 취직해 노동운동을 하고 있다. 나흘째 집에 들어오지 않던 종필은 시체로 돌아왔다. 노조활동 후 새벽에 퇴근하다 뺑소니차에 치였다는 것이다. 노동단체에서는 사인규명과 진상을 요구했지만, 경옥은 검시결과를 믿었다. 경옥은 종필이 죽은 후 어쩐 일인지 잠도 잘 오고 밥도 잘 먹었다. 엄 선생을 만나기로 약속한 날 한복에 고무신을 곱게 차려입고 가는 길에 하얀

하늘 아래 바람이 부드러웠다.

- 주제별 분류: 인생론적 주제
- 작중 배경별 분류: 개인적 배경
- 형태별 분류: 심리묘사형
- 시점: 1인칭
- 심사위원: 김화영 김원우
- 심사평: 횡보 염상섭의 문체를 방불케 하는 경아리 말씨의 능숙한 구사가 자수처럼 정치하다. 마지막 남은 아들 하나마저 잃어버리는 홀어미의 절절한 심회를 느긋하게 아로새겨 가는 기량은 압권이다. 집세를 받아 유족하게 살아가는 화자의 흔들리는 여심은 절실하며, 오십 풍상을 담아내는 압축미도 단단하기 이를 데 없다. 다만 시점을 서두와 결말에서 확고하게 조립하지 못한 허물이 아쉽다. 일종의 여행기 소설이 난무하는 우리 작단을 볼 때 좀 구투이긴 해도 이런 단편의 완결미는 신선한 것이라서 당선작으로 결정하는데 쉽게 합의를 보았다.

중앙일보 「알제리, 하씨 메싸우드」(조윤정)

- 줄거리: 하씨 메싸우드는 '메싸우드의 샘'이란 뜻으로 알제리 최대의 유전이 위치한 도시 이름이다. 최초의 유전 발견 이후 육상 시추기가 이곳 하씨에 쇄도했다. 나는 현장 보급담당역으로서 하씨 시내 보급기지에서 생활하고 있었다. 이 도시에서는 사방으로 보이는 것이 사막뿐이고 사무실이나 방에도 모래먼지가 수북히 쌓였다. 시추를 시작한 지 닷새만에 솔트층에 막혀 시추가 중단되고, 우리는 한국으로 철수해야 할 상황에 처했다. 이곳 생활을 못 견뎌하는 김 부장은 이 사태를 차라리 다행으로 여기고 있었다. 그들이 나에게 사막체질이라고 말하

는 것처럼 나는 큰 불편을 느끼지 못했다. 드디어 한국으로 가는 비행장으로 향하면서 김 부장은 시무룩한 얼굴로 "어쩌면 여기를 다시 와야 될 지도 모르겠어. 시추 한 공 더 뚫는다고 합의를 봤대"하고 말했다. 차는 벌써 공항으로 가는 대로로 들어서고 있었다.

- 주제별 분류: 인생론적 주제
- 작중 배경별 분류: 특수상황의 배경
- 형태별 분류: 심리묘사형
- 시점: 1인칭
- 심사위원: 김치수 박범신 이문구
- 심사평: 사막에서의 석유 시추라는 특수상황에서 대비되는 두 인물의 고뇌와 갈등을 형상화한 작품으로 신선한 소재를 균형 있게 탁월한 구성력을 보였다는 점에서 심사위원들로부터 높은 점수를 받았다.

한국일보 「가위 바위 보」(이수경-女)

- 줄거리: 백화점 방송실에 근무하는 나는 「가위 바위 보」라는 제목의 노래를 여섯 번이나 거듭 내보내다 판촉실장으로부터 해고를 당했다. 그 시간 나를 점령하고 있던 것은 이성이 아니었다. 서너 살쯤 되는 아이가 백화점에 버려진 사실을 알고 나의 이성은 마비되고 말았다. 그렇게 버려진 나의 어린 시절이 주마등처럼 스쳐 지나갔다. 친구 K의 맞선 제안을 받아들여 한 남자를 만났다. 그 남자는 삼풍백화점 붕괴사고로 약혼녀를 잃고 상처를 지니고 살아가는 사람이었다. 자신이 약속장소를 삼풍백화점으로 정하고 일찍 나오도록 재촉해 그녀가 죽었다고 생각한 그는 죄책감에 직장을 그만두고 집에서도 나가 생활하고 있었다. 우리는 동거에 들어갔다. 그의 어머니는 다른 것은 다

괜찮아도 나의 근본이 없는 것은 용납할 수 없다며 결혼을 적극 반대했으나 우리는 살림을 시작했다. 상처를 간직한 우리들은 서로가 편안했고 기대고 싶었기 때문이다. 그가 예고 없이 돌아오지 않고 있다. 동거 이후 이렇게 늦는 날은 처음이었다. 그를 찾아 대문을 열고 골목을 나섰다. 우리 방의 불빛은 골목의 어둠을 밝히지도 못하고 어둠 속으로 함께 침몰하지도 못한 채 차가운 허공에서 부유하고 있었다.

• 주제별 분류: 인생론적 주제
• 작중 배경별 분류: 개인적 배경
• 형태별 분류: 심리묘사형
• 시점: 1인칭
• 심사위원: 김윤식 윤후명 최원식
• 심사평: 이혼한 부모로부터 유기되어 보육원에서 자란 여주인공과 삼풍 사고로 약혼녀를 잃은 남주인공이 약간의 자포자기 속에 결정한 결혼, 그 생활의 내면을 솜씨 있는 구성력을 바탕으로 짜나간 이 단편은, 더러 비문이 눈에 띄고 상황 설정의 작위성이 거슬리지만, 도시적 삶의 황폐함을 무리 없이 형상화하였다. 소설문학의 진정성에 대한 높은 자각을 기대하면서, 심사위원회는 이수경을 당선자로 삼는데 쉽게 합의하였다.

▶ 1999년

경향신문 「동백 여관에 들다」(구경미-女)

• 줄거리: 10월 31일 10시 30분, 나는 동백 여관의 2층 끝 방에 죽은 듯 구겨져 있었다. 꿈을 꾼 것 같기도 하고 꾸지 않을 것 같기도 하다. 이 여관에 남자와 둘이 들어 왔었다는 생각이 든다. 오래 된 남자친구

와 헤어지고 락 카페에서 미친 듯 춤을 추고 이곳엘 들어 온 것 같다. 고등학교 때 만난 남자친구와는 섹스를 하면서 그 과정이나 표정을 기록으로 옮겼다. 달 밝은 밤 도봉산에 올라 색다른 경험을 하고 그 날의 산행은 2년 뒤 새로운 소설로 태어났다. 여관의 주인이 나를 범하고 갔다. 이불을 밀치고 일어나 알몸에 이불을 두르고 밖으로 나갔다. 슈마의 동굴 같은 입 속으로 나는 허물을 벗고 들어갔다.

- 주제별 분류: 인생론적 주제
- 작중 배경별 분류: 개인적 배경
- 형태별 분류: 심리묘사형
- 시점: 1인칭
- 심사위원: 김주영 신상웅
- 심사평: 삼류 연애소설가를 자처하는 주인공의 섹스보고서라고 해도 좋을 이 작품에는 압축된 회상으로 처리되는 어느 것 하나 분명한 것이 없다. 즉 분명하고 또렷이 기억되는 것이 아무 것도 없다는 것이 이 소설이 갖고 있는 강점이다. 여자가 공장 뒤편의 여관에 반수면 상태로 누워서 섹스 행위를 해도, 끝없는 그 행위의 기억을 더듬어도 그건 다만 하나의 무의식 속의 몸짓 같은 것일 뿐이다. 작가가 실험소설의 의욕으로 이 소설을 쓴 것이라면 신선한 데가 있지만, 그럼에도 위험은 도처에 깔려 있다. 동백 여관이지만 사실은 '장미 여관'이라는 서술도 어떤 작품의 아류를 지향하는 것 같아 유쾌하지 않다.

대한매일 「틈새」(박정란-女)

- 줄거리: 비둘기가 시도 때도 없이 창문을 쪼아대는 열 두 평 오피스텔에 사는 여자는 밤에 출근한다. 그녀는 대형 쇼핑센터 생활용품 매장

의 부지배인이다. 출근을 앞두고 있는데 전화벨이 울린다. "오늘은 빨간 하이힐을 신으셨군요…" 남자의 목소리는 마치 문틈으로 들여다보고 있는 것처럼 말한다. 새벽 2시 매장의 완구류 진열대 앞에 한 남자가 서 있다. 여자는 자신을 오늘의 이 위치에 있게 한 총지배인을 생각한다. 여자는 그와 내연관계다. 날이 밝기 전에 2층과 3층 사이 계단에 숨어있던 남자는 협력업체 직원에 의해 발각되었다. 관리실의 젊은 남자는 창문을 고쳐주고 화분의 분갈이를 해 주는 등 친절하게 대해 주었었다. 또 다시 젊은 남자의 전화가 온 날 그에게 전화를 걸었다. "무서워요. 빨리 와 줄 수 있죠?" "…전화 잘못 거셨습니다." 또 불길한 전화벨이 울린 밤 여자는 빵 부스러기에 하얀 바퀴벌레 약을 섞어 비둘기가 놀고 있는 골목에 뿌렸다.

- 주제별 분류: 인생론적 주제
- 작중 배경별 분류: 개인적 배경
- 형태별 분류: 심리묘사형
- 시점: 3인칭
- 심사위원: 최일남 현길언
- 심사평: 문장이 정돈되었고 플롯이 탄탄했으며 주제도 흔한 '사랑의 아픔'유의 소설이면서 그 수준에 머물지 않고, 성에 대한 은밀한 욕망의 정체를 추구했다는 점 등이 돋보였다. 그러나 이 작가도 앞으로 더 넓고 깊은 세계로 눈을 돌려야 좋은 작품을 쓸 수 있을 것이다.

동아일보 「레고로 만든 집」(윤성희-女)

- 줄거리: 나는 중풍으로 반신불수가 된 아버지와 지진아인 오빠와 함께 살고 있다. 아버지는 TV 리모콘만 쥐고 살고 있으며, 오빠는 레고

로 집을 짓는데 열중이다. 엄마는 15평 아파트 전세금을 갖고 사라져 버렸다. 가끔 전화가 걸려와 한숨소리만 들리는데 어머니가 틀림없다. 나는 종합대학 앞 복사 가게에서 일하고 있다. 대학생 행세를 하며 점심은 구내식당에서 때우고, 대학 도서관에 가서 학생들의 책을 훔치기도 한다. 복사 가게 사장 아들은 이런 나를 대학 휴학생으로 알고 있다. 나는 복사기에 종이에 베인 손바닥을 복사하기도 하고 얼굴을 복사해 보기도 한다. 옆집 옥상에서 살다 사라져 버린 고양이를 찾기 위해 커다란 굴뚝을 들여다본다. 희미한 고양이 소리가 들리고, 복사기에서 복사한 내 얼굴과 오빠가 레고로 만든 집이 차례로 보인다.

• 주제별 분류: 인생론적 주제
• 작중 배경별 분류: 개인적 배경
• 형태별 분류: 심리묘사형
• 시점: 1인칭
• 심사위원: 박완서 박범신
• 심사평: 이 작품은 지진아인 오빠와 칩거하는 아버지를 부양하는 젊은 여자의 희망 없는 삶을 섬세한 필치로 군더더기 없이 그려내고 있다. 복사기로 얼굴을 떠내는 장면이나 죽어가는 고양이의 울음소리 등은 절망에 찬 세기말적 우리의 자화상으로 읽힌다. 특히 감상에 빠질 함정이 많은데도 불구하고 끝까지 잘 여며서 바느질하듯 한 땀 한 땀 화자의 내면을 그려낸 솜씨가 높이 살만하다. 주문이 있다면 이 작가가 좀 더 새로워지고 힘있어지길 바라는 것이다.

문화일보 「다시 나는 새」(은미희-女)

• 줄거리: 마흔이 다 되도록 아이도 없고, 남편도 없고, 가정도 없는

여자의 방에서 10년 연하의 그 남자도 떠나 버렸다. 일주일째 지리한 장마가 계속되고 여자는 양기가 그립다. 비를 맞으며 이다가 찾아왔다. 인근 고아원에서 자라는 이다는 초등학교 3학년생이지만 무척 어른스럽다. 이다는 집으로 들어와 나에게 청동으로 된 칼리 조각을 선물이라며 주고 피아노 건반을 두드린다. 방을 구경시켜 준다며 이다가 고아원으로 초대한 날 여자는 한 마리 카멜레온을 보았다. 피아노를 치던 이다는 여자에게 방송국 아저씨와 결혼해 자신을 딸로 입양하라고 애원하듯 말한다. 아줌마를 잘 모실 수 있다고. 아이는 필요 없다. 내일부터 오지 말라고 이다를 돌려보내고 여자는 한 달째 비워 놓고 있는 화랑으로 나갔다. 텅 빈 화랑에서 자신의 삶의 지리멸렬함의 원인은 무엇일까를 생각하던 여자는 홍수 속에서 인간을 구원한 이다나 노아를 생각한다. 화랑을 빠져 나와 택시에 오른 그녀는 폭우 속에서 힘차게 비상하는 세 마리 새의 환영을 본다.

· 주제별 분류: 인생론적 주제
· 작중 배경별 분류: 개인적 배경
· 형태별 분류: 심리묘사형
· 시점: 3인칭
· 심사위원: 김주영 윤후명
· 심사평: 「다시 나는 새」와 「꽃의 약속」 중 어떤 쪽을 택하느냐 하는 기로에서 우리는 많이 망설였다. 한쪽은 '아이'에 대한 지나친 의미 중도가 역시 눈을 흐리게 했고, 한쪽은 '디페리아'로 표현되는 혼자만의 세계를 어떻게 극복할 수 있을지 어려웠다. 그리하여, 우리는 「다시 나는 새」의 정통적인 접근방식을 평가하기 시작했다. 그동안 공부를 많이 했다는 믿음이 이 작품을 당선작으로 미는 데 큰 도움을 주었다. 이른바 서사구조를 지키려는 눈물겨운 노력이, 자칫 위험스러워

보였어도 또한 돋보였다. 좋은 작가를 만났다.

세계일보 「숫자 세기」(진명정-女)

- 줄거리: 병원에 가서 아이를 지웠다. 대학시절 5년 동안 연애를 한 영화학도 정헌 생각이 났다. 우리는 만남을 지속하면서도 결혼을 하지 않기로 했지만, 단 한번의 잠자리로 아이를 가졌고, 어렵게 돈을 마련해 소파수술을 했다. 남편은 아버지의 가구공장을 이어 받았지만, IMF로 부도가 나 집까지 경매에 나가 있다. 1남3녀를 앞으로 어떻게 키울 것인가도 막막하다. 큰딸에 이어 딸 쌍둥이까지 딸만 거푸 세 명을 낳았을 때 아들 낳기를 종용하는 시어머니 때문에 성감별을 통해 아들을 낳았지만, 그 아이는 자폐아였다. 또 임신이 됐지만 남편의 사업 실패 때문에 몰래 지우고 말았다. 여기저기 부업거리를 찾던 나는 아동도서 판매를 하기로 했다. 정헌이 작품성과 상업성을 함께 갖춘 영화를 만들어 유명감독이 되었다는 신문 보도가 생각났다. 나는 정헌에게 먼저 책을 팔기로 하고 전화를 걸었다. 다섯을 셀 때까지 받지 않으면 끊으리라 작정하면서 속으로 숫자를 세기 시작했다.
- 주제별 분류: 세태론적 주제
- 작중 배경별 분류: 사회적 배경
- 형태별 분류: 이야기체
- 시점: 1인칭
- 심사위원: 유종호 김원일
- 심사평: 탄력 있는 문장력으로 우선 잘 읽히는 장점이 미덕이다. 다소 작위적이기는 하나 이상형의 첫사랑 정헌과 현실적 선택으로 맺어진 현재의 남편을 대립적 구도로 설정한 얼개도 무난하다. 안락한 삶을

받아들인 대가로 치러야 하는 삶의 추락이야말로 인생의 한 단면이라는 암시가 설득력이 있다. 3년만에야 자폐아란 사실을 알았다든지, 정헌을 성공한 영화감독으로 변신케 한 통속성을 유념해 주기 바란다.

조선일보 「다비식」(나유진-여)

- 줄거리: 벌써 아흔 해를 살았다. 노인은 '제발 데려가 주시우'하고 푸념을 한다. 밑으로 여동생 둘과 남동생 둘도 먼저 저 세상으로 갔다. 넝뫼댁이 와서 안골 배앙골댁 아들 성철이가 농약을 먹고 자살을 했다고 알려준다. 마누라가 도망을 갔는데, 알고 보니 남의 첩살이하던 여자로 그 남자를 찾아가 살림을 차렸다는 것이었다. 노인은 자신의 과거가 떠올랐다. 생산을 못한 죄가 크지만 남편은 귀남이 엄마를 데리고 와 살면서 술만 먹으면 자신에게 매질을 했다. 해방 전에는 귀남이를 맡겨 놓고 중국으로 돈을 벌러 갔는데, 해방 후 돌아와 다른 곳에서 살림을 차리고 있는 것을 귀남이를 늦게 학교에 보내면서 알았다. 계란 열 개를 담아 갖고 가서 배앙골댁을 위로하고 돌아온 노인은 귀남이댁에 전화를 걸어 고맙다는 말을 하고 방안에 짚더미를 쌓고 이불을 덮고 누웠다. 무엇이든 목숨 가진 것으로 태어나지 말게 해주오. 이윽고 천장까지 솟구친 불길이 지붕을 뚫고 솟아올랐다.
- 주제별 분류: 세태론적 주제
- 작중 배경별 분류: 사회적 배경
- 형태별 분류: 이야기체
- 시점: 3인칭
- 심사위원: 김치수 김원우
- 심사평: 정실이었으면서도 슬하에 자식을 못 둔 아흔 살 노파의 한

많은 전 생애를 조감한 수작이다. 소실 소생을 키운 역경과 젊은 농부가 자살하는 작은 이야기들도 그 사실감이 두루 여실하다. 노파 스스로 다비의 길로 치닫는 압도적인 결말은 생명의 외경에 대한 신성한 의식으로서 압권에 값한다.

중앙일보 「소인국」(이혜진-女)

- 줄거리: 아버지가 죽은 후 10년째 되던 해부터 어머니는 함부로 먹어 대기 시작했다. 어머니는 나에게도 먹기를 강요했지만 나는 도통 먹지를 못했다. 어머니는 **화투로 하루의 운을 점쳐 보면서 누군가를 기다리기 시작했다.** 아버지를 기다리는 것 같았다. 그리고 어머니는 마침내 청산가리를 먹고 죽었다.
- 주제별 분류: 인생론적 주제
- 작중 배경별 분류: 개인적 배경
- 형태별 분류: 심리묘사형
- 시점: 1인칭
- 심사위원: 김주영 이문구 김치수
- 심사평: 무너져 가는 가족 구조, 탐식증과 거식증의 대비를 통해 순환적 삶의 기괴함이라는 알레고리를 보여 준 점에서 당선작으로 뽑혔다.

한국일보 「소년, 소녀를 만나다」(김도언)

- 줄거리: 아버지와 어머니가 교통사고를 당해 죽었다. 나는 부모의 죽음보다 메이저리그의 야구 중계방송에 더 관심이 있다. 어머니의 첫 번째 기일에 용인 에버랜드에 가서 바이킹을 타다가 튀어온 머리핀

을 받은 인연으로 대학 1학년인 소녀를 만났다. 소녀가 형의 초대로 우리 집에 온 날 「초록물고기」라는 비디오를 보고 고추잡채를 시켜 먹고 놀다가 형과 소녀는 형의 방으로 갔다. 형과 소녀가 무슨 짓을 하는지 궁금하던 나는 형에게 전화가 온 것을 알리러 형의 방을 노크했다. 형이 전화를 받으러 간 사이 소녀는 청소를 하다가 다친 나의 손가락을 빨아 주었다. 나는 소녀가 빨고 있는 것이 내 성기였으면 좋겠다고 생각했다. 소년원에서 출소한 건달 친구를 만났다. 2주일 치 용돈을 건네주는 나에게 그 친구는 무슨 일이든지 부탁하라고 했다. 강원도의 어느 도시가 고향이라는 소녀는 형의 방에서 지내기 위해 짐을 싸 우리 집으로 왔다. 시간이 흐르면서 형과 소녀는 부부처럼 다정해지고, 그들이 방에서 무얼 하는가 궁금해서 생긴 나의 불면증은 점점 심해져 갔다. 그래서 나는 내 나이에 할 수 있는 무서운 생각을 하게 되었다. 아버지의 기일 날 복면을 한 녀석은 나의 입을 테이프로 막고 허벅지를 칼로 살짝 찌른 뒤 형의 방으로 올라갔다. 곧 비명이 들릴 것이고, 그 비명은 내 삶의 새로운 시작을 알리는 전주곡이다.

• 주제별 분류: 인생론적 주제
• 작중 배경별 분류: 개인적 배경
• 형태별 분류: 고발형
• 시점: 3인칭
• 심사위원: 김윤식 김승옥 김주연
• 심사평: 소설로서의 흠 잡을 데 없는 구성과 탁월한 문장력, 신세대적 감수성을 두루 갖춘 수작이다. 그러나 이러한 요소들이 동시에 불안한 조건들이 될 수도 있다는 역설이 이 소설 속에는 숨어 있다. 섹스와 죽음 등 90년대 소설 일반의 특징적 성격이 너무나도 능숙한 구도

속에 거침없이 다루어지고 있기 때문이다. 주제에 대한 비판적 시각도 만만치 않은 것이며, 작품 전개의 도식에서의 지나친 여유 내지 상투적 진행에 대한 불만도 심사자들 공통의 것이었다. 이런 염려들을 딛고서도 이 작품이 당선의 자리에 앉을 수 있게 된 것은 기성 작가에 못지 않은 작품의 관리 능력 때문이다. 예술적 질서로서의 소설에 대한 존중과 결코 짧지 않아 보이는 훈련의 시간이 평가된 것이다. 앞으로 이 작가가 유념해야 할 점은 유희적 유행 대신 창의적인 고뇌인 것이다.

▶ 2000년

경향신문 「일곱 말 가웃」(이영임-女)

· 줄거리 : 쌀가게 셔터를 올리고 쌀과 잡곡 따위를 늘어놓는다. 쌀가게를 한 지도 벌써 2년 반이 지났다. 잘 나가던 은행 간부이던 나는 거액 대출을 해준 친구가 해외로 도피하는 바람에 집이며 재산을 모두 날리고 직장에서도 사직을 당했다. 평소에도 바람이 들어있던 아내는 집을 나가 버렸다. 아이 둘은 여주에 있는 형님댁에 맡기고 형님의 도움을 받아 이 쌀가게를 열었다. 금방이라도 비가 올 것 같은 날씨에 그녀가 나타났다. 고운 몸매에 중년의 여인은 궂은 날에만 맨발로 나타나 아무 가게에 들어가 '술 한잔 주세요'한 후 병째 술을 마시고 나가버린다. 내다 버린 음식 찌꺼기도 아무렇지 않게 먹는다. 나의 쌀 배달 오토바이 앞에 와서는 거울을 들여다보는 습관도 갖고 있다. 집을 나간 아내로부터 들은 어린 시절 얘기가 떠오른다. 나의 쌀가게로 들어 온 그녀는 '술 한잔 주세요'하고는 내가 사다 놓은 소주를

마셨다. 밖에는 소낙비가 내리고, 나는 그녀를 안아다 전자 저울 위로 올려 놓는다. 56.45에서 56.55를 오르락내리락 한다. 일곱 말 가웃이다. 그녀가 나한테 했던 것처럼 '술 한 잔 주세요'하고 말해 본다. 정작 어둠을 뚫고 내게 다가온 것은 소주병이 아닌 일곱 말 가웃이었다.

- 주제별 분류: 세태론적 주제
- 작중 배경별 분류: 사회적 배경
- 형태별 분류: 이야기체
- 시점: 1인칭
- 심사위원: 최일남 김윤식
- 심사평: 이런저런 이유로 직장에서 밀려나고 아내마저 놓친 중년 사내가 쌀가게 열고 재출발하면서 겪는 이야기다. 삶이란 그러니까 쌀값만큼 확실한 것. 삶이란 쌀을 다는 무게만큼 분명한 것이다. 이 점이 소설적 구도 속에 뚜렷이 잡혔다. 생활에 밀착한 쌀값에 대한 정확한 계산만큼 생활이란 확실하다는 메시지가 잘 전달됐다. 뛰어난 작품성으로 당선작으로 적절해 보였다.

대한매일 「이슬 털기」(편혜영-女)

- 줄거리: 죽은 대학 선배의 씻김굿을 보기 위해 친구 수정이와 함께 진도로 갔다. 출산 예정일이 며칠 남지 않아 남편은 가는 것을 만류했지만 남편 출근 후 모르게 차를 탔다. 그의 고향집에서 드디어 굿이 시작되고 약간의 진통을 하는 나에게 동네 아줌마와 수정이가 부축해 죽은 선배의 방으로 데려갔다. 그가 나에게 보내 다시 반송해 버린 곰 인형도 그 방에 있었다. 나와 동기인 은미의 애인이었던 그와 사귀

다 덜컥 임신이 되고 말았다. 임신 사실을 알리고 결혼하자고 했을 때 표정을 일그러뜨리는 그를 실컷 패주기도 했다. 그가 혼자이고 싶다는 내용의 편지를 보내 와 그 편지를 갈갈이 찢어 그의 자취집을 찾아가 며칠을 기다리다가 그의 얼굴에 뿌려주기도 했었다. 서울에서 그의 친구였던 강호 선배도 굿을 보러 왔다. 강호 선배는 그가 길을 가다가 갑자기 멈추어 서는 바람에 12인승 버스에 치여 죽었다고 말했다. 임신 4개월이 됐을 때 그가 배냇저고리를 사겠다고 해 같이 갔다 온 날 아이를 지우겠다고 말하고, 그가 죽어버렸으면 좋겠다고 생각한 뒤였다. 대학을 졸업하고 맞선을 본지 한 달만에 지금의 남편과 결혼을 했다. 굿이 끝나고 그의 어머니가 책이며 곰 인형 등을 불 속에 던져 넣을 때 다시 심한 통증이 왔다. 아랫도리로 뭔가가 뭉텅 빠져 나오는 느낌이 들었다.

- 주제별 분류: 인생론적 주제
- 작중 배경별 분류: 개인적 배경
- 형태별 분류: 심리묘사형
- 시점: 1인칭
- 심사위원: 최일남 현길언
- 심사평: 단편으로서의 모든 요건을 고루 갖춘 작품이다. 단아한 문장이 주인공의 모습을 닮으면서 소설의 흐름과 호응되었다. 씻김굿 제차에 따라 진행되는 플롯은 어찌 보면 단조롭고 지루할 것 같은데도 서두에서 결말에 이르기까지 탄탄하게 유지되었다. 굿이 진행되는 과정에서 죽은 남자와 주인공의 정황 등을 무리 없이 처리한 점이 좋았다. 흔한 소재인 '사랑의 이야기'이면서 죽음과 탄생이라는 인간 존재의 근원 문제를 생각한 주제도 신선했다.

동아일보 「바늘」(천운영-女)

- 줄거리: 큰 거미를 몸에 새겨 달라고 온 남자에게 바늘로 문신을 해 준다. 남자들은 문신을 하고 나면 성욕을 느낀다고 하는데 나의 생김 새를 보고는 모두 고개를 돌려버린다. 툭 튀어나온 광대뼈와 꼽추를 연상케 할 정도로 둥그렇게 붙은 목과 등의 살덩이, 눈살을 찌푸리게 하는 목소리, 뭉툭한 발가락 등, 몹시 추하게 생겼기 때문이다. 경찰서 에서 미륵암 주지 살인사건의 범인이 어머니라며 나에게 출두를 요구 했다. 허겁지겁 고기가 먹고 싶어 대형 마트에 가서 고기를 몽땅 샀다. 오후에는 전쟁기념관에 가서 총소리를 듣고 화약 냄새를 실컷 맡았다. 그곳은 같은 아파트 801호에 살고 엘리베이터를 함께 타고 다니는 남자가 근무하고 있는 곳이다. 경찰서로 갔으나 주지 스님은 노환에 의한 자연사로 밝혀졌다고 말한다. 미륵암으로 향한다. 나의 간질병을 고치기 위해 엄마와 함께 한때 이 암자에 기거했고, 나는 간질병이 나아 내려 왔으나 엄마는 계속 머물고 있었다. 엄마의 방에서 바늘쌈 을 가지고 나왔다. 경찰서에서 금정산 계곡 하류에서 엄마의 자살한 시체가 발견됐다는 연락이 왔다. 나를 찾아 온 801호 남자의 가슴에 큰 바늘을 하나 새겨 주었다.
- 주제별 분류: 인생론적 주제
- 작중 배경별 분류: 개인적 배경
- 형태별 분류: 심리묘사형
- 시점: 1인칭
- 심사위원: 박완서 김화영
- 심사평: 「바늘」을 당선작으로 정하는데 쉽게 의견일치를 보았다. 문 신과 언어의 관계를 통하여 독자를 위태로운 공격성과 관능과 탐미의

벼랑 끝으로 밀고 가는 발군의 역량은 시선을 끌기에 충분했다. 아슬
아슬하게 한 땀 한 땀 따나가는 바늘의 움직임만큼이나 노련하고 가차
없는 문장이 행간을 팽팽하게 당기면서 우리들 저마다의 심층에 잠복
한 익명의 감각들을 불러낸다. 예리한 바늘이 정곡을 찔러 육체에
정교하고 음산한 수를 놓으며 살 속에서 맴돌던 언어를 해방시킨다.
이 위험하고 아름다운 「바늘」을 당선작으로 내면서 우리는 한 예외적
인 작가의 탄생을 예감한다.

문화일보 「구스타프 김의 슬픈 바다」(전유선)

• 줄거리: 보호소 생활을 하던 구스타프 김이 죽었다는 소식을 듣고
나는 망연자실하지 않을 수 없었다. 내가 그를 처음 만난 것은 20년
전 스웨덴 대사관의 무관으로 근무할 때로 국왕 구스타프의 생일 리셉
션이 열린 국왕 관저에서다. '참사관 김준. 황해도 해주 출생으로 스웨
덴 왕립대학 수학. 미혼. 부수상 김춘기의 차남.' 대사관에서 입수한
그의 신상명세였다. 며칠 후 그로부터 난수표로 망명의사를 전달받았
다. 대사관에서는 만반의 준비를 취하고 있었으나 약속한 시각에 그의
전화벨은 울리지 않았다. 대신에 현지 신문에는 그의 교통사고로 인한
사망기사가 실렸다. 그의 망명 계획이 사전에 발각돼 교통사고를 가장
해 자체 처단된 것으로 판단하고 이 사건을 마무리를 하려 할 즈음에
다시 그의 전화가 왔다. 그는 계획대로 서울로 망명을 했고, 북구 3개
국 북한 대사관들이 마약 밀수를 한다는 큰 정보를 제공했다. 서울에
서 외국어대 스웨덴어과 교수로 탈 없이 활동하던 그는 4년 전부터
갑자기 학회에서 좌경논문을 발표하는 등 말썽을 일으키기 시작했다.

북한 공작원이 그를 암살하려 했던 이른바 강촌사건 후 그는 보호등급을 해제 당하고 자유의 몸이 됐으나 적기가를 부르고 조선민주주의인민공화국 만세를 부르는 등 완전히 미쳐 버렸다. 북한에 있던 그의 애인 박주희가 자살했다는 소식을 들은 후 그의 행동이 완전히 달라졌던 것이다. 망명 조건으로 나와 우리 정부에 박주희를 데려와 달라고 요구했던 그는 정부가 별로 신경을 쓰지 않는 것을 보고 자신이 나름대로 노력했으나 허사로 돌아가자 좌절했던 것이다. 그의 빈소를 마련하라고 지시하고 그곳을 찾았을 때 난수표로 된 유서가 있었다. 나에게 보낸 이 유서에는 그의 망명 동기인 박주희에 대한 절절한 사랑이 담겨 있었다. 싱글거리며 웃고 있는 그는 사진 속에서 박주희가 그에게 불러 주었다는, 평소에 그가 즐겨 부르던 북한 노래 '노랑나비'를 부르고 있었다.

• 주제별 분류: 이념적 주제
• 작중 배경별 분류: 특수상황의 배경
• 형태별 분류: 이야기체
• 시점: 1인칭
• 심사위원: 김원일 이문열
• 심사평: 일견 양식은 낡아 보이고 표현은 진부하며 낭만적인 과장의 혐의까지 간다. 그러나 우리는 여러 해째 얕은 글재주로 분식된 자질구레한 신변잡기와 쓸데없이 호들갑스레 해석된 현대성의, 그러나 지극히 사적인 토로에 지쳐 있다. 거친 것을 힘찬 것으로, 낡은 것을 오히려 새로운 것으로 오해하고, 대단찮은 전문성에 지나치게 값을 쳐주었다는 비난을 각오하면서 이 작품을 당선작으로 결정한다.

세계일보 「폭염」(황광수)

- 줄거리: 동생이 폭행 혐의로 구속돼 경찰서로부터 출두 명령을 받고 시골에서 아버지가 올라 왔다. 터미널로 마중을 나가 함께 찾아간 경찰서에서는 피해자가 입원한 병원을 적어주며 합의를 종용했다. 경찰서를 나오면서 가는귀가 먹은 아버지는 "네가 자리잡고 동생을 잘 돌봐줄 줄 알았다"고 처음으로 입을 열었다. 운동권으로 감옥을 들락거리던 형은 두 달 전에 교통사고로 죽었다. 형 장례식을 치른 며칠 후 아버지는 내가 다니던 인쇄소를 방문했다. 자식 맡겨 놓고 인사 한 번 못 드렸다며 사장을 만나기 위해 왔지만 나는 단호하게 돌려보냈다. 아버지가 인쇄소를 방문한 다음날 나는 사소한 사건으로 회사를 그만 두었다. 아버지는 나에게 집안의 장남 역할을 하기를 바라는 모양이지만 나는 전혀 그럴 생각이 없다. 이번에 경찰서에서도 나에게 전화가 왔지만, 나는 시골 아버지에게 이 문제를 떠넘겼던 것이다. 시골로 내려가는 아버지는 전철을 갈아타기 전에 만 원짜리 몇 장을 꺼내 나에게 주었다. 나는 치욕감으로 받지 않았다. 아버지가 떠난 뒤 밖으로 나온 나는 지독한 외로움을 느꼈다.
- 주제별 분류: 인생론적 주제
- 작중 배경별 분류: 개인적 배경
- 형태별 분류: 심리묘사형
- 시점: 1인칭
- 심사위원: 김윤식 박완서
- 심사평: 죽은 맏형 자리를 이어받기를 한사코 도피해 온 차남인 '나'가 이런저런 곡절을 겪어 마침내 제 자리를 찾아가는 과정을 다룬 이 작품은 단편이 갖출 수 있는 간결함, 집중성, 그리고 단일성이 잘

갖추어진 것으로 평가되었다. 소재를 통제하는 작가의 이런 솜씨에서 작가적 오기조차 엿볼 수 있어 이 작가에 기대를 걸어보기로 했다.

조선일보 「환지통」(송은상-女)

• 줄거리: 숲 속으로 산책을 나가는데 갈빗대 안쪽이 스멀거리는 증세가 나타나기 시작했다. 다니던 광고회사에서 구조조정을 당하고 난 뒤에는 이 증세가 더 심해졌다. 피부과 등 병원이란 병원은 다 가 보았지만 고칠 수 없었다. 구조조정을 당하자 아내는 이혼을 요구했고, 나는 이 숲이 있는 동네로 이사를 왔다. 숲 속에 있는 '갈산정'이라는 정자에는 30대 후반으로 보이는 여자가 매일 오후에 나와 뜨개질을 하고 있었다. 보온병에 담긴 커피를 얻어 마신 나는 날마다 그 여자를 보기 위해 숲으로 산책을 나갔다. 남편을 위해 스웨터를 짠다는 그녀는 남편이 뺑소니 사고로 척추를 못 쓰고 다리를 절단한 채 누워 있다고 말했다. 남편은 누워 있으면서도 절단한 다리가 가렵다고 말하는 환지통을 앓고 있다는 말도 덧붙였다. 어느 날부터 여자는 숲에 나오지 않고 나는 그 때문인지 가려운 증세가 더욱 심해졌다. 나는 주변 아파트를 다 뒤지며 수소문을 했으나 그녀의 소재를 알 수 없었다. 마지막으로 독신자 아파트에 갔을 때 경비는 그 여자의 소재를 확인해 주면서 작년에 7년 동안 앓던 남편이 죽었다고 말했다. 환지통을 앓고 있었던 것은 바로 그녀였던 것이다. 나는 경비가 인터폰을 넣는 잠시를 기다리지 못하고 후닥닥 계단을 뛰어 오르기 시작했다. 어쨌든 그녀는 보이지 않는 가려움에 대해 누구보다 잘 알고 있을 것이었다.

- 주제별 분류: 세태론적 주제
- 작중 배경별 분류: 사회적 배경
- 형태별 분류: 심리묘사형
- 시점: 1인칭
- 심사위원: 김원우 김치수
- 심사평: 이른바 구조조정에 따라 한 명퇴자가 겪는 신체적 정신적 상처의 극복기이다. 현재형과 과거형을 적절히 배합하여 주인공의 심리를 조탁해 가는 솜씨는 괄목할만하다. 독서를 통한 지식의 전달 회로에도 단순한 정보 제시의 차원을 넘어서 남다른 해석력까지 힘 있게 펼쳐 보이고 있다. 거의 흠을 잡아낼 수 없는 작품인데, 당돌하게 이혼을 선언하고 나서는 아내를 빌려 오늘날의 물신숭배 풍조를 좀더 조망했더라면 좋았겠으나 심사위원으로서의 이런 원망은 또 다른 작품을 쓰라는 주문이 될 것이다.

중앙일보 「조롱」(오영섭)

- 줄거리: 일주일간의 휴가를 얻은 나는 횡단보도에서 우연히 만난 그와 카페에서 파괴, 소멸, 관능, 소리, 적막 등에 관해 얘기를 나누고 월요일에 다시 만나 그의 별장으로 휴가를 가기로 하고 헤어졌다. 그는 나와 같은 대학을 나왔지만 학창시절에는 일면식도 없는 사이다. 드디어 월요일, 그의 아버지 소유의 별장으로 내려갔다. 별장에서 그는 여자들의 사진을 보여 주며 그 가운데 세 명은 이미 죽었다고 말했다. 나이가 비슷한 어머니와 여동생은 자살했고, 여자 친구는 고드름을 따다가 떨어져 죽었다는 것이다. 여자 친구는 피부가 은빛으

토 변하는 병을 앓고 있었는데, 같이 사냥을 나갔다가 사실상 그가 죽였다는 것. 그리고 그는 카페에서 만난 웨이트리스 얘기도 해 주었다. 겨울이 지나고 그를 잊었을 때 그에게서 전화가 왔다. 프랑스에서 웨이트리스와 스쿠버 다이빙에 빠져 있으며, 나의 약혼을 축하한다는 것이었다. 전화를 끊고 나는 그가 어떻게 내 약혼 사실을 알았을까 궁금했다.

- 주제별 분류: 인생론적 주제
- 작중 배경별 분류: 개인적 배경
- 형태별 분류: 심리묘사형
- 시점: 1인칭
- 심사위원: 김윤식 이문구 김치수
- 심사평: 두 주인공의 만남이 우연에 호소하고 있는 점이 약점으로 지적되었으나 방황하고 있는 두 인물이 환상적인 동행을 하고 그 가운데 주고받는 대화가 작품 분위기를 살리면서 작가로서의 재능을 인정하게 하였다. 심사위원들은 작품의 완성도에 약간의 아쉬움이 있으나 장래의 가능성을 인정하여 「조롱」을 당선작으로 결정하는데 의견의 일치를 보았다.

한국일보 「후레쉬 피쉬 맨」(김종은)

- 줄거리: 고교 3학년 때 「신선한 생선 사나이」라는 소설을 집필한 친구와 나는 고교 동창이다. 얼굴이 유난히도 하얀 그 친구는 체육시간에 야구를 하다 투수인 내가 던진 공을 맞고 흘린 코피가 멎지 않아 9일만이 등교했다. 그 일로 한동안 학교에서 그 녀석은 '과다 출혈'로 나는

'데스 피칭'으로 불렸다. 그 사건 후 그의 집을 방문했는데 그의 방은 어두컴컴한 지하에 있었다. 같은 대학에 진학해서도 우리는 여전히 친하게 지냈다. 5월이 시작될 무렵 녀석의 몸에 푸른 반점들이 돋아났다. 반점들은 녀석이 늘 가려워했던 부분들과 정확히 일치했다. 수산시장 축제가 있던 날 우리는 두 명의 여학생을 만났고, 술을 못 마시는 녀석은 한 여학생이 건네는 술잔을 받아 마시고 쓰러져 학교엘 나오지 못했다. 그의 지하 방을 찾았을 때 커튼까지 내려져 어두웠으며, 모기에 물린 자국이라며 몸의 상처를 보여 주었다. 수산시장에서 만난 여학생에게 녀석을 한 번 만나 달라고 사정을 했으나 제 몸에 칼질이나 해대는 그런 미친놈은 만날 이유가 없다고 단호히 거절했다. 장례식 날에도 녀석의 아버지는 나타나지 않았다. 녀석의 눈처럼 흰 뼛가루를 욕조 물 속에 흘려 보냈을 때 뼛가루는 한 마리 물고기처럼 꼬리를 흔들며 사라졌다. 녀석은 언젠가 상처를 들여다보는 것이 즐겁다고 했었다. 네 살 무렵 넘어져 상처가 났을 때 엄마 아빠가 놀라 약을 발라주고 사탕과 장난감을 사주던 기억이 좋았다고 말했었다. 그렇게 홀로 제 몸에 상처를 냈을 것이다. 문득 욕조에서 무언가 퍼덕이는 소리가 들린다.

- 주제별 분류: 인생론적 주제
- 작중 배경별 분류: 개인적 배경
- 형태별 분류: 심리묘사형
- 시점: 1인칭
- 심사위원: 이제하 김화영 윤흥길
- 심사평: 애정에 목말라하는 한 결손가정 출신의 문제아를 다루고 있다. 혈우병을 앓거니 짐작했던 화자의 기이한 행적이 결국 사랑과 우정을 붙들기 위한 자학적 행위로 밝혀지는 반전부가 시사하는 바는,

'자기 상처를 들여다보는 즐거움'이라는 중증의 질환을 가진 사람이 오늘날 한둘이 아니라는 점에서, 아주 심각하다. 문장이 다소 거친 흠에도 불구하고 이 작품을 당선작으로 고른 이유는 신인다운 분방한 상상력과 만만한 패기를 높이산 데 있다.

임원식

학　　력 · 숭실대학교 경영대학 경제학과 졸업
　　　　 · 전남대학교 행정대학원 졸업(행정학 석사)
　　　　 · 고려대학교 언론대학원 최고위과정 수료
　　　　 · 호남대학교 행정대학원 졸업(행정학 박사)
　　　　 · 조선대학교 대학원 졸업(문학 박사)

경　　력 · 강진, 남원, 광주, 북전주 세무서장 역임
　　　　 · 광주지방국세청 간세국장 역임

수　　상 · 모범공무원 표창
　　　　 · 녹조근정훈장
　　　　 · 국민훈장 동백장

문단등단 · 『월간수필문학』 수필 '금강산을 다녀와서'로 등단
　　　　 · 『월간문예사조』 소설 '모호한 귀향'으로 신인상 수상
　　　　 · 『월간문학』 평론 '한국 소설의 풍향계 읽기'로 신인상 수상

저　　서 · 50년만의 해후
　　　　 · 남북정상회담 감격으로 통일 앞당기자

현　　직 · (주) 전남일보 대표이사 사장
　　　　 · (주) 900컨트리클럽 대표이사 사장
　　　　 · 호남대학교 경영대학 겸임교수
　　　　 · 민주평화통일자문회의 상임위원(남북화해분과위원)
　　　　 · 광주시, 전남도 공직자 윤리위원회 위원

신춘문예의 문단사적 연구

인쇄일 초판 1쇄   2003년 02월 15일
       2쇄   2018년 06월 20일
발행일 초판 1쇄   2003년 02월 24일
       2쇄   2018년 06월 23일

지은이 임 원 식
발행인 정 찬 용
발행처 국학자료원
등록일 1987.12.21, 제17-270호

서울시 강동구 성내동 447-11 현영빌딩 2층
Tel : 442-4623~4 Fax : 442-4625
www. kookhak.co.kr
E- mail : kookhak2001@hanmail.net
ISBN 978-89-541-0016-8 (93810)
가 격 25,000원